THE METRO TRILOGY

〔俄罗斯〕德米特里·格鲁霍夫斯基 著

李春雨 译

上海文化出版社
SHANGHAI CULTURE PUBLISHING HOUSE

果麦文化 出品

目 录

001	第一章 这里是莫斯科	099	第七章 花卉站
016	第二章 地铁	125	第八章 帝国
031	第三章 隧道	144	第九章 剧院
046	第四章 价码	165	第十章 红线
062	第五章 敌人	187	第十一章 降雨
081	第六章 八米	209	第十二章 游骑兵

229	第十三章 生存空间	379	第十九章 该写什么
259	第十四章 外人	395	第二十章 奇迹
278	第十五章 献身者公路	418	第二十一章 同伴
302	第十六章 最后的联络	442	第二十二章 真相
328	第十七章 完全正确	462	第二十三章 自己人
354	第十八章 特殊任务	486	尾声

第一章
这里是莫斯科

"不行,阿尔乔姆。"

"打开,我叫你打开。"

"站长有令……任何人都不能出去。"

"你当我白痴吗?什么叫'任何人'?我是'任何人'吗?"

"这是命令!为了车站安全考虑……防止辐射进入……不能开门!这是站长的命令!"

"站长是谁?我养父!给我打开。"

"你这样会害我挨训的,阿尔乔姆……"

"你不开是吧?我自己来。"

"喂……站长好……对,在岗……阿尔乔姆在这儿呢……对,您家那位。我该怎么办?是!我们等着您。"

"学会打小报告啦,啊?你行啊,尼基塔,起开!我非开不可,说什么我也得上去!"

这时候从警卫室又蹿出两个人,挤到阿尔乔姆面前,用身体挡住大门,不落忍地轻轻推他。阿尔乔姆从昨天一早到现在还没合眼,顶着两个黑眼圈,早就身子疲软,哪里是警卫的对手——当然警卫也没打算跟他打架。看热闹的人逐渐聚拢,有脏兮兮的、头发像玻璃一样透明的小男孩,有全身浮肿、两条胳膊因为在冰水里不停浆洗衣物而冻得青紫的妇女,还有来自右侧隧道的累得半死、随便什么热闹都想凑的养猪场工人。人群交头接耳，视线在阿尔乔姆身上若即若离，脸上的表情难以言喻。

"他总是上去上去的，上去干啥？"

"可不是！每次都闹着要开门，门外面可是有穿堂风——从地表灌下来的！真是该死……"

"你怎么能这么说他呢……再怎么说，他可是救了我们所有人的命啊……包括你的孩子们。"

"他是救过我们没错，可如今呢？他想干什么？他自己愿意吸射线，还非得把我们也拽上！"

"关键是他上去干啥呀？简直胡闹嘛！"

人群忽然被劈开，迎面走来一人。此人胡子拉碴，脑袋两侧所剩无几的花白头发如桥梁一般跨越头顶的地中海，但面孔棱角分明，线条刚硬，身体仿佛钢板或橡胶做的，如同一个大活人被生生地风干了一般，连声音听起来都像。

"都散了！听见没有！"

"站长！苏霍伊站长来了！赶紧让他把儿子带走吧！"

"萨沙叔叔……"

"你怎么又来了，阿尔乔姆！我不是跟你说了吗……"

"把门打开吧，萨沙叔叔。"

"我叫你们散了，没听见吗！有什么好看的？你，跟我来！"

阿尔乔姆没动，反倒一屁股坐地上了，花岗岩地面光滑而冰冷，他把背靠在墙上。

"别闹了！"苏霍伊光动嘴唇不出声地呵斥道，"本来就已经议论纷纷了！"

"我得去，必须得去。"

"上面什么都没有！没什么好去的！"

"我不是跟你说过了吗，萨沙叔叔？"

"尼基塔！你还傻愣着干啥！赶紧把人群散开！"

"是，站长！……都散了！都散了！有人想找不痛快吗？"尼基塔连轰带赶，把人群驱散。

"你说的都是胡话！听着，"苏霍伊把一直提着的那口长气吐出来，整个人像个撒了气的皮球，瘫坐在阿尔乔姆身边，"你出去是白白送死。你以为那身衣服能挡得住辐射？屁！它就跟个筛网一样！花裙子都比它管用！"

"那又怎样？"

"哪个'潜行者'上去得像你这么勤？……你算过剂量吗？你说，你想活还是想死？"

"我确信，我听见了。"

"我确信，你那是幻听！没有人能收到你的信号，阿尔乔姆！还要我跟你讲多少遍？一个人都没剩了，只剩下莫斯科了，只剩下我们这些人了。"

"我不信。"

"你以为我管你信不信吗？！我只管你会不会掉头发！会不会尿血！你那玩意儿会不会烂掉！"

阿尔乔姆耸了耸肩，沉吟不语。苏霍伊耐心等待着。

"我听见了。在电视塔上，在乌尔曼的电台旁。"

"怎么就你一个人听见了呢？都监听这么久了，谁也没听见过。你说你听见了，然后呢？"

"然后我就要上去，就这样，没了。"阿尔乔姆站起身，挺直了腰杆。

"我想抱孙子。"苏霍伊的声音从下方传来。

"你想让你孙子在这儿生活？在地下？"

"是地铁。"苏霍伊纠正道。

"是，地铁。"阿尔乔姆没反驳。

"他们在这儿也能过得挺好，至少能健康地生下来。可如果……"

"叫他们把门打开，萨沙叔叔。"

苏霍伊死死盯住泛着黑色光泽的花岗岩地面，仿佛在上面找什么东西。"你没听见人们是怎么说你的吗？说你疯掉了——在电视塔上。"

阿尔乔姆撇嘴一笑，深深地吸了一口气："想抱孙子，萨沙叔叔，你得先生儿子，自己的儿子，任凭你怎么管教，那样的话，你孙子也会像你，而不是像我这副鬼德行。"

苏霍伊眯起眼睛。一秒钟悄然流过。

"尼基塔，给他打开。"

让他去吧，让他去送死吧。混蛋。

尼基塔默默地执行了命令。阿尔乔姆满意地点点头，走进隔离室，扭头对苏霍伊说："我很快就回来。"

苏霍伊撑着墙壁站起身，将微驼的后背转向阿尔乔姆，踽踽而去，鞋底把脚下的花岗岩打磨得更加光亮。

隔离室的大门咣当一声锁死。隔离室内，天花板上寿命二十五年的一盏灯泡骤然亮起，白晃晃的，像冬日寒阳一样反射到四周脏兮兮的瓷砖上。除了一面铁皮墙，隔离室整个用这种瓷砖包裹起来。

一张破了洞的塑料凳子——可以坐着它休息或者踩着它系鞋带；衣钩上挂着一身皱皱巴巴的防化服；地上一道排水沟，一盘橡胶软管——那是消除放射性污染用的；角落里还放着一个军用背包；墙上挂着一个蓝色话筒，就像老式电话亭的那种。

阿尔乔姆钻进防化服，衣服松松垮垮的，根本不像是他自己的。他从背包里取出橡胶防毒面罩，费劲儿地套到头上，眨几下眼，让眼睛适应模糊的椭圆形目镜，然后摘下话筒："准备就绪。"

一阵儿咔嚓咔嚓，铁皮墙——实际上是气密门——缓缓升起。一股湿冷的风猛灌进来，阿尔乔姆打了个冷战。他把背包扛到背上，背包很沉，感觉像背了个大活人。向上延伸的阶梯仿佛没有尽头，台阶已经被鞋底磨得溜光。展览馆地铁站（因附近的国民经济成就展览馆而得名）位于地表六十米以下，航空炸弹的威力刚好波及不到。当然，假如当年莫斯科被核弹头击中的话，这里早就变成了一个大基坑。不过，核弹头全都被部署在城市高空的反导弹系统拦截，只有一些碎片雨点般砸进土里。尽管带有强辐射，但至少不会爆炸。莫斯科因此得以幸存，不过如同活着的法老变成了木乃伊：双手双脚都还在，甚至还有笑容……

至于其他没有反导弹防御的城市，就没这么幸运了。

阿尔乔姆调整了一下背包，在胸口画了个十字，用粗大的手指将过于宽松的皮带收紧，向上走去。

* * * *

雨点重重地砸在铁皮头盔上，仿佛直接敲在阿尔乔姆的头上。雨鞋在泥泞中跋涉，斑斑锈迹汇成溪流向下流去。空中雨云密布，闷得透不过气。四周的楼房空空荡荡，如同被时间啃光的骨架，整个城市一个人影都没有。这座城已经死去二十年了。

光秃秃的、湿嗒嗒的、浸泡在水里的两排树木站成了一条林荫道，路的尽头就是国民经济成就展览馆的巨大拱门。曾经，在这些古希腊神庙般的殿堂里孕育着伟大未来的希望。伟大未来似乎指日可待，就在明天。不承想，明天变成了末日，国民经济成就展览馆变成了死亡之地。

两年前这里还有些乱七八糟的活物，如今全都死绝了。总有人承诺说什么地表辐射很快就会下降，到时候就可以陆续回归了，说什么你看地面上的突变体不是活得好好的嘛，它们不也是活物嘛，虽说是突变的……

结果却事与愿违：极地冰壳消融，地球变得如同蒸笼，地表辐射激增。突变体惊惶四蹿，没来得及跑掉的全死光了。人类龟缩到地下，在地铁站偷生，不敢到任何地方冒险。人类所需求的并不多，其求生本能胜过一切老鼠。

辐射剂量计嘀嘀作响，给阿尔乔姆计算剂量。"以后再也不带它了，妈的！"阿尔乔姆在心里骂道，"知道剂量又能怎样？有个屁用！在事情没做完之前，它就算是爆掉我也不能回去。"

"让他们说去吧，叶尼亚！说我疯了也罢，精神分裂也罢。他们当时又没在电视塔上。他们连一步都不敢离开车站,上哪儿知道去？'疯了'……我把它们全给炸死了……我不是说了吗,就在乌尔曼在电视塔上转动天线、调试频率的那一瞬间,有一个声音,我真的听见了！——该死！不是他妈的幻听！怎么就不信我呢！"

立交桥在他头顶矗立,沥青路带波浪般起伏。汽车以各种姿态被抖落下来,有的四轮着地,有的四轮朝天,并以这样的姿态僵死在现场。

阿尔乔姆向四周环顾了一下,沿着高架桥吐出的粗糙舌头向上走去。走得并不远,一公里,或者一点五公里。在另一条舌头处,矗立着一栋名为"三色旗"的高楼,之前被涂成了喜庆的白、蓝、红三色,而此时时间已经将它们全部涂改成了灰色。

"为什么不信？就是不信,没有为什么。是,没有人听到过呼叫。可他们是在哪儿监听的呢？在地底下。没有一个人会上到地面来监听……是不是？你自己想想：这可能吗？难道除了我们之外,全世界就没有一个人幸存？嗯？胡扯！纯属胡扯！"

他不愿意看见奥斯坦金诺电视塔,但不管他怎么背过脸去,它都在边沿耸立着,就像防毒面罩玻璃上的划痕一样避无可避。黑乎乎的、湿漉漉的、在观景台处被折断的电视塔,就像谁的手握紧拳头从地底钻出,又像是某个庞然大物想要跳出地面,却陷在莫斯科的红褐色黏土里,被死死地压在地上。

"当我在塔上的时候,"阿尔乔姆生硬地将头转向电视塔的方向,"当游骑兵试图通过无线电接收梅尔尼克的呼叫时,在一片沙沙声中——我愿意以任何名义发誓——我听见有人说话！真的！"

在赤裸森林的上空飘浮着一尊巨大的双人雕像——工人与集体农庄女庄员[1],二者以奇特的姿势纠缠在一起,既像是在滑冰,又像是在跳探

---

[1] 苏联女雕塑家薇拉·伊格娜吉叶芙娜·穆希娜（Vera Mukhina, 1889—1953）创作于1937年的雕像,曾矗立在法国巴黎国际博览会苏联展览馆的顶部。世博会结束后被运回莫斯科,安放在国民经济成就展览馆站门口。

戈,却又不看彼此,好像对彼此毫无兴趣。那他们在看什么呢?从他们那个高度,能看到地平线以外是什么东西吗?

左侧还保留着国民经济成就展览馆的摩天轮,硕大无比,就仿佛某个能转动地球的巨大装置上的齿轮。连同整个装置一起,摩天轮已经死掉了二十年,如今已经锈迹斑斑。上紧的发条转完了。

摩天轮上写着"850",这是当年它被修建时莫斯科的市龄。阿尔乔姆想,修正这个数字是毫无意义的——如果无人计算,时间也就会自动停滞了。

丑陋而忧郁的摩天大厦,之前被刷成白、蓝、红三色的那栋,如今变成了半个世界,耸立在眼前。不算被折断的电视塔,这栋大厦是莫斯科州最高的建筑,而这正是阿尔乔姆来到这里的原因。他仰起头,向楼顶望去,膝盖立刻一阵酸痛。

"今天能不能呢?"阿尔乔姆并不指望得到答复,他明白,上天的耳朵被云做的棉花塞住了,是听不到他的。

大厦入口大厅处的光景与其他高楼毫无二致。对讲机废了,铁门断电了,守门人的玻璃亭内卧着一条死狗,铁皮信箱在穿堂风中咯咯作响,里面既没有信件,也没有小广告——所有纸片早就被潜行者搜罗一空,点着暖手用了。停在一楼的三架德国优质电梯全部四敞大开,不锈钢的内饰亮得晃眼,似乎随便跳上哪一架,都能立刻到达顶层,这种误导令阿尔乔姆深恶痛绝。旁边是消防通道门,阿尔乔姆对门后面的情况烂熟于心,他已经算过了,四十六层楼,要一步一步爬上去。各各他山[1],总是要靠爬的。

"总是……靠爬……"

背包变得有一吨重,将阿尔乔姆压向混凝土地面,令他脚步踉跄。但他一个劲儿地往前迈步,像上满了发条一样,嘴里上气不接下气地嘟囔着:"就算没有……反导弹……又怎么样?无论如何……总该有……有人

---

[1] 又称髑髅地,位于耶路撒冷西北郊,相传为耶稣死难地。

幸存……在别的地方……不可能说,只有我们……只有莫斯科……只有地铁……你看……地面还在……没被劈裂……天空……也在放晴……绝不可能……全俄罗斯都完了……还有美国……法国……中国……更别说泰国了……它碍着谁了呢……"

自然,在阿尔乔姆二十六年的生命中,从没有去过什么法国或者泰国。他生得太迟了,几乎没有赶上旧世界;而新世界的版图要贫瘠得多——地铁展览馆站,地铁卢比扬卡站,地铁阿尔巴特站……地铁环线。但每次,当他在难得一见的旅游杂志上看到巴黎或者纽约的发霉照片时,都会打心眼里觉得,这些城市还矗立在地球的某个地方,还活着。也许,它们正在等着他。

"怎么可能……只有莫斯科幸存下来?这不合逻辑,叶尼亚!明白吗?讲不通!肯定是因为我们捕捉不到他们的呼叫……暂时捕捉不到。我们只需要继续等待,不能失去希望,绝不能……"

空荡荡的大厦不时发出声响,好像有人一样:风从阳台飞入,将门板弄得哐当作响,随后呼啸着从电梯井穿过,在厨房里、卧室里窸窸窣窣,伪装成归来的主人。但阿尔乔姆早就不再上它的当了,莫说走进去做客,甚至不会回头看上一眼。

他很清楚那些不安敲响的房门后面是什么:被洗劫一空的房子。只剩下一些照片散落一地,上面是无人纪念的死者,还有无论在地铁还是在阴间都用不上的笨重家具。其他楼房的窗户全被冲击波炸飞了,唯独这栋大厦的双层中空玻璃得以幸免。但时隔二十多年,窗玻璃上早已落满了灰尘,像得了白内障的眼睛。

早先还能在某间房子里碰上前主人:有时他们会对着某件玩具发呆,透过防毒面罩呜呜哭泣,完全察觉不到有人在身后。如今,早就连一个人也碰不到了。有一个人后背多了一个弹孔,就躺在那个愚蠢的玩具旁边;其他人只要看见他就明白了:再往上没有住户了,什么都没有了。混凝土,砖头,泥泞,龟裂的沥青路面,黄色的骨头,各种碎屑,外加地表辐射。莫斯科如此，全世界都如此，任何地方都无人幸存，除了莫斯科地铁——这是公认的事实。

唯独阿尔乔姆不认。

万一，在无限广袤的地球上还有一个适宜人类生存的地方呢？一个能容纳阿尔乔姆，阿妮娅，全站台人生活的地方？一个头顶没有铸铁天花板，抬眼就能望见天空的地方？一个可以重建家园、开启新生活、使焦土重新焕发生机的地方？

"所有人都住得下……在天空下生活……"

四十六层。

阿尔乔姆完全可以在第四十层甚至第三十层停下来，并没有人要求他必须爬到楼顶，但他偏执地坚信，倘若有机会接收信号，那也只能是在楼顶。

"楼顶当然……没有电视塔……那么高……不过……不过……"

防毒面罩的眼窗玻璃蒙上了一层水汽，心脏快要从胸腔里跳出来，肋骨一阵阵刺痛，好像有人试图插入一根削尖的铁棒。隔着防毒面罩的过滤器，呼吸十分吃力，稀薄的氧气根本不足以供养生命，等阿尔乔姆爬到第四十五层，就像那次在电视塔上一样，就再也坚持不住，一把将橡胶头套扯了下来。他大口大口地呼吸着香甜而又苦涩的空气，那种新鲜是地铁里所无法想象的。

"楼顶的高度，应该有三百米，够高了。所以，也许能收到。"

总算挨到了顶楼。他把背包卸下来，用发僵的脊背顶开顶楼舷窗的盖子，接着爬到楼顶平台，一下子瘫倒在地上。他仰面躺着，盯着天上的云彩，它们那么低，仿佛一伸手就能摸到。他尽力平复心跳和呼吸，站起身来。

这里的风景，就像……就像人的灵魂马上要飞上天堂时，突然被卡在玻璃天窗上，悬停在那里，在天窗下游荡，再也上不去，却又不甘心再次落下——当你从高处看见地面上的一切是何等渺小时，你怎么可能再把它们当一回事呢？

旁边还耸立着两座这样的大厦，从前是彩色的，现在是灰色的。但阿尔乔姆从来只爬这一栋，他感觉这里更方便些。

云朵之间出现了一丝缝隙，阳光从中射了过来；就在这一瞬间，旁边大厦里似乎有什么东西闪了一下，不确定来自楼顶，还是来自高层某扇布满灰尘的窗户，好像有人拿着一面小镜子在捕捉光线。但等阿尔乔姆细看时，太阳又躲进掩体，闪光也消失了，之后再也不曾出现。

阿尔乔姆的目光总是不听管束地滑向那片繁茂的变异森林——曾经的植物园所在之处。森林中央是一片光秃秃的黑色荒地，那是一片死亡之地，仿佛被上帝倾倒了硫磺烈火，但阿尔乔姆知道，那不是上帝干的。[1]

植物园。

阿尔乔姆记忆中的植物园是另外一番模样，那是他对失落的战前世界的唯一记忆。

多么奇怪啊：构成你全部生命的原本不过是瓷砖，弧形拼板，天花板，铁轨旁流淌的溪流，花岗岩和大理石，闷热和电光。但突然间，生命中出现了另外一小块不同的介质：五月清凉的早晨，修长的树干上冒出婴儿般温柔的新绿，被彩色粉笔涂抹的公园小径，冰激凌摊前排成的长龙，而杯装冰激凌的味道，与其说是甜的，莫若说是天堂一般的；还有妈妈的声音，时间像根电话线一样，将其减弱、扭曲；还有妈妈温暖的手，你紧紧地、用尽全身力气将它抓住，生怕和她走散。只是，那么小的孩子真能记住这些吗？未必。

所有这些异质的东西，显得如此不合时宜，不切实际，让人根本无从分辨，它们究竟是真的发生过，抑或只是一场梦。但假如从未见过、从未感受过它们，你又如何能梦得到这些呢？

---

[1] 《圣经》中记载索多玛城和蛾摩拉城罪恶甚重，为了惩戒它们，耶和华将硫磺与火从天上降下，将城市、平原和城中居民尽数毁灭。

阿尔乔姆眼前浮现出公园小径上的粉笔画，太阳透过叶缝撒下金针，手里捧着杯装冰激凌，黄澄澄的小鸭子漂在池塘的褐色水面，晃悠悠的小桥横在秋天的池塘上。他害怕自己掉进水里，更怕不小心把冰激凌杯掉进去。

只是，妈妈的脸，阿尔乔姆却无论如何也记不起来。他努力地回想，每晚临睡前恳求自己在梦里见到，哪怕明早再次忘却也好，但全都无济于事。难道他的脑袋里真的找不到哪怕一个小小的角落，可以让妈妈藏起来，等到死亡和黑暗结束吗？看来，的确如此。可是，一个活生生的人，为什么会消失得如此彻底？

那一天，那个世界，它们能跑到哪儿去呢？就在刚才，眼睛一闭，它们不就又出现了吗？一定可以把它们找回来，在地球上的某个角落，它们肯定还幸存着。必须呼叫所有隐藏起来的人：我们在这儿，你们在哪儿？一定能听到它们，只要学会如何聆听。

阿尔乔姆眨了眨眼睛，揉了揉眼皮，好让眼睛重新看到今天，而不是沉浸在二十年前的世界。他坐下来，打开背包。背包里是一台笨重的军用无线电台，绿色机身，划痕累累。包里还有一个大家伙——带手摇柄的铁皮箱，那是一台自制发电机。最底下是四十米长的软电线，用来充当无线电台的天线。

阿尔乔姆连接好所有线路，扯着电线一头绕楼顶走了一圈。他擦掉脸上的汗水，不情愿地戴上防毒面罩，把耳机扣在脑袋上，用手指将按键抚平，摇动发电机的手柄。二极管眨了几下，掌心似有什么活物在微微颤抖，嗡嗡作响。

阿尔乔姆啪嗒一声扳倒一个开关。他闭上眼睛，聚精会神地从无线电波那嘈杂的海浪声中，捕捞着来自遥远的幸存者大陆的漂流瓶。他在海浪间起起伏伏，手摇着发电机，仿佛在以手作桨，划动充气皮筏。

耳机开始噬噬作响，在一片窸窸窣窣中间时而发出尖细的"咿呜"声，时而爆出肺痨病人般的咳嗽声，紧接着又哑巴了，过一阵儿又开始噬噬噬噬。阿尔乔姆仿佛在结核病隔离室里来回转悠，想找个人说话，但没有一个病人神志清醒，只有护工将手指放在唇边，严肃地示意："嘘——"没有人愿意回应阿尔乔姆，谁也不指望能够活下去。

圣彼得堡毫无消息，叶卡捷琳堡音讯全无。

伦敦在沉默，巴黎在沉默，曼谷、纽约都在沉默。

是谁挑起的这场战争早已不再重要，这场战争因何而起也不再重要。何必去追究这些呢？为了历史吗？历史是胜利者书写的，而如今非但没有人书写历史，连阅读历史的人都快灭绝了。

嗞嗞嗞嗞……

无线电空间一片空旷，无边无涯。

咿咿咿呜……

不知所措的通信卫星在轨道上游荡，它们无人呼叫，寂寞得发了疯，纷纷向地球坠落，甘愿在大气层中化为灰烬。

北京一言不发，东京如同坟墓。

但阿尔乔姆依然摇着这可恶的手柄，摇着，划着，划着，摇着。

何等寂静！不可思议的寂静，无法忍受的寂静。

"这里是莫斯科！这里是莫斯科！请回答！"

这是他，阿尔乔姆的声音。这就是他，一如既往的急不可耐，无法自已。

"这里是莫斯科！这里是莫斯科！请回答！"

咿咿咿呜……

不能停止，不能放弃。

"圣彼得堡！请回答！符拉迪沃斯托克！这里是莫斯科！罗斯托夫！请回答！"

你是怎么了，圣彼得堡？难道你真的这么脆弱，比莫斯科差这么远？！你那里现在是什么？玻璃湖？还是完全被霉菌吞噬了？你为什么不回答？啊？

你跑到哪儿去了，符拉迪沃斯托克，世界另一端的骄傲城市？你离我们那么远，难道你也感染了瘟疫？难道你也未能幸免？咳咳咳咳……

"请回答,符拉迪沃斯托克!这里是莫斯科!"

整个世界都趴在地上,脸扎进泥土里,听不到砸在后背的暴雨,口鼻被铁锈水灌满也浑然不觉。

而莫斯科依旧站在这儿,双脚直立,一息尚存。

"你们是怎么了,难道都死绝了吗?"

咝咝咝咝……

这是钻进无线电波的死难者的魂灵在回应他吗?还是地表辐射发出的声响?如果死亡也有声音,那声音也许正是这样的:咳咳咳咳,咝咝咝咝……

"这里是莫斯科!请回答!"

也许,马上就有人听到了?

也许,耳机里马上会有人应答,一个激动的声音穿破咝咝声,从遥远遥远的地方传来:"收到!莫斯科!我们在这儿!收到,莫斯科!千万别挂断!我听到你们了!上帝啊!莫斯科!莫斯科有消息了!你们有多少人幸存?我们这儿有两万五千人!土地是干净的!地表辐射为零!水没有被污染!食物?当然有!药物也有!我们派救援队来支援你们!一定要挺住!听见了吗,莫斯科?千万挺住!"

咿咿咿呜。一片空旷。

较之于无线电通信,这更像是招魂仪式,而阿尔乔姆显然一无所获。亡灵,任凭他如何召唤,都不肯走近他。它们在另一个世界过得很好。透过云朵间偶然的空隙,它们从高处俯视阿尔乔姆渺小的身影,只对他报以哂笑:"去找你们?别傻啦!"

咳咳咳咳。

他丢掉该死的手柄,扯下耳机,站起身,耐着性子将电线捋成一团。他刻意做得很慢很慢,好压制自己的冲动,以免将电线扯断,从楼顶扔下去。

他把所有东西装回背包,把背包——这个诱惑人的魔鬼——扛到背上,背下楼去,回到地铁。

明天见。

　　　　　　＊　＊　＊　＊

　　"放射性污染消除完毕？"蓝色听筒里传出沉闷的鼻音。

　　"完了。"

　　"说清楚些！"

　　"完毕！"

　　"完毕，哼哼……"听筒里的声音嗤之以鼻。

　　阿尔乔姆恨恨地将听筒挂到墙上。里面的门锁哐哐当当响了好一阵，大门打开了，地铁那污浊沉闷的气息向阿尔乔姆迎面扑来。

　　苏霍伊正在门口等他。也许是估摸着他快回来了，也许是根本就没有走开。应该是前者。

　　"怎么样？"他疲惫地询问阿尔乔姆，声音里毫无恶意。

　　阿尔乔姆耸耸肩。苏霍伊打量了他一眼，目光轻柔得如同儿科医生："有人找你，从另一个车站来的。"

　　阿尔乔姆快步走到苏霍伊跟前："是梅尔尼克派来的？"他的声音里有某种东西叮当一声，像子弹掉在了地上。是期待？是心虚？还是别的什么？

　　"不是。一个老头儿。"

　　"什么老头儿？"阿尔乔姆为他所期待的肯定回答而积聚的最后力量一泄而光，全部流进了排水沟，现在他只想躺下睡觉。

　　"荷马，他说他叫荷马。你认识吗？"

　　"不认识。我去睡了，萨沙叔叔。"

　　　　　　＊　＊　＊　＊

　　她一动没动。

　　"她睡着了吗？"阿尔乔姆想。但这种"想"完全是机械性的，他根本不在乎她是真睡还是装睡。他站在帐篷口把衣服脱下来，堆成一堆，瑟瑟地搓搓肩膀,像个没娘的孩子一样躺到阿妮娅身旁,把被子往身上拽了拽。假如有第二床被子,他是决计不会这么做的。

  站台上的钟表显示是晚上七点,好像是。而阿妮娅晚上十点要起床,去蘑菇园干活。作为英雄,阿尔乔姆被免去了这一劳作,其他事务也任凭他自愿参与。每天一早,在阿妮娅劳作归来之前,他就会起床上到地面;从地表回来之后,等不到阿妮娅"睡醒",他就睡过去了——这就是他们的夫妻生活:同床,异梦。

  阿尔乔姆将大红被子尽量轻手轻脚地盖到身上,生怕吵醒阿妮娅。但她还是感觉到了,一句话没说,赌气将被子扯过去。在这愚蠢的争抢持续了一分钟之后,阿尔乔姆妥协了,光着身子躺在床沿。

  "真行。"他说。

  她不应声。

  感情好比灯泡,原本亮得好好的,为什么灯丝突然就被烧断了?

  他把脸埋在枕头上——感谢上帝,枕头有两个——用呼出的热气将枕头焐热,就这样睡着了。在梦里,他见到了另外一个阿妮娅——活泼地笑着,开心地逗他玩儿,特别年轻。这是多久以前的事了?两天前?还是两年前?鬼知道。当时他们觉得,有一整个永远在前头等着他们,结果,这个永远被永远地留在了过去。

  梦里也很冷,也是因为阿妮娅——他被她追着,光着身子满站台跑——但那是出于情爱,而非怨恨。每次阿尔乔姆刚刚醒转,迷迷糊糊中还在相信,永远远未结束,他们刚刚走到永远的中间。他忍不住想要叫醒她,跟她和解,重归于好。但一分钟后,他就会彻底清醒过来。

第二章

地铁

"你能不能好好听我说几句话?"阿尔乔姆问阿妮娅。

但她已经不在帐篷里了。

阿尔乔姆脱下来的衣服原地未动,还躺在过道里。阿妮娅既没有收拾它们,也没有把它们扔出去。她只是从上面跨过去,似乎害怕一碰到它们就会感染地表辐射似的。

她似乎的确更需要被子,至于他,地表辐射自会帮他取暖的。

走了也好。谢谢你,阿妮娅。谢谢你没跟我说话,谢谢你没搭理我。

"谢谢,该死的!"他大声喊道。

"可以进来吗?"一个声音透过帆布帐篷在他耳边回应道,"阿尔乔姆?您醒了?"

阿尔乔姆爬向自己的裤子。

帐篷外面,一位老者坐在行军用的折叠方凳上,正在等候阿尔乔姆。他的面庞相对于年龄而言显得有些过分年轻。他坐得很舒服,很惬意,很端正,显然在此已经等候多时,而且打算继续等下去。老者显然是从其他车站来的,不是本站人——他一不小心猛吸了一口气,立马就被站台所特有的猪粪味熏得皱起了眉头。

阿尔乔姆手搭凉棚,遮住铺满站台的红光,仔细打量来客。

"你有什么事,老人家?"

"您就是阿尔乔姆?"

"就算是吧，"阿尔乔姆吸一口空气，"怎么了？"

"我是荷马，"老者坐着没动，"名字就叫这个。"

"真的？"

"我是写书的，眼下正在写一本。"

"有意思。"阿尔乔姆嘴上这么说，但听上去并不是很感兴趣。

"关于我们时代的历史。"

"历史？"阿尔乔姆环顾四周，谨慎地重复道，"你写这个干什么？他们不是说，历史已经终结了吗？"

"那我们呢？我们这里所发生的一切，总得有人知道……要把我们的经历讲给后人听。"

阿尔乔姆想："如果不是梅尔尼克，那会是谁派来的呢？他是谁？想干什么？"

"后人。听起来很神圣。"

"历史应该讲述最重要的事，比如我们靠什么生存。就是说，要反映一切里程碑和转折点。可是，该怎么着手呢？干巴巴的事实很容易被忘却。想要让人们记住，必须得是鲜活的历史，需要英雄。我搜集了很久的素材，什么都尝试过了。每次都感觉，我找到了，可一动笔，不行，写不出来。后来，我听说了展览馆站的事，所以就……"

老者说得结结巴巴，阿尔乔姆一言不发地听着，不知道该作何反应。对于老者，他谈不上讨厌，只是觉得不合时宜，但空气中似乎有什么东西在凝聚，随时都有可能在二人中间炸裂开来，变成碎片。

"我听说了关于展览馆的事……关于黑暗族，还有您。我感到，我必须找到您，以便这个故事……"

"真是个好故事。"阿尔乔姆不屑地打断老者的话，招呼也没打就大步走开了，将总感觉发冷的双手插进裤兜。老者僵坐在凳子上面，还在冲阿尔乔姆的后背解释什么。但阿尔乔姆拿定主意要装聋作哑。

瞳孔已经适应了站台光线，不用再眯着眼了。对于地表的光线，潜行者们用了一年之久才得以适应，但这已经够快的了。大部分地铁居民，一旦遭遇太阳光，估计就会永久失明，哪怕那光被云朵削弱过。毕竟，他们一生都是在地底的黑暗中度过的。而阿尔乔姆却强迫自己正视地面，那个他所出生的世界。如果连太阳光都承受不了，那将来时机成熟时，该怎么返回地面？

所有在地铁出生的人，就像蘑菇一样，其成长已经完全脱离太阳了。实践证明，人类所需要的不是阳光，而是维生素 D。因此，阳光也可以被药丸替代。至于光线，摸着黑照样能生活。

地铁系统没有公共照明，没有公共电力，没有任何公共的东西，每个人都是各顾各的。有些车站搞出了足够多的电光，生活几乎跟从前一样；有些车站只够点亮一盏灯，挂在站台中央；还有的车站漆黑一片，与隧道无异。如果有人随身带盏小灯来到这里，就会从黑暗中拼凑出整个站台：地板、顶棚、大理石柱。站台居民会从四周的黑暗中向灯光聚拢而来，指望着能瞧见些光亮。不过，最好还是不要碰见这群人：他们的眼睛可以不看东西，但他们的肚子却不能不吃东西。

在展览馆站，生活被安排得很好，居民住得很舒坦：有些人的帐篷里亮着从地面搞来的小二极管，公共场所还保留着原先红色玻璃灯罩的应急照明。在这样的红光下很适合冲洗照片。阿尔乔姆的心灵底片也逐渐显影，其中一张摄于地上，在那个明朗的五月天。另外一张摄于阴霾的十月，过曝了。

"真是个好故事，是不是，叶尼亚？还记得黑暗族吗？"阿尔乔姆低声问道，但他所提问的对象一如既往地沉默不语。

"你好哇，阿尔乔姆！"

"嘿，阿尔乔姆！"

所有人都跟他打招呼——有人微笑，有人皱眉——但所有人都跟他打招呼。因为不光叶尼亚和阿尔乔姆，每个人都记得黑暗族、记得这个故事，尽管没有人亲身经历过。

展览馆站是如今地铁系统的终点站，是他们的家园。二百米长，二百人住。空间刚刚好：再小了，喘不过气来；再大了，没法抱团取暖。车站是一百年前的苏联时期修建的，用的是当时最普遍的材料——大理石和花岗岩。原计划建成一座宏伟的宫殿，但由于埋在地下，变成了介乎博物馆和陵寝之间的东西。祖辈的魂灵在此时仍毫发无损，这点跟其他所有车站一样，就连年代更晚些的也不例外。地铁居民看似已经成年，但依旧像娃娃一样被祖辈的魂灵紧紧地抱在膝头。

在站台的拱门下方，在被烟熏黑的敦实圆柱之间，撑着一顶顶陈旧破烂的军用帐篷。一顶帐篷里住一户人家，有的住着两户。这些帐篷可以随时重新安置，而且不会有人察觉任何变化——当你跟同一批人住在同一站台长达二十年之久时，当你的私密和邻居的私密之间，当所有的呻吟和所有的喊叫之间，只隔着一层帆布时，就会是这种状况。

有些地方已经发生了人吃人的惨剧——也许是出于对上帝的怨恨，因为它更偏爱别人的孩子；也许是由于无法与其他人分享自己的丈夫或妻子；也许单纯是为了争夺生存空间——但展览馆站绝对不会。这里的情况要简单得多，居民有独特的生活方式。

这里就像集体农庄一样，没有所谓别人家的孩子，谁家产下了健康的婴儿，大家便一起庆祝；谁家产下了病婴，大家会一起想办法帮忙；谁家住不下了，邻居会腾个地方；朋友打架了，周围人会帮忙说和；妻子离开了，早晚会回来。再说，她也根本去不了别的地方，还是在这里，在这个头顶压着一百万吨泥土的大理石大厅，无非是在另外一块帆布后面罢了。每天你都要见到她，而且还不止一次，是上百次，抬头不见低头见，想不和好都不可能。最重要的是，所有人都还活着，其他的都是次要的。

从此地有一条路，即南边隧道，通往阿列克谢站——一个更大的地铁站，但是……也许正是因为展览馆站是终点站，这里的居民不想再走，也无处可去了。他们需要家园。

阿尔乔姆在一顶帐篷前停下，站定，透过破洞的帆布向帐篷里凝视，直到一位面部浮肿的大婶从里面走出来。

"你好，阿尔乔姆。"

"您好，叶卡捷琳娜阿姨。"

"叶尼亚不在，阿尔乔姆。"

他冲她点点头。他很想伸手去抚摸她的头发，握住她的手，告诉她："我知道，我什么都知道，叶卡捷琳娜阿姨。"又或者，她其实不是在和他说话，只是在自言自语？

"去吧，阿尔乔姆，去吧，别在这儿站着了。去那边，喝点茶。"

"好。"

大厅两端的扶梯都被封死了，以免地面上有毒的空气灌下来，同时也杜绝了各种不速之客。新出口那侧被完全封死，旧出口那侧则留了一道闸门，可以上到地面。

被完全封死的一侧设有厨房和俱乐部。里面有烧火做饭的炉灶，戴着围裙的主妇正在给孩子们和男人们忙活吃的。水顺着活性炭过滤器管道流下来，流进水箱里，几乎是清澈的。时不时的就会有电水壶响起来，养猪场派来取开水的男人应声而至，在裤子上把双手揩净，在主妇中间找到自己的妻子，捏捏她的软肉，向她表示爱意，顺便抢先吃上一口半生不熟的饭菜。

炉灶、电水壶、餐具、桌子板凳，所有这些都不归私人，而是归集体所有，但人们都很珍惜，从不毁坏。除了食物以外，所有东西都是从地上拿来的，地铁里造不出这些用品。好在，那些死去的人在生前储备了那么多有用的东西——灯泡、柴油发电机、导线、武器、弹药、餐具、家具，以及穿不完的衣服。现在可以随意搬取这些东西，就像找自己的哥哥姐姐索取一样，这些东西足够维持很长时间。整个地铁系统不超过五万人，而在莫斯科原本生活着一千五百万人，也就是说，如今平均每个人都有三百个过世的亲戚。这些亡灵无声地聚集在一起，把自己的旧衣服默默地递过来,说:拿去吧,拿去吧,还新着呢,我穿不着了。而幸存者只需要用辐射剂量计检测一下,看看是否超标超得厉害,然后道声谢,就可以拿去穿了。

阿尔乔姆走到喝茶的队伍里,排在队尾。

"阿尔乔姆,你怎么这么见外!还要排队!赶紧坐下来……来口热乎的?"

说话的是这里管事的——"皮草"达莎。她看上去快五十了,只是她自己不愿意承认。她是从雅罗斯拉夫尔[1]郊外的一个小地方来莫斯科的,就在世界末日前三天。她是来买皮草的,买到手后,这身皮草就再也没脱下来过,不管白天黑夜,连上厕所都穿着。阿尔乔姆从来没像其他人那样,为此打趣过她,其实他自己也渴望留下一点过往生活的证物:关于那个五月,关于冰激凌,关于白杨的倩影,关于妈妈的微笑。

"好。谢谢,达莎大婶。"

"别总'大婶''大婶'地叫我!"达莎嗔怪道,"上面怎么样?天气咋样?"

"小雨。"

"这么说,我们又要挨淹了?听见了吗,艾古丽?上面在下雨哪!"

"安拉在惩罚我们。因为罪孽。你快瞅一眼,你的猪肉是不是煳锅了?"

"怎么又提安拉!动不动就是安拉!哎呀,真是快煳了……你家梅赫梅特怎么样,从汉萨回来了没有?"

"已经第三天了,还是没回!"

"你别着急……"

"我用我的心对你发誓,达莎,他肯定是在那边有别的女人了!你们当中的人!罪孽……"

"什么你们我们的……你怎么回事,艾古丽……我们都是一样……"

"他一定是跟哪个贱货勾搭上了,奉安拉之名,我……"

---

[1] 俄罗斯城市,位于莫斯科州的东北方向,伏尔加河上游。

"谁叫你不多陪陪他呢……男人都是馋嘴猫……到处乱转,直到吃饱为止……"

"你们瞎说什么呀?!他是去采购物资的!"一个男人抱打不平。他由于某种原因没能正常发育,身量长相都像个半大孩子,只是面孔被酒精浸透了。

"好啦好啦。你呀,科利亚,就别给自己的同伙打掩护了!你呢,阿尔乔姆,别听我们这帮娘们儿瞎扯。给,吹吹,烫。"

"谢谢。"

这时一个人走了过来,剃着光头,两道浓眉,脸上带着几道陈年伤疤,但言辞却很文雅:"欢迎所有在场人士,特别是女士!谁在排队喝茶?那我站你后边了,科利亚。汉萨的事,诸位听说了么?"

"汉萨怎么了?"

"边境封锁了,就像儿歌里唱的:'红灯亮了不许过。'我们有五个人被困在那儿了。"

"原来如此。艾古丽,你听到了吧?呀,你的蘑菇快搅拌搅拌,蘑菇!"

"我家那口子还在那儿呢!这可让我怎么办!安拉……为什么封锁了?啊,科斯坦丁?"

"封锁就是封锁,我们可管不着。命令就是命令。"

"又要打仗了!怕不是又要跟红线的人开战了吧?汉萨那帮人真该早点死绝了才好!"

"那我该找谁打听去,科斯坦丁?我的梅赫梅特……"

"这是定期检疫。我刚从那边来,好像是商贸检疫什么的,很快就会通行了。各位好!"

"啊,您好啊,大爷。您来我们这儿做客?您从哪儿来?"

"我从塞瓦斯托波尔站来。这儿能坐吗?"

阿尔乔姆停止吹热茶冒出的白汽,从带豁口镶金边的白色马克杯上抬起头来。是那位老者一路找他到这儿来了,现在正偷偷用眼角瞄他。好吧，总不能跑开吧。

"那你是怎么到我们这儿来的呢，大爷？不是封锁了吗？"阿尔乔姆逼得老者与他对视。

"我恰巧是最后一个，"老者的眼睛眨都没眨，"我一过来，边境就封锁了。"

"没有汉萨这帮人，我们能活一个世纪！可他们要是没了我们的茶和蘑菇，能熬得住吗，这帮寄生虫！但我们却能活下来！上帝保佑！"

"你说他们会重新开放边境？可万一不开放呢？我的梅赫梅特怎么办？"

"艾古丽，你去找苏霍伊站长，他肯定有办法，他不会见死不救的。您来点茶尝尝？"

"也好。"自称荷马的人体面地捋了一下胡须。

他坐在阿尔乔姆对面，小口啜着本地自制的蘑菇汤汁——被美其名曰"茶"的饮品，而真正的茶早在十年前就被喝完了——然后便静静等待。阿尔乔姆也在等着。

"谁在排队取开水？"

阿尔乔姆心里一紧：阿妮娅来了。她背对阿尔乔姆站定，像没看见他一样。

"你今天出工，阿妮娅？""皮草"达莎一边搭话，一边在掉毛的皮草口袋上擦手，"来点儿茶？"

"好。"阿妮娅头也没回。这意思很明显，她已经看见阿尔乔姆了。

"腰疼吧？侍弄蘑菇老得弯着腰。"

"都快断啦，达莎大婶。"

"那也比喂猪强！"敦实的艾古丽不满地抽一下鼻子，乜斜着眼睛说道，"你试试整天铲猪粪是什么感觉！"

"你自己去试吧！每个人都可以按照自己的意愿选择工种。"阿妮娅毫不示弱。

尽管阿妮娅的语气平静如水，但阿尔乔姆知道，她这样说话的同时，是完全可能出手打人的。她很能打，训练有素。毕竟虎父无犬女。

"别吵哇，姑娘们。"伤疤脸科斯坦丁开口解劝，"马雅科夫斯基不是说了嘛，所有职业都很有用，所有职业都很重要。要是没有蘑菇，拿什么喂小猪崽儿呢？"

蘑菇在北边隧道种植，这是通往植物园站的两个隧道之一。蘑菇园长三百米，后面是养猪场。养猪场建得尽量远离居住区，以便少些臭气。其实，三百米的距离能起多大作用呢，无非是心理安慰罢了。

新来的人对这种猪粪恶臭十分敏感，但时间久了，也就习惯了。阿妮娅用了很长时间才适应。当地居民早就久闻不知其臭了，他们甚至不知道其他味儿，根本没得对比——不像阿尔乔姆。

"一心扑在蘑菇上是好事，"他盯着阿妮娅的后脑勺，一字字道，"跟蘑菇好说话，比跟人强。"

阿妮娅头也没回地捋道："还别看不起蘑菇，有些人哪，跟蘑菇差不了多少，就连得的病都是一样的。"说着，阿妮娅终于转过身来，"今天早上，我发现一半的蘑菇都长了霉菌，开始腐烂了，明白吗？从哪儿来的？"

"怎么会有霉菌？"艾古丽急了，"我们这儿的霉菌还不够多吗？真主保佑！"

"还有谁要茶？""皮草"达莎插话道。

"我采了一箱子烂蘑菇，"阿妮娅盯着阿尔乔姆的眼睛，"以前蘑菇可是好好的。"

"真是大祸临头！"阿尔乔姆故作夸张地摇头，"蘑菇发霉了！"

"那我们吃什么？""皮草"达莎一语中的。

"当然了，这算什么呀！"阿妮娅反唇相讥，"拯救全地铁的大英雄不再被人当回事了，这才算大祸临头呢！"

"走吧，艾古丽，咱们出去透口气。""皮草"达莎扬起刚画好的眉毛，"这里好像突然闷起来了。"

"哎……"荷马也跟着站起身来。

"慢！"阿尔乔姆把他叫住，"你不是想听英雄事迹吗？关于那个拯救了全地铁的阿尔乔姆的事迹？那你就听听吧，听一听真相。你以为人们会顾得上这个？"

"那是因为人们都有事干，正经事。工作，养家，养孩子。要是谁吃饱了撑的没事干，给自己找各种乱七八糟的破事，这才是灾祸呢！"阿妮娅占据阵地，开始向阿尔乔姆有节奏地"射击"：短点射，短点射，长点射。

"不，所谓灾祸，是人不想过人的生活，而是像猪崽或蘑菇一样。"阿尔乔姆答道，"当他只关心一件事……"

"最可悲的灾祸，是蘑菇把自己当成了人。"阿妮娅毫不掩饰自己的怨恨，"只不过没人敢告诉他真相，怕他接受不了罢了。"

"蘑菇真的发霉了？"已经走出老远的"皮草"达莎回头问。

"真的。"

"呸，真糟糕！"

"安拉在惩罚我们！"艾古丽从远处高喊，"因为我们的罪孽！因为我们吃猪肉！就因为这个！"

"你走吧，走吧……蘑菇们在呼唤你呢……"阿尔乔姆推搡着僵立的阿妮娅，"它们咳嗽了，打喷嚏了，它们在叫你呢：'妈妈你在哪儿呀？'"

"你这个混蛋！废物！"

"走吧！"

"你等着瞧吧！"

"走吧！赶紧走吧！"

"你走吧！滚回你的地面上去吧！拿着你的天线满世界乱转去吧！用你的哭诉扯破喉咙去吧！上面没有人了，明白吗？一个人都没了！全死绝了！无线电爱好者！蠢货！"

"你以后自己会……"

"没有什么'以后'了，阿尔乔姆，没有了。"

她的眼睛干干的，父亲教过她怎样阻止眼泪。不同于阿尔乔姆，她可是有父亲的人——亲生父亲。

她转过身,走开了。

阿尔乔姆坐下来,继续用带豁口镶金边的白色马克杯喝蘑菇茶。荷马小心翼翼地坐在旁边,默不作声。人们开始陆续回到厨房。有人担心说蘑菇长了白色霉点,有人叹气说千万别再开战,有人八卦说谁在猪场里被丈夫抓住了哪个部位。一头粉红色小猪尖声叫着从旁边窜过,后面追着一个面色苍白、瘦小枯干的小女孩。一只猫竖着尾巴绕桌子转了一圈,在阿尔乔姆的膝头蹭蹭,盯住他的嘴巴。杯子已经不再冒热气了,茶汤上面结了一层凝皮。阿尔乔姆的内心也开始覆上一层凝皮。他放下杯子,看向前方。老者就坐在那里。

"这就是我的故事,大爷。"

"我、我……对不起。"

"白跑一趟,是不是?后人可不稀罕看这个,如果有后人的话。"

"不白跑。"

阿尔乔姆撮了下牙花:这老头儿真倔。

他把屁股从板凳上抬起来,走出厨房。早餐结束了,现在要去完成义务劳动了。荷马立刻从后面黏上去:"请问,刚才在厨房,那个姑娘说的是什么?天线,无线电爱好者……当然,这不关我的事,可是,您到上面去了,对吗?您在听无线电?"

"我到上面去了。我在听无线电。"

"您想找到其他幸存者?"

"我想找到其他幸存者。"

"有收获吗?"

在他的声音里,阿尔乔姆并没有听出任何讽刺挖苦的意味,在他看来,阿尔乔姆所做的事情似乎稀松平常,就跟往汉萨运风干火腿一样。

"没有。"阿尔乔姆回答。

荷马冲他点点头,眉头紧蹙,欲言又止。他想说什么?表达安慰?

试图开导？假装感兴趣？但阿尔乔姆完全无所谓。

二人来到了自行车发电站。

阿尔乔姆不喜欢蘑菇，因为阿妮娅喜欢；他也不喜欢猪崽，因为太臭——这里只有他一个人能分辨出什么是臭。他和站里谈妥，作为英雄，他可以不做这些事，但展览馆站不养吃白食的，除了在隧道里的哨所值班，他还要在站台做工。最后，阿尔乔姆选择了骑自行车。

自行车一共有十四辆，排成一排，车把朝墙，墙上贴着宣传画。第一张是克里姆林宫和莫斯科河，第二张是褪色的粉色泳装丽人，第三张是纽约的摩天大厦，第四张是白雪覆盖的修道院和标注着东正教节日的日历……你可以根据心情选择招贴画，然后骑上车踩脚踏板。自行车被固定在支架上，车轮用皮带和直流发动机相连，每辆自行车上装着一盏小灯，微弱地照亮你今天的宣传画梦想，其余的电力被输送到蓄电池，用来供应车站。

自行车停放在南边隧道，属于保密性质的战略项目，外人禁止入内，但阿尔乔姆不知为何朝看守挥了挥手，把荷马也放了进来。

阿尔乔姆翻身骑上生锈的车架，抓住橡胶把手。面前是从汉萨书商那儿软磨硬泡得来的柏林宣传画——勃兰登堡门，电视塔，黑色的女性雕像。阿尔乔姆感觉这幅画很像莫斯科：勃兰登堡门很像国民经济成就展览馆的大门；而柏林的电视塔很像奥斯坦金诺，尽管塔身中部的观景台是球形的；雕像中的女人双手举过头顶，既像呼喊，又像是堵住耳朵，跟"工人与集体农庄女庄员"的姿势异曲同工。

"来骑一会儿？大爷？"阿尔乔姆扭头问荷马，"对心脏有好处，能让你在地底下活得更久些。"

老者没有回答，木然地盯着撒掉气的轮胎凌空旋转。看着看着，他的脸极不对称地扭曲起来，如同面瘫患者，半边脸在笑，半边脸僵硬。

"你没事吧，大爷？"阿尔乔姆问。

"没事……我只是想起了一些事，一些人。"荷马的嗓音有些嘶哑。

他清清嗓子，定了定神。

"哦。"

每个人都有可回忆的人。平均每个人身后有三百个影子，都在等着你想起他们。他们设下圈套，埋下地雷，张好网，等着。一辆没轮子的自行车，会让某人想起在院子里教孩子们骑车的情形；茶壶响了，会让某人想起父母的厨房里有个跟这一模一样的，每逢周末都会去那里做客，一起吃饭，分享生活。就在眨眼的那一瞬间，在现在和现在之间，眼睛突然看到了昨天，看见了逝者的脸。只是，一年一年过去，这些面容也越来越模糊。

"你是怎么知道我的？"

"您可是个大英雄啊，"荷马笑了，"妇孺皆知。"

"哼，大英雄。"阿尔乔姆撇撇嘴，把这个词吐还给对方。

"您可是拯救了整个地铁啊！要不是您用导弹将那些个畜生统统炸死……说实话，我想不通，您为什么不愿意提起这些？"

面前的电视塔、勃兰登堡门、举着双手的黑色女人，都让阿尔乔姆联想到莫斯科。真应该换一辆车，但其余车子都被占了，只剩下这一辆。他想把脚踏板倒着蹬，向后退，以便远离电视塔，但这样没法发电。

"其实，我是听梅尔尼克说起您的。"

"谁？"

"梅尔尼克。您认识的吧？游骑兵司令。游骑兵您也一定知道吧？斯巴达勇士……您本人，如果我没记错的话，曾经也是其中一员吧？"

"是梅尔尼克派您来找我的？"

"不是，梅尔尼克只是跟我讲了您的事，说关于黑暗族的威胁是您通知他们的，说您穿越了整个地铁……后来我自己也开始尽力挖掘真相，但仍然有很多不清楚的。我知道，没有您的帮助我没法搞清楚，因此就决定……"

"他还说什么了吗？"

"啊，谁？"

"梅尔尼克，关于我还说了什么吗？"

"说了。"

阿尔乔姆停止踩脚踏板,跨下自行车,跳到地面,双手交叉抱在胸前:"说什么了?"

"他说,说您结婚了,过上了正常人的生活。"

"这是他的原话?"

"原话。"

"正常人的生活。"阿尔乔姆苦笑了一下。

"如果我没记错的话。"荷马补充说。

"他没告诉你,我娶的是他女儿?"

荷马摇了摇头。

"就这些?"

老者吧唧了几下嘴,叹了口气,说了实话:"他还说,您精神错乱了。"

"当然啦,精神错乱。"

"我只是转述而已……"

"没别的了?"

"好像没了……"

"他没说他想宰了我?为了他女儿,或者——"

"没有,绝对没有!"

"或者,他等我重新归队?"

"不记得了……"

阿尔乔姆陷入沉思。半晌才想起来,荷马还在跟前,正盯着他看。"精神错乱!呵呵!"阿尔乔姆极不自然地干笑了几声。

"我不这样认为。"荷马连忙表态,"不管别人说什么,我知道……"

"您……你,知道什么?"

"就因为您坚持寻找幸存者,就因为您不想放弃——就把您当成疯子?听着,"老者郑重其事地盯着阿尔乔姆,"您是在为他人牺牲自己。说实话,我真的搞不懂人们为什么会这样对你。"

"每天我都会去。"

"上面?"

"每天。沿着台阶爬到地面,然后走到大厦,一步一步爬到楼顶,背着背包。"

旁边蹬自行车的人听得入了神,不约而同地放慢了速度。

"是!我还从没听见过有人回应!但那又怎样?那能说明什么?!"阿尔乔姆已经不再是冲着荷马一个人,而是冲着所有该死的、对着墙壁、朝着地面蹬自行车的人们喊,"什么也说明不了!你们怎么就不明白呢?!肯定还有其他幸存者!肯定还有其他城市!我们在这个地洞里,在这些个洞穴里,不可能是唯一活下来的!"

"你得啦,阿尔乔姆,省省吧!"一个长鼻子小眼睛的小伙子忍不住了,"所有人都被美国佬给炸死了!什么都没了!你怎么还不死心?!他们炸我们,我们炸他们,全完了!"

"假如我们的确不是唯一的幸存者呢?"荷马自问自答似的说,"如果我对你们说,……"

"他每天都往地面上爬,比上班还准时!自己被污染也污染别人!简直就是个活死人!"小伙子怒不可遏,"你想把我们都害死吗?"

"如果我对你们说,还有其他的……幸存者呢?如果我告诉你们,有过来自其他城市的信号呢?"

"你再说一遍?"

"其他城市的信号,"荷马坚定地说,"有人收到过,还交谈过。"

"你撒谎!"

"我认识那个无线电员……"

"撒谎。"

"如果他现在就站在你们面前呢?你们怎么说?"荷马对阿尔乔姆使了个眼色,"嗯?"

"你肯定是疯了,大爷。要么就是在故意撒谎。是不是?你撒谎!"

第三章
隧道

地铁站台的顶棚通常不高,是为人类量身打造的。而隧道则不然,墙到墙宽五米,顶到地也高五米。

在地铁系统遥远的另一端住着一群野人,他们坚信,隧道是"大虫"在地底钻出来的,这条大虫就是创造了地球并从自己肚子里产下人类的神明,只不过人类后来背弃了自己的造物主,将这些通道改为己用,用铁制造了列车取代大虫,并开始自欺欺人,宣称人类亘古有之,而根本没有什么大虫。其实,信奉这一神明也未尝不好,毕竟虫子比人类更适应地下生活。

隧道漆黑可怖,地下水汇成汨汨溪流,随时准备冲破铸铁筒板,将整条线路吞没。溪流冒出的冷气汇成寒雾,令信号灯的光线难以穿透。隧道原本就不是为人而修建的,而人,也并非为隧道而生。

哨所距离站台不过三百米,但已经令人不寒而栗。为了盖过那恐怖的声响,哨兵故意大声闲聊,半干的劈柴点燃的篝火,也多少能给人壮壮胆儿。

隧道像是有生命的:它呼哧呼哧地喘气,用自己满是窟窿的肺部吸入篝火的轻烟,好像烟鬼在惬意地吸烟。烟气升腾而起,进入通风井那锈迹斑斑的气管。

不远处停着一台轨道车,那是换班守卫的交通工具。此处距离站台三百米,如果有人从北方黑暗处进攻展览馆站,巡逻队就要拼命顶住,直至全部阵亡;同时,还需要派出一名"幸存者"向站台示警,好让孩子们有时间躲起来,让女人们来得及拿起武器,和男人们一道,以血肉之躯守住入口。

这一防御部署总能奏效，有赖于此，展览馆站二十年来生生不息。事实上，最近两年也很少有不速之客，即便有，也多半是出于误会。最后一次严重威胁，对于展览馆站乃至整个地铁而言，是黑暗族，但它们已经在两年前被导弹风暴全歼了。

展览馆站的每个人至今仍然记着，是谁杀死了这些畜生，拯救了人类——

阿尔乔姆。

如今，展览馆站以北只剩下一连串死去的空站台，头一个就是植物园站。那个站台很浅，离地表很近，原本将地上世界与地下世界隔绝开来的气密门被打破了。在植物园站生存是不可能的，至于植物园站往后是什么，人们并不关心。因此，世界的边界就在篝火光亮所及之处，再远处就是宇宙了。

哨兵们坐在那里，沙袋堆成的街垒将其与黑暗隔开。几支 AK 自动步枪彼此倚立，搭成一个小小的金字塔。篝火上架着一个坑坑洼洼、被烟熏黑的军用水壶。

哨兵们全部面朝隧道，眼睛死死地盯着那张黑暗的大嘴，唯独阿尔乔姆面对篝火坐着，后脑勺对着空洞的隧道。哨兵列瓦绍夫不屑地教训阿尔乔姆："你不该背对着隧道坐！"但阿尔乔姆已经跟这个隧道达成默契了，他学会了如何感知它。

阿尔乔姆让荷马坐在自己身旁。他是特意把荷马带到这个安静的空地来的，他不想在自行车发电站那里，当着所有人的面听荷马谈论此事。这里虽然也没办法做到一个旁人都没有，但总归少了许多。阿尔乔姆已经提醒荷马，叫他小声说话，以免引发骚动，但荷马似乎根本不会小声说话。

"那个城市叫波利亚尔内耶佐里[1],意思是'极地曙光',位于科拉半岛。旁边是核电站,而且是处于工作状态的,燃料储备还够用一百年的!毕竟也只需要供应一座城市。人们将城市建成了一座要塞,他们用原木建造了围栏,还有其他工事,防御做得非常好。部队就在旁边守卫着核电站,从士兵中招募了城市警备队。周边环境险恶,地处大北方,但这些人坚持了下来。核电站为他们提供光和热,用于生产,所以——"

"你瞎编什么哪?啊?"列瓦绍夫在另一头喊道,他的眼睛红通通的,耳朵肉乎乎的,胡子向上翘着,"还他妈什么'曙光'!植物园站往后,隧道里一个人都没有了,只有流浪狗!我们这儿一个中邪的还不够,又来了一个!"

"很快他们就要在这儿成立俱乐部啦!"鹰钩鼻阿尔缅奇克用手指甲剔着牙缝里的猪肉屑,挤眉弄眼道,"幻想者和意淫者俱乐部——'大红帆'。"

"这个信号是谁收到的?谁跟他们通话了?"阿尔乔姆盯着老者的胡子,盯着他翕动的嘴唇,好像聋子在读唇语。

"我,"荷马又扯开嗓门道,"我自己就是从那儿来的,阿尔汉格尔斯克[2]。我总想着,没准儿我的同乡有人活下来了呢?我一直听,在找,终于被我找到了。我的阿尔汉格尔斯克虽然在沉默,但极地曙光城回应了!整整一座城市,明白吗?在地上!热水,光……最诱人的是,他们有一座超棒的电子图书馆!磁带,光盘,整个世界文学,电影……明白吗?至于电力,要多少有——"

"波段?调频?"阿尔乔姆打断他如痴如醉的讲述问。

"也就是说,这是新的诺亚方舟。只不过上面获救的不是一对一对的动物,而是整个人类文明……"老者像没听到问话一样,继续陶醉。

"通话在几点?什么频率?地点在哪儿?什么设备?在多高的地方捕

---

[1] 波利亚尔内耶佐里,俄罗斯摩尔曼斯克州南部城市,位于伊曼德拉湖畔,距摩尔曼斯克以南224公里。1968年为科拉核电厂而设立,1991年设市。

[2] 阿尔汉格尔斯克,位于北德维纳河口附近,北邻北冰洋,是阿尔汉格尔斯克州首府。

捉到的信号？为什么我捕捉不到？"

老者满心期待的是对话，是篝火旁的亲切交谈，而非咄咄逼人的审问。但阿尔乔姆等这一刻等得太久，不愿意把它浪费在无谓的煽情上面。头一件事，是确认这是事实。

在地表荒漠中耸立的海市蜃楼，这个阿尔乔姆自己也能想象得到，但他需要的不是欣赏，而是触摸它们，确定它们的存在。

"说啊！"他步步紧逼，不给老者耍滑头的机会，"想清楚！为什么我没有听到过？"

"我……"荷马咂一下嘴，将视线转向黑暗，陷入沉思，最后终于妥协了，"我不知道。"

"什么？不知道？你怎么会不知道？！不是你自己捕捉的信号吗？"

被追问急了，说实话了，混蛋。

"不是我，是我碰见的一个人，一个无线电员，是他说的。"

"在哪儿碰见的？哪个车站？"

老者思忖片刻道："大剧院站，好像是。嗯，大剧院站。"

"你想用大剧院站吓唬我？你以为我不敢去查验吗？"

"我根本没这么想，年轻人。"老者不失威严地说。

"什么时候？"

"两年前吧。不记得了。"

哼，不记得了。

唯一的一次，当阿尔乔姆在无线电的咝咝声和啡呜声的间隙，听到那个遥远而微弱的人声时，永远地铭刻在了他的脑海。时至今日，那个声音，如果仔细聆听，仍在耳边回响，好像封存在海螺中的海浪声。这种东西怎么可能忘记？

一个立志为人类的全部地下生活著书立传，留传子孙后代，好让他们知道自己从何而来，好让他们不放弃重回地面梦想的人，怎么可能不把每个细节记得清清楚楚？

还说什么大剧院站。

"你撒谎,"阿尔乔姆断言,"你只不过想讨好我。"

"您错了,我只不过……"

"你想讨我欢心,让我把一切都告诉你,把我那些糗事都告诉你。你想收买我,嗯?你摸准了我的弱点,想钓我上钩……是不是?"

"根本不是!这绝对是真事……"

"去你的吧!"

"喔!"阿尔缅奇克像吹喇叭一样吸溜着鼻涕,"幻想者们吵起来了,争论谁的幻想更奇幻。"

阿尔乔姆既生自己的气,也生这个愚蠢的老谎话精的气。他把后脑勺枕在落满弹壳的沙地上,合上眼皮。该死的编故事的!每次都是这样,心口的伤刚要结痂,就会过来个人把它揭开。

老者阴沉着脸,并不打算说服阿尔乔姆。

去他个大头鬼吧!

直到值班结束,二人再没交谈一句。走进站台,临分手时,阿尔乔姆连看都没看荷马一眼。

* * * *

"有确切消息:收到了来自科拉半岛的信号,那里有幸存者!"阿尔乔姆意味深长地观察着小基里尔的反应。

"真的?!"

"真的!"

小基里尔兴奋地一蹦老高,随即止不住地咳嗽起来。阿尔乔姆有所预感似地递给他一方手帕,让他放在嘴边。等咳嗽平息,基里尔拿开手帕,惊慌失措又满怀愧疚地盯着它看。阿尔乔姆心里一紧。

"会好起来的,你还要逮耗子呢!一点点血算得了什么呢!"

"妈妈会骂的,别给她看,好吗?"

"那还用说!咱俩——喏,铁哥儿们!绝不出卖!"

"你对游骑兵起誓。"

"我对游骑兵起誓。"

"你郑重点儿。"

"我郑重地对游骑兵起誓。"

小基里尔爬到阿尔乔姆的腿上:"你赶紧给我讲讲。"

"是这么回事,据准确消息,捕捉到了来自北方的信号,从科拉半岛来的。那里保存了一座完好的核电站,周边是一座城市,叫作'极地曙光城'。怎么样,美吧?所以,我们不是唯一幸存的,明白吗,基里尔?不是唯一的!还有其他幸存者!我们一定能找到他们!是不是?!"

"太好啦!"小基里尔眨巴着两只苍白的大眼睛,"这真的是真的吗?"

"真的是真的。那座核电站能发那么多的电,让整个城市一年到头都暖暖和和的。他们在城市上空建了一个巨大的玻璃罩,你能想象得到吗?"

"不能。"

"就像一个超级大的玻璃杯。"

"干吗用?"

"防止热气跑出去。外边是雪,暴风雪,里面呢,可暖和了!树木开满了花,就像你的绘本里画的一样。还有果园,苹果呀什么的⋯⋯对了,还有番茄。人们走在大街上,只穿汗衫就够了。到处都是花,食物有的是。有各种糖果,还有各种各样的玩具,不像你这儿,光是空弹壳。"

小基里尔眯缝起眼睛,努力地想要想象出这一切。他抿着嘴轻轻地咳了两下,尽力往下压,然后长长地叹了口气。看来是想象不出来。其实,就连阿尔乔姆自己也想象不出来。

"到了夏天,这个玻璃屋顶会打开,人们就能生活在新鲜空气中了。不是在地底下,而是在地面上,在有窗户的房子里。窗外,可以看见其他房子,或者森林什么的。这就是他们的生活,在太阳底下自由地生活。人们也不用戴防毒面罩，就这么走在街上。空气又清新，又干燥，又新鲜。在这样的空气里，一个细菌都没法生存，全得死光光。"

"所有细菌？结核杆菌也会死吗？"小基里尔立马来了精神。

"所有细菌。头一个死的就是结核杆菌。"

"所以，我只需要到那儿去，不戴防毒面罩，大口呼吸，病就会好了吗？"

"我觉得是，"阿尔乔姆说，"你别看在这儿，在隧道里，又闷又潮，结核杆菌闹得欢实，一到地面，遇见新鲜空气，立马就蔫巴了。"

"哇哦！我得告诉妈妈！她肯定会很高兴的！你要去那儿吗？"

"但这个极地曙光城非常遥远，可不是随随便便就能去的，得攒下好多力气。"

"我能攒！需要多少？"小基里尔坐在阿尔乔姆腿上向上蹿了一下。

"需要很多很多。你知道到那儿去要走多久吗？坐越野车的话，嗯……半年！在地面上，森林，沼泽，毁掉的道路。"

"那又怎么样？我能走到！"

"不行，我还是不能带你去，我只带其他的游骑兵一起去。"

"为什么，嗯嗯？"

"你妈妈说，你什么东西都不吃。这样可没法坐越野车，光会拖后腿。这可不是闹着玩的，有各种阻碍，每走一步都是怪物，要经历很多的冒险。你不吃东西，怎么能熬得过去呢？头一场战斗你就挂啦！我们游骑兵团需要的是能吃饭的战士，而不是不吃饭的小孩儿。"

"那些蘑菇我连看也不想看啦！噢……"

"那蔬菜呢？妈妈不是给你弄来了蔬菜吗？看见这番茄了吗？它是从塞瓦斯托波尔站穿越了整个地铁来到你身边的。"

"噢……"

"我跟你说，这番茄跟极地曙光城果园里长的一模一样。来，你尝尝。一个番茄里头有整整一吨的维生素。"

"好吧,那我就吃一个,既然跟极地曙光城的一样。"

"你现在就把它吃了,我看着你吃。"

"那你再给我讲讲那个曙光城,还有像玻璃杯一样的屋顶。"

娜塔莉亚,小基里尔的母亲,站在帐篷外面,隔着帆布听到了整个对话,听到了每一个字。她的脸上掠过一层阴影,十指紧扣地捏着。

阿尔乔姆走出帐篷,对她笑笑:"我哄他吃了一个番茄。"

娜塔莉亚没给阿尔乔姆好脸色:"你跟他说那些个疯话干什么呀?他以后得用这个把我烦死!"

"怎么就是疯话呢?没准儿'极地曙光城'真的存在呢。让他有个念想也好嘛。"

"昨天医生来过,从汉萨来的。"

阿尔乔姆忘了自己要说什么。他害怕自己猜到娜塔莉亚会说些什么,于是就竭力避免去想,什么都不想,以免一念成谶。

"他只剩下三个月了,就是这样。还扯什么'极地曙光'。"

娜塔莉亚的嘴撇到一边,阿尔乔姆这才看清楚,他俩说话时,一直在她眼睛里的是什么东西。那是一层薄膜,是干枯的眼泪。

"怎么,彻底没希望了吗……"

"妈——!乔姆哥哥要带我坐着越野车去北方!你会让我去吗?"

* * * *

他猜测阿妮娅已经睡了,要么就是在装睡,跟往常一样,为了躲避他。没想到她却坐在床上,像土耳其人一样盘着两条光腿,双手紧紧抱着一个半升大小的塑料瓶,好像生怕被人抢走似的。瓶子里装着混浊的液体。一股酒气。

"给,"她把瓶子递过来,"来一口。"

阿尔乔姆接过瓶子闷了一口糙酒,闭住气,挤挤眼。身子暖和了些。

接下来呢?

"坐,"阿妮娅拍拍身旁的被子,"坐下。"

他在她指定的地方坐下,半侧着身看着她:普通的背带背心,手背上寒毛直竖,是因为冷吗?

她还跟两年前一样:乌黑的头发剪得短短的,像个男孩子;嘴唇单薄而苍白;鼻子相对于精致的脸庞稍有点大,还有点儿鹰钩,不过,若少了这个鹰钩,或许会显得呆板乏味;胳膊上青筋暴起,像解剖学模型一样,毫无女性的温柔;肩膀上满是肌肉,像戴着肩章;脉搏在她细长的脖子上迅速搏动;锁骨隆起——早先,这性感的锁骨会让他忍不住要去怜她,爱她;傲立的乳房撑起白衣。

"抱抱我。"阿妮娅喃喃道。

阿尔乔姆伸过一只手,不自然地搭到阿妮娅肩头,像哥们之间的勾肩搭背,又像大人在安慰小孩。她向他倒过去,像要粘在他身上,但浑身肌肉依然紧绷。阿尔乔姆同样无法让自己的身体变得活泛些,只好求助似的又喝了口酒,但仍然连一句合适的话也说不出来。他已经生疏了。

阿妮娅轻轻地碰碰他,然后用嘴唇亲吻他的脸颊:"真扎。"

阿尔乔姆晃晃塑料瓶,一气灌了好多,脑子里全是北方和越野车。

"我们……我们来试试,乔姆。再试一次。让我们重新来过。"

她将手指——冰冷、干硬的手指——滑到他的皮带上,灵巧地解开皮带扣。

"吻我,来呀,吻我。"

"好。我……"

"过来。"

"等等……马上。"

"你怎么啦?来吧……把我的衣服脱下来。对。"

"阿妮娅。"

"怎么了?就是这样……嘘……冷。"

"好。我……"

"过来，对……快啊……快……这该死的衬衫……"

"马上，马上。"

"对，天啊，给我喝一口。"

"给。"

"嗯。啊……对，就是这儿。你还记得吗？嗯？"

"阿妮娅……宝贝儿……你真美……"

"不用这么久……快来。"

"我不行……对不起……"

"让我来……你怎么了？……让我试试。"

"阿妮娅……"

"怎么样？嗯？……来这里……感觉到了吗？"

"感觉到了……"

"这都多久了啊。你从来不……你不明白吗？我很想你。嗯？"

"马上，马上。只是……今天太……"

"嘘，别说话。让我来试试……你好好躺着。"

"我今天……"

"闭嘴，闭上眼睛，别说话。对，就是这样……现在……现在只要……你怎么样？"

"我不知道……不行。"

"现在呢？！"

"鬼知道。不行，脑袋里全是……"

"全是什么？你脑袋里全是什么？！"

"对不起。"

"起开。滚！"

"阿妮娅……"

"我的背心呢？"

"等等。"

"我的背心在哪儿？！我冷！"

"你干吗……你这是干吗？不是你的事，跟你没关系……"

"够了，够了！少跟我装蒜。"

"不是的……"

"我叫你滚，听见了吗？！滚！"

"好。我……"

"该死的短裤呢？在这儿。不想要就别要。还是说辐射已经把你给烤干了？"

"不是，当然没有，你说什么呢……"

"你就是不想要我……不想要孩子……"

"我不是跟你说了吗……今天没心情。"

"我们为什么生不出孩子，就因为你不想要！"

"不是的！"

"我……阿尔乔姆，我为了你，离家出走了，跟父亲也闹翻了。一切都是因为你。在那场战争之后，跟红线交战之后，他坐上了轮椅！走不了路了，一条胳膊也被截断了……你知道这对他而言意味着什么吗？当个残废！就算是这样，我还是不顾他的反对，抛下他，跟你来了！"

"我有什么办法？他根本就不把我当人！我本想把全部真相都……而他……是他不想让我们在一起，我有什么错？"

"为了保持生育能力，我不再往上面去！为了健康……这些女性器官，吸收辐射就像海绵吸水一样……你是知道的！我忍受那些该死的蘑菇……跟你来到这里，你的车站！你以为这是我想要的生活？我放弃了自己的职业！来这儿养猪！为了什么？！你可倒好，你不管不顾！一天到晚来来回回！你都快把自己搞垮了！你明不明白？说不定我们就是因为这个才要不到孩子！我求过你多少次？你爸爸又劝过你多少次？！"

"苏霍伊根本就不是——"

"你这么做图个什么？！你根本就不想要孩子，是不是？你就是不想和我有孩子，对不对？根本不想！你根本就瞧不起这一切，你只喜欢拯救世界！而我呢？我呢？！你根本不管我！你恨不得我死！我死了你才开心，是不是？"

"阿妮娅，你这是在干吗……"

"我受够了！我不想再忍了，我不想再等了，我不想再缠着你跟我睡觉，我不想再幻想着要孩子，我不想再担惊受怕，万一我真的怀了你的孩子，会不会生下一个怪物。"

"够了！闭嘴！"

"你生下来的一定是怪物，阿尔乔姆！你自己也像一团吸收辐射的海绵！每一次爬到地面都会有报应！你难道不知道吗？！"

"闭嘴！该死！"

"走吧，你走吧，阿尔乔姆，别再回来。"

"走就走。"

"走吧。"

以上全部对话都是压低声音进行的——低声呼喊，低声呻吟，低声啜泣。

周围寂静得如同蚁穴，所有邻居都在装睡。其实，所有人都听见了。

* * * *

防化服刚好能塞进旅行箱。最上面，阿尔乔姆放了一支值勤用的AK冲锋枪（这本是严禁带出站台的），六个弹匣（用蓝色绝缘带两个一组缠起来），一袋干蘑菇。防毒面罩用混浊的眼睛盯着他，阿尔乔姆一把将它塞进箱子，急剧地，厌恶地，像把发臭的尸体装进藏尸袋。然后将背包扛到肩上。背包——他的诅咒，西西弗斯的巨石。

"大爷！起来！收拾东西！别太大声。"

老者跟睁着眼睡觉似的，一下子就清醒了："去哪儿？"

"你跟我说的那个无线电员，是真的吗？他真在大剧院站？"

"是，是……"

"那就好，你带我去？"

"去大剧院站？"荷马愣了一下。

"你以为我会犯尿，是吗？没门儿，大爷。对别人来说，大剧院站也许是地狱，但对我来说，那里是战斗的圣地。怎么样？莫非你在撒谎？"

"我没撒谎。"

"那你就带我去。我必须亲眼见到你所说的那个人，当面问个清楚。我要让他教我，让他把他的接收机给我，让我亲自验证一下。"

"但那可是两年前……"

"咱们做个交换。你带我去见无线电员，我告诉你你想知道的一切，毫不隐瞒。不管是黑暗族，还是什么黄族、绿族，随便你。我会告诉你从来没有跟任何人讲过的、整个该死的希腊悲剧，从头讲到尾。成交吗？不骗你。怎么样？握个手。"

荷马把手伸过来——慢慢地，有点犹豫，像是担心阿尔乔姆会朝他掌心吐痰似的——阿尔乔姆将他的手紧紧握住。

老者收拾行李的时候，阿尔乔姆在聚精会神地研究一个手握式充电手电筒。他把手柄捏紧又松开，听装置发出的声音，给蓄电池充电，等完全搞明白了才作罢。

"我说，你要写一本书？为什么要写它？"

"这个嘛，你看，我们在这里活着，而时间却停滞了，是不是？没有历史学家，没有人记载我们也活过，怎么活的，那我们就跟压根没活过一样。"荷马顿住了，将手里的灰色枕套揉成一团，"一万年以后，也许会有人从地底下把我们挖出来，可我们却连一行字都没留下。他们只能凭借骨头，凭借锅碗瓢盆猜测，我们有过什么信仰，什么梦想，但那跟真相也许差着十万八千里。"

"谁会挖我们呢,大爷?"

"考古学者,我们的后人。"

阿尔乔姆摇了摇头。他舔了舔嘴唇,努力压制内心的怒火,但终于还是像火山岩浆一样喷涌而出:

"我告诉你,我可不想让后人从这儿把我们挖出来。我不想被埋在这儿!我宁愿挖别人,也不愿被人挖。想在这个鬼地方过一辈子的人难道还少吗?我宁愿因为辐射过量死在上面,也强过在地铁里憋屈到老。这根本就不是人过的日子,大爷!地铁,后人——后人!我不想让我的后人在地底下窝一辈子。让我的后人给结核杆菌当饲料?没门!让他们为了最后一个罐头割断彼此的喉咙?没门!让他们跟猪同吃同睡?没门!你给他们写书,大爷,可是他们连读都没法读!他们的眼睛会退化,明白吗?而他们的嗅觉会变得跟耗子一样敏锐!他们将不再是人类!你想要这样的后人吗?只要有百万分之一的机会,能在地面上找到一个地方,任何地方,能够住在天空和星空之下,在太阳之下,只要这个该死的世界还有一个地方,能够不用橡胶管而是张嘴呼吸,我就得把这个地方给找到,明白吗?只要能找到这个地方!到那时候,就可以重建新生活了!就可以生儿育女了!让他们长大成人——而不是耗子,不是怪胎!为了这个,必须战斗!我不会提前把自己活埋,缩成一团,慢慢等死!"

荷马像是被阿尔乔姆辐射到了,像是被他的话震聋了,目瞪口呆。而阿尔乔姆却期待老者跟他争辩,他需要至少再射出这样一梭子子弹。可老者却突然冲他一笑,笑容真诚而温暖,露出一口掉了一半的牙齿:"没白来,我已经感觉到了,没白来。"

阿尔乔姆只是唾了一口,但他唾出的是毒液,是胆汁。这个缺牙老者的微笑,不知怎的,让他轻松很多。这个荒唐、恼人的老头,忽然让阿尔乔姆觉得,他跟自己是一伙的。老人似乎也有同感,像哥们儿之间那样朝阿尔乔姆一挥手:"走!"

二人蹑手蹑脚走过了站台。隧道塌陷处上方挂着一块钟表,那是全站台的宝贝，上面显示的时间是黑夜——对于全站台的人而言，唯一能够对此提出异议的就是阿尔乔姆，但他就要离开了。大厅里几乎没人，只在厨房里还有一两只夜猫子在喝茶。红色的公用照明已经熄灭，人们分头钻进了自家帐篷，点亮微弱的二极管，将帆布帐篷变成了皮影戏剧场。每个舞台都上演着自己的剧目。他们走过苏霍伊的帐篷——一个伏案的剪影；走过阿妮娅的帐篷——她坐在那儿，把脸埋在膝头。

老者小心地问道："你……不想道个别？"

"没什么人可道别的，大爷。"

荷马没有跟他争辩。

"去阿列克谢站！"阿尔乔姆对南边隧道入口处的守卫说，"苏霍伊知道。"

守卫敬了个礼，他说知道就知道吧，只要不往地面上去就行。

二人沿着铁梯走下站台，踏上轨道。阿尔乔姆走进黑暗，温柔地抚摸着隧道墙壁粗糙发霉的铸铁筒板，用目光打量着隧道五米高的顶棚和目不可及的深度，自言自语道："隧道，隧道在召唤。"

第四章
价码

🜲🜲🜲🜲🜲🜲🜲🜲🜲🜲🜲🜲🜲🜲 ☠ 🜲🜲🜲🜲🜲🜲🜲🜲🜲🜲🜲🜲🜲🜲

  阿列克谢站就像是展览馆站的盗版，只不过盗得很差劲。这里也学着种蘑菇、养猪，只可惜蘑菇和猪全都半死不活，只能勉强自给自足，根本没有剩余的量拿来卖。但当地人的性子跟自己养的猪也差不多，混吃等死，他们已经默认了——自己的故事，无论开端还是结局都平淡乏味，而且早已提前剧透。这里的墙壁早先是白色大理石的，但现在已经看不出是什么样的了。但凡能抠下来的，早就被抠下来卖掉了，只剩下混凝土和为数不多的几十条人命。混凝土抠不下来，而且也没人愿要，因此这里最主要的贸易，就是"卖命"。假如市场有竞争，价格自然会高些，但除了展览馆站并没有其他买家。故而，阿列克谢站存在的最主要意义就是：保卫展览馆站。

  所以，通往阿列克谢站的南边隧道，对展览馆站而言是基本安全的。其他隧道也许要花上一周时间才能通过，而这条南边隧道，阿尔乔姆和荷马因准备充分，小心谨慎，大概只用了半小时。二人在站台某处停留了几分钟，在展览馆站的相同位置挂着一块钟表，而阿列克谢站的钟表早在十年前就不翼而飞，从那以后，这里的每个人全凭自己的直觉来判断时间。谁想要黑夜，谁就有黑夜。毕竟，在地铁里，黑夜是没有尽头的，反倒是谁想要白昼，就得自个儿去想象。

  通道守卫漫不经心地看了来人一眼，他们的瞳孔跟针眼一般大小，哨所上空飘着一团混浊的白色烟雾，空气中弥漫着一股包脚布味。显然，守卫们抽大麻了。守卫长叹口气，打起精神问："去哪儿？"

阿尔乔姆用低不可闻的声音答道："和平大道站，去赶集。"

"那边过不去。"

阿尔乔姆对他热络地一笑："这个不用您操心，大叔。"

守卫长似乎被阿尔乔姆的亲切感染了，没头没脑地背了个似是而非的数学定理："正切乘正切等于余切。"说罢就放二人通行了。

"我们怎么走？"荷马问阿尔乔姆。

"从和平大道站往下吗？如果汉萨放我们入境，那我们就沿环线走。反正怎么都好过走我们橙线——不愉快的回忆，你懂的。去汉萨更稳妥。我有签证，还是梅尔尼克签发的呢。你有签证吗？"

"那边不是隔离了吗？"

"隔离不叫事，想想办法总能进去。麻烦在于大剧院站，从哪个方向进去都难。你可是给自己的无线电员挑了个好地方，大爷，雷区正当间儿。"

"怎么是我给他挑的呢……"

"开个玩笑。"

老者的目光低垂下去，仿佛在凝视自己的内心，那里应该贴着一张地铁线路图。而阿尔乔姆的地图永远挂在眼睛正前方，像全息投影一样，这是他在梅尔尼克手底下服役一年学到的本事。

"我倒是觉得，走帕维列茨站更好些，路虽然远，但更快。从那儿再沿着绿线向上，顺利的话，一天就到了。"

二人沿着隧道一路前行。

手电筒尽忠职守，但射出的光线顶多只能照亮十步开外，再远就会被黑暗吞噬。棚顶在滴水，墙壁发出湿漉漉的反光，远处有什么东西在咕噜作响，某种液体从顶棚滴到脑袋上，刺激着头皮，与之说它是水，更像是胃液。

两侧墙壁不时会出现一些门或者通道口，但大部分都用钢筋焊上了。乘客们平日所见的那张光鲜的地铁示意图上所标注的，实际上还不及真正地铁的三分之一。想想也对，何必让乘客们觉得难堪呢？他们从一个大理石站台，到另一个大理石站台，煲个电话粥，把时间往前调上个把小时，好了，到达目的地了。没有人会去想，自己在地底多深的地方转了一圈，也不会有人去关心，站台墙壁后面是什么，那些被格栅围起来的隧道支线通往何处。不想也好，看看手机，想想自己的人生大事，不该想的就别想。

两人迈着走隧道专用的步伐，每一步都是四分之三米，以便刚好能踩在每一根枕木上。需要走很多的隧道，才能习惯这种步距，那些窝在站台的人是不行的，总会踩空。

"大爷，你，一个人生活？"

"一个人生活。"

光线全部射向前方，看不清老人脸上是何表情，也许，只有胡子和皱纹。

又跨过了大概五十根枕木，装着电台的背包开始往下坠，不断提醒阿尔乔姆自己的存在。阿尔乔姆两鬓全湿，汗流浃背。

"我以前有过妻子，在塞瓦斯托波尔站。"

"你住在塞瓦斯托波尔站？"

"早先。"

"她离开你了？"阿尔乔姆莫名觉得，这是最有可能的情形。

"是我离开了，为了写书。当时我觉得，书更重要，我想在自己死后留下点什么。妻子嘛，反正也跑不了。你懂吗？"

"为了写书离开妻子？"阿尔乔姆难以置信，"还有这种事儿？那她呢……她就放你走了？"

"是我偷着跑出来的。等再回去，她已经不在了。"

"离开了？"

"死了。"

阿尔乔姆将装有防化服的旅行箱从右手倒到左手，说："我不确定。"

"不确定什么？"

"我不确定自己懂不懂。"

"你懂的。"老者疲惫但坚定地说。

阿尔乔姆突然感到害怕,怕自己也做出无法挽回的事。

接下来的枕木是在心里默数的,只听到咕噜咕噜的回响和遥远的呻吟,那是地铁在消化远方某个不幸的人。

* * * *

他们没有顾虑背后的危险,只顾盯着眼前的隧道,凝视着这口装满墨水的深井,凝视着井面随时可能出现的微弱涟漪,防备前所未见的可怕东西猝然钻出。至于背后,他们根本没去管。

这真是失算。

吱吱嘎嘎……吱吱嘎嘎。

这声音就这样悄悄地、渐渐地钻进耳朵。

等他们察觉时,已经来不及端起枪管了。

"哎呜!"

如果有人给他们背后来颗"黑枣",那他们是绝对躲不过的。地铁第一法则:在隧道里绝不能分神,会丢掉性命的。就是记不住,阿尔乔姆。

"站住!谁?!"阿尔乔姆大喊。

"哎呜!自己人!"

是刚才那个守卫长——"正切余切"。他胆子还不小,一个人开着轨道车就来了,而且还擅离职守——肯定是大麻嗑多了。

他来干什么?

"伙计们,我想了想,也许我可以送你们过去,到下一个车站。"说罢,他向二人递上一个谄媚的微笑,露出参差不齐的牙齿,挤出满脸皱纹。

身体当然更希望坐车,而不是一步一步挪。阿尔乔姆打量了一下这个热心人:棉袄,秃顶,大眼袋,但瞳孔里放出光,就像锁孔一样。

"多少钱?"

"提什么钱啊!你不是苏霍伊站长的儿子嘛。我是为了……为了世界和平。"

阿尔乔姆精神一振。把背包往上一送,让它更舒服地骑在了背上。

"谢谢。"阿尔乔姆接受了提议。

"这就对了嘛!""正切余切"兴奋地挥舞双手,像要驱散积攒多年的烟雾,"你已经是大小伙子了,应该理解数学的精妙!没有游标卡尺根本不行。"

一直到里加站他都没闭嘴。

* * * *

"带大便了吗?"

在巡逻兵之前,第一个迎接他们的一个短头发、高颧骨、兜风耳的小伙子。眼睛有点斗鸡眼,颜色是天空那种水泥色。身上的皮衣不大合身,衬衣敞着怀,胸口露出一个大大的耶稣文身,正从十字架上平静而自信地向外凝视。小伙子两腿间夹着一个铁皮桶,肩上搭一个褡裢,被他轻轻一拍,立刻发出诱人的叮当声。

"我出最好的价!"

早先,这个地铁站的上面是里加市场,以物美价廉的玫瑰闻名全城。当年,防空警报响起之后,人们只有七分钟时间来做出全部反应:确信这并非演习,掏出证件,跑进最近的地铁站。机灵的卖花小贩离地铁入口最近,他们用胳膊肘拨开惊慌失措的人群,头一个钻入地下。

当在地底下如何谋生的问题摆在他们面前时,他们打开气密门,挪开堵在门口的尸体,返回自己的花市,取回了玫瑰和郁金香。鲜花已经枯萎了,但用来作干花装饰绰绰有余。就这样,里加站人做了很长时间的干花生意。这些干花虽然带有霉菌和辐射,但人们照买不误,毕竟,这是全地铁能找到的最美好的东西了。要知道，人们还要继续爱，继续哀悼，没有花怎么能行呢？

凭借干花，凭借对恍如昨日却一去不返的幸福的追忆，里加站展开了腾飞的翅膀。但在地底下没法种植新花，花朵不是蘑菇，不是人类，它们离不开阳光。而地面上看似取之不尽的花，也终于枯竭了。

危机出现了。

过惯了好日子的里加站人，终于也不得不缩减口粮，甚至要沦落到吃老鼠的地步了——就像其他毫无出路的车站那样。但精明的商业头脑又一次拯救了他们。

他们权衡了各种机会，盘算了自己地理位置的优势，向北边的邻居展览馆站提出了交易：由他们购买多余的猪粪，然后转手卖给其他种植蘑菇的车站，充当肥料。展览馆站接受了这个提议——大粪他们有的是。

就这样，即将被贫穷熄灭的里加站再次焕发生机。新商品味道固然不好，却更实在、更可靠。况且，在眼下这个艰难时代，里加站人也没办法挑三拣四。

"伙计们，咋着，你们没货？"短发小伙儿对来客初步嗅过之后，失望地问道。

这时，其他同样带着铁桶的人也飞跑过来，争先恐后地高喊：

"收大粪！"

"大粪有没有？高价！"

"一公斤一颗子弹！"

这里的结算货币跟全地铁一样，也是 AK 自动步枪子弹，这是如今唯一的硬通货。卢布早在最初就失去了效力——在信用一文不值、国家不复存在的地下世界，拿什么来保证它的价值？而子弹，就另当别论了。

纸币早就被卷成烟卷抽掉了，大面值的比小面值的更受欢迎，因为它们更干净，更好烧，冒烟也少。硬币则成了那些玩不上子弹壳的穷孩子们的玩具。如今，衡量一切商品的尺度就是子弹。

一公斤大粪在里加站只能换一颗子弹，而到了塞瓦斯托波尔站就能换三颗。自然，这门生意并非每个人都愿意干，但没关系，干的人越少，竞争就越小。

"喂，廖哈，滚一边去！我头一个来的！"一个皮肤黝黑的大胡子将耶稣文身的小伙儿一把推开，小伙儿敢怒不敢言地退到一旁。

"你往哪儿钻，啊？你以为你先在隧道碰上他们，大粪就全归你了？"另一个紫脸膛的秃头也跳过来。

"瞧瞧，刚入行没规矩！"又有人跟着起哄。

"行啦，各位大哥，你们干吗……反正他们也是空车！"小伙儿辩解道。

"让我看看！"

那个叫廖哈的小伙儿闻得果然没错，"正切余切"车上一坨大粪也没有。

待阿尔乔姆和荷马下车，"正切余切"无辜地一摊手："我的货卸完啦！"说罢，吹着难听的口哨，掉头向黑暗驶去。

巡逻兵例行公事地检查了来客，将其放行，聚拢而来的大粪贩子们纷纷散去，只剩下头一个——廖哈。看得出来，他是最需要生意的。

"要不要来个观光，伙计们？我们这儿可有的看哪。你们最后一次见列车是什么时候？我们这儿有列车宾馆，豪华间！带电！在廊道里！我能搞到优惠！"

"我对这里了如指掌。"阿尔乔姆诚恳地说罢，向前走去，荷马踢里趿拉地跟在后面。

里加站原先被涂成了两种喜庆的颜色——红色和黄色，但想要发现这一点，得先用指甲把覆盖在全站台所有瓷砖上的那层油脂括去。一条隧道被一列死去的地铁列车堵住，车厢被改造成了宾馆。第二条隧道是站台全部生活的供给线。

"那您知道我们的酒吧吗？新开业的。家酿啤酒，上等货。至于原料嘛，也是用——"

"停！"阿尔乔姆赶紧把他的嘴堵住。

"那……伙计们,你们总得找点什么乐子吧?和平大道站被封了,检疫。轨道被横着拦住了,机枪手带狗执勤。你们不知道?"

阿尔乔姆耸耸肩:"那又怎样,就没办法通融吗?"

廖哈冷哼了一声:"你自己通融去吧。汉萨那帮人正搞运动呢,反腐。你呀,正好撞枪口上。那些受贿的,回头就放出来了,毕竟是自己人,但是总得找个替罪羊吧?"

"为什么封闭了?"

"说是有什么蘑菇病,霉菌什么的。不知道是空气传播的,还是外人带过去的。所以一切事务都暂停了。"

"就是冲我来的,"阿尔乔姆嘟囔了一声,"不想让我进去。"

"啥?"廖哈皱着眉头问道。

"我倒腾过这些蘑菇。"阿尔乔姆说。

"我明白,"廖哈似有同感,"倒腾蘑菇最没意思了。"

这时,几个小贩从身边飞奔而过,铁皮桶咣当作响,廖哈刚想追上去,又站住了。他似乎觉得,跟这两个倔脾气的游客在一起更有趣些。

"您这买卖可有意思。"荷马揶揄道。

"你还别说,大爷,"廖哈拧着眉毛道,"经纪人可不是随便谁都能干的,得有才能。"

"经纪人?"

"对啊,就像我这样的,还有那边的,都是经纪人。不然你以为呢?"

荷马没法搭腔——他正努力憋着不让自己笑出来,但嘴角还是忍不住往上翘了。

就在这时,阿尔乔姆发现荷马神情突变。他的脸色变得冰冷、惊恐,形同死人,他的视线越过经纪人,盯住旁边什么地方。

"你还别不信,"廖哈对着充耳不闻的荷马继续说,"大粪哪,我告诉你,那可是经济的血脉。蘑菇靠什么生长?塞瓦斯托波尔站的番茄靠什么施肥?所以说,你可别瞧不起大粪……"

廖哈每停顿一次，荷马便机械地点一下头，与此同时，侧着身子，慢慢地从廖哈身边走开，走过阿尔乔姆。阿尔乔姆用视线画出了他的轨迹，但仍感莫名其妙：离他们几步开外，站着一个浅色头发的清瘦姑娘，正跟一个大胖子经纪人亲吻，后者一边亲，一边悄悄地用脚将自己的粪桶踢向一旁，以免大煞风景。荷马那迟疑的步子正是迈向这对情侣的。

"你说，我们赚的能算多吗？"丢失了老者这位听众后，廖哈立刻转向了阿尔乔姆。

荷马走到情侣身边，尴尬地挑选着合适的角度，以便看清亲热者的脸。他认出谁了吗？但老人终究没敢把两张贴在一起的嘴分开。

"你干吗？"胖子用后脖子上的肉觉察到了老人，怒叱道，"你有病啊，老头？"

停止亲吻的姑娘脸上汗渍渍，皱巴巴的，活像刚从胳膊上拽下来的水蛭的吸盘。这不是老人要找的那张脸，阿尔乔姆一下就看出来了。

"对不起。"老人说。

"走开！"水蛭女说。

神色黯然，难以平复的荷马走回阿尔乔姆和廖哈身边。"认错人了。"他解释道。

但阿尔乔姆决定什么都不问：贸然拧开老人感慨的阀门，搞不好会让螺钉的滑丝坏掉。

荷马自言自语："她当然不会……绝不可能跟这种人……老傻瓜……"

阿尔乔姆没理会荷马，反问廖哈："怎么，难不成你们还赔钱了？"

"赔不赔的吧……汉萨每批货都要扣一半税，现如今更是……搞那些个检疫。"

所谓"汉萨"[1]，是环线车站联盟的自称。从地铁各个方向来的任何商

---

[1] 历史上的"汉萨"指的是德意志北部沿海城市为保护其贸易利益而结成的商业同盟，13世纪逐渐形成，14世纪达到鼎盛，加盟城市超过160个。15世纪转衰，1669年解体。

品都要经过汉萨的市场和海关。很多倒爷，较之于冒着生命危险跨越整个地铁，更倾向于将货物运抵环线与辐射线交叉处的最近的集市，卖给当地商人。收到的货款通常也就地存到汉萨的某家银行，以免在漆黑的隧道里被眼红的强人给抹了脖子。那些犯倔非要自己运送商品的人，到头来也免不了要缴纳高额税款。因此，不管其他车站再怎么贫苦，汉萨始终富得流油。全地铁没有任何势力能对汉萨发号施令，这令汉萨公民趾高气扬，也令其他所有站台徒唤奈何。

从站台中央可以看到，载货轨道车排成的长龙向区间延伸而去，这些轨道车是不得进入里加站的。经纪人的全部生意，就是从北部隧道抢购货物，然后卖到南部隧道。接下来，货就是别人的了。

"整个商业都停滞了。"廖哈抱怨道，"他们在扼杀企业家，这帮混蛋，该死的垄断者。人们想勤勤恳恳地做事，可是不行！谁给他们的权力靠我们发财？凭什么我们腰都累折了，他们却腆个大肚子？这是压迫，该死的！要是让我们自由发展贸易，整个地铁早就共同繁荣了！"

阿尔乔姆突然对小伙子心生好感，甚至忽略了气味。他想继续这个话题。

"汉萨的小日子过得不错。"他回忆道，"有一回，我在环线上的帕维列茨站做强制劳动，清理厕所。原本判我干一年，结果干了一个星期我就跑了。"

廖哈点头道："你这也算是经过洗礼啦。"

阿尔乔姆接着说："这些粪便都被他们扔到污水坑或者竖井里了，根本不打算拿出去卖。"

廖哈不悦地冷笑了一下："他们倒是富裕。"

廖哈掏出烟盒，里面是裁剪好的卷烟纸和一小包烟叶。他请两人抽烟，荷马拒绝了，阿尔乔姆接了过来。他凑到悬在顶棚的灯泡下方，在卷烟之前仔细辨认纸上的字母。那是一页发黄的书页，上面是工整的印刷体字母。但纸页是手撕的，撕纸的人是按照卷烟纸的规格操作的，而并非是

为了叫人阅读的。只见上面没头没尾地写着:

还有年轻的重力:
开启了少数人的权力。
……
准备好在这样的时代生活:
那里没有豺狼和恶魔。
……
天空孕育着未来,
大地生长着小麦。
……
不像今天的胜利者,
绕过古远的墓地,
折断了蜻蜓的羽翼……

文字恰巧在"羽翼"处折断了。阿尔乔姆在这毫无意义的文字上放上烟叶,仔细地卷成筒状,用唾液将其黏合,向廖哈借火。廖哈划着了一个用子弹壳改造的酒精打火机。纸张烧起来很好闻,但烟叶太差。

"怎么,你们非得去和平大道站?"廖哈被烟熏得眯缝着眼,低声问道。

"去汉萨。是的,必须去。"

"签证有吗?"

"有。"

两人又各自深吸了一口烟,荷马被呛得咳嗽起来,阿尔乔姆满不在意。

"你准备出多少钱?"

"你开个价。"

"开价也不是我开,大哥,那边的人定,我只能帮你引荐。"

"那你就引荐。"

廖哈提议临行前喝上一杯，就在那个挂着"最后一次"招牌的闹哄哄的本地酒吧。但阿尔乔姆拒绝了，他知道那酒是用什么东西酿的。

价钱谈好了：十颗子弹，送到地方并引荐。这个价钱很公道。

* * * *

防疫线刚好布在和平大道站入口前的区间。形式上，汉萨只管辖环线车站，而辐射线车站原则上是各自为政的。但这仅仅是形式上和原则上，一旦有需要，汉萨会立马隔断这些线路。

汉萨的边防部队身着灰色迷彩，用手电筒刺眼的白光在人们脸上乱晃，对他们大吼大叫，叫他们掉头，原路返回。一幅写着"检疫！"字样、配着霉变蘑菇图片的宣传画，像稻草人一样插在竹竿上。卫兵非但不跟倒爷们说话，甚至用帽檐遮住眼睛，看都不看他们一眼。除非发动强攻，否则这道防线根本无法突破。

经纪人廖哈转来转去，在一片帽檐底下寻找熟人。终于，他钻到其中一个下面，跟大盖帽低语了几句，扭过脸朝阿尔乔姆挤了个眼，下巴一扬，示意他们过去。

"他们被捕了！"大盖帽一边向沸腾的人群解释这三个人何以能通行，一边高声呵斥，"后退！小心感染！"

三人被押送着，穿过戒严的和平大道站。站台两侧的店铺被封了，顾客们围着警备队追问，披头散发的女售货员们劈腿坐在冰凉的花岗岩地板上，叨唠着生活、死亡和命运。到处黑灯瞎火，既然市场没有运行，电力就需要节省。倘若换作平日，此时此地正是人声鼎沸。和平大道站是中心站点，各种商品货物从四面八方云集至此。各种品味的衣服，阿尔乔姆每次见了就迈不开腿的书摊，一堆堆烧焦的智能手机，从中偶尔能淘到一个能用的，里面保存着照片，彩色的，承载着某人的回忆……买下来吗？但那里面全是别人的回忆，至于打电话，只能打给虚无。此外当然也少不了武器，各式各样的武器。所有商品的价格都以子弹计算。人们卖掉用不着的，入手必需的，然后继续赶路。

押送队对阿尔乔姆和荷马严密防范，谨防逃跑。他们用枪顶住二人的后背，一直押送到辐射线与环线的交会处，然后让二人连同廖哈在白石墙壁上的一扇铁门旁等候。

过了十分钟，里面有人叫他们进去。

门很矮，一共有三道，他们不得不先后三次猫下腰去，好像这办公室是给侏儒人盖的似的。地铁里出生的那一代人，身材普遍矮小，应该刚好合适。

在一间小办公室里，坐着两个矮人。其中一个长着一张大胖脸，戴着眼镜，头发稀少，除一颗大头以外，身体其余部分全部藏在巨大的办公桌后面，看上去仿佛只有一个完全自动化控制的脑袋。另一个矮人毫无特别之处。

"这位是环线和平大道站副站长，罗任·谢尔盖·谢尔盖耶维奇。"不起眼的矮人毕恭毕敬地介绍大胖脸。

"什么事？"大胖脸用威严而低沉的嗓音问道。

"是这样的，谢尔盖·谢尔盖耶维奇，这两位需要去汉萨。他们有签证。"廖哈恭敬回道。

大胖脸费劲儿地把自己的大鼻子转向廖哈，大声地吸了口空气，面孔立刻变得扭曲。显然，这间办公室很少放"经纪人"进入。

"通往汉萨的入口在得到进一步指示之前不得进入就这样！"大胖脸说起话来不加标点。

气氛变得尴尬。

"怎么，没有通融的余地吗？"阿尔乔姆蹙眉问道，廖哈连忙示意他闭嘴。

"什么通融行贿公职人员是头等大罪从今以后再也不要提起明白了没有！"大胖脸义正词严地说，"作为地铁公民你没有任何权利搞特殊！检疫之所以设立就是为了……形势不会失控你们明不明白！既然派我们在这里维持秩序我们就会维持秩序直到最后一个人牺牲因为这关系到你们自己知道是什么！植物检疫控制措施！而且是干腐病！谈话结束！"

大胖脸一闭上嘴，房间立刻陷入死寂。似乎这番说辞是提前录在磁带上的，等录音播放结束，咔嗒一声，后面就再没有任何音乐了。

大胖脸透过自己厚厚的眼镜片，用目光灼烧着阿尔乔姆和廖哈。寂静在积聚、积聚，仿佛在等待他们做出什么反应。

突然飞出一只粪蝇，轰鸣盘旋，宛如一架重型轰炸机。它是从哪儿冒出来的？难不成是廖哈放在口袋里带进来的？

"既然如此，我从上面走。"阿尔乔姆双手一摊，转向廖哈，"你这个糊涂蛋，廖哈。"

"那我的十颗子弹……"廖哈忙问。

"何必从上面走呢？"不起眼的矮人终于开口道，"那样不安全。"

有别于大胖脸，不起眼的矮人在整个会面期间，一次也没有皱眉头或者打响鼻。看得出来，他平时也不怎么皱眉，他的脸很光滑，五官很恬淡，声音很轻柔："刚才谢尔盖·谢尔盖耶维奇陈述的是官方立场。要知道，他正在执行公务，请理解他。而且谢尔盖·谢尔盖耶维奇也准确地指出了问题所在：我们的任务是阻止干腐病的蔓延，以免这种危险的传染病毒危及蘑菇。如果你们有成熟的折中方案，请与我商量。形势严峻，三个人一百颗子弹。"

"我不跟他们去。"廖哈忙道。

"两个人一百颗子弹。"

阿尔乔姆偷眼观察大胖脸的反应，下属的这种忤逆之举应该令他大发痉挛才对。但根本没有，副站长面不改色，似乎不起眼的矮人刚才发出的是次声波，他的耳朵根本接收不到。

一百颗子弹。

阿尔乔姆总共只带了六个弹匣，一百颗子弹就是三个弹匣还多。仅仅是为了进入汉萨，而这只不过是行程的开始。但即便如此……

任何其他路线，包括走地面，都可能开出更高的价码——比如说，脑袋。

一张地图在阿尔乔姆眼前浮现：向下进入汉萨，乘坐汉萨方便快捷的定线公交车直抵帕维列茨站，然后再直接地、畅通无阻地抵达大剧院站。而且还不用穿越红线边境，也能避开帝国……

"成交。"阿尔乔姆道，"现在交钱？"

"当然。"不起眼的矮人谄媚答道。

阿尔乔姆卸下背包，打开旅行箱，摸出藏在衣物中的弹盘，把暗淡的尖顶子弹放到桌上。

"一十。"他把第一批子弹推到大胖脸面前。

"你这人好不懂事！"不起眼的矮人一边埋怨，一边从座位站起身来，把子弹搂到自己这边，"副站长正执行公务呢！你是怎么回事？你当我是干什么的？"

幸亏，副站长没看见。

他傲慢地蹙着眉头，清清嗓子，开始整理桌面的文件，把它们从一小摞放到另外一小摞，似乎办公室里只有他一个人，其他所有人的存在都无法使其感觉器官产生任何反应。

"八十，九十，一百。"

"没错。"不起眼的矮人说道，"谢谢，会有人送你们过去。"

廖哈大功告成般地轻轻拍了拍胸口的耶稣。

"下不为例！"副站长终于开口道，"原则就是原则！特别是在当前这种严峻时刻更需要精诚团结！干腐病！刻不容缓！再见！"

荷马被眼前所见惊得目瞪口呆，心悦诚服地向大胖脸鞠了一躬，由衷地赞道："漂亮！"

"再见！"大胖脸严正地重复道。

阿尔乔姆一把将背包扛到背上，由于动作过猛，一块绿色铁皮从背包上角露了出来。

副站长眼前一亮，将短胖的身躯从桌子后边挪了出来："你包里背的可是无线电台么？这很像军用电台，在某种程度上是不允许带入汉萨境内的。"

阿尔乔姆斜眼瞟了一下不起眼的矮人，可是，在副站长醒过来之后，这个不起眼的矮人只顾把那一百颗子弹收到桌子底下，然后就对眼前的事情完全失去了兴趣，开始漫不经心地剔指甲里的泥垢。

"谢谢！"阿尔乔姆回了一句，拎起旅行箱，把荷马拽向出口。

"我的十颗子弹！"经纪人紧跟在后面提醒。

门在身后关上，阿尔乔姆听到一阵低语。

等出到站台，已经有人在等候他们了。不是把他们押到这儿来的那些穿迷彩服的警卫队，而是一些穿便服的人，手里拿着展开的证件，但光线太暗，根本看不清楚。

"安全部门，鲍里斯·伊万诺维奇·斯维诺卢普少校。"一个高个子彬彬有礼地表明身份，"请交出你们的武器和通信设备。你们被捕了，涉嫌间谍行径。"

第五章

敌人

鲍里斯·伊万诺维奇·斯维诺卢普少校的办公室相当舒适,更像是单身汉的公寓。看得出来,主人正是在这里过夜的。角落里拉着一扇布帘,布帘后面露出床的一角,床看上去很有居家气息,用一条人造毛毯胡乱蒙着。地毯被衣蛾蛀了,上面绣着别致的东方花纹,图案细节已经模糊不清了。另一个角落里挂着一幅华美的圣像画:两位身着红袍的圣徒,身材颀长,面容忧郁,纤细柔嫩的手指中各捏一柄细剑。

鲍里斯·伊万诺维奇率先开门进屋,用审视的目光扫了房间一眼,暗叫一声,把散落在房间不同角落的两只毛绒拖鞋捡起来,窘迫地塞到桌子底下。

"真抱歉,屋里太乱了,没来得及收拾。"

阿尔乔姆等人这会儿还挤在走廊里。简单收拾完毕,鲍里斯·伊万诺维奇请他们进屋,唯独把廖哈拦住了。

"你是经纪人?"他隔着一臂距离问廖哈。

"是。"廖哈坦承。

"在外面等一下,朋友,咱们待会儿另找地方谈,我还得在这间办公室里吃饭呢。工作太忙,敌人可是不打盹的。"

话音未落,经纪人身上的"龙涎香"就被挡在门外。门是软包的,但关闭时仍然发出铁的声音。

"请坐,这儿有椅子。"鲍里斯·伊万诺维奇说罢,从桌面拂掉食物残渣，朝一只格热利陶瓷茶杯里望了一眼，撮了个牙花。阿尔乔姆心想，难道是要请我们喝茶？结果希望却落空了。少校把黄铜灯架绿玻璃灯罩的台灯往边上推了推，然后透过朦胧的光线问道："从哪儿来？"

"展览馆站。"

"哦，展览馆站。"鲍里斯·伊万诺维奇把"展览馆站"这几个字像维生素片一样抵在舌尖倒了片刻，擦擦鼻子，努力回想着什么，"你们站长叫什么来着？卡利亚平，是不是，亚历山大·尼古拉耶维奇？他还玩得转吗？"

"卡利亚平半年前就退休了，现在是苏霍伊。"

"苏霍伊……苏霍伊！原来管安全的那个，是不是？跟我是同行！"鲍里斯·伊万诺维奇高兴地叫道，"为他高兴！"

"正是。"

"您也是安全部门的吧？"少校翻了翻阿尔乔姆的护照，"什么职业？"

"潜行者。"阿尔乔姆答道。

"我一猜就是。您呢？"少校转向荷马。

"我从塞瓦斯托波尔站来。"

"嚯，有意思！远道而来啊。塞瓦斯托波尔站！你们站长叫丹尼斯，丹尼斯……父称叫什么来着？该死……"

"米哈伊洛维奇。"

"对了！丹尼斯·米哈伊洛维奇，他怎么样？"

"老样子。"

"老样子！哈哈！"少校有所串谋似的向荷马挤了个眼，"说得太妙啦！我跟他共过事，对他由衷敬佩——专业！"

少校又朝自己的茶杯里望了一眼，仿佛期待杯子会自动装满一样，然后小心地轻轻抚摸自己的两颊。阿尔乔姆觉察到他的脸颊似乎有些不大对劲，但光线太暗，怎么也看不真切。他的脸上……是涂了颜色吗？

鲍里斯·伊万诺维奇算得上仪表堂堂：身材魁梧，脑门因前顶微秃而显得又高又宽，身体壮硕，但因长年伏案工作而略微驼背，双眼从幽暗中射出审视的目光。他显然并非平民出身，不知何以会有"斯维诺卢普"这个本意为"杀猪者"的粗鲁姓氏。

"您不是犹太人吧？"少校问荷马。

"不是，怎么了？"荷马不卑不亢。

"不是，怎么了？"少校滑稽地模仿着荷马的腔调，大笑起来，"有性格，我喜欢。其实呢，我对于你们的族人是很崇敬的，不像我的很多同事……"

"我不是犹太人，您不是看见护照了吗？怎么，这有关系吗？"

"护照！护照还不是人画出来的，我指的不是护照，而是心态。至于关系嘛，一点儿都没有！我们这儿又不是第四帝国。"

墙上有一个简易挂钟，指针正嘀嗒作响。挂钟表盘是玻璃的，外罩是蓝色塑料的。表盘上画的好像是一枚盾牌，还有一串用连字符隔开的大写字母。阿尔乔姆凭借台灯的绿色反光，在心里默念道："ВЧК-НКВД-МГБ-КГБ-ФСК-ФСБ-СБ СКЛ[1]。"最后三个字母——СКЛ，阿尔乔姆想，应该是环线车站联盟，也就是"汉萨"的首字母缩写。

"稀世珍品。"少校见状解说道，"这样的挂钟，全地铁只有一对，只有行家才懂。"

"您对我们还有其他问题吗？"阿尔乔姆问。

"当然，问题还不少呢。您能把手伸到灯光下来吗，手掌朝上？"少校继续躲在阴影里说，"对，就是这样，谢谢。手指。能让我摸一下吗？唔，茧子。打仗留下来的，对吧？肩膀给我看一下。对，肩膀，右肩膀。衣服不用脱。好了，淤青。看得出来，您是用自动步枪的吧？"

令阿尔乔姆感到奇怪的是，少校的手指潮乎乎，黏唧唧的，但不像是汗，而像是……双手刚从少校手中解脱出来，阿尔乔姆就想去嗅个究

---

1 这里的一串字母缩写系苏俄历史上先后出现的安全特工机构的简称。ВЧК 为全俄肃反委员会（1917—1922），НКВД 为苏联内务人民委员部（1934—1946），МГБ 为苏联国家安全部（1946—1953），КГБ 为苏联国家安全委员会，即"克格勃"（1954—1991），ФСК 为俄联邦反间谍局（1993—1995），ФСБ 为俄联邦安全局（成立于 1995 年），СБ СКЛ 为汉萨环线车站联盟安全局。

竟，好不容易才忍住了。

"我是潜行者，我不是说了吗？"

"对，没错。可是，潜行者在地面上总是会穿着防化服，戴着手套，不是吗？所以你的自动步枪肯定不是在地面上打的。您呢，尼古拉·伊万诺维奇？"少校按照护照上的名字称呼荷马，同时摩挲着自己的颧骨，"请把双手给我看一下，谢谢。你瞧，一看就是握笔杆的。"少校说罢，陷入沉思，揉捏着自己那粗壮有力的手指，似乎刚刚费劲掐捏了什么东西，现在正又疼又麻似的。是干了什么呢？给手握式发电手电筒充电？

稀世珍宝挂钟发出单调的嘀嘀嗒嗒，所有人都一言不发地听着：嘀嗒，嘀嗒，嘀嗒。铁门隔断了屋外的一切声响。若非这清晰单调的嘀嗒声，房间就会寂静到如同被炸聋耳朵听到的世界一般。

半晌，少校才回过神来："能否告知你们去汉萨的目的？"

"过境。"

"目的地？"

"大剧院站。"

"您是否知情，携带无证通信设备进入汉萨境内是被禁止的？"

"从来就没有的事！"

"怎么没有？只是您不知道罢了，阿尔乔姆·亚历山德罗维奇。"

"亚历山德罗维奇"这个父称是从苏霍伊的名字"亚历山大"来的，阿尔乔姆对此一直耿耿于怀。苏霍伊给阿尔乔姆办理第一张护照的时候，不知道他亲生父母的真实名姓，而阿尔乔姆自己也不记得了。于是苏霍伊就把自己的名字和姓氏给他写上去了——阿尔乔姆·亚历山德罗维奇·苏霍伊。阿尔乔姆当时还小，不敢执拗，这个父称从此就这样贴在他身上了。但借着后来梅尔尼克给他更换新护照的机会，"苏霍伊"这个姓氏他终于还是改掉了。

"还有一个问题。您生活工作在展览馆站，公章是这么显示的，而您的护照却是在波利斯开立的。您是经常旅行吗？您经常到波利斯去？"

"住了一年。赚外快。"

"是不是在列宁图书馆站？"

"是。"

"为了靠近红线？"

"为了靠近图书馆。"

斯维诺卢普忽然大笑起来："如此说来，您去大剧院站，是为了靠近大剧院喽？还是说，因为这两个中转站都是换乘红线的？您别误会，我只是问问，例行公事。"

"差不多。我想从大剧院站上到地面。"

"带着军用无线电台？您打算给谁发密码电报？给芭蕾舞团吗？哈哈哈。"

"您听着，"阿尔乔姆打断他道，"我们跟红线毫无瓜葛。我已经说了，我是潜行者。你自己难道看不出来吗？你看看我的脸、头发。我夜里上茅房都不用开灯，因为连我尿出来的尿都他妈会发亮！没错，我是带了无线电台，有问题吗？万一我被困在上面了呢？万一有东西要吃掉我呢？难道说我连呼救都不可以吗？"

"有人会救你吗？"斯维诺卢普逼问。

他终于从阴影里探出身来。阿尔乔姆这才明白，为什么他一直在摸自己的脸：他脸上布满了一道道抓伤，正肿胀鼓脓。其中一道斜劈开他的眉毛，跨过眼睛，继续劈开颧骨。就仿佛有人要挖出他的眼珠，多亏他眼皮紧闭才躲过一劫。

粘在他手指上的，原来就是这个——从抓伤里淌出来的尚未干透的脓液。斯维诺卢普肯定是遭遇了什么事，就在他逮捕阿尔乔姆一行人的几分钟前。刚才他说什么来着——"没来得及收拾"……

"没准儿有呢。"阿尔乔姆缓缓答道。

他本想问斯维诺卢普：你的脸是怎么回事？但眼下这又有何意义呢？无非拖延片刻罢了。

"既然如此，您何不现在就呼叫呢？"斯维诺卢普笑了一下，笑容因抓伤而显得恐怖,"您目前的处境刚好用得上。人证不符,携带火器,三匣弹药,违禁通信设备。您知道我在说什么吗?单凭这个无线电台,我们就有权扣留您,阿尔乔姆·亚历山德罗维奇,直到调查清楚为止。"

该怎么办?实话告诉这个人,自己使用无线电台做什么吗?他能想象得到少校会怎么回复他:"二十年来,没有任何信号、任何证据表明,在哪个地方还有幸存者,您在骗谁呢,阿尔乔姆·亚历山德罗维奇?"

少校从自己的掩体后面绕出来,走到屋子中间,满是污泥的皮靴踩在地毯上,地毯花纹由于时间和光线的关系显得暗淡模糊。

"还有您,尼古拉·伊万诺维奇,作为同伙……也许,您有什么要说的?不一定当着这个年轻人的面。您的行李里没有什么可疑物品,除了日记,但您的这些手稿可以有很多种解释,它有可能只是您记的编年史,但也有可能是给红线安全部门的汇报……嗯?"

荷马被吓得缩脖吞舌,但他并不打算跟阿尔乔姆撇清关系。少校把手钳又拧紧了一扣:"你们知道的,非常时期,需用非常之举。明白我的意思吗?"

阿尔乔姆目光朝下,在秃了毛的地毯上寻找答案。

桌子底下,两只毛绒拖鞋凄惨地向外张望。阿尔乔姆感觉它们跟这间办公室很违和:相对于少校的两只大脚它们太小,更何况还是女式的。

"对于这一切,你们也许能给出一个解释,可是我不知道啊。你们也得设身处地为我着想一下:我不得不自己推理,而我现在唯一能想到的解释就是……"

没来得及收拾;没有藏好的女式棉拖;满脸血痕,是谁抓的?阿尔乔姆本应该考虑如何为自己开脱,可思绪却不由自主:肯定是某个女人,用指甲,把他的脸抓花了,想把他眼珠子挖出来。这不是在闹着玩儿。他对她做了什么?

"你们,试图潜入你们所痛恨的汉萨,通过贿赂官员绕开边检。目的不用说,是间谍行径,又或者,是恐怖袭击?"

他把她怎么了？

鬼魅的台灯射出吝啬的光线，在黑暗中，阿尔乔姆很难断定地毯花纹上是否有深红色斑点。这间"单身汉公寓"收拾齐整，没有打斗痕迹，地毯平整，家具也没倒，只有一双女式棉拖在地上胡乱扔着。这就是说，她来过。她是被人带到这儿的……门被关紧，锁死，就像我们进入房间之后那样。

"我们有很多嫉妒汉萨的敌人。但无线电台……一无证件，二无造册，走私入境……这意味着什么？这意味着你们不是单独行动的。你们的潜入，只是某项阴谋的一部分，有人在背后掌控你们的行动。你们渗透到环线境内，在这里建立窝点，也许还会找到接头人，获取假护照，潜伏下来，等待指示。时机一到，再跟其他奸细一起行动。"

荷马用无辜的眼神无助地望着阿尔乔姆，但后者视若无睹，神情恍惚。

她是谁？她怎么了？

"你们沉默，就意味着你们无可辩驳，也就是说，全被我猜中了，是不是？"

办公室没有第二个出口，只有一扇门，软包的，能隔绝一切声响。桌子、挂钟、电话、圣像、角落里被布帘遮住的床——床！床上蒙着人造毛毯，如果是在床上……布帘密不透光，布帘后面……床上……

"嗯？"少校逼问。

阿尔乔姆张了张嘴，作势表态，少校逼近他，不动声色。墙上的挂钟又拖延了一段时间：嘀嗒，嘀嗒，嘀嗒。荷马提了一口气，不敢呼出来。房间里再没有人呼吸。

她之所以竭尽全力想要弄瞎少校，是因为后者想要杀死她。他大概将她扑倒，按住……掐死了。

那个布帘。布帘后面。盖着毛毯的床。就在床上，他睡觉的地方。

她大概是死了。又或者，还没死透？

蹿过去？扯开布帘？大声呼喊？跟他搏斗？

无人呼吸。万一床上是空的呢？

"您想给谁发信号？往哪儿发？发什么？"少校已经失去了耐心。

阿尔乔姆呆滞地看着他，脑袋里仿佛灌满了肮脏的地下水，已经再难盛载，就要撑破了，头疼得厉害。

她是谁？他为什么要害她？

必须采取行动，不能放任不管。但这难道是他——阿尔乔姆——该做的事吗？

"你真的怀疑我是间谍？是红线派来的？"阿尔乔姆欠欠身道。

少校变戏法式地取出一支小巧的马卡洛夫手枪，将它放在桌上，黑洞洞的枪口直冲着阿尔乔姆的眼睛。眼下撤退已经太迟了。早就该拽开软包房门，带着老人一起从这间舒适的房间闯出去。

"你问我手上的茧子？好，我告诉你它们是怎么来的。还记得当年的地堡事件吗？还记得红线的科尔布特吗？你一定记得！他不是你的同行吗？那场战役游骑兵折了一半弟兄，还记得吗？！为了阻击红线——你们汉萨的敌人！为了不让他们拿下那个地堡……我们向你们，向你们汉萨请求支援了，还记得吗？！可你们呢，混蛋，你们的支援一直就没出现过！这就是我手上茧子的来历！跟梅尔尼克的轮椅一样！"

"你……把袖口卷起来。"少校换了种声调命令。

阿尔乔姆撇着嘴，挽起袖口，露出一行已经暗淡的文身——"舍我其谁？"

"好吧，至少护照的事情搞清楚了。"少校清清嗓子。

"还有问题吗？"

"您犯不着对我发这么大火。在事情水落石出之前，我完全有权力拘留你们。你们大概不知道，我们现在正处于紧急状态的边缘。仅在上周，我们就清除了十五名红线特务——间谍、破坏分子、恐怖分子。游骑兵自然有游骑兵的任务，这我明白。但你们游骑兵，恕我直言，对于反侦察根本一无所知。你们或许以为，整个星球的命运全部掌控在你们手中；你们或许以为，汉萨的和平与稳定是理所当然的，是吗？我告诉你们，就在昨天，我们还抓住了一个人，他已经摸进了我们的供水系统！我们从他身上搜到了二十公斤耗子药！你们知道被耗子药毒死有多么痛苦吗？还有一个运大粪的小伙子，看上去就跟你们那个同伴一样老实巴交，却用自己的粪桶偷运了一枚反坦克炮到白俄罗斯站！如果被他得逞，你们能想象后果有多么严重吗？这还只是破坏分子，至于奸细，更是数不胜数。还有那些鼓动者，他们先是宣称我们这里没有公平，贫富不均，说什么汉萨打压商业，说什么全地铁的劳动人民不堪重负，因为汉萨榨取所有人的汁液。然后就是这些宣传单！你自己看看！"

他把一张灰色纸片递到阿尔乔姆面前，上面将地铁线路图画成了一张蜘蛛网，中央趴着一只肥大的蜘蛛，身上写着"汉萨"二字。

"另一面呢，您翻过来，写着'转给同志！'或者'前来集会！'，就是这样。他们在蛀洞，明白吗？在我们眼皮子底下酝酿暴动，明白吗？不分昼夜。我请问，您到过红线那边吗？您知道落到他们手里会有什么下场吗？他们连子弹都舍不得浪费一颗，直接用钢筋把你弄死。而那些被他们妖言蛊惑的人，会自相残杀，游行示威。一旦群众暴动，你们怎么控制？你们游骑兵还剩几个人？三十个？四十个？是，精英部队，是，特战英雄，是，舍你其谁？可面对被鼓动者挑唆怂恿的人群，你们能怎么办？你们能向妇女、向半大孩子开枪吗？啊？！不可能，我的朋友！你们游骑兵，也许精通近战，也许擅长强攻，可生活远不止这些！你们知道生活中的情形何等复杂吗？"

嘀嗒，嘀嗒，嘀嗒。

少校把十指锁在一起，这个动作仿佛让他想起了什么，他出神地盯着自己那粗壮有力的手指，然后又摸了摸脸颊。

"你去大剧院站干什么？"他又问了一遍，语调平静，"这个人是谁？"他用头点了点荷马。

"受梅尔尼克派遣，"阿尔乔姆回答，"如果您愿意，可以打电话给他，但我无权透露细节。大爷是向导，我们要取道帕维列茨站。"

荷马眨眨眼。他想起了梅尔尼克对阿尔乔姆的真实评价——"精神错乱"，不由得捏了一把汗。阿尔乔姆的游骑兵文身虽然还在，但假如有人问梅尔尼克，他是否还在游骑兵服役……假如少校真的拿起话筒致电梅尔尼克……

"半个向导半个大爷。"少校漫不经心地拖长声音讥讽道，"那经纪人呢？"

"经纪人……和我们一起。"

"以前是，现在他要和我们一起了。不是他把你们带过警戒线的吗？不是他违反植物防疫条例的吗？不是有人贿赂汉萨官员了吗？既然不是你们，那是谁呢？"

"不，"阿尔乔姆坚定地摇摇头，"经纪人得跟我们走。"

少校像没听见一样："所以，经纪人必须留在这儿……陪我们聊聊天。我派人送你们俩到新村庄站，沿最近的路。尽管放心。"

荷马偷眼示意阿尔乔姆，但阿尔乔姆不能把那个傻小子扔在这儿，不能把他留给斯维诺卢普，特别是在这样敏感的非常时期。

"放了所有人，要么就给梅尔尼克打电话。"

斯维诺卢普用手指扣响桌面，把马卡洛夫手枪当陀螺转，拳头握紧，又松开。

"你少拿梅尔尼克来压我！"他终于开口道，"他会理解我的。梅尔尼克是军官，我也是军官。只是面子上不好看。咱们可是有共同的敌人。我们应该精诚团结，并肩作战。你们用你们的方式，我们用我们的方式。共同守卫地铁的安宁，防止大流血，各尽其责。"

空气沉闷，难以呼吸，仿佛混浊的水滴在敲击耳膜。画面在脑海旋转：墙角被遮住的床，桌子底下的棉拖。真该上前一把拽开那该死的布帘……揭开真相。

"放了所有人，"阿尔乔姆重复道，"三个人一起。"

"我送你们到新村庄站，那里是我的辖区，另一个方向归别人管。我可不想向每个人一一解释你、经纪人和你的梅尔尼克,不然肯定会有人向上级打我的小报告。"

"现在就放。"阿尔乔姆趁热打铁。

"还他妈'现在就放'……"

嘀嗒,嘀嗒,嘀嗒。角落里的圣徒在交头接耳,两人手里的宝剑都是出鞘剑。荷马不停地用手背擦拭光秃额头上的汗滴,但怎么也擦不干。

终于,少校拿起了按键电话座机的听筒。"阿加波夫!把经纪人带出来……对,我说的……什么?……列昂诺唯伊怎么了?……那就给他钱,劳动必须获得报酬,更何况是他!上帝派来的说书人!特别是关于隐形观察者,讲得太好了!简直听不够!"他笑起来,"对,把经纪人带来。"

阿尔乔姆碰了碰荷马的肩膀:走!荷马开始往起站,但动作很慢,目光似乎被什么东西给勾住了。

"把东西还给我们。"阿尔乔姆说。

"等到了边境再说,"少校郑重承诺,"要是你们逃跑了怎么办?对于你们任务的细节我可是还没弄清楚呢。不必担心,到了边境悉数奉还。"

出门挂锁之前,少校用主人的目光环顾了一下房间。他扫了一眼角落,面对头顶光环的持剑者,像敬军礼那样把靴子一磕,熄灭了灯。阿尔乔姆也扭头最后看了一眼——布帘后面。

"这不是我该管的。"他在心里对自己说。

"密密层层,乌云压着边境……"少校低声哼唱着《三个坦克兵》[1]。

* * * *

和平大道站属于换乘车站,在环线和辐射线各有一个站台,两个站

---

[1] 苏联电影《拖拉机》的插曲,由波克拉斯兄弟作曲。后经波·拉斯庚重新填词,广为传唱,一直流传至今。

台的差别有如云泥。辐射线的站台黢黑一片,环线的站台亮得晃眼。辐射线站台挤满了卖各种零碎和日用品的货担、货亭,看上去像个流浪汉在垃圾堆里刨食。而环线站台,尽管与辐射线站台以通道相连,却没有沾染任何虱子和脏乱之气。黑白方格图案的地板一尘不染,天花板上的镀金层刚被翻新过,没有镀金层的地方虽然有些被熏黑了,但雪白的底色仍清晰可辨。巨大的青铜枝形吊灯从天花板垂下,尽管每盏吊灯只亮着一个灯泡,但已经足以照亮站台的每一个角落。

站台的一部分被用作货物集散地,吊车臂垂在轨道车上,旁边身着蓝色工作服的装卸工们正抽着上好的烟叶,一些箱子整整齐齐地码放着。从隧道里又开来一辆货车,响起一串爽快的脏话。工作在继续,生活的钟摆还在摆荡。

当地人的房子被安置在站台出口处的拱门下,以免占用大厅,有碍观瞻。墙洞被砖块堵上,甚至抹上了白灰,房门统一开在内侧,门旁还开了窗子,面朝枝形吊灯,挂着窗帘。屋内大概比屋外还要亮堂。如果有人敲门,主人会先拉开窗帘看看是谁,然后才会开门。这里的居民全部洗得干干净净,穿得漂漂亮亮,无论你怎么找,也休想从人群中找出一个营养不良者。如果说在这个地下世界还有天堂,那和平大道站的环线站台肯定是其中之一。

少校早早地就跟他们道了别,说得去趟外科医院。作为少校的代表,一个蓄着小胡子的、彬彬有礼又普通无奇的中年男人从办公区走了出来,后面跟着经纪人廖哈。他的嘴唇破了,但仍然咧着嘴笑。

阿尔乔姆对廖哈说:"你跟我们去新村庄站,然后去门捷列夫站。"

廖哈感激地说:"去哪儿都成!"

中年男人将身上那件织着雪花图案的家常绒线衫拉平整,拍拍廖哈的肩膀,招呼三人跟他走。从一旁看去,就像四位老友在站台上走着,嬉笑着,在公交站点抽着烟。

闻名遐迩的汉萨定线公交车准时抵达:一辆冒烟的摩托轨道车,后面拖挂着小型旅客车厢。车厢虽然没有顶棚,但带有软座,都是从地铁列车上拆下来的。售票员向每位乘客收取两颗子弹,"绒线衫"帮三人买了票。他们面对面坐好,车身一晃,开动了。座位全被占满了:左面是一位妇女,漂白头发,患有大脖子病;右面是一位大鼻子男公民,愁眉苦脸,衣着随意;后面是一位昏昏欲睡的年轻父亲,两个大眼袋,怀抱一个布包,从中传出细微的鼾声;再往后是一个大腹便便的男人,还有一个肤色黝黑的姑娘,十五六岁的光景,穿着防色狼的拖地长裙。再后面还有一些人。车厢头尾,各坐着几个自动枪手,身穿凯夫拉防弹背心,膝头放着钛合金头盔。他们不是来押送阿尔乔姆的,而是为公交车保驾护航的——尽管这里是汉萨,尽管人流涌动,昼夜照明,但隧道依旧是隧道,任何情况都有可能发生。

"他身上带着二十公斤耗子药!"漂白头发的妇女接着上一区间的话茬道,"直到最后一刻才把他抓住。"

"禽兽!竟然用耗子药!真该让这混蛋把那些耗子药全给吞下去!"大肚男嘟囔道,"我们还要忍受多久?有一个红线的人投诚了,他是从狩隼站过来的。据他说,他们那边已经开始吃自己的孩子了!他们的头儿——莫斯科温——那才叫魔鬼呢!他想把我们都吃掉,这个撒旦!"

"吃孩子——"睡眠不足的年轻父亲拖长声音道,"没有人会吃自己的孩子的。"

"你才活了多大岁数!"大肚男擤了一下鼻子。

"自己的孩子?没有人会吃自己的孩子。"年轻父亲固执己见。

"等他们到这儿来了,我们就知道了。""绒线衫"接话道。

"情况越来越糟糕!还记得去年地堡那回吗?游骑兵好不容易才挡住!他们怎么就不消停呢?"患大脖子病的妇女喘着粗气道。

"因为他们快饿死了!"大肚男摸着自己的大肚腩,"所以才往我们这边跑,想从我们嘴里抢食吃。"

"上帝保佑!"车厢后部一个老太太祈祷着。

"我去过红线的换乘车站一次，并没有看见什么可怕的，完全是非军事化的，穿得也都很像样。是有人拿他们吓唬我们呢！"

"你出过缓冲区吗？哪怕半步？我出了！当下就被按住了，差点没给我撑墙上去！他们表面上看着倒是人模狗样的，呸！"

"他们想不劳而获，都是贪得无厌的家伙。"大鼻子说，"我们在这儿辛辛苦苦，干了二十年苦役，可他们呢，就像蝗虫一样，三下两下就把自己的站台啃干净了，现在又要找新站台了。"

"难道我们欠他们的？他们凭什么？"

"刚过上人的日子！"

"可千万别打仗啊……千万别……"

"他们乐意吃自己的孩子，就让他们吃去，只要别往我们这儿跑！我们可顾不上他们……"

"哎呦，上帝保佑！上帝保佑！"

谈话进行间，轨道车一直在平稳行进，不时喷出好闻的轻烟，那是童年时熟悉的汽油味。这段区间堪称模范，干燥，安静，每隔一百米就有节能灯照明。

突然，灯光一眨，灭了。

所有的灯都灭了，整个区间陷入一片黑暗，好像上帝睡着了。

"停车！停车！"

刹车骤然尖叫，车厢里的乘客——大脖子病的妇女、"大鼻子"、大肚男和其他所有乘客全部东倒西歪，跌撞成一团。襁褓里的婴儿哇一声哭起来，越哭越凶，年轻的父亲手忙脚乱。

"所有人留在原位！不许下车！"

咔嗒一声，一只手电筒亮起，紧接着其他手电筒陆续亮起。从跳动的光线中可以看到，身着防弹背心的战士手忙脚乱地戴好头盔，不情愿地走下铁轨，围住公交车，挡在人群和隧道之间。

"怎么了？"

"怎么回事？"

一位"防弹背心"的无线电台沙沙响起来，他转过身，背对乘客，对着电台嘟囔了句什么。他在等待命令，却迟迟没有等到，只好傻愣愣地杵在那里。

"什么情况？"阿尔乔姆问。

"别说话，好好坐着！""绒线衫"满不在乎地说，"反正我们又不着急赶路。"

"刚好睡上一觉……"廖哈舔舔嘴唇，懒洋洋地道。

荷马紧张得说不出话。

"我还得赶路呢！"年轻父亲欠身喊道，"我得把孩子送到他妈妈那儿去！难道让我把自己的奶头塞给他吗？"

"小伙子们，那边怎么说？"患大脖子病的妇女朝战士们喊。

"坐好，女公民。""防弹背心"生硬地回道，"我们在等待指令。"

时间像弓弦一样绷紧：一分钟，两分钟。

婴儿得不到期待的抚慰，将哭声分贝提高到了警笛级别。轨道车车头处，有人烦躁地一下下打火，寻找哭声来源，火光刺到了所有乘客的眼睛。

"照你自己的屁股去吧！"年轻父亲恨声道，"什么都他妈不行！趁早让红线把这儿全占了，至少能建立秩序！动不动就断电！"

"我们在等什么呢？"车厢后部有人声援道。

"你要去的地方远吗？""绒线衫"的声音里带有同情。

"文化公园站！离这儿差不多隔了半个地铁！噢噢噢，睡觉觉……"

"咱们倒是挪挪窝啊！"

"这车又不是用电的！启动啊！好歹到下一个站台呢，然后再……"

"万一是敌人搞破坏呢？"

"我们的安全部门上哪儿去了？需要它的时候就没影了！把敌人都放进来了！"

"难道是……开始了吗，上帝？！"

"走啊,喂!一点儿一点儿开!"

"我们可是交了税的!"

"请指示!"战士冲电台嘟囔着,但那头只传来咳嗽声。

"肯定是敌人的特务!"

"那边是什么?你照照……""绒线衫"眯起眼睛,用手指着黑暗处。

一位"防弹背心"顺着他的手指方向把手电筒光探过去,只见一个黑洞,那是开在隧道侧壁的一条狭窄通道。

"这、这是什么鬼?……""绒线衫"惊奇道。

"防弹背心"将手电筒光猛地刺向他的双眼,不由分说地道:"别多管闲事,男公民,这有什么的!"

但"绒线衫"一点儿没生气,只是用手掌遮住眼睛:"这让我想起'隐形观察者'来了……你们听说过吗?"

"什么?"

"绒线衫"说:"嗯,就是二号地铁。据说政府,就是之前那个国家的领导人们,其实并没有跑,他们既没有死,也没去什么乌拉尔。"

有人反驳道:"关于乌拉尔我可是听说了。一个什么'亚曼托山'脚下的城市。那帮高层官员都跑到那儿去了!他们把我们扔在这儿腐烂发臭,自己却在那儿享福。"

"绒线衫"道:"胡说!他们根本就没有抛弃我们。他们就在这儿,就在我们身边的地堡里,在我们周围。是我们背叛了他们,忘了他们,所以他们才……不管我们了。但他们就在这里的什么地方,等待着,观察着我们,暗中护佑我们。因为,我们是他们的子民。也许,他们的地堡就在我们的站台后面,而他们的隧道,秘密隧道,就在我们的隧道背后,在我们身后围了一圈,仔细观察着我们。如果我们值得救赎,他们就会出现,从二号地铁走出来,拯救我们。"

车厢里鸦雀无声,所有人都盯着那个黑黢黢的通道,那个深不见底的旋涡,开始窃窃私语:"鬼才知道……"

"都是胡扯，"阿尔乔姆恶狠狠地说，"胡说八道！那个二号地铁我进去过。"

"里面有什么？"

"什么都没有，空荡荡的隧道，外带一小撮吃人肉的野人。这就是你们的观察者。你们就在这儿老实待着吧，等着他们来救你们吧。"

"我也不知道，""绒线衫"随和地一笑，"可能是我讲得不好。你该听听给我讲故事的那个人，我当时就相信了。"

"真有食人族？"年轻父亲问阿尔乔姆。

就在这时，电来了。

电台那头祝战士们好运。轨道车打了个喷嚏，车轮轧轧作响，继续前进。

乘客们长吁了一口气，婴儿也止住了啼哭。

当轨道车再次驶过两侧的深邃通道时，人们都忍不住害怕地向洞口张望。

其实那些通道是辅助用的，是死胡同。

* * * *

新村庄站看上去像个建筑工地。空道上有一列驮运队，驮着很多口袋，里面装的也许是沙子或者水泥。有人在搬砖，有人在搅拌混凝土，有人正把黏稠的泥浆滴到地板上，勾抹缝隙。从地面上搞来的几台干燥机轰鸣着，用扇叶将热空气吹向湿泥浆，每台机器旁边都站着一位穿灰色迷彩服的守卫。

"漏水了。""绒线衫"解释说。

新村庄站变得面目全非。从前，这里的门窗上都是彩色马赛克玻璃，站台光线刻意模仿黄昏，好让玻璃图案更加闪烁缤纷。彩色玻璃顶部镶着两道金边，勾勒出浑圆的拱门轮廓。地板是由花岗岩拼成的棋盘图案，乘客仿佛踏上了波斯国王赠送给俄国沙皇的那方价值连城的棋盘。而眼下，这里目之所见全是水泥。

"易碎品。"荷马忽然说。

"啊？"阿尔乔姆向老人转过身去，老人已经沉默太久了，以至于猛然听到他说话颇有些惊讶。

"我有一个熟人，他有一次跟我说，新村庄站的彩色马赛克玻璃早就掉了，因为是易碎品。我把这茬给忘了，刚才来这儿的路上，我还一直盼望着能见到呢。"

"不碍事，我们能恢复原样。""绒线衫"坚定地说，"我们能拯救站台。父辈能做到的，我们也一定能。只要不爆发战争，就一定能。"

"也许吧，"荷马附和道，"只是这种感觉很奇怪。我以前从不喜欢这些彩色马赛克玻璃，因此对新村庄站也没什么好感，觉着俗气。可如今，我一路上都在巴望着能见到它们。"

"彩色马赛克玻璃我们应该也能复原！"

"这倒未必。"阿尔乔姆摇头道。

"复原不了就复原不了呗！"廖哈大咧咧地一笑，"没有它们，生活照样继续。这个站台的出口在哪儿？"

"全都能复原！只要不爆发战争！""绒线衫"拍着廖哈的后背重复道。

他把三人带到空道上方的阶梯，沿着狭长地带走向门捷列夫站方向。他们通过了一道"迷彩服"警戒线，然后又是一道，之后才看见边境线——到处插着军旗、布着机枪阵地的汉萨环线。

廖哈一路上总在不由自主地回头看，阿尔乔姆知道，这个小伙子的快活是装出来的，并非发自内心。荷马双唇紧闭，目光低垂，仿佛盯着一块无形的银幕。"绒线衫"继续发出各种乐观主义宣言。

在最后一个区间，除了"灰色迷彩服"之外，还有两位工人，身穿脏兮兮的工作服，额上戴着焊工护目镜。在他们身边放着阿尔乔姆的行李——防化服旅行箱和无线电台背包。他们跟阿尔乔姆等人打了招呼，拉开拉链,请阿尔乔姆确认自动步枪和子弹都还在,如果愿意的话,可以清点一下。阿尔乔姆没有去数,当务之急就是尽快离开此地,活着离开,其他的都不重要。

单枪匹马没法跟整个安全部门斗,跟整个汉萨斗。而那里,在少校的办公室里,布帘后面——什么都没有,只是妄想狂而已。

"好吧!""绒线衫"精神抖擞地挥了挥廖哈脏兮兮的铁铲,朝阿尔乔姆伸过手来,"上帝与你们同在!"

从一旁看去,像是四位老友在依依惜别。

* * * *

直到他们踏上门捷列夫站,当便衣们再无可能听到他们说话的时候,荷马才抓住阿尔乔姆的袖口,低声道:"您刚才应付得太精彩啦。要知道,我们完全有可能陷在那儿!"

阿尔乔姆耸耸肩。

"只是,我始终在琢磨一件事,"荷马继续说,"在我们进门之前,少校收拾了两只凌乱的拖鞋,还记得吗?"

"然后呢?"

"那拖鞋不是他的,您注意到了吗?那是女式的,女式拖鞋,还有他脸上的抓伤……"

"妄想狂!"阿尔乔姆冲他吼道,"什么都没有!"

"真想吃点东西呀,"廖哈说,"还不知道什么时候才能到家呢。"

第六章
八米

"过去了就不能再回来了。"

临别时,边防哨所的指挥官一边这样说,一边用指甲揪着脖子上长熟的粉刺。

听到这话,三人都不禁好奇,前面究竟有什么东西。

门捷列夫站半明半暗,水汽弥漫,完全浸泡在水中。连接新村庄站的通道阶梯向下延伸,尽头并非花岗岩地面,而是一个水洼,本站居民全部生活在齐踝深的褐色冷水中。阿尔乔姆打开旅行箱,取出一双沼泽靴,顺便把 AK 自动步枪挎在身上。荷马脚上穿的也是胶鞋,一看就是经验丰富的旅行者。

"没想到这儿竟然被淹了。"廖哈蜷缩着身子嘟囔道。

水里四处胡乱散放着一些钉在一起的朽木框架,踩在上面可以稍微抬离水底。但它们摆放得毫无规律,谁也没想过把它们连成一片小岛或一条栈道。

"这是货盘,"荷马蹚过浑浊的冷水,走到木框跟前辨认道,"以前载货马车上用的。早先在整个莫斯科郊区,买卖货盘的广告牌随处可见。这些货盘撑起了一整个黑市!我还一直纳闷呢,囤这么多货盘干什么?原来是为了大洪水预备的。"

然而货盘同样被水浸没,沉入水下几厘米深。只有在跟前,在自己脚下,才能透过污水发现它们。若从一旁看来,会感觉这里整个是一片混沌的神话之海。

"这里的人就跟先知一样，在水中神奇地漫步。"荷马嘿嘿一笑，望着在水里踢踏的当地人道。

经纪人也感叹道："像一池子大便！"

瞳孔很快就忘记了汉萨的灯火通明，完全适应了这里吝啬的昏暗光线。整个站台只零星亮着三五盏油灯，油脂在油盏里燃烧，有些灯盏四周围着尚未完全褪色的购物袋。

荷马指着灯盏说："很像中国的纸灯笼，很漂亮，对不对？"

阿尔乔姆却不以为然。

他们在乍一看上去又密又黑的拱门处发现了车道。但与其他站台不同，在门捷列夫站，站台与车道之间不存在界限，浑水将一切都抹平了。每走一步都要谨慎估计立足点，稍有不慎，就会一脚踩空，灌上两口污水。

最主要的问题是：从这里如何继续前进？

通往地面的出口被堵住封死了，通道也被截断了，隧道里是没过脖子的污浊冷水。这水恐怕还有辐射，谁敢在里头游泳呢？只要一跳下去，身体一阵抽搐，手电筒电光熄灭，然后整个人就会像浮标一样，脸朝下泡在水里，直至肺叶里被全部灌满。

沿着看不见的车道坐着当地居民，他们不时搔着痒，用类似抄网的东西在水底打捞着，捞到什么东西直接放到嘴里开嚼。

"你把我的蠕虫抢走了！还我的蠕虫来！混蛋！"一个渔夫揪住另一个蓬头垢面的渔夫。

说是渔夫，但他们既没有船，也没有筏子。他们除了门捷列夫站哪儿也去不了，也不打算去。可阿尔乔姆他们该怎么办？

阿尔乔姆高声问："为什么全给淹了？难道这儿比新村庄站低吗？"

"比那边深八米，"荷马凭记忆回答，"所以水就全汇聚到这儿来了。"

只要稍微远离通道阶梯，双腿立刻就会被枯瘦如柴的孩子们团团围住。他们不敢去骚扰汉萨的边防军，可能是被打怕了。

"叔叔，赏颗子弹吧！叔叔，子弹。叔叔，子弹……"

别看他们瘦巴巴的，却很有劲儿。钻进裤袋里的一只只小手滑溜溜的，又快又灵活。你伸手去抓，明明抓住了，举起手来却是空的。而且到底是谁的手，根本无从分辨。

地下河流经整个地铁，敲打在混凝土上，拼命往深邃的站台里钻。有实力的站台，往外淘水，加固墙壁，抽取积水，烘干潮气；没能耐的站台，只能坐等被淹。

门捷列夫站的居民不愿意费劲儿治水，又不甘心被淹死，只好勉力支撑，得过且过。他们不知从哪儿搞来了大量的建筑脚手架，用它们将大厅分割开来，用螺丝固定成钢铁丛林，一直顶到天花板，成天挂在上面。脸皮薄的，会给自家巢穴围上一圈塑料袋，以免外人窥视私密；随便点儿的，直接当着所有人的面从高处往水里撒尿，也无所谓。

之前，门捷列夫站的大厅既宏伟又庄重，白色大理石，厚重浑圆的拱门，完全可以用作婚礼殿堂。而如今，污浊的水流冲毁了墙壁上的大理石贴面，冲断了电力，熄灭了精巧的金属枝形吊灯，把居民变成了水陆两栖人。现在恐怕无所谓婚礼了，为避免屁股被淹到，男女直接爬到高处，仓促交媾。

那些没在抓蠕虫的人，坐在自己的铁架床上，对什么都漠不关心，垂头丧气。有的瞪眼瞅着黑暗，有的胡言乱语，有的嘿嘿傻笑。这里似乎也没有其他事情可做。

阿尔乔姆等人摆脱了小乞丐们的纠缠，从水里上到干处，廖哈痛惜地看着自己的鞋子，茫然重复着："搞点东西吃吧？"

他的反复提醒让阿尔乔姆的肚子也咕咕直叫。真该在和平大道站饱吃一顿，那里有猪肉串、炖蘑菇，什么都有。可这里……

"给颗子弹，叔叔！"

阿尔乔姆把自己的旅行箱抱得更紧，撵走小乞丐们。又有一只小爪子探进了裤袋，好像摸到了什么东西，往外一拽，却被阿尔乔姆警觉地抓住了。这是一个小女孩，六岁左右，披头散发，满口牙齿缺了一半儿。

"小毛贼！还给我，是什么东西？！"

阿尔乔姆尽量表现出愤怒，把她攥紧的手指一个一个掰开。小女孩像是被吓到了，但仍然不肯死心，她提议阿尔乔姆把她放掉，作为交换，她可以亲他一下。被掰开的手心里，竟然是一颗蘑菇。阿尔乔姆裤袋里哪儿来的蘑菇？——鲜蘑菇，从地里摘的。怎么回事？

"你干吗呀，把这蘑菇给我吧！你是小气鬼吗？！"小女孩尖声叫道。

阿尔乔姆猜到了：是阿妮娅放的。

这是临别时她塞进来的：这就是你，阿尔乔姆，你的本性和实质，在你那英雄主义的历险中，记住这一点。记住自己，记住我。

"不给。"阿尔乔姆生硬地说，狠下心，更用力地捏紧小女孩的手。

"疼，疼！坏蛋！"小女孩尖着嗓子叫道。

阿尔乔姆松开手，把这小狼崽子放开。

"住手！等等！"

跳到一旁的小狼崽子抢起一块铁片就要扔过来，听阿尔乔姆这么一喊，顿住了，决定等等看。看来，她对人类还是存有信任的。

"给！"阿尔乔姆伸手递过两颗子弹。

"扔过来！"小女孩命令道，"坏蛋，我才不过去呢。"

"怎么从这儿出去？怎么去花卉站[1]？"

"出不去！"她擤了把鼻涕，"除非有人来抓。"

"谁？"

"谁来就是谁！"

阿尔乔姆把两颗子弹逐一扔到她摊开的手掌上。第一颗接住了，第二颗掉进了水里，登时有三个小鬼扑到浑浊的冷水里去捞抢。小女孩用脚

---

[1] 位于9号线谢尔普霍夫—季米里亚泽夫线上，因1850年附近的大花卉市场得名，又译为"七彩林荫路站"。

后跟踹他们的鼻子、耳朵:"滚,滚!我的!"但其中一个已经得手了。她委屈地哭了起来,随即对幸运儿威胁道:"行,狗崽子,你等着!"

"喂,小妹妹,"廖哈叫她,"你们这儿谁有吃的?吃了不会坏肚子的?你带我们去,我再给你一颗子弹。"

她狐疑地看了廖哈一会儿,吸溜一下鼻子:"鸡蛋想吃吗?"

"母鸡下的?"

"公鸡下的!"小女孩没好气地说,"当然是母鸡下的了!村子那头有个人有。"

廖哈喜出望外,阿尔乔姆忽然也对这个鸡蛋充满了期待:煮鸡蛋,蛋白像眼白一样,蛋黄像孩子画出的太阳,又鲜又嫩。他自己也想来上这样一颗鸡蛋,最好是一下子来仨煎蛋,用肥腻的猪油煎的。展览馆站没有养鸡,他最后一次吃到鸡蛋还是一年多以前在波利斯的时候。那时,他跟阿妮娅的激情才刚刚点燃。

阿尔乔姆把那颗作为送别礼物的蘑菇放进了贴身的衣袋。

"也算我一个。"他对廖哈说。

"有人要吃鸡蛋啦!"小女孩高声宣布。

这一消息令小乞丐们激动不已。所有追着阿尔乔姆讨要子弹的人都暂时搁置了自己的梦想,不再死缠烂打,而是沉默地张大眼睛围住这几个外地人。

一群人踩着木框货盘朝站台另一头跳跃前行,好像几只母鸡带着一群小鸡,走向隐藏在某处的神秘鸡笼。孩子们在他们身后爬上旁边的钢铁丛林,攀着铁架跑到他们前面去,不时有人尖叫着掉进水里。

在铁架上犯迷糊的人呆傻而又虚弱地望着他们的背影,有气无力地说着毫无头绪的胡话:

"咱们今天也许有白菜焖肉吃吧?我看海报说,来了一个有名的瑞典人,电子学家。"

"狗屁的电子学家,瑞典人全是混蛋,昨天电视里说的。"

"这些人蠕虫吃多了。"小女孩边走边解释。

在一块木框货盘上,赫然躺着一具浮肿的尸体。

阿尔乔姆眼见一只大耗子,口鼻浮出水面,游过去啃噬尸体,悲愤地喊道:"八米之下,如同地狱!"

"别伤心!"廖哈宽慰他说,"即便在地狱,也是我们的人!他们连俄语都没忘,好样的!"

终于来到了这个被诅咒的村庄的另一头。前面已是死路。

"喏!"小女孩唾了一口,"就在这儿。子弹拿来。"

"喂,有人吗!"经纪人仰着头喊,"听说你有鸡蛋卖?"

"没错。"一丛蓬乱的大胡子从上面垂下来。

"子弹给我!给我子弹,坏蛋!"小女孩急了。

廖哈无奈地叹口气,不情愿地给向导付了钱。周围巢穴上的人看得眼红。

"怎么卖?"

"俩!"大胡子说,"两颗子弹!"

"我来两个,还有我的同伴们……再来三个。这可是笔大买卖,老哥,今天你可赚翻了。"

头顶传来一片骚乱和哼哼唧唧。过了一分钟,一个光身穿着西装上衣的男人站到了买主们面前。用来遮羞的是一条白裙子,是用一个大购物袋从下面割开改成的。蓬乱的大胡子脏兮兮的,眼睛里燃烧着油光。

男人一只手里郑重地托着一枚沾着鸡粪的鸡蛋,俨然沙皇托着象征王权的金球,另一只手温柔地抱紧一只枯瘦的目光惊恐的母鸡。

"奥列格。"大胡子郑重其事地自我介绍。

"能不能优惠点,老哥?"经纪人拍着叮当作响的子弹袋。

"什么货什么价,"奥列格坚定地说,"一颗鸡蛋值两颗子弹。"

"好吧……就依你吧。拿来吧。煮熟的吗?再来四个。给你……一,二……五,十。"

"不行。"奥列格摇摇头。

"什么不行?"

"鸡蛋只有一个,给我两颗子弹,多余的我不要。"

"怎么会只有一个?"阿尔乔姆慌了。

"全站台只有一个,今天。赶紧拿着,趁别人还没高价买走。而且是生的,这里没法煮。"

"那怎么吃啊?"廖哈皱着眉头问。

"直接喝啊!从这儿敲开口,直接喝,"奥列格比画了一下,"先付钱。"

"行吧,给你子弹。我可不敢生喝,上回喝生的躺了一个月,差点没命。我自己找地方煮去。"

"不行!"奥列格鸡蛋没松手,子弹也没接,"必须在这儿喝,当着我的面!不然不卖!"

"这又是为什么?"经纪人惊讶道。

"因为我的丽巴需要补钙,不然你以为她拿什么来生产鸡蛋壳?"

小狼崽子在旁边看着,像在动什么心思。其余人也陆陆续续地从幽暗中钻出,不光小孩子,也有大人,凡是住在附近的全部聚拢过来,都好像在期待着什么。

"什么什么?"廖哈不可置信地问。

"鸡蛋壳是由钙质组成的,上过学吗?想要下蛋,丽巴需要补钙。你让我上哪儿找钙去?所以,你只能在这儿喝,然后把蛋壳留下。丽巴吃了鸡蛋壳,明天你可以再来买一颗。"

"就这,两颗子弹?!"

"什么货什么价!"奥列格坚定不移,"我绝不发黑心财!一颗子弹给丽巴买蘑菇,另一颗子弹给我自己买蘑菇。一天一颗。明天,又是一颗新蛋。一切都是计划好的,跟瑞士手表一样精确。你不要,我卖给讨伐队去,他们最喜欢生蛋黄拌糖了。你到底要不要?"

"你说卖给谁？"荷马问。

"拿来吧！生蛋黄拌糖！"廖哈嘟囔道。

"你小心点敲，别碎喽。"

"不用你教！"——"啪！"

"真是行家！"围观人群中有人低声赞叹。

"好吃吗？"一个肚子肿胀的小男孩眼巴巴地问。

"你别喝那么快！要慢慢喝，慢慢品！"一个跟男人没啥两样的女人建议。

"蛋黄！快喝到蛋黄了，看见了吗？"

"瞅他这架势，好像天天喝鸡蛋似的！"

围观者并没有妨碍到廖哈，他完全没有注意到他们。

"他还想煮煮吃呢！鸡蛋生着喝才好哪！蛋清，像液体一样流动，人的灵魂大概就是这个样子的。"奥列格捋着大胡子说。

"大叔，"阿尔乔姆问奥列格，"从这儿要怎么出去？"

"去哪儿？去干吗？"

"你们这儿下一站是哪儿？我们要去花卉站。"

"那儿有什么好去的？什么都没有！"奥列格斩钉截铁地宣布。

"哎，我说，"经纪人津津有味地嗍着蛋壳沾满粪便的鸡蛋，憧憬道，"你看，你为什么不去捉蠕虫吃，然后每天攒一个鸡蛋，攒够二十天，然后到汉萨一次性卖掉，用换来的钱再买一只母鸡？这样的话你就不用每天坐吃山空了，一个月之后就有结余了，对不对？"

"那丽巴怎么办，给她吃蠕虫？母鸡好干净，蠕虫会把它毒死的！你懂什么啊！"

"那就孵小鸡？我可以借给你一颗子弹买只公鸡，"廖哈把剩余的子弹在手里叮叮当当地把玩着，"或者，我可以用这只公鸡入股，将来咱们成立个股份公司，算我一半股份，怎么样？"

这时，一直在旁边看着的小狼崽子再也忍受不了这无聊的安分，突然蹿过来，自下而上猛地一拍经纪人的手掌，尖锐的黄铜弹头纷纷掉落，钻过木框货盘，穿过污水，沉入水底。围观喝蛋的人群立刻骚动起来。

"你这小杂种！"经纪人怒叱，"都给我滚开！滚，全部后退！"

"这下你的贷款可好了！"奥列格幸灾乐祸，"还想着开股份公司！图个什么呢？"

"该死的！"廖哈蹲下身，开始在冰冷的污水中摸寻自己落水的子弹，还没喝光的鸡蛋高高擎在另一只手上。

小女孩早就爬到了够不着的高处，躲进了破烂的袋子中间，也许正躲在哪儿向自己的流浪汉庇护神祈祷，希望经纪人不要把子弹全部捞起来。人群蠢蠢欲动，但看见阿尔乔姆的自动步枪，没人敢轻举妄动。

"金钱带不来幸福！"奥列格断言，"人并不需要太多东西。就拿我来说吧，一个鸡蛋还是十个鸡蛋？一个鸡蛋已经完全足够了，十个鸡蛋也许会让我犯上肠扭转。我以前这么过，今后还是这么过。"

也许是卑鄙的流浪汉之神听到了小女孩的低语，从自己擀毡的大胡子里拔下一根毛，咕哝了几句咒语，于是，经纪人廖哈没摸到子弹，反而摸到了一块锋利的碎玻璃碴。拔出手一看，上面划了一道小孩嘴一样的大口子，正向外涌着黑血。

"该死！你们这群混蛋！"廖哈愤恨地直哭，一把捏碎见鬼的鸡蛋壳，用力甩向黑暗。

围观人群惊得呆若木鸡。

"混蛋！恶棍！你，你干了什么！"奥列格半晌才从蛋壳那迅疾消失的抛物线和清脆残忍的碎裂声中回过神来，嘶喊道，"你这混蛋！畜生！该死的混蛋！"

他抱着母鸡丽巴，光脚蹚着冰水，朝蛋壳飞落的方向赶去——它好像就在那儿，白白的。不料，一只饥饿的耗子抢占了先机，叼住鸡蛋壳，吱吱叫着，一下子跑没影了。

奥列格彻底陷入了疯狂。

他把母鸡放在铁架上，冲经纪人扑过来，双手胡拍乱打。他在地铁里活了这么多年，却仍未学会打架。经纪人一记左勾拳，精准地敲在他下巴上，一下子将他撂翻在地。他趴在木框货盘上，大胡子浸泡在水里，绝望而屈辱地喃喃道："我的全部生活……畜生……我的整个生活……唯利是图的商贩子……贷款……为什么？为什么要这样对我？"

人群被情绪带动着向前拥了一步。阿尔乔姆为防不测，拉开了自动步枪的保险栓，把枪端得更顺手些。然而，并没有人打算为受害者出头。

"这下奥列格可有得受了。"人群交头接耳。

"见他的鬼去吧！"

"他的好日子可算到头了。"

"现在他跟大家都一样了。"

可怜的奥列格哭了。

荷马试探着劝慰奥列格："汉萨不是有那么多沙子呢吗！新村庄站也在装修，可以让母鸡吃点沙子；再者说，兴许它肚子里还有一个鸡蛋呢，内部储备……"

"自作聪明！你懂什么母鸡的内部储备！你自己去汉萨吧！你自己去那儿吃沙子吧！"

廖哈茫然失措，用自己的那只好手攥紧伤手的手腕，手掌上诡异的小嘴仍未闭合。很明显，经纪人必须现在立刻用酒精消毒，因为这污毒的浅水中什么都可能有，过不了一天，廖哈一定会出现坏疽。

"谁有私酿酒？"阿尔乔姆朝破烂的钢铁丛林喊，"给伤口消毒！"

回答他的却是一连串猴子一样挖苦的讥笑：私酿酒，哈哈，消毒，哈哈。

"你们这儿一半人都是醉鬼，肯定有私酿酒！用什么酿的都行！"

"用大便酿的都行！"廖哈哀求道。

"他们那是吃蠕虫吃的！"一个同情的人解释，"蠕虫有致幻作用，不过蠕虫体内可不含酒精。"

"一群废物!"经纪人大怒,"废物!"

"你们去找当兵的要点儿。"有人建议。

"对,对,去找大兵们要去。"另一个人嗤笑道。

"对!"阿尔乔姆扶住廖哈的肩膀,"我们回边境去,送你回汉萨。签证不是还在吗?'绒线衫'应该早就走了。到那儿给你包扎一下,然后我们再逃跑。"

"去哪儿!"奥列格大叫,"你们想去哪儿?!我呢?!我该怎么办?!"

"我可不想再去送死了!"经纪人执拗起来。

"你们别想跑!"奥列格充耳不闻,"你们把我的计划全打破了!"

"听着,大叔……"阿尔乔姆抓住自动步枪的弹匣,想从中取出几颗子弹补偿奥列格,但后者完全会错了意。

"刽子手!讨伐队!你想打死我?!来呀,开枪啊!"他站起身,猛冲过来抓住枪管,顶在自己肚子上。

砰——!

老母鸡扑腾着被剪短的翅膀,惊恐地飞下铁架,在木框货盘上拼命狂奔。人们被吓傻了,震聋了。回声绵绵不绝,顺着地下河漂远。

"你干什么?!"阿尔乔姆惊呆了。

奥列格缓慢地坐了下去。

"就是这个……"他说。

奥列格腹部的西装上衣被某种发光的液体浸湿,那液体向下流淌,流到白色的聚乙烯裙子上时现出了本相——一种稀薄的橙黄色血液。

太荒唐了。

"你为什么要这么做,大叔?"阿尔乔姆质问,"为什么?!"

奥列格用目光搜寻着母鸡。

"把丽巴留给谁呢?"他忧郁而又虚弱地说,"把她留给谁?他们会吃了她的。"

"你这白痴,为什么?!啊?!"阿尔乔姆咆哮着,他恨自己,恨奥列格，恨这一切。

"别这样喊叫，"奥列格请求他，"我快要死了，丽巴……丽巴过来……"

"你这个混蛋！白痴！把他抬起来！快，抬腿！我们去汉萨！"阿尔乔姆对经纪人吼道，同时从背后托住奥列格的两腋。

但一只手受伤的廖哈无论如何也抬不起来。于是阿尔乔姆把旅行箱塞给荷马，将背包驮到廖哈背上，自己背起奥列格——他的身体很轻，而且已经变软——朝通道跑去。

"奥列格呀奥列格。"人群里有人说。

"就这么死了。"

"鸡蛋也救不了他了。"

荷马跟在后面，廖哈也跟在后面，呆呆地盯着自己的手掌。母鸡从枪响中镇定下来，咯嗒咯嗒叫着，在货盘间飞跳着，朝主人追过来。围观人群排成队列跟在母鸡后面，摩拳擦掌，嘿嘿笑着。

只有一个人除外。

人群刚一走远，一个矮小的身影就从钢铁丛林上滑下来，脸低低地贴向水面，小手伸进污水，伸向玻璃碴子所在的地方——没什么好怕的，流浪儿手上的任何伤口都会自动愈合，他们的血液可以碾碎任何坏疽病菌。死神只喜欢细皮嫩肉的家养儿，对瘦骨嶙峋的孤儿没兴趣，嫌硌牙。

阿尔乔姆等人走到大厅中间，来到台阶前——沿着这些八米高的台阶，便可由海底炼狱爬到遥远的天堂。与此同时，钢铁丛林上已经挂满了猴子一样的门捷列夫站居民。嘈杂声平息了，所有人都在期待着什么。

阿尔乔姆爬上岸，沼泽靴踩到花岗岩上，咚咚咚向上爬去，身后留下一摊摊污水。

"喂，伙计们！"他一边吃力地向上爬，一边朝边防军喊，"我们这儿有紧急情况！需要送医院！听到了吗？"

门捷列夫站的猴子们叽叽喳喳地聚到一起，贪婪地观望。

对面没有传来任何回应，只有死一般的寂静。

"伙计们！听见了吗？"

一条溪流沿着台阶，清脆而又明晰地淙淙流动，将带有生理缺陷的黄血从正在康复的新村庄站冲回发着疟疾的门捷列夫站。阿尔乔姆又登上一级台阶，扭过头，对身后的廖哈和荷马招呼了一声——二人还停留在天梯的最底端。

"我不去！"经纪人倔强地摇着头。

"你见鬼去吧！"阿尔乔姆愤恨地喊。

怎么会这样呢，阿尔乔姆想，这边是汉萨，吃饱喝足，梳洗干净，穿戴齐整；而就在旁边，八米以下，却是洞穴和野人？他们不应该是连通的吗？为什么会……

所有边防军都在。指挥官似乎有些懊恼，不停用手摸脖子，然后看手。另外两个卫兵在抽烟，这令阿尔乔姆感到一阵莫名的心安。既然抽烟，就证明是人。

"有人受伤要送医院……枪伤……不慎走火……"他气喘吁吁地将奥列格背到沙袋垒起的胸墙跟前。

"荷马说的没错，这里有这么多沙子。"阿尔乔姆想，"奥列格何苦寻死？"

"新村庄站入口关闭了，"卫兵回应，"检疫。不是告诉过你吗？"

阿尔乔姆又尽可能地往前靠了几步，但卫兵们嘴里叼着自卷烟，抬起了枪管。

"站——住！"指挥官说。

他在为什么事懊恼呢？阿尔乔姆仔细打量着。

直到走近了他才看清，指挥官终于把脖子上那个粉刺给揪下来了，现在粉刺头上顶着一小滴血，他刚擦去，血滴立刻又冒出来了，又得去挤。

"我们有签证！签证！你们刚发的！"

"我的丽巴呢？"

"退后！"

阿尔乔姆和被射穿的奥列格，指挥官连看都没看一眼。他只盯着自己的手指和手指上的血滴，还滑稽地扭过头去，他斜着眼，试图去看自己脖子上被抠掉的粉刺。

"咱们商量商量？只要送我们到医护站……我们付钱，我来付。"

卫兵们根本无所谓，烟草让他们正舒坦。他们耐心地等待长官发话——开不开枪。对于奥列格的死活，他们全不在意。

"你怎么把这个野人拖到我们这儿来了？"指挥官气愤地盯着粉刺问。

"丽巴……"奥列格虚弱地呼唤着自己的母鸡。

"瞧，这是那个，卖鸡蛋的！看他的裙子就知道！"一个卫兵突然兴奋地喊道。

母鸡被荷马抓在手上，正扑棱着孱弱可笑的翅膀，想要追随主人而去，飞到八米之上的天堂。

"野人？你说——野人？"

"退后！"

"他快死了！"

"他有签证吗？"指挥官似乎想到了什么，从口袋里掏出一片纸巾，按在自己的伤口上。

"他没有签证——我不知道！"

"退后！我数到三：一。"

"至少给他简单处理一下！把血止住！"

"二。"指挥官把纸巾拿到眼前，血流得多吗？——懊恼异常。

"真可惜，鸡蛋没得吃了。真是，唉。"一个卫兵说。

"放我们过去，混蛋！"

"我说，堂吉诃德！他们这群人跟苍蝇没啥两样……"一个卫兵对阿尔乔姆说。

"你想拯救他们所有人吗？救援绳可没那么长！"另一个卫兵讥笑着吐出燃到头的烟蒂。

"求你们了！行吗？"

"三。擅闯国境。"指挥官眉头大皱：粉刺还在流血。

他第一次向奥列格望去，只是为了向他瞄准。枪管像打火石一样嚓的一声，微微一震：他们的AK步枪装着消音器——汉萨很爱惜士兵们的耳膜！子弹将墙壁崩了一个豁口，又弹到天花板上，纷纷扬扬的灰尘像落下了一道帷幕。

多亏阿尔乔姆在游骑兵的服役救了二人的性命，他的身体可以不经大脑，直接做出本能反应，能用皮肤去感应子弹出膛的方位，在头脑察觉之前，扑倒在地，躲开死亡。

阿尔乔姆纵身卧倒，将奥列格甩向一旁，旋即将其拽起，匍匐前行。指挥官朝他们又射了几枪，但飞扬的灰尘影响了准头。

"混蛋！"阿尔乔姆骂声刚落，立马又招来一枪。混凝土碎屑飞溅。

远处的猴子们兴奋地大呼小叫：

"就是这样，让你也尝尝我们的滋味！"

"这回吃着沙子了吧？"

"你以为自己很了不起，啊？"

"来啊，再来一枪！"

在这里，唯一能做的就是毫无意义地死去。除此之外，别无选择。

阿尔乔姆滚下一级台阶，又一级，将奥列格拽在身后。奥列格急促地呼吸着，尽量减少流血，但脸色越来越苍白。

"听着，大叔！你别想死，听见了吗？从这儿怎么出去？！我带你去花卉站……那儿肯定有法救你的，啊，大叔？！"

"那里有间妓馆。"荷马想到。

"没错！妓馆里应该有医生，对不对？我们走水路过去，不许闭眼，你这混蛋！我现在就……不许睡！"

但是去妓馆，走水路是行不通的，别说奥列格，谁也不行，因为没有工具。站台两侧的水渠岸边空空如也。

"没用的，他活不成了。"经纪人消沉地给奥列格判了死刑。

"马上，"阿尔乔姆连声道，"马上。"

"我想死，"奥列格喃喃道，"鸡蛋也被打碎了，我活得太累了。"

"你给我闭嘴！你去找出路！"阿尔乔姆用枪管杵了杵呆愣着的经纪人，又对奥列格喝道，"你把伤口让我看看！"

脏污的皮肤，肚皮上有一个洞，稀薄的液体正从那里汩汩流出，把什么都浸湿了。荷马也看了一眼，耸了耸肩。他会不会死，只有上帝知道。大概会的。

廖哈像抓紧跳伞环那样捂住胸口的基督，开始四处搜索，想从这个陷坑里找到救赎的出路。

"是谁的错？"阿尔乔姆想，"是他自己，这个卖鸡蛋的人。我又没有开枪。他即便死，也只能怪他自己。"

"我说，他说如果他死了，他就把母鸡托付给我。"一个身材矮壮的独眼女人紧贴着阿尔乔姆耳边说道，"我们俩是相好。"

"走开，"奥列格无力地说，"巫婆。"

"你可别昧良心！反正你在那边也用不着母鸡，你跟他们说吧，趁你还有力气。"

"走开，让我想想上帝。"

"你先托付完母鸡再想，最好直接给我……"

母鸡在荷马的手掌下微微睁开眼睛。它已经无所谓了。

"怎么从这儿出去，大婶？"阿尔乔姆问女人。

"你要去哪儿啊，好心肠先生？干吗要出去呢？这里不也挺好嘛。鸡，咱俩可以一起养着，奥列格马上就嗝屁了……咱俩嘛，好商量！"她用自己唯一能眨动的眼睛向阿尔乔姆抛了个媚眼。

他不是我杀的。阿尔乔姆想。

"呦——！呦——！"

隐约有歌声从远处飘来。

是进行曲。

"喂！那边！"

"什么情况？！"

"有人坐船过来了！从隧道那边！"廖哈站在那儿，惊异地瞅着显灵的耶稣。

阿尔乔姆扶起奥列格那愈发枯萎轻盈的身体，朝水渠慢慢跑去。

那里的确有什么东西。木筏？木筏！

头灯闪烁，船桨划动，参差的合唱声振奋人心。他们是从萨维奥洛沃站方向来的，正好前往花卉站方向。

阿尔乔姆脚下一个趔趄，差点带着伤员一起跌进水渠——如果在最后一刻淹死，那可就太荒唐了。

"停下！喂！停下！"

船桨停止了划动，但还看不清船上是什么人。

"别开枪！别开枪！捎我们一程！去花卉站！有钱！"

木筏划近了些，几支枪管齐刷刷地瞄过来。上面有五六个人，全副武装。船上——现在可以看清楚了——还能再坐几个人。

所有人都聚集到了水渠边：阿尔乔姆背着垂死之人，荷马抱着母鸡，廖哈捧着他受伤的手。他们被逐个用手电筒光束搜了身。

"好像不是变种人！"

"一个弹匣！上来吧……"

"感谢上帝……"阿尔乔姆突然想唱颂歌，他的内心充满感激，仿佛得救的是自己的亲生弟弟一样。他将奥列格放到了船上——用成百上千个空塑料瓶串连而成的塑料筏，然后自己也上了船。

"你给我听着，到花卉站之前不准咽气！"他对奥列格命令道。

"我哪儿也不去……"奥列格无力地反抗，"还折腾什么……有什么意义……"

"别把他带走！不要伤女人的心呦！"独眼女人喊道。

"你们要把他带到哪儿去呀？"钢铁丛林里有人声援，"别再折磨他啦，就把他留在这儿吧。在这儿生，就在这儿死。"

"他没死也得让你们给折腾死！"

"你们这是欺负人！"

没时间争辩了，该行船了。

"母鸡！把母鸡留下来！不然让你两只眼睛都瞎掉！"

* * * *

门捷列夫站被远远地抛在了后面。塑料筏沿着灌满水的隧道向世界的另一端漂去，在那里，生命正像灯塔一样朝他们闪烁。

"你们这是要去哪儿啊，兄弟们？"经纪人问塑料筏上的船员们。

"第四帝国，"船员们回答，"去当志愿兵。"

第七章

花卉站

船舷撞上了一具浮尸。浮尸后背朝上,双手探向水底,好像掉了什么东西在那里。真为他感到可惜,差一点儿就游到花卉站了——还是说,他就是从花卉站逃出来的?

"你们那儿变种人多吗?"

阿尔乔姆假装被提问的不是他,没吭气,但问话的人不依不饶。

"喂,朋友!我问你呢,就是你!我说,你们站变种人多吗?"

"还行。"

"还行是什么意思,是有一些呢,还是全被消灭了?"

"我们那儿没有变种人。"

"怎么可能,朋友!他们到处都是,就跟老鼠一样。你们那儿肯定也有,一定是藏起来了,这些贱种!"

"谢谢提醒。"

"但他们躲得了一时,躲不了一世,我们迟早会排查出来,把这群畜生都找出来,一个不剩。我们会计算,用尺子,用卡钳……是不是,别列申?"

"没错!地铁里容不下变种人,连我们自己都快喘不过气来了。"

"他们吃的蘑菇是我们的,明白吗?我的,你的!我们的孩子在地铁没地方住,因为地方全被他们的崽子们给占了!要么我们把他们消灭,要么……"

"我们,正常人,必须团结起来,因为他们这群畜生可是懂得抱团儿……"

一只胳膊搭在阿尔乔姆的肩膀上,像对兄弟那样。

其中一人长着两只眼袋，楔形胡子，双臂浮肿；另一个麻子脸，大脑门，额头足有两指高；第三个是剃着光头的莽汉，两道黑眉连在一处，一看就不是"高贵的"雅利安人。另外两个置身暗处，看不清相貌。

"人就跟猪一样，明白吗？把嘴塞到食槽里就吃，只要有泔水吃，就心满意足，谁也不愿意思考。元首为什么让我着迷？他说：要用自己的头脑思考！如果什么事情都有现成答案，那一定是别人替你预备好的！应该学会提问，明白吗？"

"你们之前到过帝国吗？"阿尔乔姆问。

"我去过，"麻子脸说，"虽然只是过境，但已经被迷住了，因为这一切都是那么有道理，什么东西就在什么位置。我总在想，妈的，我之前都干吗去了？"

"说得没错！"光头附和道。

"每个人都应该从我做起，从自己的站台，从小事做起。比方说，跑到变种人邻居家里臭骂一通。英雄不是天生的。"

"这些变种人到处都是，他们有自己的黑手党，相互串联，排挤正常人。"

"在我们里加站就是这样的，不管你怎么挣扎，都是在拿脑袋撞墙！"廖哈恍然大悟，"原来是他们搞的？他们长什么样？"

"他们这些家伙最擅长伪装，有时候跟正常人没什么两样，必须得慢慢排查。"光头说。

"可惜，远非每个人都意识到了这一点！"浮肿的人说，"在我们站台，我是头一个醒悟的……总之，人们还没有准备好，"他摸了摸下颌骨，"居然还有人跟变种人杂交，你说多恶心！"

"一定得记住他们，所有侵犯我们、杀害我们弟兄的人。时机总会到来的。"

"我说，跟我们一起去吧！"胳膊一直搭在阿尔乔姆肩膀上的麻子脸说，"去做志愿兵！加入钢铁军团！你可是自己人！是不是？"

"不了，哥们儿。我们不问政治，我们要去妓馆。"

阿尔乔姆的喉咙当下被卡住。那只铁的臂膀隔着衣服灼烧着,马上就要把他的绒线衫燎着了。阿尔乔姆想从这只胳膊下摆脱出来,但能躲到哪儿去呢?

"你不害臊吗?人家喊你去拯救地铁,你可倒好,光想着自己的泔水槽。你想没想过,我们为什么会陷入这种境地?我们人类该怎么求生,你用自己的脑袋想过吗?你根本就没想过!就知道嫖娼,玩女人!对种族存亡却不闻不问!"

"喂,铁甲,揍他一顿!没准儿他是要去找变种妞吧?啊?嘿嘿嘿。"

"哎,大爷,要不你跟我们去吧?一大把年纪,该为灵魂着想了!你总该是正常人吧!还是说,你有癌症?元首已经宣布了,说癌症也是——"

"等着吧,等钢铁军团组建了,到时候……我们先训练好,然后再杀回来,让那群畜生知道知道厉害。我们还是会唱着进行曲穿越地铁的。"

"什么是钢铁军团?"廖哈忍不住问。

"就是志愿军。自己人的队伍,跟变种人势不两立。"

"算我一个!"廖哈激动难抑。

"哦!那边……嘘!我们到了,看!"

花卉站用来迎接他们的是探照灯,强光刺得人睁不开眼。这里没有巡逻兵,取而代之的是妓馆打手,他们既不关心签证,也不关心护照,只关心子弹:是花钱来了,还是流哈喇子来了?

"需要医生!有没有医生?!"未等靠岸,阿尔乔姆就爬上站台,随即一把拽住经纪人的后脖领子。

奥列格已经放弃了,一句话也说不出来,嘴里吐出红色泡沫。忠诚的母鸡趴在他被射穿的肚皮上,堵住他的灵魂,以免从窟窿里漏出去。

"需要医生,还是护士小姐?哈哈!"一个塌鼻子、贴面耳的打手嘎嘎笑道。

"有人快死了!"

"死了也不怕,我们这儿有天使,嘿嘿。"打手嬉笑一阵儿,到底给指了路,"行啦,那边有女医生。不过呢,她主要是看脏病的,看淋病最拿手,枪伤恐怕不行。"

"背上。"阿尔乔姆吩咐经纪人。

"这可是最后一回了!"经纪人声明,"又不是我弄的。"

"没有人需要你,"荷马对昏迷的奥列格说着,抓住他的一条腿,"除了一只母鸡。"

"对了,母鸡!"廖哈喊道。

他们穿过站台。根据荷马的测算,这个站台应该比门捷列夫站更深。然而,这里的水只够将车道变成水渠,站台本身却是干燥的。荷马对此惊讶不已,廖哈解释说,大便永远不会沉底,不是吗?

花卉站以前是什么样子,已经无从知晓;如今,这里是接连成片的淫窟。站台被分割成一个个小屋、小间、小厅,彼此之间以贴面板、塑料胶合板、硬纸板、伸缩屏风、布帘、帷幔等物品相隔。花卉站变成了难以通行的迷宫,里面的一切维度都遭到破坏。这个站台既没有地板,也没有顶棚,有些地方被强塞了两层,甚至三层。一些小门后面藏着曲折狭窄的廊道,通往仅容一张床位的小房间,另外一些小门则通往站台下方无比宽敞的大房间,还有一些根本不知道通往何处。

这里的声响嘈杂不堪,每个房间都有自己的调子,而这里的房间有成百上千个。有的房间在哭,有的房间在笑,有的房间在呻吟,有的房间演奏着企图盖过喊叫声的弦乐,有的房间吼叫着酒醉的歌曲,有的房间传出恐惧的尖叫。这些声音交织在一起,共同构成了花卉站的声音——魔鬼的合唱。

当然,还有无数形形色色的女人。

有堕落天使,有霹雳女警,有致命丝袜,有性感护士,还有毫无想象力的、纯粹的荡妇,足足有一个师。能塞下多少人,就塞下了多少人。所有人都在叫卖,招徕顾客,搔首弄姿,挤眉弄眼,每个人都使出浑身解数。她们的时机只有嫖客走过其身旁的那么半米,只容许毒蛇发动一次攻击,一旦没有咬到,或者没来得及往伤口里注入情毒,她们就永远地失掉了猎物。

不工作者，不得食。

廖哈一到这儿，手立刻不疼了，连伤口似乎都开始愈合了。荷马却感到很不自在，脖子僵硬，目不斜视。然而，当他们钻进曲折无尽的廊道时，他突然最大限度地向后扭转脖颈，随后一次又一次地回头去看。

"怎么了，大爷？"阿尔乔姆奇道。

"好像，总感觉，到处都是，一直都在……"荷马语无伦次地回答，"一个姑娘，我跟她，她……"

奥列格的光腿开始从荷马手中滑落。

"你可以啊，大爷，没想到啊！"廖哈气喘吁吁地说。

"好好抬着！那边，就是这个门！"

濒死者被抬进屋里。里面是由溃疡的灵魂和发痒的肉体排成的长队，全是女人。从中走出一个女医生，戴着酒瓶子底眼镜，叼着自卷烟，声音嘶哑，粗里粗气。

"他快死了！"经纪人说。

为了避免奥列格的最后一点血把接待室弄脏，女医生同意优先给他看。她指挥助手把奥列格放在一张女式躺椅上，先收了一弹匣子弹做定金——人死不退。然后告诉阿尔乔姆，没救了。

廖哈的伤口被消了毒，但他仍然排在队伍里。

"她们看起来像良家妇女，不像职业妓女。"他低声对阿尔乔姆解释，用头指点着队伍里面容忧伤的女士们，"万一我能遇见自己的真爱呢？"

万一。可惜，没有万一。

我已经尽力了，阿尔乔姆宽慰自己。至少这一次，我尽力了。

尽情地玩吧。

* * * *

阿尔乔姆和荷马二人坐在一个小隔间里。旁边的钢管上扭动着一个舞女，十四岁左右，既不漂亮，又营养不良，胸脯还完全没有发育，肋骨可怜地凸起，将洗破洞的针织紧身衣绷直。她那副皮包骨头一个劲儿地往阿尔乔姆的汤碗里钻，阿尔乔姆想把她赶走，又怕伤了她的自尊心，因为这里根本没有其他顾客，只好假装对钢管和女孩都视而不见。但也许，这样会让女孩更觉得羞辱？妓女的自尊心在哪儿呢，长在哪个部位？不知道。好在汤并不贵——现在必须得精打细算了，子弹花得如流水一般，完全不留痕迹。

墙上挂着一张地铁图。话题就此展开。

从花卉站往下，有两条路可走：一条直接通往契诃夫站，另一条穿过通道，抵达引水管站，继而抵达斯利坚斯克林荫路站。按照地图显示，两条线路都能到达大剧院站，但事实上，两条路都行不通：这张地图太老了。

契诃夫站、普希金站、特维尔站这三个换乘站，如今都被改了名字，统称"第四帝国站"，据称是第三帝国的继承者——也许是篡改了遗嘱，也许是借尸还魂。制度可以被消灭，帝国可以衰败灭亡，但邪恶的思想却如同鼠疫杆菌。它们在被消灭的死尸中干枯、休眠，就这样等上哪怕五百年。只要有人挖隧道时，不小心挖开了感染鼠疫的坟墓，或者触碰了沾染鼠疫的尸骨……不管你之前说什么语言，有什么信仰，都无法抵御鼠疫杆菌的入侵。

至于从前的索科利尼基线，将地铁一分为二的那条，早就变成了"红线"。不仅因为这条线在地图上以红色标注，也因为线上居民对复兴苏联的激进情绪。红线正在进行史无前例的建设工作，而手段还是一如既往——普遍的电气化加上强有力的政权。

阿尔乔姆摇摇头："我不能去帝国，勾掉契诃夫站。"

荷马疑惑地望着他："这可是最短的路线啊，从契诃夫站到特维尔站，下一站就是大剧院。"

"勾掉！我在那儿……"

"你不是俄罗斯族吗？白人。"

"跟这个没关系,那儿有……"阿尔乔姆用手指把在绝望中蹦跳的女孩叫到身边,"去吧,吃碗汤,我请客。不用在这儿了。"

在经历了汉萨的谈话之后,他再也不敢当众乱讲话了,眼前到处都是"绒线衫"的身影。

"别管为什么,我不会去帝国的,我受不了那些个……在来这儿的船上,我好不容易才忍住,要不是他们有五个人……五个人我应付不来,再加上那个人快死了,卖鸡蛋的那个。"

"真是荒唐,"荷马抚摸着在他膝头打盹的母鸡,"可惜。"

"真是漫长的一天,"阿尔乔姆抹了把脸,"喂!喂!服务员!"

"啊?"服务员是个糟老头,邋遢,冷淡。

"有什么喝的?私酿酒?"

"蘑菇酒,四十八度。"

"好。咱来点儿,大爷?"

"那就给我来一两吧,再来点香肠,光喝酒容易醉。"

"我来二两。"

酒菜端上来了。

"我们来为那个傻子——奥列格——喝一杯。愿他安息,愿他别捧着鸡蛋闯进我的梦里。"

"来吧。真是荒唐的故事,愚蠢。"

"我自己也差点儿被打死呢,一点儿预感都没有。嗖!现在回头想想,当时很有可能就死了。其实这也不错。这样的故事够你写书用的吗?唰,多棒的结尾!中流弹身亡!对吧?"

"你真的认为,你当时可能会被打死?"

"很有可能。而且这也不赖,对吧?"

"在离大剧院只有三站地的地方?"

"三站地……"阿尔乔姆本想反驳,但他看了一眼旁边正埋头吃汤的舞女,以及无精打采的老服务员,改口道,"他真的在那儿吗,那个无线电员，啊，大爷？你跟我说实话。我要去哪儿？为了什么？"

"真的。他叫彼得·谢尔盖耶维奇，姓氏好像是乌姆巴赫。我们认识，他跟我同岁。"

"乌姆巴赫？听起来怎么跟外号一样？像是从帝国那些个混蛋那儿逃出来的。"

"再给您来点？"服务生招呼荷马。

"不了。别，别……唔，好吧，谢谢。我不认为他是从帝国逃掉的，只不过……"

"我差点被他们绞死，大爷。"

"啥？可你不是……怎么回事？"

"我开枪打死了一名帝国军官。形势所迫。然后又……总之吧，我是从绞索里被救出来的。"

"伙计，给我再来点儿，一点儿就好。够了，够了！但你毕竟是得救了，不是吗？我总是在想……人会怎样死去，这辈子到底在追求什么。尽管我是个爱幻想的老傻瓜，但是……你今天没死，那时候也没死，不是吗？也许是命不该绝呢？还没到时候呢？"

"那又怎么样？可是我那些同伴，游骑兵的兄弟们，我们一起……为了地堡，跟红线……我们队除了我，只有飞鼠活下来了，而且也就只剩下一口气。有多少人躺在那儿了？乌尔曼，礼帽，老十……他们呢？为什么他们就该那个时候死？他们有罪吗？"

"哦，上帝啊！"

"对了，对了，大爷。喂，大叔！把你毒药似的酒再拿来点儿！快，快！"

"这，这就是你在那个少校的办公室里提到的那件事吧？"等老服务员上完酒又走远，荷马小心地问道，"是科尔布特的事，对不对？红线反侦察机关的长官？是他未经领导集体的批准，擅自向梅尔尼克派出了全部兵力，是不是？"

胶合板墙壁后面有节奏地轻扣了几下，不知是床脚还是床头，继而愈发激烈起来，伴随着一声高过一声的哞叫。二人一言不发地听了片刻，阿尔乔姆越过桌面向荷马凑过去，舒一口气道："他可是红线克格勃长官，至于有没有批准，你自己想想——长官！总之，我跟兄弟们一起坚守那个地堡，整个游骑兵团的兄弟都在。我们有多少人来着？五十个？我们要对抗整整一个营的兵力，还不是普通的营。如果地堡被红线夺了去……那里可是一间仓库。"

"我也听说了，里面是罐头、药品什么的。"

"罐头，哼哼，没错，只是这种罐头，一开罐就得死人！你以为红线会缺吃的？他们从来就不缺，今后也不会缺——这是化学武器！我们把他们打退了，把你说的那些'罐头'转移到地面上去了，我们牺牲了一半人。这就是整个故事。敬烈士们。"

"敬烈士们。"

"还有梅尔尼克……你见过他坐轮椅了吧。你之前见过吗？"

"没有。但他即便坐着轮椅，也还是一条好汉。"

"这个人，游骑兵是他亲手——亲手！——一个一个召集起来的，是精英中的精英。二十年的苦心经营，就这么一天工夫……我只跟他们共事了一年，但就像亲人一样。而他呢？他变成了残废，一条胳膊——右胳膊——没了。你能想象吗，他……坐轮椅了！"

"如果我没猜错，你开始做游骑兵，是在你用导弹把黑暗族消灭之后……那些导弹不是你跟梅尔尼克一起找到的吗？要是没有那些导弹，黑暗族也许早就把整个地铁吃光了。在那以后，他才把你作为英雄吸纳到游骑兵团的。对吧？"

"再干一杯，大爷。"

墙后面的叫喊声把母鸡都给惊醒了，睡意从它眼中溜走，母鸡试图振翅飞起。

"灵魂飞翔，飞到天堂。"阿尔乔姆用醉醺醺的手去抓母鸡，"有趣的是，我们走的和当年是同一条路线。你看，我们从这儿往哪儿走？只能走引水管站,然后再到斯利坚斯克林荫路站。红线,抱歉,我也不想去,你就是摊上了这样一个旅伴。这样的话,只有一条路,走屠格涅夫站,然后再沿我们那条线到中国城站,那里是死亡隧道,极度危险。然后再到特列季亚科夫站。两年前我就这么走过……见鬼,这两年间发生了多少事啊。从特列季亚科夫站出发,再到大剧院站,只不过当时我是去波利斯的……"

"就是远征那次吗?剿灭黑暗族那次?"

"就是那次。听着,姑娘,你还是再去喝碗汤吧,真的。我结婚了……好像是。"

"不不,我也不需要,谢谢。那,为什么梅尔尼克对你……你不是娶了他女儿吗?"

"是。她原来是位狙击手,她老爸亲手调教的,如今却在种蘑菇……咦,我的蘑菇哪儿去了……蘑菇……"

"那梅尔尼克……为什么这么恨你?"

"就因为我娶了她女儿……还是说说你吧,大爷……那是怎么回事?你跟那个姑娘?"

"哪个姑娘?"

"你不是提到一个女孩吗?你们之间有过故事。别总是你审问我,也让我问问你。"

"没有,没什么……她……就像我的女儿。那是去年的事。我没孩子,这个姑娘没爹妈,于是我们就成了亲人,但说不清是父女,还是爷孙……后来,她死了。"

"她叫什么?"

"萨莎。小名叫萨莎,大名亚历山德拉。车站……被淹了,所有人都死了。好啦,让我们再敬死者一杯吧。"

"大叔!喂!再来点酒,还有香肠!"

"香肠没有了,有醋渍蠕虫。只不过它有点儿……你得会吃才行。"

"你们这儿能留宿吗?"

"房间只连女人一块儿出租。"

"女人……是她吗?我要了。喂!今天给你放假。去吧,去吧。"

"你知道吗,我总是对自己说,她死了,但不行,老是看见她、碰见她。上回,竟然把那个低俗女人错当成了她……我怎么搞的?她,萨莎,多么好啊!那么阳光,刚从自己的车站走出来……她一辈子都生活在那里,明白吗?就待在同一个车站。她也整天骑在那样的无轮自行车上,给车站发电,只能自己憧憬些什么。她有一个装茶叶的盒子,上面画着图案,山啊什么的,绿色的。画的好像是中国山水,一个木版画。你能相信吗,对她而言,这个木版画就是全世界……那个,叶尼亚是谁?"

"叶尼亚?"

"就是你经常一出神,就会跟他讲话的那个。"

"我的朋友,发小。"

"他怎么了?他在哪儿呢?他能听见你讲话?"

"还能在哪儿,跟你的萨莎在一块儿。跟他,只能这么说话。"

"对……对不起。我不知道。"

"我不想弄得尽人皆知,以后再也不跟他说话了。其实我全明白:叶尼亚没了,阿尔乔姆,没了。"

"对不起。"

"好了,不提叶尼亚了,都过去了。服务员!你赢了!把你的蠕虫拿过来吧。但你先切切,剁碎点儿,别让我认出来。你的萨莎真可怜。"

"萨什卡[1]。"

"不过,也许她就应该老老实实待在自己的车站?也许我们所有人都应该老老实实待在自己的车站,啊?你有没有想过?我有时就会想,在家待着,哪儿也不去,种蘑菇。可是……叶尼亚倒是留在家里了,又能怎么样呢?"

---

1 萨莎的昵称。

"我说什么好呢……我以前是列车司机，开地铁的，真正的地铁列车司机。真的，真的。我有这样一个理论，或者说比喻吧。那就是，生活就像线路，就像轨道，上面有道岔，可以用来变轨。终点站呢，不止一个，而是有好几个。有些列车只需要从 A 站到 B 站，就完事了；有些列车呢，要停到机车库去修整；有些列车呢，沿着秘密轨道改道其他线路。也就是说……终点站可以有很多个。但是！每趟列车的目的站——只有一个！那就是属于自己的目的地！必须把路上所有道岔都扳向正确位置，才能抵达自己的目的站！要做那些你生来就该背负的事情。我说明白了吗？当然，我可能是个老傻瓜，所有这些都是愚蠢的遐想……但是，被一颗流弹打死，或者哪儿也不去，这绝不是你的目的站，阿尔乔姆，至少我这样觉得。你的目的站是另一个，在别的地方。"

"借你吉言吧。"阿尔乔姆长舒一口气，"你之前开哪条线的？"

"我？"荷马挥了一下酒杯，"环线。"

阿尔乔姆撇撇嘴，对老人挤了挤眼。

"真好笑，蠕虫味道还不错，如果不知道这是什么东西的话……来点儿？"

"不必了。"

"你不来，我来。你知道么，大爷，我遇到过很多人，都跟我谈生活，谈命运，谈使命——全是胡扯！胡扯，明白吗？什么都没有。只有空洞洞的隧道，还有风在吹。没了！"

阿尔乔姆把剩余的蠕虫全部倒进胃里，用绵软而不听使唤的双腿站起身来："我去撒……撒尿。"

他从一个房间闯进另一个房间，虽然只隔着一层胶合板，却完全是两个世界。刚才是酒吧，跳钢管舞的可怜姑娘，两米高的顶棚，而现在是通道，走廊，里面胡乱摆放着很多床垫，床垫上折腾着很多赤裸的肉体，有些慢条斯理，有些横冲直撞，为寻找支点光脚踩在地面上。墙上贴满了从色情杂志上撕下来的暗淡枯黄的图片，顶棚很低，根本直不起身。阿尔乔姆跟跟跄跄朝前走去……

一个大胖男人坐在被压塌的沙发上，大肚皮上满是护胸毛，头顶却一根头发也没有，双膝各趴着一个女人。"大肚子"抚摸着姑娘们的裸背，她们则扭动着身子，像小猫一样……脂肪一颤三晃……大胖男人粗鲁地抓住一个姑娘的后脑勺……灯灭了。接下来只能摸索着前进。

"厕所在哪儿？"

"前面！"

一架破旧的钢琴——真正的钢琴！——叮当作响。就在钢琴盖上，躺着一具肥硕的胴体，女人在低吟浅唱，一个穿牛仔上衣的男人正把灵魂埋进肉体……天花板在旋转……上面画的是什么？不……要继续往前走。

眼前出现三个黑衣人。制服很像旧世界铁道工人穿的那种，但袖筒上画着一个三足"万"字，外面是一个白圈，意味着契诃夫站、特维尔站和普希金站的三站同盟——第四帝国。那里距离此地只有一个区间。帝国的人也许每天——确切地说，是每晚——都会来。一个黑衣人站立着，撩起女人的裙子……另外两个黑衣人正排队准备，纪律严明。钢琴声隐约还能听得到，黑衣人似乎在配合钢琴的节奏……

前方一下出现两个出口：左，右。

"厕所……"

画风再次变得简单：毫无装饰，横七竖八的身体，就像被射杀者的尸体堆积在壕沟，其中有些肢体缓缓动弹，正像是没被杀透的人……大麻烟气缭绕，从房间钻进隔壁的缝隙，去搔动邻居的鼻孔。这烟气刺进阿尔乔姆的眼睛，肺部，头部，心脏。继续，继续走……他，阿尔乔姆，是从哪儿来的？他该怎么原路返回？

直走，还是左拐？

一个男人，臀部道道血痕，一个宽肩膀的女人正卖力抽打他……上帝啊，他们从哪儿搞来的这些内衣？肯定是从地面上的死人身上扒下来的，质量上乘的进口货……

一个身穿女裙的男孩迎面走来，用袖口擦着嘴唇，唇边长着小胡子，就像小丑剧团里的大胡子女人——此地原先的确有个小丑剧团，就在站台上面，花卉市场有名的老剧团……

又一道门。也许就是这儿吧？他们这儿总该有……

门内却是一幅宴会场景。人们戴着化装舞会的面具，看上去像是用手画的。刚才那个穿裙子的男孩大概就是从这儿跑出去的。

迎面站起一个女人，纤瘦，优雅，只是手藏在背后……手里……有什么？

"坐，坐下。别走。陪我坐会儿。"

"我有……蘑菇，阿妮娅。"阿尔乔姆在口袋里摸到蘑菇，像护身符一样紧紧攥住。

"你可真有趣。"

"你们这儿哪有厕所？我……内急！"

"在那边。完事回来找我，等你呦。"

可是，他再也没能回去，他迷路了。

再后来，他累坏了，看见一张桌子，桌子旁边围着一群人，桌子下面是一群姑娘。胃里头翻江倒海，再没力气朝前走了，一屁股坐下来。顶棚开始旋转，旋转，充分证明地球周围的整个宇宙都在旋转。有人将一个姑娘揪出来，捆起她的双臂，用马鞭抽打。其余人挤眉弄眼地拍着巴掌。

"住手！你们！"阿尔乔姆用尽全力挺了挺身。

"你是谁？啊？"

"不许欺负人！"他冲过去，扑了个空，反被抓住。

"是她自愿的！谁欺负她了？我们在赏她饭吃！"

"蠢货！"那个姑娘叫道，"别妨碍我工作！"

"狠狠地抽她！"

"来吧，别手软！"她请求道——她，在请求他们。

"你不是自愿的！她不是自愿的！她只是没有选择！她只是无处可去！"

"聪明人！我们所有人都无处可去！来吧，抽啊！"

"啊——！"

"咳！让我来，我抽得准！"

"坐下，坐下！跟我们喝两杯！你是潜行者？"

"我不想……跟你们喝！别碰我！都变成畜生了！无处可去？我知道该去哪儿！"

"哪儿，啊？！"

"去找其他幸存者！上到地面！离开这个鬼地方！我们在这儿变成了什么，啊？牲口！我现在就要……"

"潜行者！幻想家！听见了吗，他要到上面去！你看见自己的后脑勺了吗？你头发都快掉光啦，兄弟！还想拉着我们一起送死？啊？"

"啊——啊！"

"哈哈，爽啊！哈哈，真爽！是不是，小贱货？"

"我们在这地铁里干什么？！在退化！生出来的孩子都是俩脑袋！没手指的！佝偻的！没眼睛的！每三个人里就有一个癌症！大脖子病！趁你们还会数数，你们数数，有多少得大脖子病的！而我们的孩子们将来连数数都不会了！你们还在这儿抽姑娘取乐！就在旁边，门捷列夫站，已经全完了！都退化成野人了！才二十年时间！野人！"

"等等，等等，潜行者！你说得都对。他说得对不对，啊？他是自己人！"

"可门捷列夫站还算好的！这个淫窟跟它比起来——呸！"

"他说得没错！我们在退化！基因！基因全被污染了。来干一杯，潜行者！你叫什么名字？他说的对，是吧，兄弟们！"

"基因被弄脏了！不再纯洁！给他倒一杯……我们这儿是秘密集会，潜行者。敬你一杯！为了基因的纯洁！"

"啊？什么？"

"我们没有别的救赎。清除基因污染是脏活、累活，但总得有人做！为我们自己干杯！"

"敬我们！"

"敬帝国！"

"帝国万岁！"

"去你们的吧！我才不会为法西斯干杯……我爷爷，跟他们打过仗。"

"瞧啊，还潜行者呢！打仗打傻了吧！法西斯？你没留心听元首的讲话吧！早就不是了！总纲领全变了！现在所有人都是兄弟，明白吗？只要你的基因没被污染！人类应该团结起来，对抗变种人！因为拯救地铁只有一个途径，那就是……"

"基因——纯洁！拯救——人类！"众人齐声高喊。

撑着两条软绵绵的腿，阿尔乔姆哪儿也去不了。

"基因污染，必须清除！潜行者！你自己去寻找幸存者吧！尽管去吧！哈哈哈！我们呢，要留在这儿搞清洗。人各有志！你行！好样的！别停下，狠狠地抽！"

阿尔乔姆攒够了力气，爬回桌子底下，那里全是裸体的姑娘们，被讲演者们的大腿堵住。他哇的一声，全吐了。

后来，他四肢着地，爬走了，身后传来阵阵掌声和喝彩声。

"畜生……全变成了畜生……我也跟你们一起……变成了畜生……"

小房间、小屋子、小隔断在眼前旋转，千奇百怪，油漆的，硬纸板的，一些不穿衣服的人不时撞到他面前，有一个甚至想要骑到他身上，还总感觉有人在后面偷偷摸摸。

阿尔乔姆的意识逐渐陷入一片模糊：那是鬼吗还是什么还是那些寻欢作乐的人派来的杀手真该把他们把他们挂上绞索架他们中间有没有对我做出判决的那些人就在两年前也许有后面还是脚步声得爬快点可是怎么爬应该不是杀手应该还是魔鬼撒旦来勾我的魂了要把我再往下拽八米拽到下一层地狱那里是什么滚开滚开我不想看见你我的蘑菇呢她放在我口袋里的那个蘑菇呢我的护身符呢保佑我远离这肮脏上帝保佑！

恍惚之中，一个声音响起，如从天外传来：

"来这边，这边。对了。我们这儿的沙发很舒服。"

奇怪的大厅多么奇怪的大厅还有这枝形吊灯和天花板有多高得有四米这是天花板吗哪儿来的这么亮的光他给我喝的这是什么东西这个人是谁我没力气没力气为什么门口有警卫……

"对不起，我无意中听到的，被勾起了兴趣。您是潜行者，对吗？您想找到其他幸存者？您不相信我们是唯一的幸存者？您很苦闷，我理解。您不愿意相信，除了我们的地铁，再没有其他地方有人幸存。"

"谁？你是谁？"

"您有没有想过，如果突然搞清楚了，突然发现世界其实根本没有毁灭，您以为，人们会走出地铁吗？会抛下这一切吗？会到一个陌生的地方重建新生活吗？您还是省省吧。"

"当然！我们的全部灾难和不幸，就在于无处可去……"

"抱歉，怎么会无处可去呢？选择还少吗？您可以选择帝国，也可以选择红线，还可以选择任何教派，任何神明，或者您大可以自创一个，甚至挖个阶梯下到地狱。您还可以随便选择居住地，站台那么多，您愿意拯救图书也好，愿意吃人肉也好，要是愿意打仗，更是随便！您还需要什么呢？您以为，这里的人们还缺少什么吗？请问到底是什么呢？就拿您来说吧？可笑。对，女人也是随便您，她们哪儿也跑不掉。正好，我们今天也给您准备了。萨莎，萨什卡，过来。我们有客人了。是，他很脏，像野人，但你知道，你知道的，我就喜欢恩赐这种人幸福。来吧，宝贝儿，对他温柔点儿，这个男人，你看，他浑身疮痂，他心里头有块冰坨，得朝他的心脏吐口热气，把他抱在怀里焐热，帮他化开。对，我想看你怎么对他，看他怎么对你，不必急，我们有的是时间。吻他。对了。也别忘了我，宝贝儿。"

不停下不要看我有蘑菇它是我的护身符你一定是魔鬼但你肯定害怕蘑菇它是圣物你是萨莎我在哪儿听过这个名字你的名字萨莎萨莎萨莎萨莎萨莎萨莎……

　　　　　　＊　　＊　　＊　　＊

　"喂！能听见吗？喂——喂！他能听见吗？"

　"好像还有呼吸。你捏住他的鼻子，如果还活着，嘴巴会张开。"

　"喂！兄弟！你怎么样？真的是他吗？"

　有什么白色的东西从中间开裂，裂缝是黑色的，宛如从积雪的河岸解冻的莫斯科河。疼，疼得如同破冰的河水……雪水……也许是春天了吧。

　"把他翻过来，他怎么脸冲着地板砖？"

　画面切换了：积雪和河水都不见了，但疼痛还在，奇怪。脸颊火辣辣的，手臂刺痛。有谁的眼睛从虚空中显露出来，凝视着阿尔乔姆的内心，不请自入。

　"是他！起来，阿尔乔姆！你们对他干了什么？"

　"关我们什么事儿？找到他时就已经这样了。"

　"他的衣服呢？夹克呢？汗衫呢？他的胳膊又是怎么回事儿？见鬼……"

　"这可不是我干的，我以我妈妈的名义起誓。"

　"你妈妈的名义……好吧，起来，起来！我叫你起来！来，先扶他靠墙坐起来。拿点水来。"

　远方敞开了。走廊，门，很多的门，尽头的亮光。也许，他该到那儿去？妈妈是不是在那里等他？

　"妈妈……"阿尔乔姆叫。

　"他听得见！没事，从外太空回来了。他把蠕虫下酒吃了？真是作死！好像还被辐射过。你们把他弄丢很久了吗？"

　"前天走散的。"

　"多亏你们想起来了，这地方这么隐蔽，他就是在这儿躺上一个星期，甚至是半年，也不会有人发现。"

　"我们可不会丢下同伴不管的。给，你的报酬。喂，阿尔乔姆！够啦，该起床啦。隧道在召唤。"

什么东西喀嚓一声,疼痛减轻了些。他不断调换透镜,一个又一个,终于选到了合适的镜片,轮廓清晰了。

"你是谁?"

"穿皮大衣的清洁工!谁,谁,廖哈!"

"怎么是你?为什么?"

奇怪,阿尔乔姆痛苦地想。更奇怪的是,这已经不是原先那个廖哈了,似乎少了点什么东西,少了什么呢?

——臭气。

* * * *

在花卉站寻找失踪的阿尔乔姆,荷马自己无能为力,多亏廖哈在迷宫里撞见了他,出钱找人帮了忙。直到第三天,才在一间废弃的厕所里找到了人,浑身脏兮兮的,只剩下一条裤子。

"这是怎么回事?"

不知道。

他用双手在回忆中摸索,但什么都摸不到,只有隧道般的黑暗。那里有些什么东西,还是什么都没有——无从分辨。也许,什么都没有。但也许,有人就站在身后,冲着后脑壳吹气,然后……微笑。也许,那并非微笑,而是张开的巨口,是伸手不见五指的黑暗。

"胳膊……我的胳膊怎么了?"阿尔乔姆一不小心碰到,立刻疼得皱起眉头。

"连这也不记得了?"荷马焦虑不安。

"不记得。"

"你的文身。"

"我的文身怎么了?"

前臂原本文着"舍我其谁?",但现在连一个字母都没有了。那块肉皮被烧焦，变得肿胀，只留下一些红色和白色的疤痕，每个字母上都有一个小小的圆形烙印。

"用烟头烫的，"廖哈断定，"这原来写的什么？——'我是你的'？写给情人的？"

舍我其谁？——斯巴达式的文身。每一位游骑兵都有，入伍时文上去的，用来提醒自己游骑兵没有退役者。阿尔乔姆也一样，尽管退伍已经一年了，但宁肯吊死，也不愿把这几个字抹掉。

"是谁干的呢？"荷马问。

阿尔乔姆沉默地摩挲着被烧掉的凸起。有些刺痛，但并不像渴望的那样强烈。应该过了不止一天，因为伤口已经结痂了——"疮痂"？这个字眼猛地勾拽出一些画面：在私酿酒中像救生筏一样漂着一张桌子，桌子后面是一些嘴脸，而他，阿尔乔姆，紧紧地抓住救生筏。但那里的人没有拷打他，没有烫他，反而为了什么向他鼓掌……接下来就是些完全愚蠢的画面了。这是不是一个荒唐的梦？梦境和现实怎么也分不清楚。

"我不知道，不记得了。"

"醒醒酒，很快就好了。"廖哈说，"我给你弄了件上衣，先凑合穿。"

阿尔乔姆把夹克穿在身上，大两号。

在花卉站，黑夜和白天无从分辨：同样的蘑菇汤，同样的喊叫声，同样是不安生的邻居把墙壁弄得吱吱响，同样是混浊的空气中悬浮着黏滞的音乐，同样是钢管上姑娘的躯体。阿尔乔姆大口喝着热汤，跟展览馆乃至全地铁都一样的汤，慢慢地想：为什么会有烙印？谁干的？谁有这么大胆子？

游骑兵团从不干涉不同势力之间的火并，他们总是置身事外。梅尔尼克对政治深恶痛绝，他不愿意屈身事人，不听从任何人的命令，也不接受任何人供养。二十年前，他第一个发出誓言：绝不站队，他们的使命是保护全地铁人，无一例外，一视同仁。他们要对抗那些没有人能够对抗或者尚未被人察觉的威胁。游骑兵的纳新历来是宁缺毋滥，而且要经过长期考验，优中选优。梅尔尼克并不需要一支庞大的军队。游骑兵团的那些特种兵、潜行者、特工，在全地铁四处游历，暗中侦察，记录，汇报。梅尔尼克聆听，并做出甄别，一旦威胁出现——真正的、不可避免的、针对全地铁的威胁——游骑兵就会发出精准的致命打击。由于人数有限，无法发动公开战争，梅尔尼克总是秘密地、突然地将敌人消灭在萌芽中，扼杀在摇篮里。因此，知道游骑兵团的人并不多，但每个知道的人都对其心存畏惧。

可如今，却冒出个胆大包天的。

但他为什么没把事情做绝？

荷马说："我在找你的时候，走到了一个死胡同，看见了彩色马赛克玻璃。连新村庄站的都破裂了，这里的却保存下来了！"沉默有顷，又补充道，"不洁的站台。"

"必须走。"阿尔乔姆放下空碗。

"我一个小时后启程！"廖哈说。

"回去吗？你以为汉萨会放行？"

"不是，我想明白了，我不该再倒腾大粪了，我要去加入钢铁军团。"

"什么？"阿尔乔姆把那双通红、戒备的眼睛转向经纪人。

怪不得他把身上的臭味都洗掉了。

"那些小伙子说得对！不把变种人赶到地面上去，我们正常人就没法活。总之，我要去帝国当志愿兵，别见怪！"

荷马只是眨了眨湿润的眼眶，看样子他早就知道了。

"你疯了吗？"阿尔乔姆质问，"你脑袋进水了吗？"

"去你的吧！关于变种人你知道什么呀！你知不知道他们在全地铁有多少黑手党徒？包括里加站的那些混蛋……肯定是！我要穿着铁皮靴回去找他们，志愿军的靴子可酷了。"

"关于变种人我其实略知一二。"阿尔乔姆回答。

"无所谓！"廖哈决绝地说，示意谈话结束。

"好吧，"阿尔乔姆说，"那就有缘再见吧。"

"一定会，"廖哈兴奋地回答，"一定会再见面的。"

未来的志愿兵站起身，将双手关节攥得咯吱作响，是时候用这双手把握新生活了。忽然，他的目光落到了正在啄地板的母鸡身上。

"咱们把它吃了吧？"他提议。

"对了，那个奥列格怎么样了？"阿尔乔姆回想起来。

"嗝屁了！"曾经的经纪人响亮地宣布，"跟我预料的一样。"

* * * *

阿尔乔姆的脑袋还在晕头转向，但他实在一秒钟也不想待在这个地方了。

想要穿越这座罪恶的蛾摩拉城，带着旅行箱和背包比赤身裸体更困难。

迷宫苏醒了，淫窟的万花筒一抖，变出了新的纹路，原本笃定的道路变得扑朔迷离。他们本想去引水管站的方向，结果却被带到了水渠旁。

"嘿！看哪！是咱们的那位战友！潜行者！"有人在他背后喊。阿尔乔姆置之不理，但有人拍了拍他的肩膀，使他不得不转过身去。

身后站着四个穿黑色制服的人，袖口绣着三足"万"字。阿尔乔姆起初没能认出他们，突然，像透过三升装的腌蘑菇的大罐子一样，他们的面孔浮现在混浊的盐水中。那个人当时好像就坐在桌边，殷勤地招待阿尔乔姆，给他倒酒。他鼻梁上有颗痣，阿尔乔姆当时正是盯着那颗痣在看，直到那些人……他们当时聊什么来着？为什么见到他会这么高兴？他们应该想要割破他的喉咙才对啊。

"还记得吗，兄弟们，那个潜行者，是不是？自己人！他还是像探月车一样从咱们那儿爬走的呢！"

"呵呵！还真的是！"

如此真诚的笑容，阿尔乔姆已经很久没见过了。

"不然你跟我们一起走吧？我们就需要像你这样有坚定信念的！"鼻梁上长痣的人发出邀请。

他们佩着士官领章，在他们身后，有一群小混混，三人一组正准备出发。在队伍尾部，阿尔乔姆还发现了曾经的经纪人。他想到，这就是志愿兵，为基因纯洁而战的钢铁军团。他当时是不是也为这个干杯了？真该呕吐一番才对。

"去见鬼吧！"他转身走开。离祸害越远越好。

这时，他突然感觉整个蛾摩拉城的居民都在眯着眼看他，指指点点，挤眉弄眼：哎，哎，这不就是那个光着屁股在地上爬的么，他怎么不打招呼？

他想起来，当时他确实吐了。

同时他还想起了另外一件事：有人在身后跟着他，寸步不离。那人清醒，傲慢，老成，而阿尔乔姆则像个一岁孩子那样，四肢着地逃离羞辱。那个人想对阿尔乔姆做些什么。

这一切如同噩梦。但，这是噩梦吗？

在这座蛾摩拉城里，他不由得想到，当地人很少，全是外来的。这群帝国士兵总是穿着制服，一眼就能看出来。可是，穿便装的又都是些什么人呢？从隔壁的引水管站既可以到汉萨，也可以到红线，还可以到流匪聚集的中国城站。而从中国城站出发，你可以去任何想去的地方。到这儿来的可能是任何人，任何饥渴的败类。

也许，还能够脱身，只是不知道该用什么法子。

他们终于走出了迷宫，来到了通往引水管站的通道。阿尔乔姆带着行李，荷马带着母鸡——老人犯了倔脾气，坚决不肯杀掉母鸡，和当了志愿兵的经纪人分而食之。而母鸡，就像奥列格所预言的，再没下过蛋了。

有个惊喜正等着他们——护照查验。阿尔乔姆不记得引水管站以何为生，但既然要查验护照，应该不是花柳生意。这里不需要签证，但没有护照禁止通行。荷马拿出一个绿色的小本本，封面上画着一只头戴王冠的鹰:尼古拉·伊万诺维奇·尼古拉耶夫,1973年生,阿尔汉格尔斯克州,塞瓦斯托波尔站,已婚,丧偶。照片上的荷马没有胡子,头发还没白,四十岁还不到,但能认得出来。

阿尔乔姆放下行李,开始翻兜。

裤兜里没有。一身冷汗。

是不是在上衣里呢?被人拿走的那件?是不是跟那个消失的蘑菇一起,那个原本应该保护、庇佑、警醒他的蘑菇?他把旅行箱打开,喝下去的酒精由于惊吓顺着毛孔汩汩流出,他摸呀,摸呀,手一会儿伸进这儿,一会儿伸到那儿,然后一阵急躁,拽出自己的衣服,当着所有人的面,把自己的第二身行头摊在地板上,掏遍了所有的口袋,把箱子里所有东西抖落出来,所有角落都仔细翻遍。没有!没有!

"你没看见?"他绝望地问荷马,"有没有掉在桌子下面?"

荷马双手一摊。

护照没了。

没有护照,在地铁寸步难行。无论汉萨、波利斯还是红线、阿列克谢站,或者任何一个对明天稍有憧憬的正规车站都无法进入。唯一能做的,就是在荒野小站等着饿死,或者在隧道里被怪物吃掉。

人群聚拢过来,目光中一半怀疑一半同情。该死的看热闹的!顾不上那么多了,必须翻检背包。他当着所有人的面探入背包,露出了无线电台的绿色一角。边防军看到之后,眉头紧皱。他把无线电台和直流发电机都取出来。人群开始窃窃私语。

"没有,没有!该死!"

荷马这时已经向旁边走去,一只手比画着,侧身靠近边防军,试图收买他们。可是用什么收买呢?顶多只剩下半个弹匣了。再说,还得留着些子弹防身呢。

"没门!"肥胖的哨所长厉声道,"我把你们放过去,回头红线得剥了我们的皮!反正你们就算通过,也只能到斯利坚斯克林荫路站。"

"为什么?"

"红线昨天把那里切断了。他们进驻了斯利坚斯克林荫路站,查验所有人证件。现在红线的地盘严禁出入。他们那儿出了什么事,但具体是什么谁也不知道。所以他们就进驻了斯利坚斯克林荫路站。从那儿到我们这儿就一站路……最好别没事找事。听说红线要攻占大剧院站。"

"谁说的?"

"都这么说,为了不让帝国抢先得手。他们在备战,要把所有跟帝国联系的站台全部切断。"

"什么时候?"阿尔乔姆依旧呆呆地看着四敞大开的背包。

"鬼知道。你自己问他们去呀!随时都有可能,如果情报泄露……"

"该死!"阿尔乔姆一发狠,神经质地把发电机、无线电台以及自己所有那些破烂塞回背包,"大爷,你自己去吧。你一个人从斯利坚斯克林荫路站过去。你有护照,你长着善良的眼睛和严寒老人那样的大胡子,你还有只可笑的母鸡,不会有人动你的。我走地面。如果大剧院到那时还没被红线占领的话,我们就在那会合。如果被占了……"

荷马不知所措地看着他,点点头——不然还能怎么办呢?

"早知如此,我当初就不该坚持救那个傻瓜奥列格。"阿尔乔姆恨恨地瞟了母鸡一眼,嘟囔着,把最后一样东西塞进旅行箱,"全他妈白费力气!他根本就活不下来,该死!"他把背包驮到身上,朝边防军走去。他大汗淋漓,表情凶狠,看上去竟似恢复了元气。

"花卉站通往地面的出口在哪儿?台阶、扶梯有吗?"

哨所长摇着秃头,几近怜悯地说:"潜行者?这里没有向上的出口,一百多年前就封死了。谁还上去干吗呢,找死吗?"

"那你们引水管站呢,有没有出口?"

"也堵死了。"

"你们还算是人吗!"阿尔乔姆疯狂地大叫,"难道你们就从来没想过要上去吗?"

哨所长一声没吭,把胖得几乎将裤缝崩开的大屁股转向阿尔乔姆——去你的吧,就你还想教训人。

阿尔乔姆胸口剧烈起伏,努力使自己平复下来。

在迷宫里转啊转啊,好不容易找到了出口,可结果所有通道都是死路,而身后那些来时经过的独木桥,已经全部掉进了深渊。现在该怎么办?走投无路。

"阿尔乔姆,"老者碰碰他,"不然,我们还是走帝国吧?啊?到契诃夫站……然后只要能到特维尔站,大剧院站也就近在眼前了。如果一切顺利的话,甚至今天就能赶到……反正你也没有别的选择……"

阿尔乔姆一句话没说,嘴里像含了口水。他一下一下擦着脖子,喉咙又干又痒。

* * * *

"现在还来得及吗?"

鼻梁上长痣的士官开心地笑起来:"就等你呢!"

看着志愿兵队伍,阿尔乔姆犹疑了一下:他真的要加入志愿兵?

他压低了声音道:"我没有证件。没证件能加入你们军团吗?还有,我提前声明,我是潜行者,随身带着一架电台。免得日后有麻烦。"

士官笃定地回答:"有没有证件无所谓,反正你的履历要从头写起。只要是帝国的英雄,谁会在乎你之前的身份呢?"

第八章

帝国

他们乘坐最后一趟塑料筏离开花卉站：荷马、阿尔乔姆、为短别重逢而高兴的廖哈，还有鼻梁上长痣、自称迪特马尔的士官。另外两个不知道名姓的"黑制服"负责划桨，花卉站很快就变成了隧道尽头的一枚硬币，最后连硬币也没入水中。

空气中弥漫着一股霉味。船桨在水中拍打，划破覆在水面的彩色油膜，赶走漂浮着的垃圾。水藻和油膜之下的深水里，有些模糊的影子在曲折游动，似乎是巴掌厚度的恶心生物。以前这里从来没有也不可能有这样的东西。核辐射创造出了自己的物种，怪诞而可怖。

迪特马尔说："你们知道红线的先遣队都是些什么人吗？变种人。他们把变种人武装起来，训练他们，让他们当排头兵、突击队。三条胳膊的，两个脑袋的，得癌症的，反正这些人也没什么可失去的。变种人在进犯我们的边境，越来越近。红线知道这些畜生对我们恨之入骨，从全地铁把他们召集起来。据情报，红线在斯利坚斯克林荫路站设置了哨卡，切断了引水管站的出路。那里的哨所长浑身长满了鳞片。你根本搞不清楚，是红线指挥着变种人，还是变种人统治着红线。我认为是后者。所以他们才要把我们撵走，他们在策划什么阴谋……"

阿尔乔姆心不在焉地听着，脑子里盘算着另外一个念头：到了帝国，可千万别被人认出来。毕竟，自己曾经在特维尔站蹲过囚笼，又差点儿在普希金站被处以绞刑，而且是当着那么多民众的面。越狱的绞刑犯，这可不是闹着玩儿的！这种事情可能忘记吗？

"啊，潜行者？"迪特马尔抓住他的胳膊，刚好抓在衣袖下方的烫伤处。

"什么？"

"我问你呢，你在地表负责哪一块？"

"我？图书馆，阿尔伯特街，帮婆罗门从地上往下运书。"

荷马目光望向远处，漫不经心地给母鸡搔痒。在淫窟他没来得及把母鸡转手，也没来得及吃掉，所以母鸡仍然活着。

"那是很不错的片区。"迪特马尔盯着阿尔乔姆说，被腐臭的水面揉碎的手电筒反光粘在他脸上，"你对那一带熟吗？猎人商行？大剧院再往下？"

"以前去过。"阿尔乔姆谨慎地回答。

"你为什么帮婆罗门做事？"

"因为我喜欢读书。"

"好样的！"士官赞许道，"帝国就需要像你这样的。"

"那像我这样的呢？"廖哈问。

"帝国来者不拒，"士官对他挤挤眼，"特别是眼下。"

*　　*　　*

他们到了。

地下河撞上了一座拦河坝，堤岸由装着泥土的布袋堆成，塑料船就停靠在这些泥袋旁。泥袋后面是一道真正的大坝，高度是隧道的一半，一台电泵轰鸣着，抽走拦水坝另一面的水汪。军旗插得到处都是：红底，白圈，三足"万"字，象征着契诃夫站、特维尔站和普希金站的三站同盟。当然，这些车站早已更名改姓：契诃夫站被改成瓦格纳站，普希金站被改成席勒站，特维尔站被改成达尔文站——帝国有自己的偶像。

他们跳上岸，士官和巡逻兵交换了军礼。所有人都衣着簇新。铁路的行政办公室坐落在高处，无人说话，工作人员穿着的制服为黑色和银白色相间。

检查行李时，自然一下子就发现了阿尔乔姆的无线电台和自动步枪。士官帮阿尔乔姆解了围，他对边防军嘀咕了几句，同时越过黑色肩膀冲阿尔乔姆笑着，边防军的态度这才温和下来。

但他们仍然没被放入站台，而是被带到一条被格栅拦起来的、有卫兵把守的侧面巷道前。士官高声宣布："先来体检，钢铁军团可不收病秧子。装备，还有母鸡，都要临时上交。"

阿尔乔姆等人把全部东西留给了守卫，走进一个房间，房间四壁贴着白色瓷砖，充斥着浓烈的石碳酸气味。屋内有一张睡椅，一位医生戴着口罩和帽子，粗眉低垂。房间那头有几道门。士官在墙角的凳子上坐下。医生耸了耸被腌透了的眉毛，眨了眨油橄榄一样的眼睛，说起话来跟唱歌一样，带着尚未完全矫正的口音："好了，谁先来？"

"我先来吧！"廖哈瑟缩着道。

"上衣脱掉。之前来过医学委员会吗？"

医生这儿看看，那儿敲敲，用橡胶手套摸摸，瞧瞧喉咙，又让廖哈咧嘴笑一下，然后戴上听诊器，吩咐廖哈吸气、呼气。

"现在把内裤脱掉。脱吧脱吧。对了。可以摸一下吗？嗯。这是什么？"

"怎么了？"廖哈紧张起来。

"左侧睾丸，似乎……您感觉不到吗？"

"没有啊……啊，感觉到了。"

"已经耽误了。耽——误——了！"

"那个，医生……我那个很厉害的！"廖哈咧嘴一笑，"我很好，不碍事的。"

"不碍事，那很好。穿上吧，先生。好了，您走右边的门。"

廖哈穿好衣服，扣好扣子，医生在纸上写了些什么，交给士官。士官读完，点点头道："欢迎。"

经纪人朝荷马和阿尔乔姆使了个眼色，意思是"祝你们好运"，然后钻进了指定的门。门外有台阶通往更深处。

"现在轮到您了，先生。"医生这话是冲荷马说的。

老者向前一步，不安地扭头看了阿尔乔姆一眼：谁知道这个医学委员会是个什么鬼！阿尔乔姆目不转睛地盯着老者，须臾不让他离开自己的视线。他忽然觉得，这种感觉在记忆深处似曾相识。他不自觉地咳嗽了一下：喉咙有些发痒。医生警觉地盯了他一眼。

荷马将沾满污渍的外套折成四折，放在睡椅脚部边沿，把套头绒线衫脱下来，里面是一件脏汗衫，腋窝处全是污渍。他站起身，光着膀子，胸部凹陷，腹部苍白，肩膀上长着稀疏的卷曲汗毛。

"嗯，让我们来看看脖子，甲状腺……胡子下边……"医生将双手探到荷马那毛躁的银胡子下面，"好了，没有甲状腺肿。现在我们再来摸摸……"他揉搓着荷马那紧绷的肚子，让老者也脱掉裤子，仔细检查。

"没有发现任何肿瘤。您老很懂得养生啊，从来不去上面，喝水只买过滤水，对吧？"医生的语气里带着敬意甚至是羡慕，"恭喜恭喜。我要是到您这岁数，还能有您这样的体格就好了。把衣服穿起来吧。"

医生在纸上写了些什么，把它塞到老者手里："左边的门。"

荷马有些疑虑，没有急着穿衣服，拖延着，疑惑地望着士官——自己的长官。

"为什么大爷是左门？"阿尔乔姆替他发问。

"因为，您的大爷一切都好。"医生回答，"您看看条子。"

"正常。适合服役和移民。"荷马惴惴不安地捧起纸条，读道。

适合移民。肿瘤检查。如果发现了会怎么样？

"那右门是去哪儿的？"阿尔乔姆扭头问迪特马尔，但后者只是笑了笑。

医生代为解释说："啊，那个小伙子去做深入检查了。尚未完全明确，专家需要再确认一下。去吧，大爷，别挡着路，我该给你孙子做检查了。"他的语气有些不耐烦，但并不粗鲁。

荷马轻轻拽着睡椅把手，不肯和阿尔乔姆分开。阿尔乔姆身子绷紧，想道：如果现在有什么不测，我还敢像从前那样，为老者出头吗？

左门缓缓开启，传来一些嗡嗡的说话声。门外是一条被刷成绿色的石头小径，上面挤满了上身赤裸的志愿兵。一个身穿制服的小胡子男人，手里拿着嗒嗒作响的电动工具，正逐一给他们修剪头发。

士官说："完全没有必要担心！"

荷马把胸口的紧张呼出来，走到正常人那边去。门关上了。

阿尔乔姆略微舒了口气。

"现在轮到您了，年轻人。您是潜行者？"

"潜行者。"阿尔乔姆用手掌捋捋后脑勺——这提前的脱发总是出卖他的身份。

"您在冒险，冒险，尊敬的先生！您患有咳嗽，我听见了。让我看看后背。觉得冷吗？有没有结核病？呼吸。深一点。"

"我还有救吗？"阿尔乔姆撇嘴一笑。

"嗯，没那么严重。肺部有些罗音……现在来看看，有没有肺瘤。"说着，他朝走廊探出身去，"能来帮个忙吗？"两个傻瓜应声挤进屋里。

"嗯……潜行者。地表辐射还没降下来呢，您也知道的。您的那些同伴经常连四十岁都撑不到……您别紧张。小伙子们，来搭把手。对，对，躺下来。潜行者。脖子。好。咽喉。说'啊——'。"

甲状腺癌是最常见的辐射疾病之一，有些时候正是从甲状腺肿开始的。但也不可一概而论，有些人没得甲状腺肿却在一月之内死于癌变，也有些人得了甲状腺肿却活了很长时间。

如果现在检查出问题了怎么办？万一他告诉你说，就剩半年可活了，该怎么办？医生说得没错，潜行者经常是这种结局。

"您刚才说的'深入检查'指的是什么？X光吗？"

"您扯哪儿去了，X光？嗯……等等……不是，看错了。侧过身来。嗯。目前还没什么。肚子……别绷紧，放松。"

柔软而冰冷的橡胶手指，似乎洞穿了皮肤和肌肉，轻轻触到了肝脏和惊恐的肠道。

"嗯,目前还看不出什么异常。现在来看一下性器官。怎么样,还能用吗?"

"肯定比您用得勤。"

"您这不是潜行者嘛,所以我才问的。您选的职业很好,没说的。好了,看不出有什么明显的病变,起来吧。尊敬的先生,您为什么不跟所有人一样,老老实实在地铁里待着呢?要是待不住,也许下一次您也得去做深入检查了……"

"那个深入检查需要多久?"

阿尔乔姆忍不住侧耳倾听:那里在干什么,右门后边?

悄无声息。

阿尔乔姆的内心深处又是什么呢?他是否真的在意经纪人那边究竟是X光,还是别的什么?说不清楚。

现在最主要的,就是想办法把荷马从这个地方活着拽出去,然后抢在红线之前赶到大剧院站。只剩下一个区间,一步之遥。至于廖哈……他不是想跟变种人作斗争吗?那就先让他证明自己不是变种人吧。蠢货。

"多久?需要多久就多久,"医生若有所思地说着,给阿尔乔姆开着单子,"对于这种事,尊敬的先生,现在什么都难说。"

* * * *

迪特马尔自豪地环顾四周:"看,欢迎光临!达尔文站,原来的特维尔站。你之前来过这儿吗?"

"没有,从来没有。"阿尔乔姆的喉咙又开始发痒了。

"可惜。不然你就会发现它的巨大变化了!"

特维尔站的确变得认不出了。两年前,这里低低的拱门被格栅围起来,改造成笼子,用来囚禁从邻近车站抓捕回来的非俄罗斯族人。囚徒就蹲在自己的屎尿里。阿尔乔姆曾经在其中一个笼子里度过一晚，细数着凌晨行刑前的最后几分钟，努力多呼吸几口空气，多想些事情。

"这里进行了全面改造！"

笼子已经不复存在。天花板上的烟熏痕迹和地板上的赤褐色尿渍也已不见踪迹。一切都被冲刷、被清洗、被消毒、被忘却了。

原来的囚笼所在，如今是一排干净齐整的售货亭，刷着油漆，标着序号，宛如节日般欢闹的集市。集市上人来人往，幸福、平和、散漫。逛集的人都是一家子一家子的，孩子们骑在父亲脖颈上，晃悠着小腿儿。人们在货摊前挑挑拣拣，四处演奏着欢快的音乐。

眼前的景象不禁令阿尔乔姆眼眶湿润。他试着寻找到当年矗立绞刑架的地方，但没能找到。

士官昂然道："整个帝国今非昔比！自从总路线改变以来，这里也推行了改革。我们变成了现代化国家，杜绝了任何过激行为。"

"黑制服"混在人群中，只是大河里的一滴水，并不碍眼。宣扬白色人种优势的宣传画不见了，"地铁属于俄罗斯族"的横幅也不见了。早先的宣传口号如今只剩下一条："健康的体魄孕育健康的灵魂！"的确，周围人的面孔各式各样，而不是清一色的翘鼻子、白皮肤、雀斑脸。更重要的是，所有人都衣冠整洁，保养得体，跟他们最初抵达时的契诃夫-瓦格纳站一样。听不到展览馆站充斥着的剧烈咳嗽声，也没有因辐射而害大脖子病的人。孩子们无一例外，全部四肢健全，脸蛋红得像塞瓦斯托波尔站的番茄。

阿尔乔姆不由得想到了心心念念要去北方考察的小基里尔，转身对荷马说："这里简直就是你所说的极地曙光城。"

荷马在后面踢踏着，摆弄着自己的大胡子，正在留心观察。不用说，肯定是在为自己的写作搜集素材。母鸡无聊地蜷缩在他的一只腋窝下，卷起的笔记本插在后裤兜里。所有其他物品，包括阿尔乔姆的装备在内，仍然扣押在士官那里。

"那边，在拐角后面的办公区域，有一家医院。当然，是完全免费的。全民疾病系统防治一年两次，儿童一个季度一次！去看看？"

"不了，谢谢。"阿尔乔姆说，"刚从医生那儿出来。"

"理解！好吧，那我们就……哦，这边！"

道路两旁停着一列装卸吊车，周围聚集着轨道车。士官骄傲地宣布："达尔文站如今是我们最重要的贸易口岸！尤其是跟汉萨的交易量非常巨大，而且一直在增长。我认为，在这种艰难、骚动的时期，地铁的一切文明力量都应该团结起来！"

阿尔乔姆点点头。

迪特马尔到底想从他这儿得到什么呢？为什么帮他摆脱了其他志愿兵所无法避免的入队训诫和操练？为什么当他坚持要捞出荷马时也做出了让步？为什么给他这样一位普通志愿兵如此殊荣，还带他参观各个车站，先是契诃夫站，现在又到了这儿？

在这艰难、骚动的时期。

"那边就是通往大剧院站的隧道。"

阿尔乔姆真想不顾一切地朝那里跑去。

"这是边境最不安定的区域。我们正在加强守备，连一只老鼠都进不来。所以，抱歉，那边我们就不去了。"

那怎么办？怎么到大剧院站？母鸡丽巴咯咯叫起来，扑棱着翅膀，似乎荷马夹得太紧，让它没法呼吸了。但它哪儿也去不了，被人牢牢地抓在手里。阿尔乔姆感觉自己就是这只母鸡。

"而在这一头，请看，是生产油脂蜡烛的作坊，全地铁为数不多的几家，尽管有些奇怪。那边是织布小组，个顶个的女劳模！她们织出来的袜子堪称神奇，所有风湿病人无论花多少钱都愿意买！嗯……还有什么呢？我们再下到通道去看看吧！那儿是我们的生活区。"

在通往普希金-席勒站的通道处有两架扶梯，直接钻入大厅的花岗岩地面。他们沿着黑色阶梯向下，来到了名副其实的街道上。两侧盖满了一幢幢装饰华美的住宅，房子之间竖立着火炬造型的青铜路灯，照耀着大理石墙面。在一幢住宅里居然坐落着一所学校,正值课间,一群干干净净、健健康康的孩子顺着响亮的铃声从门内涌出,撞到阿尔乔姆的胸口。

"进去看看?"士官说完,带着阿尔乔姆和荷马走进了教室。

正对着杂志沉思的教员伊利亚·斯捷潘诺维奇站起身,向访客展示了教室:一幅铅笔画肖像,上面的元首年轻、严肃、留着短髭,一幅帝国地图,还有讽刺红线的漫画,旁边是提倡做操的口号。

"这位是阿尔乔姆,我们的同伴,以志愿兵身份加入钢铁军团的!"迪特马尔介绍说,"这位是……"

"荷马。"

"多么有趣的名字!"瘦弱的伊利亚摘下眼镜,擦了擦鼻梁,"您是俄罗斯族吗?"

"伊利亚·斯捷潘诺维奇——"迪特马尔略带责备地拖长声音道,"难道现在这还重要吗?"

荷马不卑不亢地说:"'荷马'是外号,就像'迪特马尔'和'德米特里'实际上是一回事,是不是?"

"从前是,"士官冷笑一下,"您是怎么成为'荷马'的?"

"人们为打趣我给起的,因为我打算写一本书,一本关于我们时代历史的书。"

"您说的是真的吗?"伊利亚抓住自己的胡子,"能否赏光,到鄙舍喝杯茶?我对此非常感兴趣!如果二位饿了的话,我妻子还能招待午餐。"

"求之不得!"迪特马尔高兴起来,"茶浓吗?"

"浓,跟对祖国的爱一样浓!"伊利亚一笑,露出马一样的一口黄牙,"我家住在通道最尽头,跟一户茨冈人[1]住对门。"

"民族融合!"迪特马尔一根手指举向天空,"元首的关怀!"

---

1 即吉卜赛人,为起源于印度北部、散居全世界的流浪民族。

* * * *

生活区宛如一片神奇的幻境：路面接连铺着一块块擦脚垫，覆盖了整个长不见头的廊道；墙壁上挂着各式各样的老物件，以及画着小猫和花朵的日历。路上不时遇见戴围裙的妇女，光膀子穿背带裤的男人；谁家厨房里飘出辣汁蘑菇丁的香味；一辆三轮玩具车冷不丁地从拐角蹿出来，一个小胖娃骑在上面，眯着眼咯咯笑着，沿街道疾驰而去。

"火星上竟然也有生命。"阿尔乔姆大感意外。

"看见了吧？外面的人还对我们妖魔化。"迪特马尔扭头冲阿尔乔姆一笑。

通往席勒站的通道被砖墙堵死了。迪特马尔解释说，席勒站正在翻修，所以没法过去。他们又在附近能去的地方逛了逛，每一秒钟都被拖得无限漫长。迪特马尔寸步不离，没给二人任何独处的机会，阿尔乔姆只好默自揣测。

到了约定的时间，士官敲响了教员家的门。在门口迎接他们的是一个深色头发的亚美尼亚族年轻女人，挺着个圆鼓鼓的大肚子。"纳丽奈。"女主人自我介绍说。

迪特马尔变戏法似的从袖管里掏出一个香槟酒瓶，殷勤地献给了女主人——瓶里重新灌装了某种神秘液体，真不知道他是什么时候买的。

"可惜您无法品尝！"迪特马尔对女主人眨眨眼，"我敢打赌，是个男孩！我妈妈有个方法辨别：如果肚皮是圆的，那一定是男孩；如果是女孩，肚皮会像个梨子。"

女主人苍白地一笑："如果是男孩就好了，可以养家。"

迪特马尔笑道："还可以卫国！"

女主人道："快请进，伊利亚马上就回。洗手的话，这边是洗手间。"

他们真的有一个私人的小洗手间，独立的，就跟地面上废弃房子里的一样。不是在地板上随便挖个洞，而是真正的坐式马桶，脚边是陶瓷的泄水盆，木门上装着插销，一面墙壁上甚至还挂着一块厚厚的壁毯。

"真漂亮！"迪特马尔赞道。

"那边会往里进冷气，"女主人低声解释说，递上一条方格毛巾，"挂个壁毯可以稍微暖和些。"

荷马的母鸡被关在了厕所里，还给它撒了些食物碎屑。

男主人也下班回来了，眼睛好奇而贪婪地盯着荷马。他把众人邀请到一个温馨的小房间，招呼大家在折叠沙发上落座，擦擦手，用干净的小杯子给每个人倒了一杯独家配方的茶水。

"嗯，你们在帝国感觉怎么样？"

"惊叹不已。"荷马坦承。

"地铁里的人还在拿我们吓唬小孩子呢吧？"伊利亚滑稽地做个鬼脸，将茶一饮而尽，"我们这里的变化是如此之大！特别是在元首的新年贺词之后！"他转身向挂在墙上的那幅跟教室里一模一样的铅笔元首画像致意，"没关系，让人们过来亲眼看看好了。像帝国这样的公民社会保障体系，连汉萨都做不到！眼下帝国正在全力推进接收外来移民计划！这不正在改建席勒站嘛……"

"为了扩充钢铁军团？"

"不完全是。说到钢铁军团，你们肯定想象不到，有多少志愿兵从地铁各地慕名而来！很多人都是拖家带口的。光我们班，这个月就有两名新生。我必须得承认：放弃民族主义，简直是天才的理念！您想想看，需要怎样的勇气，才能在最高会议上公开承认，说最近几年，甚至最近一个世纪的政治路线都是错误的？这是多大的勇气！这可是当着所有代表的面宣布的！您以为最高会议都是软弱无能的木偶人吗？错！请您相信，那里也有反对派，而且相当顽固！有些人的军龄甚至比元首本人还长！元首敢于挑战这样的元老！我不管你们怎么想，我反正要敬元首一杯。"

"敬元首！"迪特马尔精神抖擞地站起身道。

连纳丽奈也抿了一小口酒。

不喝未免显得失礼，阿尔乔姆和荷马也喝了。

"不瞒您说，我和纳丽奈，也是元首给了我们机会，"伊利亚柔情地握住夫人的手，"多亏他准许了异族通婚。不仅如此，还有这栋房子……纳丽奈以前住在帕维列茨站，天上地下！完全是天上地下！"

"我去过那儿，"阿尔乔姆不自在地迎着教员炽热的目光，低声说，"那里的气密门坏了，对吧？我记得，从地面上涌进了各种异类。之后因为辐射，好多人患病了。"

"我们那里——从来没有——任何病人！"瘦小的纳丽奈突然一字一顿地狠声说，"您在胡说！"

阿尔乔姆一时间瞠目结舌。

"所以说，历史正在眼前改写！"伊利亚宽慰地抚摸着妻子的手，开心而响亮地说，"您真是明智之举，决定书写当下的历史！我自己也有这个想法，您知道的，我不是给学生讲帝国历史的嘛，从几十年以前一直讲到当下，我自己也为一个念头寝食难安：要不要写一本历史教科书？要不要记录我们的整个地铁？现在好了，有竞争对手了！"他笑起来，"来，干一杯，同行！为了所有那些看不起历史教科书的傻瓜！为了所有那些挖苦我们的傻瓜！他们的子孙后代将通过我们的教科书了解一切！"

荷马眨了眨眼，但还是喝了一杯。

而阿尔乔姆则偷眼瞟着纳丽奈。她既没吃东西，也没听谈话。她双臂环抱着、保护着浑圆的大肚子，里面是一个混杂着两种血液的、尚未出生的男婴。

"我说，真的，您应该写出来，伊利亚·斯捷潘诺维奇！"迪特马尔被教员的热情所感染，兴奋地喊道，"您若愿意，我去跟长官谈谈？我们还有一台印刷机呢！我们出版了军方的《铁拳》，为什么不能出版历史教科书呢？"

"此话当真？"教员激动得满脸通红。

"当然！教育下一代是重中之重！"

"第一要务！"

"这里头最重要的，就是教什么和怎么教，对不对？"

"非常重要！绝对重要！"

"比如说吧，我们跟红线的对峙。红线总在指责帝国十恶不赦……可现在，你们自己亲眼看见了，"迪特马尔将目光转向荷马，"但要知道，仍然有很多人听信红线的污蔑！对我们谈虎色变！"

"您想想看，"伊利亚说，"如果您没来过我们这里，就开始描写帝国，那您会怎样向后代描述我们？无非是些恐怖传说！无稽之谈！"

"那您又会怎样讲述呢？"荷马忍不住反驳。

"真相！当然是真相！"

"可是，每个人都有自己的真相，不是吗？即使是红线，也有自己的真相。既然有这么多人相信——"

"红线的真相已经为鼓动所取代！"迪特马尔插嘴道，"我说过，在红线，变种人已经秘密夺权，给正常人洗脑！挑唆他们与我们为敌！他们在备战！哪里还有什么真相？！"

伊利亚也帮腔说："红线都是饿肚子的穷人！您以为给他们洗脑很困难吗？您以为他们会试着去分辨真理与谎言，弄清是非黑白吗？您以为他们会承认，帝国创建了全地铁独一无二的社会模式吗？不可能！他们只会用集中营和焚尸炉来吓唬你们！"

纳丽奈把小手放在嘴边，仿佛唯恐某个禁忌词汇脱口而出，然后匆忙站起身，走出房间。连她的丈夫都没有注意，但阿尔乔姆注意到了。

"关于变种人，您在自己的教科书里会怎么写？"荷马问。

"什么怎么写？"

"嗯，如果我理解得没错，帝国不是正在……跟变种人作斗争吗？是不是？"

"正是。"伊利亚证实。

"怎样斗争？"

"坚决斗争！"迪特马尔抢先提示道。

"你们会怎么处置他们？我是说你们所捕获的那些变种人？"

"这有什么关系吗？比如说，把他们发配去劳改。"教员阴沉着脸说。

"您认为，劳改能纠正变种人？那癌症呢？"

"你说什么？！"

"癌症。我听说，元首已经将癌症划归为遗传变种。我很好奇，劳改具体可以改造哪些内容。"

迪特马尔笑道："既然您这么感兴趣，我们可以安排您体验一下。怕只怕，一旦您的胳膊举惯了丁字镐，就再也握不住笔了。"

荷马道："那我就等着拜读您的历史教科书了！"

伊利亚说："莫非您对变种人抱有同情？您难道要把他们描述成淡黄色头发的天使不成？关于他们，元首已经说得很清楚了：如果我们继续放任这些畜生繁衍，下一代人类就将彻底失去生存能力！您难道想让他们把我们的血液冲淡吗？想让您的孩子生下来就俩脑袋吗？啊？！"

"在这该死的地铁里，任何人都有可能生出俩脑袋的小孩！任何人！"荷马跳起来喊道，"可怜的患病儿童！你们呢？你们这里会怎么处理出生的双头婴儿？"

伊利亚沉默不语。

荷马也没再说什么，只是沉重地叹气。一直没搭腔的阿尔乔姆突然发现，这个老人比他更有勇气。他涌起一股冲动，想为这老者杀人，以便体现出和他一样的勇敢无畏。

"那就让我们来看看，我们无比崇敬的史书作家在自己的书里都写了些什么吧！"话音未落，迪特马尔猛然从桌子对面探过身，一把夺过荷马手中的笔记本，制服下摆因动作过猛沾到了沙拉。阿尔乔姆随即跳起，但迪特马尔把手摸向手枪皮套："坐下！"

"别这样！"荷马连忙劝阻。

纳丽奈跑进来，面容扭曲，双目放光。在这个局促的房间跟迪特马尔搏斗是很可怕的，子弹可能会射中任何人。纳丽奈将身子贴紧丈夫，惊恐万分。

"没事的，亲爱的。"教员安抚妻子道。

"伊利亚·斯捷潘诺维奇，您看看！"迪特马尔一手没离枪套，另一手把笔记本递给教员。

"非常乐意！"教员冷笑一下，"嗯，就从开头读起吧。嗯，'他们还是没回。周二没回，周三没回，周四也没回，而周四是约定的最后期限'。嗯。这字迹，简直了！'第一哨所昼夜'……这是什么？啊！——'执勤'。我说，您难道从来不用逗号的吗？嗯，跟小说没啥差别。再来看看中间……乏味……乏味……哦！'那么荷马——编年史作家、神话创造者、绚丽的蜉蝣才刚刚羽化而出。'您猜怎么着，神话作家他居然加了连字符！'神话—创造者'！那你怎么不说'写生-画家'呢？还是标点问题……'一阵颧骨抽搐'！您这是说自己呢吧，同行？还有这里……'她一个人对抗一整个军团的杀手……她固执地说，我想要奇迹！'哦呵呵，真带劲。然后呢？'汩汩水流……'汩汩，啊嗯。'漏水了，有人喊道。是下雨了，她喊。'哈！她把漏水当成下雨了，可真浪漫！"

荷马的舌头像被吞掉了一样。阿尔乔姆目不转睛地盯着枪套。

"我们再来看看结尾。不过，对您的历史我基本已经看透了，格调不高，比摇篮曲好不到哪儿去……这里简直是打死都认不出来……嗯哼……'荷马在图拉站终究没有找到萨莎的尸体。'还有呢？结局。又是以第三人称讲述自己。真是精彩，精彩！拿着吧！"教员啪嗒一声把本子扔到沾水的桌布上，"书里没有任何反动内容，全是些矫揉造作的废话！"

"去你的吧！"荷马说着，在裤管上把本子蹭干，塞进贴身衣袋。

"我看你还是省省吧！先把字认全，再去编造自己的《伊利亚特》吧！恐怕不是别人叫的，而是你自己僭称荷马的吧？"

"去你的吧！"荷马皱着眉头，固执地重复。

"你写的有一半是关于自己的！那他妈算什么历史？根本没给历史留

下任何位置！"

"这是旧的。新的会不一样。"

"好吧，希望新的能更好些！"迪特马尔忽然松开了自己的枪套，举起酒杯，"好了，吵也吵了，闹也闹了，现在让我们来为你的新书干一杯！啊，伊利亚·斯捷潘诺维奇？我们和两位客人……请您见谅。不然，连您的大美人妻子也要伤心了。话说回来，伊利亚·斯捷潘诺维奇刚才读的那些情节，我个人倒是挺喜欢的。逗号我自己也不擅长，至于其他的嘛，都还不错。请原谅，荷马先生，我们之所以失态，是因为对于所有人而言，这个话题都过于敏感了。"

"对于所有人而言，"教员把手放在妻子的肚皮上，"关于双头婴儿，您的说法……简直不知深浅！"

"我想，您自己也明白吧，荷马先生？对吗？"迪特马尔严厉逼问，"我们刚才有些失态，但您也有过错。这件事就到此为止吧！"

"好。"荷马抓起杯子，一饮而尽。

阿尔乔姆也跟着照做了。

"有烟吗？"他问迪特马尔。

"有。"

"抽烟请到厕所。"纳丽奈说。

阿尔乔姆把母鸡从厕所赶出来，插上门，坐到真正像样的马桶上，用敌人的烟叶卷了根烟，擦着火，把火头放在自卷烟上，深吸了一口，将体内凶狠的恶意随着烟雾缓缓排出。他需要冷静一下。

他想起了墙壁上那块厚厚的壁毯，据女主人说，那是用来御寒的。

他伸手去摸壁毯的绒毛，凉吗？一点也不。他又把手指探到壁毯下方，只是普通墙壁，一点也不冰冷。那挂壁毯是干吗用的？又为什么要撒谎？

阿尔乔姆几口把烟卷吸完，熄灭烟蒂，侧耳倾听。房间里有没有闹出人命？还没有。迪特马尔在嘎嘎大笑，这个快活鬼。

他站到马桶上，摸到挂壁毯的环扣，使劲儿往上一提，把壁毯摘了下来。

他期待看到什么呢？

难道是一道挂锁的门，要用金钥匙才能打开的那种？对于这间屋子里爱撒谎的"匹诺曹"们来说，神奇国度自壁毯这一侧开启，那么在另一侧呢，是什么？

什么都没有。光秃秃的墙壁，砖砌的，抹着灰泥。挂着壁毯只是好看些。

现在该把这笨重该死的壁毯挂回去，把环扣套在钉子上。但他很不情愿这样做。

他把额头靠在了这面粗糙丑陋的墙壁上。

墙壁没有帮助他冷静。还是烟卷更管用些。

但是……

什么声音？是听错了吗？

他转过头，把耳朵紧贴在灰泥墙壁上。

自墙壁后面，隐隐约约传来一阵哀号和怒斥声。

由于墙壁很厚，哀号和怒斥的声音都很低，几不可闻，但仍然蛮野而可怖。有人在哭泣，哀求，听不清在说什么，紧接着又是一片哀号。继而传来断断续续的叱骂。那哀号声俨然有人在沸腾的油锅里挣扎一般。

阿尔乔姆从灰泥墙面挪开耳朵。

那里是什么？

是席勒站。这栋房子正位于通往席勒站的通道尽头。站台被一道墙拦住了，因为那边"正在改建"。特维尔站的囚牢被拆除了，然后搬到了普希金站——这就是全部的改革。

"喂，潜行者？"门外传来迪特马尔的声音。

"拉肚子了！马上来。"

阿尔乔姆铆足力气，从地板上拎起足有三十公斤重的壁毯——可千万别把马桶压塌了——直到胳膊酸得几乎支撑不住，才摸索着把壁毯挂好。

他轻手轻脚爬下马桶。

厕所里再次笼罩着一片寂静。

现在，又可以在这里安心地如厕了。

　　　　＊　＊　＊　＊

"怎么样，这房子？"迪特马尔依旧站在厕所外面，好像也需要厕所似的。

"很棒。"

"内部消息：旁边还有一栋这样的，还空着。"

阿尔乔姆盯着他看。

"福利房，正在装修，按照配额分给我们军方的。你想住这样的房子吗？嗯？"

"做梦都想。"

"我们可以把这房子奖励给军团的英雄，作为榜样，奖励功勋。"

"什么他妈功勋？"

迪特马尔点着一根卷烟，冷笑一下："还在为我们得罪了你的老爷子生气哪？别生气，那只是一个考验，考验你的资质。你还不错，通过了。"

"到底什么功勋？"

"带独立卫生间的住宅，啊？带劲儿吧！外加军人薪金。你还可以结束那些有损健康的探路，医生不是跟你说了吗，可你……"

"你到底想让我干什么？"

士官把烟灰抖落到地板上，再次打量了阿尔乔姆一眼，目光冰冷。他的笑容消失了，鼻梁上的黑痣在面无表情的脸上变成了一枚弹孔。

"红线企图夺取大剧院站。那里本是中立站台，一直都是，而现在它令红线如鲠在喉。红线有猎人商行站和革命广场站，但没有到达帝国的直接通道，只能通过大剧院站对我们发动进攻。据情报说，他们决定把大剧院站吞掉。我们不能让他们得逞,大剧院站距此只有一个区间,一旦沦陷,帝国将直面打击。你在听吗?"

"嗯。"

"我们已经计划好了行动,要把大剧院站从他们手中解救出来。我们需要切断从大剧院站到猎人商行站和红线的通道,让他们无法进军。通道总共有三条,你负责最上面的,入口处大厅那条。你从地面走,穿过特维尔大街,进入入口大厅,在那里布雷,接通无线电台,汇报,然后等我们的信号。"

阿尔乔姆将迪特马尔吐出的烟雾吸进肺里。

"为什么不派自己人?你们难道没有潜行者吗?"

"都牺牲了。两天前,一队四人小组到地面执行这一任务,结果全部失踪了。来不及培训新手了,红线随时都有可能发动攻击,必须立刻行动。"

"大剧院站的入口处大厅是开着的吗?没被堵塞?"

"你不知道?那不是你的片区吗?"

"是我的片区。"

"你能做吗?"

"除非老人跟我一起,我需要他。"

"那可不行!"士官一笑,弹孔重新变回黑痣,"我比你更需要他。如果你不按时取得联系,或者没有及时炸毁那个该死的通道,或者一去不回,那我就得为这事找个人……做深入检查。"

阿尔乔姆朝他跨出一步。

迪特马尔一声呼哨,房门被骤然撞开,三个黑衣人冲进屋子,短冲锋枪扣机待发,枪口对准阿尔乔姆的要害。

"答应吧,"士官说,"你会成就伟业,一项必要、崇高的事业。"

第九章
剧院

阿尔乔姆往防毒面罩的目镜玻璃上吐了口吐沫,用手指揩了揩,这样就不会蒙上水汽了。接着啪嗒一声打开无线电台开关,听了听声音,旋转到需要的调频。

"呼叫。"

"一小时后联络,届时必须布置完毕。"

"这可是地上,一小时内我无法保证。"

"如果你一小时后不取得联系,那你不是跑了,就是死了。无论哪种情况,老头都必死无疑。"

"你自己的人三天都没回音,你却让我——"

"祝你成功。"

又是一片噪音。

阿尔乔姆又坐了一分钟,仍在继续转动手柄,边转边听。他指望听到什么呢?他扣紧背包,小心地钻进背带,站起身,轻柔地背着背包,像背着一个受伤的孩子——里面装着十公斤炸药。

他推开布满刮痕的透明门,走到带顶的通道。一排售货亭远远地延伸开去,所有橱窗都被凿碎了,残骸到处都是,被涂抹得乱七八糟。他没有打开手筒,因为光线从很远的地方就能被发现。他满心疑惑,那四个潜行者怎么了?四个人,全副武装,带着电台,却没有一个人来得及向那见鬼的电台说出哪怕一个字。

他贴着墙壁朝前走,身旁是那排售货亭,它们之前是卖什么的已经不得而知。书?智能手机?那些智能手机在地铁里有多少啊,每个旧货摊都堆积如山,论斤称,几乎全是坏的,但仍然有人买,买来给自己的亲人"打电话"。据说,把那个扁平的小玩意儿贴在耳朵上,里面就会传来母亲的声音。小时候,阿尔乔姆曾缠着苏霍伊从和平大道站给自己买一个,没想到苏霍伊居然真的搞到一个还能用的。阿尔乔姆玩了大半年,每天夜里躲在被窝里给妈妈打电话,直到电池完全酸化。后来又用这坏的继续打了三年。

而如今,想打电话,只能背着这样笨重的大家伙。如果能往那个世界打通电话的话……它能接通那个世界吗?能吗?

阿尔乔姆沿着台阶上到路面,眯缝起眼睛。地表正值黄昏。

你好,莫斯科。

世界像十字架一样四敞大开。开阔的广场,被烧焦的十层楼高的石头建筑如隘口般耸立,特维尔大街上堵满了锈迹斑斑的汽车。它们挤成一堆,四个车门都敞开着,宛如蜻蜓的四个翅膀,企图飞离拥堵,得到救赎。所有汽车都被掏空了内脏,车座被卸下,后备箱被凿开。与特维尔大街垂直,是一条条由黑色密林构成的林荫道,露出地面的虬结树根从道路两旁向彼此尽力靠拢,不耐烦地将汽车骨骸顶到一旁。

楼房上悬挂着巨大的广告牌。没有老人的指点,根本无法分辨它们宣传的是什么。手表?汽水?衣服?若没有知情人解释,恐怕连那是广告牌都猜不到。那些斜体拉丁字母,每个都有一人多高,却形同天书、符咒。如今,这些符咒只能说给那些赤裸的黑色枝干、流浪狗、风滚草和被趁火打劫者剥光的遗骸听了。

他用目光仔细搜索丛林:有没有什么怪物?最好不要靠近。城市看似死城,但毕竟有四个装备齐全的战士被什么东西给吃掉了。这里距离大剧院站并不算远,步行只需要一刻钟。那四名潜行者当初大概也是这么想的吧。既然目前还没有发现他们,那就意味着事发地还在前面。

贴着楼房走，还是走路中间？如果走路中间，在汽车之间穿行，会过于暴露；如果贴着楼房走人行道，就必须时刻保持高度警惕——楼房的空洞极有可能只是假象。在自家的展览馆站，阿尔乔姆对每一栋建筑都了如指掌，但在这里……

他把自动步枪挎得更顺手些，抓住枪托，沿着人行道走过两层楼高的购物橱窗。橱窗全部被砸碎，玻璃碴子溅到路面上。假人模特全都躺在地上，如同死人。假人各式各样，有些像人类，有些则更像黑暗族——那些用发亮的黑色塑料制成，而且没脸、没鼻子、没嘴巴的。它们全部躺在一起，无一幸免。

一家首饰店被洗劫，一家服装店被洗劫，一家鬼知道卖什么的商店也被洗劫并焚毁。街道对面同样如此。特维尔是一条很肥的大街，油水很足，住在附近站台的人很幸运。唯一美中不足的是，这里没有食品商店。

楼房鳞次栉比，化为一堵密不透风的墙。傍晚的天空压在它们头顶，像一个穿着棉袄的大肚子。这使得特维尔大街看起来像个巨大的隧道，而路面，这冰封的车流，则让阿尔乔姆联想到了铁轨。

在这隧道尽头，獠牙一样耸立着革命博物馆的塔楼，以及侧面的克里姆林宫塔楼。塔楼顶部的红星已经熄灭，魔法力量已经枯竭，只剩下一些模糊的黑色剪影，以肮脏的云朵作为背景，看着令人心酸。

还有一件事：异常的安静。

地铁里从未有过的那种安静。

"你怎么想，叶尼亚？从前，城市也许会很喧闹吧，应该会的。所有这些汽车会嘀嘀嗒嗒，相互鸣笛；人群也会叽叽喳喳，每个人都抢着说话；还有这些楼房传来的回声，就像在大山里一样……而如今，一切都闭上了嘴巴，好像没有什么可说可闹的。遗憾的是，人们都没来得及道个永别，更不用说做其他事情了。"

突然，阿尔乔姆在前面发现了什么。

就在人行道上。

那不是假人模特，太柔软了，假人不可能这样躺着。它们总是像中风抽搐一般，胳膊无法弯曲，双腿直愣愣的，后背直挺挺的，像块木板。而前面那个却蜷缩成一团，像小孩那样，而且，是死的。

阿尔乔姆迅速环顾四周：没人。

那人身穿黑色防化服，手持 AK 自动步枪，破裂的头盔滚落一旁。他的眼睛盯着柏油路面，盯着凝固的血迹，后脑勺中枪。仔细一看，肚子上也有伤口，血迹在地上拖出了一条长带。看来，有人先将他腹部射伤，然后走到跟前，将在地上匍匐前行的他杀死。而他在中了第一枪之后，还不想死，拼命朝前爬，爬得非常专注，甚至都没有回头看一眼开枪人的面目。而杀人者，也并不关心被杀者长什么样。

这是第一个。

也就是说，他们并非被怪物吃掉了。

杀人者没有拿走自动步枪，似乎对此不屑一顾，这也很奇怪。

阿尔乔姆蹲下身，想把自动步枪拾起来。但死者握枪的双手被冻僵了，除非把他的手指掰断。算了，就让他留着自己的武器吧。

他只把弹匣卸下来，作为储备。他的情绪甚至因此有所高涨，好像迪特马尔支付了他定金一样。对于这种行为，潜行者并不视为罪行，相反，他们认为拿走战死者的装备是为亡灵祈祷安息，反正装备留给他们也是毫无意义，徒增伤悲。如果它们能继续为同伴服务，想必死者也会感到欣慰。

接下来的路，他要走快些。

是什么人射杀了他？为什么他的同伴没有停下，合力把伤员抬进掩体？

难道杀死他的，正是他的同伴们？果然如此，为何杀人者没把自动步枪带回去交差？是过于匆忙吗？必须找到他们问个清楚。

但现在看来，没这个必要了。

三百米开外躺着第二个队员，像颗星星那样，四仰八叉，也许是想最后再看一眼天空吧。只是他未必能看见什么：一只目镜被射穿了，另一只目镜里面溅满了红褐色血迹。身下是一汪血。跟第一个死法一样：先被射伤，然后被追上，补上致命一枪。

他的同伴同样没有在此停留。

远处隐约有什么声响，被一阵风送了过来。

——轰鸣声，像引擎，但听不真切。呼吸在过滤器里发出的声响太大，耳朵眼又被防毒橡胶给堵住了。阿尔乔姆迅速从死者枪上卸下弹匣，然后靠墙隐蔽，紧张地环顾四周。到猎人商行站还剩下最后五百米，可千万别挂了。

第三个潜行者是无意间用眼睛的余光扫到的。这个比较机灵，离开主路，企图在一家餐厅躲起来，但餐厅四壁全是玻璃窗，能躲到哪儿去呢？最后他也被人从桌子底下拖了出来，打成了筛子。

声音再次传入耳畔，真真切切。

是引擎的怒吼。

阿尔乔姆屏住呼吸，但没有用，于是他一把拽下防毒面罩。一年后会怎么样，眼下哪儿还顾得上呢？他把耳朵转向风吹来的方向。又是一声嘶哑的轰鸣。有人在远处轰油门，就在那些楼房的后面。

汽车！发动的汽车！是什么人？

阿尔乔姆竭尽全力拼命飞奔。

原来如此。

难怪他们那样奔命，却仍旧没能逃脱。

他们是逐个被追赶、被射杀的。当第一个人被射杀时，其他人还有机会跑上两三百米，但终究在劫难逃。但他们为什么没有回射？为什么没有找个地方隐蔽起来，组织反击？

难道他们指望着能侥幸跑到大剧院站吗？

起初，他尽量避免背包颠簸，但突然间，轰鸣声已听得异常真切——敌人径直追过来了，就在身后。阿尔乔姆发足狂奔，既不回望，也不停步，只是向前、向前；即便炸药因剧烈震荡而爆炸，也不见得比先被射伤，再等着被人射死更加可怕——炸就炸吧。

随后，轰鸣声一分为二：发动机有两个！一个在身后，另一个在侧面，分别在街道两侧，穷追不舍。难道他们要把他活活累死？

这到底是什么人？什么人？！

藏起来？躲进大楼里？钻进某栋房子里？

不行……街道这面没有楼梯入口，只有底层商户的玻璃窗，被烧毁的，空荡荡的，没有出口。

就快到街角转弯处了。

那边就是猎人商行站，再绕过国家杜马大楼[1]就到了。

第四个潜行者没有在特维尔大街出现，这说明他跑到了转弯处。也就是说，阿尔乔姆也可以，应该可以的。

他在前方看见了自己的影子，长而淡。还有车灯铺出的一条小路。

他们在他身后打开了车前灯——又或者是探照灯？

仿佛有人穿过阿尔乔姆的喉咙，向其肺部插入了一根带刺钢丝，插进去，来回抽动，像刷瓶子那样清洗着他的支气管。

他终究还是忍不住，一边跑着，一边朝后望了一眼。

背后赫然是一辆越野车！宽大的越野车！该死！它沿着人行道追赶——车道被废旧的汽车堆满，无法通行。一阵尖利的刹车声，越野车停了下来，大概是被什么东西挡住了去路。

阿尔乔姆吞下一口冰冷的空气，转过街角。

这时，身旁响起第二台发动机——剧烈，尖利，颤动。

——摩托车。

国家杜马大楼沉重而肃穆，宛如一块巨大的墓碑——底层是阴郁的花岗岩，顶部是灰色石料——底下埋葬的是谁？

摩托车从后面猛冲上来，在他身侧疾驰。骑手没有扭头瞄准，抬手

---

[1] 俄罗斯联邦会议的下议院，位于莫斯科红场附近。

向阿尔乔姆乱射一气，子弹叮叮当当全射在"墓碑"上。

阿尔乔姆既没停下，也没减速，把身前跳动的自动步枪端在手上，朝摩托车手所在的方向猛烈开火，同样全部落空。骑手为了躲开乱弹，猛踩油门，朝前驶去，打算在前面远处掉头。

后面，轰鸣声再次逼近，越野车追上来了。

大剧院站入口已经近在咫尺，顶多也就一百来米。入口开着吗，上帝？耶稣基督，入口开着吗？

如果你存在，上帝，那就让它开着！你存在吗？！

第四个，也是最后一个战士，就倒在入口边上。准确地说，是坐在那里，背靠着锁闭的木门，低头看着自己被射穿的肚子，看着自己的手掌，看着从指缝间溜走的生命。

阿尔乔姆跳到门边，伸手猛拽第一扇门、第二扇、第三扇……

摩托车掉头返回，引擎的嘶吼越来越响。随后，越野车漂移着滑过来，车身方方正正，难道是装甲车？阿尔乔姆从来没见过这样的车，地铁里的任何势力都不可能有这种东西。

阿尔乔姆后背紧靠门板，举起自动步枪，想把颤动的准星对准越野车的挡风玻璃。但显然，向这样的目标射击是毫无意义的。

越野车顶盖上弹出一个微小的轮廓，像游乐射击场的靶子，又像整蛊盒里弹出的小丑。一声脆响，子弹在玻璃上射出一个精确的小洞，洞口紧挨着阿尔乔姆头部，是狙击手！这下死定了。

幸亏对方刚才那枪打偏了。

越野车顶亮起一盏大探照灯，强光刺在眼上，几乎让人失明。

现在阿尔乔姆连瞄准都没办法了，除非对着空气乱射。

马上就要结束了。一切都要结束了。

狙击手终于把阿尔乔姆放进了自己的准心里，阿尔乔姆眯起眼睛，在心里默默计数。

一。

二。

三。

四。

摩托车猛然弹射出去，兜个圈子，停得更舒服些，然后突然哑火了。阿尔乔姆用手遮住灯光，偷眼望去。不，两个都还好好的。它们停在那里一动不动，阿尔乔姆刚好站在二者灯光的交会处。

"喂！别开枪！"情急之下，阿尔乔姆喊破了音。

他举起双手：俘虏我吧。

但对方并不关心他喊叫了些什么。他们之间进行了内部的无声交流。显然他们不愿意俘虏他。

"什么人？！你们是什么人？！"阿尔乔姆大喊。

六十七。

六十八。

六十九。

突然，摩托车从原地蹿出，喷出一股蓝色的汽油烟雾，向远处驶去。接着，装甲车也开动了，它熄灭探照灯，亮起尾灯，掉转车头，消失在暮色中。

你终究是存在的，对吗？上帝，你存在！不然，该死的，刚才那是怎么回事？！

在庆幸和不可置信之下，他踢了一脚第四个也是最后一个倒霉蛋：你就没我这么走运了吧？对方歪倒在地。他的身侧是一个背包，里面露出导线，是地雷，好像在威胁说：别惹我，否则我跟你同归于尽。

阿尔乔姆向他道歉，但并无悔意。

他心思一动，从死者身上搜出一样东西。

他绕着入口向对面跑去。快，快，趁装甲车上的人尚未改变主意。

他再次一一拽了所有门，总该有一扇是开着的！终于被他找到了。他钻进门内，沿着湿滑的台阶一口气跑到尽头，这才坐下来喘气。直到这时他才确信，自己暂时死不了了，至少现在不会。

阶梯通到了大厅，那里有旋转闸门和售票窗口。

从大厅有两条通道可走：沿着空荡坍塌的扶梯向下，可到猎人商行站；沿着廊道，可通往大剧院站。阿尔乔姆最担心的，就是红线会在此设立巡逻队，做完那些装甲杀手所没有做完的工作。然而通道却无人守卫，看来他们同样封锁了站台的气密门，根本不打算到地面上来，以免受到辐射。跟他所居住的展览馆站一样。

阿尔乔姆拿出地雷，仔细端详。该布在哪儿呢？

地雷愚蠢而可怕，就如同权力。被赋予阿尔乔姆的这一权力，还不知道将主宰多少人的命运。

他该怎么做？

* * * *

他沿着廊道，一溜小跑，来到大剧院站入口处。那里也是封闭的，被堵死了，但还留着一扇门，是为了潜行者上到地面预备的。阿尔乔姆戴上防毒面罩，拼命砸门。五分钟后，有人从底部站台上来了。但来人并不打算开门，而是从闸门后面反复审问，他不相信阿尔乔姆是孤身一人。最后他终于把门打开一条缝隙，用来传递证件。阿尔乔姆把从第四个死者身上搜出的护照递了进去。

"赶紧开门！开门！不然我就向大使馆投诉！我叫你开门，没听见吗？！刚才我差点没被打死！我是军官！帝国军官！我会让你吃不了兜着走！开门，你这混蛋！"

巡逻兵立即开了门，而且没敢让他取下面罩核验证件。背后有一个吃人的帝国撑腰，就是不一样；有一个钢铁军团配合你的行动，就是不一样——底气十足！

阿尔乔姆没等巡逻兵反应过来，也没容他检查背包，一把抢过护照，向下跑去。他一边跑一边喊,这是重要任务,你们这群喽啰兵不该问的别问。

一跑到地下,他就转过墙角,像条蛇一样隐藏起来。他脱掉绿色的防化服,换上自己的寻常装束,把防毒面罩找地方藏好,但背包仍背在身上。

再过四十分钟,就得跟迪特马尔联络了。也就是说,在四十分钟之内,他必须找到彼得·谢尔盖耶维奇·乌姆巴赫——那个曾经用无线电收到过其他幸存者消息的人——赶在红线或者帝国之前把他救出站台。

阿尔乔姆探头一望,后面有人追赶吗?没有。守卫也许已经把他抛在脑后,忙自己的事去了。这事也许很重要,比抓间谍更重要。会是什么事呢?

这时他才突然想起,这里为什么被称为"大剧院站"。

站台的中央大厅小而温馨,低矮的顶棚装饰着菱形花纹,如同一床棉被。这个大厅充当了大剧院的观众席,几乎摆满了凳子。而在最前面,在靠近拉着天鹅绒幕布的舞台处,还放着几张桌子。拱门也被遮住了,但用的不再是天鹅绒布,而是有什么用什么。棚顶垂下一些长条形的道路指引标识,发着暗淡的光,上面写的不是站台名称,而是一行花体字:"欢迎光临大剧院!"

这里的人们居住在两辆地铁列车上,它们分别停靠在两侧车道上:当全世界的电力被切断时,一辆列车刚好进站,另一辆则刚刚驶入通往新库兹涅茨克站方向的隧道。在列车上住得挺好,很舒适。至少比建在水上的钢铁丛林要舒适,也胜过与地狱一墙之隔的帝国福利房。

尽管列车原地不动,而车窗外永远是同一番景象——石头,泥土,但当地居民仍然很乐天。他们微笑着,开着玩笑,亲昵地拍打彼此的屁股,好像列车只不过是晚点了,列车司机很快就会为晚点二十年表示道歉,然后列车会重新启动,顺利抵达下一个站台,开回他们出行的那一天——世界毁灭的前日。而在此之前,他们只需要在车厢里等待。

脏兮兮的孩子们在周围跑来跑去,假装演戏。他们把塑料绝缘管当成宝剑打斗，彼此说着从某些戏剧里学来的浮夸对白，争夺一些偷来的彩绘硬纸板道具，嘻嘻笑着，喳喳叫着。

这里的居民，有一个算一个，全靠剧院为生：有人当演员，有人画布景，有人叫卖吃的给观众，还有人负责撵走酗酒闹事者。站台上晃荡着几个戴眼镜的老太太，用手里捏成扇面状的戏票扇着风，声音颤抖地吆喝着："今天的表演！今天的表演！最后几张！"她们不时走到站台边缘，朝新库兹涅茨克站方向的隧道张望：今天会有多少傻瓜来看演出？

而阿尔乔姆却不由自主地朝隧道另一头望去。

两条隧道的另一头都通往特维尔站，通往帝国。在那片黑暗中的某处，黑衣部队也许已经集结列队，整装待发。他们只需行军十五分钟便可抵达这里；倘若乘坐汽油轨道车，则只需两分钟。一旦阿尔乔姆通过电台对迪特马尔发出信号，两分钟之后，先锋部队就会出现。

在大厅中间两侧，各有一个向上的阶梯横亘在车道上方，均是通往红线车站的通道。一个通往猎人商行站，红线将这个车站改回了原名——马克思大道站；另一个通往革命广场站，这个车站原本属于阿尔巴特—波克罗夫卡线，但在与汉萨的第一次战争之后，红线用列宁图书馆站交换了这个车站。

两条通道都被可移动的金属路障挡住，路障后面各站着几位红线战士，身穿浆洗了很多遍的绿色军装，各有一名带大檐帽的军官，帽徽是年久褪色的红五角星。两边的人相对而立，间隔十步距离，彼此开着玩笑。在这十步距离之内，是中立车站的领地，他们无权干涉。而他们所在的位置，尽管属于"顶层楼座"，但仍然是观众大厅的一部分，因此也是属于大剧院站的。

这就是大剧院站，被红线和帝国的前哨阵地所包围，就宛如身在锤砧之间。但它仍然奇迹般地逃脱了悲惨命运，左右逢源，避免卷入战争，保持中立地位。它已经坚持了很久，直至今日。

而在今天的空气中，似乎只有阿尔乔姆一人感受到了雷电，其余人丝毫没有察觉到即将到来的不可避免的杀戮的气息。在搁浅列车旁边的散步场所，袖口绣着"万"字的帝国军官挽着姑娘们在散步，他们心平气和地与身着绿军装、佩戴红五星的红线军官擦肩而过，对后者正在茶水店为莫斯科温同志——红线最高领袖——的健康祝酒毫不在意。双方胸前口袋里不约而同地插着戏票，所有人都准备去看戏。

但事实上，并非所有人。有些人正在筹备另一件事：按照约定信号，切断通往猎人商行站的通道，割断敌人的喉咙。除了大厅中间的通道之外，还有另外两处通道——一个在车站后方，位于站台最底部；另一个在上面，穿过入口处大厅。同时封锁三处通道难如登天，迪特马尔策划的行动实在野心勃勃。

而阿尔乔姆的任务则更是加倍艰难。在厕所门口的那场对话以后，迪特马尔再没有允许他与荷马单独相处哪怕一秒钟。那个无线电员长什么样，做什么工作，住在哪里，老者统统没有来得及告知阿尔乔姆。找吧，阿尔乔姆，找到这个对其一无所知的人。

而时间，只剩下半小时。

"请问，"阿尔乔姆在列车车厢里逢人就问，"彼得·谢尔盖耶维奇住在这儿吗？乌姆巴赫？"

"谁？没听说过……"

"打扰了。"

他又钻到隔壁车厢："您认识彼得·谢尔盖耶维奇吗？乌姆巴赫？我是他侄子……"

"你竟敢擅闯私宅？我现在就叫警卫来！塔尼娅，咱的汤勺锁好了吗？"

"去你的汤勺吧！傻瓜……"

他迈步向前走去，仍然不死心地张望着：还有两扇门。

"彼得·谢尔盖耶维奇您知道吗？"

"唔，谁？"

"彼得·谢尔盖耶维奇·乌姆巴赫，技术员，我叔叔。"

"技术员？你叔叔？"

"他好像是无线电员，他在这儿住吗？"

"无线电员我不认识。嗯，彼得·谢尔盖耶维奇倒是有一个，在剧院当工程师，负责舞台，舞台什么来着……"

"在哪儿能找到他？"

"到剧院找去吧，去问问他们的，他们的……头头儿嘛！你怎么这么笨？"

"祝您幸福。"

"滚吧！什么都不懂。现在的年轻人啊，真是……"

大厅里，乐师们开始吱吱地拉小提琴热身。阿尔乔姆径直朝入口钻，胳膊险些被女检票员挠花："你以为这是哪儿？还有没有点儿敬畏之心？没教养！这可是大——剧——院！"

他只好折回去，买了一张票，用死者借给他的子弹支付了票钱。他一边买票，一边四下睃巡：要知道，就在这里的某个地方，就在散步的人群中间，在从新库兹涅茨克站或者全地铁任何车站来看戏的观众中间，混迹着两个特工小组。也许，某个戏剧爱好者其实是特务，某位家族的长者身上缠满了炸药。一旦这些亡命徒收到信号，到了为帝国献身的时机，他们就会同时行动，不顾一切地朝红线的边防军猛扑上去。再过十五分钟，钢铁军团的先锋部队将从两个隧道同时涌入。

阿尔乔姆瞅了一眼手表。

他这才发现，如果一切按时完成，刚好是演出开始——这都是算计好的，但算计者不是他阿尔乔姆，而是迪特马尔。阿尔乔姆所做的，不过是从地面上捡回一条命，好让迪特马尔的计划如期进行。

如果他不这样做，荷马就会被绞死，而大剧院站终究会被攻占。只不过，不是帝国，而是红线；不是今天，而是明天。一个人看似可以改变世界，但实际上只能改变一点点。世界太过沉重，好比一辆地铁列车，一个人是推不动的。

他再次跑向凶悍的女检票员，把票塞给她，顺手把几颗子弹塞进她口袋。这几颗子弹让她的眼镜片蒙上了一层水雾,隔着这层水雾,她没有看见阿尔乔姆抢在所有观众之前,第一个钻进了大厅。阿尔乔姆煞有介事地走过两个红线哨岗,不去和士兵对视,以免被他们记住长相。他爬上舞台,一头钻进天鹅绒幕布里。

幕布后面光线很暗,舞台纵深不大,有一个道具的剪影,既像个亭子,又像颜色暗淡的古希腊神庙。阿尔乔姆上前摸了一下,是胶面板做的。从胶面板后面——好像这里面可以出入甚至居住一样——传来说话的声音。

"我也想演点别的!难道你以为我对眼下的剧目就没意见?但你也得理解,我们现在这种处境……"

"我不管,阿尔卡季,我受够了!如果在这地铁里,在这个世界上还有另外一家剧院,我肯定立马走人!而且,上帝作证,我今天根本没心情上台!"

"别这样说!我能怎么办呢?我也想排尤涅斯库的《犀牛》,有口皆碑的戏剧!更何况,服装只需要准备犀牛头,用硬纸板就能做。可仔细一想,不行!这出戏讲的是什么?讲的是极端统治如何将正常人变成动物。你说这样的戏能上吗?帝国和红线都会认为是针对自己的。那可就完了!抵制还算好的,怕就怕……再说了,那些长着犀牛头的人,帝国肯定会认为是影射变种人,会认为我们在嘲笑他们对基因突变的恐惧……"

"上帝啊,阿尔卡季,你简直是妄想症。"

阿尔乔姆小心地朝前迈了一步,眼前出现几个小房间:化妆间,道具间,还有一个关着门的房间,说话声就是从那个房间传出来的。

"你以为我没有找素材吗?一直在找!你就拿经典剧目来说吧,比如《哈姆雷特》,你看到的是什么?"

"我?问题是你看到的是什么!"

"问题是我们的红线观众看到的是什么!你想想看,哈姆雷特得知,他的父亲是被自己的亲弟弟杀害的——哈姆雷特的皇叔!明白了吗?"

旁边的道具间里有个人伏在桌案上,头发花白,胡须下垂,正在焊接什么东西,眼睛被呛得直流泪。此人跟阿尔乔姆想象中的那个乌姆巴赫正相吻合。

"不明白……"

"你忘了红线上任总长是怎么死的了吗?正当盛年!他是莫斯科温的什么人?堂兄!只有瞎子白痴才看不出来!这戏,我们能排吗?听着,奥莉加,我们可千万不能招惹他们!他们就等着这个呢,不管是红线,还是帝国!"

阿尔乔姆走到道具间的门槛,"大长胡子"抬起头,满脸疑惑地盯着他。

"您是彼得·谢尔盖耶维奇?"

就在此时,响起一阵脚步声——细碎,凶狠,尖利,是皮靴后跟的铁掌摩擦地板所发出的声音,从大厅方向迅速逼近。听上去有好几个人,但无人说话。阿尔乔姆藏起来,把耳朵转向幕布方向,凝神谛听。

"你就是个胆小鬼,阿尔卡季!"

"我是胆小鬼?!"

"不管排什么,哪部戏剧都让你觉得危险!你告诉我,我们为什么不能排演《海鸥》?可怜的、无辜的《海鸥》!我好歹可以演个像样角色!"

"因为那是契诃夫写的!契诃夫!跟《樱桃园》一样!"

"契诃夫怎么了?!"

"不怎么,可他是契诃夫,不是瓦格纳!我百分之百相信,我们瓦格纳站的邻居会认为这是成心跟他们过不去!我们是故意挑选契诃夫的戏,让他们难堪!"

脚步声在大厅四处散开。

"两个人守住大厅,四个人去后台!"一人低声吩咐,"无线电员应该在这儿!"

阿尔乔姆将一根手指竖在唇边,哀求地对"长胡子"示意,然后扑到地板上,连滚带爬地东躲西藏,终于侥幸地在舞台下方发现了一个藏身之处。

他们在搜索无线电员——他，阿尔乔姆。刚才那个哨兵没有立刻抓捕他，而是报告了上级，也许是克格勃。"长胡子"可千万别把他给供出来！

关起门来吵架的两个人完全没有觉察。

"那就排《欲望号街车》？我可以演布兰奇！"

"整个剧本在讲什么？就是讲布兰奇如何羞于自己的外貌，而终日躲在幽暗之中！"

"这又怎么了？"

"你没听说过元首夫人的事吗？"

"闲言碎语！"

"亲爱的！奥莉加！你听我说，观众可都是奔着你来的，票都卖出去了……让我抱抱你，好吗？"

"胆小鬼！乡巴佬！"

"我们要排演中立的，明白吗？中立的剧目！不能让任何一方感到羞辱！艺术不应该侮辱人！它应该给予人慰藉！应该激发人们心中最美好的情感！"

阿尔乔姆的双手变得僵硬，后背开始酸痛。他以极其缓慢微小的动作将腕表拿到亮处，瞅了一眼表盘：再过十分钟，就该打开电台，向迪特马尔汇报地雷已经布好，然后完成他的下一道指令了。

女人的声音变得尖利："可我激发的那算什么美好情感？啊？！"

"我明白你的意思，但你要知道，即便是《天鹅湖》，女主角同样是光着大腿出场的！哎！如果我们能排演《天鹅湖》就好了……但他们已经明确说了：《天鹅湖》被民众视为对叛乱和宫廷政变的暗示。现在局势这么紧张，我们不能刺激任何一方！再说，你的这双玉腿……"

"禽兽！犀牛！"

"求你了，今天就上场吧，求你了……表演群舞的姑娘们马上就要到了……"

"你是不是在跟她们乱搞，啊？你是不是跟津卡有一腿？"

"上帝啊,你在说什么蠢话!我跟你谈艺术,你却……有你这样的大美人,我怎么可能对那些小妮子感兴趣呢?"

"谈艺术,你谈的哪点是艺术,啊?你这头笨犀牛?你说实话!"

"你知道的,我自己也早就厌倦了中立,什么艺术应该独立……我自己也想投靠谁,明白吗?任何一方。"

"你别乱摸,离开场只剩下……"

"红线也好,帝国也好,只要是一个主子……"

"我知道,你别摸了……"

"还有时间。"

"没时间了。"

阿尔乔姆头顶近旁有人发出嘘的一声,一个笨手笨脚的人蹑步走来,在关着的门口处站定,贪婪地偷听里面的动静。离演出开始还剩下六分钟。

"来得及……我们需要一个主子……谁说的艺术必须独立?……"

"你弄得我耳朵好痒……"

"谁说的艺术家必须挨饿?说这话的是白痴。"

"我同意。你知道吗,我也……想要确定性,唯一性,强硬性……"

"你明白我的,对吗?就让他们中的任意一方来供养我们,给我们一个清晰的准则,对我们进行审核。这样的话,我们就可以排演《欲望号街车》和《海鸥》,或者相反,《哈姆雷特》和……"

"对!对……"

"这就是慰藉,明白吗?艺术带给我们的……你和我……"

"轻点儿……哦!……"

敲门声响起。

"晚上好!阿尔卡季·巴甫洛维奇!"这个声音沙哑低沉,而且奇怪的是,阿尔乔姆感觉非常耳熟。

"谁?谁在外面?!"

"上帝呀……"

"哦，奥莉加·康斯坦丁诺夫娜也在。开门好吗？"

"啊……是少校同志！格列布·伊万诺维奇！什么风把您给吹来了？马上，马上。您有事？马上开门。我们正……正化妆呢，给奥莉加·康斯坦丁诺夫娜化妆，马上要开演了。我这就开门。"

透过木板缝隙，阿尔乔姆看到四双脚后跟钉了铁掌的皮靴，一双系带皮鞋。门开了。

"这……这是怎么回事？你们难道有权佩带武器闯到这里吗？格列布·伊万诺维奇！这可是中立车站！您若看戏，我们自然是随时欢迎，但这是怎么回事？！"

"情况紧急。我们接到消息，车站藏匿了一个间谍。这是文件，正式手续，国家安全委员会盖的公章。据消息，他在非法使用无线电台通敌，计划破坏行动。"

阿尔乔姆完全屏住呼吸。他忽然想起来，在那四个被射杀的潜行者身上并没有找到无线电台——地雷还在，无线电台却不见了。

"你们这里有人持有无线电设备吗？"

"往哪儿跑？站住！证件！"隔壁房间忽然喧闹起来，"抓住他！"

"那是谁？"

"我们的同事，管技术的，彼得·斯捷潘诺维奇。"

"您要去哪儿，彼得·斯捷潘诺维奇？"

叫喊声，呻吟声。透过缝隙望去，只见乌姆巴赫被人按着跪倒在地。阿尔乔姆暗自祈祷，乌姆巴赫可千万不要朝舞台下方看，最好一着急一害怕，忘了把自己供出来。

"弟兄们，去看看彼得·谢尔盖耶维奇都有些什么家当。"

"那些都是职业所需，我是工程师……"

"我们知道你是谁，我们接到了线报。你在准备恐怖袭击？"

"冤枉，冤枉啊！我是工程师！我是管技术的！我在剧院工作！"

"把这个糊涂虫抓起来，关进监狱。"

"我抗议！"阿尔卡季激动的连音调都变了。

"抓起来。借一步说话，阿尔卡季·巴甫洛维奇。"声音沿着舞台走远了，恶狠狠的低声，遥远但清晰地传入耳中，"听着，你这废物！你在怀里焐热了一条毒蛇。你以为我不能把你也一块儿抓起来？就算你沿着红线一直滚到终点站，这儿也没有人会想起你。还有奥莉加，你的奥莉加，你胆敢再碰她一次，我就把你那玩意儿割下来。我亲自动手，我知道怎么割。走吧，找你的群舞演员去吧，以后不许看奥莉加，一眼都不许！明白了吗？明白了没有，你这坨狗屎？！"

"我……明、明……"

"说遵命！遵命，少校！"

"遵命。格……格列布·伊万诺维奇。"

"好了，去吧，出去走走。"

"去哪儿？"

"爱去哪儿去哪儿。滚！"

头顶上方的舞台吱嘎作响：凌乱、仓皇失措的脚步，阿尔卡季·巴甫洛维奇不知道该去哪儿。然后他跳下舞台，咬牙切齿地低声咒骂了几句，恨恨地走远了。四周安静下来：乌姆巴赫已经被带走了，钉铁掌的皮靴也都走远了。

而跟迪特马尔约定的时间也过去了。

又响起敲门声，来人换了一副口吻：粗鲁，不加掩饰，像敲自家门一样。

"奥莉加！"

"啊，格列布。格列布，我真高兴……"

"我在门口都听见了！还有脸说'真高兴'。"

"哎！格列布，是他要挟我，不给我像样的角色。一会儿这个，一会儿那个……他牵着我的鼻子，总给我空头许诺！"

"闭嘴。过来。"

响起一阵响亮的亲吻声。听得出来,女方是好不容易才挣脱开的。

"听着,我今天晚上过来。晚上我要执行枪决,要处死叛徒。而我每次做完这种事,总想要来点儿甜点,你懂的……晚上你在这儿等我,听见了吗?穿上你的芭蕾舞裙。"

"明白。"

"还有,不要有任何其他男人,阿尔卡季什么的……"

"当然,当然,格列布……那个,叛徒都是些什么人?"

"有一个是布道的牧师,其余的都是投敌分子。红线种的蘑菇出问题了,得了什么病。有些孬种就开始叛逃了,他们都还记得那年的大饥荒。没关系,他们跑不远的。只要枪毙上百八十个,剩下的就全都老实了。好了,这不是你们妇人该管的的事,你还是好好洗个澡,别瞎问。裙子别忘了穿。"

"遵命。"

手掌往屁股上响亮地一拍,鞋后跟在舞台上咚咚作响,重重地跳到花岗岩地板上,消失在远处,隐遁到了来时的那个深渊。

阿尔乔姆仍旧躺在舞台下面,静静等待着。她会哭泣吗?她会歇斯底里,痛苦抽搐,把自己的阿尔卡季叫回来吗?

谁知她却唱起歌来:"斗牛士英勇上战场……"[1]

*　　*　　*　　*

"女士们,先生们!掌声有请:大!剧!院!超!级!巨!星!奥莉加——艾森贝格——!"

在忧郁而动听的管乐中,奥莉加·艾森贝格迈着两条长长的、长得不适合在地下生活的长腿走上舞台,走向钢管。从幕布后面看不见她的脸,

---

[1] 《斗牛士之歌》中的一句,出自法国作曲家乔治·比才的歌剧《卡门》第三幕。

但一个侧影已经令人心旌摇荡。她上台时穿着长裙，但在将双腿环到钢管上之前，她做的头一件事，就是把长裙脱了下来。

阿尔乔姆把电台放在地板上，按照自己的估测，将天线对准特维尔站方向，带上耳机，打开电台。他没有时间，也没有胆量背着电台穿过坐满色鬼的大厅，跟卫兵发生冲突，沿着扶梯跑到地面。但愿信号能够沿着隧道传到特维尔站，但愿如此。

"呼叫，呼叫……"

耳边传来一阵沙沙声、咳嗽声，最后终于接通了。

"哦！潜行者？我们已经开始给你爷爷'试领带'了。你太慢了。"

"请取消行动！收到请回答！取消行动！红线不打算攻占大剧院站！请回答！红线发生了饥荒，他们设置哨卡，是为了抓捕叛逃者！"

迪特马尔发出一种难以分辨的声音，不知是唾了一口，还是哼了一声。

"你以为我不知道？"

"什么？"

"地雷呢，白痴？地雷布好了吗？"

"你没听见我说话吗？大剧院站不会遭到入侵！"

"谁说的呢？"

这下他听清楚了，迪特马尔在笑！

"谁说大剧院站不会遭到入侵呢？"

第十章
红线

"喂,说你呢!干什么的?"

阿尔乔姆看了看问话的人,耸了耸肩。

拱门两旁,疲惫的木杆耷拉着几面红旗。在拱门一人多高的地方挂了几块木牌,上面写着:"红线国境"。

"赶紧走!你要干什么?"

军官的视线没有离开阿尔乔姆的双手,他背后的红线战士严阵以待。

我要干什么呢?阿尔乔姆问自己。

无论如何他都不可以这样做:举起双手,向前迈步,追随不幸的乌姆巴赫到那个他即将被处刑的地方;他也没法向红线承认,他们要找的那个无线电间谍不是乌姆巴赫,而是他,阿尔乔姆。因为他知道,即便如此,他也绝不可能接近到乌姆巴赫,而下一个被处刑的就是他了。

那么,应该怎么办?

应该忘掉乌姆巴赫,忘掉他在只有咳嗽声的莫斯科无线电波中所听到的或者没有听到的东西;忘掉荷马,那个正在普希金站某地的绞索中等待他的荷马;忘掉迪特马尔和他的魔鬼任务;忘掉这些眼下坐在他身后正在欣赏低俗表演但很快就会被屠刀屠戮的人。忘掉这一切,前往新库兹涅茨克站。

至于身后会发生什么,根本不必在意——反正后背又没长眼睛。

可是,新库兹涅茨克站又有什么呢?

什么都没有。

跟展览馆站一模一样。

空旷，沉闷，蘑菇；去过那种逆来顺受的生活，直至咽气；或者兜个圈子，拿着另一个死人的证件，回到阿妮娅身边。

证件是别人的，但生活却还是自己的，跟原来一模一样的生活：黑暗，疲惫，乏味，像一根焚毁的火柴。他想过这样的生活吗？他能忍受这样的生活吗？

奥莉加·艾森贝格脱掉了上衣。失去乌姆巴赫指引的追光灯仓促而凌乱地打在她身上，在其背后的墙上投下浓黑的影子。

音乐过分急促、尖细，搅动人的肠胃，令人作呕。伴随着音乐，女人的身体在钢管上疯狂扭曲、旋转，宛如一条毒蛇。

"你耳朵聋啦？赶紧走开！"

要知道，当阿尔乔姆跟着荷马一路来此，寻找乌姆巴赫时，他暂时忘却了无路可走的滋味。荷马给了他希冀，至少是方向。抱歉，大爷。我该怎么救你？像魔鬼所吩咐的那样做，帮他制造屠杀？可难道这样他们就会放过你吗？不会的，大爷。

这就是所谓的"选择"——不管怎么选，都是死路一条。

"去，搜搜他！"

阿尔乔姆的双腿尚未做出任何决定，双脚就自作主张地后退了一步。

观众纷纷转过头来，示意他们肃静。

一位身穿帝国军服的观众死死盯住阿尔乔姆。他看了这么久女演员的表演，是不是一直在等阿尔乔姆现身？

双腿知道，如果刚才他的双脚是向前迈步，那他就走上了不归路。身体还不想死，而灵魂又不甘心退回到从前的生活。

我不想让阿妮娅给我生孩子——阿尔乔姆想明白了，一下子、彻底地想明白了。

展览馆站有什么？一无所有。那里的一切都是阿尔乔姆所极力抗拒的，是他宁死也不愿忍受的。

理智命令他举起双手，一只比另一只稍快些。汗滴顺着太阳穴滑落，灌进眼睛里，一阵蜇痛，红五星在视线中游移。

也许你还没被处决吧，彼得·谢尔盖耶维奇？是不是？为了找到你，我可是穿越了半个地铁。我终于找到你了，而如今我却无路可走。告诉我，你还没有被杀死！

"我有情报。"

"你嘟囔什么呢？！"

阿尔乔姆单凭皮肤就能感觉到，帝国特务的目光正从大厅刺过来。他用低沉的声音重复道："我有重要情报，关于帝国的敌特行动，我想谈话，跟国家安全委员会的军官谈。"

"我听不到！"

阿尔乔姆擦了把汗，朝前迈了一步。

* * * *

通往猎人商行站的通道长得没有尽头，好像故意为阿尔乔姆设计的，以便他能来得及改变主意。

表面看去，红线的边境十分薄弱，只有可移动路障和几个无精打采的士兵。但在里面，外人看不到的地方，却布有三道工事——沙袋、带刺铁丝网、机枪巢。机枪口既不向外，也不向内，而是对准墙壁，因为目前还无法预判敌人会来自哪里。

墙上用镂花模板漆画着双人侧面像：两人都是脸颊肥胖，谢顶，表情忧郁，长相酷似。外侧的将内侧的挡住，说不清是"掩护"，还是"掩盖"。阿尔乔姆知道，这是莫斯科温兄弟，画在外侧的是马克西姆·莫斯科温，现任红线领袖；被他挡住的是上任领袖，已经离奇去世了。

沿着隧道每走一步，大剧院那低俗蹩脚的管乐声就愈加微弱，而对面马克思大道站传来的乐声则越来越响。雄壮激昂的多声部进行曲扑面而来，那是由一整个铜管乐队演奏出来的。沿着通道刚走了三分之一，雄壮的进行曲就和慵懒的管乐混战在一起，将后者击溃，赶回大剧院站。

隧道里光线暗弱，只在铁丝网旁边有一道光，再往后就是一片昏暗，直到下一道铁丝网。一路上没遇到一个活生生的人，只有阴沉着脸的大兵。阿尔乔姆快步走到前面，想尽早确定自己的命运，而押解队却并不着急，反正他们的命运早已注定。

好不容易挨到了马克思大道站——早先的猎人商行站。这里的最后一个岗哨看起来跟头一个一样不堪一击，似乎刮一阵风就能吹倒。其余的什么也看不到，都被阶梯挡住了，让人难免产生这样的错觉：这里的防卫并不比大剧院站强多少。

但乐队却是名副其实，他们就站在入口处的边境线上，鼓足了力气吹着、拉着、敲着。这样的音乐令人不由自主地精神一振，不消说，大剧院那样的靡靡之音绝无可能突破这样的音乐防线。

地铁站台舒适、温馨、小巧，跟地铁系统所有的顶级站台一样，所有人都身穿同样颜色的衣服。这里毫不脏乱，顶棚也不滴水，灯光明亮。总之，一切都很体面。

然而，每当乐队停止演奏、切换曲目时，就在那短短的几秒钟，都可以听到站台的第二种声音，不同寻常的声音。不是人群应有的嘈杂，而是一种沙沙声。这声音从那些螺旋的长队里传来，队伍中的每个人手里都捏着一个号码；这声音从那些摆在拱门洞的桌子后面传来，那里正在履行某种令阿尔乔姆费解的繁琐程序；无论妇女，还是孩童，全部发出这种声音。每当锣鼓和定音鼓戛然而止，站台就会在一瞬间失却明亮与整洁，而当乐队声音的传送带再次启动时，站台会再次被喜庆所笼罩，灯泡会恢复明亮，行人的双唇会再次闭紧，大理石也会熠熠生辉。

同样作用于情绪的还有口号，也是用漏字板刷在墙壁上的："在红线彻底铲除贫困！""拒绝剥削穷人，追求普遍平等！""敌国的寡头吃掉了我们孩子的蘑菇！""每个人都享有充分定额！"还有"莫斯科温，莫斯科温"。金边相框的领袖画像挂在站台顶部的墙壁上，旁边站着警卫队，由面色苍白的男孩子组成，脖子上系着红领巾，地上摆着塑料鲜花。

对于被押送的阿尔乔姆，当地人几乎完全没有在意，他所经过的每一个人似乎都有着更加重要的事情要做，跟其中任何人他都无法形成对视。然而，只要他一走过去，后脑勺就开始发烫，漫不经心的目光会立刻像无数道光束一样，从那些好奇的小眼睛中会聚过来。

他一边走，一边在心里默念彼得·谢尔盖耶维奇，祈祷他一定要坚持住，不要死去，不要离开，一定要等到他。时间刚刚过去一个小时，还有机会。

国家安全委员会就坐落在站台背面——在服饰统一的公民所往来的地板下方，还有不为人知的一层，通往那里的入口被伪装成一个放置墩布和水桶的杂物间。

但其内部却和全地铁各处的类似部门一样，走廊墙壁被刷上油漆，齐腰以下为绿色，以上为白色。灰泥因湿气而褪色冒泡，长明灯泡晃晃悠悠。一排房间。押解人打开其中一间，把阿尔乔姆推进去。

"我有要紧事！紧急情报！"

"有情报找军队，"那人挤眉弄眼地说，"我们这儿只接受告密。"

门闩在外面一阵叮当，敲击在阿尔乔姆的耳膜和赤裸的神经上。

他扭头看了看自己的室友：一个女人，描着眼影，刘海儿染成黄色，发髻挽在脑后；一个愁眉苦脸的小个子男人，胡乱的短发，眉毛和睫毛都是白色的，皮肤粗糙黝黑，形同酒鬼。

而乌姆巴赫却没在这里。

"坐吧，"女人说，"傻站着干吗？"

男人擤了把鼻涕。

阿尔乔姆打量了一眼长凳，继续在门口站着，似乎这样一来他就会立刻被接见，被倾听，然后乌姆巴赫会被立即释放。

"你以为他们会马上处理你的事情？我们在这儿都已经被关了三天了，"女人叹了口气，"但这未尝不是好事，这儿的人处理事情的方式……还不如不处理哪！"

"你快闭嘴吧，"男人哼哼道，"都到这会儿了还在嚼舌。"

"在我之前有没有进来过一个大爷？"阿尔乔姆问女人，"长胡子的。"他用手比画了一下乌姆巴赫垂在下巴上的胡子。

"没有，短胡子的也没有。这儿就我们俩，相互磨牙。"

男人转向墙壁，恨恨地用指甲抠墙。

"你犯了什么事？"

"什么事都没犯，我想把大爷弄出去。"

"大爷犯了什么事？"

阿尔乔姆看着这个女人，她身上穿着破了洞的肉色连袜裤，手臂皮肤下的蓝色血管清晰可见，几欲胀裂。涂了黑色眼影的眼睛初看起来又大又有神，细看之下又觉得稀松平常。笑起来满脸疲惫的褶子。

"大爷也没犯事，我们是从大剧院站来的，中立站台。"

"你们大剧院站怎么样？好像很糟糕吧？"她同情地说。

"还行。"

"我们这儿怎么说你们那儿都开始人吃人了？难道是谣传？"

"尤莉卡，你是傻吗？"男人呵斥道。

"我们这儿过得挺好的，"尤莉卡连忙表态，"其实呢，对于你们那儿的破事，我们也不关心。"她想了想，又问，"你们那儿领蘑菇要排很长时间队吗？"

"什么？排队？"

"比方说，如果你排队尾的话，会是多少号？"

"排什么队，拿钱买啊。"

"钱？你说的是券吧？"

男人插嘴道："在我们这里，根本用不着钱。我们这儿谁干活，谁就有饭吃。不像你们大剧院站，在我们这儿，劳动的人有保障。"

"好吧。"

"你们自己花你们的臭钱去吧！"

"安德烈，你干什么呀！"尤莉卡回护阿尔乔姆道。

"刚关进来个臭男人，你就恨不得投怀送抱！"安德烈呸的一声吐了口痰，虽然吐在脚底下，但那架势分明是冲阿尔乔姆来的。

"怀抱我还得给你留着哪。"女人对男人一笑。

"我不是间谍。"阿尔乔姆对自己说。

"我根本不想知道，"安德烈说，"这跟我没关系。"

大家都不说话了。阿尔乔姆把耳朵贴在门上——一片寂静。他看了看手表。迪特马尔还信任自己吗？还愿意相信他多久？

"难道你们那儿买蘑菇根本不用排队吗？"尤莉卡问，"一个人能买多少？"

"有多少钱就能买多少。钱就是子弹。"阿尔乔姆特意解释。

"真好！"尤莉卡赞叹道，"如果是两个人来呢？"

"什么？"

"如果两个人一起，也是有多少钱就买多少吗？"

"是啊。"

"一群吃货，"安德烈说，"你以为他们吃的是谁的蘑菇？是咱们的！我们的孩子饿得浮肿，他们却吃到肚胀！"

"根本没有人浮肿！"尤莉卡吓坏了，"而且我们也根本没孩子。"

"我、我只是打个比方。"安德烈眼神忧郁地盯着阿尔乔姆，满脸涨得通红，好像自己刚刚犯了一个不可饶恕的错误。

"就当他没说过那话，好吗？"尤莉卡哀求阿尔乔姆。

阿尔乔姆耸耸肩，点了点头。

"管好你自己吧！"安德烈朝妻子大喊，"蠢货！要不是你胡说八道，我们能到这儿来吗？叶菲莫夫一家子还没让你长教训吗？"

"叶菲莫夫一家子也没说什么呀，安德烈，"尤莉卡柔声说，"平白无故就被抓起来了。他们没说过一句反对——"

"那就是有别的事！肯定有！"安德烈低声怒叱，"怎么可能无缘无故地就把人抓起来，然后……"他唾了一口，"全家人。"

"全家人怎么了？"阿尔乔姆问。

"没怎么，不关你的事！"

"可我说什么了呀？我只不过说，今年的蘑菇不够吃，集体农庄歉收，因为那个……对了，白腐病，说我们要挨饿了——大家都这么说！又不是我一拍脑袋想出来的！可他们硬说我那个……对了，煽动。"

"你跟谁说不好？你这个笨女人！你偏跟杰缅季耶娃说！那家子人你还不知道吗？"

"他们家的达申卡就在罐头车间上班，好像她自己不知道似的！"

"知道可以，但不能说！说了就要惹祸！瓦西里耶娃为什么被抓？就因为她在说'上帝保佑'的时候画了个十字！105号的伊戈尔·祖耶夫呢？就因为抽烟聊天的时候说了一句'切尔基佐沃站来了外人'。"

"什么外人？"阿尔乔姆心思一动。

"不是莫斯科的，是从地表其他地方来的，好像是个什么城，而且据说没穿防化服。这有什么的呢？不就是说着玩的嘛！说什么，这些外人全部被抓起来，就在当天，嚓！"他用手指在喉咙上一划。

"别对着自己比画！"尤莉卡惊恐地说。

"这不是胡说八道吗？美国佬把我们都炸没了，连小孩子都知道，只剩下莫斯科了，哪儿还有什么其他城市！但伊戈尔转天就被带走了，他说的时候尤金也在场，这个尤金也是个……只有傻瓜才会当着他的面——"

阿尔乔姆精神一振，打断他道："他们是从哪个城市来的？我是说到切尔基佐沃站的那些人？"

"哼，"安德烈说，"想套我话！"

阿尔乔姆逼近男人，冲他俯下身："他一定说了，对不对，那个伊戈尔·祖耶夫？"

"说了就惹祸。"

"告诉我，我必须知道！"

"那老家伙的密你还没告呢！又想套我的话？"安德烈恶意地讥讽道。

"你这个蠢货！告诉我，他们从哪儿来的？！"阿尔乔姆锁住男人的脖领子，把他逼向墙壁。

"放开他！放手！"尤莉卡低喊，"他不知道，他什么都不知道！卫兵！来人啊！"

"都是胡扯！"安德烈恨恨地说。

"如果不是呢？！"

"什么不是？不是又能怎样？！"

"怎样？那样就可以从这里出去了！离开这该死的地铁！"

被微微抬离地面的安德烈不住地摇头，撇了撇嘴："他们要是过得好，会跑到我们这儿来？"

阿尔乔姆想鼓足勇气争辩，但终究没有找到。

"放下我，放下！你这混蛋！"

阿尔乔姆把他放下，转身，走回门口，刚想把额头顶在门上，不想门却开了。

"大剧院站来的那个，出来！"

"你应该告诉我的。"阿尔乔姆回头对安德烈说。

"你自己问他们去吧！"安德烈又唾了一口。

* * * *

"人带来了，少校同志。就是他，搞破坏活动。"

"手铐呢？给他戴上。"

喀嚓一声给戴上了手铐。

"自首的人，都是要戴手铐的。"少校在门口对阿尔乔姆解释说，"我叫格列布·伊万诺维奇，你呢？"

阿尔乔姆知道他叫什么，他认出了这个嘶哑低沉的声音，还有这双系带皮鞋。

"费奥多尔·科列斯尼科夫。"——这是那个死人护照上的名字。

"说吧，费奥多尔。"

格列布·伊万诺维奇身材敦实，肌肉紧致，像头肉牛。大脑门，秃顶，两片猩红的厚嘴唇。他个子不算高，与阿尔乔姆相仿，但块头是后者的两倍，健康程度是后者的四倍。军便服不合身，领口较之于他的牛脖子太紧，裤子也太瘦。

格列布·伊万诺维奇径直坐到桌旁，让阿尔乔姆干站着。

"你们抓错人了。"阿尔乔姆说。

"哪个抓错了？"少校警惕起来。

"乌姆巴赫，大剧院站那个。他是无辜的，你们搞错了。"

"那应该抓谁？"

"另外一个。"

"啊，嗯。你是来捞他出去的？"少校烦躁起来。

"他根本不是特务，他是剧院工程师。"阿尔乔姆说。

"可他自己承认了。"

"那是……胡说，他说的不是事实。"

"那就是他的事了，已经签字画押了。"

接下来怎么办？

房间很宽敞，但屋内陈设简单到了严苛的地步。地板上铺着一块油毡，墙角有一个灰色的立方体保险柜，一张还算奢华的办公桌，还有墙上的双重领袖头像，除此之外再没别的了。

不，还有。

什么东西在嘀嗒嘀嗒响。阿尔乔姆扭头一看，门的上方有一个挂钟。

挂钟构造简单：玻璃表盘，蓝色塑料表壳，表盘上画着一块盾牌，被一柄利剑刺穿，还有一串字母，全部大写，用连字符隔开：ВЧК-НКВД-МГБ-КГБ。他不久前见过跟这几乎一模一样的，就在那位汉萨少校的办公室。钟表显示：十点差十分。

"你赶时间，费奥多尔？"少校冷笑了一声，"快迟到了？"

"这表很有意思。"

"表是好表，这表告诉我，我还有事情要处理。你都说完了吗，费奥多尔？如果需要，我可以晚点儿再跟你继续谈。"

"我需要跟他谈谈。"

"这可不行。他是你什么人？亲戚？还是同事？"

"他承认了什么？他不是特务，他根本就没去过帝国，你们要抓的人不是他，另有其人。"

"不，费奥多尔。我们要抓的就是他，彼得·谢尔盖耶维奇，跟帝国没关系。喏，"少校挥舞着某个黑体印刷的文件，"逮捕令，中央机关发布的，不会错的。"

这就是说，他们根本不是来抓他阿尔乔姆的？乌姆巴赫是罪有应得？

"你没别的事了？"格列布·伊万诺维奇站起身，"我十点钟还有公务。"

他朝保险柜俯下身，吱嘎吱嘎摆弄了一阵，打开门，从里面掏出一支灰黑色左轮手枪。枪身颜色暗淡，遍布划痕。

阿尔乔姆这才想起来，少校所指的"公务"是什么。

"那、那他会怎么样，彼得·谢尔盖耶维奇？"他用发干的喉咙问。

"处以极刑。"少校宣判，"好了，费奥多尔，等明天吧，明天我们再接着聊。我有预感，我们的谈话短不了，你还想跟我说什么，却又犹豫不决，我应该帮你开导开导，可惜今天实在没时间——公务，你懂的。"

他又在保险柜里摸索了一阵，从里面抓出一把黄铜物件，撒在桌上。他甩开手枪转轮，开始往里面装填圆头死神。一，二，三，四，五，六，七。还剩下一颗。

"你不能杀他!"阿尔乔姆大喊,"不能杀乌姆巴赫!"

"为什么?"

"他有情报……他是无线电员,他知道一些事情……"

"他所知道的一切,我们全都知道,"少校平淡地说,"没有任何秘密能瞒得了我们。好了,走吧,去好好睡上一觉。我还得去……见人呢。"少校抓一抓裆部,扯一扯兜紧的裤裆,惬意地伸了个懒腰。

"你们根本想象不到!他有消息,重要消息!他……"阿尔乔姆咬一下嘴唇,最后权衡了一次,"他找到了幸存者!还跟他们取得了联系!其他幸存者!明白吗?不在莫斯科!"他紧盯着少校那张宽阔平整的脸。

但那张脸上没有任何的变化和波澜。

"无稽之谈。"话语间,一道阴影般的微笑掠过嘴角。格列布·伊万诺维奇用手整了整头发,显出一副充满遐想的样子。他在等待,等待傍晚,等待十点钟,等待十点钟之后的事——跟穿芭蕾舞裙的尤物约会,这才是他愿意想的事情。

阿尔乔姆举起被铐起来的双手:"如果还有某个地方适宜生存呢?如果我们不应该也没必要在这地铁里等死呢,啊?而他——他!——也许知道!"

少校把左轮手枪在手里掂了掂,眯起眼睛,透过准星瞄了一眼桌子。

"这才叫品质,"他若有所思地说,"这把枪也许早在一百年前就在杀人了,一直杀到今天。再没有比纳甘枪更好的了,特别是对于这种公务来说。既不会卡壳,也不会过热。"

"你没听见我说话吗?!"阿尔乔姆发飙了,"还是你知道什么?!"

"好了,够了。卫兵!"

"不,不行!如果你现在把他枪毙,那我们永远都不可能……永远!"

"卫兵,该死的!"少校对着门口大骂。

"永远!只有他知道,你明白吗?再没人收到过信号,取得过联系!不可以杀他!"

"不可以?"

"不可以!"

"重要信息?"

"重要信息!"

"幸存者?"

"幸存者!"

"好,走。"

少校用液压机般的大手按住阿尔乔姆的肩膀,一脚踹开门,把他带到了走廊里。正在远处抽烟卷的卫兵急忙跑过来,满脸惶恐,但少校只是把烧蓝钢的枪管顶在他脸上,将他撑到一旁,然后从口袋里掏出一串钥匙,插入某扇门的锁孔转了几下,一把推开门,把阿尔乔姆推到里面。牢房里坐着七个人,全部脸色苍白,大汗淋漓。

"乌姆巴赫!"

"有。"

胡子蓬松的彼得·谢尔盖耶维奇站起身,目光游移,神色不安。他遍体鳞伤,鼻梁破裂,嘴角也多了一道豁口。他的头稍向后仰,以免鼻血流出。一道阴影从他脸上闪过:接下来会怎样?

少校举起手枪对准乌姆巴赫的脑门,阿尔乔姆的双耳立刻听到喀嚓一声,像被大锤砸碎,细红的血线四射而出,溅到少校的胳膊上、脸上、制服上。乌姆巴赫瘫倒在地,像个沙袋一动不动。其余囚犯捂住耳朵,女犯人厉声尖叫。墙上满是湿滑发亮的血迹。一个狱警探进脑袋,无声地骂了一句,又问了句什么。阿尔乔姆耳朵里嗡鸣声大作。

少校抓住阿尔乔姆的肩膀,把他拖到走廊,砰的一声关上门,在嗡鸣声中咆哮:"谁不可以? 我吗? 我不可以? 你这个狗崽子! 我,不可以?!"

阿尔乔姆胃里面翻江倒海,一阵绞痛,但他努力憋住,不能吐出来,不能犯孬。

"把枪决犯带出来! 全部!"少校在嗡鸣声中对狱警们低吼,"一共有多少人?"

"算上乌姆巴赫一共七个。"

"正好,子弹刚好够用。把牢房冲洗干净!"

少校上前一步,站到阿尔乔姆面前,对跑过来的狱警说:"把他带过来!"

他们回到了办公室。

"你说不可以,但我说可以!必须把你们枪毙,当众枪毙。枪决很管用,不然每个人都他妈的以为自己是主角,以为电影是为他拍的。让你看看,人是怎么变成大粪袋的!嗖!完事儿!然后就不会再他妈的自以为是了!"

他从桌子上捡起那颗剩余的子弹,递到阿尔乔姆眼皮子底下。"看看,这是给你预备的。我本来想明天再慢慢跟你谈,听你说那些屁话,可你非得往枪口上撞。"他再次退出转轮,把属于阿尔乔姆的那颗子弹压进弹巢,"把他和其他人放一起!"

"不,"阿尔乔姆摇着嗡嗡叫的脑袋,"不!"

"滚!"

"今天,现在,帝国会对大剧院站……"

"滚,混蛋!"

"乌姆巴赫是帝国的间谍!我本想把他救出去,我也是……也是特务。"

"你这小子挺能编啊……"

"慢、慢着!关于幸存者都是我瞎说的,别杀我。真的,我发誓!现在那里有两个……别动队,他们要炸毁通道。"

少校终于朝他转过身来:"你说什么?"

"帝国要攻占大剧院站。"

"嗯?"

"帝国在隧道里部署了先锋部队,随时待命。另有两个别动队在大剧院站潜伏,要炸毁通往这里的通道。一旦通道切断,再过五分钟,帝国就会攻占大剧院站。"

"这跟乌姆巴赫有什么关系?"

"他是无线电员,他得接收开始行动的信号。"

"那你呢？"

"我是他的副手，联络员。"

"下命令的是谁？你的上线？"

"迪特马尔。"

"我知道他。"

少校陷入沉思。阿尔乔姆头顶上方的挂钟开始计时：嘀嗒，嘀嗒，嘀嗒。跟汉萨那位少校的钟表一模一样，只是那一串缩写字母不同，少了苏联解体之后的那些部门，再有就是多了一柄利剑。

"可眼下你在我们这儿呢，乌姆巴赫也是，也就是说，他们还在等待。他们会等多长时间？"

"原定演出结束之前突击，如果延误，他们会派人查探，但终究会攻击的。"

嘀嗒，嘀嗒，嘀嗒。少校的眉毛拧到了一处。

"另外两个别动队的人你认识吗？"

"我只认识负责人。"

"你会帮忙吗？"

阿尔乔姆缓慢而费劲地点了一下头。

"一时间集不齐人手……"少校沉吟道，"必须拖延时间……拖延时间。"

阿尔乔姆本想提示少校，却又不敢，生怕他会再次跟自己反着来。必须得由他自己想出来。想啊，想啊，少校。还没想到？！

"如果给他们传递假情报呢？就说别动队已经被消灭？"

"来不及啊。"阿尔乔姆下意识地想要眯起眼睛，缩紧自己的内心，以免少校识破他的心思，但他强迫自己瞪大眼睛，好像在邀请少校进入自己的内心。少校果然透过他的瞳孔钻了进去，擦破他的角膜，用乌姆巴赫喷溅的血滴弄脏了那里。

"无线电通信的口令你有吗？"少校终于做出决断。

阿尔乔姆沉默地低下头，然后将头慢慢慢慢抬起，生怕吓退少校的决心——他唯一的指望——半响才故作艰难地说:"走吧。"

二人穿过走廊,就在刚才,在那间牢房里,犯人们还一个个偷眼瞟着地板、墙壁,试图把自己的灵魂藏匿到瓷砖的缝隙或者油毡底下,而眼下那里已经空无一人。他们来到另外一个房间,门上写着"通信室"。一个神色疲倦、长着兔唇的通信兵在桌边起身立正。桌上放着电话,带开关和指针的绿匣子,耳机。

卫兵守在门口,阿尔乔姆被一脚踢到电台旁。格列布·伊万诺维奇摘下电话筒,按了一通按键:"喂,我是斯维诺卢普……对,斯维诺卢普,我要找安齐费罗夫。"

阿尔乔姆心念一动:斯维诺卢普!

跟那个汉萨少校一样!

一模一样的钟表,同一个愚蠢而又罕见的姓氏。难道会这么巧?不可能的。

汉萨那个,是鲍里斯·伊万诺维奇·斯维诺卢普;红线这个,是格列布·伊万诺维奇·斯维诺卢普——不光姓氏一样,连父称[1]也一样!尽管两人的样貌绝少相似之处,尽管事情有些匪夷所思,但阿尔乔姆一下子就坚信了:两人是同胞兄弟。

"对,上校同志。我这里有个敌特交代了,他说帝国正策划攻占大剧院站,就是现在。"

还有声音——阿尔乔姆躲在大剧院站舞台下面时,就记住了这个声音,因为兄弟两人的声音如出一辙。他们说的是不同的字眼,不同的语句,穿着不同的制服,效忠于不同的势力,但声音却一模一样。

这个格列布应该是哥哥,看起来像。这么说的话,弟弟鲍里斯升得更快些。兄弟俩是怎么回事?阿尔乔姆莫名其妙地想——他眼下本该考

---

[1] 俄罗斯人的姓名由三部分组成:名字 + 父称 + 姓氏。"父称"来自父亲的名字,两人的父称都是伊万诺维奇,证明他们的父亲都叫伊万。

虑，自己打算踩着渡过万丈深渊的那条细线会不会断——兄弟两人，怎么会走上两条对立战线，而且都当上少校？他们知道彼此的存在吗？应该知道，不可能不知道。那他们会相互厮杀吗？会彼此仇恨吗？还是说他们在演戏？演什么呢？

"您授权吗？……是！那您正好来得及支援我们……对，我同意，不是我们挑起来的，我也觉得别无选择……是！明白！"

阿尔乔姆静静地等待着，甚至止住了思绪，生怕思绪的喧嚣会惊飞停在他肩头的幸运神鸟。成败在此一举。

"频率？"

兔唇无线电员坐到了无线电旁，阿尔乔姆告诉了他频率。耳机被歪戴在阿尔乔姆头上，一只对准他的耳朵，另一只外放。

"天线通到地表了吗？"阿尔乔姆问，"这里信号怎么样？"

"你还是管好你自己的事儿吧。"斯维诺卢普提醒说。

"你们就从来没收到过其他城市的信号？"

无线电员摇了摇头，好像阿尔乔姆问的是他一样。

"根本没有其他城市，小伙子，"少校说，"忘了吧。"

"但是有人来过啊……不是有人从其他城市到过地铁吗？"

"胡扯。"

"而你们把那些人消灭了。"

"都是胡扯。"

"那些议论此事的人也被你们……"

格列布·伊万诺维奇眯起眼睛，用枪管敲了敲铁匣子："因为散播谣言有罪！我们还要在地铁生存呢。为什么要妖言惑众？最好还是想些该想的东西。比如战胜汉萨，枪毙所有奸商，蘑菇人人管够。到那时候，我们就有好日子过了。要热爱自己的祖国，明白吗？生于斯，长于斯。"

"可我生在地上。"

"但你会死在地下！"斯维诺卢普拍一下他的肩膀，哈哈一笑，这是他头一次开玩笑。

在无线电的一片咳嗽声中，一个声音逐渐清晰。少校对阿尔乔姆一点头，用枪口抵住他的脑袋，半是鼓励，半是威胁。

"迪特马尔。"

"我是潜行者。"

"哦，潜行者。怎么样？"

"铃兰花开了。"

"这么说，春天到了。"

枪口伸进了阿尔乔姆空着的那只耳朵里，冰冷，铁硬，直对耳孔。少校有些焦躁，他害怕被蒙骗。

"但我更喜欢冬天。"

"去吧，找地方躲起来。"

阿尔乔姆想斜眼看一下斯维诺卢普，但左轮手枪让他动弹不得。他想开始计数，但做不到。枪管猛地捅进耳道，把整个耳朵塞满。

"你搞什么鬼？"少校的声音透过枪口向大脑传来。

"我们取消了行动，"阿尔乔姆说，"迪特马尔取消了——"

说时迟，那时快。

轰！

所有东西都跳起老高，天花板轰然倒塌，空气中飘满灰尘，灯光一眨，尽数熄灭，陷入一片黑暗和死寂。

唯独阿尔乔姆一人早有防备，他等的就是这个。

他向身侧一闪，用铐起的双手猛地一拽枪管，把枪从少校松懈的粗壮手指间夺过来，跳到一旁。

电灯眨巴一下，再次亮起。

门口的卫兵躺在地上，身子被一块水泥板压住。斯维诺卢普被碎石割伤，流着血，在四周摸索着。无线电员仍旧坐在无线电旁，呆若木鸡。

叫喊声渐渐穿透塞紧耳朵的棉花……有人赶过来了。

斯维诺卢普终于看见了阿尔乔姆。

"手！举起手来！"阿尔乔姆大喊。

少校缓缓举起双手，眼睛滴溜乱转。他在琢磨该怎样对付阿尔乔姆。

"起来！出去！快！听见了吗？！"

别人的纳甘枪用着不顺手。

"刚才是怎么回事？"斯维诺卢普问，慢吞吞地行动着。

他在故意拖延时间，畜生。

阿尔乔姆扳下击锤，气氛顿时紧张起来。他把手枪一扬："起来！走！"

"是哪里爆炸？"斯维诺卢普又问。

阿尔乔姆扣下扳机，耳朵里又是一阵轰鸣，但已经不像刚才乌姆巴赫被枪杀时那样疼了。他的耳朵像是被塞住了。斯维诺卢普用左手捂住右肩的伤口，终于乖乖地站起来，迈过横在门口的守卫，走出房门。

走廊里还有一个垂头丧气的狱警，抱着自动步枪想冲过来，阿尔乔姆胡乱地朝他腹部开了一枪，走过去，将自动步枪踢到一旁。

"钥匙在谁那儿？！牢房钥匙？"

"在我这儿。"斯维诺卢普说。

"打开！所有牢房都打开！那个说见过幸存者的人呢？……伊戈尔·祖耶夫！他在哪儿？"

"他没在这儿，被转移到卢比扬卡监狱了，是上级要去的。他不在这儿！"

"你过来，过来！哪间是我的牢房？这间吗？打开！"

斯维诺卢普摆弄了一阵钥匙，打开了门锁。涂了眼影的尤莉卡和愁眉苦脸的安德烈都还活得好好的。

"出来！到这边来！"阿尔乔姆对他们喊。

斯维诺卢普撇了撇嘴。

"这是要去哪儿？"安德烈问。

"出去，离开这里！"

"他们不会跟你去任何地方的。"斯维诺卢普断言。

"离开红线！我带你们走！"

尤莉卡一语不发。安德烈眼睛眨巴着，想了一会儿，吸了几口空气。然后，不是喊，而是吼出来："滚开！丑八怪！挑拨者！滚开！我们哪儿也不去！我们就留在这儿！"

"看见了？"斯维诺卢普冷笑着问，"这就是对祖国的爱。"

"你们留在这儿会被枪毙的！这个人会杀了你们！他！斯维诺卢普！"

"去你的吧！坐下，尤莉卡！你像个傻瓜一样站起来干什么？！"

"这就对了，"斯维诺卢普说，"做得很对。而你，狗崽子……"

阿尔乔姆发狂了："进去！他们是怕你！把钥匙给我！扔过来！他再也出不去了，明白了吗？他已经完蛋了！跟我走吧！你叫什么来着？——安德烈。我带你们离开这儿！怎么样？快！没时间了！"

"我们不走。"尤莉卡也顺着丈夫拒绝了。

"你是个笨蛋，费奥多尔！"斯维诺卢普狂笑起来，"生瓜蛋子……他们是兔子！家兔！他们能跑到哪儿去？！"

"什么家兔？！"

"温驯的家兔！你看着！"

斯维诺卢普左手撩起尤莉卡的裙子，将破洞的连袜裤一把扯下，而女人只是用手掌捂住嘴巴。

"嗯？"斯维诺卢普对安德烈喊，"嗯？你还站着干吗？！"

说着，一把抓住尤莉卡，揉捏起来。

"你？！站着干吗？！"斯维诺卢普又喊了一句。

安德烈瘫坐到地板上。

"狗屎！"斯维诺卢普一巴掌将他扇倒在地，"走，狗屎！滚！带上你的臭婆娘一起滚！啊？！"

安德烈爬向长凳，坐下，揉自己的脸。

尤莉卡低声啜泣，被眼泪冲花的眼影顺着脸庞流下来。

"没有一个人会跟你走的！"

"你胡说,死变态!胡说!"

走廊里有人跑动,军靴敲打着地面。援军这么快就到了?阿尔乔姆朝着声音传来的方向胡乱开了两枪。一个人影弯下身子,不知道是藏起来了还是被意外打中了。

那些枪决犯呢?

他飞跑着,找到了关押他们的那间牢房。房门四敞大开,没有守卫,所有人都在房间里站着,一共六个,四男两女。

"逃吧!我带你们逃出去!跟我走!"

但没人相信,没人动弹。

"你们会被枪毙的……所有人!走哇!啊?!你们怕什么?还有什么好怕的?!"

甚至没人回答。

斯维诺卢普沿着走廊摇摇晃晃地朝他走来,一边嗅着自己的手,一边淫虐地笑着。

"家兔。家——兔。这些人已经逃过一次了,他们知道下场会怎样。"

"你这个死变态!"

"去吧,把所有牢房都打开。去吧,小伙子,去解放他们。你不是有钥匙吗,还有枪?你是主宰者,不是吗?"

"闭嘴!"

斯维诺卢普逼过来——肮脏,可怖,粗壮——阿尔乔姆后退了一步,又一步。

"没有一个人会跟你走的。正义,英雄,希望,统统是放屁。"

"他会把你们枪毙的!"阿尔乔姆朝犯人们大喊,"就是现在!"

"如今也许会宽恕我们呢?"有人喃喃道,"我们这不是待在这儿吗?哪儿也没去。"

"可能!"斯维诺卢普说,"一切皆有可能!明白了,你这坨狗屎?!明白了吗?!"

阿尔乔姆朝他胸口开了一枪，胸口正中央，子弹钻进他的身体，他后撤一步，再次狂笑。阿尔乔姆用那把别扭的左轮手枪又朝他射出一颗子弹，击中腹部。他没法射他的脸，因为不敢看他的眼睛——那双自负、无耻、主宰一切的眼睛。

斯维诺卢普极不情愿地倒了下去。

"走吧！"阿尔乔姆对死刑犯人重复说，"完了！他已经完了！走吧！"

"他是完了，但还有别人呢。"犯人们对他说，"我们能跑哪儿去呢？无处可去。"

上面吵吵嚷嚷，有人在高声喝令。马上就要下来了。

"那你们就留在这儿吧！"阿尔乔姆怒吼，"你们就留在这儿等死吧！既然你们想死，那就死去吧！像狗屎一样！"

他把纳甘枪的枪管插进裤袋，捡起负伤卫兵的自动步枪，搜到手铐钥匙，但还没来得及打开手铐，敌人就冲了过来。

他用自动步枪射了一梭子，闯过走廊，沿着楼梯奔到大厅。

大厅到处是烟雾、尘土，以及混乱的人群。

但乐队仍在继续演奏欢快的乐章，俨然泰坦尼克号沉没前的场景。

爆炸的那颗地雷是阿尔乔姆布下的——在闸门另一侧的扶梯底部，牢房正上方。地雷非但没有把入口炸塌，反而把闸门给炸开了，正如他所期待的那样。

幸亏，这个站台不深，能接收到无线电信号。幸亏，迪特马尔出于对他的不信任，交给他的不是定时地雷，而是无线电引爆雷。

他跑到被炸开的缺口处，摆脱了那些蠕动着的、被扬尘染白的援军，沿着扶梯台阶向地面跑去。

除了他，再没人敢到地面上来。

第十一章
降雨

当他跑上扶梯时,有人在背后冲他喊叫什么,但阿尔乔姆一次也没回头。万一他们不敢朝背后开冷枪,而专等着他扭头时从正面射击呢?

他来到了旋转闸门和售票窗口处,就是他当初选择进大剧院站道路的地方。

地底深处传来沉闷的轰鸣声。似乎在比地铁更深的地方,地球被人捅了个窟窿,沸腾的熔岩吞噬了薄弱的地层,要把所有的车站和隧道掩埋,似乎如此。而事实上,那是大剧院站发生了战斗,一场由阿尔乔姆引爆的战斗。也许在爆炸的那一秒钟,那个蠢货导演和他的明星荡妇已经死了。而他,阿尔乔姆,又一次死里逃生。

他坐下来,坐到冰冷的台阶上。虽然他应该尽早离开这里,趁着战火还没有烧上来,趁着熔岩还没有喷溅出来将其烫伤。

只是眼下他没办法继续前进,他需要修整片刻。在经历了那么多之后:找到乌姆巴赫,躲在舞台下方偷听到的,斯维诺卢普,牢房里的死刑犯,乌姆巴赫之死……他迫切需要在这儿待上一会儿,冷静一下,听一听地底的回声,尽管那已经与他无关。

他想起了手铐,掏出钥匙将它们打开。

身体打了一阵冷战,然后稍微好些了。

他离开旋转闸门,爬上出口,推开门。

寒风扑面而来,敲击他的胸口、双腿、脸颊,直到这时他才反应过来：自己没穿防化服就上来了。到了地表——却没穿防化服！

不行，这绝对不行，自己受的辐射本来就够多的了！

他绕着车站入口跑了一圈，想找到那个真正的费奥多尔·科列斯尼科夫。上次看见他的时候他还留着好多有用的东西，其中就包括防化服。

费奥多尔曾经所在之处，如今已空空如也，有人把他的尸体连同所有遗物全搬走了。阿尔乔姆站在地表，身上只穿着裤子和夹克——没有防化服，跟光着身子没什么区别。

于是，他就这样光着身子出发了。

这种感觉很奇怪。

他最后一次没穿防化服在地上是什么时候？应该是他四岁那年，他的妈妈抱着他冲进地铁那次，但这一天的事他已经记不得了。他记得另外一天，有冰激凌、池塘里的鸭子、柏油马路以及路面上的彩色粉笔图案。那种感觉跟这次一样吗？那天，五月的暖风淘气地拍打在脸上，在两腿之间躲迷藏。而如今，风起了，从高空降落到阿尔乔姆身上，它奔跑，高歌，钻过藏在建筑物背面的小巷，迎面飞来，给阿尔乔姆洗脸。它带来的是什么？

一个沉甸甸的东西在裤兜里晃荡，磕碰着大腿，钩住裤腿，像寄生虫抓住宿主那样抓住阿尔乔姆，终于啪的一声，掉在马路上。

灰黑色左轮。

阿尔乔姆弯下腰，把它捡起来，打量着，触摸着它。真是奇怪的武器，像用磁铁做的。放，放不下；拿着，又难受。

他抡圆了胳膊，使劲儿把枪扔到克里姆林宫方向。这下才感觉心里好受些了，开始释然了。

突然他又感到一阵害怕。

他应该紧贴着楼房飞奔，跑进第三个潜行者为躲避追杀而藏身的那家餐厅。他应该匆忙地从那肿胀的尸体上脱下防护服和防毒面罩，呼吸经过过滤的空气，透过玻璃视窗眺望特维尔站。他应该这样做，以便再次活下来，继续活下去。

但阿尔乔姆现在不愿也没法这么做——他就是没法透过被唾沫揩净的玻璃看这个城市，借助过滤器呼吸。

"活着"，于他而言——也许不会很久，只有半小时甚至十分钟——就是像现在这样，穿着寻常衣服，没有橡胶的束缚，走在深夜的街头，就像二十年前他抓着母亲的手那样，就像二十年前所有人做的那样。

或者，就像二十七年前，也许同样是这样的一个深夜，甚至同样是在这条街道，他那年轻而且一定很漂亮的母亲，和阿尔乔姆那不知名姓的父亲一起，相拥着漫步。父亲长什么样？他对母亲说了些什么？他为什么会离开？如果父亲留下来，阿尔乔姆现在会是什么样子？

阿尔乔姆已经习惯了去恨父亲，而这仅仅出于他对母亲无条件的爱。作为养父的苏霍伊终究未能填补父亲的空白，然而除他之外，再没有人尝试过这么做了。

但就在这一刻……

这一刻，阿尔乔姆可以想象得到，这个男人怎样走在他的母亲身边。他挽着母亲那温暖而轻柔的胳膊，一边走路，一边谈天说地。他就跟阿尔乔姆现在这样，不用橡胶管子，甚至不是用鼻子，而是用整个身体，用每一个毛孔呼吸。当他倾听身边的姑娘时，同样在用整个身体、用每一个毛孔倾听，一如故事最初的开端，当两个人刚刚相互靠近、彼此触碰……

阿尔乔姆现在明白了，他的父亲曾经是个活生生的人，母亲也曾经是个活生生的人，他们曾经是那样鲜活，就像他自己现在这样。

就在刚才，他还必死无疑，他甚至看到了那颗注定会射穿他生命的子弹，他者的死亡喷溅到他身上，向他证明，人真的会死，死得那么突然，那么荒诞，那么无意义。

而现在，他还活着，而且从来没有活得如此真实，如此饱满。他的心似乎一下子放开了，似乎一直以来他的心都是缩紧的，像一只攥紧的拳头。而现在，终于松开了。

他现在可以想象父亲走在母亲身旁的样子，他不想去打扰他们，不想挤到他们中间，把他从她身边赶走。

就让他们像二十七年前那样自由地行走吧！就让他们像从前那样，像他现在这样，畅快地呼吸吧！就让他们尽情地两情相悦吧！就让他们带他来到这个世界吧——这个地表的世界！

似乎地底下的一切，不过是重病之下的荒诞呓语和意识混乱，而真正的现实，直到此刻才拉开序幕。

风，让他确信，前方有真正令人惊叹的东西在等着他。真正的震撼，才刚刚开始。

阿尔乔姆走过特维尔站，继续向前。

他走在街道中央，毫不在意被克里姆林宫、国家杜马大厦团团包围，毫不在乎突变体怪物随时可能从任何方向扑出来，将他吃掉，他就这么走着，走着。他甚至把特维尔大街的装甲杀手也抛到了脑后。既然刚才出现了奇迹，现在同样也会。

或许，阿尔乔姆的终点站并非大剧院站，他的目的站也不在这里。

那些傲慢的、为千秋万代所设计的政府大楼，看上去不再是花岗岩墓碑，风已经把墓地的气息一扫而光。它们不再令阿尔乔姆感到可怕，而是可怜。它们站在黑夜里，空空荡荡，或许在哀叹，它们竟然比那些建造它们的人类活得更久远。这种悲痛和恐惧，也许就像白发人送黑发人。

手被什么东西舔了一下。

又一下。

鼻子也被舔了一下。

是雨滴。

开始下雨了。

它是如此的魅惑而又致命，尽管闻起来好像是水；如同地表的空气，分明是生命的味道，却夺去了那么多人的生命。毫无疑问，在这样的雨水下面，不穿防化服的后果是不堪设想的。但阿尔乔姆就这样走着，而且感到莫名的愉悦。他甚至放慢了脚步，想好好淋淋这雨。

雨……

阿尔乔姆停下脚步，仰起头，把脸对准雨滴。

就在那一刹那，他的眼前出现了幻象：

一条条街道，衣着光鲜斑斓的巨人不疾不徐地在街上行走。矮宽的白色飞机低低地从楼顶上方掠过，那飞机带有鲜明的科幻色彩，它们没有普通飞机那样扁平的铝制机翼，而是长着蜻蜓那样微微颤动的透明翅膀。它们与其说在飞行，不如说在滑翔。还有车辆，但不是如今街头上那些鲱鱼罐头一样的死尸盒子，也不是它们从前的模样，而是类似微型车厢，跟地铁车厢一模一样，但仅能容纳四人。

而且，那个奇异世界同样也在下雨——温暖、轻柔的雨滴。

这些幻象从何而来？是回忆？不，这样的世界从未存在过。那是什么呢？胸口一阵酸痛、烦闷，阿尔乔姆把雨水从脸上抹掉。

好像做了一场梦。梦的碎片从体内钻出，搅动着出口处的皮肉。阿尔乔姆一动不动，生怕把梦惊醒。

这不是他的梦。为什么要让他梦到这些？这又是谁的梦呢？是母亲的？不，不，另有其人。

他把自动步枪挎到身后，双掌合拢，接了一捧乌云的泪滴。他把眼睛浸泡在这毒水里，期待着肉眼失明，心眼开启。

不行。他回想不起来。真是奇怪。

阿尔乔姆继续向前，走过死寂的国家大饭店，走过失语的大学校园，走过顶多只有半代人还记得的纪念碑，走过已然毫无意义的塔楼，走过再不会有人试图攻陷的城墙，向前走，走向图书馆，走向图书馆地下的目的地。

——波利斯。

这个字眼本应勾起关于过往的汹涌回忆，但阿尔乔姆眼前依旧浮现着那不切实际的幻象，那美好的愚蠢——长着蜻蜓翅膀的飞机，坐在微型列车里的巨人。

这外来的幻象无论如何再也摆脱不掉。

这到底是什么？

*　　*　　*　　*

阿尔乔姆以独特的节奏按响了门铃。这是先前那些外出执行任务的潜行者，返回营地时的专属敲门方式。有时，他们会站在门口，用左手按铃，因为右手正捂着快要掉出来的内脏；有时，一组人中只有一个人还有力气敲门，其余人都是被他一个人给拖回来的，有些还活着，有些已经断了气；有时，残存的力量和血液只够按下一次门铃的。因此，一旦听到这种独特的门铃声，博罗维茨基站的守卫就会立即开门。

这次也不例外。

那些前来开门的人，尽管他们顶多会在入口大厅处暴露一分钟，照样都裹上帆布和橡胶。他们知道自己所冒的风险。

透过防毒面罩的玻璃目镜，他们看着眼前这个被辐射雨浇透，身上只穿着普通衣物的人，仿佛看见了怪胎，看见了野人，看见了不要命的疯子。他们把枪管齐对过来，仔细搜了阿尔乔姆的身，没收了他的枪。接着又拿来了辐射剂量计，在他身上探来探去，辐射剂量计歇斯底里地剧烈抽搐。阿尔乔姆站在那儿，双手举起，微笑着。

"你会说话吗？"有人问。

阿尔乔姆的视线捕捉到了问话者，那人戴着绿色防毒面罩，玻璃目镜由于惊讶而蒙上了一层雾气。

"说话，会吗？"那人又慢慢地重复了一遍。

阿尔乔姆轻轻咬住舌头，以免发笑。守卫们开始不安，这个人是什么鬼？

"请找一下阿尔巴特站的梅尔尼克，就说阿尔乔姆找他。"

"有证件吗？"

"请对梅尔尼克说,就说阿尔乔姆找他,他知道的。"

他们自然知道梅尔尼克,这里每个人都知道。

他们像躲避鼠疫患者那样离阿尔乔姆远远地,把他带了进来;打开喷水管,将他浑身上下的脏东西冲掉;将阿尔乔姆沾满辐射的衣服没收,自己也脱下防化服和防毒面罩,把光着身子的阿尔乔姆带到下面的边防线,给他找了身衣服穿;然后打电话给阿尔巴特站,与此同时一直密切监视着阿尔乔姆。

"你们这儿可真臭。"阿尔乔姆说。

"去死吧,"一个给他开过门的人说,"这里根本就没味儿。"

"那是当然。"阿尔乔姆冲他一笑。

"你是喝醉了还是怎么的?"

手持听筒等待的人狐疑地上下打量了阿尔乔姆一番:该不该相信他的话,贸然搅扰上校?还是说,应该先把他关禁闭,问个明白?但这时听筒那头已经有人回应了。

"喂,麻烦接梅尔尼克上校,这里是博罗维茨基站出口前哨站……我知道已经很晚了,但情况紧急。"

情况紧急。跟上次一样,阿尔乔姆想。

他第一次来到波利斯,是为了预警黑暗族将带给展览馆站、全地铁以及全人类的威胁。那回同样是找梅尔尼克,同样是在这个哨站。恍如昨日,又恍如一百年前。在这不到三年的时间里,他所经历的事情比之前二十四年加起来还要多。

"我是梅尔尼克。"一个声音在通话器里响起。

散漫的思绪瞬间无影无踪,肠胃又开始不由自主地缩紧,万一梅尔尼克不认自己怎么办?

"这里有个怪人,光着身子从地面上来的……不是,只是没穿防化服而已……对!他只说他叫阿尔乔姆,姓什么没说……对,说您认识他……他就是这么说的。"

听筒那头不说话了。

万一他拒绝接见阿尔乔姆怎么办？又不是他叫阿尔乔姆来的。两年来，他一次都没有派人找过阿尔乔姆，甚至连自己的女儿阿妮娅都没有打听过，就像断绝了父女关系一样。阿尔乔姆恐怕要白等了。

"我很忙。"一个齿轮摩擦般的声音在电话那头响起。

"能把话筒给我吗？"阿尔乔姆忍不住说。

守卫勉为其难地把话筒递给他。

"斯维亚托斯拉夫·康斯坦丁诺维奇。我是阿尔乔姆，阿妮娅的丈夫。"

"阿尔乔姆，"一个生锈的、消沉的声音说，"你来干什么？"

"请您跟他们说，让我进去，斯维亚托斯拉夫·康斯坦丁诺维奇。我没穿防护服，没有证件。"

"我这里有紧急情况，没时间跟你说话，我得挂了。"

"难道要我滚回地面上去？"

听筒又没声音了。守卫跟阿尔乔姆竖起耳朵听着，但里面毫无动静。就跟往常一样，梅尔尼克不愿意搭理他。哨兵长像捏手握式发电手电筒那样握了握拳，示意阿尔乔姆把话筒还回来。警卫室里变得暗了些。

"您说的紧急情况，是指大剧院站，对吗？"阿尔乔姆问。

听筒里极不情愿地开了腔："什么大剧院站，是猎人商行站，发生了爆炸，距离波利斯只有一个区间。必须搞清楚是——"

"猎人商行站只是小意思，我刚从那边过来。"

"你上那儿去干什么了？"

"怎么，大剧院站的事您还不知道？入侵的事儿？还没有人向您汇报？"

"什么入侵？你在说什么？"

"请让我见见您，我不能在电话里讲，只能当面告诉您。"

砰的一声——梅尔尼克把话筒摔在了桌上，只听他对一旁喊道："安佐尔！斯摩棱斯克站怎么样了？出动了吗？……是的，我们现在就走！叫上飞鼠！一分钟后来接我。"

阿尔乔姆紧紧抓住被焐热的话筒。

"斯维亚托斯——"

"好了，叫哨兵长接电话。十分钟后图书馆站见。"

　　　　　　＊　　＊　　＊　　＊

波利斯车站联盟。

在莫斯科地铁系统中，能够吃饱的车站屈指可数，与那些贫穷、野蛮甚至荒芜的车站相比，它们不啻天堂。但与波利斯车站联盟比起来，它们简直就是猪圈。

如果说地铁有心脏，那这个心脏就在这里，就是这四座车站——博罗维茨基站、亚历山大花园站、列宁图书馆站和阿尔巴特站。它们彼此之间以通道相连。

只有这里的居民不愿意舍弃自己之前的身份——清高的大学教授，呆板的科学院院士，迂腐的书呆子，不甘堕落的演员。换作其他任何站台，所有这些人只有一个下场——吃屎。因为没有人需要他们，需要这些吃闲饭的懒人。他们的学识在新世界毫无用武之地，他们的艺术任何人都懒得去欣赏。要么去侍候蘑菇，要么去守卫隧道，还可以去蹬自行车发电机，因为地铁里的"光明"仅指灯光，跟学识没有半毛钱关系。这里每个人的学识早就够用了，而且跟人说话一定不能卖关子，不能掉书袋，不能摆架子，否则当心挨揍。

地铁所有站台都是如此，唯独波利斯例外。

波利斯对这些人礼遇有加，供养他们，让他们感觉自己是"人"，能够好好洗个澡，养好伤痕。在地铁里，为数众多的陈旧词汇已经失去了意义，变成了徒有外壳的烂核桃，比如"文化"。这个词汇还在，但放在嘴里一咬，满嘴的腐烂和苦涩。展览馆站如此，红线如此，汉萨同样如此。唯独波利斯例外，只有在这里，这个词汇还是香甜的。这里的人们吸吮它、咀嚼它，还整仓库整仓库地储备它。这里的人们的确不仅仅是靠蘑菇活着的。

列宁图书馆站上方原有出口，可直接通往图书馆大楼——此前的俄罗斯国家图书馆。为了避免有人从那里潜入地铁，这些出口早在很久以前就被牢牢封死，如今要到图书馆站只能通过博罗维茨基站的入口大厅，但两地挨得很近，还没到约定的十分钟，阿尔乔姆一行就到了图书馆站。

图书馆站看上去十分古老，好像不是地铁建筑者专门修建的，而是在铺设隧道时意外地挖到了某个古墓，将其改造成了地铁站。这里的大厅与地铁系统并不相宜：顶棚太高，拱门跨度太大，空气对于乘客而言太多。建筑者好像根本不担心这些拱门会被土层压塌。年代较晚的站台，几乎全部龟缩在狭窄低矮的隧道里，躲在弧形拼板加固的外壳里，生怕被上面的土层压断脊梁，被地表的炸弹轰到，而这个站台在修建时考虑更多的是"美"，好像美真的能够拯救世界似的。

这里的照明用"灯火通明"都不足以形容，每一盏灯泡都亮着，像无数白太阳挂在二层楼高的顶棚上。这真是奢侈浪费，如瘟疫当中的盛宴，人类哪儿用得着这么多光亮！但这里的人对此毫不在意，波利斯的魔力就在于此，它能让每一个外来人重温久已熄灭的旧世界的光明，哪怕短短的一天，哪怕短短的一小时。

跟所有人一样，阿尔乔姆也在一瞬之间眯起眼睛，恍惚回到了旧世界。

但随即，眼前再次浮现了来自别人梦境的画面，他再次想起了那个没有实现的地面之城。阿尔乔姆挥手想把那画面赶走——那些长着蜻蜓翅膀的飞机——够了！

此刻，站台上正人心惶惶。

邋遢的老头，眼镜跟放大镜一般厚的老太太，四十多岁的曾经的肄业大学生，女里女气的男演员，身着长袍、腋下夹着书本的"婆罗门"——所有这些快要绝迹的人群，全部不安地聚拢在车道两旁，伸长脖子，紧盯着通往猎人商行站的隧道那幽暗的正方形洞口。他们早就该去睡觉了，钟表显示现在已经半夜了。

黑色正方形洞口正在冒烟。

隧道口站着红线的哨兵，图书馆站后面便是红线领地，所有区间都受其管辖。至于列宁图书馆站，在跟汉萨的战争之后，红线用它交换了革命广场站。

"怎么回事？你们那边出了什么事？"看热闹的人群向红线哨兵打听着，"什么东西被炸了？是恐怖袭击吗？"

"什么也没炸。一切正常，你们别瞎猜了。"哨兵们显然在撒谎，黑色洞口飘出来的烟雾呛到肺管里，令他们爆发出一阵阵咳嗽。

"兴许是他们发动反击了！"一个四眼儿坚信不疑地对另一个四眼儿说，把臊眉耷眼的红线哨兵晾在一旁。

"应该支援他们，这是我们的义务！"一位女士激动地说，身上的茨冈短裙随意地罩住丰满的臀部，"我这就去画呼吁团结的宣传画。你要一起来吗，扎哈尔？"

"我就知道，迟早会这样，只是没想到来得这么快！俄罗斯人的耐心耗尽了！"一位大长胡子的老者摇晃着食指说。

"亏他们还说什么人人平等，兄弟团结！"

"看见了吧？为什么偏偏在猎人商行站打响第一枪？就因为我们在旁边——波利斯！这就叫软实力。就因为我们的存在，我们的文化影响！因为我们的榜样力量！而我们的'高尚精神'，请原谅我用这样冠冕堂皇的字眼……"

"我认为我们应该对他们施以援手，开放边境，收纳难民，发放食物！"一个梳着刘海儿、穿着深V领口上衣的女人建议，"我听说他们那儿出现了大饥荒，多么可怕！我还是从家里拿点儿饼干过来预备着，多亏我有先见之明，昨天晚上刚烤了饼干。"

阿尔乔姆对人群说："不会有难民的，也不会有起义，什么都不会发生。烟冒一会儿就散了。"

人群不服气地问:"你凭什么这么肯定呢?"

阿尔乔姆只是耸了耸肩:该怎么解释呢?

但人们已经忘了他,目光从冒烟的隧道口齐刷刷地转向了一座高架桥,那桥横跨在一条车道上方,直通棚顶。

一群黑衣人宛如无声的铁流从桥上倾泻而下。他们脸戴面具,身穿防弹衣,头盔上的脸甲掀到头顶,手上清一色带消音器的AK-74。

"游骑兵!"头顶和人群中间传来阵阵呼喊。

"游骑兵。"阿尔乔姆也低声跟着重复。

他的心脏一阵颤抖。手臂上的烟头烫伤刺挠起来,它们毁掉了原来的那一串文字:"舍我其谁?"

和以往一样,舍我无他。

黑色铁流在隧道入口处停下,列队。阿尔乔姆拽着随行的哨兵,从人群中间挤到队伍跟前。他数了数:五十人。相当不少了。看来,梅尔尼克在这一段时间已经将失去的兵力补充上了……

阿尔乔姆望着那些戴面具的面孔,望着他们那被遮挡住的眼鼻。这里有他的战友吗?点名时他听到了飞鼠的姓氏。山姆呢?斯杰潘?铁木尔?杜克呢?没有一个人注意到他,所有人都目不转睛地盯着隧道口。梅尔尼克总不能把所有人都替换了吧?再说了,这些人也无可替代。

梅尔尼克没跟这些人在一起。他们应该是斯摩棱斯克支队,从游骑兵基地赶来的,现在正在等候自己的指挥官,他单独居住在阿尔巴特站。

梅尔尼克自己限定的十分钟已经过去了。然后十五分钟,二十分钟过去了。队伍开始浮现波澜,战士们将身体重心从一条腿移向另一条腿,悄悄舒展腰背。毕竟这是血肉之躯,而非铁打的。

梅尔尼克终于出现了。

一个大力士抱着轮椅走下台阶,另外两个一左一右搀扶着指挥官下到站台,扶他在轮椅上坐好,把他推过来。

在他那宽阔的肩膀上披着一件带斑点的粗呢短大衣,看上去没什么异样,似乎他只是有些畏寒而已,但瘦削的膝头只搁着一只手——左手,右胳膊被齐肩斩断,粗呢短大衣就是为了这个才披的。已经过去两年了,但他仍然遮掩着他的残肢,不想认命,似乎只需要忍耐,断掉的胳膊就还能重新长出来。

队伍整齐划一地转体,面向自己的指挥官,一阵战栗席卷了每一个人。阿尔乔姆自己也下意识地跟着这么做了,直到后背因动作生疏而抽筋时他才意识到这一点。

"稍息。"梅尔尼克声音干哑地对游骑兵们说。

不只声音,他整个人都干瘪、枯黄,毫无血色,曾经间杂银丝的一头黑发如今已经满头花白。然而当他的轮椅被推到跟前时,阿尔乔姆确信,他的强硬并未减少分毫,脸上的皱纹只是将这一点勾勒得更加明显,目光也丝毫没有暗淡,反而更加犀利。

阿尔乔姆挤过人群向他靠近:"放我过去!我找上校……"

几条黑色的胳膊立时将其拦截,其中一个大力士突然惊叫道:"阿尔乔姆?是你?"

"飞鼠!"

当着众人的面,两人没好意思拥抱,只是相互挤了个眼。飞鼠用一根手指敲了敲自己的肩章:A 型 Rh 阴性血——熊猫血,跟阿尔乔姆一样。

梅尔尼克把头微微扭转,认出了阿尔乔姆。"让他过来。"他说。

"上校同志。"阿尔乔姆对岳父换了正式称呼,同时手掌不由自主地抬到了太阳穴。

"没戴军帽,军礼就免了。"梅尔尼克说。

"是!"阿尔乔姆一笑,但梅尔尼克却没笑。

"说吧,猎人商行站是怎么回事?恐怖袭击,还是破坏活动?"

"那里没什么大事,主要是大剧院站。"

"我问的是猎人商行站!"

"主要是大剧院站,斯维亚托斯拉夫·康斯坦丁诺维奇,帝国入侵了,他们要把大剧院站据为己有。至于爆炸,不止一处,而是三处,他们要切断红线的通道,阻断他们的援兵。"

"帝国的情况你是从哪儿知道的?"

"我刚刚到过大剧院站,刚从那儿跑出来的。"

"安佐尔!"梅尔尼克对副官挥挥手,粗呢短大衣随之从肩头滑落,掉在花岗岩地板上。

看热闹的人群发出声声惊叹,开始对上校的残肢指指点点,议论纷纷。

"赶走这些……"梅尔尼克懊恼地朝人群一扬头。

游骑兵队伍瞬间散开,变成一条锁链,继而扩散开去,将人群逼离梅尔尼克和隧道。"粗鲁的军阀!"人群怨声载道。

"你确定帝国想要攻占大剧院站?"梅尔尼克不信任地问,"这可是违背和约的。"

"他们说,即便他们不动手,红线也会这样做。"

"你到那儿干什么去了?"梅尔尼克看阿尔乔姆的视线明明是自下而上,但气势却是自上而下。

"我……晚点再说可以吗?单独对您说?"

"单独对我……"梅尔尼克摸了摸瘦削的膝盖,他的双腿骨瘦如柴,孱弱无力,"单独对我说,嗯?安佐尔!"他的声音不高,但恶狠狠的,"那些帝国的家伙会做什么,不用你说,我们自己也能想得到,是不是?"

封锁部队里另有几人认出了阿尔乔姆,不时朝他望过来。阿尔乔姆心头一热。在面具下面,他们也许在冲他微笑,毕竟他已经有两年没露面了。但即使过上一百年,并肩作战的战友也是永远不会忘记的,阿尔乔姆方才的担心是多余的。

"是的,上校同志。"红褐色头发的安佐尔回答。

"慢!如果他们切断了猎人商行站……那么革命广场站也就孤立无援了。从那里到红线只有大剧院站这一条通道,对吗?"

"正是。"安佐尔确认。

"如果这一切都是真的，"梅尔尼克摇动左轮，沉吟着转了半圈，"换作我，我会把革命广场站也一并吞掉，这样就可以一石二鸟。"

阿尔乔姆想，没错，傻子才不拿，反正是要流血，迪特马尔肯定会放手一搏的。

"唯一的问题是，他们能不能吞得下。怎么，所有通道都被他们切断了？"

"有一条肯定没有。"阿尔乔姆想了想说。

"这么说，红线一定会调动兵力跟帝国厮杀。这意味着什么？意味着战火距离我们波利斯只有一步之遥，而且是三面同时交火。"他举起左手，扳着手指盘算，"革命广场站，离我们的阿尔巴特站只有一个区间；猎人商行站，距这里——图书馆站——只有一个区间；还有契诃夫站，距离我们的博罗维茨基站只有一个区间。这场战争迟早会波及我们，只是时间的问题——明天，后天，还是一周以后。"

梅尔尼克环视了一下自己的战士，他们的人数刚好站满半个站台。

"一半人留下，"他对安佐尔下令，"另一半人前往革命广场站。"说罢，自己转动轮椅驶向台阶。

"斯维亚托斯拉夫·康斯坦丁诺维奇，我得跟您谈谈……"

"走吧。"梅尔尼克继续朝前行驶，头也没回。

他们前往梅尔尼克在阿尔巴特站的驻地。一路上二人都没说话。阿尔乔姆不想当着外人的面谈，而梅尔尼克压根就不想谈。到了地方，梅尔尼克把自己锁进屋子，让阿尔乔姆和飞鼠留在接待室。直到两人都不熟的安佐尔跑出去办差之后，淡褐色头发的飞鼠才上来对阿尔乔姆一通熊抱，险些把他的骨头挤碎。放开之后，又对他挤了个眼。

"你怎么样？"他小声问。

"很想你们。"阿尔乔姆承认。

"老头子不让你回来？"飞鼠冲门一扬头，"为啥恼你？"

"因为阿妮娅。"

"你小子活该，谁让你把他的小野果给摘了！"飞鼠不出声地咧嘴笑着，朝阿尔乔姆胸口推了一把，把他推了个趔趄，"你以为他把女儿拉扯大，是为了便宜你小子的？"

"你们在这儿怎么样？"

"进了很多新人，地堡事件之后……"

两人互看一眼，各自沉默。

"是，没有回应。被切断了，出故障了……我们会办到的，阿列克谢·费利克索维奇，我这就派人……明白，是！"被压低的声音从梅尔尼克办公室门缝底下钻出来。

阿尔乔姆心念一动：梅尔尼克这是在向谁汇报呢？这个"阿列克谢·费利克索维奇"是什么来头？他可是梅尔尼克！

为了避免怀疑，阿尔乔姆故意朝门口扬扬头，问："他怎么样？"

"哎……"飞鼠犹豫了一阵儿，用压低的声音说，"我们去图书馆站之前，他内急，想去解个手，结果在厕所里从该死的轮椅上摔到了地上。我们当时就在门外，想要进去扶他，毕竟他双腿不听使唤，胳膊就还剩下一条……可你没听到他喊得多么凶：'都给我滚开！'他就用一只胳膊，一个人在地板上折腾了足足十分钟，终于爬上去了，真不知道他是怎么办到的。他就是不想让我们看见他光着屁股趴在地板上的狼狈样。这就是他。"

"哎！"

"哎你个球！不说了，你怎么会到这儿来？"

"我……"

阿尔乔姆凝视着飞鼠。在地堡时，飞鼠帮他挡了一枪。当时阿尔乔姆的自动步枪卡壳了，是飞鼠冲出掩体，吸引了敌人的火力，结果自己挨了一枪。阿尔乔姆背着他的大块头一路狂奔，终于找到了医护兵。医护兵认为飞鼠失血过多，已经给他判了死刑，幸亏阿尔乔姆跟飞鼠一样，也是罕见的熊猫血，从自己血管里抽出血来，给他输了1500毫升，这才把他救回来。医护兵从飞鼠体内取出了很多铅弹碎片——他那身钢筋铁骨能让任何子弹卷边。从此以后，飞鼠体内就流动着阿尔乔姆一升半的血，随时准备悉数奉还。

"我在找一个无线电员,他在大剧院站。"

"什么无线电员?"飞鼠警觉起来。

"大剧院站有个无线电员,据说他找到了除我们之外的幸存者,就在北方某地。这听上去有些奇怪。你知道我自己都试过多少次了?想捕捉信号,可一直一无所获。可这个人却说……于是我就……"

飞鼠朝他点点头,已经摆出一副同情的表情。

"滚一边去!"阿尔乔姆笑着,朝他硬如磐石的小腹捶了一拳。

"阿尔乔姆!"梅尔尼克隔着门喊。

"好好表现,"飞鼠说,"说不定他会让你归队呢。我们也都很想你。"

* * * *

办公室很大,跟主人刚好相配。梅尔尼克驱动轮椅,坐到宽大的橡木桌子后面,桌上摆满了文件。他整了整粗呢短大衣,轮椅就被完全挡住了,看上去只不过是一个畏寒的人坐在没有供暖的办公室而已。

"飞鼠!"梅尔尼克朝门外大喊一声,"我需要三个人,去帝国给元首送封信。你算一个,其余人自己去找!"

屋里三面墙壁都挂满了地图,上面插着些旗子和箭头,此外还有很多名单,每个名字后面都有标注,是值勤表。

剩余的一面墙上单独贴着一份特殊的名单,很长。名单下方是一个小搁架,上面放着一只带棱的大玻璃杯,里面的淡白色混浊液体——私酿酒——只剩下半杯,似乎是被名单上某个死去的人喝掉了。

那其实是梅尔尼克喝掉的。最初一段时间,他每天陪着死去的弟兄们喝酒……这个怪人……但粗呢短大衣的右边袖子依旧空着,并没有因此长出来。

阿尔乔姆喉头一哽:"谢谢您的接见,斯维亚托斯拉夫·康斯坦丁诺维奇。"

不知道猎人有没有在这个名单上？毕竟，他不是死在地堡里的……

"把门关上。你来这儿干什么，阿尔乔姆？"现在，当只剩下他们两人四目相对时，他的语气变得生硬、不耐烦，"你在大剧院站又干了些什么？"

"我来这儿找您，这些事也许只能找您。至于大剧院站……"

梅尔尼克盯着他，单手笨拙地卷着烟卷，阿尔乔姆想要帮忙，又不敢开口。

"嗯……有件非常奇怪的事，简单地说，我几乎确信……"阿尔乔姆深吸几口空气，"我几乎确信，我们不是唯一的幸存者。"

"什么意思？"

"我在大剧院站找到了一个人，他捕捉到了来自另外一个城市的无线电信号，好像叫作'极地曙光城'，据说在摩尔曼斯克市附近。他还跟他们交流了，他们那里可以生存。除此之外，还有消息称，莫斯科曾经有外人来过，来自地表，也许就是从极地曙光城来的。他们到了红线的切尔基佐沃站，在那里讲了他们的来历。但奇怪的是，他们立即被拘捕了。"阿尔乔姆随即又补上一句，"传言是这样的。"

"谁把他们拘捕了？"

"红线。随后又开始逮捕那些见过他们的人，甚至是散播这一消息的人，而且好像还把他们送到了卢比扬卡政治犯监狱。也就是说，他们非常重视，您明白吗？"

"不明白。"

阿尔乔姆搔了搔头。

"不明白！"梅尔尼克重复说。

"难道还没有人向您汇报吗？关于极地曙光城？您的情报网还没有动静？也许除了被派到切尔基佐沃站的人，他们还派出了其他人？"

"你说的那个无线电员在哪儿？眼下，他在哪儿？"

"他……死了，被红线的人枪毙了。他们到大剧院站把他抓走了。要知道……"阿尔乔姆停下来，整理着思路，"他们就是去抓他的，而不是冲我来的。他说，是中央机关下发的逮捕令……逮捕他的。他们那时还根本不知道我的事儿呢……"

"谁说的？谁们不知道？"梅尔尼克将烟点着，烟雾熏到他的眼睛，但眼睛并没有淌泪。烟雾太重，升不到天花板，低低地在上校头顶聚成一团。

"万一他们知道极地曙光城的事怎么办？万一红线掌握了这一消息，又试图封锁它怎么办？他们在清除所有知情人，所有跟那些幸存者交谈过的人……"

"听着，"梅尔尼克一边驱散烟雾，一边制造新的烟雾，"红线才是我现在最关心的。因为他们很快就要甚至已经跟帝国打起来了。你知不知道这意味着什么？大剧院站会变成绞肉机，全地铁都会被卷进去。这些，阿尔乔姆，这些才是我身为游骑兵司令所应该考虑的。我要考虑的是怎么阻止这帮家伙相互厮咬，怎么保护波利斯免受牵连，保护我们那些戴眼镜穿浴袍的知识分子。还有，"他把下巴往上一扬，在那里，在阿尔巴特站的上方，坐落着总参谋部大楼，"还有所有那些老兵，那些坚信自己是最后一场战争的胜利者以及祖国唯一保卫者的人。保卫我们整个神奇的庇护所，整个地铁。我既不偏袒帝国，也不偏袒红线。可你知道钢铁军团有多少人吗？你知道红线有多少人吗？而我呢？我只有一百零八名战士，这还包括通信员在内。"

"我愿意……请批准我归队。"

"你愿意，我不愿意！我要一个光着身子淋辐射雨的人干吗？我要一个听信荒唐传言的人干吗？就没有人跟火星人取得过联络吗？"

"斯维亚托斯拉夫·康斯坦丁诺——"

"或者说，跟你的那些黑暗族？啊？"

"难道您真的无所谓吗？啊？！"阿尔乔姆终于爆发了，"这些地下的龌龊勾当！我反正是受够了！那些混蛋总是会狗咬狗的！这里不够他们用的！水！空气！蘑菇！您是阻止不了的！难道您想再把一半弟兄甚至是全部兄弟给搭进去吗？这能有什么用？能解决什么问题？"阿尔乔姆说着，朝地堡死难者的供桌一挥手。

"弟兄们都起过誓。我起过，你也起过，阿尔乔姆。如果需要付出生命来拯救这该死的地铁，那就付出生命。你别在我面前指手画脚，你这愣头青。我在地堡里变成了一条胳膊的残废，你好手好脚地活下来了，为了什么？难道就是为了让你整天东逛西逛地吸收辐射吗？你考虑过孩子吗？！你想过自己淋完辐射雨会生个什么样的怪物吗？你想过我女儿会生个什么样的怪物吗？"

"我想过！"

"你想过个屁！"

"那您呢，您想过吗？！如果我们可以离开这里呢？！返回地面！万一地表有地方可以生存呢？哪怕只有一个！地表才是我们的地方！今天淋那场雨的时候……我头一回觉得自己是人！就算死了我也甘心！可等我再下来，回到这臭烘烘的地铁，一切又回到原样！变成禽兽的不止那些混蛋！而是我们所有人！这里是洞穴！我们都变成了野人！您把双腿和胳膊留在了地堡！下一场战争呢，也许会是脑袋！到时候谁来替代您？有人选吗？没有！只要有地方可去，不管是哪儿，都应该离开这儿！我现在就告诉您，有这样的地方！肯定有！而且，红线很可能知道这个地方……"

"你知道吗，阿尔乔姆，"梅尔尼克嗓音嘶哑着说，"刚才我听你说了，现在你听我说：别再丢人现眼了，别再让我蒙羞。全地铁都知道你娶的是谁的女儿，你刚才说的那些疯话……最后都会被扣到我头上，你明白吗？你别再跟任何人说……"

"疯话？！那为什么要清除那些目击者和知情人？其余幸存——"

"阿尔乔姆，阿尔乔姆！该死的！她怎么会看上你了？！难道她看不出来吗？"

"看不出来什么？"阿尔乔姆音量不高，因为地铁里的空气不够他吼叫的。

"你的精神分裂！起初是黑暗族，现在又是幸存者。你的黑暗族把你的脑子吃光了！黑暗族的事恐怕你跟阿妮娅也说过吧？说什么根本就不——应——该——用导弹把它们歼灭！什么它们本来是善良的，是地球上的天使，上帝的使者，人类生存的最后希望；什么我们应该放心大胆地跟它们交流，让它们钻进我们的脑袋，然后放松、享受，就像你现在这样！"

"您知道吗，"阿尔乔姆说，"这些话我之前对您说过，现在我要再说一遍：毁灭黑暗族是我们，是我，所犯下的最可怕的错误。是不是天使我不敢说，但他们绝对不是恶魔，不管他们长相如何……没错，他们的确想跟我交流。没错，他们选择了我，因为……因为是我发现他们的，当我还是个小男孩的时候，是我第一个发现了他们。就像我所说的，他们把我……怎么说呢，收养了，但我一直在极力抗拒，我害怕他们把我变成一个布袋玩偶……变成怪物……跟他们一样的，因为我是个蠢货、懦夫。我是那样的懦弱，为绝后患，把他们全部给……一个不剩……用你们的导弹……就因为我害怕，就因为我不知道，一旦他们开始跟我交流，我会变成什么。我当时其实已经意识到，我毁灭的是一种智慧生命！而且是我们生存的最！后！机！会！可我呢，所有人都冲我鼓掌，妇女，孩子，男人，他们都以为是我把他们从怪物和魔鬼手中给拯救了出来！这些可怜的白痴！而我呢，我！我害得他们世世代代窝在地下！直到他们全部死绝——妇女！他们的孩子！他们孩子的孩子！如果他们还能有的话！"

梅尔尼克冷冷地看着他，面无表情。阿尔乔姆的任何情绪都无法感染到他，无论是后悔、绝望还是希望。

"我们不应该那么做！我们在这地底下已经变成了野兽，只要谁过分靠近我们，我们就会朝他扑过去，咬断他的喉咙……黑暗族……他们一直在寻找我们，试图与我们共生。如果我们联合起来，我们也许可以重返地面……他们本来是被派来拯救我们的，来考验我们的，看我们是否值得宽恕……为我们对地球、对自己所犯下的错误。"

"这些你已经跟我说过了。"

"没错，还有您的阿妮娅。这些话我只对你们两个人说过，再没有第三个。对其他人……我直到现在都不敢承认,我之前是懦夫,现在还是懦夫。"

"幸亏!幸亏你是懦夫!不然你现在还能在外边闲逛?你早就被关进疯人院了,手脚被捆着,拿脑袋撞墙……我警告过她,那个傻瓜,你就是个疯子!你自己照照镜子!要依着我……"

阿尔乔姆不住地摇头:"它们已经完了。但是,如果还有一个地方可以生存,还有幸存者……那么,就还有一线希望。"

"那样的话,你对自己的智慧生物同胞所犯下的罪行就没有那么十恶不赦了,是吗?你就是为了这个才到地面上去的?才去监听无线电的?为了拿到赎罪券?"梅尔尼克用牙齿叼住烟卷,左手转动轮椅,灵巧地从桌子后面驶出,逼近阿尔乔姆。

"能给我根烟抽吗?"阿尔乔姆问。

"你疯了,阿尔乔姆!你难道还不明白,当年在电视塔上你就疯掉了!而你现在所做的全是你的想象。精神分裂。不,不给。结束了,阿尔乔姆。我现在有两个车站要开战了,可你却……你走吧,阿尔乔姆,离开这里。另外,你把我女儿一个人丢在家里了?"

"我……是。"

"她怎么样?"

"很好……还行……她一切都还好。"

"阿尔乔姆,我希望她能离开你,找一个正常人。她不该跟着一个着了魔的疯子,一个光着身子在地表乱逛的人。你何必再纠缠她?离开她吧,阿尔乔姆,放她走。让她回来,我会原谅她的。你告诉她,让她回来。"

"我会转告,但有一个条件。"

梅尔尼克缓缓吐出一口烟。

"什么条件?你想用妻子交换什么?"

"那三个人,去帝国送信的,我算第四个。"

第十二章

游骑兵

一行四人约定从博罗维茨基站出发。

博罗维茨基站由红砖砌成,给人一种温馨之感,宛如中世纪大学的阅览室。站台上摆满了书架和木板桌,书架上放着从地表图书馆搬运回来的书,人们在木板桌后面看书、讨论。这里居住着一群嗜书如命的人,他们自诩为"婆罗门"——知识的守卫者。

桌子上方低垂着带布罩的电灯,发出柔和、善意的光线,为这个中世纪阅览室渲染上莫斯科住宅的氛围——关于中世纪阅览室,是阿尔乔姆在儿童历史图画书上看到的;至于莫斯科住宅的氛围,则来自他从自己那短暂得只有四年光阴的童年记忆中截取的画面。

拱门被改造成了居住室。阿尔乔姆走过其中一间,往昔的回忆涌上心头,那是他第一次来波利斯的时候,借宿在一位老好人家里,跟主人畅谈到深夜。还记得有一本古怪的书,书上坚称,克里姆林宫塔楼上的红宝石五角星里封印着魔鬼,而在儿童佩戴的"十月之星"徽章里锁着一个小鬼……真是可笑的书。真相,总是比人们能够设想的更加简单,更加可怖。

如今,那个老好人已经不在了,红五星也已经熄灭了。

曾经接见阿尔乔姆的那个梅尔尼克,那个肩背佩切涅格机枪、身上挂满机枪子弹带的潜行者梅尔尼克,那个总是身先士卒、冲锋陷阵的英雄指挥官梅尔尼克,也不复存在了。

而曾经那个阿尔乔姆,同样不复存在了,和梅尔尼克一样,被烧焦了。

唯独飞鼠还和以前一样：斜愣眼，魁梧的身躯能把整个隧道口堵住，脸上还是那种坏笑，就好像他偷偷地把你的鞋带绑到了一起，正等着看你绊倒似的。他已经二十七岁了，但笑容却像个十岁孩子。这是个火烧不坏的人，飞鼠。

"怎么样？"飞鼠又露出他那标志性的笑容，"可以祝贺你了吗？老头子让你回来了？"

阿尔乔姆摇摇头。

"那就是……考验任务？"

"是告别任务，我只跟你们到帝国。"

飞鼠不再笑了："你去帝国干吗？"

"为一个人，我要把他从那里救出来。如果我不回去，他会被吊死。"

"你还是那么疯狂。这人是个女的吧？"飞鼠朝他一挤眼。

"一个老头儿，长胡子的。"

"哎哟！"飞鼠咕哝道，"虽然不关我的事，可你这也太重口味了吧……"

"你个二货，滚！"阿尔乔姆尽力止住溢开的笑纹，对飞鼠骂道。他觉得这样对荷马不够尊重。

但他到底还是没忍住。笑从他体内爆发出来，发涩的、刺鼻的笑，笑得他身子发软，不得不找个长凳坐下来，以免笑趴到地上；笑得他把最近几天地铁逼他吃进去的那些还没消化的东西全都吐了出来；笑得他直流眼泪，直打嗝，停下来喘口气后又开始发笑。飞鼠也陪着他笑，也许是在笑自己刚才那个笑话，也许只是为了搭个伴。

过了好一阵才算过去。

"秘密任务，一定是！"飞鼠语气坚定，郑重其事地说，"像你这样的能人是不会被除名的。"

不会被除名的。

"有件事我早就想问你了，你是怎么瞄准的？"阿尔乔姆学着飞鼠的样子做出斗鸡眼，"你看东西不应该是重影吗？"

"本来就是重影。所以我才费子弹哪,正常人都是一个目标,而我有两个,只好两个都打。老头子派我去帝国可不是无缘无故的,他想摆脱我,这个吝啬鬼。"

阿尔乔姆嘿嘿一笑:"你觉得这趟任务是有去无回?"

"我一直戴着姓名牌。"飞鼠对阿尔乔姆挤个眼,用指甲抠着挂在他那牛脖子上的游骑兵姓名牌。

"你还用得着这个?你就是死了也不会跟任何人搞混。"

"我死?那你就等着吧!"飞鼠哼了一声,"这东西有其他用处。你知道吗,有时候你一觉醒来,会问:我是谁?我在哪儿?至少这姓名牌能告诉你。"

"我懂。"阿尔乔姆叹了口气。

又来了两个人。其中一个高颧骨,短平头,眯缝眼。另一个长着拳击手套一样的塌鼻子,神情倨傲。

"你们怎么这么磨蹭,跟大姑娘约会似的?不过看来还是太匆忙了,红嘴唇都忘了涂。"飞鼠揶揄他们说,"那就路上再涂吧,姑娘们?"

"他是谁?""塌鼻子"边走边指着阿尔乔姆问。

"你会不会好好打招呼?"飞鼠大摇其头,"不是他是谁,而是你是谁,尤列茨。阿尔乔姆早在地堡时就跟我们一起了。他是活着的传奇。你还在汉萨拿着哗啷棒追老鼠的时候,阿尔乔姆就已经在跟上校用导弹剿灭黑暗族了。"

"那他后来跑哪儿去了?""眯缝眼"问。

"他在积蓄力量,尼格马图林,好建立新功勋。是不是,阿尔乔姆?"

"看上去也没攒多少啊。"尼格马图林怀疑地望着阿尔乔姆。

"我每天都会创造新功勋,"阿尔乔姆说,"所以每天都得竭尽全力。"

"每天都是新的战斗,姑娘只能做梦牵手。"飞鼠帮腔说,"好了,兄弟们,走吧!元首在等待,而元首可不喜欢等待。"

他严肃地向博罗维茨基站傻乎乎的守卫敬了个礼,四人踩着阶梯走下车道，走进隧道。隧道里起初明亮，继而幽暗，随后漆黑。另外两个故意走得很慢，远远落在阿尔乔姆和飞鼠后面。

"那人是从汉萨来的？"阿尔乔姆问。

"俩人都来自汉萨。尼格马图林来自共青团站，尤列茨来自文化公园站，好像是。两个人都还蛮不错的，很可靠。"飞鼠想了想又说，"他们差不多都来自汉萨。"

"谁们？"

"新来的那些。"

"怎么回事？"

"不然上哪儿去找那么多有底子的？我们总不能从荒废的站台去搜罗吧。也总不能像帝国征募钢铁军团那样，啥人都招。我们可是游骑兵。梅尔尼克后来跟汉萨谈拢了，他们同意……帮我们补充战力。"

"梅尔尼克同意了？他不是对汉萨恨之入骨吗？当年在地堡，汉萨原本承诺支援我们，结果却把我们给耍了。如果当时他们信守承诺，派兵过来，咱那些兄弟们也就不会……"

"他们当时没给，但后来给了。有了能力之后，他们就一直在为我们提供各种装备和弹药。汉萨，你也知道，有钱得很。而且合作是他们自己提议的，所以……老头子悲伤了好长时间，总是陪着牺牲的兄弟们喝闷酒……可是有什么法子呢，上哪儿再去找五十个人呢？他跟民众商量了，民众也都理解。于是就开始精挑细选，各种考验、谈话，不够格的立马淘汰。结果还不错，入选的大部分都是汉萨的特种兵，怎么说呢……大家处得还算不错，不至于说我们是我们，他们是他们，至少能抱成一团。"

"哼，"阿尔乔姆冷笑一声，朝拖在后面的二人一扭头，"抱成一团。"

"大家还算团结。"飞鼠坚持说。

"我不相信。"阿尔乔姆想了一阵说。

"不相信什么？"

"我不相信汉萨会这么好心，只是为了弥补过错，就分给我们五十名战士,还有这些装备?他们的目的肯定没这么单纯。"

"本来就不单纯。老头子还答应帮他们训练特种兵。因为,"飞鼠嗤之以鼻地说,"他们的特种兵特别㞞,尤其是地面部队,到了地面就跟一群猫崽子一样。地下一代,呸!"

最后一盏灯被甩在了身后。飞鼠从行军包里掏出一根大棒似的强光手电筒,后面那两个急忙挎着步枪跑步跟上。区间虽然不长,也并不陌生,但隧道毕竟是隧道,可不是闹着玩儿的,还是"抱成一团"为好。

手电筒光柱牛奶一般泄进了隧道的黑暗。

"地下一代……你好像跟我同岁吧。"阿尔乔姆问飞鼠,"这么说,你当时也是四岁,对不对?最后的战争爆发的时候……"

"回答错误,小弟弟。我比你大一岁,已经查清楚了。所以我当时是五岁。"

阿尔乔姆试图回忆起自己的莫斯科,但脑海里再次飞进了长着蜻蜓翅膀的大肚子飞机,开进了轰隆作响的微型车厢,下起了温暖的雨滴。他使劲晃了晃脑袋,想摆脱这纠缠不休的荒唐幻象。

他问飞鼠:"你还记得些什么?你的父母?自家的房子?"

飞鼠说:"我记得电视机。我记得当时电视上——我家的电视非常棒——总统正在讲话。他说:'我们别无选择,我们是被逼的,他们将我们逼到了墙角,他们欺人太甚。因此我决定……'这时候我妈进来了,手里端着一碗鸡汤,鸡汤面。她对我说:'你看这个干啥?来,我给你找个动画片。'我跟她说:'我不要吃面。'也许这就是那一刻——战争的开始,或者说,世界的终结。后来,动画片再没有了,鸡汤面也再没有了。"

"你还记得你父母吗?"

"记得,不过还不如不记得的好。"

"听着,飞鼠。"深一脚浅一脚的尤列茨插嘴说,"是他们先炸我们的,不是我们挑起来的,是他们背信弃义。第一轮导弹齐射被我们拦截下来了,然后我们才还击。绝对错不了,我当时七岁。"

"你没听见我说吗？面条！墙角！被逼的！我当时还在想，你看，这么一位大总统，照样能被人逼到墙角去。"

"到底是谁挑起来的，"阿尔乔姆说，"现在还有什么差别吗？"

"当然有。"尼格马图林反驳说，"我们是不会挑起核战的，我们是负责任的民族，我们一直爱好和平。是那帮狗杂碎封锁了我们，把我们卷入了军备竞赛，想拖垮我们。想分裂我们的国家，让我们四分五裂。就为了石油和天然气，因为我们的国家像根骨头一样卡在他们喉咙里。他们不愿意有独立国家存在，所有人都乖乖的，唯独我们跟他们较劲儿，所以这些混蛋、恶棍就想吓唬我们。他们还以为我们当下就会尿裤子，可他们万万没有想到，我们会跟他们死磕。哼，想搞垮我们！我们是不会屈服的。给他们个鸟石油！还想殖民我们！最后怎么样，自己尿裤子了吧，这帮鸟人！想跟我们玩炸弹，试试！而我们呢，就算在地底下也照样能活。"

"你当年几岁？"阿尔乔姆问。

"关你啥事？一岁。别人跟我说的。咋？"

"没咋，"阿尔乔姆说，"大洋这边没咋，那边也没咋。"

飞鼠和事佬似的假咳一声。聊天到此结束。

*　　*　　*　　*

"站住！关闭灯光！"

尼格马图林和尤列茨登时闪到一旁，贴住墙壁，抬起枪口。阿尔乔姆和飞鼠站在隧道中间纹丝没动。咔嗒一声，灯光关闭。一片黑暗。

"边境线封锁了！转身，原路返回！"

"我们是游骑兵！"飞鼠对着回声隆隆的"井口"喊，"有紧急情报给你们长官！"

"转身！返回！"黑黢黢的井口重复。

"我说，有给元首的信！递交本人！来自梅尔尼克上校！"

214

黑暗中突然射出两个红色光点，急晃两下，分别跳到了飞鼠的额头和阿尔乔姆的胸口，是激光瞄准镜。

"后退！上级命令，擅闯者格杀勿论！"

"得，外交斡旋结束了。"飞鼠说。

"不会放我们进去的。"尤列茨低声说。

"命令没说要硬闯。"尼格马图林说。

"但命令说要把信送到，"飞鼠说，"不然老头子会要我们脑袋的。我虽不知道信封里是什么，但老头子说了，信送不到，我们全完蛋！"

空气中弥漫着令人作呕的尿骚味，显然，这个哨站没有厕所，哨兵们内急时会直接走到隧道深处的中立地带解决。

阿尔乔姆望着照亮他心脏的红宝石光点，想到了梅尔尼克，想到了等待他完成的最后任务：回家，找到阿妮娅，告诉她自己要抛弃她。要当面告诉她，而不是借口伟大事业，夹着尾巴偷偷溜掉。

为了这个伟大事业，他干的衰事已经够多的了：把奥列格留给了女医生，对自己说，自己已经尽力了，然后扔下被射穿的尸体，把手拍干净，就喝酒去了；听任廖哈走下不知通往何处的阶梯，决定袖手旁观，谁左谁右，各安天命；在红线牢房，没有用斯维诺卢普的左轮手枪强逼着死刑犯逃出来；在汉萨少校的办公室，没有追究女式拖鞋，没有去掀开布帘看个究竟，自欺欺人地以为既然没看见那里有人，就证明没有；就连荷马，也能找到足够的理由弃之不顾——反正不过是个糟老头子，只会写狗屁不通的文章。至于良心的谴责云云，净是胡扯。人心足够强大，能够承受一切，伟大事业可以抵消一切。

他伸出手，想把那跳动的红点抓住，可红点却跳到了他的手背。

"最后警告！"井里喊。

"难道就这么撤退了？"飞鼠自言自语。

忘掉老人，忘掉所有的尸体，钻进隧道这口深井，盖上井盖。你有更重要的使命，阿尔乔姆——拯救世界，你不该把生命耗费在蘑菇上。

"请找迪特马尔!"阿尔乔姆对着井口喊,喊破了音。

"谁?!"

"迪特马尔!告诉他,潜行者回来了!"

"这又是怎么一回事?"飞鼠转过头惊问。

"还是一回事,关于长胡子的老头儿,"阿尔乔姆想笑,却没笑出来,"还关于一个白痴。这是我的秘密任务。"

探照灯骤然亮起,如同黢黑的宇宙亮起了一颗超新星。

*　*　*　*

迪特马尔出现在第一区间的机枪巢。他应该看到了用手掌遮挡光线的游骑兵勇士,也应该又露出了自己那标志性的冷笑,但探照灯仍未熄灭。

"谁找我?"

阿尔乔姆在夺目的光线中只能看到一个剪影,但他听出了迪特马尔的声音。

"是我!阿尔乔姆!"

"阿尔乔姆?"迪特马尔似乎已经把他给忘了,"哪个阿尔乔姆?"

"我就知道!"尼格马图林喘着粗气道。

"潜行者!有紧急情报!要亲手转交元首!来自梅尔尼克!游骑兵司令!关于当前局势!"

"关于当前什么局势?"迪特马尔装傻充愣。

"大剧院站的局势!关于你们的入侵!"

"我们的入侵?梅尔尼克?"迪特马尔的语气无比惊讶,"根本没有任何入侵。大剧院站发生了动乱,大批难民正涌向我们。元首已经下令在大剧院站开展维和任务,以避免人员伤亡。现在是凌晨三点,元首正在睡觉。至于公民梅尔尼克的信件,他没有交代,但如果你们愿意的话,可以把信交给我,天亮之后我会转交元首秘书处。"

"不行。"飞鼠低声提示,"要么亲手递交,要么摧毁文件,这是命令!"

"不行!"阿尔乔姆高喊,"必须亲手递交元首本人!"

"很遗憾,"迪特马尔叹口气,"元首不会接见任何人,更何况是职业匪徒。再者说,信件递交之前总是会被拆开查验的,以防投毒。"

"我有消息,"阿尔乔姆下定决心说,"大剧院站发生的并非动乱,而是蓄谋已久的破坏,为了占领车站。"

"而我们却有另外的消息,"迪特马尔语气平淡地说,"但并非每个人都乐于接受,比方说你的同志们,潜行者公民。再见。"他朝他们敬一个礼,转过身,大步走向站台。

"慢!"飞鼠大喊,"站住!这封信并非来自梅尔尼克!"

迪特马尔充耳不闻。机枪手调转枪口,狙击手打开瞄准镜,红色光点刺透探照灯那白晃晃的、像极了死亡的第一秒钟的强光,照在来人身上。

"听见了吗?!"飞鼠大吼,"信不是梅尔尼克的!是别索洛夫的!"

几乎已经熔化在白光中的黑影顿住了。

"再说一遍。"

"是别索洛夫给元首的信!必须亲手转交!十万火急!"

阿尔乔姆扭头看向飞鼠,显然发生了某种他无法理解的情形:尼格马图林和尤列茨兴奋地重复着这个陌生的姓氏;迪特马尔没说话,但停在原地,再没迈出一步。

"好吧。一个人进入站台,其余人在这儿等。"

飞鼠耸耸高大的肩膀,表示接受条件,然后朝前迈出一步。

"不是你!"迪特马尔将他喊住,"把急件给那位兄弟,阿尔乔姆。"

"我有命令……"

"我也有命令。只能放他进来,而且要接受搜查。"

"为什么是他?!阿尔乔姆,这是怎么……"

"把信封给我吧,"阿尔乔姆说,"给我吧,飞鼠。被你识破了——秘密任务。梅尔尼克派我来这儿就是为了这个,就是以防万一他们不放你进去。我在这里有自己的故事，你进不去。不然你以为我怎么会知道大剧院的事呢？"

"这里每个人都有自己的故事，混蛋！"飞鼠大吼道，"相互隐瞒……老头子真是疯了……"

"别给他，听见没？"尼格马图林声音嘶哑地说，"你知道他是谁啊？上校说了，要么是你，要么是我们……"

"闭嘴！"飞鼠喊道，"他是阿尔乔姆，是我们的人！自己人！明白了？"

"尽快决定，"迪特马尔不耐烦地说，"我没时间磨蹭，我需要即刻前往大剧院站，为难民送去人道主义援助。"

飞鼠咒骂了一句，懊恼地啐了口唾沫，从贴着心脏的衣袋里掏出那个密封的厚实信封——不大，褐色的——塞给阿尔乔姆。

"他是我们的人，明白了吗？！"他冲着机枪，冲着狙击枪，冲着黢黑的宇宙和刺目的超新星大喊，"我们会在这里等他！"

"随便，"迪特马尔说，"但元首可能会一觉睡到中午，要等就慢慢等吧。"

"我们会等着你，就在这里，阿尔乔姆，"飞鼠激动地低声说，"你一定要回来！他们要是敢动你一根寒毛……老头子虽然恼你，但为了自己人，他连山都能铲平……咱俩流的可是相同的血，是不是？"

"是，"阿尔乔姆说，但他已经听不清飞鼠在说什么了，"是的，飞鼠。谢谢。放心。"

他把那个见鬼的信封放进贴身衣袋，跌跌撞撞地跨过枕木，直奔那颗足有十亿度高温的超新星而去。

* * * *

"帝国的敌人！全人类的敌人！变种人败类！现在就在家门口！"

发言人只有一个，但话筒却密密麻麻地摆放了十来个，使他的声音变得支离破碎，回声彼此交叠，听上去仿佛希腊神话中的九头蛇怪，可怖而魅惑。毒液从这声音当中滴落。

"如果我们不斗争到底！我们就会面临灭绝的威胁！"

这个声音比契诃夫-瓦格纳站的灯光更早迎接阿尔乔姆，灯光无法穿透曲曲折折的隧道，而声音却可以。

"我已得知红线的阴谋！他们背信弃义！想要撕毁和平协议！占领大剧院站！因此！我决定！先发制人！"

"元首？你不是说他在睡觉吗？"阿尔乔姆问迪特马尔。

"现在的帝国没人睡觉。"迪特马尔回答。

契诃夫-瓦格纳站台打出了一个标语牌："欢迎来自波利斯的诸位贵宾！"大厅中央排着一长队不同年纪的男人，衣装杂乱，瞪着通红的睡眼，在窃窃私语。几个警卫像牧羊犬一样在队列旁边往来穿梭，不时呼喝、叱骂、鞭打。站台上摆放着带标牌的桌子，上面堆着一摞摞的迷彩服，装满武器的小推车轧轧作响。站台对面那端支起了一个带红十字的帐篷，像块磁石一样吸住了队列的目光。

"但红线不会善罢甘休！直至剥夺大剧院站公民的合法权益！终结他们安定的幸福生活！"

站台看上去很古怪，顶棚浑圆如同隧道，拱门像是在墙上凿出来的炮眼。白色大理石闪出白光，灯盏被擦得锃亮，这是真正的古董灯。它们也很奇葩，不像其他站台那样单独摆放，也不是两两一组或者被焊接成艺术造型，而是一下子二十个绑在一起，在青铜吊篮里排成两排，似乎它们也是被大半夜叫醒，然后逼着列队似的。又像是在那艘传说中的飞舟战舰上划桨的奴隶灵魂，正沿着骇人的白色隧道驶向它们巴望的天堂。

"你把地雷布在哪儿了？"

迪特马尔走得很快，阿尔乔姆几乎跟不上，队列中的面孔在旁边一闪而过，一张也来不及看清。身后，皮靴的铁掌在花岗岩上吱吱尖叫，那是警卫在踢正步。

"扶梯最底部，"阿尔乔姆说，"气密门旁边。"

"通道被堵得严实吗?"

"很严实。"

"你可要当心,目前大剧院站还在我们的掌控之下,所以我姑且相信你,但我当然也会去验证,如果你确实完成得好,会有奖励,"迪特马尔笑了一下,"会给你发一枚勋章!"

突然有人从队列里冲出来,拦住他们的去路。警卫急忙上前,举起AK冲锋枪。但这不过是个毫无威胁的小个子蠢货,长着难看的胡子,眼镜片上蒙着一层雾气。

"对不起,对不起!军官大人,迪特马尔先生……看在一切神明的分上!搞错了,我不该被调去前线的。我妻子……纳丽奈……您不是去过我家吗……从我家……"

迪特马尔想起来了,上前一步,推开守卫。

"伊利亚·斯捷潘诺维奇。我正跟我们的老熟人聊天呢。什么搞错了?"

"让变种人充斥车站!这就是红线的目的!我们的抵抗令他们发疯!这帮畜生!已经抵达边境了!"

"我的纳丽奈……在大剧院站发生爆炸之后,她出现了宫缩……于是她就被带走了,带到了产科医院。大夫说羊水随时可能……但她的预产期还没到呢,您明白吗?也许卧床休息一段时间,她就会……我们的产科医院很好!但如果我被编入部队,或者遭遇什么不测,那她可怎么办哪?谁会陪着她?如果她要生了,我必须陪在她身边,我得知道……是男孩还是女孩……"

"正因如此!我宣布!全民动员令!"

士官对教员笑着,把手放在他的肩膀:"还记得普希金的那首诗吗,伊利亚·斯捷潘诺维奇?'王后在夜里产下……既非男婴,也非女婴……而是一个怪物……'[1]"

---

[1] 出自普希金的童话诗《沙皇萨尔坦的故事》。

"您，您这是……"教员惊恐万状。

"哦，上帝！开个玩笑而已！我还记得我们的谈话，当然记得。陪我走走。"

他冲牧羊犬警卫打了个手势，搭住伊利亚·斯捷潘诺维奇的肩膀，一起朝前走去。阿尔乔姆走在旁边，手指在口袋里摩挲着那个信封。里面装的是什么？信封很硬，里面有什么东西……是什么呢？不是信，也不是文件……脑袋都快裂开了。

"你不是打算写本历史教科书吗？"迪特马尔对教员说。

"军官大人……万一、万一生产的时候……"

"那你就坐下来，开始写！现在就开始！历史正在我们眼前展开！"他停下来，摘下伊利亚·斯捷潘诺维奇的眼镜，朝镜片哈口气，擦干净，给他戴回去，"我在自己的参谋部给你找个地方，总好过你在前线战死……"

"保卫中立车站！打击红线变种人！这就是我们的职责！人们在哀求我们的援助！我们义不容辞！"

"谢谢，非常感谢，迪特马尔先生，可是……能否让我见见妻子，给她鼓鼓劲儿……她脸色非常差……好让她不用担心……有您的关照……如果生产……"

"有这个必要吗？"迪特马尔问，"产房的事，你，我，都帮不上任何忙。生下了健康婴儿——很好，产房里自会有人代表我们向母亲表示祝贺。"

"可是……万一，呸呸呸，我是说万一……"

"万一是变种人……嘘，嘘。我们的产科医院很好，您自己也说了。麻醉好了，再等她醒过来，问题已经解决了。至于孩子，连一点儿感觉都不会有。相信我。那里都是专业人士。麻药是普通麻药，只是剂量稍大些。很人道，一下就好。"

"当然……是，我明白……"伊利亚·斯捷潘诺维奇面无血色，"只是一切来得太突然……她害怕极了，我的纳丽奈……我原本以为，还有时间……"

"的确还有时间，伊利亚·斯捷潘诺维奇！"士官紧紧搂住他的肩膀，"还有很多时间！产房里用不着你，就这样。有人会给你准备纸笔，我会为你加油！"他把呆愣着的教员推给一位警卫，"把这位公民安置到我那里。"

"任何人都无法阻止！我们！履行！神圣！职责！"

"我们这是去哪儿？"阿尔乔姆警觉地问，二人几乎已经走到站台尽头，那里有向上的阶梯通往通道，通道口站着守卫。

"你不是需要递交急件吗？"迪特马尔看着他说，"信封里是什么？最后通牒？哀求？还是瓜分大剧院站的提议？"

"我不知道。"阿尔乔姆说。

"你是游骑兵，对吗？我真是傻瓜，我本该猜到你在波利斯干什么，潜行者。"

"我们永远不会允许！和平居民遭受欺凌！我们要接管大剧院站！我们要抵御红线变种人！"

"别索洛夫是什么人？"

"你真的不知道你要递交给元首的是什么东西？"

"这不是我要考虑的，我只负责执行命令。"

"我真是越来越喜欢你了！我甚至可以说，你是我的理想人选，"迪特马尔冷笑一声，"让你去炸掉通道，你就去炸掉通道；让你去送信，你就去送信，而根本不管它来自谁，里面装着什么。恐怕有人让你用锤子把自己的那个砸烂，你也不会拒绝！要是多些像你这样的人就好了！"

"为了人类的名义！我们不惜付出一切代价！"

"荷马还活着吗？我的老头子怎么样了？他在哪儿？"

"还活着，在等你呢。"

"我想先把他领出来。"

"我早就猜到了，所以我们现在正要去那儿。这是你让我喜欢的另外一点，潜行者，你太好猜了。跟你这样的人共事真是愉快。"

通道守卫把军靴后跟啪地一磕，守卫长忙举手敬礼，不敢直视迪特马尔。二人拾级而上。

"你……你为什么要戴士官的肩章？你根本就不是士官，你是谁？"

"我吗？人类灵魂的工程师！"迪特马尔朝他眨眨眼，"还算半个魔术师。"

上次阿尔乔姆和荷马来的时候，这条通道还不让进，如今则被充当兵营，摆放着两排通铺。值日兵举手敬礼，元首在宣传画上皱着眉头，钢铁军团的军旗从顶棚垂下——灰色拳头，黑色三足"万"字。扩音器像蘑菇一样从墙上长出来，扯着嗓子相互呼应：

"毫无退路！我们也不准备后退！为了我们的未来！为了子孙后代的未来！为了全人类的未来！"

"你们指望这个小小的信封能起多大作用？"迪特马尔哼了一声，"列车已经开动，无法将其阻止，哪怕你扑到车轮子底下。大剧院站我们要定了，革命广场站也要定了。红线无能为力，他们还要忙着镇压饥民暴动呢。他们一半的蘑菇因为白腐病烂掉了，病毒正像野火一样蔓延。"

"别索洛夫是谁？"阿尔乔姆又问，心想，梅尔尼克为什么会听命于他？

"不知道。"

"那为什么他的信会比梅尔尼克的信更重要？"

"你以为我做这些是因为那个什么别索洛夫么？是因为你，潜行者。"

兵营到头了，出现在眼前的是密集工事：菱形拒马，带刺铁丝网，阴森森的机枪口。军犬狂吠，像在滑稽地模仿元首的演讲。尔后，在军犬断断续续的演讲声中，插入了一声拖长的男人的呻吟，伴着这呻吟，也许生命正在脱离某人的身体。普希金站，阿尔乔姆想到，迪特马尔将他带到了普希金站。

"荷马在普希金站？你答应过我不会碰他的！"

他们在一堵砌到顶棚的、只留一道铁门的砖墙跟前停下。迪特马尔用食指将警卫赶走，掏出烟荷包，从口袋里抽出一张裁好的报纸条，在黑体字母上撒上干烟丝，用舌头舔一舔，卷成一支烟。

"来，你也抽一口。"

阿尔乔姆没有嫌弃。还在梅尔尼克那儿的时候灵魂就在渴望麻醉了，但梅尔尼克舍不得将他永远打发走之前的最后一支烟，而迪特马尔却请他抽了。

士官背靠墙壁，抬眼看着顶棚，问道："假如教员的亚美尼亚老婆给他生了一个畸胎，你觉得他还会为我们写书吗？"

"假如你们把他的孩子弄死呢？"

"不是弄死，是'睡过去'。你觉得他会在书里歌颂我们吗？"

"他怎么可能混账到那种地步？"

"你看，"迪特马尔眯起眼，吐了口烟雾，"我想他会的。那个亚美尼亚女人，也许会感到痛苦，会咒骂他，但他迟早会让她相信，这么做是完全正确的，他们只需要再试一次而已。然后他会坐下来写帝国史书，而我们会将它印发一万册。全地铁识字的，人手一册；不识字的，将用它做识字课本，伊利亚·斯捷潘诺维奇的大名将家喻户晓。就冲这个，他也会原谅我们让他的孩子睡着的。"

"就为了一万册书？你等着瞧吧，他会让你吃惊的。"阿尔乔姆对迪特马尔撇嘴一笑，"他会逃离站台，甚至会刺杀元首。这种事情是无法原谅的。"

"无法原谅，却可以忘却，可以跟自己妥协。很少能有人令我吃惊，潜行者。人的构造很简单，所有人脑袋里的小齿轮都是一样的：这儿，是想过得舒坦些；这儿，是恐惧；这儿，是负罪感。除此之外再没有任何其他的了。贪婪的，给他诱惑；无畏的，让他负罪；无良的，对他恐吓。就拿你来说吧，你明明知道有掉脑袋的风险，干吗偏要回来？就因为你有良心。你帮我炸掉了通道，也是因为你有良心。我下了钩，于是你就上钩了！"

迪特马尔说着，伸出被烟熏黄的食指，去摸阿尔乔姆的脸颊，阿尔乔姆将头往回一缩。

"你已经咬钩了，还能跑到哪儿去？你可是背叛了整个游骑兵团，跟敌人勾结。亏你那些同伴还在外头等你，以为你是他们的人。不，你是我的。"

阿尔乔姆甚至忘记了抽烟，烟卷灭了。

"你的烟真臭！"他对迪特马尔说。

"等到帝国统治了全地铁，每个人都会有香烟抽！"迪特马尔承诺，"好了，走吧，去找荷马·伊万诺维奇。"

他朝警卫使个眼色，一米多长、挂着三十斤重大锁的门闩被撤向一旁，二人进入了普希金一席勒站。

* * * *

阿尔乔姆还记得普希金站曾经的模样：由白色大理石砌成，跟今天的契诃夫站一样，但充斥着对非俄罗斯族的仇恨。两年前，他曾经在普希金站被判处公开绞刑，罪行是杀害帝国军官。他射杀帝国军官完全是一时冲动：自动步枪对准敌人，身子一震，手指就扣动了扳机。而他的身子之所以会震颤，是因为目睹那个军官射穿了一位唐氏综合征[1]少年的脑袋。这在当时是情有可原的，阿尔乔姆那时还年轻，容易冲动。换作现在，他也许会忍住，转过身去，至少他会尽力去这样做——因为绞索弄得喉咙实在发痒。

但眼下，他们所处的并非普希金站，而是席勒站。

这根本不是地铁站台。

这里整个被夷为平地，全部捣毁。大理石贴面一片不剩，全被拆除掉运到了别处。眼前只有赤裸的水泥板，一座座土山，一条条泥河，破败的木头柱子，水泥灰尘混杂着水雾在空中飞扬，将空气也变成了混凝土颗粒。探照灯刺透混浊的空气，贯穿头尾，如同一根根大棒。

这些大棒抽打在一群人的背上和脸上，这是一群触目惊心、衣衫褴

---

[1] 唐氏综合征是由染色体异常（多了一条21号染色体）而导致的疾病。60%患儿在胎内早期即流产，存活者有明显的智能落后、特殊面容、生长发育障碍和多发畸形。

楼的人，有人用块破布遮住私处，有人连遮羞布都没有，所有人身上都带着淤青，淌着血滴。男人的头发遮住了眼睛，女人的头发擀毡在一起。所有成年人都有双手双脚，看上去与常人无异，但半大孩子们却不太正常：驼背的、连指的、扁脑袋的、独眼的、双头的，还有像野人一样长满长毛的——变种人。

这里没有一个人穿着正常衣服：除了赤身裸体的，就是穿制服的。

守卫们端着自动步枪，戴着呼吸器，以免损害健康。呼吸器看起来就像疯狗戴的笼嘴，好像如果没有它们，守卫随时会扑上去撕咬犯人一样；而戴了笼嘴，就只好用别的方式对待他们了——锁链和带刺钢鞭。正是这些刑具制造出了那惨绝人寰的号叫，就是阿尔乔姆在教员家厕所墙壁后面听到的。

但站台最恐怖的地方在于，它根本没有尽头。这些赤裸的野人向各个方向扩展它的领地，他们用丁字镐、用铁锹、用锤子、用指甲，绝望地挖着泥土、石头，将空洞向左、向右、向上、向下扩展。席勒站已经变得比阿尔乔姆平生所见过的最大的站台还要庞大，而且每一分钟都在继续膨胀。

"你们把他们当成奴隶？！"

"怎么了？这总比直接枪毙更人道吧？至少能让他们带来些益处！我们在扩宽我们的生存空间！要知道全地铁有那么多志愿兵涌向我们，没地方安置他们！"迪特马尔用盖住变种人惨叫的喊声对阿尔乔姆解释，"等到改造完成，这里将变成花园城市！全地铁最大的站台！帝国的首都！电影院，健身房，图书馆，医院！"

"你们的元首，他就是为这个才想出'变种人'这套的，是不是？为了恢复奴隶制！这里的变种人连四分之一都不到！"

"是不是变种人不是由你来决定，潜行者！元首，他是天才！"迪特马尔笑起来，"为了种族杀人太愚蠢了——亚美尼亚族！犹太族！——毫无效果。人的种族是与生俱来的，有些人甚至连脑门上都写着：犹太人！车臣人！哈萨克人！完了！那他就是靶子，是你的敌人，他永远不可能效忠于你。可是身为俄罗斯族又能如何？难道他们就能免受辐射？凭什么他们生来就高人一等？难道他们就可以为所欲为，肆无忌惮吗？荒谬至极！但变种人就完全是另外一回事了——畸形！突变！——曲尽其妙。生下来是健康的，但谁敢担保以后不会长肿瘤？不会得大脖子病？精神病？肉眼也许完全看不出来，只有医生才能做出诊断！所以，每个狗崽子都必须战战兢兢地接受体检，每一位医生也都要诚惶诚恐，他们只能在跟我们会诊之后，才能决定谁是变种人，谁不是。任何人，任何时候，都无法确定任何事情。一辈子，明白吗，一辈子都要不断证明自己——向我们证明。多么美妙啊，不是吗？"

他把手搭在阿尔乔姆肩头，鼻梁上的痣仿佛恶魔的第三只眼睛，能够看穿腐烂而柔软的人类内心。

"荷马在哪儿？！"

"信封给我！"

"什么？！"

"把信封给我！"

"我们说好了的！"

迪特马尔猛然抡圆胳膊，用手枪柄狠狠地砸在阿尔乔姆的脸颊上，颧骨上，然后卡住他的脖子，用一支斯捷奇金自动手枪对准他的额头："你想让我从你的尸体上拿走吗？"

阿尔乔姆后退一步，试图设法销毁急件，但早就堵在身后的两个警卫锁住他的双臂，将他撂翻在地，压向地面，抢走了信封，毕恭毕敬地交给了迪特马尔。迪特马尔拿在手里端详着，试着折一折，又对着探照灯的强光看了看。

"好像是几张照片。"他朝阿尔乔姆蹲下来，"真是有意思，几张照片阻止了战争，很美好，不是吗？"

他把信封放在贴身衣袋。

"既然其他任何人都不准看，而且唯独会令元首满意，那就说明这些肯定是惊世的照片，对吧？可是谁又能抵挡得住诱惑，不偷看一眼呢？就说你吧，你难道不好奇吗？"

"荷马在哪儿？！"

"就在这儿，你自己找吧。我赶时间，还要去大剧院站呢，人道主义援助，清理间谍……你先在这儿待上一阵儿，适应适应，干干活。"

"他们不会扔下我不管的！飞鼠！游骑兵！他们在等我！你们所有人都得完蛋！你听见了吗？你这败类！混蛋！"

阿尔乔姆猛力一挣，但两个警卫身强体壮，训练有素，把他按得死死的，脸朝下扎进泥土里。

站起身之前，迪特马尔摸了摸阿尔乔姆的头。

"对哦，他们还在等你。那我现在就去告诉他们，你到底是谁的人。"

说罢，又朝阿尔乔姆的屁股亲昵地拍了一下。

第十三章

生存空间

////////////////// 😷 //////////////////

阿尔乔姆天真地以为，夜里干完活，白天就能休息，哪知道这里根本无所谓夜班白班，只有一班，从头干到尾。喝水只能直接对着水管灌，规定几口就是几口，不许储备。除了一条隧道之外，其余隧道全部被带刺铁丝网封死，像一张张大蜘蛛网，从底下也钻不过去。没有茅房，野人们全部站着拉屎，手里还一边干着活，男人不避讳女人，女人不避讳男人。在带刺钢鞭的调教之下，新来的奴隶不出几天就习惯了这样做。这里的看守杀人不眨眼，像例行公事：偷懒怠工的要杀，耍小聪明装死的要杀，快要断气干不动活的也要杀。反正劳动力有的是——新人一天补充两次，新来的也要吃饭，而食物总共就那么多。

每次，当铁门打开，呆傻的新人被推进席勒站这个吃人不吐骨头的洞穴时，阿尔乔姆的肠子都会不由自主地一阵搅动：也许他的谎言已经穿帮了，迪特马尔就要进来找他算账了；也许红线通过被炸开的气密门，穿过靠近地面的入口大厅，从猎人商行站向大剧院站调动了兵力，帝国策划的闪电战变成了旷日持久的阵地战。迪特马尔一定会把他吊死，以惩罚他的背叛。他什么时候会来？快了吗？

看守捏了捏阿尔乔姆的皮肉，认定他还剩下很多力气，于是给他派了个手推车的差事。他需要把这些野人们挖出来的泥土、凿下来的石块装到车上，然后运到那条唯一开放的、通往库兹涅茨克桥站的隧道。隧道枕木上铺着木板，需要推着车在木板上跑上三百来米，然后把车上的土石卸到快要够到隧道顶的土堆上。

阿尔乔姆立刻明白，自己摊上了一份好差事：他可以不用带脚镣，而且没被钉在一处，可以在所有人中间穿梭，看谁积攒的土石最多。虽然没法逃跑，但他很快就找到了荷马。

老人刚到这儿一天，身上的衣服还好着，但他已经清楚了什么能做，什么不能做。不能偷懒，不能磨洋工，不能跟任何人面对面聊天。但不看对方眼睛的交流，还是可以逃避惩罚的，因为在用肉体和土块组成的工地里，一步开外就什么都听不到了。

荷马尽管年迈，但仍然咬牙坚持，既不呻吟，也不哭泣。他专心致志地凿土，不紧不慢，避免太快消耗体力。他浑身湿透，灰头土脸，肩膀上青一道紫一道的伤痕。

"我来找你了，尼古拉·伊万诺维奇。"阿尔乔姆在荷马身旁说，"可现在我们俩都出不去了。"

"谢谢。你不该来的。"荷马叹了口气，手上的丁字镐没停，"那个，骗人精，狗杂碎，谁也，不会，放过。"

"我们会想法子逃出去的。"阿尔乔姆承诺。

他们的谈话只能断断续续进行：推车的不能总往同一个角落跑，被看守发现会挨鞭子的。鞭子用钢丝制成，带有弹性，上面的尖刺指向不同方向，抽过来时一些刺咬住皮肉，扯回去时另一些刺钩住皮肉，鞭鞭见血。

"大剧院站，你，去过了？"

"去了。"

"乌姆巴赫，见到了？"

"他被红线的人抓走了，有人告密。因为偷听无线电台被枪毙了，当着我的面。没说上话。"

"可惜。他是，一个，好人。"

阿尔乔姆将荷马凿下来的石块装到车上，然后跑到站台另一端，从一个驼背男人那里装了土；又趁看守没注意，帮一个因虚脱而跌倒的女人站起身来；然后又回到荷马那里。

"不只乌姆巴赫一个人，还有其他人也取得了联络。有人从其他城市来到了莫斯科，也许就是极地曙光城的人。"

"其他人，你说？他们，在哪儿？没见着？"

"红线把他们全部抓起来，清除了。有些枪毙了，有些关进了卢比扬卡政治犯监狱。包括那些外来幸存者，还有那些见过、听说过他们的人。"

"也许，是害怕，那些人，会帮，汉萨，对付，他们。"

阿尔乔姆把荷马新凿下来的石块装到车上，推着车跑向一个慢吞吞的、还没长成个的小伙子，把他刮下来的土收到车上，又跑向一个瘦弱的高加索人，他已经挖了一整座小山包，像是故意要把自己累死。透过尘雾，阿尔乔姆似乎看到了某张熟悉的面孔，但找不到合适的借口过去确认。

"你信我说的？我跟梅尔尼克说了，他不信，说那是疯话。"

"我亲耳，听到，乌姆巴赫，说的。我信。虽然，不明白，但我信。"

"谢谢，大爷，谢谢你！"

"要么，就是，间谍。不知道，是哪边的。"

"不知道。"

他把所有的土石都装完，推车朝前跑去，那里有人在招手，叫他过去拉土。真是意外之喜，是经纪人廖哈。他累得半死，满身伤痕，却仍然傻笑着："你也来了！"

"你还活着？！"阿尔乔姆真诚地冲他一笑，心里好受些了。

"我这么好的员工，"经纪人嘎嘎叫着，"裁掉了多可惜！"

"钢铁军团没收你？"

"没有！"廖哈狡猾地四下环顾着，一边帮阿尔乔姆往车上装土，一边说，"也许我没那命，天命难违。"他瞅着四下里风干的粪便说。

看守蹿过来，用锁链照着聊天的阿尔乔姆和廖哈一顿猛抽。

阿尔乔姆缩头躲避，推着车跑到隧道，清空手推车。等他跑回来，看守叫他过去。他来到一个女人身边，就是刚才他从地上扶起来的那个。

那女人被阿尔乔姆扶起来之后，支撑了一会儿，又倒下了。看守用手电筒照她的眼睛，瞳孔毫无反应。一个看守用自动步枪把阿尔乔姆隔开，另一个看守攥紧手上的钢条，像磕鸡蛋一样一下敲碎了女人的脑壳。阿尔乔姆忘记了自动步枪，向前冲去，肩膀上立刻挨了一钢条，下巴上紧接着挨了一枪托，摔在地上，接着又有铁皮靴来踹。一名看守把铁枪管插进阿尔乔姆嘴里，用准星搅动他的上腭。

"下次还敢不敢，啊？狗杂种！起来！"

看守让阿尔乔姆站起来，把女人的尸体往他车上一扔："推走！"

"推到哪儿去？"

看守朝阿尔乔姆的后脑勺来了一下，给他指了路——死人跟挖出来的泥土石块运到同一个地方。女人在手推车上躺得很不舒服，双腿耷拉着，被打破的脑袋歪向一旁——再忍忍吧。

阿尔乔姆这才知道尸体是如何处理的。尸体也要运到堵住隧道的那个土山，跟泥土石块丢在一起。碎石不时滑落，盖住赤裸的尸身，往死人嘴里灌满泥沙。这就是他们的葬礼。

在那之后，阿尔乔姆再没去找荷马或廖哈——看守已经盯上他了。他去找很多不同的人清土：有些还算结实，有些快要衰竭了。吉尔吉斯人，俄罗斯人，阿塞拜疆人，塔吉克人，每个人都塞给阿尔乔姆很多石块，每个人都在削弱他的力量。很快，他借装车的机会放松双腿的一分钟不够用了，借推车的机会舒缓胳膊的一分钟也不够用了。他不停地朝叮当作响的大门望去：是不是迪特马尔找他算账来了？

他咬牙坚持，直到开始跌倒。这时他又来到老人身边，老人也在等他，同样快不行了。

"为什么，是红线？为什么，其他人，都不知道，只有，他们？"

"会不会是他们不想让其他人知道？你觉得他们会不会私自联系曙光城？对其他人保密？"

"他们会，对曙光城，撒谎，谈判。"

"谈判什么呢？"

"鬼知道，红线，想要，什么。"

"红线正在闹饥荒……蘑菇坏了。也许，他们想让曙光城给他们送粮食？照这么说，曙光城可以种粮食！"

"谁知道。"

看守从身旁走过，打了个口哨："你，你，你，还有你，赶紧吃饭，到你们了。"

他们拖来一个盛着稀汤的木盆，让奴隶们用手抓着吃。阿尔乔姆对这泔水一样的东西连闻都闻不了，而其他人已经开始大口吧唧嘴了，拼命想多吃一点。

好在荷马跟他同一拨吃饭，让他们有了摆脱丁字镐和手推车的十分钟。

"我去过地表，沿特维尔大街向大剧院站。特维尔大街有一群杀手，一辆真正的装甲车，一台摩托车。他们干掉了帝国的四名潜行者。他们本来也想杀我，后来不知道为什么没动我……他们一下子就发现我了。"

荷马耸耸肩，用双手聚成小碗，掬了一捧稀菜汤，送到嘴边，闻了闻，思忖着。

"后来我又沿着那条路往回走，但没再碰见那伙人。我没穿防护服，光着身子。你知道还发生了什么吗？我淋雨了。"

"淋雨了？"老人抬起眼。

"淋雨了。"阿尔乔姆嘿嘿一笑。

周围，奴隶们像猪一样挤在食槽边，相互推搡着，争先恐后地进食。阿尔乔姆对此视而不见，他眼前浮现的是又高又瘦的带着宽檐呢帽的行人，雨水从无云的天空滴落，还有缓慢滑翔的大肚子飞机。

"真是白痴。"他说，"你相信吗，在雨中行走时我看见了这样的幻象：飞机就跟飞艇似的，长着透明的翅膀，像一只大苍蝇，或者大蜻蜓。而且一切都是那么的明亮。那个世界也在下雨，就像一场梦。"他难为情地压低声音，野人们正在进食，不该用这些无稽之谈影响了他们的兴致。

但野人们对阿尔乔姆的梦毫无兴趣，食盆眼看就要见底了，而他们还要在这里度过很长一段时间，没有泔水是万万不行的。

而荷马却认真听着，没有吃东西。

"是不是还有汽车？"荷马咳嗽一声，清了清嗓子，"像微型车厢，在道路上行驶……"

"没错，"阿尔乔姆疑惑不解地说，"可以坐四个人。"

"你在地面上看见了这些？"

"看见了，但又好像是一场梦，你明白吗？你……你是怎么知道的？"

"那是我的书里写的，我的笔记本，在那上面写着呢！"荷马眯眼打量着阿尔乔姆，眼睛眨巴着，无法断定对方在搞什么把戏：捉弄？取笑？

"你拿了我的笔记本？你偷看了？什么时候？"

"我没拿。它在哪儿呢？"

"被那个迪特马尔没收了。证件，笔记本，所有东西。你真的没读？那你是从哪儿知道的？"

"我不是说了吗？——梦！"

"这不是你的梦，阿尔乔姆，这根本就不是梦。"

"那是什么？"

"我之前跟你提到过一个女孩——萨莎，当站台被淹没的时候，在图拉站溺水死了。"

"好像……好像有过，就是我们在花卉站喝醉那次？"

"对。那是萨莎对地面世界的想象。她是在地铁里出生的，从没有到过地面，所以她就这样想象。愚蠢，天真。"

"萨莎？浅色头发，是不是？"阿尔乔姆一阵眩晕，世界摇晃起来，像是被热浪氤氲的一样。他揉了揉太阳穴，头痛欲裂。

"吃啊，你怎么不吃？"一位肚子吃到鼓胀的大叔心满意足地起身离开食盆，疲惫地对阿尔乔姆说，他的一部大胡子纠缠在一起，黑色汤汁正从上面滴落，"别瞎聊了！一天就这么一顿！"

他鼓足力气，舒舒服服地放了一个长屁。然后躺在地板上，眼望天花板。对阿尔乔姆他已经仁至义尽。但阿尔乔姆眼下别说吃，连看一眼那食槽都觉得恶心。

"浅色头发，瘦瘦的，十八岁。你是怎么知道的？从哪儿知道的？"荷马双手撑住腰，也站起身。

"我也不知道，不记得从哪儿来的了，但这些都是我亲眼看见的。也许是幻觉，但就跟真的一样。"阿尔乔姆抬起手，仿佛要抓住从他身边飘过的玩具飞机。

"你肯定是拿了我的笔记本，肯定是！"老人坚定而不友善地说，"不可能有其他的解释。事到如今，你为什么要对我撒谎？"

"我没拿你那该死的笔记本！"阿尔乔姆大怒，"我要你那破历史干什么？"

"你在取笑我，是不是？你这混蛋！"荷马也急了。

阿尔乔姆一把抓起自己的手推车，都没等看守吹哨。

但紧接着他就后悔了。还有足够多的时间让他后悔的。

后来活干得顺手了，一气呵成：装车，推车，卸车；石头，土堆，死人；一车接一车，一个摞一个。手脚起初火烧火燎，后来就麻木了，再后来绵软无力，眼看就要死过去了，但随后又会不知道怎么鼓起了一口气，四肢忍着隐痛和抽搐，抬起，放下，迈步，苟延残喘。

他开始边推车边睡觉——已经一天一夜没合眼了，但每次都会被钢钉刺醒。他试图去帮助那些倒下的人，但铁链会将他赶走。如今，当大门再次开启时，他已经不再回头去看，他已经忘记了迪特马尔。他不想再去听野人们那不幸的哀嚎，不想听他们诉说自己的故事——谁是怎么进来的，谁因为何种畸形遭受惩罚。但有些野人仍然不停地絮叨，不是说给阿尔乔姆，而是说给所有人听，以便人们能够对他稍有了解，稍有印象，以防有朝一日他会死在这里，被埋进垃圾堆。他再没有脑力去梳理思路、拼接链条，从被枪杀的乌姆巴赫到红线少校斯维诺卢普，从散播消息的祖耶夫到卢比扬卡，从梅尔尼克到神秘的别索洛夫，从别索洛夫到元首，从元首到迪特马尔：一切都拼凑不到一起，一片混乱。

阿尔乔姆看不到那用无形的铅笔勾画的路线，看不到冷血的屠杀，看不到盛着泔水的食盆，他从混浊的空气中召唤出飞艇，在洞穴里建造起通天大厦。正是这些飞艇帮助他挨到苦役休息，将他疏散到那个溺水的女孩所设想的世界。不，这是他自己看见的，绝对是亲眼所见。可那是什么时候的事儿？怎么会呢？

终于到了休息时间。

奴隶们被驱赶到角落，倒在一团：睡吧。阿尔乔姆也睡着了，想要梦见那个城市，萨莎的城市。但他梦到的是囚笼，是起死回生的斯维诺卢普以及自己在不停奔跑。只是在梦里他没有找到通往自由的直接通道，而是被困在迷宫里，弯弯绕绕，没有出口。

然后梦被打断，又要上工了。

又过了一天，或是一夜，总之是一个昼夜的时间，阿尔乔姆学会了压住恶心，跟所有人一起抢泔水喝；学会了不再主动靠近仍在赌气的老头；学会了不再去计算推了几车土，运了几趟尸体。

带刺铁丝网将他身上的衣服钩得破破烂烂，钢鞭的伤口每次都会流出红色液体，这液体变得越来越透明，越来越稀薄。这是 A 型血，Rh 阴性，像稀释的浆果汁。这里没有人能为阿尔乔姆输送、补充血液。飞鼠应该在那里站了很久，但最后不得不原路返回——没有命令他无法擅自行动。而梅尔尼克关于阿尔乔姆的命令只可能是一条——除掉。就连迪特马尔都没来找他，没有下令将他绞死。也许他正在前线忙碌。

阿尔乔姆既没有等来救援，也没有等来死刑。

又是一个昼夜过去。

他默默地装走荷马的石块，荷马默默地让他装走。老人看上去很糟糕，脸色蜡黄，摇摇晃晃。阿尔乔姆想对他表示关心，但老人不给他机会。老人感到屈辱，因为自己的史稿，因为阿尔乔姆曾经给他带来的希望。

阿尔乔姆强打精神，向累得半死的廖哈询问了一些情况：他们准备怎样建造这座宫殿，谁负责指挥劳动？廖哈指着一个吊眼梢的人说，他叫法鲁赫，曾经参与过莫斯科城[1]的建设，他有自己的人——阿卜杜拉希姆和阿里，也就是这里的负责人。除他之外再没有人懂建筑了。法鲁赫总是带着自己的副手四处晃荡，不戴镣铐，神色傲慢。但喝泔水时同样用手捞，跟其余奴隶同用一个食盆。他对指挥施工很有自信：谁负责挖土，谁负责搅拌混凝土，谁负责立支柱，井然有序。

阿尔乔姆对廖哈说："我们得逃出去，不然会死在这里。"

廖哈虚弱地一笑："死，也许就是逃出去的唯一办法。"

阿尔乔姆歪嘴笑道："那你就先死一步，探探路。"

到了第四个昼夜，迪特马尔仍旧没来，飞鼠也没来。至于越狱，连想一想的力气都没有了。但阿尔乔姆萌生了必须活下去的欲望，而且每过一小时都会愈发强烈。不是为了完成未竟事业，不是为了复仇，不是为了获知真相，不是为了见到亲人，而仅仅是为了继续活下去，再多活一段时间。

为此，阿尔乔姆学会了避免被带刺钢鞭造成新的伤痕；学会了强忍泔水酸腐的恶臭，强迫自己回到食盆边，以便好歹汲取一点能量；还学会了在工作的时候对周围的一切视而不见，而只想着长着蜻蜓翅膀的飞机。

但这种选择性眼盲并非没有副作用。当躺在地上的人在你眼前被人敲碎脑壳，你却保持沉默时，没有说出的东西会逐渐积累、发酵、腐烂。当阿尔乔姆被钢鞭抽打时，内心的脓水会随着疼痛和鲜血一同涌出，而随着伤口慢慢愈合、结痂，他的内心开始发酵。

休息时间到了，他却无法入睡，翻来覆去，用手挠着伤口，揭着疮痂……疮痂。

疮痂？

---

1 莫斯科城（Moscow City）是于 1992 年开始修建的现代摩天大楼建筑群，又被称为莫斯科国际商务中心（MIBC），其构想是打造莫斯科的华尔街。

失眠，闷热，与其他身体过于紧密的接触，让他感觉自己仿佛在一条挤满浮尸的壕沟中游泳。是谁跟他说过疮痂的事来着？是谁想要从他身上揭去疮痂来着？

他的头枕在某个女人的膝头。这个男人，你看，他浑身疮痂，来吧，宝贝儿，对他温柔点儿……很模糊，好像透过一个肮脏的透明塑料袋在看似的……然而这并非梦境。他的头枕在一位姑娘的膝头。他自下而上地看着她的眼睛，而她垂下头，自上而下地看着他。小小的胸部从下面看去宛如两瓣白色月牙。她光着身子。阿尔乔姆也光着身子。他转过头，亲吻着她那柔软的瘪下去的小肚子……那里有深红色印记……圆圈……烟头烫伤……是旧伤。他吻着她的伤疤，那里更脆弱，他吻得也更温柔。谢谢，萨莎。她用手指触碰他的头发，用手将它们抚平。那些原本柔软的发丝，一经她的手指拂过，立刻根根直立。她的微笑如此漫不经心。一切都在飘浮。闭上眼睛，你知道我想象中的地面世界是什么样的吗？……

再次上工时，阿尔乔姆不停地朝荷马那边张望，打算一等他攒够土石，就立刻飞跑过去，跟他分享这些，既让他高兴，也为自己辩解。

但老人干得特别慢，似乎一点儿也不着急。他变得那么干瘪，皮包骨头，目光开始涣散。他简直是在给墙搔痒，在墙上留下的切口很多，但掉下来的土料却十分细小。

接着，还没等土料攒够，他就一屁股跌坐在地上。

他背靠着墙，两脚伸直，眼睛微闭。

阿尔乔姆是第一个发现的，发现得比看守更早。他朝廖哈丢了一块石头，示意他吸引看守的注意力，自己则把昏厥的老人装到车上，作势要推到隧道里扔掉，却把他放到了歇班睡觉的人群中间。后来他挨了几鞭子，但不是因为老人，而是因为推空车。

阿尔乔姆恳求上帝，先不要带走老人。最近这周，他已经恳求过上帝很多次了，欠了上帝很多人情，但上帝又一次让他赊账了。荷马没死，和另一班人一起，按着哨声起床上工了。

阿尔乔姆想方设法跟他在食盆前碰了面，迫不及待地开了口："你猜怎么着，大爷？我想起来了。我知道我脑子里的飞机是从哪儿来的了！"

"嗯？"老人的反应还有些迟钝。

"就是在花卉站，你把我灌醉那次。我当时应该是看见你的萨莎了。你知道吗，她好像就在我眼前晃荡似的，只是……你不会怪我吧？"

"你看见她了？"

"看见了，就在花卉站，都是她告诉我的，跟你的笔记本没关系，真的。"

"她——在花卉站？她……她长什么样？"

"很年轻，浅色头发，瘦瘦的，萨莎，萨什卡。"

"你——没骗我？"老人的声音变得虚弱，努力试着相信阿尔乔姆。

"不骗你，也没开玩笑。"阿尔乔姆郑重回答。

"她还活着？你可是……你吃了那些个蠕虫，有致幻作用……"

"我看见她了，还跟她说了话。我肯定。"

"等等，萨莎？我的萨莎？在那个淫窝？窑子铺？她？她怎么会……她在那儿干什么？你见到她了——怎么回事？她怎么样？"

"没什么，大爷。她……一切都还好。至少我见她时，她还好好的。"

"她是怎么活下来的？又是怎么逃出来的？她怎么样？"

"那些幻象都是她跟我讲的：飞机、微型车厢、下雨。她对我说：闭上眼睛，想象……"

"但是妓馆……她为什么会在妓馆？！"

"别急，别急，大爷。你不能过于激动。她是在妓馆，可我们不也在……你自己也看见了，妓馆也许还算好的呢。"

"得把她救出来，得把她从那儿救出来！"

"好，大爷，我们一定把她救出来。只不过，先得有人把咱俩从这儿捞出去。坐下，坐下，你跳起来干什么？"

萨莎赋予了荷马力量，希冀蒙骗了老人的身体，但欺骗没法持久。老人抡丁字镐时过分虚弱，已经不是他在支配工具，而是工具在支配他，带动他的身体摇晃。如果说在此之前带他出逃主要是没机会，那么现在，恐怕有机会也不可能了。

替荷马向看守求情无异于直接宣判老人死刑。死刑的延迟只有一个原因：新劳力的补充出现了断裂，而看守们对旧奴隶的态度也稍微宽容些。就这样，荷马又支撑了一天。

一天后，就有人来找他了。

* * * *

"尼古拉耶夫！"门口有人对着扩音器喊，"尼古拉耶夫·尼古拉！"

荷马把头缩进肩膀，加快抡镐的速度，争取在被处决之前完成自己的任务。

阿尔乔姆推着手推车慢慢走向入口处打探。门口，有个人正嫌恶而惊惧地四下环顾，身旁站着手持自动步枪的守卫。那是教员伊利亚·斯捷潘诺维奇。他的身体有些肿胀，但还全须全尾，而且身穿制服。他把扩音器举向胡子，又叫了一次："尼古拉耶夫！荷马！"

看守这才反应过来，找了一圈，把老人拖到伊利亚·斯捷潘诺维奇跟前。教员向下迈了一小步，两小步。他被臭味熏得皱着眉头，在老人肮脏的耳边嘟囔了几句什么。荷马没有看他，只是盯着地面。正看得出神的阿尔乔姆被抽了一鞭子，只好继续推车。伊利亚·斯捷潘诺维奇站了片刻，对荷马挥了挥白净的手，走了。

"他想干吗？"阿尔乔姆在食盆边逮住机会，问老人。

"他想把我弄出去。他写书写不出来。他们给他提供了一切条件——单独的办公室，特殊的口粮份额，可他就是写不出来。他说他读了我的笔记本，想让我帮他，给他一些提示。他会把我从这儿捞出去。"

"好啊！答应他啊！"

"答应什么？帮他写书？"

"那又有什么关系？继续留在这儿你会死掉的！"

"用我的笔帮他歌颂帝国？！"

"你不这样做，就什么都没了！你会死的！"

荷马捧起一把稀菜汤，吞进肚里。味道还不错，大概就像这里的生活。

"我告诉他，除非带你一块儿。"

"他怎么说？"

"他说办不到。他们只准许他找一个人打下手，两个人不行。"

"那……迪特马尔呢？"

"迪特马尔在大剧院站被打死了。红线突破了大剧院站，杀了他。死了好多人，就在你进来的那一天。教员现在直接向元首汇报，元首对写书的想法很感兴趣。"

迪特马尔被打死了。

阿尔乔姆如同悬浮在隧道的虚空中。

如今，再没有人知道他在这里。他从一个人质、一个俘虏、一个双料间谍，变成了无名无姓的变种人、作为消耗品的奴隶。再没有意义继续等待，再没有什么好怕的，再没有什么赖以支撑。他把自己的力量全部掏出来放进了隧道，隧道像肠道一样将其悉数吞下，而阿尔乔姆自己则被掏空了，虚脱了。嘴里像长满了铁锈，喉咙里像塞了团棉花，脑袋里嗡嗡直响。人的确是可以耗尽的，该死。倔强如阿尔乔姆，如今似乎也走到了隧道尽头。

"你走吧，大爷，一定要走。"

"我怎么能扔下你不管呢？你是为了我才陷进来的啊！"

"你出去还能有一线希望。他们不再需要我了，但你对他们还有用处。如果你死了，那我也就死定了。你让他们把教员叫回来，然后离开这里。"

"我不能这样做。"

"如果你死在这儿，你还怎么救你的萨莎？你看看你，你连站都站不稳了！听见了吗？！"

"不行。"

夜里，临近歇班的时候，荷马旁边的大脖子病奴隶被小推车拉走了，刚好老人也积攒了足够多的土料，阿尔乔姆得到了机会过来清理。

"我想，如果我答应他，我也许能想想办法，找机会把你弄出去。"荷马说。

"当然！"阿尔乔姆说，"我就是这个意思！"

"那你觉得我应该……"

"答应他！"

"你还撑得住吗？还能撑多久？"

"多久都行，大爷！"阿尔乔姆尽量表现出自信，"你等着，我去找看守说。"

等待教员的时候，他们还有机会对彼此说些话——看守现在唯恐荷马有个闪失，阿尔乔姆也多少沾了些光。

"你能出去是好事，大爷，你能继续写书也是好事。你应该不会只帮他写书，自己的书也会继续写，是不是？"

"我不知道。"

"你应该继续写。人是应该在这个世界上留下点什么，你说的很对。"

"别提了。"

"不，你听着——时间紧迫，只好长话短说——我只能告诉你最重要的事，有关黑暗族的事情。你打算在自己的书里怎样描写它们？"

"怎么了？"

"黑暗族，大爷，不是我们想象的那样。它们不是恶魔，不是人类的威胁，它们是我们唯一的救赎。还有，通往地铁的大门是我为它们打开的，当时我还是个孩子。我怎么都忘不了在旧世界里生活过的那一天，所以……"

所以，当他鼓动维塔利克和叶尼亚——两个跟他一般大的男孩子，尽管孩子们被严令禁止进入隧道——一起玩潜行者游戏，去地表荒废的植物园探险时；当他转动气密门的封闭螺丝，打开通往地面的通路，第一个跑上坍塌的扶梯台阶时，他想要做什么呢？他想见到妈妈，来自有鸭子和冰激凌的那天的妈妈；他想见到妈妈，因为他太想她了。而之所以拽上其他小伙伴，只是因为自己一个人上去有点儿害怕。

而黑暗族……黑暗族看见的不是他的外表，而是一下子看到了他的内心：一个孤独的、迷失在自我世界的孤儿。他们发现了他，然后——是"驯养"了他吗？不，是"收养"了他，而他却把那当成了驯养。他害怕他们给自己戴上锁链，训练自己执行他们的命令，祸害人类；他害怕他们会企图成为自己的主人。但他们并不打算这样做，他们只是可怜他，想保护他。也是出于同样的怜悯，他们想拯救所有的地下人类。只是相对于此，人类已经过于兽化。黑暗族需要一个中间人，一位翻译。他们选中了阿尔乔姆，让他感知他们的语言，学会将其转化成俄语。这就是他本来的使命——成为新人类和旧人类之间的桥梁。

然而阿尔乔姆却害怕了。他害怕头脑里的声音、梦境和幻象，他不相信他们，也不相信自己。他接受了设法全歼黑暗族的任务，只是因为他害怕他们进入自己，害怕听到他们，听命于他们。相比之下，找到战争遗存的导弹，将他们悉数歼灭似乎更简单些。于是，他用橙黄色火焰烧毁了智慧人类的诞生地——植物园，四岁的阿尔乔姆曾经牵着妈妈的手散步的那个地方。

在阿尔乔姆向梅尔尼克报告坐标，指引导弹发射之前，他曾经有过一秒钟。在这一秒钟的时间里，他放黑暗族进入了自己的头脑，而他们——并非为了自救，因为他们知道阿尔乔姆终究不会取消他们的死刑，只是出于对阿尔乔姆的怜爱——最后让他看了一眼妈妈，她那张微笑的脸庞，告诉他——用妈妈的声音——他们爱他，原谅他。

就在那一秒钟，他还来得及挽回，阻止梅尔尼克，切断无线电……但他又一次害怕了。

而当导弹开始降落……再没有人来疼爱阿尔乔姆了，再没有人可以让他乞求原谅了。母亲的面庞也永远地消失了。植物园也变成了熔化的沥青和黑色的煤炭，方圆数公里的焦土。

从此，阿尔乔姆变得无家可归。

当他爬下奥斯坦金诺电视塔，回到位于展览馆的家中时，人们对他夹道欢迎，像欢迎英雄和拯救者，像欢迎战败了恶龙的圣徒。而他则继续害怕，害怕自己会发疯，害怕被人当成疯子。他没有告诉任何人，那里究竟发生了什么；没有告诉任何人，也许他亲手断送了人类返回地面的最后机会。他只向两个人坦白了——阿妮娅和梅尔尼克，但两人都不相信他。

事情过去一年之后，他忽然想起来：当他和乌尔曼在奥斯坦金诺电视塔转动天线时，在梅尔尼克回应之前，乌尔曼的无线电台里似乎有人说话，似乎是呼叫信号……不过，耳机并没有戴在阿尔乔姆头上，这也许是他的幻觉。

如果这真的是幻觉，那就意味着……

那就意味着一切都已经无法挽回，无法补救。他用自己那笨拙的、被蘑菇弄得滑不唧溜的手指，扼杀了自己以及所有人的唯一指望，亲手扼杀。是他，阿尔乔姆，审判了车站以及全地铁的人，对其判处了无期徒刑。他们，他们的孩子，他们的孩子的孩子。

但如果，地球上哪怕还有一个地方可以生存……

哪怕还有一个地方……

"哪怕还有一个地方。"阿尔乔姆喃喃道。

"尼古拉耶夫！尼古拉耶夫·尼古拉！"门口有人喊。

"走吧，我跟你一起去，万一不会被赶回来呢。"阿尔乔姆说。

"你说的这些都是真的吗？"荷马扶住阿尔乔姆的胳膊，假装阿尔乔姆在搀着他走路，而实际上是他在搀着阿尔乔姆。

"真的。我说的只是大概，时间有限。"

"等我把你从这儿弄出去，你再仔细地讲给我听，好吗？全部细节都讲给我，"荷马盯着阿尔乔姆的眼睛，"好让书里原原本本的，不至于说不清楚。"

"当然，等你把我弄出去。但我刚才说的是最主要的。我只不过是……想跟你说说。你相信我吗？"

"我信。"

"你会把这些都照实写下来？"

"我会照实写。"

"好，那就对了。"

伊利亚·斯捷潘诺维奇不耐烦地站在那儿，环视着野人们，也许在想该如何更巧妙地在自己的教科书中规避它们。见到荷马他很高兴，微笑着给老人肩上披了一件棉袄。

临别时，老人向阿尔乔姆伸出手："会再见的。"

教员的面部肌肉抽动了一下，他知道二人根本不可能再见，但不想跟老人较真儿。

阿尔乔姆对此也心知肚明，但同样不想说破。

"伊利亚·斯捷潘诺维奇！"

当教员已经快把老人带进新生活时，阿尔乔姆叫住他，他极不情愿地扭过头。警卫如临大敌，将带刺钢鞭举过阿尔乔姆头顶。

"您的妻子生了吗？"阿尔乔姆清晰地问，"是男孩还是女孩？"

伊利亚·斯捷潘诺维奇面如土灰，瞬间苍老了许多。

"是个死婴。"他无声地说，但阿尔乔姆通过嘴唇的嚅动看懂了。

大门轰隆关闭，钢鞭立刻火辣辣地砸在阿尔乔姆肩头。鲜血淋漓。好啊，尽情地流吧，把所有脓水都冲出来吧。

当泔水再端上来时，阿尔乔姆已经不再是单纯的进食。

他吃东西是为了悼念迪特马尔。

* * *

好在，他把老人骗走了。

好在,他让老人相信,老人有机会把他从这儿救出去。

好在,他没让自己也相信这一点。至少,当大门再次开启时,他不再扭头去看,他不再抱有任何指望,不再计算时日。这样浑浑噩噩的,会更好过些。

好在趁着还有时间和力气,他把关于自己和黑暗族的最重要的事情都跟荷马讲了。现在即便被遗忘在这里,也已经没那么可怕了。

其他车站似乎正在发生什么,也许是战争。但这些跟席勒站毫无关系。这里的一切都按照自己的节奏进行:生存空间在不断蚕食岩层,通往库兹涅茨克桥站的隧道在不断吞噬土石和死尸,日益逼近站台。阿尔乔姆越来越虚弱,但仍然勉力支撑。经纪人廖哈变成了一具行走的骷髅,但仍然不肯在阿尔乔姆面前认怂。

他们之间已经不再交谈,能说的早就说完了。曾经有人企图越狱,举着丁字镐扑向带刺钢鞭,扑向握着它的看守,但立马遭到枪杀。看守还借故杀了另外一些人,以儆效尤。从此再没有人敢提越狱,非但不敢谈论,甚至连念头都不敢动。

阿尔乔姆全凭一点念想在支撑着:每次休息,当他躺在睡觉区的某人身体上时,他都会闭上眼睛,想象他的头枕在美丽的萨莎的膝头,然后自己摩挲自己的头发,想象那是萨莎的手指从他发间穿过。他想象萨莎向他讲述地面世界的情形。若非萨莎,他恐怕早就死了。

睡够规定的四小时,他会再次爬起来,奔跑,搬动,装车,推车,卸车;走,爬,摔倒,再次爬起。过了多少个白天?多少个黑夜?一概不知。手推车如今只能装半车,再多就推不动了。好在变种人也因为恶劣的饲料而减少了一半,否则恐怕连为他们收尸的力气都没有了。

若在白天,还有一个隐秘的乐子:有一面墙看守从来没让人凿过,只有阿尔乔姆知道为什么——在那堵墙后面不远处就是福利房区。据阿尔乔姆估计,伊利亚·斯捷潘诺维奇和纳丽奈那栋温馨的房子就离那面墙不远。每天一次,阿尔乔姆会探头探脑地环顾四周,趁没人注意偷偷跑到墙根，在上面敲几下：笃——笃——笃——。看守听不到，伊利亚·斯捷潘诺维奇也听不到，甚至连阿尔乔姆自己都听不到，但他仍然乐此不疲，每次都会爆发出一阵狂野的、无声的大笑。

接着，在这永恒之中会出现解脱，人们已经忘记如何期待的解脱。可怕的解脱。

外部世界的战争终于刺穿了他们的小世界。

大门开始频繁开关，席勒站逐渐挤满了身着钢铁军团制服的膘肥肉厚的男人。变种人和野人们停下了手中的活儿，呆若木鸡地盯着来访者，开始用他们那迟钝的、僵化的脑子将闯入者抛出的只言片语拼凑成马赛克图案。

"红线攻占了库兹涅茨克桥站！"

"从卢比扬卡站派来了援兵！他们要突破这里！"

"迫在眉睫！命令封锁！"

"爆破手呢？为什么还没来？"

"往通往桥站的隧道布雷！尽量远离站台！"

"炸药在哪儿？爆破手在哪儿？"

"他们就要到了！红线的先锋部队！机枪部队！快啊！没听见吗？！"

"剪断铁丝网！远离站台布雷！"

"远一点！快！"

汗流浃背的爆破手扛着沉重的炸药箱跑进来，野人们依旧莫名其妙。阿尔乔姆熟视无睹地看着眼前的忙碌，好像这与他毫不相干。

"来不及了！他们太近了！需要争取时间！时间！"

"怎么办？！啊？！敌人马上就来了！优势兵力！我们要丢掉站台了！绝对不行！"

忽然有人灵机一动。

"变种人！把他们赶到隧道去！"

"什么？！"

"把变种人赶进隧道!让他们迎击敌军!让他们拿着镐和铁锹,堵住红线!为我们争取时间布设雷区!"

"他们哪会打仗!你看看他们……"

"那就让他们当炮灰!把他们赶进去……索洛维约夫!博尔曼!克雷克!快去!快啊!分秒必争,一群废物!快!"

看守们挥动钢鞭、锁链,将呆呆地靠在墙边的野人们赶到一起,塞进隧道这个大炮筒里。就在刚才,这里还是不可逾越的障碍——三层带刺铁丝网。而如今,铁丝网已被剪断,后面原来也是一个区间,同样通往库兹涅茨克桥站。隧道深处似乎发生了什么糟糕的事。野人们慢吞吞地朝隧道挪动,茫然无助地回望看守——他们想干什么?每个人手里都拿着自己平日干活的工具:有拿镐的,有拿锤子的。阿尔乔姆本来也想推着自己的手推车,但手推车很碍事,总是磕碰到其他人,而且也没法在枕木上行进,于是只能奉看守之命将之丢弃。阿尔乔姆两手空空地朝前走去,感觉空落落的,被冻僵的手指习惯性地握成圆筒状,里面刚好能塞进一个手推车把或者铁锹柄。

自动枪手挥舞鞭子驱赶走在最后面的人,工兵扛着炸药箱走在自动枪手后面,铺设导线。

"我们这是要去哪儿?去哪儿?干什么?"人们像羊群一样咩咩叫着,在黑暗中瞪大眼睛,扭头望向押解队的手电筒和枪管。

就在所有人快被赶进隧道那张黑洞洞的大嘴时,随着铁轨沿线的细流传来遥远的回声:"乌拉拉拉拉拉拉……"

"什么?那里是什么?"

"我们要去哪儿?要把我们放了吗?"

"有人说要把我们放掉!刚才有人说的!"

"闭嘴!全部给我闭嘴!前进!前进,畜生!"

"乌拉拉拉拉拉拉拉……"

"听见了吗?越来越近了!赶着这群畜生来不及行进一百米……他们

在故意拖延！消极怠工！"

"就在这儿吧！开始布雷！"

"把变种人再赶远些！赶他们去参加白刃战！"

"乌拉拉拉拉拉拉拉拉拉拉……"

"来不及了！就在这儿！把他们继续往前赶！"

工兵停下来开始忙活。他们把炸药箱打开，取出一捆捆炸药，安放到隧道墙壁，塞到弧形拼板的凹槽处。

阿尔乔姆背上被杵了一枪托，他加快步伐，将手忙脚乱的工兵甩在了后面。皮鞭呼哨着劈裂空气，足有百万瓦特的光柱穿过步履蹒跚的人群刺进黑暗，在潮湿的枕木上画出鸡胸驼背的长长影子，扩音器里传出催人赴死的狂吠：

"喂！你们！所有人都听着！你们即将成就伟大的事业！你们将拯救帝国！一大群变种人正朝我们袭来！他们是红线吃人魔，什么都无法阻止他们！今天，此刻，你们有机会赢得宽恕！用鲜血来偿付称之为'人'的权利！他们要毁灭帝国，继而毁灭整个地铁！再没有人能够阻止他们，只有你们！他们想从背后偷袭我们，却不知道我们的背后有你们掩护！他们装备精良，但你们也有自己的武器！你们没什么可以失去，因此你们无所畏惧！"

"我……要去哪儿？我不去！不去！我不去！我不会打仗！"

轰！枪响的回声吞没了喊叫的回声。紧接着，还没等人群反应过来，自动步枪就对准人们的后脑勺一阵嘟嘟嗒嗒。有人被当场打死，负伤的发出惨叫，而妇女们惊声尖叫。阿尔乔姆旁边的人忍不住回头看了一眼——咻！——喉咙里咕嘟一声，仰面栽倒。

"前进！败——类——！不准停下！继续前进！"

"他们要杀我们！别停下！他们在开枪！快跑啊！"阿尔乔姆朝某人的驼背上推了一把，挤过呆立的人群，顺手把一个跌倒在众人胯下的少年拽起来，脚步不停地朝前挤去。他一秒一回头地朝射击的看守望去，接着开始往人群中间挤——那里最安全。

"前进！前进！"

死亡像多米诺骨牌一样从后往前传导，面朝铁轨卧倒的尸体压在前排人的后背上，有人被绊了一下，有人向前摔倒，迎着那模糊而可怕的"乌拉拉……"的呐喊声。那声音咆哮着，打着旋，汹涌而来，像是地下水灌进了隧道。

"我们不是绵羊！"前面突然有个变种人高喊，"我们不能任人宰割！"

"走！跟他们拼了！"

"杀死他们！"

"打败他们！"人群里有人响应，"前进！前——进——！"

这个冗长的队伍，这个长满毛发、伤痕累累、手持镐头锤头的野人大军，开始缓慢地——像蒸汽机车飞轮的启动或者重症病人的复苏一样——加速，开始寻找力量，将自己的工具举过头顶，以便杀死别人，从而避免被杀。

"杀死他们！拼了！前进！"

"前——进——！"

一分钟之后，所有人都在奔跑，吼着，喊着，哭着，如同受惊发狂的羊群，以至于持枪的牧羊人也一度被裹挟着朝前跑去。背后的灯光逐渐惨淡，看守远远地落在后面，竭力避免跟炮灰混在一处。前面变得昏暗泥泞，奔跑的影子被深沉的黑暗吞没。

阿尔乔姆依旧赤手空拳，但他没法停下，若有人胆敢在汹涌的人潮中间停下，立刻会被踩成肉酱。廖哈从身后跟上来，他看上去兽性大发，没有认出阿尔乔姆，很快就超过他去了。

"乌拉拉拉拉拉拉拉拉拉拉！"

对面突然爆出一声呐喊。

毫无征兆地，双方突然遭遇，脸对脸、头碰头地混杂、纠缠在一起。

"啊啊啊啊啊啊啊啊啊啊啊啊啊啊！"

对方也没有手电筒,跟席勒站的人一样,双方在黑暗中摸着黑彼此冲撞。队伍前排的人刚来得及抡起镐头——

轰——!

身后山崩地裂!

整个地面都在震颤!

后排的人被爆炸的热浪震倒,隧道发出耶利哥城末日号角[1]般的呜呜,所有灯光瞬间熄灭,周围只剩下一片暗无天日的黢黑,似乎整个世界彻底沦陷,完全的、绝对的、绝望的黑暗爆发并湮没了一切。

阿尔乔姆眼睛瞎了,耳朵也聋了,跑在他前面的,跑在他后面的,全都瞎了,聋了。有谁跌倒了,会立刻爬起来,在黑暗中摸索着自己的镐头、锤头……

因为人们不是用耳朵,而是用皮肤、用汗毛听到,死神如何在人群中挥舞着镰刀,盲目地、摸着黑地砍碎人的头颅。必须站起来,必须用镐头架住死神的镰刀,最好还能抡起镐头敲碎死神的头颅,将利器插入它那空洞的眼窝,拔出,再次抡圆胳膊劈杀。

再没有人驱赶他们向前,所有人都自发向前狂奔,向着死神的召唤。因为躲藏起来等着死神找上自己更加恐怖,与其等着被人砍杀,还不如主动去砍杀别人。

一颗子弹也没有射出:红线的人同样没有任何枪支,手里同样拿着五花八门的武器,黑暗之中无从分辨。

阿尔乔姆双臂探出,抓住一根手柄,抢走了某人的镐头,也被恐惧和狂热裹挟着,随着裸人们向前冲去。在这场盲目的屠宰中,要么充当被蒙住眼睛的牲口,要么充当瞎眼的屠夫,除此之外别无选择。

前面不远处,人们在相互劈砍、锤击、捅刺,残忍地,疯狂地,不

---

[1] 传说耶利哥城地处迦南之地门户,城墙高厚,守军威猛,宛如坚不可摧的堡垒。犹太人久攻不下,最后围城行走七日,然后一同吹响号角,上帝以神迹震毁城墙,使得犹太军轻易攻入。

知道杀的是谁、为何而杀,也不再呐喊"杀!"或者"乌拉!",因为人们已经忘记了俄语或者其他任何语言,只发出"啊啊啊"的喊叫,以及破碎的、无意义的怒吼和哀号。

空气呼哨、嗡鸣、被劈裂、被刺破。

叮当——锤头错过人肉,凿在混凝土上;扑哧——镐头胡乱地刺入了皮肉。

一股生锈的空气扑面而来——尖利的铁器在一掌开外劈下,阿尔乔姆急忙闪避、还击,根本不知道对方是自己人还是敌人——这里头有自己人吗?这里的血液散发着铁锈味,人散发着狗屎味。

这面的野人和对面的兽人恶狠狠地冲向彼此,用尽最后力气相互厮杀,结束一切,终结恐惧。

阿尔乔姆抡着镐头猛砍,一下,两下,三下,有几次砍到了人,扑哧一声,灼热的液体喷溅出来。镐头突然被卡住了,将他朝下一拽,这意外地救了他一命:一件原本要砸碎他脑壳的沉重铁器从头顶堪堪飞过。

随后膝盖一阵剧痛,阿尔乔姆跪倒在铁轨上,再也站不起身。他在地上爬行,想躲到一个软软的东西后面,但那坨东西拼命踢腾着,推开他,嘴里还呜呜叫着,将黏唧唧的灼热液体弄得他满身都是。

时间仿佛过去了很久,但周围仍然没有光亮,人群仍在黑暗中相互劈砍,他们循着哭泣声、呻吟声走去,胡乱地抡起、锤击,有时会敲在铁轨上,如同丧钟。阿尔乔姆静静地听着,竭力避免喉咙发出一丝声音。他后脑勺枕着一个死人,想象那是萨莎将他的脑袋放在自己膝头。另一具尸体盖在阿尔乔姆身上,将他掩护起来。

漫长的厮杀无休止地持续。

直到任何人再也站不起身,杀戮才最终停止。

这时,还没死的人开始活动肢体,重新开口说话。阿尔乔姆勉强撑着遭受重击的膝盖,挣扎着脱离"萨莎"的膝头,坐起身,低声说:"够了……够了,够了。我不打了。我不想再杀人了。你是谁?"他用手指在身边摸索,"谁在这儿?你是席勒站来的吗?"

"我是从席勒站来的。"有人在远处说。

"我们从卢比扬卡来。"近旁有人回答。

"卢比扬卡?"

"你们是帝国军?钢铁军团?食人族?"

"我们从席勒站来,"阿尔乔姆说,"我们是变种人,囚犯。我们是被赶过来的,当炮灰的。"

"我们从卢比扬卡来,"有人回答,"我们也是囚犯。我们也是被赶过来吃枪子的,给真正的部队打前站……好让我们……"

"好让我们给他们堵枪眼,把我们当炮灰……"阿尔乔姆重复,"想让我们死!因为我们是变种人……"

"我们全是从卢比扬卡来的,所有人都是囚犯。"有人说,"督战队在我们身后开枪射击……逼我们……"

"我们也是……看守们对我们射击……"

"督战队没有跟上来,他们落在后面了……"

"看守们在我们后面炸了隧道,我们无路可走了……他们也没跟上来,把我们抛弃了……"

"我们何苦要……你们为什么要杀我们?"

"你们又为什么杀我们?!为什么?!啊?!"

有人忍着疼痛,拖着断腿,像蠕虫一样循声朝阿尔乔姆爬过来。阿尔乔姆听见了,但他再没力气打斗了。见对方爬得十分艰难,阿尔乔姆也朝他爬过去。他伸出手,抓住那人的手指,把他拽过来。

"你们为什么要杀我们啊,上帝!"

"对不起……对不起……上帝啊,对不起。"

他们紧靠着彼此。阿尔乔姆拥抱了他一下——对方似乎是个成年男子,俩人将额头靠在一处。男人颤抖着恸哭起来,阿尔乔姆也浑身抽搐,滚下泪来。等哭痛快了,男人沉重地叹息一声,咽了气。阿尔乔姆将他的身子放平，随后自己也躺下来。

脑袋里的弹簧猛然一跳，让他想起一件事。

"卢比扬卡……还有谁从卢比扬卡来？"

这里那里不时有肢体活动，人们试图挪动断掉的胳膊，用磕伤的脑袋思考，嚅动着嘴唇，说着胡话。

"娜塔莎……烧壶水，我亲爱的……我带来了蛋糕。"

"等我从土耳其回来，立马联系！"

"莫斯科城是我建的！我！"

"怎么这么黑？我怕黑！打开灯！谢廖沙！"

"上帝啊，奶奶，你在这儿干什么？你怎么来了？"

"我们要扩大生存空间！让人人有地方住！"

"水……给我水……"

"阿莲卡！阿莲卡，你这个淘气包！"

"卢比扬卡……还有谁从卢比扬卡来？"阿尔乔姆又问。

"我从卢比扬卡来，我。"响起一个女人的声音。

阿尔乔姆撑起一个膝盖和两个手肘，循声爬过去。

"谁？谁？说话，别害怕！你在哪儿？"

"你是什么人？"

"祖耶夫，祖耶夫跟你们在一起吗？"

"哪个祖耶夫？没有这么个人……"

"祖耶夫！"阿尔乔姆大喊，"伊戈尔·祖耶夫！祖耶夫！你还活着吗？！祖耶夫！"

他单腿撑着站起来，身子靠墙，手抠住弧形拼板的缝隙，漫无方向地单腿跳着。

"祖耶夫！伊戈尔·祖耶夫！猎人商行站、马克思大道站来的祖耶夫，你在这儿吗？"

"行啦！别喊了！再喊就把他们给招来了！"

"今天晚上我们去看电影吧？怎么样？天气这么好，宅在家里多可惜。"

伊戈尔·祖耶夫没有回应。

也许，躺在身边的这个就是他，脑袋被削掉了一半，没法说话。又或者他是个滑头，躲起来不说话，不想被人找到。

"伊戈尔！祖耶夫！谁跟祖耶夫一块儿坐牢来着？就是说见过其他幸存者的那个……极地曙光城……说有外人来到了莫斯科……谁见过他？！祖耶夫！"

"什么？"

"散播消息的那个！说其他城市还有幸存者的那个！说他们来到了莫斯科！"

"在席勒站，有多少粪便被白白糟蹋了，你们想都想不到！"

"他没在这儿……咳咳咳……祖耶夫没在这儿。"

"什么？谁在说话？你在哪儿？"

"祖耶夫没在这儿，他被交给汉萨了。"

"等等，等等。你再说一遍。你在哪儿？你在哪儿！说啊，别躲着我！"

"你找他干什么？你是他的朋友？"

"我必须找到他！我必须知道他所说的！什么幸存者？从哪儿来的？来干吗？他为什么会被交给汉萨？"

"那些人，咳咳咳……不是来自极地曙光城。极地曙光城——呸！那是奸细说的鬼话，散播谣言。那其实是我们的人，从罗科索夫斯基大街回来的……咳咳咳……是我们的突击队……咳咳……他们去巴拉希哈建设伟大工程……就是从那儿回来的，巴拉希哈。"

"等等，你到底在哪儿？"

他单腿蹦着，撑着墙壁的手突然一下子落空了——这是墙洞吗？！——摔倒在地，又坐起来，朝着说话声和咳嗽声慢慢挪动。

"喀山真漂亮，清真寺太棒了。"

"要是把席勒站的粪便全承包给我，我早就赚翻了！"

"我自己就是从喀山来的！祖母来自农村，祖父是鞑靼人，祖母连俄语都不会说。"

"你在哪儿？是不是你？是不是你说巴拉希哈有幸存者？那极地曙光城又是怎么回事？也被毁灭了吗？我不懂！"

"茶里要加牛奶么？"

"哪里有幸存者，谁知道呢？但极地曙光城是奸细谣传的……咳咳……美丽的传说。只有白痴才会相信……咳咳咳……巴拉希哈有前哨阵地，在地面上。那里有无线电……无线电中心……为的是跟其他城市……如果有的话……祖耶夫说……"

"什么？祖耶夫说什么了？！"

"今天谁去幼儿园接塔纽莎，我去还是你去？"

"走开，你这撒旦，别碰我！走开，走开！求你了，我不跟你走，天堂还有人等着我呢。"

"前哨阵地？地面上？谁在建设，我不明白！无线电台又是怎么回事？！"

"咳咳咳……咳咳咳……"

"你在哪儿？说啊！为什么要建无线电？！"

"总之，那些帝国军就是一群混蛋，平白无故折磨人，还随意糟践大粪。"

"红线……红线在建……咳咳咳……在地面上……巴拉希哈……专项工程……电站……还有前哨阵地……为了……取代……地铁……电站……好多劳力……"

"巴拉希哈有电站？！什么电站？"

"好多劳力……那些人……是从罗科索夫斯基大街……偷跑回来的……咳咳咳……咳咳咳……咳咳咳……"

"那里有信号吗？从那里能收到信号吗？啊？快说啊？！"

"幸……幸……存……"

那个人就这样没了，就跟从未存在过似的。他来自黑暗，又复归黑暗。阿尔乔姆摇晃着活人，劝说着死人，全都无济于事。

"在巴拉希哈！"他对自己确定，既为了避免遗忘，也为了确认整个对话并非幻觉，"在巴拉希哈！巴拉希哈！巴拉希哈！巴拉希哈！"

现在阿尔乔姆无论如何绝不能死掉。现在他必须从死人堆里爬出去，逃出这个混凝土肚子，再次复活，堵住伤口，哪怕是爬，也要爬到那个见鬼的迦南之地——不管那里有什么人，或者有什么怪物。

他再次站起身，抓住弧形拼板，像抓住妈妈的手。回席勒站的路被堵死了。库兹涅茨克桥站有红线的人。红线的人之所以还没来，也许是因为听到隧道被炸毁了，但朝他们那边去也是万万不可。

他想起了刚才墙上的那个洞——也许是线路间的通道？他单腿蹦到那里，用手摸索着，身体突然扑空，摔向里面，一群耗子惊慌逃窜。要像耗子一样，耗子就算被剜掉双眼也不会迷路。

有空气流动。野草般的头发微微拂动。

如同萨莎的手指从发间穿过。

他抬眼朝上望去。

又一阵风，温柔而调皮，像母亲对着婴儿的脸吹气。

他伸出手去抓空气，用指甲去抠混凝土墙壁……却意外地碰到了铁。

U型钢筋。又一根U型钢筋。这是一道梯子！通往地面的通风井！风就是从那里吹过来的，从地面上！

"喂——！"他大喊道，"喂——！哎——！所有人！快过来！这里有出口！通往地面的出口！这里有个通风井！可以爬上去！听见了吗？喂！变种人！这里可以上到地面！"

"地面？你脑袋进水了吧？！"看不见的野人们哼哼着说。

"地面！"阿尔乔姆对他们喊，"跟我来！跟我来，变种人！"

他们害怕地面，也不信任他。他们不知道地面上有风，有雨，也不知道一下子死不了人。得给他们做个表率。

他用冻僵成半圆的手指紧紧抓住生锈的U型钢筋，大小刚好合适。他身子往上一挺，把受伤的腿抬上去，交替挪动双手，再往上攀。一级，一级，又一级。

头晕目眩。

阿尔乔姆手一滑，险些摔下去，但随即紧紧拽住 U 型钢筋。他感觉不到断腿、伤痕累累的后背和双臂，竭尽全力地向上爬着，跳着。低头一看，有人跟着爬上来了。

总算没有白费唾沫。

他停顿了一秒，又继续爬。如果现在不爬上去，那就永远都爬不上去了。

不知道过了多久，他终于爬到了竖井最顶部的一个小房间，一个带格栅的岗亭。门从里面栓着锈迹斑斑的门闩。阿尔乔姆伸出双手去拽门闩，直到被割得血肉模糊，才终于拉开。他推开门，一下子趴倒在地，翻个身躺在地上。正值清晨，古铜色的太阳正冉冉升起。

他就那么仰面躺着，在地上，而非地下。整个世界旋转得像个陀螺，仿佛阿尔乔姆在转动地球仪一般。

旁边又有人趴倒，翻身躺下。只有一个人。

"你是谁？"阿尔乔姆甚至没有扭头去看一眼自己的这位唯一的追随者，只是透过微闭的眼睑对着清晨泛红的天空幸福地微笑着，"你是谁，爷们？"

"廖哈，还能有谁？"那人回答，"经纪人，穿皮衣的。"

"经纪人是过去式了，"阿尔乔姆说，为自己活着撑到现在而感到无上幸福，"现在你是第一门徒。"

说完，眼前一黑，昏过去了。

第十四章
外人

"我原本以为,极地曙光城在千里之外,没想到就在我们身边,巴拉希哈!你能想象得到吗?叶尼亚?就在这儿,在巴拉希哈,近得很。你想想,都还没出莫斯科!那里在施工!建设前哨阵地!也就是说,那里有干净的土地……你说他们是不是混蛋,啊?红线的人?瞒着所有人!谁也不知道地面上在建基地。我们,叶尼亚,在地铁里窝着,而他们却在地面呼吸新鲜空气!"

"该死的,阿尔乔姆,你给我老实待着,别动来动去!"

"最主要的是,你听见了么,无线电!他说那里在建无线电中心。为什么?很明显,因为他们——他们!——可以跟谁联系。也许是跟乌拉尔?啊?乌拉尔的基地!要么就是跟极地曙光城。你说呢,叶尼亚?"

"该死的你可真沉,跟头死猪一样。"

"没准儿就是跟极地曙光城呢?他怎么知道不是呢?对不对?"

"你这混蛋别踢腾了行不行!不然我就把你扔下来,你自己爬着去!"

"我一定要去,叶尼亚。一定要去!谁都不承认……哪个混蛋都不肯承认。我必须亲自去巴拉希哈,找到那个前哨阵地。不然永远搞不懂那里在搞什么鬼!你跟我一起去吗,叶尼亚?"

"我都快被你搞死了。一会儿要去花卉站,找你的萨莎,好不容易快走到引水管站了,又要去什么巴拉希哈!你发什么神经?你又不是一桶大粪,值得我背着你到处乱转!你足足有六十公斤哪!再说了,我可是跟你一样，也在那个地狱里头干了那么久的苦役！而且我还是抡镐的，不像你，整天推着个小车瞎转悠！你还有没有点良心？下来！"

"等等，叶尼亚……你要带我去哪儿？"

"哪儿，哪儿！去找你的萨莎！你在这儿躺一会儿，我去敲门。万一没人开门，省得还得往外爬。"

"叶尼亚，你以为我不明白吗？你已经死了，我知道。你是怎么把我带到这儿来的？"

"你才死了呢！"

* * * *

"我可是警告你啊，之前我们弄来的那个快咽气的，已经被你送去见了阎王，这回这个你说什么也得给我治好喽！"

"他肩膀这是怎么了？腿又是怎么弄的？"

"工伤。你别管那么多，你给他抹点创伤药什么的。"

"我这儿哪有那东西啊？你自己找。"

"在我们站，不管三七二十一，一律抹大便。你们这儿的东西总比大便强吧，难不成我白把他一路背过来？"

"你还别犟嘴，一会儿再让你背回去。"

"别别别，我也是病人！你给我瞧瞧后背，大婶！我这也不是让女人给挠的！"

"要是那样反倒好了，你这同伴看起来像被火车碾了似的。来点儿亮……这不是我的专长，我是看性病的，病人还排队等着呢。"

"大婶，我知道你是谁，你就好歹给他看看吧。完事你再帮我看看我的那个，我有点担心，那人说得太邪乎啦。"

"他怎么会昏过去了？膝盖的伤应该不至于吧？脸这么红，他这是晒太阳了吗？"

"我就是太阳晒的,我没事儿,我只是需要睡上一觉。萨莎在哪儿?"

"谁是萨莎?哦,这里……"

     * * * *

"喂!是这个吗?"

"嗯?"

"是这个妞吗?"

"等等……别乱动……让我看看……"

"是她吗?你的萨莎?"

"萨莎!你是怎么找到我的?"

"她怎么找到你的?呵呵!是我怎么找到她的!我把整个妓馆都翻了个遍!见色忘友!"

"我记得他,记得。你……你来这儿干什么?"

"我也记得你……从我想起你的那天起……就再也无法从脑子里把你抹去。"

"你叫阿尔乔姆,对吗?展览馆站来的潜行者,是不是?他怎么了?"

"怎么了,怎么了……你这不是都看见了么?"

"他不能留在这儿。"

"为什么我不能留在这儿?啊?我哪儿也不去,我好不容易才走到这儿来的。"

"你'走'到这儿来的?呵呵!他'走'到这儿来的!"

"因为……因为我要工作,这里是工作室。"

"那你就先跟他'工作'一会儿!难不成我白把他一路扛过来?"

"你……你还记得些什么,阿尔乔姆?那天晚上的事?"

"我记得你,我躺在你的腿上。还记得我当时……感觉很……我能再在你腿上躺一会儿吗……我很需要。"

261

"他不能留在这儿,你得把他带走。"

"求你了。不然我哪儿来的力气走路?五分钟就好。"

"五分钟……好吧。"

"请你再摸摸我的头……就是这样,对,再来……上帝啊,感觉真好。"

"五分钟够干啥的呀!干脆,我替他付一小时的!反正债多了不愁……"

"天啊?阿尔乔姆……你看见了吗?你看……"

"嗯?怎么了?别停下,求你了。"

"你的头发在掉,阿尔乔姆,都快掉光了。"

"是吗?真好笑……好笑……"

* * * *

"你不是说,就五分钟吗?……"

"别说话。给,把这个吃了。喝口水,吞下去。喝吧喝吧,对你有好处,这是碘。"

"是什么我都不在乎。真好,五分钟还没结束。喝碘已经没用了。谢谢你。"

"你说梦话的时候……好像提到了荷马。你认识荷马?"

"对,对,荷马。一个好人。他在找你,他以为你被淹死了。溺水的那个是不是你——在图拉站?"

"是我。"

"你还没死?我真希望你还没死!"

"她还没死,没死!她就在这儿坐着呢!虽然没有你这么面色红润……"

"你知道吗,我想起了你说的那些话,关于地面上的城市,你的那些天真幻想?我以前不是天天往地面上跑吗?那天……我看见了长着蜻蜓翅膀的飞机,像微型列车的汽车。还有雨,我淋雨了。没穿防护服。"

"你没准儿就是因为这个才坐下病了!还把我也光着身子拽到地面上

来了！什么'跟我来、跟我来'！还好意思说自己是潜行者！我真该在隧道里老老实实待着……要不是上帝保佑——"

"你……能不能出去一会儿？你叫什么名字？"

"好嘛！拿钱的时候客客气气，这会儿又要赶我走啦，嗯？"

"廖哈……出去转转，好吗？"

"你俩可真行！你也真够意思！行，你们爽去吧，要是你的插头还没烧坏的话。"

"其他的你还记得什么，阿尔乔姆？"

"我不知道。我记得，有个人把我从走廊里带走了……难道不是带到这儿来了？"

"不是。"

"然后他就把你叫来了，后来……我不记得了。我只记得我躺在你腿上，就像现在这样。还有……你能不能……能不能把你的汗衫往上撩撩？对，就到这儿。你的肚子，可以吗？就是这儿……等等……这些是怎么弄的？烟头烫的，是不是？"

"没事儿。"

"我也有……看，在手臂上……你看……这是怎么回事？"

"我不知道，阿尔乔姆。让我把衣服拉下来，好吗？冷。荷马现在在哪儿？"

"他……在帝国。在写书，历史教科书。他还有另外一本书稿，关于你的。"

"关于我的？他……写完了吗？"

"写完了。结尾好像是这么写的：'荷马在图拉站终究没有找到萨莎的尸体。'"

"我是顺着通风井爬上来的。"

"我也是。好笑吧？"

"关于猎人，书里有写吗？"

"谁？等等……你说谁？"

"你躺下，躺下！你有伤！不能起来！"

"喂！接客啦！你在哪儿呢？我是索姆介绍来的！"

"有人来找我了。你在这儿等着，我一会儿就回来。"

* * *

"喂，你干吗？蜷蜷缩缩的？过来，到我腿上来。"

"钱先拿来。"

"你还想先付钱？我还想先验货呢！看看值不值！啊？"

"啊！"

* * *

"你这么看着我干什么？"

"没什么。"

"够了。你不知道我是什么人吗？你不知道这是什么地方吗？再说了，你的一个小时已经到点了。"

"我……这不是你的错，对不起。要我走吗？"

"就你现在这个样儿，你能上哪儿去？躺下吧……你还是不打算跟我说话？"

"猎人。荷马在他那本书里提过他的事吗？"

"我还想让你告诉我呢。你认识猎人？他现在怎么样？"

"现在？难道他还没死？你见过他？！"

"之前见过。那本书就是关于他的，而不是关于我。荷马跟他同行，起初是他们两个，后来是我们三个。"

"这是哪一年的事？"

"去年。整个故事都是关于他的,我只不过是荷马碰巧遇见的罢了。荷马一直在寻找英雄,神话故事里的那种英雄。他总是那么天真,荷马。他往笔记本上写东西的时候,我总是扭过头去偷看。他在书里把猎人写得很神秘……就好像他体内住着怪兽,而这怪兽总想要跑出来一样。荷马,他想成为一位诗人。"

"他想成为荷马。至于我……"

"你怎么了?"

"我不是从展览馆站来的吗……我已经都跟你说过了,对吗?我几乎一辈子都住在那儿,我养父哪儿也不让我去。后来,猎人出现了:穿着盔甲,带着机枪,黑色披风,皮的,剃着光头。他跟苏霍伊——就是我养父——吵了起来。猎人说,没有什么威胁是我们人类所不能应付的,说我们应该抗争到底,就像那只掉进牛奶瓶里的青蛙,它一直不停地蹬腿,最后终于把牛奶捣成了奶油块,跳了出来。那情景至今仍历历在目。后来养父也被说动了……他本来已经要屈服了。"

"屈服于谁?"

"黑暗族。是谁并不重要,重要的是,我看见了猎人……我当时就意识到,他就是我想成为的那种人。他不是荷马的英雄,嘿嘿,他是我的英雄。也正是他派我去……他把那个任务交给了我。他自己到了地面,去消灭黑暗族。他告诉我,如果他回不来,就带着那颗子弹去波利斯,找梅尔尼克。你明白了吗?我现在这个样子,全是因为他,好因为他,坏也因为他。"

"我当年也爱上了他,现在我又遇见了你。两个傻瓜。"

"萨什卡!你在哪儿啊,小宝贝?"

"抱歉,你先睡会儿,好吗?"

* * * *

"你好久没来了。"

"你信不信,除了跟你,我再没找过别的女人!就盼着见你哪!"

"你累了?躺下。"

"那你呢?这样不太地道吧。"

"没事,只要是跟你,我怎么都行。你总是很温柔,很体贴。"

"你知道吗,我跟你在一起……不像跟我老婆。"

"别光顾着说话,够了。我不需要额外的钱。来吧。"

"哦……哦……"

* * * *

"睡了吗?"

"没。你躺下睡会儿吧。"

"等等,我先去洗洗。不然全是……他的味儿。你会等我吗?"

"好。"

* * * *

"总之,我以为他死了,我一直都这么觉得,可你说他还活着。"

"我之前见过他,现在不知道了。爬出图拉站之后,我没有去找他……我当时想,去哪儿都行,就是不能再回去。我不想再见到他。"

"为什么?"

"荷马的笔记本里没写图拉站发生了什么?那里为什么会被淹?"

"我没读过,他只是说被淹了。"

"不用想也知道。荷马一直在为他辩护,说什么是怪兽苏醒了……书里还说我试图驯服那头怪兽。谁会信呢?"

"事实上发生了什么?"

"猎人酗酒,酗酒无度,每天喝得烂醉如泥,走路都走不稳当。我跟他在一块儿很害怕，怕得要死。要知道，他可是杀手，身上总是带着手枪，带消音器的，动不动就去摸枪。右边挎着枪，左边挎着酒壶，总是借酒撒疯，说话都连不成句子。我劝过他很多次，叫他别再这样了，可他不听，就这样。代我向荷马问好。"

"他……他碰过你吗？"

"没有，一次也没有。他像躲避火一样躲着我。也许是不想把小姑娘糟践了，也许他根本就不稀罕女人。可我呢，每次跟他目光一接触，我就会两腿发软，有时我还会幻想……想象他……抱紧我什么的。那个时候我还小，也想不到更多的。"

"图拉站后来怎么了？"

"是他放水淹的。他在地下水附近布了雷，把所有染病的全淹死了，连同好人一起，以免疫病扩散到整个地铁。为了防止人们逃跑，他还动用了火焰喷射器。我当时也在图拉站，我对他喊，说疫病有办法治愈，他听见了，也看见我在那儿，但他还是引爆了。全车站总共只有三个人幸存，其余的全被淹死了。"

"为什么？他为什么要这么做？"

"他自己说是为了拯救地铁。就这么个拯救法。照我说，他就是丧心病狂。明白吗？酗酒不够他发泄的。"

"荷马的书里不是这样写的。"

"那是怎么写的？"

"他说你在祈求奇迹，好像是。后来，当爆炸发生时……你还以为是下雨了。大概是这样。"

"哼，奇迹！"

* * * *

"我……难受，恶心。帮帮我……扶我去厕所。"

"就在这儿吐吧,我已经习惯了。我给你拿个盆?"

"我不想在这儿吐,不想当着你的面。"

*　*　*　*

"你为什么要这样做?"

"怎么了?"

"为什么干这个?我不是责怪你,只是……"

"你想教训我?"

"不是的,只是荷马说……他说你不是这样的。"

"不是哪样的?你还不明白吗?荷马怎么说有意义吗?他只生活在自己的传奇世界里,而我生活在自己的现实世界。在我的现实世界,做这个总好过开枪打爆别人的脑袋。再说,除了这个,我还能干什么呢?难道要我幻想着,有朝一日,我们所有人都能重返地面,过上幸福生活?即便有可能,那也是将来,可钱我现在就需要。"

"难道说只为了钱?如果你有钱了呢?"

"那你有钱吗?"

"没有。"

"那不得了。"

"你是怎么到这儿来的?"

"一个好心人带我来的。他选中了我,把我安排在这儿。我再没有别的亲人了,也没地方住。你有家吗?"

"有。"

"妻子呢?"

"有……有过……有。"

"那就好。那你在这儿干什么?"

"我不想回去。在这儿我心里更踏实些。"

"你很快就得走了。你再躺上一阵儿,然后就走吧。等过一段时间再回来。"

"为什么?"

"我的主人要来,不能让他看见你。"

"什么狗屁'主人'?皮条客吗?"

"躺下!冷静点儿。这是汤,喝点儿。喝吧。"

"我不喝这玩意儿……我恶心。什么'主人'?!"

"无所谓。"

"你是什么,宠物吗?为什么要有'主人'?!"

"傻瓜!"

"你喜欢做这个?跟这些臭男人?"

"臭男人……话说回来,你也该好好洗洗。来吧,我带你去。"

* * * *

"你能找到廖哈吗?那个经纪人,送我来的那个?让他把我带走,我得找地方过夜。"

"你可以……今天可以留下来。主人也许不会来,因为战争……现在他不是每天都来。想留下来吗?"

"睡在哪儿?就在这儿?还是在那张床上,你被……"

"就在这儿。跟我一起吃点蘑菇吧。"

"谢谢。我不知道……我回头付你钱。"

"让我看看你的膝盖,有人给了我一点儿药膏。躺下别动。"

"冷……疼……哎呦!"

"你后背被人打开花的时候就不疼吗?"

"当时……没有人可以诉苦,可现在有你。"

"没错。"

"什么'没错'？"

"你不是问我吗，我为什么要当妓女，怎么当上妓女的。"

"我没问。"

"那你就问！我不觉得羞耻。你以为就你一个人这样吗？你知道有多少像你这样的吗？野性大发的，孤独寂寞的，无人诉苦的，全都来找我，我就像一块磁石。明白吗？如果我不接纳他们，不让他们把那些肮脏、恐惧、仇恨都发泄出来，他们会彻底变成野兽。你们男人生来就是这样的。他们来我这儿的时候，一个个都快抓狂了，是我让他们冷静下来，给他们世界。明白吗？世界。我抚慰他们，让他们发发疯，喊一喊，发泄发泄，哭上一场，然后就好了。提上裤子，就又能过上一段不打打杀杀的日子了。"

"你说的这些话……不是小姑娘能说出来的。你不还是个小姑娘呢吗？这么娇弱，清秀。你看看你的手……小手……"

"妓馆一年，等于外面十年。"

"这么说，咱俩是同龄人？"

"去你的！"

"我需要喝点酒，酒可以缓解辐射。你这儿有吗？"

"我也需要。"

*　*　*　*

"往边上挪挪。"

"你不是要去那边睡吗？自己的床上？"

"赶紧的。"

"我可没法就这么老老实实躺着，咱先说好。你难道没照过镜子吗？你不知道你有多漂亮吗？"

"闭嘴。"

"我没法闭嘴。"

"你还想怎么样？你自己照照镜子，你现在还能做什么吗？你头发马上就掉光了，你会变得和你的偶像猎人一样，如你所愿。"

"那样的话你会爱上我吗？我希望你能爱上我。"

"为什么？"

"那样，我无论活着还是死去都会容易些。"

"闭嘴。转过来，对着我。"

"你……不，等等。我不想这样。"

"什么？"

"我不想你因为可怜我、同情我而亲近我，就像跟其他人那样。我不希望你陪我，仅仅是因为我头发快掉光了。明白吗？"

"好吧，那就算了。老实说，你这副样子真不咋的，明天我给你刮刮胡子。睡吧。"

"那个……也许你还可以找到其他理由？"

"什么理由？"

"嗯……比如说，第一次见到我时觉得我很英俊，或者说，嗯，很有男人味什么的。"

"第一次的时候不太记得了。"

"……再给我喝一口。没错，我就是觉得我跟其他人不一样，我就想让自己与众不同。我可以这样想吗？哪怕就一个小时？"

"喝吧。"

*　　*　　*　　*

"哦……哦……哦……哦……哦……"

"你简直……太疯狂了……我……"

"你不是受了辐射吗？"

"不知道……可能是因为身体已经预感到这是最后一次了？"

"傻瓜，别说蠢话。"

"从医学的角度来讲，这根本说不通。这简直是奇迹。"

"好吧，既然是奇迹的话。"

*　　*　　*　　*

"你很漂亮，我说过吗？"

"说过。"

"你的眉毛很特别。还有睫毛，眼睛。嘴唇，你的嘴角。还有脖子，小细脖子。还有你的这双腿……像两根火柴棒。"

"连夸人都不会夸。"

"还有发型……头发。"

"我自己对着镜子剪的。"

"你知道吗，白天，我在这儿等你的时候……当你在那边……"

"够了。"

"我全听见了。"

"你不会出去走走？"

"不是，你听我说。我有那么多的话想对你说……比如，你太棒了，比如我跟你在一起那么安心，比如我想把你从这儿带走，等我有能力的时候……但所有这些话，白天已经有人对你说过了。"

"昨天也有人说过。"

"就是说。"

"那又怎样？那你就不对我说了吗？"

"你想让我说？"

"喝点儿水吧，在那边。"

　　　　　　＊　＊　＊　＊

"十字架？你信吗？"

"我不知道。你信吗？"

"以前不信。我曾经去过一次耶和华见证会,简直太搞笑了。后来很长时间都……觉得不可想象……可现在,也许信。我……偶尔会祷告,应该说经常会。但不是单纯的祷告,而是祈求什么东西。比如说,上帝,请你给我这个,我可以给你那个。"

"就是说,跟上帝做交易?你们男人都一样。"

"你又来?"

"哎呦!"

"女人难道不是这样的吗?"

"不是。"

"那是怎样的?"

"就是,假如没有上帝,那在这地铁里根本撑不下去,那就全完了。而它……会宽恕。它说:要忍耐。在这里需要忍耐,但这值得。没错,人们在经受磨难,人们在死去。但事情不止于此,这是考验,人们要经受住考验。你不是变得肮脏,而是在接受净化。它说,你只需要记住我,永远可以对我倾诉。我虽然不会说话,但我全听得到。你想忏悔,就在我面前忏悔。你想发脾气,也可以朝我发。来吧,打我,不要憋在心里。你想爱,那你就爱我。我是你的父,也是你的夫。来吧,到我怀里来,我可以抱住你,我什么都能承受。你明白吗?没有上帝,地球不会是圆的,而会是一块大石头,净是棱角,净是毛刺,是上帝将它打磨得如此光滑圆润。"

"是啊。没有它,根本就无从支撑。一点没错。"

"只需要宽恕。宽恕它对人类所做的一切——战争,被毁灭的星球,所有死难者。"

"这不怪它,怪我们自己。它后来向我们伸出过手臂,想把我们从这儿拉出去。而我们呢，冲着手臂就是一口。它才是宽恕我们的那个。不知道它会不会宽恕？换作我，也许不会。圣父没有宽恕过任何人，整部《旧约》充斥着战争和惩戒，而圣子耶稣，相反，宽恕所有人。"

"我没读过。《圣经》是给那些不信的人读的，为了让他们信。如果你信，所有的故事都无关紧要……行啦，已经不早了。"

"如果它还没有完全毁灭呢——我们的星球？"

"晚安。"

*　　*　　*　　*

"睡了吗？"

"周围有这些个邻居，哪里睡得着？"

"如果我还是告诉你，我们的星球并没有全部毁灭，没有全部污染呢？"

"你是梦见了什么吗？"

"我是说真的，我知道，我听人说的。而且那里还不远，就在我们这里，莫斯科郊外。有人瞒着所有人，试图重新征服地面，就在巴拉希哈。照地图上，离这儿还不到一小时。他们在建什么东西，好像是地表前哨阵地一类的。也就是说，那里的土地可以……"

"你没穿防化服在上面待了多久？后来身体有什么变化？你仔细想想。"

"最主要的是，他们的前哨阵地建在无线电站旁边。这说明什么？说明他们在跟人联系。也许他们在准备疏散？你想想：重返地面！我必须得去巴拉希哈一趟。"

"这是谁跟你说的？"

"一个不认识的人，怎么了？"

"这里有很多人，有各种各样的说法，五花八门。人心隔肚皮。你不能什么都信，甚至什么都不能信。"

"跟我一起去好吗？去巴拉希哈。"

"不。"

"你觉得那里什么都不会有？你也认为我们是唯一的幸存者？认为我在上面是白费力气？认为我是个没用的白痴？认为我会生下畸胎？认为这一切都是徒劳？"

"我只是不想你死。现在，不知道为什么，特别不想。"

"我也不打算死，但我无论如何都得去。等我缓过劲儿来，我就动身。"

"抱抱我。"

* * * *

"你今晚不能留在这儿。他晚上会来。"

"'他'是谁？你的'主人'？"

"你别管。"

"你肚子上的伤疤，烟头烫伤，是不是他干的？"

"不，不是他。"

"你撒谎，对吧？我也有同样的伤疤，就在这儿，就是那晚留下的，我跟你……初次见面那晚。那个男人在走廊里找到了我，我当时喝醉了，在地上爬。他把我带到你这儿来了，是他把你给我的。他就是你的主人？"

"关你什么事？"

"是他用烟头把你烫伤的？你为什么要忍受这个？他为什么要烫我？我手臂上原本是游骑兵的文身，现在没了。"

"我知道那原本是什么，阿尔乔姆，我看见了，我还记得那晚。"

"为什么他要把它们毁掉——你的主人？为什么他要折磨你？！"

"不是他，阿尔乔姆，不是他烫的我，跟他没关系。"

"那是谁？"

"是我自己，我自己烫的。"

"你自己？为什么？你在胡说什么？那我呢？我又是谁烫的？你吗？"

"也是你自己，阿尔乔姆。"

"什么？为什么？怎么可能？"

"你真的得离开了。如果你什么都不记得，那最好不过了，真的。"

"我不相信，你在帮他开脱。他是什么人？"

"你今晚可以睡在我女伴那儿，克里斯汀娜，我已经跟她说好了。不要来这儿，我不想你来，明天也不要来。"

"为什么？"

"你只会让我更痛苦，让我想再次烫伤自己。"

　　　　　*　　*　　*　　*

"你怎么样？感觉怎样？"

"我不知道，还没死。"

"我想过了……你跟我说的关于巴拉希哈的事。我有一个……熟人，也是潜行者，自由人。"

"他去过那儿？"

"没有，但他有一辆车，就藏在地面上的某个地方。我可以拜托他，让他捎你过去，他今天刚好要跑活儿。"

"他也是你的顾客？"

"是，我的顾客。"

"我不要，我宁肯走路过去。"

"阿尔乔姆，你哪儿也去不了，你看看你的腿。还有……我问过医生……辐射病如果不治……你也许就只剩下三个星期了。可是治，该怎么治？上哪儿去治？"

"你就是想把我撵出去，是不是？就是不想让我撞上你的主人，是不是？"

"你不相信我？"

"你只是想把我打发走，哪怕让我到阴曹地府，只要今晚不在这里出现。"

"他今天有空，阿尔乔姆。你去吗？"

"去。"

"我不想你出事。"

"我不信。"

"给，把这个戴上。"

"干吗？"

"你先戴着，好有个念想。等你回来再还给我。"

* * * *

"你好啊，萨什卡！可我今天太累，我们只喝点儿茶，睡一觉，好吗？去我办公室吧。"

"好。"

"那帮白痴，你猜怎么着，把通往库兹涅茨克桥站的通道给炸了，整个普希金站都塌了，他们现在无处可去，而红线什么都听不进去，乱成一锅粥。累死了。他们把事情全搞砸了，就靠我一个人收拾乱摊子。"

"我明白。"

"你是谁？！啊？你在这儿干什么？你在偷听？！"

"我……"

"他……他是来找我的，一位顾客，搞错时间了。我现在就把他弄走……马上！"

"是我搞错了，对不起。时间错了，地方也错了。"

"你喝醉了吗？"

"可不是嘛！都醉成一坨烂泥啦，这还看不出来吗？好了，走吧，英雄。"

"又是谁？！什么事？！"

"没什么，阿列克谢·费利克索维奇，假警报。"

"哼，假警报。"

第十五章

献身者公路

他们从引水管站上到地面——原来那里不光有入口，还有出口。而且出入引水管站不需要证件，只要你知道见什么人说什么话。

"你这笨蛋，根本就不擅长跟人打交道！"廖哈数落阿尔乔姆。

好在廖哈擅长，他是个称职的第一门徒。

"我跟你们一起去。"廖哈不确定地说，"第一，在你们的地面世界我也没遇见什么值得大惊小怪的东西。第二，潜行者的外快不比其他行业少，甚至还更好赚。第三，我的那个反正也是肿了，即便有辐射也无所谓了。走吧，只要你们找到什么，分我一份儿就成。"

"你这个菜鸟。"开车带阿尔乔姆去巴拉希哈的潜行者反驳说，"别忘了，你还欠我一笔学费，还有防化服的租金。所以你找到什么，得分我一半；我找到什么，跟你半毛钱关系没有。成交？"

"那样也成，"廖哈想了想，叹口气说，"但你得好好教！"

开车的潜行者名叫萨韦利。他脸上的皱纹长得跟常人不大一样，有点儿随心所欲：脑门上是竖纹，嘴角的皱纹向下，眼角全是十字纹，代替了眉毛，从鼻子到嘴角的褶子像是用铅笔刀划出来的，脑门下方一道深深的皱纹像是用钢丝锯锯出来的，以至于鼻子只好另立门户。他的头发很稀疏，同样皱皱巴巴的头皮看得一清二楚。他的犬齿包着铁牙套，但不是全部，有一颗已经掉了。年纪看上去怕有五十了，如此说来，是个老练的潜行者。

阿尔乔姆一走路膝盖就会刺痛，伤痕累累的后背同样每走一步就钻心地疼，似乎皮肤已经爆裂，只剩下干结的褐色肌肉。

他们穿过林荫道，绕过在地表蔓延的树干，走过马戏团旁边被洗劫一空的购物中心。马戏团关闭了，购物中心被某种霉菌吞噬了。接着他们绕过购物中心，下到停车场，萨韦利的车子就停在那里。

"我们像是开着车来逛商场了。"萨韦利带着浓重的鼻音跟同伴分享感受，"这感觉还不赖。"

阿尔乔姆既不喜欢他的这种感觉，也看不惯他脸上乱七八糟的皱纹，还有那铁牙套和眯缝眼。最讨厌的是，这个人可以随时去找萨莎，然后用这些牙齿和这双眼睛享用她。他不愿意去设想，却又忍不住不想。

更何况他的个头刚到阿尔乔姆的肩膀。萨莎怎么会跟这种人……

"你也去找萨什卡？"萨韦利大大咧咧地问，"那咱俩有共同语言。很好的姑娘，论年纪能当我闺女了，好在我没有闺女，所以良心上用不着过不去。"

"你去死吧！"阿尔乔姆早就想对他说这句话了。

"理解！"萨韦利挤了个眼，一点没恼，"我要是再年轻几岁，我也会吃醋的。不过我年轻那会儿，可是有过不少姑娘。"

这简直让阿尔乔姆忍无可忍。

萨韦利的车是一辆多功用车，罩着车罩。车身银白色，保养得很好，黑色车窗玻璃，车顶竖着一根一米多长的天线。特别之处在于，这是一辆右舵车。阿尔乔姆对着黑色玻璃看了看自己。萨韦利给他的那顶钢盔很差劲，但那把带消音器的枪很棒。枪更重要。

地下停车场的其余车辆都已经腐烂，或者被劫掠了。这辆车在这儿应该不会开心，阿尔乔姆想，就只有它自己还活着，仿佛墓地里孤独的凭吊者。

车子一下子就启动了。

"日系车，"潜行者不无自豪地炫耀，"我每次到上面来都会看看它。现在虽然很少有人故意砸车了，但我总是担心。"

他们缓慢开出地下停车场，驶上了花园环路。

"去巴拉希哈？"

"巴拉希哈。"

"具体去哪儿？巴拉希哈可是很大的呢，好歹是个城市呢。"

"到地方就知道了。"

"真有你的！"萨韦利说。

他们沿花园环路靠右行驶。不能开太快，因为生锈的汽车残骸之间空出的通路很窄，而且曲曲折折。偶尔拐上一条小路，结果却是死胡同，于是只好再退回来。人行道上同样挤满了汽车残骸，当年人们逃离莫斯科的时候，在人行道上照样驾车狂飙，碾压行人也全然不顾。只是，能跑到哪儿去呢？

他们在黎明前动身，以便天黑之前结束考察。天空涂满了云朵，阿尔乔姆上次看见的那轮古铜光泽的太阳，这次没有见到。夜是漆黑的，黎明是灰色的，清晨是暗淡的。

阿尔乔姆此前整晚都在喝酒，只是为了避免去想，那个人竟然就是萨莎的主人。夜里只睡了两三个小时，醒来时还醉着。他觉得难受，也许是因为酒的缘故，但表面看去是因为伤病。

城市里没有乌鸦，没有狗，没有耗子。楼房里空无一物，只有风在游动，其余的早就被冻僵了。辐射剂量计嘀嗒作响，仿佛阿尔乔姆的寿命倒计时。廖哈一言不发，好似舌头被吞掉了一般。周围死气沉沉。

"巴拉希哈有什么？"

"红线的前哨阵地。"

"红线？前哨阵地？为什么？"

"他们要向地表移民。"阿尔乔姆绝望地说。

"巴拉希哈？那也没多远啊，出了环城公路就是。你看看剂量计，谁能在那儿生存呢？"

"人类。"

280

"你这是从哪儿听来的，小伙子？"

"有人跟我说的……可靠的人。据他说，去巴拉希哈修建前哨阵地的人都是从罗科索夫斯基大街站派去的，都是囚犯，红线在那儿不是有一个营地吗？而且那里距离巴拉希哈很近，走路都能到。仔细想想，都讲得通。"

"为什么偏偏是巴拉希哈呢？那儿有什么特别的？"萨韦利穷追不舍，"那里有地堡吗？还是有军事基地？"

"据说有个无线电中心。所以，他们肯定是在跟其他人联系。"阿尔乔姆扭过头去，观察萨韦利的反应，"所以，肯定还有其他幸存者。"

前哨阵地。

当阿尔乔姆躺在萨莎小屋里那张坍塌的折叠沙发上时，曾经设想过它的情形。那也许会是个要塞，几米高的城墙，设有机枪瞭望台，用以御敌。但里面也许是水晶雪花球一样的温馨天堂。到底是什么样的呢？嗯，不用说，人们不必戴防毒面罩，而是大口呼吸。孩子们玩游戏……所有人都能吃饱。有家禽家畜，也许还有鸭子？黄澄澄的小鸭子。嗯，蘑菇，自然是长得好好的。整个内部绿意盎然，树叶在风中簌簌摇摆。总之，人们是真正意义上的生活，而非仅仅活着。

萨韦利脸上戴着褪色的绿色防毒面罩，橡胶不是皮肤，自然不会因为阿尔乔姆的话而起皱或绷紧；取代眼睛的是两个椭圆形玻璃目镜，只会凸起，而不会眨动。他现在到底是什么表情呢？觉得可笑？还是因为受雇于自己这样的笨蛋而恼火？也许他在自问：何苦冒这种危险？幸亏阿尔乔姆还没跟他讲，是谁向他讲述的巴拉希哈，又是在什么样的情形下讲述的。

萨韦利沉默有顷，伸出手，摸到按钮，打开广播。跳过 FM，调到 AM，随后又调到 VHF。无线电空间到处是低声呼啸，仿佛风吹过光秃秃的树枝，一片荒芜。饥饿的地球无谓地旋转，空空荡荡，如同真空，唯独某个地点还有人类幸存，就像一只未被毒死的虱子。人类听天由命，昏昏欲睡，他们无路可去，而死亡迟迟不来。

"假如还有其他幸存者，那当然再好不过了。"萨韦利看着阿尔乔姆，

"万一真的有呢？"

阿尔乔姆甚至不敢相信，这是他的真心话。

"我其实不是莫斯科人，"萨韦利继续说道，"我是从叶卡捷琳堡郊区来。服完兵役后就过来读书，学的摄影专业。我一直想拍一部战争电影，真是可笑的蠢货。我干过坦克兵，所以想拍坦克题材电影，然后在莫斯科一战成名。为了这个，我把一切都留在老家了——爸、妈、小妹，爷爷奶奶也还健在。妈妈暗示我说：'等你在莫斯科扎下根来，让你小妹也过去。等我和你爸老了，没准也搬到莫斯科郊外去。要不你就来看我们，夏天把孙子孙女送回老家来，采采蘑菇，摘摘野果。'可毕业之后，工作总不见起色，只好年复一年地敷衍他们：好好，很快很快，再等等。可我的根在莫斯科怎么也扎不下来。房子一直是租的，一直是一居，一直在郊区。连自己都安排不好，怎么安置小妹？再说，小妹来了，女朋友怎么办？恋爱也谈了，却没钱结婚。上班挤公交和地铁，想买车一直没钱。攒啊攒啊，结果，卢布贬值了。总之，人生是一团糟。我当时是这么想的，但现在不是了。"

"你也经常监听广播？"阿尔乔姆问。

"听过，白费力气。说实话，我也不在乎这个广播。我的车子为什么总是装备齐全，加满了油？就因为我总在想，为什么不让这一切统统见鬼去呢？哪天早晨从地铁里出来，坐进车里，放上一张神童乐队[1]的唱片，离开这该死的莫斯科，一路向东，走到哪儿算哪儿。怎么样？我囤了好多柴油和腌蘑菇，就在后备箱里，我用橡胶把那些玻璃罐包好，免得被机枪碰碎。全都准备妥当了，已经准备两年多了。"

"那你为什么没走呢？"

"为什么？就因为人太尿，婆婆妈妈，做决定容易，下决心难。"

"理解。"

---

[1] 英国电子音乐乐队，1990年成立于英国的埃塞克斯郡，以大节拍、朋克舞曲和另类舞蹈闻名世界。

"但我隔三差五就会梦到老家的小屋、菜园、水井、马林果灌木丛。父亲在菜地撒粪,冲我喊:'过来帮忙!'我却总是躲躲闪闪。妈妈叫我去喝羊奶。这你也能理解?"

"我理解。"睡得迷迷糊糊的廖哈从后座说,"不是全部,一部分。"

"所以说,"萨韦利说,"我很希望他们都还活着,或者至少有其他人还活着。哪怕是对门的大爷,虽然他经常揪我的耳朵,因为我用弹弓射他的母鸡。"

汽车开过列宁格勒火车站,开过喀山火车站,开过库尔斯克火车站。所有火车站都有生锈的铁轨通向荒芜。在梅尔尼克手下服役时,阿尔乔姆曾经到过那儿,他走到轨道,看着两段路轨在远方交会成一股,心想,地球的另一端是什么?铁路真是个奇怪的东西,跟地铁很像,只是周围没有墙壁和顶棚。

阿尔乔姆说:"我听说在二号地铁某处,有一条隧道通往乌拉尔,通往政府的地堡。所有领导人都在那里,吃着罐头,等着地表辐射下降。"

萨韦利反驳:"他们不是吃罐头,而是相互吃。你不了解这些人,你没看过电视。"

阿尔乔姆的确不了解这些人,但他知道某些人。他想起了那个未及开启的信封,也许已经在迪特马尔胸前的口袋里被子弹射穿了。梅尔尼克和他电话里的那个阿列克谢·费利克索维奇,终究未能阻止战争爆发。

阿列克谢·费利克索维奇?!

阿尔乔姆突然想起,萨莎那个主人似乎就叫这个名字——难道他就是那个别索洛夫?!

"睡一觉吧。"萨韦利建议,"你的同伴睡着了,你也睡会儿吧。照这个速度,到巴拉希哈还早着呢。"

但阿尔乔姆睡意全无,一阵紧张让他恶心。

"停下,我想吐。"

萨韦利停住车,阿尔乔姆跳下来,摘掉防毒面罩,吐了一地。感觉好些了，但舌头因为地表辐射而发苦，这可不妙。周围那么死气沉沉，以至于阿尔乔姆无力再细想下去：谁是萨莎的主人？谁又是梅尔尼克的主人？

相反，他开始埋怨自己：真是白痴，你怎么会相信隧道里一个快死的人，相信临死前的那些鬼话？也许巴拉希哈什么都没有，梅季希也没有，科罗廖夫也没有，奥金佐沃也没有，哪儿都没有，从来就没有过。

"因为辐射？"隔着防毒面罩，萨韦利的声音瓮声瓮气，"还是因为酒醉？"

"继续走吧。"阿尔乔姆关上车门。

下了花园环路，汽车开始沿一条泥泞的河流行驶。河面上缓缓升起湿重的黄色蒸汽。随后又驶过了无数的空房子，路过了一座奇怪的红色小教堂，被挤在两栋低矮的房屋中间，十字架暗淡无光。阿尔乔姆的手不自觉地抬到脖颈，透过防化服摸到了萨莎送他的十字架。他的脑袋里一片空白，意识全无。

随后他们拐上了一条大道，像地铁里的红线一样宽阔笔直，没有拐弯，没有分岔，双向六车道，外加一条电车轨道。路面上被挤得满满当当，全是汽车残骸，所有车辆都朝向同一个方向——向东，远离这座被毒死的城市。

莫斯科的大动脉被堵死了。

"献身者公路[1]。"阿尔乔姆读出蓝色标牌上的文字。

汽车全部变成了铁罐头盒。汽油早就被人抽光了，车上的尸体任由其留在车里，反正也没地方安置。汽车彼此挨得那么近，连车门都打不开。尸体早被啃得只剩下骨头架，黢黑而干枯。所有人至今仍在驱车向东，有的顶在方向盘上，有的半躺在后座上，有的怀里抱着孩子。所幸他们不是死于饥饿，而是死于辐射或者毒气，没有遭太多罪。

---

1 此路原名弗拉基米尔大路，是沙俄政府向西伯利亚流放政治犯的必经之路。1919 年苏维埃俄国当局为纪念这些反专制斗士而将其更名为"Шоссе Энтузиастов"，意为"献身者公路"。另有译法译为"热情公路"或"狂热者公路"。

原本走八排车的地方，硬是塞上了十二排。假设每辆车占地平均四平方米，姑且按一辆车可容三人计算——虽然很多车里都是塞得满满的——那总数有多少人？这条公路有多长？它通往哪里，终点在哪儿？

辐射剂量计鸣声大作，小个子的萨韦利像屁股上扎了蒺藜一样在驾驶座上动来动去，也许是为了坐得更舒坦些，也许是为了把屁股底下的白色毛皮座垫弄得更高些。由于车道过于狭窄，车子只能沿着路边挤过去。

"怎么样，献身者？"他问阿尔乔姆，"还是要去巴拉希哈？"

"又尿又婆婆妈妈。"阿尔乔姆回击道。

他不再去注视那些被困在汽车残骸里的死亡乘客，已经厌烦了。他闭上眼睛。嘴里满是铁锈味。萨韦利的日系车正开向虚无。所有人都是正确的，唯独阿尔乔姆是错的。他思绪飘动。

萨莎说他还剩下多长时间来着？三个星期？

医生是这么说的。盖了医生印章的死亡判决。但医生只有印章，却没有药物。

这剩余的三个星期该做些什么？又能做些什么？

找到所有人，向他们请求原谅？

请求阿妮娅原谅，因为自己不想跟她过正常人的生活，不能给她一个孩子；请求梅尔尼克原谅，因为自己拐走了他唯一的女儿；请求苏霍伊原谅，因为自己从未视他为父，无论是六岁那年，还是二十六岁的今天，每次临别只会说：萨沙叔叔，给我钱。

如果双腿还能支撑得住，还应该找到猎人，跟他喝上最后一杯，对他说："你没能做到，我也没能做到。除了头发掉光，我再没有哪一点像你。在我死后，人们照样会窝在地铁里，吃虫子，在黑暗中游荡，胡言乱语，买卖猪粪，打打杀杀，直到咽气。我没能打开他们的囚牢，没能放他们自由，没能教会他们沐浴阳光。"

然后，拿上苏霍伊给他的全部子弹，走到花卉站，全部交给萨莎。有了这些钱，就可以静静地跟她拥卧，贴紧，彼此触碰额头，摩蹭鼻子，什么都不做，只是躺着，近近地凝视她的眼睛。还要拜托荷马，在自己死后把萨莎从那里带走。

计划还是不错的。

日本车似乎开得快了些？

阿尔乔姆眯起眼睛。

路面被清理出了一条车道。所有废车都被顶到一旁，被压扁，塞到其余车道，像是庞大的铲土机干的。在一堆铁锈之中，一条车道畅通无阻地通往天际。

"你看，"阿尔乔姆激动难抑，"看！这是谁干的？"

他的心脏剧烈跳动，塞满了橡胶服下面的整个胸腔，密不透风的防化服已经被汗水湿透。由于紧张，一股酸水又涌了上来，但阿尔乔姆强忍住，把它咽回去。他不想停车，浪费哪怕一秒钟。

有人找到了机械设备，运到这里，在地表秘密作业，清除了永久的拥堵，开辟了通向东方的车道，通往巴拉希哈。能够做到这一切并完全保密的，地铁里除了红线之外，再没有第二股势力。也就是说，隧道里的那个人没有撒谎。只需要开到地平线，像闯终点线一样闯过去，就会发现前哨阵地，那里的人们奇迹般地在地表生存着。

不，一切并非徒劳。

他不是疯子，不是白痴，不是可怜的幻想者。

"踩油门！"阿尔乔姆请求萨韦利。

廖哈呼呼大睡，广播咝咝作响，风狠狠地砸在挡风玻璃上。萨韦利飙到一百迈，车道较之于车速显得过窄，但他根本不打算减速。阿尔乔姆有种感觉，在橡胶头套下，萨韦利那包着铁牙套的嘴同样咧开着在微笑。

道路两旁的建筑不见了，取而代之的是奇特的密林。两侧的树木笼罩在变得狭窄的道路上空，树干彼此倾斜，树枝相互伸展，交织成顶棚，既像在相互拥抱，又像要掐死对方。但枝干上没有一片叶子，似乎它们为了争夺阳光和水分，已经耗尽了自己的生命力。那些在废车之间开路的人,同样毫不犹豫地打通了这片密林。

随后,密林被甩在身后,眼前重又变得宽阔,献身者公路两侧又各加宽了两个车道,除了被开辟出来的这条,全部堆满了死车死人。终于,一座宛如混凝土绞索的庞大高架桥呈现在眼前。

"莫斯科环城公路到了。"萨韦利说,"巴拉希哈就在前面。"

阿尔乔姆从座位上微微站起身。

那里有什么,奇迹吗?就在环城公路后面?难道说,只要穿过这条环形公路,地表辐射就会立刻降低?并没有,剂量计的数值不降反升。这里的车道清理得相对潦草,开起来也相对困难些。

莫斯科环城公路无比宽阔,像通往死亡之国的驰道,似乎没有尽头。路面上,排队前往阴间审判的各色车辆秩序井然:小汽车,大货车,破破烂烂的俄国车,富丽堂皇的外国豪车。一些大卡车的车头被拗断,向前凸出,似乎惨遭斩首。所有车都被开膛破肚。铁畜群从天边绵延至天际。环城公路在远处看不见的地方画着弧线,就像大地本身。

但大地并没有穷尽,仍在继续。

他们驶过了一块标示牌——"巴拉希哈"。

莫斯科环城公路以外,与里面并无任何不同。

只是楼房没有那么密集,道路两旁不再是赫鲁晓夫式的五层楼房,而是工厂废墟。还有什么呢?倾覆的公共车候车亭,破破烂烂的售货亭。公共车像开了全景窗户的毒气室,堪比伦琴射线的风自东向西,直扑面门。白昼已经降临,却无一人见证。阿尔乔姆几乎已经灰心丧气,只有一点让他心存希冀:开辟出来的道路仍在向前延伸。它究竟通往哪里?

"在哪儿呢?啊?"萨韦利问,"往哪儿走?"

"往哪儿走?"阿尔乔姆也在心里问那个隧道里的死人。

他怎么会相信一个死人?萨莎不是告诫过他吗:不要相信任何人。

但如果什么都不信,那还有什么指望呢,萨莎?

"快看那边!那是什么?"廖哈从后座跳起来。

"哪里？"

"那边！那是什么，左边？还在动！还不止一个！"

在动。

在转动。

那东西站在路边的一片开阔地，塔不像塔，风车不像风车……似乎是用钢轨焊接起来的十字交叉式的构架，有四层楼那么高，下宽上窄，顶部有三个巨大的桨叶。闯进陷阱里的东风没头苍蝇似的乱撞，带动桨叶缓缓转动。

"那边还有！看！又一个！"

奇怪的设施排成一列，沿路边一字排开：一，二，三，四……桨叶长达三米，表面凹凸不平地包着铁皮，被天空映成灰色。一眼便知，这不是机械制造的，而是人工打造的，而且是在大战结束之后才建的，也许就在不久前。

不久前！在地上！出于某种目的，有人建造了这些风车，还有这些磨坊！

螺旋桨步调不一地集体旋转，仿佛一整个飞行大队正从机场准备升空，也许正是那些长着透明翅膀的大肚子飞艇。又或者这是一些推进器，试图把整个地球推移，迁往某个可以居住的星球，以便人类通过太空移民而获救？

"这是干吗用的？"廖哈在后座上问。

"这就类似于我们车站的自行车，"阿尔乔姆像中了魔法似的呆呆地说，"这是发电机，风力发电机。"

"发电干吗用？"

"你是笨蛋吗？！这就是说，有人在这儿居住！不然要这么多电力干什么？你看看有多少！你数数：六，七，八，九，十！十一，十二，十三！那边还有！这些电力足够供应一整栋大楼！甚至是两栋，三栋！十四！十五！十六！你明白了吗？这是有人特意修建的！在地上！现在辐射多少？"

"没变。"萨韦利说。

"那就是说,他们想到了适应的途径!要么就是建了什么隔离设备。总之是在地上!红线的人干吗要来地上?他们肯定知道不为人知的秘密!他们这儿有这么多电!比我们整个地铁都多!这些电足够整整一个居民区用,可以昼夜点灯!停车,大叔,停车!我要走近点看看!"

萨韦利在路边熄了火。

阿尔乔姆跳下车,一瘸一拐地走到风力发电机旁,眯起眼,抬头望着缓慢转动的桨叶。绝对错不了,风推动这些桨叶,源源不断地产生电流。所有发电机都在工作。

萨韦利端着特种部队专用的消音狙击枪,警戒着走过来。他端详了一番风力发电机,四处环顾了一下,又凝神听了听动静。

"那你说的那些居民在哪儿呢?"他问阿尔乔姆,"你说的那个人们用电熬粥、连厕所里都装着灯泡的居民区在哪儿呢?啊?"

"我不知道,大叔,也许在隐蔽的地方。这里是公路,肯定不在附近。"阿尔乔姆试着解释。

"也就是说,有人正在监视我们?"

"有可能。"

萨韦利举起消音狙击枪,眼睛对准瞄准镜,四下侦察了一番。

"不像。这里跟莫斯科一样,阿尔乔姆,是座空城。"

"清理道路,修建发电机,哪一样不需要人手?工人,工程师,电工,肯定有!"

"一个人都没有,你眼瞎了吗?他们造完这些东西就又回到地铁了。辐射剂量无法承受!实验失败了!"

他们继续驱车向前,缓慢均匀,车窗全部摇下,以免错过任何一个哪怕最微小的人影。但一个人也没发现。光秃的树木向天空举起粗糙的手臂,像在祈求什么。树木后面矗立着电线杆,从远处看不见,被房子挡住了。风在桨叶间盘旋,笨重的螺旋桨不规则、不协调地吱呀作响,一秒钟都不曾中断。再往前，风力发电机就没有了，而前哨阵地仍然不见踪影。

"掉头回去，也许是错过了！"

萨韦利照办了。当车子掉头时，阿尔乔姆按捺不住，又钻出了车厢。他瘸着腿向前走去，凝神谛听察看。

你们在哪儿啊，人们？

你们就在这儿，对不对？！出来啊！别害怕，我是自己人！

不管你们是红线，还是褐线！难道在地上还有必要再区分地下那些颜色吗？所有地下的颜色在太阳底下都会被烤焦，不是吗？

路边出现了一条狗。

它嗅一嗅空气，懒洋洋地叫起来。

阿尔乔姆跛着脚靠近它。这不是军犬：没戴项圈，品种也不对。白色皮毛，带有浅色斑点，脏兮兮的。

"怎么了？"萨韦利跑过来问。

"看见了吗？！"

"一条狗而已。"

"它不怕我们，它不怕人！你看，你看看，它多肥！简直肥得流油！这是家狗！明白吗？啊？这里一定有村庄，就在树木后面。它是家养的，住在村子里，跟我们车站的看家狗一样。你看它喂得多饱！"

又有几条狗慢悠悠地凑到白狗身边。倘若在莫斯科街头遇上狗群，必须立即射杀头狗，否则休想通行。但这里的狗不一样，它们没有狂吠，没有散成半圆，以备包抄猎物，而只是温顺地眯着眼睛，不时轻吠几声。核辐射对它们稍有影响：一只狗五只爪子，另一只狗在大头旁边还长了一个没有眼睛的小头，但它们并不凶恶。主要是因为，它们都吃得很饱。

"它们是从哪儿冒出来的？那儿，看！树林后边有条小路！人们就住在那儿！"阿尔乔姆对萨韦利说。

萨韦利把车停好，拔下钥匙，廖哈跳下车，关上车门。廖哈在防毒面罩外面另戴了一副黑色太阳镜，装有粉色的心形镜框，是萨韦利借给他的。

狗群围着三人嗅来嗅去。萨韦利用枪托驱赶它们，它们只是懒洋洋地跑开几步，也许是因为拖着大肚子实在跑不动。喂得太好了。

阿尔乔姆高举空着的双手，沿小路走在最前面。

"人们！喂！不要开枪！我们只是路过！"

他们能听见吗？不好说。风力发电机桨叶转动的响声太大，足以将阿尔乔姆的声音湮没。

"有人吗？喂！别怕，我们没有恶意……"

呼吸困难——过滤器来不及供应阿尔乔姆眼下所需要的足够多的空气。目镜玻璃开始蒙上一层雾气。但他不想再无谓地增加辐射剂量了，眼下每呼吸一口都要减少一点寿命，而在死之前，他还要把所有事情都搞清楚，还要为自己乃至全地铁寻找慰藉和希望。

萨韦利和廖哈跟在身后。

狗群起初跟在后面，随后又小跑到前面带路。透过光秃秃的树木，看不到任何房屋、板棚、围墙，但似乎有一堆红褐色的东西，就在小路侧旁五十步开外。

他们来到了一片林中旷地。

群狗像做错事似的摇着尾巴，看看访客的眼睛，朝旷地中央跑去，跑到地方，突然不见。阿尔乔姆满心疑惑地朝近前走去。那是一座土窑吗？

不是，是一个坑。

一个巨大的坑，用挖土机挖出来的，准确地讲，应该是基坑。刚才看到的褐色是挖出来的沙土，堆成了一座小山，而根本不是什么土窑。

而在基坑里面，赫然堆满了死人！

穿着各色衣物……

全是男人。已经面目全非。是被野狗啃食的。

一共有多少？难以计数。仅最上面一层就有二十来个，但显然第一层的下面还有第二层，第三层，直至坑底。

野狗群数量庞大，但死人足够所有野狗敞开肚皮吃，所以它们才那么温顺，那么友善。它们跳下去，又开始慢条斯理地吞食尸体。阿尔乔姆的哀号声惊扰到了它们。

"原来你的那些建造者都在这儿呢，"萨韦利冲着阿尔乔姆的后背说，"工人，工程师，电工，全都躺在这儿。卸磨杀驴。"

阿尔乔姆回头盯着他："他们为什么要这样做？为什么？！"

"什么为什么？"戴着心形眼镜的廖哈瓮声瓮气地说，"帝国那样对我们又是为什么？你怎么跟个外星人似的？你以为这里跟地铁能有什么分别？"

阿尔乔姆抓住橡胶管，一把扯下防毒面罩。他想要呼吸空气，以免窒息，却忽略了尸体的腐臭。一股甜腻而令人作呕的恶臭直冲脑仁，让他险些闭过气去，连胆汁都吐出来了。

他拖着伤腿尽快跑远，远离这个巨大的尸坑。风力发电机的桨叶在耳边嗡嗡转动。他走到它们跟前，这是一排庞大的队列，将它们竖在这里是一项残酷而艰巨的工程。但人们完成了。也许做了很久。一些人悄悄死掉，另一些人过来替补，也许是因犯，他们不是自愿来的，而是被逼迫来的。几乎没有一个人活着回去，也许只有祖耶夫见到的那些人逃了回去，但他们立即被拘捕、处决，以免流言四起。

原来如此。

风车的铁皮翅膀不停地转动，在暗淡的白日中发出暗淡的光芒，但这不是幻想中的飞机螺旋桨的桨叶，而是绞肉机的刀片，从莫斯科地铁来的人被投进里面，人肉被绞成狗粮，人命被用来发电。

"为什么？"阿尔乔姆质问，"你们要这么多电干什么？！"

他吐出一口又酸又苦的汁水，戴上防毒面罩。

就在这时，树林后面传出一阵轰鸣——引擎！

阿尔乔姆迅速卧倒，随即挥手示意正从尸坑返回的同伴们。他们也迅疾卧倒，以免被树林后面的人发现。

一辆乌拉尔牌重型卡车驶入视野，有六个巨轮，车窗装着护栏，保险杠被獠牙状的开路器所取代，车厢被改造成密封铁皮箱，带有狭窄的射击孔和一扇小门,整个车身被涂成了灰色。重卡从便道驶入无限延伸的献身者公路,开上被开辟出来的那条车道。随后在阿尔乔姆一行人曾经驱车经过的地方停下,熄火。它在等什么?

阿尔乔姆屏住呼吸。难道他们听见了响动,正在搜索自己吗?他们发现了停在自己身后的日系车了吗?

没有。引擎的咆哮声再次传来,从转弯处驶出一辆一模一样的卡车,车身的油漆显然是刚喷过不久。两辆车一前一后,喷出股股黑烟,轰鸣着向莫斯科方向驶去。它们沿着开辟出来的道路,小心而熟练地穿行在汽车残骸之间,很快就在灰色柏油马路上不见了踪迹。

"从那边拐角处开过来的,"阿尔乔姆说,"那里有什么?"

那里恰恰是电线杆所在的地方。

阿尔乔姆沿着路边走去,下意识地握紧自动步枪柄,完全不理会萨韦利和廖哈有没有跟上来。他必须找到那个地方,必须搞清楚那里是什么,搞清楚这些人到底为何而死。

他从献身者公路拐下了一条与之相通的公路,标牌上写着:"巡逻路"。

还没等走到跟前,他就猜到了:这不是电线杆。

是无线电塔。

一,二,三……一共有多少个?这就是传说中的无线电中心!

他单腿蹦着靠向无线电塔,电塔也从其所藏身的树木后面逐渐露出面目。电塔高耸入云,用铁架编织成细网状。相比之下,阿尔乔姆在摩天大楼的楼顶摆弄的电线简直是小孩的玩具!这才是真正的天线,能够连接到世界尽头!如果连它们都无法接收到极地曙光城的信号,那还有谁能接收到呢?

"等等!"萨韦利抓住他的胳膊,"你要去哪儿?你难道要走正门?走刷卡通道?"

"我才不管,"阿尔乔姆说,"正门就正门。这是无线电,明白吗?天线!无线电站!那些发电机就是为了这个而修建的!为了供应无线电站!

而不是居民区！压根就没有村庄！所有被埋在那里的人，全都是因为这个无线电站！你明不明白？！这说明什么？！说明他们在跟某人联络！也许就是跟你的乌拉尔！也许是跟亚曼托山的地下堡垒！红线那帮混蛋在跟外面联络！不然为什么要保密？……大叔，你愿意怎么样随便，我反正只剩下三个星期了，我必须知道真相。"

他把胳膊挣脱出来，继续前进。

"站住，蠢货！"萨韦利低声怒叱，"你上哪儿去？我们三个人怎么跟他们斗……咱们先坐下来，合计合计。"

"你们合计吧，我去侦察。"

阿尔乔姆在树下走了一段，已经看到了混凝土围墙，墙内就是无线电塔。必须想办法越过围墙……只能走大门吗？

不，不需要。有一个地方的树干伸到了围墙近前，阿尔乔姆猫一样爬上树，围墙上方架设着带刺铁丝网。但无所谓，阿尔乔姆已经不怕这个了。他用自动步枪捅了捅，能不能禁得住？可以。他抓住铁丝网，手套立刻被划破，裤腿也被撕开，腿上的伤口又涌出血来，但当时他却没有察觉。他翻到围墙另一侧，用那条好腿先着地，跳了下来。

一旦被人发现，他立刻就会被干掉。

但他落地的角度很好，没有被立刻发现。这个地方位于灌木丛中，为砖砌建筑和垃圾堆所遮掩，角落里甚至还停放着一辆挖土机，或许就是给建筑者挖尸坑的那辆。

一条惊觉的警犬低吼着从角落里冲出，直扑阿尔乔姆，他举起带消音器的步枪朝它脑门射了颗子弹，警犬呜咽一声就倒下去了。

阿尔乔姆慢慢摸到正门旁的警卫室后面，从后窗玻璃望进去。里面有两个人，穿着防化服，看不出是红线还是其他阵营的。

他绕到前门，敲了敲。里面的人打开门，立刻一人吃了一颗枪子。以血还血。是对是错，暂且不论，三个星期以后再说。

桌子上有台小屏幕，显示着大门和围墙的画面。阿尔乔姆将录像回放，看见了自己从墙上跳下的画面，好险……守卫们想必是碰巧转过身去，看漏了。一定是上帝给他打了掩护。

他找到写着"大门"的按钮，按下去，蹿到屋外。

直到这时，他才中了一颗子弹，一颗从一开始就注定无法避免的子弹。子弹射中了肩膀。他及时跑到了一堵墙下，捡回一条命。他紧贴墙根，用未受伤的臂膀举起沉重的自动步枪，胡乱地开了一枪。没有打中！又一颗子弹射到了头部旁边的墙壁，迸起的砖头碎屑击碎了防毒面罩的目镜玻璃。他跑到对面的墙壁去，结果触痛了膝盖，一阵钻心似的痛袭来，膝盖一软，跌倒在地。这时一梭子子弹射到身边的地面，激起阵阵灰尘，眼看就要射穿肚皮，门口突然有人持枪猛射。阿尔乔姆独眼一看——廖哈！多谢兄弟，引开了火力。

阿尔乔姆在扬起的灰尘里跌跌撞撞地爬起来，这时从建筑物里又跑出了三个人。他们全部穿着防化服，大概是临时穿上的，为此耽搁了一些工夫。廖哈藏到墙角后面，楼顶一挺机枪开始朝墙角扫射，压得廖哈不敢露头。那三人发现了阿尔乔姆，他还在地上爬，还差两步就能躲到掩体后面。阿尔乔姆眼看就要血溅当场，多亏一辆日系车从大门外急速闯入，漂移着撞到猝不及防的士兵身上，用车前盖将他们顶飞。楼顶的机枪调转枪口，对准日系车猛射。廖哈探出头，再次牵制住机枪火力。阿尔乔姆抓住机会，跑到了建筑物入口处。萨韦利跳下车，隐蔽到车后。他用狙击枪瞄准镜锁定了楼顶的机枪手，消音器两声闷响，楼顶的机枪哑火了。被汽车撞伤的一名士兵摇摇摆摆地站起身，用枪托重重地砸在廖哈的颌骨上，然后像个醉汉一样开始摆弄自己的自动步枪，想把昏倒在地的廖哈射死。幸好阿尔乔姆及时发现，朝他脸上射了一枪，救下了自己的救命恩人。阿尔乔姆推开门，在走廊里疾走，有个人拿着手枪朝他冲过来，阿尔乔姆未及分辨，下意识地扣动扳机，那人仰面倒下，死了。战斗结束了。

周围变得空旷而安静，大院里也停止了射击。阿尔乔姆朝窗外望去，只见萨韦利用脚踢踹着另外两个被车撞死的人，检查他们是否已经断气。

建筑物并不大，只有一条廊道，几个房间。所有房门都四敞大开，有一条楼梯通往二层，那里是同样的光景。有一间控制室，但懂行的操控人员已经被阿尔乔姆顺手打发了。

操纵台上满是黑压压的按钮和硬胡子茬似的倒扳开关，虽然每个旁边都标注着俄文字母，但全是缩写，狗屁不通，没人能够破译。

阿尔乔姆坐到带小轮子的转椅上，摘下自己独眼的防毒面罩。

他将按钮乱按一气。哪个可以帮我接通极地曙光城，啊？

他似乎搞明白了如何切换频率。他戴上耳机，里面传来大海的呼吸：
咝咝咝咝咝咝咝……

调到下一个频率：咳咳咳咳……咳咳咳咳……

如同肺结核隔离病房；如同那条黢黑的隧道，赤裸的野人在集体咳嗽，透过被丁字镐凿出的窟窿呼吸。他们哪儿也不想去，不愿意追随他到地上。他们说，无处可去，一切都被炸毁了，毒杀了，污染了。你自己一个人上去吧，你这个疯子。

咳咳咳咳……

砰！阿尔乔姆猛然一拳砸在操纵台上。

"工作啊！"

砰砰！

"工作，废物！工作，混蛋！你们在这里听到了什么？你们在跟谁联络？那些被埋在坑里的人是为何而死的？那些死在院子里的又是为了什么？！快工作！工作！"

砰砰砰！

咳咳咳咳……

咝咝咝咝咝咝咝……

这么巨大的天线！这么多无线电塔！整整十座！所有波段都能接收，都能发送！为什么你们这么大的耳朵，却听不见声音，该死的！

该怎样广播？该怎样向该死的世界解释这一切？难道七十亿人一下

子全都被送下了地狱？！

萨韦利走进来。

"怎么样？我爸我妈还好吗？"

"不知道！不知道！"

"有人回应吗？哪怕一个人？还是说，我们白忙活了？"

"那些死人呢？他们到底为什么在这儿！"

萨韦利沉默了，心存侥幸地用脚踢了踢被打死的无线电员的胳膊，但那人断然是活不过来了。

"算了，赶紧离开这儿。他临死前有可能通知了自己人，比如那两辆乌拉尔，很有可能。等援兵赶到，我们就完蛋了，廖哈已经失去战斗力了。"

"还活着吗？"

"昏过去了，被伤得不轻。我把他抬进车里了。总之，得赶紧走。把死人的枪捡起来，回家，好歹没白跑一趟。"

阿尔乔姆点点头。

留在这里也无事可做。去任何地方他都再也无事可做。他已经无能为力。

他从转椅上站起身。膝盖已经不能打弯。眼睛干涩。在席勒站被手推车把手固定成半圆状的手指，如今已经被自动步枪重新定型，扣扳机的食指稍向前伸。

他走到无线电员跟前，拿走了他的手枪。他并不可怜此人，他死得算痛快。他的制服上没有名牌，没有标志。你是谁？在这儿干什么？

他拖着双腿走到院子里，捡起了一把自动步枪，然后是第二把。他想起楼顶还有一台机枪。但他不想再回到这个无线电中心了。

汽车车门全部敞开。廖哈哼哼唧唧地，恢复了意识。汽车收录机里传出令人心烦意乱的噪音，响亮而清晰，跟操纵台里传出来的一模一样。原本没有必要去那儿，原本可以不用杀死这些无辜者。何苦增加这些罪孽？三个星期之后的地狱审判全都得还回来的。

阿尔乔姆坐到地上，茫然环顾。

警卫室的门敞开着。一只手从门板后面伸出，手指抠进柏油地面。旁边是变压器间，挂着画有闪电的黄色警示牌，但两层楼高的无线电中心却又聋又哑。这里有什么好守卫的？为什么这里停着两辆乌拉尔运兵车？为什么要建这么多风力发电机？为什么要用挖土机挖坑埋尸？为什么把人们从地铁驱赶到这儿来？难道说就为了喂狗？为了搜捕逃跑者？

风机桨叶轧轧旋转，产生电力，供应配电板室，供应见鬼的无线电塔。

将灵魂磨成粉末，将生命碾成灰尘。

它们厌烦地叫着，叫着，将阿尔乔姆的肠胃缠到它们的桨叶上：咿咿咿咿，咿咿咿咿，咿咿咿咿，咿咿咿咿，咿咿咿咿，咿咿咿咿……

没用的聋哑电塔高耸在头顶。

咿咿咿咿，咿咿咿咿，咿咿咿咿，咿咿咿咿！

阿尔乔姆从地上蹦起来，怀着满腔悲愤，瘸着腿全速跑向变压器间。他用枪托砸掉门锁，撞得铁门发出破钟一样的声音，闯了进去。他找到了带有无数指示灯和开关按钮的配电板，像一头笨熊一样，粗鲁地用枪托砸向配电板，指示灯咯吱碎裂。

"为什么，混蛋？你们要这么多电干什么？！"

他将自动步枪倒握，把它当成一根大棒，抡圆胳膊朝配电板一通猛砸。

塑料碎片、玻璃碴子四处乱溅，保险装置摔到地板上，屋里的灯熄灭了。

他抓起一团儿童玩具似的彩色导线，使劲儿往外拽。

阿尔乔姆心里烧着一团野火，五脏六腑全部绞成一团，怎么都冷静不下来。他只想把这些彻底捣毁，连根铲除，把这该死的没用的无线电站送去见鬼，宁肯让这些电流通到大地，通到太阳，通到宇宙，也不要注入这台绞肉机。

眼泪也许能帮助他缓解，但眼睛像干枯了一样。

"喂！过来！阿尔乔姆！"

他从熄灭的变压器间走到院子里，神经仍然紧绷着，尚未彻底摆脱狂暴、野蛮、阴郁的情绪。耳朵里嗡鸣不已，嘴巴里再次充满血液生锈的味道。

他看见萨韦利站在四敞大开的日系车旁，正冲他招手。

不知为何，萨韦利没戴防毒面罩。

"怎么了？"阿尔乔姆大喊，努力盖住耳朵里的嗡鸣声。

萨韦利喊了些什么，但完全听不清，又冲阿尔乔姆招手。阿尔乔姆朝汽车慢慢走过去。

"啊？"

"过来，蠢货！"

萨韦利脸上的皱纹挤出奇怪的纹路。他似乎在笑，又似乎无比恐惧。他的笑是疯子的笑，伴随着铁牙的闪烁。

"怎么了？"

"你没听见？"

阿尔乔姆终于走到跟前，皱起眉头。怎么回事？！

从汽车里面好像……好像……

他惊异地扭头看着潜行者，跳上前座，开始用颤抖的双手在按钮上胡乱摸索：怎么调大音量？！

"这是你的CD？你在耍我，混蛋？！"

"蠢货！"潜行者笑着，从打开的车窗朝里张望，"神童乐队和Lady Gaga你都分不出来？！"

音乐流淌出来。

音量不大，不是很清晰，混杂着咝咝的杂音，完全不像阿尔乔姆在地铁里听到的那种音乐。那不是吉他，不是破旧的钢琴，不是忧郁低沉的胜利日歌曲，较之于音乐更像是可笑的大杂烩，但活泼、有趣、鲜活，让人忍不住想要跟着节奏摇摆。而作为背景音的，是那熟悉的咝咝咝咝——这是无线电广播，而非CD！音乐——不是呼叫信号，而是音乐！有人在哪里听音乐！放音乐！他们不是在说：我们这里幸存下来了，你们那儿呢？而是在放音乐，好让其他人伴着这音乐跳舞。

"这是什么？"阿尔乔姆呆呆地问。

"这个，叫无线电！"萨韦利说。

"哪个城市？"

"鬼才知道！"

阿尔乔姆旋转按钮，切换频率。万一还有其他的呢？

很快就搜索到了。很快，也就一秒钟！

"呼叫，呼叫！这里是圣彼得堡，这里是圣彼得堡……"

在车里没法回应，因此阿尔乔姆继续朝前调。有人用一种陌生的语言叽里咕噜，好像嘴里塞着蘑菇一样。

"英语！"萨韦利猛拍了一下他受伤的肩膀，"英语，明白了吗？！连那帮混蛋也活下来了！"

咳咳咳咳……

"Berlin……Berlin……"

"喀山……是否收到？收到！这里是乌法……"

"符拉迪沃斯托克呼叫米尔内岛……"

咿咿咿咿……哔哔哔哔……

"斯维尔德洛夫斯克州的公民们，大家好……能收到信号的人……"

阿尔乔姆被充裕的无线电信号灌醉了，起身离开收录机，瞪大眼睛看着萨韦利，用打结的舌头问："这是怎么回事？怎么会这样？为什么？"

"你刚才做了什么？"

"我砸碎了……配电板……应该是把电路切断了吧？反正我想这样干来着。"

"对了，就是电路被切断了。"

"什么……我不明白。"

"这还不明白？！"

"怎么了？"

"你以为这些无线电塔是干什么用的？"

阿尔乔姆从车里跌出来，仰起头，看着插入天空的巨型天线。它们跟半小时之前没什么两样，只是现在都断了电。

"到底怎么了？！"

"为什么你把它们切断了，无线电就活了？整个大地都活了！这说明什么？"

"不知道，我不知道！"

"这是干扰器！"

"什么？！"

"无线电干扰器！它们发送干扰信号！在所有波段发射大功率干扰信号！"

"那会怎么样？"

"整个无线电空间都会被屏蔽！整个！全世界！就跟过去一样！"

"全世界？"

"真是个傻纸（子）……"后座的廖哈用无法闭合的嘴巴有气无力地说。

"全世界，老弟！整个无线电空间！你明不明白，全世界都还活着！只是我们以为它们不在了！而之所以这样，就是因为这些干扰器！但世界真真切切还活着呢，明白了吗？！"

第十六章

最后的联络

///////////////// 🎭 /////////////////

"该整（怎）么办？"廖哈艰难地调动受伤的舌头，问道。

"什么怎么办？"阿尔乔姆回头看他，一下子几乎没认出来。廖哈半躺半坐，防毒面罩掀到额头，嘴里在向外淌血，手里握着一瓶打开的私酿酒，是萨韦利给他消毒用的。

"给我也来一口。"阿尔乔姆喝了点酒，但没起什么作用，还一不小心把廖哈的碎牙喝进了嘴里。他看一眼瓶口，全被染红了。他又闷了一口。

"走！"萨韦利咚的一声坐在毛皮座垫上。

"去哪儿？"阿尔乔姆把头转向他问。

"去哪儿？还能去哪儿？"

"回去？回莫斯科？"

"回什么莫斯科？你傻啊？向前！去叶卡捷琳堡！回家！"

"现在？"

"现在，朋友，现在！趁那些杀人凶手还没回来！"

阿尔乔姆默想片刻，从车里探出头，朝地上唾了一口："那人们怎么办？"

"什么人们？"

"地铁里的人们。他们怎么办？"

"他们怎么了？"

"应该……告诉他们，他们应该知道真相，告诉他们我们不是唯一活下来的，都是这些干扰器搞的鬼，你们想去哪儿就去哪儿！"

"是我们想去哪儿就去哪儿！明白吗？我们可是有一个天赐良机，所有道路畅通无阻，燃料满满一箱，还有那么多桶备用的，万事俱备！还捡了那么多枪，子弹！机不可失！"

"可他们还会回来的，那两辆乌拉尔。他们会把一切都修理好，这些干扰器会重新工作，一切都会恢复从前的样子。到那时怎么办？没有一个人会知道全世界都还活着，没有人知道他们可以从地铁里钻出来！"

"谁听到了算谁，明白了？人各有命！走不走？"

"谁能听得到？现在根本就没有人在听了……"

"那就让他们去死吧！"

"你说什么？"

"你听见了！斯维尔德洛夫斯克州，我的家乡，在广播！我等这一天等了多少年？什么地铁？地铁算个什么？这是我的机会！绝对不能错过的机会！为了这一天，我准备了两年多！"

阿尔乔姆踹开车门，钻出车厢。他仰起头，看着变成哑巴的电塔。廖哈灌了一口酒精，什么都没说。

萨韦利旋转收录机旋钮，里面传来呱呱的说话声，还夹杂着颤音。

"巴黎！"萨韦利说，"咋样？想不想去巴黎兜一圈？"

"想。"阿尔乔姆说。

"去找法国妞！"萨韦利粗野地打趣道，"走哇，怎么不走？"

"我养父在地铁里，我妻子也在地铁里，还有……所有人都在地铁里！我难道一句话都不说，就这么走了？把他们留在那儿？"

萨韦利转动钥匙，汽车发动起来。

"随你便吧。反正我在地铁里既没有养父，也没有义母。除了妓女，我在地铁没有熟人。但妓女未必肯跟我走，她们更喜欢生活在黑暗里。"

"你怎么知道？妓女不妓女的……"阿尔乔姆的血液开始发烫，"没有人会心甘情愿地窝在地铁里！人们只是以为他们无处可去！红线，混蛋！他们把人们锁在地铁里，关起来！把整个世界藏起来不让人们知道！你觉得这样对吗？"

"无所谓。"

"无所谓？"

"就是无所谓，明白了？地铁怎么样，地铁里的人怎么样，我根本不在乎！谁把谁关在哪儿，跟我一点关系都没有！跟我没——关——系！我只知道一点，如果我们再在这儿耽搁十分钟，所有人都会被拖去喂狗！听我一句，别再逞什么狗屁英雄了！上车，走吧！"

阿尔乔姆沉默片刻，用低沉的声音开口道："我不走。我没法抛下地铁里的所有人去什么狗屁巴黎……我应该把他们放出来，告诉他们，告诉所有人，他们被蒙在鼓里！他们所做的一切……都是徒劳！那些隧道、内讧、蠕虫……一切的一切，全是徒劳！生存空间、战争、蘑菇霉菌、饥荒……四万人！活生生的人！不光是我养父，不光是……还有其他人，所有人！得把他们放出来！"

"随便你。"萨韦利回答说。

阿尔乔姆沉默不语，头痛欲裂。他伸手向廖哈要过酒瓶，又吞了一口夹杂着碎牙的酒精。

"那你也随便吧。"

"你打算怎么干？"

"留在这里，想办法把这些电塔毁掉。"

"怎么毁？"

"不知道，他们这儿也许会有手雷什么的。"

"呵呵，手雷。好吧，你想死，我不拦你，但恕不奉陪。"

阿尔乔姆点点头。

"喂，看热闹的！"萨韦利转向廖哈，"你跟谁走？"

"我留下，"第一门徒用被鲜血染红的嘴唇说道，"我没你那么绝情。"

"那你也去死吧，"萨韦利说罢，又转向阿尔乔姆，"至少让我帮你处理一下伤口。"

"你不是着急赶路吗？"

"我这里有绷带和酒精，而你，什么都没有。"萨韦利叹口气道，"我要是你，这会儿就不会嘴硬。还有，这些止痛片每人嚼几片，已经过期了，但医生说了，最重要的是信念。算作临别礼物吧。"

将阿尔乔姆肩膀射伤的那颗子弹还好没钻进肉里。萨韦利帮他往伤口上浇了点酒精，缠好绷带。还不错。廖哈也用酒精漱了漱口。每人吃了几片过期的止痛片。

"你这是多管闲事。"萨韦利对阿尔乔姆说，"刚才你已经救了所有人一次了。孤独的牛仔，该死！"

阿尔乔姆耸耸肩。

萨韦利关上车门，转动方向盘，掉头。当半个车身驶出大门时，他最后一次刹车，从车窗探出身来："你们会被干掉的，蠢货！"

"随便吧！"阿尔乔姆对着喷到脸上的汽车尾气说。

* * * *

阿尔乔姆和廖哈徒手将大门关闭。如果敌人发动突击，他们能撑多长时间？三分钟？还是五分钟？

"你留下来干什么？"

"那个，我懒得折腾。我们尽快把这事料理好，然后回家。也许还能躲过一劫。"

"我去找找有什么有用的东西……"

"阿尔乔姆……我脑袋都快想炸了，他们为什么要建这些个干扰器？"

"这事你应该去问红线。也许是为了向所有外人宣告，地铁是他们的，他们才是莫斯科的统治者？也许他们是在准备攻击汉萨，为此争取外部援助。你看见他们的装备了吗？全地铁除了他们谁还有这些？"

包括大剧院站出现的装甲车，阿尔乔姆对自己说。他们不是干掉了帝国全副武装的潜行者吗？难道说，已经开战了？

别看他给廖哈解释了，实际上自己仍然糊涂着：怎么可以这样做？把四万人囚禁在地底下？到底是什么样的目的能驱使他们这么做？

"你去楼顶，那里有台机枪。你负责监视路面。"

阿尔乔姆又一次一瘸一拐地走过无线电员，冲地上的尸体问："你们的手雷放在哪儿？"

武器架是空的，刚才拉响警报的时候他们就把所有武器都拿走了。几个房间，一个里面是通铺，一个里面是厨房，都藏不了东西。再次走过操控室时，他朝里面望了一眼，所有指示灯都熄灭了。四下阒寂无声，灰尘在空气中悬浮。

只有遗憾。

等着吧，梅尔尼克上校，你这没腿的老家伙，等你听到了解冻的无线电，你想道歉都没机会了。我倒是真想活着回到莫斯科，跟你一块儿坐在收音机旁：看吧，老爹，回想一下我们的对话。没错，我就是个精神分裂，我就是个疯子，我就是配不上你的宝贝女儿。可是，斯维亚托斯拉夫·康斯坦丁诺维奇，你自己听听吧，听吧，听吧。别皱眉头。听到了？对，这是圣彼得堡，这是巴黎。没错，这儿还有说英语的。这是符拉迪沃斯托克。这是怎么回事？就是这么回事。

还不知道红线什么时候安装了这些干扰器。干扰器！斯维亚托斯拉夫·康斯坦丁诺维奇。没错，没错。你不像我，你肯定知道干扰器是什么东西吧，啊？你知道，但你却没想到。我们原本以为，游骑兵把他们的门牙都磕断了，以为地堡一战让他们吓破了胆，我们折了一半弟兄，就为了地堡不落到他们手里。可实际上，他们也许根本就不稀罕什么地堡。他们的野心比这要大得多。有没有可能，斯维亚托斯拉夫·康斯坦丁诺维奇，争夺地堡只是他们的障眼法？为了牵制我们，用一场攻坚战削弱我们的力量，从而忽略了他们的主要企图？啊？

阿尔乔姆摘下了无线电员的防毒面罩，换下自己的独眼面罩，走到屋外，绕过楼房，走到无线电塔旁边。电塔底部被牢牢地栽入混凝土地面，另有钢缆从各个方向将其固定在地上，既无法锯断，也无法推倒。最近一个电塔附带一个钢筋焊成的梯子，他爬上去，想看看还剩下多少时间。

你到底还是疏忽了，斯维亚托斯拉夫·康斯坦丁诺维奇，把干扰器遗漏了，把乌拉尔遗漏了，把战争也放过去了。你到底是老了。你当然可以不信我，因为我一根筋、神经病，但是你听听，听听无线电。你听听，然后告诉我，我们游骑兵眼下的任务是什么？是继续掏大粪，还是把人们带到地上？是为了让人们继续苟活在地下而白白葬送我们的弟兄，还是帮助人们找到地表辐射可以承受的生存之地？你问我图个什么？我什么都不图！我已经成不了摩西了，斯维亚托斯拉夫·康斯坦丁诺维奇，再说我根本就不在乎。我这么做，只是为了在一个妓女面前炫耀！我已经来不及成为摩西了。再过三个星期我就彻底退役了。再过三个星期，我就要回到那个五月天，去找黄澄澄的小鸭子，去舔冰激凌了。而你呢，完全有机会成为摩西，没有人说残疾人就当不了摩西啊。

怎么样，啊？！

算了，见鬼去吧！

受伤的膝盖既无法打弯，也无法伸直。眼下，向天空攀登要和当时从隧道地狱爬上来时一样：瘸着腿，蹦跳着，用臂力牵引着。

他不停地向上爬，直到混凝土围墙以内的区域变成香烟盒大小。高处的风凶狠异常，拼命想把阿尔乔姆吹下来，尽管有钢缆的固定，电塔还是摇来晃去。他看见了木偶人廖哈，看见了玩具挖土机，看见了林间空地埋着死人的沙箱，看见了风车模型。

向西，通往城市的公路被空洞无神的高楼挡住；但向东，直到天边都一览无遗。萨韦利的车连影子都看不见了，归心似箭。不过他看到了一些别的东西：在遥远的路面上似有几只甲虫在蠕动——难道是人？可惜，萨韦利把自己带瞄准镜的狙击枪带走了。

阿尔乔姆一边向下爬，一边想：你们之前都到哪儿去了呀，人们！

为什么你们从来没有找过我们？

无线电一直沉默这事儿也许还讲得通：红线安装了这些干扰器，使得地铁里的任何人都无法和其他城市取得联系，所以无线电是空的。好吧，可是，既然还有地方有人幸存，为什么就没有一个人试着来到莫斯科呢？要知道，并没有其他地方的人来过地铁，不光阿尔乔姆从未遇见过，就连熟人当中也从未有人听说过。为什么会这样？

我们关于你们一无所知，因为我们的耳朵被堵住了，眼睛被蒙住了，被囚禁在地底下，因为有人对我们说什么生于斯，长于斯，死于斯。可你们呢，难道你们对我们根本就不在乎？

他用好腿先着地跳到灰土地面，跛着脚快步走向大门口处的警卫室。也许那里有手雷？

"怎么样？"廖哈朝他喊。

"路上有人来了！从东边来的！盯紧喽！"

是其他城市的人来了，很期待……又或者，是前哨阵地派出侦察的人回来了？很快就会清楚了，很快。

眼看就到警卫室了，他突然心念一动。

挖土机！

这个大家伙肯定能把电塔推倒，用铲斗，或者拖拽也应该有效果。只要它能开动……

他从警卫室折回墙角，穿过被履带压平的荒草，单腿蹦到这个庞然大物身边。机身的黄色涂漆已经剥落，驾驶室的玻璃窗破裂了，舱门关不上了，机械臂铲斗垂头丧气地抵在地上，像一个脸朝下趴在床上的醉鬼。

它还能开动吗？

他爬上履带，钻进驾驶室。以前从来没有见过这种东西：没有方向盘，只有两个操作杆，不对，脚底下还有几个踏板，手边还有一些按钮。点火开关被什么东西堵住了，几根电线向外伸着，分股的。试试？红接红，蓝接蓝。

这个破烂东西你们到底有没有用过？啊？！

阿尔乔姆把裸露的电线端口连接起来，机器像是苏醒了，机身一颤，震动起来，喷出一股黑烟。阿尔乔姆试探性地踩了一个踏板，本想开动，机身却停止了震颤，复归平静。它又睡过去了。

是阿尔乔姆哪里搞错了吗？防毒面罩下面变得无比闷热。是我把它搞坏掉了？

他逐一审视了驾驶室里破碎不堪的仪表：燃料箭头指向零。

完了。

风力发电机的吱呀声再次传来，敲击着耳膜和神经。

防毒面罩的目镜蒙上水雾，时间在流逝，而他依旧束手无策。不光自己白留下来了，还把第一门徒也搭进来了。他绕着挖土机转了一圈，找到了油箱，气得朝里喊了一句脏话。

他拖着伤腿再次返回警卫室。也许那里能有些有用的东西？掷弹筒什么的？

当然没有什么掷弹筒，只有两个死人：一个倒在门口，想往外爬；另一个倒在屋内，眼望着天花板。两人身边都没有炸药，因为没有那个必要。萨韦利是对的。

阿尔乔姆拿这些无线电塔无可奈何。

它们站在这儿，从前，现在，以至永远。乌拉尔运兵车会返回，不明身份的士兵会将两个白痴射杀，拖去喂狗。他们会换上新的保险丝，接好被扯断的电线，那些可以连到天边的天线会再次发出噪音合唱，用自己的絮语掩盖任何呼喊。

那些已经适应地下生活、接受地球已经毁灭这一事实的人们，再无需转变任何观念。他们甚至来不及听到任何东西。只是一眨眼的工夫，无线电里就又开始播放最流行的结核病房曲目。活生生的世界一闪即逝。地铁居民再次变回正常人，阿尔乔姆重新变回神经病。

"怎么样？"廖哈从楼顶喊。

"没办法，暂时没办法。"阿尔乔姆回答。

暂时。

现在走还不晚。放弃这个诅咒之地，假扮成汽车残骸里死掉的乘客，避过疾驰而过的乌拉尔运兵车，沿着路边爬回莫斯科地铁，在那里苟延残喘。还剩下三个星期，又或者两个。

他回到无线电中心，再次走过操控室，把房间挨个检查一遍，用手捶门，用脚踹架子和凳子。在哪儿？难道什么都找不到？该怎么把你毁掉？该怎么把你捣烂？混蛋！沉默的无线电员在脚底下绊来绊去，阿尔乔姆疯狂地将他拖到一边，无线电员诚心作对似的在地上留下一道血痕。

他又走回院子。还有哪里没有找过？他跑到无线电中心后面，翻看了灌木丛，拨看了荒草，然后又回到被捣毁的警卫室。断了电的监视器只显示着灰色屏幕，屏幕里的一切还是原样，只是更加扭曲，更加愚蠢。假如有电，至少还可以监视一下周边情况。假如有电，就可以……

他一瘸一拐地走到变压器间。

他把门敞开，找东西顶住，以免被呼啸的风关死。刚才我太冲动了，对不住。能修好吗，嗯？假如有电，就可以……也许，这是唯一能做的了……

所有波段……

你们不是向所有波段发送噪音吗？是这样工作的吗，你们这群混蛋？

所有波段——短波，中波，甚至长波，但不是发送语音、音乐或者呼叫信号，而是哔哔哔哔。如果没办法拆除你们，那能不能想办法让你们开口说话？

戴着厚厚的橡胶指套的手指十分笨拙，自己的影子像叛徒一样挡住光亮。蒙上水汽的目镜开始向下滴水。我刚才毁掉了什么？阿尔乔姆开始连接被扯断的导线，将保险装置回复原位，想让它们重新工作。但不行，还是没电。发电机在叫，却没有一丁点儿电。

"廖哈！廖哈！"他蹿出院子，"电路你懂吗？"

"怎么了？"

"下来一下，看看。"

足足过了漫长的两分钟，廖哈才走进屋。

"都让你搞坏了，你这野蛮人！"

"你会弄吗？"

"一般般。我当年本想当电工来着，这职业很有油水。只可惜没机会，电工有自己的帮派。"

阿尔乔姆将头探到大门金属条之间向外看，路上一个人也没有。那些甲虫还没爬过来？还是说他们错过了路口？

第一门徒对着配电板鼓捣起来，一边重装保险丝，一边嘟嘟囔囔。屋顶的灯泡晃晃悠悠，仍然没有反应。

"算了，听见没？别弄了，算了。你做不来，我们回家吧。"

阿尔乔姆嘴上这么说着，但眼睛盯着灰色的混凝土围墙，心里明白：这里根本没有回家的路。之所以这么轻易就翻进来了，就是因为这是个陷阱，进来容易出去难。一个捕兽夹，野兽被诱饵所迷惑，机关触发，粉身碎骨。

"那我做得来什么？一辈子倒腾猪粪？起开，挡住我光线了！"

"你这个混蛋，我培养你做第一门徒，你却不知好歹。"

"你觉得好笑吗？不如我培养你做我的门徒吧？我还告诉你，我妈说了，我是干大事的呢。"

廖哈用指甲掐住什么东西，喀嚓一划。

灯亮了。

心脏一阵狂跳。阿尔乔姆抓住廖哈，用力将他抱紧。

"太棒了！你才是救世主！是你，不是我！你去盯着道路！"

他跛脚走向无线电中心，发现缓冲区内也亮着灯！他闯进操控室，坐到转椅上。谁来告诉我这些狗屁缩写是什么意思！这些按钮都是干什么用的？他耐着性子做了几个深呼吸，把眼睑上的汗滴眨巴掉，开始逐一审视标识，从上到下，从左到右。他终于找到一个扳倒开关，上面写着

"ген.пом. УКВ"，"УКВ"的意思是超短波，那么"ген.пом."就应该是"генератор помех"的缩写，意即"干扰器"。顺此往下，又先后找到了"КВ"（短波）和"ДВ"（长波）。由于操纵台并不专业，所以不同波段干扰器开关的位置并不规则。阿尔乔姆戴上耳机，噼啪噼啪把所有波段的干扰器开关统统关闭：这下就应该没有咝咝声了吧。

把咝咝叫的毒蛇从所有波段赶出去……是这样吗？好像是。

现在呢？

电塔如同钢铁森林一般矗立在窗外，每个上面都像爬满藤蔓植物一样缠绕着天线，它们就用这些天线捆绑住各个波段，吸取它们的汁液。它们之所以有这么多，就是为了同时吞没所有来自远方的声音。

也就是说，可以用自己的声音将其取代？

他用手指在操纵台上摸索着，打开超短波、短波、中波、长波，所有波段的广播。

阿尔乔姆摸到了耳机上的话筒，把它弯向嘴边，又顺着耳机的导线，摸到了操纵台上一个带指示灯的按键，按下去，咳了一声，耳机里也传来一声咳嗽。

他对着整个星球的耳朵清了清嗓子。

他停下来，扯掉防毒面罩，他要让全世界清清楚楚地听到他阿尔乔姆，听到他的每一个字。他舔了舔干裂的嘴唇。

"这里是莫斯科。你们能听到吗？圣彼得堡？符拉迪沃斯托克？沃罗涅日？新西伯利亚？你们听到了吗？这里是莫斯科！我们还活着！我不知道你们之前有没有听到过我们……但我们从来没听到过你们。我们以为，就剩下我们了，我们一直以为……任何人，任何东西都没有了，明白吗？该怎么说呢……你们之间一直在互相联络……而我们在这里……上帝啊，感谢上帝，你们还活着！你们还在……我听见你们在唱歌。你们过得怎么样？我们这儿……这么多年……一直在地下，连头都不敢往地面上探一探。我们以为已经无处可去，相信吗？我们没有广播，没有信号。有一帮混蛋搭建了干扰器，在莫斯科，巴拉希哈，把你们藏起来不让我们知道。我们一直是聋子，是瞎子，在地底下憋了二十年……整整二十年！而我总共才二十六岁……我的名字叫阿尔乔姆。你们试着找过我们吗？我一直在找你们……我们在找你们。我们以为，全世界都毁灭了，整个地球都……我们无处可去，只能窝在地底下……但我们一直在找，从未放弃希望。你们怎么样？你们在跳舞……真想去找你们啊。你们那里可以不用戴防毒面罩吗？你们那里空气怎么样？我们对你们一无所知，二十年来一直孤独地生存着。我不知道为什么会这样，为什么要这样。我搞不懂，我们为什么要活在黑暗里？活在地底下？我们会找出幕后的主使者。我们会摧毁这些该死的干扰器。那样，我们就又能和你们在一起了。这里是莫斯科。我们会加入你们，加入全世界。我们还活着，听到了吗？你们活着，我们也活着！这里也许会有你们的亲人。我们这儿有四万人幸存，你们那儿呢？我们会重新组成一个国家。会像从前那样，在地上生活，像人一样生活。我……我有那么多话想对你们说……我设想过一百遍该说些什么，可现在全忘了。希望你们能听见我，我会尽可能地多说一会儿。之后我也许就会被杀死，被那些安装干扰器的人杀死，就是他们将我们和你们隔绝开来。他们很快就会回来了。我们会尽量多撑一会，但这里总共只有两个人，而他们……红线的人……你们千万不要以为，这是你们的幻觉，或者恶作剧。这不是恶作剧，我是真实存在的，我叫阿尔乔姆。如果我被杀了，莫斯科如果有谁听到，请把人们带到地上。你在听吗，莫斯科？汉萨？波利斯？所有还没有放弃的人……所有还在监听收音机的人？肯定不止我一个。我们都被蒙骗了，我们所有人。其实早就可以走出地铁了。开车，走路，想去哪儿就去哪儿。随便去哪里！甚至是巴黎……或者叶卡捷琳堡。红线把这一切都隐藏起来了，可是他们为了什么呢？为了断绝希望吗？我不知道为了什么，我想不通。我们根本……我们根本可以过正常生活。所有人全部走出地面，像从前一样生活！像人一样生活！像人一样！生活！听见了吗？听着，我没有发疯。他们还活着……俄罗斯，欧洲，美国……

所有人都在！你们自己听听！他们都在地面生活，我们如今也可以！"

他关闭广播模式，把话筒交给其他城市，摘掉耳机。他说的话有人听到吗？不知道。

他说的已经够多了。

让人们听听其他城市吧，听听地球的声音。

* * * *

"阿尔乔姆！有人来了！阿尔乔姆！"

阿尔乔姆戴上防毒面罩，抓起自动步枪，冲出大楼，枪管插入风中扬起的灰尘。

大门外站着三个人。

三人全部高举双手，以示没有敌意。他们的防毒面具十分简陋，而且都摘了下来，用吊带挂在胸前。身上的防化服应该也是自造的，非常合身，不像老式军用的那样松松垮垮。其中两个年轻人长得很像，应该是兄弟。第三个是壮年男子，留着白胡子，长长的灰色头发在脑后扎成马尾。

两个小伙子相视而笑。

"真的有人，爸！我就说吧，我听见过！"其中一个看着年长者，得意地说。

"你好。"年长者冷静而自信地向阿尔乔姆打招呼。

阿尔乔姆没有放下枪管。

他仔细审视来访者。两个小伙子面色红润，头发利索，土造的半截枪放在地上，双手空着。他现在可以隔着门栏一梭子将他们全部射杀。

但来人似乎完全没有考虑过这种可能性。

小伙子们微笑着，对彼此微笑，也对阿尔乔姆微笑，像傻子一样，像外来人一样。他们的父亲目光深沉，无所畏惧，他的眼睛是蔚蓝色的，炯炯有神。他们的左耳戴着一只银耳环。

"你们是谁？"阿尔乔姆隔着防毒面罩问。

"这里已经是莫斯科了吧？"白胡子问，"我们要去莫斯科。"

"这里是巴拉希哈。你们要干什么？"

"没什么，"白胡子沉稳地回答，"我的小伙子们坚信，莫斯科有幸存者，说他们在呼救，所以我们就收拾了东西过来了。"

"你们从哪儿来的？"

"穆罗姆。"

"穆罗姆？"

"一座城市。位于弗拉基米尔和下诺夫哥罗德之间。"

"离这儿多少公里？"

"三百公里，差不多。"

"三百公里？你们一路走过来的？你们到底是谁？"

"我叫阿尔谢尼，"白胡子说，"这是伊戈尔，这是米哈伊尔，都是我儿子。伊戈尔跟我说，他捕捉过来自莫斯科的无线电信号。我们那儿的人都以为莫斯科已经是一片焦土了。他先说服了哥哥，然后哥俩又一起说服了我。"

"为什么？"

"我不是说了吗，有人通过无线电求救，有人在寻找其他地方的幸存者。见死不救，不是基督徒所为。不过依我看，你们这儿似乎也不需要我们帮忙。能借口水喝吗？走了太久了。"

"站住！原地别动！"

"抱歉，"阿尔谢尼微微一笑，"你们这里是秘密设施？"

"我们这里……"阿尔乔姆迅速瞥一眼廖哈，后者抬手示意，一切尽在掌握，"是秘密设施。路上有见过汽车吗？"

"遇上了一辆旅行车。我们朝它竖大拇指，可它却全速冲过去了。"

"竖大拇指？"

"对啊，胳膊横伸，拇指朝上，想让它停下，好问问路。"

"让车停下？"

"你们这儿没这习俗吗？搭顺风车？"

阿尔乔姆沉默不语，听着风力发电机的声响，思忖着其中会不会有诈。

"你们走了三百公里路到这儿来，就为了拯救不相干的人？你以为我会相信吗？"

"好吧。水不喝也罢，我们走吧。"阿尔谢尼对儿子们说。

"别啊，爸！你干什么呀？往哪儿走？"

"伊戈尔，"阿尔谢尼拍了儿子一巴掌，"不许顶嘴。"

"咱们至少得问问，莫斯科是个什么情况啊？那里真的有人幸存吗？还是说……你知道吗，大叔，我喜欢听收音机……的确有那么几次我收到了信号。像是'这里是莫斯科，收到请回答，圣彼得堡、罗斯托夫'什么的，这是怎么回事？"

"这是怎么回事？"阿尔乔姆重复道。

他快速地扫了一眼来人：他们装束奇特，双手高举，摘下的防毒面具上只有一整块玻璃，而不是两个椭圆形的玻璃目镜。然后他又看到了自己：站在门栏后面，戴着橡胶面罩，椭圆形雾气蒙蒙的眼睛，喝醉的、受伤的、吃了止痛片的。他还看到了自己戒备森严的枪管。

这莫名地让他想起了黑暗族，想起了在奥斯坦金诺电视塔观察台上的那天。为什么会想起这个？

信，还是不信？

"等等。"

他走进警卫室，谨慎地按下开门的按钮。大门一阵咔嚓咔嚓。

三人仍旧站在原地，双臂仍然高举，枪仍然放在地上。

"进来吧。"

来人又彼此对视了一下。

"进屋吧，武器可以带上。我给你们……讲讲莫斯科的情况。嗯，那里有尸体。不必害怕。"

* * *

"我也不指望你们相信，换作是我，我也不信。即便是现在，我对自己所说的都不敢相信。我知道这是事实，却无法理解。"

"太酷了！"不知是伊戈尔还是米哈伊尔甚至抚掌称赞，"这才叫生活，这才叫冒险！你能带我们参观一下地铁吗？！我们在穆罗姆的日子太无聊了，一点儿都不刺激！"

阿尔乔姆没有回答。

"这么说……"阿尔谢尼拽拽自己的耳环，"你们要守在这儿，等着被人杀掉？"

"必须这样做，能撑多久算多久。总之……莫斯科的情况我都跟你们讲了。我们突击进来的时候，守卫也许没来得及发送求救信号。但现在红线肯定已经得到消息了，很快就会来了。你们回家吧，这不是你们的事。以后……如果你们愿意，你们还可以再回来，等这里一切了结以后。走吧，不要走大路。"

阿尔谢尼没有动弹。伊戈尔和米哈伊尔在硬板凳上激动地动来动去。父亲跟阿尔乔姆抽了根卷烟，哥俩儿看着眼馋，但没敢张口。

"我不想回家，爸！"伊戈尔或者米哈伊尔抗议，"我们留下来吧，我可以帮忙。"

"没用的，"阿尔乔姆说，"他们有多少人？也许有二十个，甚至更多，而且武装到牙齿，就算我们五个人也撑不住。再说……红线，有几千人，他们有军队，真正的军队。"

"留下来吧，爸！"

"走吧，没必要白白送死。走吧，回到穆罗姆，把这里的情况告诉你们的人……你们那里真的可以不用戴防毒面具在地面上生活吗？"

"真的。"

"还有蔬菜……能种？健康吗？"

"只是需要防雨,雨很危险。水靠净化。但大体上还好,番茄,黄瓜,都能种。"

"番茄是好东西。"

"听到帝国什么的感觉真奇怪,像是上个世纪。"

阿尔乔姆耸耸肩。他现在想,自己怎么会一下子没看出来呢,这三人绝不会是红线的侦察兵,他们跟地铁里的人完全不一样,一点也不像,简直像从火星来的。

"你们那儿……信仰什么?"

"我们没住市里,而是住在那儿的一座修道院里。修道院很古老,非常漂亮,就坐落在河边。圣三一修道院,一座真正的堡垒。白色外墙,天蓝色圆顶,漂亮极了。在那里没办法不信仰上帝。"

"归根结底,是信仰自己。"伊戈尔或者米哈伊尔慷慨激昂地说。

"你们真幸运,"阿尔乔姆羡慕地歪嘴一笑,"可我们这儿既不信上帝,也不信自己,毫无信仰可言。"

阿尔谢尼将烟头在某种史前鱼类的罐头盒里捻灭,站起身:"你应该去广播。你需要向人们讲述这一切,而不是在我们身上浪费时间。去吧。"

"我送你们出去。"

"不必,你……去广播吧,我们会竭尽全力让你尽量多说一会儿。"

* * * *

"来了!有车开过来了!是不是他们?"

风累了,吱呀声也停止了,外面变得一片死寂,如同花园环路。在这寂静中,只能听到遥远的引擎声,但那声音听上去并不可怕。

"有几辆?"阿尔乔姆问罢,不等廖哈回答就又自己爬上铁梯。

车辆在高楼之间忽隐忽现——一,二,三——又看不见了。至少有三辆运兵车,至少。不,还有!还有两辆!整整五辆一模一样的运兵车,都是从莫斯科方向驶来的。脏兮兮的预制板楼房将它们掩护起来,并将声音隔断。它们距此约摸还有十分钟车程。

这些运兵车里有多少人?应该有五十人左右。车顶有机枪,也许还会有狙击手。如果他们同时发起强攻……阿尔乔姆的人恐怕连眼睛都来不及眨就会被全部射杀,拖去喂狗。

十分钟。应该立即下去,开始最后的联络。

必须说出一切。阿尔谢尼父子和廖哈会为他赢取时间,这些好人会帮他。现在不能再说一句废话了。

有人会听到他吗?莫斯科从未回应过。但收听无线电只需要收音机就够了,不一定具备应答系统。只要他们能收到就行,回不回答都无所谓。

远方隐约又传来一阵急促尖啸。

阿尔乔姆侧耳倾听,眯起眼睛。

声音来自东方,来自荒芜的俄罗斯大地——一个黑点朝无线电中心疾驰而来,后面扬起一股烟柱。它与无线电中心的距离比运兵车更远,但速度却比运兵车更快。是谁?

时间紧迫,应该立即爬下去,甚至应该跳下去!但阿尔乔姆无法将视线离开黑点,直至它变得足够大。好像是……灰色的?——是银色的!较之于黑点,更像一颗出膛的自动步枪子弹!是旅行车!

难道是萨韦利?

因为心急,阿尔乔姆的双脚在细钢筋上打了个滑。酒精和止痛片的麻醉效果已经过去,行动变得尤为艰难,他因此又多浪费了几秒钟。他本想招呼伊戈尔、米哈伊尔两兄弟,但转念一想,还是自己来更快当些。兄弟两人这会儿都傻站在院子里,既害怕又兴奋。

"你们去二楼!从窗户射击!"他对两兄弟命令道,"廖哈!路面盯紧喽!"

他没有急着去广播,而是打开大门,跑上了公路。他们现在总共只有五个人,而且阿尔乔姆还得广播,假如萨韦利能来,那他一个能顶两个。只是，他真的是回来加入他们的吗？还是落下了什么东西？

双耳嗡鸣。

运兵车连成一线，像一副纸牌。它们开着头灯疾驰，明目张胆。

矮小敦实的旅行车正冲它们飞驰而去，看那架势像要撞上去一样。

"绞肉机"的刀片停止了转动，正等着往里头塞入活人。

阿尔乔姆对萨韦利使劲挥手：快！等着你！然后转身跑回大门里面。

当运兵车的咆哮声已经近在耳畔时，公路上响起一声尖利的刹车声，子弹旅行车率先到达路口，高速漂移着驶入正在缓缓关闭的大门。

正是萨韦利。

萨韦利！

"那个，我决定延迟休假……"说话间，他转到后备厢，取出一挺机枪，"干完这一票，我再走不迟。"

阿尔乔姆恨不得扑上去抱住他，亲吻他那皱纹纵横的老脸。

结果他却对萨韦利说："逞狗屁英雄。"

萨韦利冲他一挤眼："我们还能从它们的'乌拉尔'上面多抽些燃料呢！"

"燃料？你的车是烧柴油的？"

"对，柴油。"

"拿一桶给我！"

"干吗？"

"快拿给我！柴油！"

阿尔乔姆从萨韦利手里接过一个小塑料桶，不由分说，拿上就走，边走边不停地朝围墙瞟去——他们会从哪儿爬进来？会跟他一样吗？——他来到了昏迷的挖土机旁边。

喝吧！阿尔乔姆把柴油从塑料桶灌进挖土机干渴的喉咙。喝吧！你也想喝个痛快，是不是？就算是混着碎牙的、沾着血的也没关系，是不是？喝吧，喝完这杯壮行酒，再干他一票！他爬上了履带。

"你要干吗？！"

"让这些电塔去见鬼!"阿尔乔姆一边接导线,一边祷告似的说。他的声音谨慎而低沉,好像在跟地雷说话似的。

运兵车的声音已经逼到了路口,然后停止了。士兵们已经下车了吗?阿尔乔姆踩下踏板。

来啊,动起来啊!

挖土机震颤着抖动起来。好像刚睡完午觉的人,伸个懒腰,打个哈欠,醒过来了。它活过来了!活过来了!

操作杆在这儿:前边两个,座位两侧各有一个。他推动一个,机械臂抬了起来,又推动另一个,机械臂转向围墙,铁铲轰地砸下去。

"用前边那两个!"萨韦利朝他大喊,"这跟坦克是一样的!下来!笨蛋,下来!让我来!"

萨韦利蹿上履带,把阿尔乔姆踢出驾驶室,自己坐好,双手各抓住一个操作杆,两臂向外一开,挖土机——这个足足有五十吨重的大家伙——突然原地转了个圈,跳舞一般兜起圈子来。

"爽!履带!都快让我想疯啦!"萨韦利开心地大笑,"从哪儿开始?"

"最边上那个!快!"

不明身份的士兵也许已经在围墙外分散开来,也许已经在扔抓钩爬墙,而狙击手也已经就位。抓不住这一秒,就输掉了永远。

他全速朝楼里跑去,全然忘了膝盖的伤痛。快!快!

树林间似乎有人影晃动。有人从大门旁边一闪而过。

"无线电里有人说话!有人在呼叫!"伊戈尔、米哈伊尔兄弟从二楼高喊。

"我们已经被包围了!要不要射击?"廖哈从楼顶喊。

起死回生的挖土机从二楼操控室的窗子旁边缓缓爬过,周身被黑色尾气笼罩,已经抬起了自己那布满尸斑的独臂,准备发出雷霆之击。

"呼叫,呼叫!紧急呼叫!"压抑的蚊子鸣叫从耳机里传来。

都到这会儿了,谁这么火急火燎?!

你们早干吗去了？为什么之前像嘴里含了水一样，一声不吭？

无法呼吸。阿尔乔姆将窗户一把拽开，大口呼吸着香甜的柴油尾气。这时，他听到门外扩音器的喊叫："命令你们！立即！撤出大楼！放下武器！保证不杀！否则！"

阿尔乔姆朝窗外挥手高喊："最远处那个！"

挖土机轰鸣着，舒展生锈的筋骨，向指示的地方开过去。它的力量够大吗？运气够多吗？

"阿尔乔姆！"放在桌上的耳机拼命呼喊，"你听见我了吗，阿尔乔姆？！"

阿尔乔姆缓慢地拿起耳机，极不情愿地将它们戴到耳朵上。

楼顶的机枪响了一阵……是为了警告？还是强攻已经开始了？

"谁？！"

"阿尔乔姆！是我！我是飞鼠！飞鼠！阿尔乔姆！"

"什么？"

"飞鼠，阿尔乔姆！是我！熊猫血！听清了吗？是我！"

"是你？你听见我了？你听见了？红线把无线电屏蔽了！我没疯！整个世界都还活着！只有我们窝在地下，白痴！我现在就把这些干扰器统统干掉！你告诉梅尔尼克……告诉他……就说我……"

"等等！你听见了吗？等等，阿尔乔姆，不要！快住手！"

"我没法停下！没时间了！红线把我们包围了，马上就要强攻了。我们要死在这儿了，但我们还来得及捣毁干扰器……"

"不会！他们不会！我们可以……跟他们交涉！你不要动任何东西！"

楼顶机枪再次响起，楼内也发出枪响——二楼也开始射击了。

"跟谁？红线吗？你们能交涉？！"

"他们不是红线！不是红线，阿尔乔姆！"

窗外爆出一声剧烈的轰隆声，然后又是一声。有什么东西发出魔鬼磨牙的声音，似乎有一道铁幕，从地平线轰隆升到天际。疲惫的钢铁之躯发出尖利的呻吟。电塔缓慢而雄伟地轰然倒塌，倒在楼房前面，几乎横亘了整个院子，整个大地猛然一颤。

"来不及了！已经开始了！都见鬼去吧！"

"不要！不能毁！我知道！我们知道干扰器的事！那不是……不是你想的那样！我能让他们停止进攻！我会让他们停止！不会有强攻！你一定要等着我，阿尔乔姆！等着我！我会向你解释一切。"

子弹撞击声和呻吟声。

"他们是什么人？说！为什么？！"阿尔乔姆扯下耳机，向窗外探身查看。

一个灰衣人的身子从围墙上垂挂下来，被射死在了带刺铁丝网上。他似乎想解开被钩住的身体，但双手已经失去了力量。挖土机再次怒吼着扬起巨爪。

"停止射击！停止强攻！我是游骑兵！梅尔尼克！"飞鼠在耳机里不知冲谁喊道，"阿尔乔姆！阿尔乔姆！他们会暂停！你也住手！我现在就赶过来！听见了吗？阿尔乔姆！"

楼顶的机枪安静下来——是灰衣人退下去了，还是廖哈被狙击手干掉了？

轰！又一棵"猴面包树"的混凝土根脉脱离了干涸的大地，树冠脱离了云层，痛苦而极不情愿地倒下。

你我是同血弟兄，是吧，飞鼠？如果你不是，那还能有谁？

"停下！停——下——"阿尔乔姆整个身子探出窗外，以便萨韦利能看见自己。

挖土机陷入沉思，已经被砍倒的电塔贴着窗户缓慢地倒在地上。阿尔乔姆吐出一口长气，相信了耳机里的人。他没法不信。

"我等着你，飞鼠！"

*　　*　　*

"您多大岁数？"米哈伊尔问阿尔乔姆。

阿尔乔姆终于把兄弟俩分出来了：弟弟伊戈尔个头较矮，更加秀气些；哥哥米哈伊尔更粗犷，更豪放些，由于块头的关系动作更缓慢些。

"二十六，"阿尔乔姆说，"三月份生的。"

"白羊座？"伊戈尔问。

"不知道，三十一号，再晚一天就赶上愚人节了。也许我应该在娘胎里多待一天的。"

"白羊。倔。"

"二十——六？"米哈伊尔浮夸地扬起两道黑眉，"我去，看着不像。"

"看着像多大？"

"不知道，四十？"

"谢谢你啊混蛋。"

"你别听他胡说。"阿尔谢尼拔下一根胡子，"在他们俩看来，所有人只要一过二十，就全部四十开外。"

"那你们多大？"

"我十七。"

"我十九。"

"真是怪事。"阿尔乔姆想了想说，"你们俩还不到二十，可你们却是在地上出生的。"

*　　*　　*　　*

当阿尔乔姆看见停在门口的车子时，不禁大吃一惊。

正是那辆装甲越野车，在特维尔大街追杀他并向他射弹示威的那辆，绝不会错。沉重的车门打开，没戴防毒面罩的飞鼠跳进尘土地面："只有我一个！让我进去！"

越野车关上车门，倒车后退至献身者公路，风力发电机旁。

阿尔乔姆看一眼监视器，然后开了个门缝。飞鼠晃晃脑袋，鼓起腮帮,斜眼睨着阿尔乔姆,抱了抱他:"你看起来糟透了,兄弟。"

"没办法,露天作业。"

"嗯。工作狂,你捅了大娄子。"

"什么?"

"老头子会骂死你的。我们去操控室吧。"

阿尔乔姆带着飞鼠进屋。阿尔谢尼父子三人在楼道里戒备。廖哈从楼顶监视着树林后面。萨韦利在挖土机驾驶室蜷缩成一团,以免被狙击手锁定。灰衣人尽管答应停火,却没有开出条件,还是小心为好。

"他们是谁?"飞鼠狐疑地朝陌生人一扬下巴。

"他们是人,兄弟,从另一个城市来的活生生的人。他们从穆罗姆来,来拯救我们的。"

"穆罗姆?"飞鼠问阿尔谢尼,"是在北边吗?"

"莫斯科以东。"阿尔谢尼回答。

"你们要把我们从谁手里拯救出来呢,老爹?"飞鼠问,"长角的魔鬼吗?"

"当然是从像你这样的人的手里,难不成是从我们手里吗?"阿尔谢尼毫不示弱。

"你的梅尔尼克在哪儿?"阿尔乔姆绕开躺在地上的无线电员走进操控室,"我还想骂人呢……"

他背对飞鼠只不过一秒钟的工夫。

几声急促的扑哧声、咕咚声。

后背陡然涌起一股寒意,急回头一看,三个外来人已经全部横尸地上。飞鼠像灵猫一样在三人中间穿行,朝每人头上又补了一枪。

等他看见阿尔乔姆,立即把斯捷奇金手枪扔掉,举起双手。

不过半分钟,他就永远地结束了三条人命。

"你……你这个畜生……为什么……"

阿尔乔姆自动步枪的准星钩在防化服上,双手哆嗦不止,但飞鼠耐心地等着，直到阿尔乔姆用枪口对准他。

"他们……从穆罗姆来……是来拯救我们的！你这王八蛋！"

"冷静，冷静，阿尔乔姆，别这样。"

"混蛋！你他妈的疯了？"

"听着，冷静，没事了，没事了。"

"什么他妈'没事了'？你杀他们干什么？！"

阿尔谢尼和伊戈尔脸上的笑容还未消退，额头有个洞，嘴角仍在微笑。米哈伊尔面容严肃。地板被黏唧唧的液体覆满，鞋底想不踩到都没办法。

"他们是奸细！我有命令，阿尔乔姆。"

"什么命令？谁的命令？"

"关于对暴露军事秘密的惩戒，来自梅尔尼克的命令……你让他给你解释吧。"

"跪下！双手抱头！让我看见！跪着走进去！这边！快！你的梅尔尼克呢？他在哪儿？！"

"给我耳机……我就在这儿，放心，我什么都没做。马上……让我接通。好好，别激动，我理解。上校同志？"

"耳机放在桌上！滚！去角落里！"

"阿尔乔姆？"耳机里传来急促的声音，"阿尔乔姆，你在吗？"

"这是怎么回事？这一切的一切——都是怎么回事？！你说！我数到三，你听见了吗，你这个老混蛋……这里在搞什么？为什么要给莫斯科罩上盖子？为什么要把世界藏起来不让我们知道？为什么对我撒谎？为什么？！你这个混蛋……老瘸子……为什么要瞒我这么久？！"

"那不是盖子，阿尔乔姆。"梅尔尼克将所有难听的话全部吞进肚里，"那不是盖子！是盾牌！"

"盾牌？"

"盾牌，阿尔乔姆。这些干扰器的目的不是要把世界藏起来，而是要把莫斯科藏起来。"

"为什么？你在胡说什么……"

"战争还没有结束，阿尔乔姆。幸存下来的不只我们，还有我们的敌人：美国、欧洲、西方，他们还存有核弹。他们之所以没对我们赶尽杀绝，只是因为他们相信，我们已经死绝了，已经一个人都不剩了，认为一切都被毁灭了！一旦暴露，不管以任何形式——无线电、渗透、奸细——我们就会立即化为齑粉，所有人都会。你听见了吗？不可以捣毁那些干扰器！我不准你这么做！"

"战争早就结束一百年了！"

"战争从未结束，阿尔乔姆，从来没有。"

第十七章
完全正确

　　一切都留在后视镜里了——无线电中心，十座幸存的无线电塔，铲斗仍然高举、终究未再砸下的挖土机，从献身者公路拐向巡逻公路的致命弯道，不是三辆，也不是五辆，而是整整六辆车头长着獠牙、车顶装着机枪的装甲重卡，一长队不明身份的士兵和一长串重新迎风转动的螺旋桨。所有这些都被留在了后面，全部挤进了灰尘弥漫的一方镜片里。它们原本很庞大，如今却很渺小了。唯独没有钻进来的，只有阿尔谢尼和他的两个儿子。

　　"他们怎么办？"阿尔乔姆问，"至少应该把他们葬掉。"

　　"自会有人处理的，"飞鼠说，"不用操心。都过去了，放松些。"

　　同样没被收入镜中的，还有那个野狗尸坑。

　　萨韦利和廖哈并排坐在宽敞的后排座位。阿尔乔姆在交易自己的豁免权时，把两人作为条件。萨韦利的日本车被拖在越野车后面，扬起阵阵灰尘。他不肯抛弃它。

　　"可疑分子，"萨韦利说，"我在路上第一眼看见他们时就觉得可疑。"

　　"他们是从穆罗姆走路过来的。"阿尔乔姆说，"他们那里有一座修道院，白色外墙，蓝色圆顶。"

　　"他们说，他们是从穆罗姆来的。他们说，他们是走路过来的。"飞鼠纠正他，"也许其实他们是被直升机空降在十公里外的？一直有各种各样的人想渗透进来，这帮畜生。"

"可是，当你呼叫我的时候……"阿尔乔姆道出心中所想，"是他们把我叫到无线电旁的，他们为什么要这么做？"

"不知道，"飞鼠承认道，"但我接到的命令很明确。"

"我倒是一下子就转过弯来了。"萨韦利朝前探了探身，"我刚一听见收音机里的英语广播时，我就想，完了！敌人还没死绝！我们还以为把他们彻底打趴下了，他们倒好，正唱歌跳舞呢。我就想，接下来怎么办？他们是肯定不会让我们有好日子过的！他们那个时候就想把我们灭了！殖民我们！我当时立刻想到，是不是就是他们把我们按在地铁里吃大便，不让我们出来？"

廖哈吧嗒了一下不剩几颗牙的嘴。他这是什么意思？想家了？

"哼，"驾车的尼格马图林嘟囔着说，"那还算好的，他们才不肯脏了自己的手呢。一旦被他们发现我们在地铁里，当下就会导弹伺候。我们拿什么来拦截？到时候就连毛都剩不下了！"

萨韦利说："对啊，我现在已经明白了。你们一解释，我就全理顺清楚了。全说得通，这些干扰器。我开车离开时一直在想，怎么可能？安装这些干扰器是为了什么呢？阿尔乔姆说的那套，说什么是红线在欺瞒大家，把大家锁在地下，根本就是胡说八道——你别介意，老弟。他们这么干有什么好处？我开着开着就想明白了，你是个好小伙子，就是想法不切实际。我的直觉告诉我，这是无稽之谈。怎么可能说，我们自己人把自己人锁在地底下呢？等你们一解释，我就想：对了！我就知道不可能这么简单，这么多年没碰我们，他们不可能跟我们相安无事。现在全明白了，是不是，阿尔乔姆？"

"是。"

越野车驶过莫斯科环城公路，左右两侧都是汽车残骸，都是逃离莫斯科的，唯独他们是返回莫斯科的——为了继续活下去，为了尽可能再多活几天。

越野车很棒，真皮座垫，车身装甲有一指厚，还装着一台什么仪器。

引擎浑厚有力，司机车技娴熟。车窗外的木乃伊迅速闪过，仿佛同一个电影画面的不断重放。

"这车真好，"阿尔乔姆说，"我没想到我们还有这样的好车。"

"现在有了。"

阿尔乔姆咂咂嘴。他很想向飞鼠问个究竟，却又不想当着外人的面，但最后终于还是忍不住了："我之前见过这辆车，在猎人商行站。"

"我知道。"

"我当时以为自己死定了。"

"你这不是没死么？"

"为什么？"

"我们的人认出你来了，毕竟是自己兄弟。我们怎么能杀自己人呢？"

"要是没认出我来呢？要是我当时戴着防毒面罩呢？"

"那样的话……谁叫你没事背着无线电台乱转呢！干扰器也不是万能的，所有进来的信号都能屏蔽掉，但出去的信号就不一定了，只好人工消灭。"

"你们是怎么找到我的？"

"这不是么，"飞鼠拍了拍仪器，"无线电台测向设备。好车。"

萨韦利扭动着身子，似乎尚有疑虑："为什么不向人们说明呢？早知道的话，就不会有这种事发生了，我们也不至于——"

"为了避免人心惶惶。"飞鼠说，"再说，难免谁在哪儿有个亲戚，毕竟是莫斯科嘛。那样的话，他们肯定会千方百计四处乱跑，到时候肯定会暴露的。就连游骑兵也不是全知情。"

"没错。"阿尔乔姆点点头。他本人不就被蒙在鼓里么？

萨韦利说："没准儿我也有还在世的亲人呢。但既然是这样的话，我们怎么可以给那帮畜生当免费间谍呢？"

驾车的尼格马图林对这一表态深表赞同。

飞鼠从副驾驶转向阿尔乔姆："你别生老头子的气，别怪他没告诉你。我自己也是一年前才知道的。也许他正打算跟你说呢。"

"也许吧。"

"你做得对，兄弟，"飞鼠说，"就该跟我们回来。放心，一切都会好的。"

"你们在整个莫斯科巡逻？"阿尔乔姆问，"将所有人定位？"

"不是'你们'，是'咱们'，咱们游骑兵。"

"我每天都上去……四十六楼……每天都去联络。你们不知道？"

"知道。"

"你们都听到了？"

"听也听到了，看也看到了。"

"可是我把你们都暴！露！了！我们！所有人！"

飞鼠看了看尼格马图林，然后转向阿尔乔姆，眼睛斜愣着："梅尔尼克说了，不要动你。"

"为什么？"

"你不是他……亲戚嘛，下不去手。"

"停车，我想吐。"

尼格马图林把车停下，阿尔乔姆钻下车。他把东西都吐了出来——掺着碎牙的劣质酒，一整个活蹦乱跳的世界，以及矗立在某地的天蓝色圆顶的雪白堡垒。看来，带着这些东西是没法回到地下世界的。

而现在，终于可以睡上一觉了。

"剂量超标了？"飞鼠担忧地看着昏昏欲睡的阿尔乔姆。

"晕车而已。"阿尔乔姆回答。

* * * *

再睁眼已是莫斯科。车子正走在沿岸大街上。黄昏垂落，只过了一天而已，却恍如隔世。

阿尔乔姆已经认不出车窗外的城市了。莫斯科还是早晨那个莫斯科，只是他的眼睛不再是早晨那双眼睛了。

他感觉很奇怪，奇怪而又愚蠢。

如今周围的一切都显得那么的不真实：废弃的楼房只是布景，空旷的宫殿只是假象，汽车残骸中的尸骨只是假人模特。就好比万花筒，从镜筒里望去是漂亮而忧郁的风景，可是他鬼使神差地将其拆开，却只得到一块涂色硬纸板和一些彩色玻璃片。硬纸板和玻璃片怎么可能诱发幻想呢？

他试着重新爱上莫斯科，重新对它产生依恋，但他做不到。莫斯科只是一场骗局。整个城市只是一个道具，里面的死人也只是道具，连同他们的痛苦都是伪装出来的。一切都是做给观众看的——表面上是给地底下的观众看的，实际上却是给大洋彼岸的观众看的。

这可真是大发现，真正伟大的发现：一下子发现了整个世界，所有大陆。同时又是毫无意义的发现：在仅剩的三周生命里，什么也干不成。再说了，还捱得了三周吗？辐射剂量与日俱增，他在无线电中心又吸收了多少呢？也许只剩下两周了。

越野车驶过莫斯科河，驶过克里姆林宫。

克里姆林宫完好无损地站在那里，同样在装死。

他不由得想到，席勒站的看守为确保万一，用钢筋将死人的头颅一一敲碎，以免有人侥幸生还。不怕一万，就怕万一。

难道梅尔尼克是对的？这样做是值得的？

欺骗人们，为了拯救而欺骗。是这样的吗？

能否带着这一真相生活，这样度过最后的两个星期？

他必须好好问问梅尔尼克。

* * * *

所有人都在博罗维茨基站消除了放射性污染。廖哈和萨韦利被带去了别处，但游骑兵承诺不会动他们。飞鼠带着阿尔乔姆穿过昏暗的通道，去阿尔巴特站找梅尔尼克。阿尔乔姆一言不发，牙齿像被胶水粘住了。飞鼠吹着难听的口哨。

"在帝国发生了什么？你是怎么出来的？"当口哨单曲循环到第三遍时，飞鼠终于忍不住问道。

"绝望。我以为自己死定了。那封信被迪特马尔抢走了。"

"我们知道。"

"你看，"阿尔乔姆没看飞鼠，开玩笑似的说，"你们什么都知道。而我呢，好像什么都他妈不知道。"

"对不住，兄弟，我真的很想把你救出来，可后来事态紧急——红线，帝国。"

"我猜也是这样。"阿尔乔姆点点头。

"我向老头子汇报了。他说会想办法。你别恼他。"

"我没恼。"

"眼下正是关键时期，人手紧缺。我把你带到之后，立马要去执行下一项任务。红线闹饥荒了，蘑菇全烂了，饥民正在冲击边防线。对现在的红线而言，发动战争是他们安抚饥民的最后办法。饥民有可能会涌向汉萨，涌向所有车站。必须阻止他们。而除了我们游骑兵，还能有谁阻止他们？最后的决战就要到了。"

"你看，蘑菇……到底是相当重要的。"

"的确。"飞鼠附和着说，又吹起口哨。

"梅尔尼克怎么说？"

"他说要把你完好无损地带回来，满足你的一切条件。"

"明白了。"

"我只是一个小角色，兄弟。我不想过问我不该知道的事。我觉得每个人都应该做好自己的事，别掺和其他人的事。我算老几，轮得着我来决定？你明白我说的吗？"

阿尔乔姆终于将目光转向他，仔细凝视，以便真切地看明白他。

"事实上你并不渺小，飞鼠。"

　　　　　＊　＊　＊　＊

"阿尔乔姆!"上校驾驶轮椅从办公桌后面迎出来。

阿尔乔姆一言不发地站着,准备好的话全像猪奶一样酸在嘴里,在走进办公室之前就全吐出去了,但舌头上仍然沾着苦涩的乳浆。

"听我说。"梅尔尼克对阿尔乔姆说。

阿尔乔姆一边听着,目光一边在办公室内游移:摆满文件的办公桌,墙上的地图——那上面标注着干扰器吗?标注着莫斯科布防图吗?墙上的阵亡名单还挂在那里,红线强攻地堡那次。兄弟们的亡灵都去了哪儿?老十、乌尔曼,所有人?也许他们都还在这张名单上呢,每天从半空的酒杯中呼吸酒精。只消一两白酒就能让两个排的英灵烂醉如泥——灵魂很容易醉。

"我们知道这件事,"梅尔尼克说,"我会处理好的。是我的错,没提前告诉你。"

"那真的不是红线的人?那些开卡车的、守卫无线电中心的,不是红线的人?"

"不是。"

"那也不是我们的人吧?我杀了自己人吗?"

"不是,阿尔乔姆。"

"那是谁?他们是谁的人?"

梅尔尼克沉吟不语。该不该告诉他真相?他知道以后会怎么做?

"你受了很多辐射吧?"梅尔尼克驱动轮椅靠近阿尔乔姆,停在对方也能看清自己的地方。

"那些士兵是谁的人?"

"汉萨的。"

"汉萨?那风力发电机呢……是谁建的?我听说红线将囚犯派遣,不,是流放,去建设什么东西。从罗科索夫斯基大街或者卢比扬卡站派去的。"

"阿尔乔姆,"上校单手擦着打火机,点着烟卷,"来一根?"

"好。"

阿尔乔姆接过一根烟,点着,将烟气吸满了肺部,眼睛被烟熏得微微眯缝着。

"阿尔乔姆,我知道事到如今,你很难相信这一切。但你自己想想,难道红线会帮汉萨——自己的宿敌——建设任何东西吗?"

"不会。"

"没错,不会。都是汉萨自己建的,他们什么都有,工人,设备。"

"那坑里的尸体……那里挖了一个基坑,尸体都堆到顶了。他们又是些什么人?"

梅尔尼克点点头,显然知道尸坑的存在。那他知道那些啃尸体的野狗吗?

"那是间谍,破坏分子,以及潜在的间谍,潜在的破坏分子。"

"是汉萨瞒了我们,瞒了所有人……这么多年一直瞒着?把全世界都藏起来,抹掉?"

"为了拯救莫斯科。"

"那他们——西方、美国——为什么没有轰炸其他城市呢?我亲耳听到的!圣彼得堡!符拉迪沃斯托克!叶卡捷琳堡!全都在!……可他们说的都是跟战争无关的事,用俄语!他们都在!俄罗斯还在!为什么唯独我们不可以?那些城市也在打仗吗?"

"那里……关于'那里',你知道些什么?你只不过听了半个小时收音机而已。那不过是无线电把戏,阿尔乔姆。你怎么知道哪里是自己人,哪里是走狗、间谍?现如今除了地铁,哪里还有属于我们的东西?没了,我们就只剩下地铁了!敌人安插了间谍,就像在蜘蛛网上撒上蜘蛛!'这里是符拉迪沃斯托克,快来加入我们。这里是圣彼得堡,请来这里!'只要有人过去,立马会被干掉,直接爆头。根本就没有什么俄罗斯!我们所害怕的一切都已经发生了:轰炸,分裂,占领。如果我们不在这里忍辱负重,如果让他们知道我们幸存了,那我们就会是下一个。我们只有一条活路,阿尔乔姆,那就是装死,积蓄力量,以便重返地面。"

"如果他们只是来找我们的呢?不是间谍,不是特务,而是我们的人,俄罗斯人,普通的人?"

"眼下是战争时期,阿尔乔姆,没办法一一甄别,只能一概当敌人论处。"

"如果他们不是从东边,而是从西边来呢?"

"所有交通要道都封锁了。"

"那干扰器呢?"

"那只是其中一座。"

"也就是说,就算我把它们都砸了……也根本无济于事?"

"你也砸不了的,阿尔乔姆。幸亏飞鼠把你救出来了,要是你再多毁掉一座电塔,连我也保不了你了。他们本来就有命令——不留活口。"

阿尔乔姆深吸一口烟,话语的声响在四处飘移。他把它们捉住,列队。

"你们不是监视我了吗?当我往楼顶爬的时候?"

上校的嘴角抽动了一下:这个飞鼠,真是管不住嘴。

"是。"

"那为什么没有干掉我?"

"因为你是自己人,尽管我……对你说过那些狠话。"

"您呢,您自己是什么时候知道的?怎么知道的?"

"也是被人告知的,不久前。"

阿尔乔姆深吸一口烟,坐到地板上,后背靠墙——没有凳子。这样一来,坐轮椅的梅尔尼克反倒比他还高了。不过,这样就对了。当他双腿还好着的时候,他的确就比阿尔乔姆高。

"您知道吗,斯维亚托斯拉夫·康斯坦丁诺维奇,我们最后一次谈话时,您非常确凿地说我是个精神分裂患者?"

"我那么做是为了保护你,以免你捅出娄子来……可你还是捅了。"

"为什么您不能直接跟我说呢?还是说,我就是个精神分裂?啊?"

"阿尔乔姆。"

"请您告诉我,我是不是精神分裂?请您照直说。"

"听着。你跟黑暗族的事,你的那些信念,什么你本应拯救世界,什么你被它们选中了,什么是你导致了人类的毁灭,所有这些……你叫我怎么说?"

他和黑暗族的事。他的全部经历,整个故事。

"这些根本没有意义,是吗?我们把它们用导弹炸了,根本没有改变任何事情,是吗?因为我们在莫斯科地铁的这些人,根本就不是最后的人类,而黑暗族也从来就不是人类唯一的希望。我没有拯救它们,因为……但也没什么大不了的,世界之前怎么活,现在还照旧。即便我把它们救了,也无非多一个动物园的观赏物种罢了。它们是不是天使根本就无所谓。这根本就不是'奇迹',只不过是'滑稽'罢了。连我自己都觉得好笑。我就是个彻头彻尾的蠢货,对吧,斯维亚托斯拉夫·康斯坦丁诺维奇?"

"不是。"

"可笑。"阿尔乔姆想笑,却笑不出来,就跟得了大脖子病似的。

"我本来想对你解释的。我不是跟你说过吗,你在它们身上陷得太深了?考虑到你的状况,我根本无权向你泄露防护盾的机密。"

"我的状况,"阿尔乔姆重复说,"可不是嘛,精神分裂。先是自以为拯救了世界,后来又自以为毁灭了世界,简直是妄想狂。"

"你只是没有掌握足够的信息而已,因此你不得不自己查出一切。但现在通过谈话,我确信你是完全理智的。这不是你的错。"

那是谁的错?阿尔乔姆注视着燃烧的烟头,像注视着枪口。那俨然一个微缩的烈火地狱,永远如影随形。

"我不得不自己查出的东西实在太多了……"

"如果你以为,我忍心看你这样……"

"我不这样以为。是我太愚蠢了。我到底图个什么呢?我原本想,阿妮娅,您,还有兄弟们,养父……想让我们一起回到地表,住在城市里,住在房子里。我一直这样设想,哪怕是在那座修道院里也好……只要所有人一起。要么可以去远方,沿着铁路,看一看俄罗斯,看一看世界。这是我的梦想。要是世界幸存下来就好了,我想,那样的话我就……可结果,您早就知道。您觉得有必要向人们撒谎吗?为什么不告诉他们?让他们自己选择好了……如果他们想走,就让他们走好了!"

"你怎么又开始犯浑!"梅尔尼克沉下脸来,"让他们离开莫斯科,然后呢?他们会被一个个射死!一个不剩!我们必须在一起。地铁,是我们的堡垒,堡垒四周全是敌人。我们所有人,不光是游骑兵,地铁里所有人都是警备部队。但我们不会一直龟缩在这里,我们在积蓄力量,准备反击。明白了吗?我们会从这里出去,但不是出去投降!不是举着白旗出去!也不是逃跑!我们从这里出去,是为了把属于我们的夺回来!光复我们的领土!你明不明白?现在上面没有人需要你!"

"就算这里也没有人需要我。"

"错!我叫你来,不是让你来哭鼻子的。我把你救出来,也不是为了这个。"

"那是为了什么?"

梅尔尼克退回到自己的桌子堡垒后面,拽过一个箱子,皱着眉头在里面摸索了一阵,把什么东西攥在手心里。他驱动轮椅,驶到阿尔乔姆面前,向他伸出攥紧的手,手指缓慢张开。他这么做并非为了获得戏剧效果,而是内心在自我搏斗。

摊开的掌心赫然放着一枚名牌,朝上的一面刻着几个字——"舍我其谁?"阿尔乔姆接过来,舔舔干裂的嘴唇,将名牌转过来——"阿尔乔姆·乔尔内"。"阿尔乔姆"这个名字是妈妈给取的,"乔尔内"这个姓氏是自己取的,本意为"黑暗者"。这是他的名牌,一年前被梅尔尼克亲手剥夺的那个。

"拿着吧。"

"这……什么意思?"

"我希望你能回来。我想好了，希望你能归队。"

阿尔乔姆呆呆地注视着自己的姓氏——乔尔内，黑暗者。这个姓氏如今已经没有任何意义，毫无价值了。曾经，它象征着一种忏悔，是燃烧的十字架，提醒自己莫忘罪过。可如今呢？原本就不是自己的错，过去就过去了。他用手指抚摸着那些黑色的铅字，耳膜咚咚直响。

"为什么？因为我暴露了莫斯科？"

"我不会把你交出去的，你是我们的人。他们会施压的。"

阿尔乔姆把烟一直抽到烟头烧到手指。

"我对您有什么用？"

"现在每个人都有用。必须阻止红线，不惜一切代价。另外我们还要对付帝国。这是阻止战争的最后机会，阿尔乔姆。不然的话，这里的无线电信号迟早会全部中断，但不是因为干扰器，而是因为我们自己。我们会帮助真正的敌人做完全部工作，他们甚至连惊讶都来不及。明白吗？"

"明白。"

"好。你会归队吗？稍事休整，立刻加入战斗！"

"我的那两位同伴怎么办？萨韦利和廖哈，您要怎么处理他们？"

"由我们来管教，既然你把他们也卷入了国家机密。"

"让他们加入游骑兵？"

"对。据我所知，你们三个人合力攻下了整个无线电中心。不错的战绩。"

就这么简单？阿尔乔姆用手掌抚过脑袋，头发被萨莎剃光了。

"你受的辐射太多了，我们先安排你住院，检查一下情况，然后再……"

"斯维亚托斯拉夫·康斯坦丁诺维奇，请允许我问一个问题……信封里是什么？"

"什么信封？"

"就是您派我们转交给帝国元首的那封。"

"啊，"梅尔尼克皱着眉头，终于想起来了，"最后通牒，游骑兵的最后通牒。敦促帝国立刻停止军事行动，撤回所有兵力。"

"就这？"

上校将轮椅原地掉了个头，叼在嘴里的烟卷在空气中画了一个圆，制造了一道烟幕，然后从牙缝里挤出来："游骑兵和汉萨共同发出的最后通牒，就是这样。够了，阿尔乔姆，还有人在等你呢。"

阿尔乔姆将名牌的线绳撑开，将脑袋伸进圈套，把名牌挂在脖子上，塞到衣服下面。

"感谢您的信任。"

可他心里却在想，为什么死在地堡里的人不是他？怪飞鼠不该帮他挡子弹吗？如果当时被红线的人打穿，较之于现在，是更坏还是更好？他现在知道了真相，有感觉更好吗？他现在受辐射快死掉了，有意义吗？还不如跟小伙子们一起，变成名单上的一串字母，挂在梅尔尼克办公室墙上，可以永远醉醺醺的，永远快活。

"我们还会战斗！但你先要……"

"我不需要住院，我自己的身体自己清楚。兄弟们今天有任务？"

"什么任务？"

"飞鼠说的，有针对红线的行动。他说人手不够。"

梅尔尼克大摇其头："你连站都站不稳，阿尔乔姆！还怎么行动？你快去休整一下，有人在等你，你们……交流一下。"

"我跟他们去。几点出发？"

"为什么？你要去哪儿！"梅尔尼克将烟头吐到地板上，"你怎么就坐不住呢？！"

"我就是想……干点事。"阿尔乔姆省略掉了"临死前"几个字，"不是稀里糊涂地，而是真真正正地，干点实事。"

* * * *

"这里看起来像探监室。"

"想出去走走?"

"想。"

她推开门,第一个走了出去,阿尔乔姆跟在后面。

阿尔巴特站宛如沙皇宫殿,俨然梦想中的俄罗斯:富丽堂皇,白金两色,无限宽广。

"你这是怎么了?"

"没什么,剂量超标了。如果你指的是发型的话。"

"我指的是全部。"

"全部?全部的话……无线电的事你知道吗?"

"不知道。"

"他之前从来没跟你提起过?"

"没有,阿尔乔姆,他直到现在都没跟我提起过。"

"明白了。这么说的话,我也没什么好补充的了。"

"什么叫你'没什么好补充的了'?"

"还有什么好说的呢,我找到了我要找的东西。就这样。"

过往行人纷纷扭头看他们,准确说,是看她。那些总参部的老家伙、阿尔巴特的老职员,脖子僵硬得转不过去,索性将一把老骨头扭得咯吱作响,整个身子转过去。毕竟,阿妮娅是个美人胚子:高挑、轻盈、冷傲,男孩子一样的短发,两道剑眉,更何况今天还破天荒地穿了条裙子。

"这么说,你现在可以回来了?"

她的语气平静如水,似乎内心跟外表一样冷艳,仿佛她的脸是陶瓷做的,后背装着发条开关。

阿尔乔姆后背冒出汗来。

有些东西,你可以逐渐克服对它们的恐惧,但对于这样的谈话他完全猝不及防。他一边走路,一边默数自己的步数。随着步数的增多,尴尬、胆怯和悲伤也在逐渐累积。

"你父亲邀请我回来,他把名牌还给我了。"

"我说的是我们。"

"嗯……如果我接受他的邀请……我已经接受了。那我就不能再去别的地方了，不能再回展览馆站了。我必须待在这儿，住在兵营里。今天就有个什么行动，叫我也参加，所以——"

"够了，我没问你这些。"

"听着，我……我不知道，我们该怎么重新开始。"

"我希望你回来。"

她的语调依旧那样平静而坚定，脸上依旧波澜不惊。阿尔巴特站没有能说话的地儿，人们宁可在一群陌生人中间谈话，也好过与熟人隔着一堵墙。人群会干扰信号，在人群中间可以倾心交谈。

"我们没结果的，阿妮娅。我们没法在一起。"

"我们以前不就是被人说没结果吗，那又怎样？"

"那就结束了。"

"结束了？你就这样认输了？"

"不是，这跟认输没关系。"

"那就是说，你根本就不想？你就这么跑掉了？找了个愚蠢借口，然后就跑掉了。"

"我……"

"我告诉你：我需要你，我不能没有你，阿尔乔姆。你知不知道说这种话对我而言有多么困难？你知不知道？"

"没法弥补了。"

"弥补什么？"

"我们的故事从一开始就不对。这个，那个……一切，有太多的错误。"

"所以你就一走了之。有太多错误，所以我还是走吧。是这样吗？"

"不是。"

"就是！我呢，也许应该这么想：既然他都走了，那就算了，反正也没法弥补了。是这样吗？"

"不是！你怎么……我不想当着外人的面谈论这些。"

"是吗？不是你领我出来散步的吗？不是一切都是你说了算吗？"

"够了。"

"要么就是这样的。我这个人很骄傲，这你是知道的，我自己也跟你说过。你可能是这么想的：她是肯定不会主动跟我和好的，干脆我一走了之，不辞而别，她宁肯上吊，也不会低三下四地来向我打听我为什么抛弃了她。"

"我没有抛弃你！"

"可你溜掉了。"

"阿妮娅，你这是干什么？你怎么像个女人似的？"

"是啊，你又不是女人，阿妮娅，你不是女汉子么！你不是我的好兄弟么！你不是长着胸部的飞鼠么！"

"随便你。"

"你说，你当着我的面说：'我们结束了，阿妮娅。'你看着我的眼睛说：'别再缠着我。'然后告诉我为什么。"

"因为我们根本不可能有结果，因为之前全是错的。"

"你才像个娘们！你能不能说得具体点，到底哪里不对？因为我父亲是你的长官？因为他不同意我们的婚事？因为你感到自卑？因为你爱他胜过爱我？因为他把你当成疯子？因为你一直在拿自己跟他比？因为他是真正的英雄和拯救者？因为你想先成为他？因为你根本不愿意跟我在一起？"

"别说了……"

"怎么呢？这些话你不是说不出口么？那就让我替你说好了，总得有人说吧。"

"因为我不爱你……因为我已经不爱你了，因为……没错，因为我不知道该怎么跟你说。"

"因为你怕我。"

"不是！"

"因为你怕我父亲。"

"去你的吧！你去死吧！够了！"

"人们都看着呢。小声点。"

"我有别的女人了。"

"啊，原来你找到的是这个。找啊找啊，终于找到了。你直说不就完了吗？你应该对我说，阿妮娅，一直以来我都找错地方了，在地面上找了那么久，谁也没找着，可在地底下一个星期就找到了。"

"练吧，继续练吧，你已经拿我操练了一整年了！你不是从来不信我吗？既不相信，也不信任，跟你老爸一样。他也管我叫精神分裂，直到今天他还这么说。你跟他一个样！"

"我像我妈。"

"你像你爸！"

阿妮娅停下了脚步。后面的人撞到他们身上，刚要破口大骂，但一瞅见阿妮娅的身材，立刻忘却了不快，继续朝前走去。他们正忙碌于自己的地下事务，似乎除了地铁，世界上再没有其他的了。

"我们去喝点酒。"

"我……我想睡一觉，还有行动呢。"

"你欠我的。所以闭嘴，跟我走。"

他自己也觉得应该喝点酒，尤其是在此次行动之前，在终于要做些有意义的事情之前。他也很清楚，他的确欠她的，比欠其他任何人都多。

他们在通道里找了家安静的小酒馆，坐在塞满东西的口袋上，拉上布帘。好像全世界只剩下他们两个。

"你是怎么到这儿来的？"

"他派人来找我，让他们转告我，你把我甩了。真是分手的好办法：通过岳父和两个全副武装的白痴。"

"这不是我想的……"

"你真是够种，阿尔乔姆，我敬你。"

"我是狗屎，好，明白。那现在呢？现在你不是回到自己理想的爸爸身边了吗！啊？皆大欢喜！你干吗还来纠缠我？！"

"你真是白痴。"

"好，明白：狗屎加白痴。"

"你就没问过自己，为什么我跟你到了展览馆站？我看上你什么了，你问过吗？整个游骑兵团，所有男人都追着我屁股后面跑，个顶个的大英雄，个个对我垂涎三尺，包括你的偶像猎人！可我为什么偏偏选择了你？"

"我不知道。"

"因为我根本就不稀罕什么英雄！我不想嫁给一个疯子，一个拿刀割断人头、血溅到脸上都不带眨眼的丈夫。我不需要！我不需要像我父亲那样的丈夫！明白了吗？我需要好的，善良的，正常的——人！像你这样的，像你从前那样的。一个竭尽全力避免杀戮的人。我希望我们的孩子也能像你这样善良。"

"在地下这样的人活不久。"

"在地下所有人都活不久。那又怎样？难道就不生了？"

"那就不生了。"

"那生活总得过吧，跟我一起。"

两人各喝各的。阿尔乔姆一口气喝了很久，空荡荡的胃一下子全部吸收了。血液变烫了，地球开始旋转。

"我没法生活，阿妮娅，我已经不会生活了。"

"那谁跟我生活？"

"你父亲会给你找一个更好的，精神正常的。"

"你是白痴吗？你到底有没有听我说话？还是说你只顾自己？我父亲会给我找丈夫？他亲自给我洗澡洗到十三岁！十三岁！你明不明白？我是从他身边逃跑的！逃到你那儿去的！为了过正常生活！亏你还想着变成他！变成他，或者变成猎人！"

"我不是……见鬼，我非得听你说这些吗？"

"怎么了？你害怕自己会心软吗？害怕你会不忍心再把我甩开吗？"

"不是，你……"

"那你就继续听着。你知道我妈妈是怎么死的吗？"

"生病死的，那时你还小。"

"她是酗酒死的。她酗酒，因为他三天两头打她。这样的英雄父亲你觉得怎么样？啊？"

"阿妮娅……"

"你去给他服役吧！他原谅你了？"

"他不是很宠爱你吗……难道他……"

"没有，妈妈的死对他的打击已经够大的了。他很疼我，宠着我，没错。不管什么，我说怎样就怎样，只要我做他的乖女儿。"

"等等。他……他为什么……我在无线电中心的时候……那时我眼看就要……他们准备发动攻击……你，你在哪儿？那个时候？"

阿妮娅一口气喝光了杯里的酒。她的眼睛通红，但就是流不出泪来，跟阿尔乔姆一样。阿尔乔姆突然注意到，她今天竟然涂了睫毛膏。阿妮娅，睫毛膏。

"我警告他：一旦我丈夫有什么闪失——"

阿尔乔姆冷笑了一声，本想表现出鄙夷，但脸部力量不够。

"喂！再来点酒！"

"我也是。"

"原来如此。"

"敬妈妈！"阿妮娅举起带棱的玻璃杯，"嫁给了英雄而酗酒的妈妈。你说错了，阿尔乔姆，我像妈妈，不像爸爸。"

他把冻僵的手伸出去，两只玻璃杯轻轻地碰了一下。

"我妈妈是从符拉迪沃斯托克来的。每次她哄我睡觉时，都会给我讲海滩，讲大洋。等我一睡着，她就去摸酒瓶。你知道吗，我会这样——闭着眼睛装睡，然后透过眼睫毛偷看。符拉迪沃斯托克那边怎么样，有回音吗？"

"有。"

* * * *

"你感觉咋样，兄弟？没发烧吧？你的脸怎么那么红？"

"没事。"

"你确定要再去地面吗？"

"我确定。"

"医务室去过了？"

"去过了，给我抹了点绿药水。"

"好吧。等我们出任务回来，我亲手抱着你再去一趟。"

在图书馆门口，那辆熟悉的越野车正打着火等着，后面还有一辆灰色的乌拉尔改装重卡。萨韦利和廖哈在防护服下面穿着游骑兵制服，相互对视了一眼。

"这是……"阿尔乔姆指着乌拉尔重卡问。

"没事儿，车上是我们的人。汉萨只是把车借给我们了。不然你以为我们上哪儿找这样的车去？"

"的确。"

车子尖叫着启动，依次朝阿尔伯特街驶去。飞鼠带着阿尔乔姆上了自己的越野车。飞鼠坐在前排，不停地扭头看阿尔乔姆，一副欲言又止的样子。

"任务是什么？"阿尔乔姆问。

"去共青团站，"飞鼠说，"到了就知道了。"

车队在空荡荡的阿尔伯特街疾驰。阿尔乔姆来不及回想起任何事情。脑海中只是闪过一个念头：莫斯科那些突变体怪物都跑到哪儿去了？为什么跑了？石筑的莫斯科如此空旷，俨然三千年前被黄沙湮没的古巴比伦。

车队驶到花园环路，直接越过路面上久已失效的禁行线，拐上了长街，穿过了一长串没有住客的宾馆，没有职员的写字楼，穿过了尖顶的外交部大楼和具有魔幻色彩的秃山。

"也不知道现在的外交局势怎么样？"

"不关我的事，"飞鼠直视前方，"每个人都有自己的工作。"

"但总会有人监听无线电的吧？好掌握敌国的情况，敌人的阴谋什么的。"

"怎么听？不是有干扰器呢么？"

"也是。"阿尔乔姆搭了一下橡胶面罩。

车队驶过外交部大楼，拐进一条狭窄的胡同，在一座废弃的公馆前停下。公馆外有一道很高的围栏，好像是某国的大使馆。某国的国旗残片在空中飘荡，已经被毒雨洗刷成了白色。

他们按照约定信号按了几下喇叭，院门无声地开启，放车队进入了大院。一群戴游骑兵袖章的士兵将车辆团团围住，仔细检查，以防有什么东西扒在车上混进来。阿尔乔姆下了车子，感觉那些面具下有几双眼睛很熟悉。

"这是怎么回事？"

没有人给他解释。公馆楼门被打开，那些士兵从楼内将一些带有标记的绿色锌皮箱子搬进了重卡，有搬两箱的，有搬三箱的，搬了很多。

全部是子弹箱。

活干得很利索，一分钟就搞定了。士兵们敬了个礼，草草地签了个不合时宜的清点文件，将车队送出了院门。公馆重新变得形同废墟。

"这么多要送到哪儿去？"阿尔乔姆问飞鼠。

"共青团站。"

"那儿出什么事了？那里是红线跟汉萨交界处，"阿尔乔姆猜测道，"那儿打起来了？汉萨已经参战了？"

"参战了。"

"那我们呢？也参战了？我们在帮汉萨，是吗？我是说我们，游骑兵？"

"帮汉萨。"

飞鼠的这几句答话都是从牙缝里挤出来的。显然，飞鼠被严令禁止向阿尔乔姆透露内幕，但既然都被他自己猜中了，没办法不予以确认。

"那里已经有我们的弟兄了？这些子弹是给他们送去的？他们在阻击红线？"

"是。"

"这……该不会是地堡事件的重演吧？对吗，兄弟？又是红线和我们……又是除了我们，再没别人。"

"有可能重演。"飞鼠不情愿地承认。

"好，没白来。"阿尔乔姆大声说，"这才是正确的任务。"

* * * *

再次驶过花园环路时已是深夜。车灯中的汽车残骸，隘口般矗立的楼房，空中飞扬的塑料袋，被酸化的月亮勾勒出云朵的轮廓，引擎的轰鸣……这些都令阿尔乔姆昏昏欲睡。他们沿着匝道开过花卉林荫道，拐进一些未被死人占领的小街小巷，沿着颠簸的电车轨道开到了火车站前广场——共青团地铁站所在地。

此处坐落着三个火车站：一个向东，直到最东端的、阿妮娅的符拉迪沃斯托克；一个向北，通往圣彼得堡；第三个向南，通往喀山。想去哪里都可以，轨道就在眼前，就在大厦后面。在上面放一辆轨道车，驱动摇臂，一直向前，能走多远走多远，世界的一切奇迹都在等着你。可事实上，你哪儿也去不了。怎么能说没有盖子呢，斯维亚托斯拉夫·康斯坦丁诺维奇？这不就是盖子么？

车队开上人行道，直接开到了站台门前。

飞鼠命令："赶快行动，这里不是我们的地盘。"

几扇门被同时打开，众人环形散开，将头顶的夜视仪拉下来。深夜，在他人的领地，什么都有可能发生。众人排成一队，接力卸下子弹箱，阿尔乔姆排在队尾，站在破裂的木门旁，负责将子弹箱垒成一堆。此时他的心里有种奇异的感觉：异常平静。他仿佛看见自己站在胸墙后面，双手握紧自动步枪柄，额头上中了子弹。在地堡时真好：一切都很明确，一切都很简单。他渴望再次回到地堡，把这些子弹一气射光，一颗不剩，直到战死。

现在再也无需跟萨莎道别，无需跟苏霍伊和好，无需跟猎人见面了。他对他们任何人都没什么好说的了。既然没有句点给他们，就让一切在逗号中断吧。

"现在跟我来！"

每人搬着两箱子弹，像抱着孩子那般小心翼翼地走进黑暗，走进半已坍塌的大厅。飞鼠禁止打开手电筒。他们沿着坑坑洼洼的阶梯向下，用夜视仪探测着冰冷的轮廓。只在接近底部时，夜视仪屏幕上才亮起一些红色温度块，那是人体的温度，似乎有人想从地底深处温暖这片大地。

同样也是从地底，传来一些奇怪的嗡鸣，类似蜂箱里发出的声音。时而感觉来自地底，时而感觉来自四面八方，但没办法四下查看，因为他们正列队慢跑在湿滑的阶梯上，唯恐一脚踩空。不知是从通风孔里，还是透过薄薄的墙壁，传来阵阵嘶哑的悲号和低沉的嗥叫，那声音如同风吹进一条焊死的管道，充满了绝望。而且他们每往下一步，就愈发响亮，愈发激烈。

"这是什么声音？"廖哈边跑边喘着粗气问。

"那儿是红线，应该是出什么事了。但我们不去那边。"

队伍在某处停下。

"向左。"

他们贴着墙壁朝前走去，没有影子，黑暗中只有夜视仪发出的红色反光。从墙缝中漏出的热量显示，什么地方还有生命，在发热，在呼吸。但前方一个人影也没有。这也许是某个秘密通道？为了迂回到敌人后方？

为了设伏？为什么听不到战斗？是还没打响吗？他们刚好及时赶来？这么多子弹足够坚守一个月的。只是，其他的游骑兵在哪儿呢？这就是禁止使用手电筒的原因吗，以免暴露？

"齐步走。"

夜视仪在前方黑暗中发现了一些红色插标，那是人影。他们听到有说话声，叠加在通风孔传来的嘈杂声之上。一股热量从头顶管道中流过——那是什么？——脚底下的排水槽中也有。似乎就在近旁，有一些大房间，里面烧着暖炉，亮着灯光，有人在低声密谈。但阿尔乔姆和其他游骑兵仍然置身于黑暗。

"停。"

他们在一个开在墙上的格栅状的东西前停下，从夜视仪看去就像一个大火炉。远处立着几个火红色身影，其中一个活像一头愤怒燃烧的红牛，另外两个模模糊糊，热度值极低，俨然冷血动物。

"火炉"那面传来交谈声。词汇粘连在一起，隧道的回声将不同人的音色混同为一，无从分辨谁在跟谁交谈，仿佛某人在对着铁皮喇叭朗诵独白。

"都在这里了？对，全部都在。多少？跟约定的一样，二十箱。准确说，是两万零四百发。希望这能解决我们的问题，我们共同的问题。应该能解决的，一直都能奏效。这么说，成交了？谢谢您通融。您说哪里话。当然，希望以后能够避免此类冲突。您很清楚，事态已经失控了。这不是我们的错，是来自底层的意志，但这是可操控的，我们的协议始终有效。您会采取措施恢复平衡的吧？已经在做了。还想特别提及关于传言的问题，兄弟之间，开诚布公。一些恶毒分子说，有可能发生了泄密。不会，不会，这也不符合我们的利益。我们会尽力维持双方关系。那么，可以搬运了？可以，我现在就下令。谢谢，马克西姆·彼特罗维奇。也谢谢您，阿列克谢·费利克索维奇。"

"搬过来！"

"齐步走！"飞鼠命令，"向着前边三人。"

阿列克谢·费利克索维奇，费利克索维奇，费利克索维奇……谢谢，阿列克谢·费利克索维奇……是，阿列克谢·费利克索维奇。阿尔乔姆的前臂开始发痒，那里曾经有烟头烫伤留下的疮痂。

"别磨磨蹭蹭的，快搬过来！"黑暗中有人朝他们大喊，"动作麻利些！"

嘶哑的声音，低沉而洪亮，无比熟悉。

亮起一盏手电，光柱在地面和绿色子弹箱之间迅疾地来回逡巡，那人一边查看标记，一边清点数目。

"一，二。好了，还愣着干什么？过去，下一个。三，四。好了，走吧。五，六。"

快到阿尔乔姆了，他的心脏剧烈地跳动起来，脑袋烧得发烫，但他仍然等着轮到自己，以便从近处看个究竟……

"七，八。放这儿，这儿。下一个。九，十。放好，走吧。"

他们正在把所有子弹——一共二十箱——交给什么人。这些子弹被运到这里来，并不是给游骑兵作战用的。他们需要做的只是把两万发子弹运到，移交给某人。这就是全部任务。

"十一，十二。"

阿尔乔姆听得清清楚楚：十一，十二。轮到他了。十一。他们是家兔，他们能跑到哪儿去？十二。但你会死在地下。十三。温驯的家兔。十四。

他把自己的两箱子弹放在地上，用不听使唤的手在口袋里摸索，终于把那东西掏出来。他想按开关，却按空了。

"下一个！你还堵在这儿干什么？"

手电筒的光柱离开箱子上的标记，捅到了阿尔乔姆的眼睛里，让他想起了捅在耳朵里的左轮枪管。

就在同时，阿尔乔姆将自己的手电筒对准他举起——那手电筒又重又长，亮度足有一百万坎德拉——啪的一声打开。

在耀眼夺目的手电光下，阿尔乔姆发现，眼前这个人尽管消瘦了，苍白了，皱纹增多了，但他到底还是从鬼门关爬回来了，现在就站在那里，依旧那么自负，叉开两条粗壮的大腿，一只手掌以主宰者的姿态按在送上门来的绿色子弹箱上，另一只手遮挡住光线。他曾经被阿尔乔姆狠狠射了几枪，但那些子弹仿佛是橡胶做的，根本射不死他。如今，他穿着簇新的红线制服，显然那是按照他那肉牛般的身躯量身定制的。

——格列布·伊万诺维奇·斯维诺卢普。

第十八章
特殊任务

"你他妈干什么？！"

飞鼠一把打掉阿尔乔姆的手电筒，白晃晃的光柱翻了个筋斗，抽在一些旁人的脸上，照出了墙壁，地板，天花板——看来这里一应俱全。还有一条走廊，一扇门，一些人。那些人被强光刺得眯起眼睛，破口大骂。电光石火之间，阿尔乔姆看见两个人并肩而立，似乎都很面熟。一个长着两片厚嘴唇，秃顶，两鬓被电推子剃得精光，穿着军官短大衣。另一个尖鼻子，大眼袋，乌黑的头发梳得溜光。第二个人阿尔乔姆确乎在哪里见过，好像在梦里……

手电筒向角落里滚去的同时，阿尔乔姆已经抓住了自动步枪，却没来得及对准斯维诺卢普——他的胳膊和枪管同时被人抓住，扯向两边。手电筒熄灭了。黑暗中，那两个似曾相识的红色剪影被众多陌生的剪影团团罩住，后者用身体为前者罩上了肉盾。

"他们是红线的人！"阿尔乔姆扯着嗓子大喊，"放开我！我们把子弹给了红线！他们是红线！"

"冷静。冷静，冷静……"

"你们在搞什么名堂？啊？！"斯维诺卢普的声音。

一只戴皮手套的手掌——飞鼠的——堵住阿尔乔姆的嘴，那味道中混合着枪油、柴油、火药和血渍。阿尔乔姆用牙去咬那手掌，身子挣扎着，用被堵住的嘴嘶喊着什么。但他咬也是白咬，飞鼠根本就不知道疼。

阿尔乔姆额头上的夜视仪被人摘掉，什么都看不见了。

"别碰他！"廖哈喊道，伴随着自动步枪子弹上膛的声音，"老萨，我们的人被欺负了！"

"放开他！放开！"萨韦利喊，"不然我把你们全干掉！"

"达米尔！奥梅加！"

黑暗中传来嘎嘎、咕噜的声音，像是被掐住的喉咙发出的，随即有人射出一梭子子弹，击中天花板，继而传来嘶哑的呼喊和愤怒的吼叫。

"要干掉他们吗？"黑暗中有人喘着粗气问。

"看来你们内部也不太平啊。"看不见的斯维诺卢普哂笑着说，"对吧，大兵？"

"不要干掉，现在不行。带上他们，跟我来。"飞鼠的低沉声音说。

"上校说了，如果他们闹事……"

"我知道上校是怎么说的！把他们带走！"

"刚才怎么回事？"另一个熟悉的声音，不是斯维诺卢普的，那声音显得疲惫、懒洋洋的。阿尔乔姆漆黑一片的眼前立时浮现出了花卉站的妓馆，从里面透着光的布帘……

"没事了，请原谅。收拾东西，走！"飞鼠的声音。

钢铁般的臂膀拖着阿尔乔姆在地上走，他的两位同伴在后面踢腾着，叫喊着，但游骑兵个个训练有素，根本没法挣脱出来。

"把他们带到这儿来，放在这儿。好了，我亲自来解决，你们先上去。至于你们，趴在地上！"

"上校有令，如果不老实，三个人全做掉。"

"做掉我们？你们疯了吗？"萨韦利大喊。

"我记着呢，达米尔，我来处理。搜过他们身了吗？都干净了？"

"干净了。"

"好了，你们先去，我很快就好。"

"好吧，兄弟们……"那人终于勉强同意了，"走吧，让飞鼠自己来吧，毕竟是他的人。"

鞋跟敲在地上，似乎逐渐走远了，但又像是在使诈：像是往上去了，又像是躲到了一旁。充斥着枪油味的皮手套松开了阿尔乔姆的嘴巴。

"那人是斯维诺卢普！红线的克格勃！我们把子弹交给了红线！我们——子弹——红线！你知不知道自己在干什么？"

"我有命令，兄弟。"飞鼠轻声回答，"移交子弹，至于给谁不关我的事。"

"红线！红线！我们把子弹给了红线！我们跟他们在地堡干过仗！我们的兄弟们都死在那儿了！老十！乌尔曼！礼帽！他们都是死在红线手里的！你难道全忘了？连你自己也差点没命！还有我！我们怎么能给他们送子弹？！"

"命令说从仓库取出子弹，运到这里，然后转交。"

"你撒谎！"阿尔乔姆咆哮着跳开，"你这混蛋！叛徒！败类！你背叛了他们！背叛了我！所有死去的兄弟们！你们！你，还有那个老混蛋！你们背叛了所有人！为什么？他们是为了什么战死的？难道就是为了我们给红线送子弹？！"

"冷静，冷静！那是援助，不是子弹！红线闹饥荒了，他们要用这些子弹到汉萨那里换蘑菇。他们自己的蘑菇全烂掉了。"

"我不相信你！我不相信你们所有人！"

"胡扯！"廖哈冲着地面说。

"你自己信吗？啊？！"

"我的任务……"

"你的任务是什么？你以为我没听见吗？老头子怎么交代的？只要我闹事就做掉我，不是吗？什么叫'闹事'？我难道就应该乖乖接受？接受我们给红线送子弹？！"

"原谅我。"

"我不原谅！绝不！什么'流着相同的血'！狗屁！你现在在干什么？你怎么能相信那些鬼话，飞鼠？！你现在还有什么信念？这一切都是为了什么？难道就为了混口饭吃吗？"

"你……你别这样。"

"来吧！你知道的！我已经无所谓了！我反正也快死了。开枪吧，狗屎。执行命令吧。熊猫血！去你的吧！只是你得把我的人放了。他们做什么了？他们什么都不欠老头子的！他没有理由杀他们！"

飞鼠沉默不语，用鼻子大声呼吸着。周边有什么金属的东西绷紧了，然而身处黑暗的阿尔乔姆并没有感觉到扣机待发的死亡。

"来啊！"

难闻的皮手套再次把阿尔乔姆的嘴堵住。

"你们两个，都站起来。"飞鼠低声命令廖哈和萨韦利，"对不住了，阿尔乔姆。"

一支手枪对准耳边。

一，二，三。

但什么都没发生。

如何在一片漆黑之中分辨生死？

办法就是这样：凭借血渍、柴油、火药、枪油混杂在嘴里的味道——还活着。

"彼此拉住手！"飞鼠低声道，"谁敢脱钩，我立马毙了他。"

他们没有胡乱逃命，而是选择相信飞鼠——最后一次相信。

飞鼠堵住阿尔乔姆的嘴，匆忙地把他带去什么地方，廖哈和萨韦利相互牵着手紧随其后。

"喂！怎么样了！好了吗？"扶梯顶上有人喊。

"跑起来，"飞鼠低声说，"被他们追上咱们都得死。"

他们两眼一抹黑地仓皇逃命，抓着彼此冰凉的、因为死期将至直冒冷汗而变得湿滑的手指。

"往哪儿跑？"上面大喊，"站住！"

飞鼠自己也不知道该往哪儿跑，只是没命地跑。过了半分钟，周围响起了哨声,身后追来了皮靴声。他们猛然转向,四人撞成一团。

"那个费利克索维奇是谁?"阿尔乔姆边跑边质问飞鼠,"就是那个别索洛夫!他是什么人?老头子把我们卖给了谁?说啊!"

一道光柱似从天而降,四人像蟑螂一样匆忙躲避。

他们跑到了一条死路,急忙掉头。追兵的脚步逐渐远去,继而重新靠近他们。缝里再次传来模糊的嗡鸣,就跟他们刚下到共青团站时听见的一样。

无声的子弹再次从身边划过,射到墙壁上,胡乱弹射到什么地方。

"别索洛夫是谁?"阿尔乔姆不依不饶地逼问,"他是谁?你知道的,你肯定知道!告诉我,飞鼠!"

飞鼠停下脚步,不知所措。这里漆黑一片,夜视仪哪里都检索不到红色的生命热度,根本找不到任何前进方向。

他把手电筒打开。

"他们在那儿!那里!"追兵的喊声立刻响起。

他们正站在一道铁条焊成的小门旁边。飞鼠一枪将门锁击断,另外三人合力把铁条往外掰,然后勉强钻了进去,开始狼狈地逃窜,逃离死亡。也许,追兵不会像他们这样钻进来?

"啊啊啊啊啊啊啊啊……"

呻吟声汇聚成合唱,像风一样从他们所爬行的通道迎面扑来。阿尔乔姆的鼓膜、心脏和脾脏都开始随着声音的节奏振动。后面的追兵死死咬住不放,拼死执行命令,手电筒光柱在阿尔乔姆等人的后脑勺扫来扫去,似乎在寻找靶子。

飞鼠被迫停下,前面似乎是一方铁盖。盖子背面发出汽笛般的嗡鸣,仿佛是就要被沸腾蒸汽顶开的高压锅锅盖。

飞鼠使劲推了推盖子,但没用,盖子已经完全锈住了,插销跟框架长在了一起。子弹咻的一声飞来,射中了爬在最后面的萨韦利。

"身体贴墙!"飞鼠回身伸出胳膊,将手电筒对准追兵,用强光晃瞎他们的眼睛,啪啪啪射出三枪,似乎打中了某人。在这肠子般狭窄的通道里，想打不中都难。

追兵的子弹立刻百倍奉还。

"混蛋，快来帮忙啊，快！"

先是两人，最后三人，合力用脚猛踹，铁盖似乎有所松动，摇撼了。萨韦利又吃了一颗子弹，啊呀了一声。铁盖被撞开，三人拖着萨韦利已经发软的身体从洞口钻出，直接掉了下去——这里几乎位于隧道的顶部位置。

所幸，四人砸在了密密匝匝的人群头顶，没有摔伤。

他们这才听清楚喊的是什么。

"饿啊啊啊饿啊啊啊！"

* * * *

阿尔乔姆从来没有在任何地方一下子见到过这么多人。这里的隧道异常宽敞，双车道，拱顶四四方方，但一眼望去全挤满了人。

这是真正的人海，咆哮的人海。

四人坠落的地方距离站台五十米远，他们奋力劈开由肢体构成的海浪，游向光亮。受伤的萨韦利被搀扶着，还没来得及给他检查到底哪里中弹。萨韦利抓住阿尔乔姆的领口，将他的耳朵拽向自己嘴边，勉力朝他嘶喊着什么。阿尔乔姆听见了，焦躁地挥手阻止："你胡说什么？你的日子还长着呢！"止步不前是不可想象的，拥挤的人潮随时可能将他们挤到墙壁或者踩到脚下。更何况，追兵随时可能追上来，必须使劲儿往前挤，消失在人海之中。

这里的人个个有气无力，瘦得皮包骨头。从他们之间挤过去时，明显能感觉到嶙峋的瘦骨如同刮刀一般，恨不得从别人身上刮去二两肉贴到自己身上。显而易见，是饥饿将所有人从红线各地会聚并驱赶到此处的。但为什么是这里？

"蘑菇菇菇菇菇菇！"

这些"瘦竹竿"竟然还能站立行走，实在是匪夷所思，因为他们体内显然已经没有任何力量了。不过，并非所有人都能撑得住，阿尔乔姆时不时地就会绊在什么上，踩到什么软软的——也许是某人的肚子？或者踢到硬硬的圆圆的东西——也许是某人的脑袋。但死亡已经激不起任何悲恸和怜悯，唯一值得生者为之哭泣的，就只剩下蘑菇。

人潮涌进的方向并不难猜：隧道里所有头颅全部朝着同一方向，在哀号声之间，他们低声念叨着同一个名字——"共青团站"。

阿尔乔姆等人同样被人潮裹挟着，向共青团站方向涌去。眼前晃动的全是后脑勺，短头发的、披头散发的、剃光的、灰色的、白色的，似乎全部是无面人一样。

阿尔乔姆扭头望去，看见一个戴游骑兵袖章的黑色身影从顶棚的洞口处纵身跃入人潮，紧接着又是一个。飞鼠拒不执行命令，但其他游骑兵却不敢抗命。两个追兵立刻被人潮吞没，现在正在人海中寻找阿尔乔姆。

阿尔乔姆吃力地矮下身子，以便将自己的黑色制服隐藏到周围的褐色人潮中，同时拽了拽其他同伴，示意他们躬身。

彼此之间无法用言语交流：人海所发出的哭泣和哀号湮没了一切话语，只看得见嘴巴一张一合，不管说什么，最后传到耳朵里的只有"蘑菇"。

人潮逼近了共青团站的红线站台。

从车道向上仰望站台，感觉它是那么的宏伟、庄严、可怕。

这个站台跟列宁图书馆站不无相似之处：顶棚同样很高，有二层楼高，显得高高在上。顶棚是四四方方的，没有任何圆角，高大的希腊圆柱上通体缠绕着麦穗装饰图案。

整个站台的主题就是麦穗——民生之本，这里是无神论者的丰收神殿。圆柱上面贴着褐色带红斑的大理石贴面，车道旁的墙壁上贴着瓷砖，看上去就如同刑讯室。而圆柱上由黄铜浇铸的麦穗锋芒毕现，犹如一柄柄利剑。

无论站台还是车道都挤满了人。车道上的拼命往站台上爬，而站台上的竭力避免掉下车道。人们拥挤着，用低沉的呻吟声高唱着饥饿进行曲，继续向前涌动。站台光线昏暗，从高处射下几道手电筒光束，在白花花的头颅上扫来扫去，仿佛在波涛汹涌的海面搜寻海难幸存者。

阿尔乔姆仰起头。

共青团站共有两层，第二层是围在站台上方四米高处的一圈阳台。阳台目前尚未被人潮淹没。那里只有手持自动步枪的红线士兵，枪管担在栏杆上。但枪口瞄准谁呢？总没办法同时瞄准所有人吧？

每隔几名战士就站着一位军官，他们正试图用扩音器喊着什么，但喊声被人潮的咆哮完全吞没。

阿尔乔姆等人踩着周围人的肩膀、脑袋，踩着彼此，终于爬上了站台。阿尔乔姆再次回望，一眼就看见了人群中间的黑色面具，而对方也发现了同样身着黑衣的他。

他猛然蹲到地上，一下子痛得大汗淋漓，身上所有伤口同时发作，中弹的肩膀、受伤的膝盖、伤痕累累的后背一致对他发出最后通牒：够了，停下，不能再走了。

但人群绝望追寻的东西就在前方。

大厅中央，一道宽广的大理石阶梯像救命船梯一样从阳台伸向人潮。大厅两侧原本还有两道阶梯，但均已拆除、砌死，只剩下中间这道，可以通往环线站台，通往汉萨——饥民潮的目的地。

阶梯上面，红线边防军站了里外三层警戒线，可移动栅栏上挂了带刺铁丝网，阶梯顶部两侧的平台上布置着机枪巢，机枪正龇牙咧嘴。向上的通道被堵得严严实实。

"蘑菇菇菇菇菇菇菇菇菇菇！！！"整个站台山呼海啸，整个红线似乎都在咆哮。

一些母亲怀抱襁褓，有的已经没声了，有的仍在哭号；一些父亲将眼球突出的、面容惊恐的孩子扛在脖子上，尽量高举，以免他们被地上的死人绊倒，被人群踩成肉泥。所有人都拼命挤向阶梯；所有人都知道，他们在这里得不到任何蘑菇；他们都拼命涌向环线，那是他们唯一的生路。

但不知为何，人群尚未对那些看似严防死守、实则不堪一击的防线发动冲击。他们已经挤到了带刺铁丝网跟前，身体已经顶到了铁刺和红线士兵，士兵们则朝着饥民挥舞枪托，但任何一方都尚未逾越红线。

如此汹涌的人潮，是怎样从红线各个站台汇聚到共青团站的？他们在来此的路上有没有遭遇拦截？那些试图拦截者又遭遇了何种下场？一概不得而知。但人潮仍在从隧道那头不断涌入，车道上的人仍在踩着彼此的肩膀爬向站台，而站台上的人体密度则不断增大：一平方米站了三个人，五个人，直至七个人。

隔在士兵和饥民之间的那层肥皂薄膜眼看就要破裂，沙漏里的最后几粒沙子眼看就要漏完，爆炸一触即发。这里笼罩着令人窒息的闷热，像一个巨大的熔炼炉，共青团站无法同时为这么多人提供足够的氧气。人们张开大口拼命呼吸，呼出的水汽使得站台雾气弥漫。

阿尔乔姆又一次回头望去，黑衣人在哪儿呢？不料，他们就在不远处，仿佛他们能够嗅到自己的位置一般，无论如何都摆脱不掉。

头顶似乎有什么动静。

那么多人——恐怕有数千人——一个接一个，全部抬头望去。

阳台上，一列押运队迈着坚定而迅捷的步伐赶来，为首者正是体壮如牛的斯维诺卢普。

眼前这一幕像极了当年与黑暗族开战之前，不知道从哪儿请来的神父和他的助手们在展览馆站所做的一场仪式。押运队员怀里抱着些什么东西，在每一位枪手跟前短暂停留，由斯维诺卢普向其分发。

心脏几乎停滞的阿尔乔姆立刻明白了那是什么：就是他和飞鼠一小时前送达的那些子弹——赈灾物资。

"看啊，那就是你们的援助！"阿尔乔姆紧紧抓住飞鼠的肩膀，指着上面说。

在为每一位枪手送去弹药和慰问之后，斯维诺卢普又带着押运队下到了两层楼之间的沙袋胸墙。随从们开始向机枪手分发弹药。斯维诺卢普对每位机枪队的军官耳语几句，拍拍他们的肩膀。

底下骚动的民众感觉到了来自头顶的威胁，变得噤若寒蝉，合唱渐次消止。

斯维诺卢普开始向民众训话。

"同志们！"他对着扩音器吼道，"我以红线领导层的名义，请求你们尊重我国法律，特别是《集会法》。请大家散开。"

"蘑菇！"有人喊道。

"蘑菇菇菇菇菇菇！"人群激烈响应。

"让开——！"一声女性的尖叫穿透人群的呼喊，"让开！恶棍！放我们出去！"

斯维诺卢普点点头，似乎表示同意，嘴上却说："我们无权这样做！不能！放你们！进入！别国！领地！我命令！你们！散开！"

"我们快要饿死了！我女儿已经死了！救救我们！放我们出去！快站不住了！肚子疼！你自己倒是吃得饱饱的！放我们出去！放开！让开！"人群嘈杂地喊。

"去汉萨！找吃的！"

他们是不会放你们去汉萨的，阿尔乔姆用因缺氧而迟钝的大脑想道，永远不会，一个人也不会放行。汉萨全都知道：关于干扰器，关于子弹，关于帝国，关于生存空间，关于红线，关于饥荒。他们不会让这些人进入汉萨的。

"你们这是挑拨离间！领头者就是挑拨者！"斯维诺卢普洪亮地高喊，用逼人的目光缓慢扫视人群，似乎要记住这里每个人的长相，以便事后清算，"对于挑拨者！格杀勿论！"

"我们要死了！快饿死了！没劲儿了！行行好！上帝啊，开恩啊！救命啊！给我们一点吃的！稀菜汤！不是自己喝，是给孩子们喝！混蛋！放我们出去！"人群开始失去理智，再次用同一个低沉的声音发出合唱：

"蘑菇菇菇菇菇菇菇菇！"

后排人向阶梯和斯维诺卢普所站的地方涌动，将前排挤向前去。前排的人被挤得集体呼出一口气，这声叹息似乎足以令整个站台——这座丰收神殿震颤。人们渴望爬上阶梯，登上祭坛，似乎那里给他们预备了面包和葡萄酒。可事实上，那里什么都没有，只有祭台，以及屠刀。

一切即将爆发。这里将变得灼热而湿滑。

斯维诺卢普无法劝阻人群。他也没打算尽力去做。

必须阻止他们。不能让他们白白送死。

他们为什么要死？他们还可以活下去。

必须做点什么。

阿尔乔姆被裹挟着，同周围人一起摇晃，一会儿向前，一会儿向后，晃得他直恶心。他几乎无法呼吸，勉力用吸入的一口空气说话，起初很小声，随后逐渐扩大音量："那里没有吃的给你们……你们不能去汉萨！不要去汉萨！汉萨不需要你们！听见了吗？不要去那儿！听我说！不要！"

很少人听到阿尔乔姆，站在近旁的斯维诺卢普却听到了。

"就是！那里没人欢迎你们！"他懒洋洋的，仅仅是为了维持秩序而附和着阿尔乔姆，"这里才是属于你们的地方！"

"那我们该去哪儿？去哪儿？"近旁的人突然激动起来，情绪像涟漪一样从阿尔乔姆身边扩散开去。

阿尔乔姆忽然想起，他们还一无所知。

他们一直以为除了地铁，除了莫斯科，什么都没有了。他们全部被蒙骗了，以为世界已经毁灭，只有他们得以幸存。他们被囚禁在这隧道里，被关在地底下，甚至没有人向他们解释敌人的事，只是将他们关在这里，关在地底下，关在黑暗中……

"去地面！应该去地面！世界还活着！我们不是唯一的幸存者！听见了吗？我们不是唯一的！莫斯科也不是唯一的！还有其他城市！我亲耳听到的！通过无线电听到的！它们都还活着！我们可以离开这里，去任何地方！随便哪里！自由自在地生活！全世界都是开放的！"

人们纷纷扭头,寻找声源。阿尔乔姆这时明白了:就是现在,他必须告诉人们一切。应该让他们知道,然后自主选择。有人撑起他的胳膊,有人托住他的后背,他爬上这些人的肩膀,好让人们能看见他,听见他所说的。

"你们都被欺骗了!所有城市都还活着!圣彼得堡!叶卡捷琳堡!新西伯利亚!符拉迪沃斯托克!全在地面上!只有我们在这里……在地下!在吃大便!地面上有太阳!而我们却只能靠吃药片补充阳光!我们被人锁在黑暗里!没法呼吸!他们还枪毙我们!绞死我们!我们自己还互相残杀!为了什么?难道是为了别人的理念?为了这些车站?为了隧道?为了蘑菇?"

"蘑菇菇菇菇菇菇菇菇菇!"人群跟着大喊。

"你干什么?!"飞鼠扯着嗓子冲他喊,"你会把我们暴露的!他们会跑到地面上去!"

阿尔乔姆用红肿的、干燥的、发烫的眼睛扫视人群。该怎么对他们解释?怎样让每个人都理解?

黑色军帽像浮标一样在近旁浮出水面,那是梅尔尼克的手下,他们就要把他从人们的肩膀上掀下来了。但现在顾不上躲藏了,必须把所有话说出来,那些他在无线电中心没来得及说出的话。

斯维诺卢普一言不发地站着,等着看这个半死的人能否将人群劝离阶梯。枪手锁定目标,等待射击命令。

"我们会死在这里!我们长了肿瘤!大脖子病!一切都是偷来的!食物,是从自己孩子嘴里偷来的!衣服,是从死人身上偷来的!我们还相互残杀!全是没有意义的!兄弟们!完全没有意义!我们在人吃人!我们被蒙在鼓里!我们被骗了!这一切,究竟是为了什么?没有意义!"

"那我们该去哪儿?"有人冲他喊。

"去地面!我们可以离开!可以得救!那里有出口!就在我们身后的

隧道里！退后！那里有自由！我们去地面！然后随便去哪里！自己做主！自由生活！"

"他想骗我们不去汉萨！"有人恶狠狠地高喊。

阿尔乔姆看见了黑洞洞的枪口：一个，两个，都对准了他。但他还没来得及说完，他心急如焚。

"你们现在是白白送死！你们死了，没有人会知道！地面上有一整个世界！而我们在这里……头顶上罩着盖子！我们会一个一个死绝，但没有人会知道！别干蠢事！走吧！离开这里！向后退！"

"蘑菇上哪儿去找？！"

"骗子！"有人高喊，"他是骗子！大家不要听他的！"

"站住！"阿尔乔姆胳膊猛地一挥，就在同时，一颗子弹穿过人群射中了他。

多亏他一挥胳膊，子弹错过了心脏，射在肩膀上——又是左肩。子弹打断他的思路，将他从人们肩头掀翻，跌进人群。而他刚一闭嘴，人群立刻忘了他所说的。

"蘑菇——！"有人低声号叫。

"蘑菇菇菇菇菇菇！"人群嘶吼。

飞鼠拼了命将阿尔乔姆拽出来，护在身后——就在人群爆发的前一秒钟。

"最后警告！"斯维诺卢普高声呵斥，但后排人群听不见他，也看不见他。

阿尔乔姆透过眼睛余光，看见斯维诺卢普拍了拍机枪手的肩膀，然后顺着阶梯跑上阳台，逃离了站台。还有工作在等着他，重要工作。他可不能在这里牺牲，他必须离开这个是非之地。

"让开开开开！"人群对机枪手喊。

飞鼠拖着阿尔乔姆向人群的反方向挤去，尽量远离路障，远离枪管。他用尽浑身力气，但终究还是被人潮挡回来，被裹挟着冲向铁丝网，冲向即将出膛的子弹。

"开——火——！"

一挺机枪轰鸣着，扇形射出一排子弹，像割麦子一样将第一排人割倒——用阿尔乔姆给他们送的子弹。

"救命啊！"有人尖叫，"救命啊，上帝！"

"救救我们，上帝！"又一个女人哀求道。

"我们要死在这儿啦！救命啊！"

"地面！离开这里！去地面！不要送死！去寻找自由！"阿尔乔姆对他们喊，但喊声葬送在电流般瞬间扩散的"救命啊！"的呼喊中。

伴随着这声哭喊，数千人一齐涌向路障，涌向机枪。

"救——命——啊——！上帝——！"

没有人教过他们该如何祈祷，每个人都按照自己的音调发出这些声响，由此汇成了令人毛骨悚然的、非人间的合唱。有人试图举起手画十字，但双臂被周遭的人群紧紧箍住，动弹不得。于是人群便像没有胳膊似的向前移动，脚踩在被射杀者的身体上，完全不吸取血的教训。

"救——命——！"廖哈也跟着号叫起来，抓住自己胸口的耶稣。

第一排倒下了，第二排变成了第三排的肉盾。飞鼠扶着阿尔乔姆，廖哈拖着萨韦利，奋力逃离机枪。但人群仍在朝前移动，因为他们在自己身后看不到任何东西。

阿尔乔姆自己也像没了胳膊似的，再也无法阻止人群了。

自动步枪在头顶上方响起，不断有身体瘫软下来，但在密密匝匝的人群中倒不下去，只能继续直立着，即便已经死了。死亡吓不住这里的任何人，相反，人们或许正渴望着牺牲，以了结疲累的生命，换取最终的安宁。人们只是唱着"救命"，继续不顾一切地涌向阶梯，迎着子弹向上——向着他们所能理解的"上"。

趁着机枪更换弹盘的间隙——总共只有几秒钟—— 一百双手同时抓住了路障，将其拆烂。转瞬之间，机枪手已经被挖掉了双眼，机枪队长被大卸八块,其余士兵全被掐死。疯狂的人群如同火山岩浆向上喷涌,活人夹裹着死尸。没有人去捡死掉士兵的武器,他们根本顾不上这个。

自动步枪手从阶梯上、从栏杆上,无声地、顺从地向下坠落。

阿尔乔姆本想往回走,走到隧道的出口处,但他仍然被人潮挟持,沿着阶梯上了阳台,来到了汉萨通道处。

尚未被人潮吞没的红线士兵开始退却,向人群乞求饶命,但他们的喊叫声低不可闻,所以终究难逃一死。萨韦利不小心脚底一滑,沉入人潮底部,从此再没有浮上来。又有成百上千甚至成千上万的人纷纷倒下。

忽然有人拽阿尔乔姆的袖子。

他回头一看,是一位妇女,身体干瘦,肤色青紫。

"小伙子!小伙子!我不行了!我儿子会被踩死的!"她冲阿尔乔姆喊,"求求你,抱着他吧!把他举高点!别让他被踩死!我自己没气力!"

他低下头,看见一个六岁左右的小男孩,淡黄色头发,淌着带血的鼻涕。他连忙将小男孩拽到自己身边,用未负伤的胳膊将其抱起来。

"好吧!带他去哪儿?你叫什么名字?"

"科利亚。"

"我叫阿尔乔姆。"

科利亚起初抱住阿尔乔姆的脖子,以免滑下去,但人群挤来挤去,于是他使劲往上爬,骑到了阿尔乔姆的脖子上。科利亚的妈妈抓紧阿尔乔姆的胳膊,抓了一会儿,就松开了。阿尔乔姆身子猛然一震:她怎么了?她还站在原地,被人群夹裹着,身子没有倒下,脑袋却耷拉着——被射穿了。

"那边!那边!"小科利亚坐在肩膀上大喊,他还没发现妈妈已经被打死了。

强壮而坚毅的飞鼠在前面开路,阿尔乔姆扛着科利亚跟在后面,廖哈紧紧捂住自己胸口的十字架文身,像失事的船员抓住折断的桅杆,用唯一知道的祷告词祈祷着,奋力前行。他们好不容易才会合,又一齐被人潮冲向汉萨边境。

"妈妈！妈——妈——你在哪儿？"小男孩终于想起妈妈来，但妈妈曾经站立的地方已经空无一人了。

所有红线守军都被踩成了肉酱。通道的黑暗中隐约出现了新的旗帜——白地，褐色圆圈。

"去地上！"阿尔乔姆劝阻众人，"不要到那边去！到地面上去！"

"妈妈！妈——妈——！"

科利亚哭喊着，挣扎着要下来，跳进人潮，把母亲拽出来，但阿尔乔姆紧紧抓住他。一旦他跳下去，一秒钟之内就会被践踏至死。

他不由得想道：如今他无论如何都不能抛弃这个男孩了。他必须看护好他，自己能撑多久，就要照顾他多久。该怎么把他抚养成人呢？他想，他可以回到阿妮娅身边，领养这个脚踝被他死死扣住的孩子，三个人一起生活……在波利斯？还是在展览馆站？他突然很想过一下这样的生活，哪怕一分钟也好。

防御工事上方的探照灯骤然亮起，试图刺瞎饥民的眼睛。但饥民即使瞎了眼睛也知道该往哪儿走。

"蘑菇菇菇菇菇菇菇菇菇菇！"

"这里是国境线！"汉萨守军冲饥民喊，"环线站台联盟！擅闯者！格杀勿论！"

"救救救救救命命命命命！"

完了。他们在阶梯那边捡回来的命白捡了。

阿尔乔姆将小男孩举下肩膀，抱在怀里，以免他被上方的子弹击中。小男孩使劲儿挣脱。阿尔乔姆焦躁地想，见鬼，这可真是个沉重的负担，现在不管去哪儿都得带着他了。

可是，苏霍伊呢……他不正是这样收养阿尔乔姆，并把他拉扯大的吗？也是像这样偶然捡到的。他做到了，阿尔乔姆能做到吗？

嗒嗒嗒嗒嗒嗒嗒嗒嗒嗒嗒！——机枪开始猛烈射击。

走在最前面的、最勇敢的人立马倒下了，接下来是第二批绝望的饥民，但后排人仍在往前涌，第三批，第四批……第一百批，第两百批。阿尔乔姆背过身去，想用自己的身体为科利亚挡住子弹。

"妈妈——！"科利亚哭喊。

"安静，安静。"阿尔乔姆安抚他。

他们走过了一具戴黑色面具的游骑兵尸体。

为另一个人负责是需要很大勇气的，更何况对方只是个年仅六岁的孩子。要一辈子把自己跟他捆在一起……我能做到吗？

科利亚终于安静下来，不再挣脱了。

阿尔乔姆垂下眼，发现小男孩已经死了。双臂下垂，双腿晃荡着，长着淡黄色头发的脑袋朝后仰着，胸前多了一个洞。他被流弹击中了，帮阿尔乔姆挡了一枪。

"你这个孬种！"阿尔乔姆暗骂自己，"懦夫！狗屁！"

他伸手为小男孩擦掉鼻涕，想找个地方把他放下，但无处可放。随后，他们三个也被顶到了防御工事跟前，直面汉萨的机枪。那些机枪跟红线的机枪分毫不差，子弹很可能也是同样的，杀人的方式也如出一辙。

"咳血"的机枪口已经转向了他们三人，飞鼠突然想起了自己的狙击枪，抬手干掉了机枪手。仅过了一秒钟，机枪巢就被饥民潮席卷，机枪手的尸体被踩成肉饼。

阿尔乔姆用尽全力抱着科利亚，但终于还是弄丢了。

一切都被人潮吞噬了。

死者看上去神态安详，活着的人就没有这么淡定了：有人继续朝前走，继续号叫；那些被子弹擦身而过的人，含混地感谢上帝的宽恕；那些正在死去的人，在跟上帝做最后的交谈。没有人会去倾听彼此。

但人群突然自发地牵起手来，组成一道人墙，以免被冲散。阿尔乔姆先是被一侧的人抓住，然后是另一侧，都是陌生人。那是温暖的、炙热的手。但队形没有坚持很久，只向前走了几步，左边的人松手了，接着右边的手也松开了。

人群已经将汉萨边境守卫踩在脚底，饥饿大军的前锋部队正在穿越铁丝网，他们几乎已经到了环线的共青团站。就在这时，后方蹿出了地狱恶魔般的喷火兵。

阿尔乔姆和飞鼠以及其他人逃到了一个宽敞隆重的大厅：天花板装饰着幸福的马赛克玻璃图案，枝形吊灯投下无限光明，温馨而圣洁。衣着光鲜的居民被入侵者吓得魂飞魄散，惊叫着四散逃窜，而入侵的逃命者则像耗子、蟑螂一样，仓皇逃离这富丽堂皇的宫殿，躲进隧道，躲进洞穴，以免被一一捉住。

在背后的通道里，喷火器喷吐着烈焰，最先被烧着的人发出号叫，焦味扑鼻而来。阿尔乔姆跟飞鼠和廖哈抱成一团，跑进了隧道的黑暗中，顾不上回头看身后的情形。

身后有人大喊，喝令他们停下。有人已经被急速赶来的汉萨安全局特工逮住，拖回红线老家。这里不欢迎这些难民。

三人没有说话。

没有可供说话的空气。

* * * *

在前往库尔斯克站的路上，他们发现了一个线路间通道。他们打伤守卫，穿过通道，来到了旁边的蓝线，阿尔巴特—波克罗夫卡线。飞鼠想起这里有一个通风井。他们向上爬，穿过一片废弃的公寓大院，走在褪色的教堂金顶和破碎的橱窗金顶之间。

他们坐下来休息。耳朵已经快被震聋了。

飞鼠沉默不语，廖哈眨着眼睛，阿尔乔姆不停地呕吐。三人抽了根卷烟。

阿尔乔姆问飞鼠："现在怎么样？明白了吗？"

飞鼠耸了耸熊一样的肩膀。

"一个男孩被打死了,就死在我怀里。"

"看见了。"

"他用我们的子弹杀人,斯维诺卢普,那个混蛋少校。显然,他们自己的子弹已经打光了,就等着我们给他们送子弹。他就这么离开了,留下了遍地死尸,可他还活着,而且还会活很久。"

"我只是执行命令。"

"他也是执行命令,未必就是他自己的意思。他们都是奉命行事。"

"你怎么把我跟他比?"

"该把下命令的那个人杀了。"廖哈说,"该死的混蛋,省得他以后再下这种混蛋命令。"

"我本以为他死定了——我打了他三枪!——真该在他脑门再补上一枪。"

阿尔乔姆左臂动不了,左肩整个被血浸透,但现在顾不上肩膀了。

"杀死少校有屁用?"廖哈反驳说,"杀了少校,只能让大尉高兴。应该直接把元帅干掉。"

"可就算我当时杀了他,事情会有变化吗?那些人还是会去撞枪口的。我都跟他们说了,可他们根本不听。我告诉他们,可以离开这里,到地面上去。可他们就是不听!没有一个人听!即便那些马上要死的人!他们宁肯撞枪口也不愿意到上面去!我能怎么办?!"

飞鼠擦了擦鼻孔里流出的血,心不在焉地在裤腿上蹭干,然后擦了擦额头。

"让他们去死吧!你阻止不了他们的,他们就像动物一样。可我呢,我该怎么办?"飞鼠说,"临阵脱逃,这可是死罪。"

阿尔乔姆盯着他看,真是个火烧不化的人,飞鼠。而之所以烧不化,因为根本就点不着。要是阿尔乔姆也像他这样就好了。

耳朵慢慢恢复了听觉。

绷紧的鼓膜逐渐松弛下来。

从地底下,透过缝隙,透过地沟,透过水沟盖板,透过通风井,声音愈发清晰地传入耳中。那是哭泣和哀号。经过莫斯科厚厚的土层的掩盖和无数管道的反射，那声音已经变成了微弱的回声。人们无法逃离，逃出来的只有他们的声音。

莫斯科就像一位已经死去的产妇，在她那逐渐石化的腹中还有活着的胎儿。他们想出来，在里面拼命哭泣，但莫斯科闭合了自己那混凝土浇筑的产道，将所有胎儿闷死腹中。胎儿们受尽折磨，终于死去，终究未能来到这个世界。

烟叶已经抽光了。

正值深夜。

莫斯科被浸泡在这黑夜里，像拖布浸泡在脏水桶中，以便洗刷掉沾染的血迹。待混浊的黑夜过去，就将迎来混浊的白昼，在这白昼中的任何人都不会知道前一天所发生的，一切都会被黑夜洗刷掉。有谁会知道人们被蒙蔽了双眼，在死亡隧道里用丁字镐相互乱砍？有谁会知道无线电波干扰器？有谁会知道无神论者画着十字涌向机枪口？

"飞鼠……到底有没有敌人？西方，美国？他们真的存在吗？真的是敌人吗？你说实话。"

飞鼠斜愣着眼瞅着他，但从黑暗中望去，他的目光似乎被矫正了，正直直地、真诚地凝视着。

"应该有。"

"这还用得着敌人？"廖哈说，"我们自己就把自己给灭了！"

"如果他们愿意，如果他们真的那么忌惮我们，那他们无论如何都会找上门来，给我们补上致命一枪。你有没有想过？"

"没有。"

"还有其他所有的城市——圣彼得堡，符拉迪沃斯托克，还有那些小城市，为什么它们没有被轰炸？你想没想过？难不成它们都投敌了，就只剩下我们在这里宁死不屈？"

"没想过！想过又怎样，没想过又怎样？！"

"因为根本就没有什么敌人，他们根本懒得搭理我们，飞鼠。没有人稀罕我们。你上当了，我也上当了。我们一直以为，世界已经毁灭了，莫斯科的地铁是唯一幸存之地，我们是最后的幸存者，人类唯一的希望，我们决定着世界的命运——狗屁！我们决定不了任何东西。我们在这里建设帝国，当炮灰，做苦役，狗咬狗，人吃人，自以为在拯救人类，实际上却被锁在地底下。我们全部的斗争，牺牲，功勋，到头来无非是蚁穴里的蚂蚁。没有任何人会知道。我们根本就是在白白送死。即便挪开那个盖子……"

"不是盖子！是盾牌！防护盾！"

"即便挪开那个防护盾，也不会有任何改变，我敢肯定。不是敌人需要我们，飞鼠，是我们需要敌人。"

"我相信！"飞鼠喘着粗气，恶狠狠地说，"老头子没有撒谎。"

"那他就是个蠢货，"阿尔乔姆同样恶狠狠地说，"他是蠢货，你也是蠢货！我也是蠢货，我在巴拉希哈竟然听信了你们！可现在已经晚了，什么都做不成了。那时本来还有机会的，应该让那些干扰器统统去见鬼，全部铲平，然后看看会怎样。是不是，萨韦利？"

"是。"廖哈代替已经被踩死的萨韦利回答。

"没用的，"飞鼠吐口唾沫说，"莫斯科周边有的是那种干扰器。再说人们也不可能相信你。"

"那是因为你们二十年来一直在往他们脑袋里灌大便！你叫他们怎么相信？这难道是他们的错？！"

"我没有！"

"你是没有，你只是把所有不相信的人干掉而已。"

"我干掉的是敌人。我在保卫祖国！要不是我把你这个大话精从巴拉希哈给救出来，你早就被汉萨的人给埋在那儿了！连个屁都来不及放！"

"不是你把我救出来的！是老头子！他也不是为了救我，而是为了保住他的狗屁设备！就是这样！他！让你！把我！干掉！——我！你长点心吧！我是他什么人？他姑爷！他女儿的丈夫！照杀不误！"

"我不是没干掉你么?"

"谢谢!混蛋!"

"不客气!"

"他凭什么要干掉我?就因为我知道了干扰器的事?因为我知道他们在把人们当猴耍?还是因为别的什么?因为他给红线送子弹,而我反对?两万发子弹!两万发!你自己也差点被那些子弹打死!你能不能别再这么愚蠢!"

"那又怎样?至少战争结束了!这是莫斯科温开出的条件!"

"这就是老头子说的'不惜一切代价'?这就是代价!两万发子弹!"

"不然能怎么样,难道该让我们的兄弟们拿命来抵?!再制造一次地堡事件?"

"莫斯科温当时就在那儿,对吧?我认出他来了。那另外一个就是别索洛夫。他在汉萨是什么角色?"

"好像是个大人物。我上哪儿知道去?"

"你撒谎,"阿尔乔姆一口咬定,"你一定知道。他是谁?"

"你去死吧!"

"通过老头子向元首转交信件的是他,给红线领袖送子弹的也是他。老头子现在就是听命于他的吧?阿列克谢·费利克索维奇!为了什么?老头子得了他什么好处?难道就是那些个破吉普车?"

"那又怎么了?是汉萨把我们扶起来的!地堡之后你干吗去了?带上你的阿妮娅就溜了,可我们呢?地堡之后总共还剩下几个人?一半还不到!而且还都负了伤!要不是汉萨,游骑兵早就没了。老头子什么办法都想过了,可就是没人愿意帮忙。你叫他怎么办?一个只剩下一条胳膊的瘸子!难道让他去上吊?让我们去当雇佣兵?"

"当雇佣兵也好过现在的游骑兵!至少良心干净!"

"你去死吧!"

"你明不明白,他拿什么换来的这些越野车、狙击枪和这些制服?拿兄弟们的命！汉萨坑了我们，飞鼠！在地堡时我们请求他们支援，他们干什么去了？事后冒充好人，用他们那些孬种代替我们死去的兄弟们！被他们害死的兄弟们！老头子把兄弟们都出卖了！卖给了害死他们的汉萨！"

"不可能，他这么做肯定有他的道理。"

"他叫你把我干掉——有什么道理？！"

"万一你是间谍呢？是特务呢？你之前试图捣毁防护盾！万一你投敌叛变了呢？他说了，如果你试图撕毁和平协定，那就证明——"

"谁的间谍？谁的特务？"

"敌人的。你在大楼顶上跟他们秘密联络，然后——"

"然后怎样？帮助他们发射导弹？炸自己人？炸妻子，炸养父？炸你这个笨蛋？你被卖了，我也被卖了，我们所有兄弟都被卖了，名单上的所有英灵都被出卖了！就是这样。明白了吗？！"

"兄弟们死得其所！至于支援红线……必须这样做。很艰难，但必须。现在是时候联合起来了，阿尔乔姆。我们有另外的敌人，真正的敌人。你忘不了兄弟们，我知道，老头子也忘不了他们。你自己也看见了，他每天陪他们喝酒。"

"他根本就不是陪他们喝，他是自己在酗酒！因为他从一个大英雄变成了臭瘫子！没手没脚！要是他真的以为跟西方的战争还没有结束——"

"本来就没有结束！"飞鼠大吼，"你怎么就不信呢？"

"有任何证据吗？那个别索洛夫是怎么向你们证明的？你被洗脑了！他怎么就能像逮兔子一样，把你们全部捏在手心里呢？！"

"被洗脑的人是你！敌人无孔不入！他们一心想把我们从地球上抹去！"

"该死！"阿尔乔姆用那条好腿蹦起来，"你什么证据都没有！你没办法证明任何事！"

"那你又能给我证明什么？如果没有敌人，那这一切有什么意义？！"

"有什么意义？"

"对！"

"我不知道！"

"那你就别来烦我！"

阿尔乔姆想了想，点点头，瘸着腿走开了。

"你去哪儿？"飞鼠冲他的背影喊。

"你说得对，"阿尔乔姆没有回头，径自说道，"你说得对，应该有什么意义。只是我们眼下还无法理解，你的老头子也不理解，就连斯维诺卢普也未必知道。好在，有人知道。"

"等等！阿尔乔姆！阿尔乔姆！"

飞鼠追上阿尔乔姆，把自己的防毒面罩递给他："你戴上，我不用。"

阿尔乔姆没有推让。他用唾沫擦擦玻璃视窗，戴在头上，瓮声瓮气地说："谢谢。在事情没办完之前，无论如何都不能死。"

他瘸着腿，沿着鲁宾斯基广场向下走去，走过正门顶上那辆四驾马车已经跌下深渊的大剧院，走过泪水已经流干的喷泉，走过亡灵下榻的宾馆，走过曾经满是野狗的大街，走过哑默的议会大楼，走过装死的克里姆林宫，走过已经熄灭的红五星和无敌可御的城墙。应该就在附近了。

他停下脚步，周围一片漆黑。

他当时是怎么把它扔出去的？站在哪儿来着？

两次被洞穿的肩头仍在流血，尽管阿尔乔姆体内的鲜血看似无限，但失血过多已经令他愈发虚弱，愈发艰难。但他仍然继续找着，回想着，一会儿走到这儿，一会儿走到那儿。

孱弱的月光帮不上忙，照不出黑色地面上的黑色物件。阿尔乔姆索性趴下，边爬边用手掌在粗糙的沥青路面上摸索。先是摸到了一只皮鞋，接着又摸到了一个门把手，不知道为什么会被扔在马路中间。

廖哈和飞鼠走过来。

"你找什么呢？"

"找答案。"阿尔乔姆打趣道，然后自己也嘶哑地笑了。

终于找到了。

是它自己朝阿尔乔姆眨了眨眼睛——借助从云朵缝隙漏出的月光。

黑灰色的沥青路面上躺着一只黑灰色的左轮手枪,斯维诺卢普用来执行枪决的那把纳甘左轮。他把它抓在手里:沉甸甸的、上满子弹的、邪恶的武器。阿尔乔姆现在需要的就是它,他到这儿就是来找它的。没有它,什么道理都解释不了。

就该用这支烧蓝钢枪的枪管塞进别索洛夫的嘴巴里,就让他透过这支枪管呼吸,然后向阿尔乔姆解释,为什么人们要窝在地铁里。

"完了?"廖哈问。

"完什么完?"阿尔乔姆瞟他一眼,"去妓馆!"

第十九章
该写什么

到引水管站的路，阿尔乔姆不是自己走的。

飞鼠将他背在背上。他们走的是地面，不敢再下到地铁了。

阿尔乔姆已经开始咳出一些铁锈色黏液。他耷拉着双腿趴在飞鼠背上，非要下来自己走。可刚一放下，立马就跪倒在地。他用来上劲儿的发条已经松弛，而后背的发条钥匙也停止了转动。

但当他们到达花卉站时，胸口的某根小弹簧又活动起来，决定再多支撑片刻。阿尔乔姆挥手驱散眼前飘动的红影，挺直身子。他心里明白：自己来不及做很多事情，只能做完一件，最重要的一件。他抚摸一下纳甘枪的枪把。对不对？纳甘枪默认。

"带我去见萨莎，廖哈。你还记得路吗？"

"咋？你想做个风流鬼？这么急着找姑娘？不行，得先找人把你的窟窿给补补！"

补补窟窿也好。

花卉站到处是一片奇特景象。

整个站台挤满了逃亡的帝国公民，他们如丧考妣，可怜兮兮，狼狈不堪。酷似铁路工作者的帝国制服显然是湿透了又用身体烘干的，皱皱巴巴，而且显得小了，好像原本是供小孩子们玩过家家的戏服，结果大人们却披在身上当起真来。他们一个个鼻青脸肿，沾满了泥巴，钉了铁掌的皮靴也开裂了。

"怎么回事？出什么事了？"廖哈向相识的妓女们打听。

"帝国全淹了，普希金站塌了。都怪塔吉克人，挖洞时挖偏了。普希金站一塌，其他站也跟着塌了，帝国整个都被淹了。"

"塔吉克人挖偏了……"阿尔乔姆歪嘴一笑，"把错全推到塔吉克人身上，这帮下三滥。"

"所有人都跑出来了。特维尔站的跑到了马雅科夫斯基站，契诃夫站的就跑到这儿来了。"

"那战争呢？"

"我们不知道。谁也不知道。"

活该，阿尔乔姆想。说不定，上帝真的能够听见人们的咒怨。有人，也许就是阿尔乔姆帮忙收尸的那个女人，在被看守用钢筋敲碎脑壳之前向上帝打了小报告。上帝掐指一算，帝国有多少罪人，又有多少无罪者，然后命令将帝国关闭查封。只是早知如此，当初为什么要让它开张呢？

荷马怎么样了？

"你认不认识一个老头，从契诃夫站来的？"阿尔乔姆扯住一位帝国制服问，"他叫荷马。"

被问话的人一个个匆忙躲避。

阿尔乔姆被带到了之前那位女医生那儿，她在阿尔乔姆背部的伤口中发现了一些出血的溃疡，伤口来自带刺钢鞭，而溃疡则来自铁锥子一样的地表辐射。她说，活不久了，需要立即输血，但她只是性病医生，没法输血，也没血可输。她把子弹头抠出来，一边责骂阿尔乔姆，一边用酒精纱条给他塞住伤口，还给他吃了一些过期的止痛片。吃完阿尔乔姆感觉好些了。萨韦利的药片原来是从这儿拿的。

"我们现在怎么办？"飞鼠问，"应该给你找个像样的医生。我把你的血还给你，连本带利一起。"

"不，我要去找萨莎，"阿尔乔姆吃完止痛片，长了精神，"完事再说输血的事。"

"我也去，嘿嘿，"廖哈挤眉弄眼地说，"我也需要输点液。"

"我要是你，阿尔乔姆，我就会祷告。"飞鼠摇着头说。

"别说这些丧气话。"阿尔乔姆说。

"给你点儿子弹。"

阿尔乔姆收下了。

"你要回去自首？"阿尔乔姆盯着飞鼠的斗鸡眼问。

"不，老头子是不会宽恕逃兵的。"

"要是你把我交出去呢？"

"那你的阿妮娅还不得把我给活剥了，那样更惨……好吧，我在这儿也有个相好的，就在那边。等你完事，就来找我。"

"要我送你吗？"廖哈问阿尔乔姆。

"不用。我想起路来了。"

三人就此分手。

阿尔乔姆一瘸一拐地走开，直到隐没在人群中才回头查看：他们真的走了吗？眼下这件最重要的事，他不希望任何人插手。花卉站鱼龙混杂，谁知道哪个是红线克格勃，哪个是游骑兵特工，哪个是汉萨间谍呢？他们都在搜捕他，毫无疑问。

阿尔乔姆将右手插进裤袋，紧紧握住纳甘枪。

不料，萨莎的房间上着锁，里面没人。

他担起心来：不会是别索洛夫把她抓走了吧？还是遭遇了更坏的事？

斜对面有一个仅容二三酒客的小酒馆，门帘用干草结成，从顶棚垂到地面。坐在里面可以透过干草门帘监视萨莎的房间，还不容易被人发现。

阿尔乔姆坐在酒馆里，监视着上锁的房门。他本来想着萨莎，结果却想到了阿妮娅。符拉迪沃斯托克，海洋，真是不可思议。为什么她之前从来没有提起过呢？要是他早知道这些，也许他们会过得更融洽些。

旁边有两个落汤鸡一样的帝国公民在絮絮叨叨。他们不住地用狐疑的眼光打量阿尔乔姆。阿尔乔姆试图激起对他们的仇恨，却怎么也做不到：情绪储备早在共青团站就已经耗尽了。为了打消怀疑，他点了一杯酒来辅助止痛片。至于食物，非但不能看，想想都觉得恶心。

"迪特马尔……"这个字眼从断断续续的谈话声中传到了阿尔乔姆耳朵里。

迪特马尔……

阿尔乔姆犹豫了一下，终于下定决心。

"你们认识迪特马尔？"

"你是谁？"

"有个叫伊利亚·斯捷潘诺维奇的人为他做事，要帮他写一本书，跟他一起的还有一个人，名叫荷马，是我朋友。"

"我问你是谁。"

"我为迪特马尔执行过任务，"阿尔乔姆压低声音说，"在大剧院站。"

"特工？"其中一个士兵坐到身边来。

"破坏者。"

"迪特马尔已经英勇——"

"我知道。"

"他所有的下线都转移到我这边了，今后你跟我做事，我叫迪特里赫。"

阿尔乔姆听起来觉得好笑。他现在看迪特里赫的视角，几乎是从云端俯视的。从那个高度看去，很多事情都显得好笑。

"老兄，"阿尔乔姆用手背擦了擦嘴角，给迪特里赫看了看他稀薄的血液，"让我安安生生地死吧。"

"辐射病？"迪特里赫会意地起身离开，"你就是那个被雇用的潜行者？"

为防不测，阿尔乔姆在桌子底下将裤袋里的左轮手枪往外拽出一点，以免击锤钩住衣服。

"你知道荷马吗？"

"你难道没死在大剧院站？"

"你不是看见了么？"

看来，迪特马尔是擅作主张将他关进"生存空间"的。

"好吧，既然你给帝国效过力……"

"小声点，隔墙有耳。"

"他们也在这儿。都逃出来了，就在旁边喝酒呢，两个都在，也是我的属下。我带你过去？"

"好。"

荷马还活着。感谢上帝。我得先找到他，等着我好吗，萨莎？

大限将至的人是他，阿尔乔姆，而荷马并不急于离开人世。至少应该告诉荷马，让他记到自己的笔记本里：关于无线电塔，关于尸坑，关于黑暗隧道，关于蘑菇，关于子弹，关于卖身投靠的游骑兵，还有最主要的、最神圣的——世界还活着。

你不是想要历史吗？这就是历史。

闹了半天，老人就坐在离他二十米远的地方。他正和伊利亚·斯捷潘诺维奇一起，愁眉苦脸地喝着闷酒。

一看见阿尔乔姆，老人立刻两眼放光。

老人蓬头垢面，银白色头发在秃了顶的脑袋周边围了一圈，被昏黄的灯光一照，俨然金色光环。他看上去状态不错，怀里仍然抱着奥列格那只母鸡，它没被人拗断脖子，也没被人炖了鸡汤，它甚至被帝国的饲料喂肥了，油光发亮的，小畜生。

阿尔乔姆走上前去，抱住了老人。俩人多长时间没见了？有一年了吧？

"你还活着，大爷。"

"你也是，阿尔乔姆。"

"你怎么样？"

"我还能怎么样？就这样呗。我们开始跟伊利亚……工作了。"荷马望了一眼阿尔乔姆身边的迪特里赫，"您好。"

"进展如何？"阿尔乔姆问伊利亚。

"很好，"伊利亚看着迪特里赫回答，"正在写，很顺利。"

"那就好。走吧,大爷,咱们走走?谢谢,"阿尔乔姆冲迪特里赫点头致意,"没齿难忘。"

迪特里赫本来打算监听二人的谈话,但他在酒馆里点的蘑菇眼看就要凉了,更何况现在连帝国似乎都已经不复存在了。"不许离开站台半步!"他严厉命令道,"等待进一步指示。"

二人走过一个个小房间,走廊里的妓馆如同珠串一般。上哪儿去找个僻静的角落?

"书在写吗?"阿尔乔姆向荷马确认。

"不太顺。"

"为什么?"

"伊利亚的妻子,纳丽奈,上吊死了。他现在整天醉酒。"

"什么时候死的?"

"嗯,我们刚写了两天,可是……元首要求……他每天都亲自来视察,阅读,询问进度。我只好一个人做两个人的事。不过伊利亚答应,可以把我算作合作者,封面署名什么的。可以吧?"

"嗯,"阿尔乔姆看着荷马,"元首是个什么样的人?"

"嗯,怎么说呢……就日常而言……很普通。"

"很普通,好吧,真是再普通不过了。"阿尔乔姆冷笑一下,又问,"书里快写到变种人了吗?"

"还没有,"荷马将视线投向旁边,"现在还不知道能不能写完。所有人都跑散了,帝国快完了,元首也躲起来了。"

母鸡伸展翅膀,作势飞起,熟知它恶习的荷马将手臂伸直,把它抱远些。母鸡身子一缩,在地上拉了一坨屎。

"还下蛋吗?"阿尔乔姆问。

"不下,闹情绪呢。"老人无奈地笑了,"鸡蛋壳都不知道吃了多少了,可就是不下蛋。"

二人边走边聊,走过了很多愁眉苦脸的帝国公民和精神焕发的妓女,耳边传来嗯嗯啊啊的叫喊。

"至少你良心上不用感到不安,"阿尔乔姆感觉倾诉的欲望压倒了疲惫,"现在你可以着手写你自己的书了,你的夙愿。"

"没有人会刊印的。"

"这要看你写什么了。"

"我能写什么呢?"

似乎有人在跟踪他们。阿尔乔姆回头,再回头,但那人好像凭空蒸发了一样。也许他并非在跟踪他们,而是来寻花问柳的,要么就是躲起来了。

阿尔乔姆把手放到纳甘枪上。

"你找到你的萨莎了吗?"

"萨莎?没有。你……"

"她就在这儿,大爷,昨天还在。我跟她讲过话,提起过你。"

"你知道她在哪儿?"

"知道。"

"她还好吗?我们去哪儿找她?她,她在这儿……干什么?"

"女人在这儿还能干什么,大爷?工作。"

"胡说!萨莎?……我不信。"

"好吧。"

"这不是真的!"

"那你告诉我……猎人的事是真的吗?他酗酒的事?我之前都不知道你们俩认识。"

"猎人?你认识他?怎么会?"

"就是他派我去远征、去寻找导弹的,就是对抗黑暗族那次。我没跟你说过?他也没说过?他是不是就是因为这个才酗酒的?因为黑暗族?还是另有原因?"

"我不知道。他……我跟他其实很少说话。说得不够多。"

"你那本书不就是写他的么,笔记本上那个。那是怎么回事?"

"那个，他，你知道么……不是真正的英雄？但我想把他塑造成英雄，好让人们读完之后受到鼓舞。"

"所以你才把他写成不酗酒的？"

"你是怎么知道的？"

"我不是告诉你了么，都是萨莎跟我讲的？你难道不信？"

"我要去见她，我要亲眼见到她。"

"稍后再说，再等等。我有重要事要讲。嗯，这里好像没人……进来。等一下，我先检查一下……"

"至于猎人……没错！可谁愿意看一个酒鬼的故事呢？又有谁会想要追随他呢？你明白我的意思吗？我需要为人们创造神话，美丽的神话。人们活在黑暗中，没有希望，他们需要光，不然他们会完全堕落的。"

"明白。现在你听我说。"阿尔乔姆凑向老人，对着他的耳朵热切地低声说，"人们之所以生活在黑暗中，大爷，是因为有人把光藏起来了。西方没有毁灭，大爷，俄罗斯也没有完全毁灭，还有其他幸存者，几乎整个世界都幸存下来了。我虽然不知道他们那里过得怎么样，但是……符拉迪沃斯托克、你的极地曙光城、巴黎、美国，都还活着。"

"什么？！"

"它们全被藏起来了。有人设置了无线电干扰器，莫斯科周围全是，用无线电塔将来自其他城市的信号全屏蔽掉。"

"什么？"

"是汉萨干的。游骑兵也知道，他们给汉萨做事，把所有来自外部世界的人都清除掉。他们到处搜捕，然后消灭，所有试图跟外界联络的人都被灭口了，所以才没有人知道这件事。而红线，据我猜测，帮汉萨建了风力发电机，在巴拉希哈。那里有很多巨大的风力发电机，负责给干扰器供电。他们还用挖土机挖了一个庞大的基坑，里面填满了尸体，五条腿的野狗不断啃噬他们。死人里有建筑工人，也有外来人。作为回报，汉萨向红线支付子弹，两万发子弹，你能想象得到吗！红线就用这些子弹屠杀暴动的饥民，朝着人群扫射，人们迎着机枪走，乞求蘑菇，成片成片地倒下去……他们什么都听不进去。我朝他们喊：'你们可以离开这里，逃离地铁！地面上有活生生的世界！走吧！'可他们非要去汉萨，迎着子弹……你必须把这些全部记下来，记到笔记本里。对了，还有，他们对所有人撒谎，说什么必须把人们藏起来，因为周围全是敌人，说什么战争仍在继续，但这全是扯谎，我敢肯定。至于他们为什么这么做，顺利的话，我会查清楚的。但你暂时先这么写，好吗？写下来，好让人们知道。这很重要。"

荷马把耳朵移开，认真地凝视阿尔乔姆，仿佛正在凭借触感排除牵引地雷一样。他极力隐藏着流露出的些许同情，因为他明白，同情最容易上钩。

"你感觉怎么样？"荷马问，"老实说，你看上去很糟糕。"

"我活不久了，也许就还剩下一个星期了。所以你一定要写下来，大爷。"

"写什么？"

"我刚才跟你说的一切。"

"好吧。"荷马点了点头。

"你都听明白了？要不要我再讲一次？"阿尔乔姆用那条好腿支撑着站起身，探身朝过道望了一眼。

"不完全明白。"

"哪里不明白？"

"嗯，那个……都不太……听起来有点奇怪……我说实话。"

阿尔乔姆将原本前倾的身子坐直，从一定距离审视老者。

"你不相信？你也认为我是疯掉了？"

"我没这么说……"

"听着。我知道这一切听起来很疯狂，但这才是真相，明白吗？相反，你所知道的关于地铁的一切，什么地表没有生命，我们无处可去，什么红线反对汉萨，汉萨全是好人，所有这一切，全是谎言！只不过我们在谎言中生活了太久……"

"要是有那么一两个城市幸存倒还罢了……"荷马皱起眉头，尽力试着去相信阿尔乔姆的话,"但整个世界?还有干扰器,汉萨……"

"无所谓。你就先记住我说的,以后再写下来也行,好吗?我很快就要死了,大爷。我不希望这些都随着我消失。这是我交给你的任务,听见了吗?这些都是我查出来的。如果你——你!——不把这些写进你的笔记本里,其他人永远都不会知道。今天我就要……不提了,也许我做不到。但是你,你可以做出一些改变。你会这样做吗?会写吗?"

老者吧唧着嘴,抚摸着母鸡。母鸡昏昏欲睡。

"就算这一切都是真的……有谁会刊印这种东西呢?"

"你管它会不会印呢?"

"不印,人们上哪儿知道去呢?"

"大爷!难道就非得刊印不可吗?荷马——那个真正的荷马——他甚至连写都没写,他是个瞎子!他只是用嘴讲述,歌唱……而人们听他讲,听他唱。"

"那个荷马,的确,那个真正的荷马。"老人苦笑着重复说,"好吧,我会写。而你需要去看医生。你说的那叫什么话——什么就还剩一个星期!我们现在……你带我去见她好吗?"

"谢谢,大爷。我回头再告诉你……详情,等我搞明白了。如果有机会的话,以后我给你口述。"

荷马一路上都没说话,舌头上像沾了什么东西似的,一直不停地嘬舌头,终于还是怯懦道:"有这个事,我给他们的报纸写了两篇小文章,被逼的,你知道的……关于席勒站的爆炸……"

"又不是你自愿的。"阿尔乔姆说。

"不是自愿的。"

*　　*　　*

他们回到小酒馆。

迪特里赫和同伴已经吃完饭，离开了。萨莎的小房间里传出窸窣的声音。她没出事，一切正常。

"萨莎就在里面。"阿尔乔姆说。

两人对视了一眼。

他们在干草门帘后面坐下，各自盯着自己的杯子。荷马如坐针毡，不住地咳嗽。阿尔乔姆倾听着自己的内心：他听见风在呼啸，转动铁的桨叶，吱呀作响，转化为力量，支撑他在世界上再多活一段时间。你们在哪儿呢，白肚子的空中飞船？你们要顺着这股风飞去哪里？他吞一口酒，将杯子里的粉红色液体搅动得四散开来，而在阿尔乔姆的内心深处，是如同私酿酒一般的混浊液体。一阵睡意汹涌袭来。他有多长时间没睡了？一天一夜？

声音止息了，一个糟老头子提着裤子走出来，脸上带着征服者的笑容。

荷马腾的一声站起身，扔掉母鸡，朝萨莎奔去。

"萨莎？！"

"荷马……你？……"

阿尔乔姆坐着没动。这场对话与他无关，但也没法充耳不闻。

"上帝啊……你真在这儿。为什么？萨什卡……"

"我挺好的。"

"我……我还以为你死了……我在图拉站找了你那么久……"

"对不起。"

"你为什么没跟我说？没来找我？"

"你是怎么找到我的？"

"我……阿尔乔姆，你认识他吗？他带我来的。"

"他在这儿吗？"

"你……为什么要做这个？萨莎？为什么干这种肮脏勾当？"

"谁说这就肮脏呢？"

"你不能这样，不能做这个，你去……收拾东西，我们离开这儿。"

阿尔乔姆抚摸着纳甘枪的转轮。现在还不行，大爷。得等明天，后天，等别索洛夫来找她，逼他说出答案，然后再随便去哪儿。好吗？母鸡看着他，歪着脑袋。

"去哪儿？我哪儿也不去。"

"为什么？有人不放你走？你被奴役了？我们可以……我去求……"

"不必。"

"我不明白！你可以干别的挣钱……是需要拿钱赎身吗？"

"我没有被奴役。"

"那是怎么回事？我不明白……"

"我属于这里。你还是说说你自己吧，你怎么样？嗯……猎人呢？"

"我不知道，上帝……什么叫你属于这里？"

"这里有人需要我。"

"你说什么蠢话！你还没到十八岁呢！你怎么能说这种话？这里是妓馆！窑子铺！所有这些臭男人……我不能再让你这么下去了！我们走！"

"不。"

"跟我走！"

"放开我！"

母鸡在一旁为荷马提心吊胆，而阿尔乔姆却袖手旁观。他无权干涉。再说，他该站在哪一边呢？

"你不应该！你没有权利干这个！"

"说得好像这是地底下最糟糕的事似的。"

"你……可怜的孩子，我把你弄丢了……是我的错……"

"不是你的错，你又不是我爸爸。"

"我……你为什么要留在这里？你不应该！"

"你不是以为我死了么？那你就当我死了好了。妓女不妓女的有什么关系呢？"

"你！不是！妓女！"

"那我是谁?"

这时一个人走到门口停下。后脑勺剃得精光,满是褶子,上身穿着立领皮夹克。他是保镖吗?来给主人探路的?阿尔乔姆揉揉眼睛,身子稍向前倾,左右看了看,试图在人群中寻找别索洛夫——黑发,分头,眼袋。

"你总不该为了子弹就……让人……你之前不是这样的!"

"好吧。可我现在就是这样的,行了吧?"

"不行!这太脏了!"

"那你就把我写成另外的样子好了,照你喜欢的样子写。我靠什么为生,又有什么区别呢?猎人到底怎样,又有什么区别?"

"这跟猎人有什么关系?"

"你的书写完了吗?结局是什么?图拉站发生了什么?"

"洪水!发大水了。"

"你不是说发生了'奇迹'么?"

"那个不是最终版。"

"但你终究还是把屠杀改成了奇迹。那就把我也改改好了,把我改成圣女。对不起,我的客人马上要到了,我是按预约登记接客的,跟医生一样,你把我改成医生也行。"

"我不走!"

后脖子满是褶子的人听完二人的对话,啐了一口,走掉了。阿尔乔姆瘫软下来,用手指抚摸着母鸡丽巴。母鸡在打盹,而纳甘枪却清醒着。

*　　*　　*

止痛片和酒精的双重作用使眼前的一切天旋地转,也摇晃着阿尔乔姆脖子上没有安牢的脑袋。荷马终于出来了,魂不守舍,如同被兜头浇了一瓢冰水,又或者被电流击中了一般。

"她为什么要这样?"

"你去吧。走吧,大爷。让我来跟她谈谈,回头我们再碰面。就还在那个小酒馆好了,你跟伊利亚喝酒的那个。代我向他致哀。"

"你、你也跟她……?"

"你看看我这个样子,我能行吗?我有话对她讲。"

"带她离开这儿,阿尔乔姆,你是个正直的好小伙子。带她走。"

"正直……好吧。"

阿尔乔姆敲敲门。萨莎已经听到他说话了,因此并不意外。他跟跄着走进屋。

"你好。"

"你回来了!你去过巴拉希哈了?"

"去过了。"

"你脸色好差,快坐下。想喝点什么吗?水?到这边来。"

她看上去出人意料地干净、清新,什么脏东西都沾不到她身上。就在刚才,她还在被人蹂躏,可只消整整头发,她就又焕然一新了。她是怎么做到的?

"那里……那里有干扰器,在巴拉希哈。"

"什么干扰器?"

"萨什卡,那个男人,你管他叫主人的那个……别索洛夫……"

"等会儿,你这儿是怎么了?上帝啊,多么可怕的溃疡,还有这儿……你好烫,你在发烧。"

"等等,你在听吗?那个别索洛夫,他是什么人?"

"你带了枪。"

"他什么时候来?"

"真可怜。你身体更差了,是吗?"

"那个变态,那天晚上是不是他,利用了你,也利用了我,看着我俩那个?"

"应该说,是介绍我俩认识。"

"听着,你听我说,他什么时候会来?我要和他谈谈,必须谈谈。"

"为什么?"

"因为他就是站在金字塔顶端的那个,是他在操控这里的一切:红线、帝国,连梅尔尼克都被他捏在手心里。我必须搞清楚,他这么做到底是为什么,为什么把我们都关在地铁里,他有什么计划,我要让他亲口告诉我。"

"你看,你的烫伤疮痂已经干结了,我帮你揭下来?"

"你之前说……这是我自己烫的?"

"对。"

"为什么我会这么做?为什么?"

"你跟他,跟阿列克谢,聊完天,就这么做了。"

"聊完天?就是说……因为游骑兵?我把游骑兵的誓言烫掉……因为他告诉了我游骑兵现在干的勾当?"

"想起来了?"

"这么说,你全知道?"

"阿尔乔姆,你想躺一会儿吗?你都快站不稳了。"

他贴着墙壁蹲了下来。

"为什么你不跟我说?为什么打发我去巴拉希哈?"

"你在这儿什么都做不了,阿尔乔姆,除了偶尔用烟头烫烫自己,别的什么都做不了。"

"关于干扰器,关于幸存的世界,你都知道?"

"是的。"

"他什么时候来?啊?!"

"我不知道。"

"你知道!你不是说你能感应到他吗?告诉我!"

"你想把他怎么样?"

"你把我藏起来,求你了,把我藏在这里。"

393

"好。"她在他身边蹲下,轻柔地抚摸着他光秃的双鬓、头顶,"你就坐在布帘后面好了。"

萨莎拉上了布帘。

"还来得及。一切都还来得及……"阿尔乔姆低声念叨。

他凝视着布帘上无数的花朵,每一朵花的中央都能看见一个后脑勺,汇成了一片后脑勺的花海。那是密密麻麻的红线饥民,无面人,他们活着只为了一个目的,就为了有朝一日有人冲他们的后脑勺开枪。

"为什么,"阿尔乔姆硬撑着眼皮自言自语,以免睡过去,"就算你是主人,就算你是魔鬼……你也得给我讲明白,凭什么这样对我们……为什么这样对人们……为什么我们要窝在这里……你要是不说,我就冲你脑门来上一枪……用你的纳甘枪……正中眉心……混蛋……"

说着说着,他睡着了。

第二十章
奇迹

他死了。

他一直很好奇,死后的世界会有什么?还是说一团漆黑?能不能跟管事的商量一下,把他送回过去,送回童年,送回战前时代,回到活着的妈妈身边,回到活着的地球上?那才算得上真正的天堂。

但死后的世界完全是另外一番光景,跟活着时没什么两样:也是密闭封锁的,无非更干净些,墙壁涂料更新鲜些罢了。墙壁是深红色的——既然整个生活都被涂成了深红色,天堂和地狱自然也应如此。

除了四面墙之外,还有一张床。旁边还有几张整洁的空床。奇怪,总不该就他一个死人吧。

旁边还竖着一根金属杆,上面挂着一个装有某种液体的透明袋,通过一根橡胶软管连接到阿尔乔姆手上,正把他的血替换成什么鬼东西。

这么说,我还没死。

他抬起手,手指握拢又张开,确认自己没有被捆起来;活动一下双脚,也是自由的。掀开床单,看看自己,身上穿的是从娘胎里带出来的那张皮,身上的弹孔已经用白色药膏糊住了。这是谁干的?为什么?

他扭扭后背,丝毫没有感觉到疼痛,鞭伤差不多愈合了。他又低头看看自己的烟头烫伤,疮痂已经蜕去,露出粉色新肉。

这是怎么回事?

他逐渐回想起来:后脑勺花海……跟萨莎的谈话……左轮手枪握在

手里。他怎么会躺到了病床上？给他输的不是血液，是什么东西？

他把双脚放到地板上，一手像挂拐杖那样撑住金属杆。站立已经有些不太习惯了，头晕目眩，耳朵里嗡鸣不已。

房间是四四方方的，只有一道门。

他拄着挂有假血的金属拐杖，像踩着高跷一样，跛脚走向门口。伸手一拽，门是锁着的。敲了敲，没人应。

但门后显然有人。他听见经门板过滤的人语声，音乐声，笑声——笑声？也许，外面真的是天堂？这里是等候室？必须先把自己破败的血液完全换掉，换成透明的天使血液，才能进入天堂？

门后的锁孔窸窸窣窣地转动起来——被人察觉了。

阿尔乔姆思考该用什么东西自卫，但没容得他多想，门已经开了。

门口站着一个女人，穿着白大褂——干干净净，熨烫平整的白大褂。她在对他微笑。

"你终于醒了，我们都开始着急啦。"

"着急？"阿尔乔姆谨慎地问，"你们？"

"当然啦，你昏迷了那么久。"

"多久？"

"已经一周了，现在都第二周了。"

"不过我倒是睡饱了。"阿尔乔姆一边说，一边试图越过女人的肩膀，查看走廊里给他预备着什么，"我现在甚至不知道死了以后该干什么了。"

"你就这么急着要死？"女人摇着头说。

她长得很好看，浅色雀斑，褐色眼睛，头发齐整。还有那笑容，看得出来她喜欢笑，笑起来满面生花。

"医生说了，我顶多再活上一两个星期，就该上路了。"

"我也是医生呢，我却不这么认为。"

"那照你看呢？"

阿尔乔姆心里似有什么东西在蠕动——希望。

"嗯……照我看，你吸收的辐射剂量大概在五到六戈瑞[1]。时间嘛，应该是入院前两周？从血液来看是这样的。"

"入院？"

"如果辐射之后立即入院接受治疗的话，你至少有百分之五十的机会。可现在，我不想骗你……不过输液治疗的效果还是不错的，我们选对了抗生素。"

"输液？抗生素？"阿尔乔姆眯起眼睛。

"当然还有其他的。大概你自己也注意到了吧，溃疡在愈合。再怎么说，也不止一两个星期。康复的概率还是蛮大的。你的机体反应也不错……"

"抗生素是从哪儿来的？"

"嗯？你是担心保质期吗？这点你大可放心……"

"我这是在哪儿？这里是哪儿？汉萨吗？"

"汉萨？您是说外面那个什么环线联盟吗？"

"外面那个？外面？"

话音未落，阿尔乔姆一把将她推开，冲出了房间。

"你往哪儿跑？站住！哎呀，你还没穿衣服哪！"

门外是一条长长的走廊，感觉很奇怪，像是建在隧道里头的。顶棚是浑圆的，由弧形拼板构成。但弧形拼板不像地铁里那样锈迹斑斑，而是干干净净的，涂着天堂的釉彩。到处都干净清爽，亮着长明灯泡。这是什么地方？不是车站，地铁里没有这样的车站。

某处响起一个小乐队的演奏，欢乐而酣然。

"我们这是在哪儿？"

"你最好别光着身子到处乱跑，阿尔乔姆，我建议你还是先回病房去吧……"

"你怎么知道我的名字？"

---

[1] 戈瑞，简称"戈"，是物理量"电离辐射能量吸收剂量"的标准单位。

"你的卡片上写着呢。"

"卡片？"

想起来了。他想起来，两年前被帝国关在囚笼里时，怎样等待天亮，等待绞刑。当时他说什么都睡不着，但后来还是睡过去了，就在那么几分钟时间里，不争气的脑子就梦到自己获救了：猎人出现了，干掉了所有敌人，救出了阿尔乔姆。那真是个不错的梦，只可惜后来被打断了。

阿尔乔姆看着自己抬起的双手。

他像着了魔一样渴望相信这一切：机会，概率，康复。他原本以为自己已经接纳了死亡，但事实上并没有。刚有人用一小块生命做诱饵钓他，他立刻就上钩了。

如果是梦，那穿不穿裤子并不打紧。

他跨步向前，朝着声音走去。

顶棚在某个地方突然中断了，出现了带有很高的天花板的广阔空间。从这里可以看出此地的构造：类似于隧道，但规模庞大，足有三层楼高。一条铺了红地毯的宽大楼梯通往高处，楼梯顶部悬挂着一个巨大的球体，球体表面镶满了方形镜片。某个发光装置将光线射向镜片，被反射的光斑四处散射，如同激光瞄准器的光点。球体像颗大行星一样缓慢转动，光斑在墙上闪烁。

高处传来豪迈激昂的乐声，笑声也来自那里。阶梯顶部的整面墙上铺着一面巨大的旗帜——底色鲜红，镶着金边。中间是一枚徽章图案：一个为螺旋纹所环绕的地球，地球表面是交叉的锤头和镰刀，跟红线的国徽很像。旗帜表面同样跳跃着玻璃球体反射的光斑。

难道这里是红线？……

红线为什么要给他治疗？

他一定是在做梦。

"我可要叫警卫了！"女医生在他背后警告说。

阿尔乔姆将拐杖挂到第一级台阶上，离音乐又近了些。双腿很虚弱，气还没有打足。他休息了一下,又上了一级台阶。

这到底是什么地方?

他眯着眼睛,慢吞吞地往上爬。一道拱门浮现在眼前,里面有白色天花板,还有亮如白昼的灯光。

终于,一座大厅从阶梯背后浮出水面……

大厅极其宏伟。蓝白色穹顶熠熠生辉,枝形吊灯从天花板垂下,璀璨夺目。地板上严严实实地铺着地毯,图案艳丽异常,令人眼花缭乱。到处是桌子,桌子,还是桌子。全部是圆桌,上面铺着溅有污渍的雪白桌布。盘子里有残羹剩饭,细长颈玻璃瓶里的亮红色液体只剩下一半,地板上散落着一些刀叉。

还剩下很多人,散坐在这里那里。其他人已经酒足饭饱,先行告退了。

剩下的人围拢在圆桌前。有些搂肩搭背,脑袋抵在一处,就像阿尔乔姆和那个濒死的红线政治犯在死亡隧道里所做的那样,但他们不是出于悲伤,而是由于酒醉。有人在严肃地讨论着什么。这些人的衣着很奇特:西装下面不是光秃秃的,而是穿着皱皱巴巴的衬衣,有的甚至还打着领带,就像旧世界老照片里的人一样。

阿尔乔姆像隐身人一样,光脚踩在柔软舒适的地毯上,朝这群人走过去。有人从桌边抬起头,向他投来混浊惊异的目光,但没过一会儿,就又把目光收回去,重新回到丰盛的沙拉和未尽的酒杯上去了。

一个衣衫褴褛的乐队在大厅远端吹吹打打。一个大胖子急促而笨拙地踢踏着舞步,在乐师之间来回穿梭,坐在邻桌的人无聊地鼓掌起哄。

"阿尔乔姆?"

他停下脚步——被人发现了。

"请坐,别害臊。不过照我看,你也并不觉得害臊。"

说话的人正微笑着注视他。乌黑油亮的头发整齐地梳向脑后,蒙眬的醉眼下面两个大大的眼袋,衬衫解着领扣。坐在他旁边的胖子好似一头秃顶骟猪,满脸通红,不住地打着酒嗝。

"阿列克谢……费利克索维奇？"

"哈！你还记得我？"

"我找的就是你。"

"那恭喜你找到了。阿尔乔姆，这位是根纳季·尼基季奇。根纳季·尼基季奇，这位是阿尔乔姆。"

"幸会！"骗猪哼哼着说。

阿尔乔姆直到这时才想起来遮羞，直到这时才开始怀疑，万一这不是梦呢？这一切确实匪夷所思，但人总不会在梦里想到自己正在做梦，而且很快就会醒来的吧？因为一旦这样想，通常情况下会立即醒来。

他光着屁股坐在天鹅绒垫布的凳子上，用一块餐巾布遮住私处。自己眼下这副尊荣，如何审问别索洛夫？我的纳甘枪呢？该用什么胁迫他说出真相？餐刀吗？

"我怎么会在这儿？"

他想确定这不是梦。

"你的女友求我这样做的，我们共同的女友。"

"……萨莎？"

"萨莎。她眼泪汪汪地求我，而我呢，心太软。此外呢，我还想起你到底有多好笑，那次我们一起还是蛮尽兴的……同乳兄弟，可以这么说。所以我就心软了。当时是我把你从地上扶起来的，还记得吗？那回你好像是蠕虫吃多了，有点不在状态，不过所有指定项目都完成了。"

"有趣！"骗猪哼哼道。

阿尔乔姆用桌布将身子挡住。他忽然觉得自己那么赤裸，又羞臊，又愚蠢。萨莎竟然求这个吸血鬼救他的命？他之所以得救，全亏萨莎求情？

"我不稀罕！我不需要你救，我不需要你可怜我！"

"你让我想起了我的一位兄弟。你当时多有战斗力啊！何况还是吃了蠕虫的。你渴望恢复世界公平。特别是当我跟你谈起梅尔尼克时，你费了我两根烟才把文身抹掉。难道这一切都白费了？"

"我们在哪儿？这是什么地方？"

"这里吗？地堡。不，不是你英勇战斗的那个地堡，用不着这么瞪眼。在莫斯科地下，这样的地堡多得是。我们挑了一个像样点的，重新装修了一下，欧式风格。其他的地堡就不怎么样了，有些地方进水了，有些地方根本进不去，门被锈住了。"

"正是！"骗猪搭腔道。

女医生带着几个警卫走过来，警卫个个制服笔挺，像刚刚接受过检阅似的，上来就准备扭住阿尔乔姆。

"你们这是干什么，上来就抓人？"别索洛夫不悦地说，"让他跟人聊聊嘛，我想他肯定有一大堆问题。"

女医生点点头，带着警卫退下。

"是萨莎把我送进来的？"

是她救了我——无力的、快没气的衰货？

"是的。她说你受辐射了，因为你一个人破解了所有可怕的秘密。她说你太渴望上到地面，你来到巴拉希哈，甚至攻下了那里的无线电中心，把干扰器都关掉了！还向人们做了广播！英雄！好汉！"

"是她跟你说的？"

她把我出卖了？

"是她说的没错，但我也有自己的耳目。老实说，我的确低估你了。你当时醉得连舌头都捋不直。我喜欢跟普通人聊天：对他稍微透露一点真相，然后闻他脑袋冒烟的气味。这里有很多人一辈子不出地铁，而我，是个好奇心强的人。更何况，我的工作本来就要跟人打交道。"

"好人！"骗猪说。

"我们……在莫斯科？"

"当然。"

"地堡？为什么……这里看上去这么奇怪？为什么是苏联国旗？我……我不明白。难道说是红线在操纵汉萨？还是汉萨在操纵红线？"

"有区别吗？"

"什么？"阿尔乔姆皱起眉头，感觉白色大厅开始向侧旁、向上方游走。

"红线和汉萨之间有区别吗？"别索洛夫微微一笑，"甚至说，红线和帝国又有什么区别呢？"

"我不明白。"

"很好，我可以解释。我们去四处走走。唔，你还没穿裤子，到底是不够雅观……喂，小伙子！"

一个头发花白、长着小胡子、扎着领结的老服务生，慌里慌张地跑过来。别索洛夫命令他脱掉自己的裤子和衬衣，给阿尔乔姆穿上。阿尔乔姆要求归还自己的衣服，却被告知全被烧掉了。无奈之下，他只好穿上了服务生的黑白制服，但领结自然除外。服务生长着白毛的肚皮瑟索着，恭顺肃立。女医生将天使血液的输液针管取下，往手上的针眼处贴了一张创可贴。

阿列克谢·费利克索维奇站起身，用餐巾擦了擦嘴，带着阿尔乔姆离开桌旁。

"再会！"骟猪向阿尔乔姆告别。

两人一路走，一路跟酩酊大醉、昏昏欲睡的宴客们打招呼：康德拉特·弗拉基米罗维奇，伊万·伊万诺维奇，安德烈·奥格涅索维奇，等等。

"他们是谁？什么人？"

"好人！"别索洛夫断言，"最好的人！"

二人走到阶梯口。

"你刚才问，为什么会有苏联标志，现在我回答你。"别索洛夫用手臂从周围划过，"大战爆发之前，这里曾是莫斯科的'冷战博物馆'，为私人所有。但是博物馆所在的地堡，却是真正的冷战时期的国家设施。在动荡的九十年代，它是怎么被私有化的，不得而知，也并不重要。那时它被淹了，脏兮兮的，荒废掉了，因为大家都觉得，地堡不会再派上任何用场了。新的主人按照自己的怀旧品味对它进行了改造，似乎模仿的是旧时代风格，但又带有资本家情调。装修非常棒，这点要感谢他们。打个比方说，他们接手的是破铜烂铁，留下的却是原子弹。他们陈列了众多的历史物件，然后开始带外国游客参观。但第三次世界大战爆发之后，他们立刻被提醒，地堡乃是国家设施，谁才是其真正主人，而谁只是临时租户。因为每个到过这里的人，都会对那些真正的国家设施再无兴致，那些地方都太过寒酸，远没有这里豪华舒适，毕竟私人财产总会料理得更好些。再说，这里的装饰无与伦比，令人心旷神怡。一看见这些国旗，立刻就会想到我们那个强大的祖国。所以我们对这里没有进行任何改动，又时尚，又有情怀，又舒适。"

玻璃球体发出的光点挑逗着房间里的装饰物。

"强大的祖国？可现在呢，红线用机枪扫射人群！就是现在，在共青团站！昨天！一周前！有个小男孩在我怀里被杀了！……他不是我的孩子，可是……"

"请问，那又如何？跟我们毫无关系。"

"是你们强迫梅尔尼克送子弹给他们的！你们汉萨！在共青团站，把子弹给了莫斯科温！"阿尔乔姆终于完全清醒了。

"首先，我们——不是汉萨。其次，我们没有强迫任何人。子弹是我们的，游骑兵只不过是提供押运服务罢了。这些子弹是为了帝国行径而支付给莫斯科温的赔偿。至于红线如何使用这些子弹，那就是他们的事了。至少我们阻止了战争。而战争爆发的原因，并非出自元首的意志，而是由于中层管理者的白痴想法。顺带一提，你们当年的地堡事件同样如此。难道你希望爆发内战吗？"

"他们用那些子弹在共青团站杀了那么多人！你还想拿战争吓唬我？那里的人饿得连机枪都不怕！你能想象得到吗？啊？！"

别索洛夫陷入沉默，直到完全走下楼梯才开口："我们能怎么办？我们试图找到治愈蘑菇白腐病的方法，还用了农药。可是终究还有一些自然规律在起作用，我们姑且称之为'地铁生态'吧。不妨认为，这是种群数量的自我调节。"

"可你们自己却在这里大吃大喝！"

"表面上看的确如此，"别索洛夫并不否认，"但是，你若以为其他政权的高层不大吃大喝，那就太愚蠢了。不管是莫斯科温还是梅尔尼克，都没有什么区别。统治者毕竟是统治者，国库的罐头不够所有人吃的，世界秩序本就如此。即便我离开这里，用我吃剩下的去喂养不幸挨饿的小女孩，也改变不了任何东西。我的残羹剩饭可不是耶稣的面包和鱼干。但尽管如此，我还是会经常出去，喂养一个饥饿的小女孩。虽然这什么都改变不了。"

"因为你们汉萨跟帝国是一丘之貉！"

"我已经跟你说了，汉萨，实际上也就是帝国。"

"什么？"

"跟紧我。"

阿尔乔姆瘸着腿紧跟在后面。

二人自下方的台阶右转。头顶上方是老派的装饰物，还亮着大红的题字——"42号地堡"。这标识看上去非常重要，得到了充足的电力保障。二人沿着走廊来到一个空荡荡的酒吧，吧台上亮着一支由小氖气灯泡编织成的AK自动步枪。没有服务员，打开的酒瓶可以随意享用。别索洛夫拿过一瓶外文标签的酒，咬掉软木塞，喝了几口。他邀请阿尔乔姆共饮，但后者拒绝了。

"欢迎来到'冷战博物馆'！"别索洛夫拐进一条狭窄的通道，两侧是用方形铆钉连接起来的钢板。

他们走进博物馆大厅：墙上是一幅带有底光照明的老地图，地图上布满了导弹和飞机的标志，灰色的欧洲小国全部挤成一团。墙角站着一个面色苍白的人偶，身穿滑稽的老式夏季军服，守卫着一枚巨大的、弹体涂着灰色颜料的大肚子炸弹。

"这是非常珍贵的展品,苏联研发生产的第一枚原子弹的模型……"

原子弹头部有一个玻璃罩,大概是为了让参观者看见地狱的内里。但那里自然什么都没有,除了一个带指针的仪表。

但阿尔乔姆对原子弹没兴趣,只是注视着巨幅的欧洲地图。

"干扰器是你们干的吧?我就是为了这个才到处找你的。你们为什么要这么做?为什么把人们锁在地底下,囚禁在地铁里?既然整个世界都还活着……"

别索洛夫故作惊讶地耸起眉毛:"怎么,世界还活着?好吧,好吧。的确还活着,被你发现了。"

"地图上所有这些导弹、飞机早就成为历史了!这地图快有一百年了吧?根本就没有什么敌人,不是吗?梅尔尼克所害怕的那些敌人,干扰器用来对付的敌人,根本就不存在,对吧?!战争早在二十年前就已经结束了!"

"你这么说太主观臆断了,阿尔乔姆。对于敌人而言,战争也许仍在继续。"

"他们,那些所谓敌人,根本就懒得搭理我们!不是吗?也就只有梅尔尼克会上你的当!"

"每个人都倾向于相信他所相信的东西。"

"既然如此,为什么造那些干扰器?为什么清除外来人?为什么制造世界已经毁灭的假象!为什么?为什么我们非要窝在地铁里?"

"因为,"别索洛夫像蝮蛇蜕皮一样蜕去脸上的玩笑神情,"一旦出了地铁,我们就不再能成为统一的民族,不再能成为伟大国家。"

"什么?!"

"我试着来解释一下。你先别嚷,好好听我说。顺便说一句,干扰器不是我们造的,它们是老物件,从苏联时期传下来的——结实!上个世纪九十年代曾经租用给商人,用来播放音乐。"

老服务生的制服像口袋一样吊在阿尔乔姆身上。身后某处,警卫不时发出声响,提示自己的存在。别索洛夫从胸前口袋掏出一方边角绣着文字的手帕，走到原子弹旁，擦拭上面的灰尘。

"不过，我们还是从它开始吧，睡美人。"

"你们留着这个干什么？"阿尔乔姆感到一阵恶心，仿佛别索洛夫在亲吻死人的嘴唇。

"这还用说？必须记住自己的根。"别索洛夫转过身，冲他一笑，"我们对这里的一切都维持原样。这枚原子弹，是我国主权的源泉和支撑！"他抚摸着原子弹的大肚子，"事实上，多亏了她，我们才能抵御西方的蓄谋侵吞，捍卫我们的社会秩序，我们的文明。如果我们的科学家没有造出她，早在'二战'结束初期国家就被迫下跪了！"

"可是'三战'时，也正是它把我们给毁灭了……"

"'三战'？"别索洛夫打断他说，"'三战'时我们玩得有点过火了。或者说，我们太过执迷于电视里的真相了。人有这样的本领：用幻想替代现实，完全生活在幻想世界。原则上来讲，这是有益的特性。比方说，整个地铁就在幻想出来的坐标体系中活得很好。"

"整个地铁都活得很好？"阿尔乔姆说着，悄悄逼近对方。

"我的意思是说，秩序运转得很好。所有人都很投入：红线的人坚信他们在跟汉萨和帝国斗争，帝国的人坚信他们在跟红线和变种人作斗争，汉萨的人用莫斯科温来吓唬孩子，诬告邻居是特务——似乎一切都跟真的一样！"

"似乎？我亲身经历过！"阿尔乔姆感到这个博物馆令他难以呼吸。"在隧道里，普希金站和库兹涅茨克桥站之间的隧道，红线的人跟帝国的人相互厮杀，几十个活生生的人，你死我活……用丁字镐、刀子、钢筋条。这都是真事！你明白吗，混蛋？这！都是！真的！"

"我很遗憾。但这又怎样呢？有谁受到损失了吗？帝国？红线？汉萨？都没有。无非是一定数量的基因残次品和一定数量的有害分子罢了——可控冲突。客观而言，这也是某种意义上的自动净化。打比方说，我们的体制是一个活的机体，那些妨碍生存的细胞会死去并脱落。但我再重申一遍：这场战争不是我们挑起的。是帝国谍报机关的中层，为了向上级邀功请赏而擅自攻击了红线。但他们不知道的是，无论红线还是帝国，事实上都不存在。"

"什么叫'不存在'？"

"也就是说……当然，从名义上来讲，是存在的。人们不是很在乎名义吗？喜欢把自己当成什么人，而且还要跟另外的什么人作斗争。我们只不过投其所好而已。我们可不是极权国家！我们向他们提供最丰富的选择：想教训变种人？可以加入钢铁军团。什么信仰也没有，只想经商？可以移民到汉萨。知识分子？喜欢幻想翡翠城？可以去波利斯。多么完善的秩序！还在花卉站的时候，我就在向你灌输这一思想。可你为什么非要去地表呢？想要自由的话，我们在地底下也能给你。你还落了什么东西在地上？"

别索洛夫在出口处停下，回望了炸弹墓穴一眼，把灯关掉。阿尔乔姆仍在思索答案。

"你们真的不是汉萨？这里不是汉萨的地盘？"

"哪个汉萨？"别索洛夫大摇其头，"我不是跟你说了吗，根本就没有什么汉萨？明白了？只有环线，以及自以为居住在汉萨的人。"

"那你们是从哪儿来的？"

"就从这里，"别索洛夫抬眼望向由弧形拼板组成的拱形天花板，"就是从这儿。更准确地讲，是从那儿。跟紧我。"

两人走进一个小房间，房间铺着木地板，一张桌子上亮着绿色台灯——这是一个哨岗，穿制服的哨兵起立敬礼。这是某人的接待室吗？有一座扶梯通往第二个半层。房间似乎是另一时代的产物：并非来自二十一世纪，而是从古老时代封存下来的。

沿梯而上，来到一扇门前。

门后是一间办公室，带有玻璃门的书柜里摆满了书籍，房间中央是一个高出地面的看台，墙角摆放着一张行政办公桌，跟斯维诺卢普或者梅尔尼克的办公桌差不多。桌子后面坐着一个人。

那人一动不动。

他身子后仰，眼望天花板，眼球泛出塑料的光泽。

他身穿军服，顶着明黄的肩章，浓黑的小胡子，头发整齐地向后梳着。

"这是……"

"很漂亮，是不是？"

"苏联的领导人……"

"等高蜡像。你可以走近看一下。"

阿尔乔姆完全被搞糊涂了，梦游似地走上看台。

领袖将无骨的手放在桌上，一手握笔，似乎正准备签署什么命令。另一只手掌心向下，手指前伸。小胡子底下露出微笑，因是刀刻，永不消退。旁边摆着永不枯萎的布花。

阿尔乔姆忍不住伸出手摸了摸他的鼻子。对方毫不介意。他根本无所谓自己是死了，还是复活了；无所谓自己变成了木偶；无所谓世界灰飞烟灭，唯独自己幸存着；无所谓别人送他鲜花还是揪他鼻子。

"跟真的一样，是不是？"别索洛夫说。

"他也是……博物馆里的展品？"

阿尔乔姆走近书柜，用手指擦去玻璃上的灰尘。书架上密密麻麻摆放的全部是同一本书，被无意义地繁殖了无数次，书脊上全部印着一行字，但已经看不清了。

"这是在搞什么？"阿尔乔姆扭头问别索洛夫。

"当这里还是真正的地堡时，这儿曾是指挥层的办公室。当然，据解说员说，领袖并没有在这里办过公，还没等交付使用，他就去世了。后来筹建冷战博物馆时，这间办公室被收拾停当，并制作了这尊蜡像，供游客参观。当我们进驻时，蜡像已经在这里了，而我们将其保留了下来——对于本民族的历史必须尊重！"

别索洛夫也走上看台，走近蜡像，坐到他的办公桌上，晃荡着双腿。

"这就是传承！过去是他，现在是我们。到头来，他这座地堡倒是为我们建的。他考虑到了后代的将来，真是伟大的领袖。"

除了地铁张贴的肖像画，阿尔乔姆从未在别处见过国家领袖。当他触摸领袖的鼻子时，感觉到了什么呢？——蜡。

"这怎么能算传承呢？真正的传承不应该是红线吗？"

"阿尔乔姆，你呀你！"别索洛夫恨铁不成钢，"你怎么还不明白？红线，汉萨，帝国，统统是木偶而已。当然，他们会臆想自己是独立的，彼此之间激烈竞争、对抗，忘乎所以时甚至会打打仗。"

"那你们是谁？！"

别索洛夫冷笑一声道："地铁系统是个好东西，就像多头蛇怪。你可以任意挑选一个脑袋，然后跟其他脑袋打架，想象敌人的脑袋是怪龙，战胜它。可它的心脏呢？"别索洛夫抚摸着桌面，扬起下巴划过办公室，"就在这里。你既看不见它，也无从知道。倘若我不向你展示，你仍会继续跟脑袋搏斗，不是跟帝国，就是跟汉萨。"

阿尔乔姆离开书柜，逼近别索洛夫："你不会后悔告诉我这些吗？"

别索洛夫既没后退，也没躲闪，他丝毫不惧怕阿尔乔姆，似乎他才是这场梦境的主导者。

"去吧，跟随便什么人讲述这里的情况，甚至是你的梅尔尼克。他会对此作何评论呢？他会说你神经错乱了。"

阿尔乔姆咽了口唾沫：难道醉酒那次，自己把这事也跟他说了？

"他难道没来过这里？"

"当然没有。这里岂是谁都能进的？这里是神庙，是圣地。"

"那我呢？"

"你嘛，你是圣愚[1]，阿尔乔姆。圣愚是可以进入神庙的，他们甚至会见证奇迹。"

阿尔乔姆突然灵光一闪："隐形观察者！"

---

[1] 俄罗斯东正教的特有人物，指的是那种外表看起来疯疯癫癫，其实心怀圣德的人。

"大声点！"

"你们就是'隐形观察者'！"

"对了！总算孺子可教。"

"可是……那不过是天方夜谭、神话，就像传说中的翡翠之城……"

"没错，"别索洛夫赞同，"就是神话、传说。"

"一切早就毁灭了！连一个月都不到国家就毁灭了，然后是一片混乱，从此之后……这个连小孩子都知道。没有人领导我们，我们只能依靠自己，自生自灭。隐形观察者不过是个神话！"

"可是，是谁告诉你们这是神话的呢？也是我们，明白吗？我们一上来就给了你们一个完备的形象，好让你们对我们加以想象。你心地单纯，你是用心灵、用形象思考的，而不是用头脑。没关系，我给你现成的形象——隐形观察者。好了！一方面呢，你事先就对我拒不相信；而另一方面呢，你又似乎知道我的全部事情。传言，比电视更可靠。"

"可是你们……也就是说，之前的领导人，政府，总统……你们不是都转移到乌拉尔去了吗？统治秩序不是土崩瓦解了吗？国家不是——"

"你自己想想，我们何苦要去乌拉尔呢？我们要一座远在天边的孤零零的地堡干什么？做孤家寡人吗？我们在那儿有什么可干的呢，难不成相互厮咬？再说，我们怎么能离开你们呢？我们的位置，在群众中间！"说罢，他伸了个懒腰，像一只吃饱了的肥猫。

"那你们到哪儿去了？当我们挨饿的时候你们在哪儿？当我们自相残杀的时候你们在哪儿？当我们在地面上因为你们而死掉的时候，你们在哪儿？！"

"就在旁边，一直都在。一墙之隔。"

"这不可能！！"

"我不是说了吗，地铁秩序运行得很好，就算我们喝醉了都不会误事？"别索洛夫从桌上跳下，举起手中琥珀色的酒瓶喝了一口。

"我们在这儿待得够久的了。走吧，我给你看看这里的生活。实际上是相当节制的，你自己会看到的。"

他殷勤将蜡像摆正，走下看台。阿尔乔姆动作迟缓，太多的信息一时间令他难以消化。

"你们这群混蛋！"

"我们难道干了什么坏事吗？"别索洛夫问，"相反，我们尽可能地不对地铁进行干预。我们不过是'观察者'罢了，而且还是'隐形'的。只有当秩序失调时，我们才会做出必要的校正。"

"秩序？人们饿得吃自己的孩子！"

"那又怎样？"别索洛夫不满地瞟了阿尔乔姆一眼，"又不是我们喜欢吃你们的孩子，是你们自己喜欢吃你们的孩子。再说，我们也并不喜欢你们吃自己的孩子，我们只是喜欢管理你们。但如果我们想要管理你们，就必须允许你们吃自己的孩子！"

"胡说！是你们把我们拽进了这里，也是你们不让我们出去！你们对待人们就像对待牲口！到处都是密探！有的叫安全局，有的叫克格勃，有的叫……到处是斯维诺卢普兄弟那样的混蛋！的确，帝国和其他的有什么区别——"

"不这样就没法管理民众！"别索洛夫厉声打断阿尔乔姆，"人的本性如此，稍有宽纵，立刻暴动！必须时刻严加防范。就拿你所亲历的共青团站来说吧，这不是他们自找的吗？非要起义，结果呢？血流成河！对红线造成撼动了吗？根本没有！安全部门是上帝的赐予！你说的机枪……还不是他们自己靠上去的，抢占了第一排？而善于忍耐的人都活了下来，这也是人种的优化。不这样，怎么管理地铁？需要时时刻刻转移他们的注意力，给他们戴上笼头，或者说，进行心理疏导，向他们灌输某种理念、宗教信仰或者意识形态。要不断给他们制造假想敌，没有敌人，他们就活不下去！没有敌人，他们就无法自我界定，自我认知。两年前，我们有一个理想的敌人——黑暗族，再想不出比这更好的外部威胁了！他们来自地表，皮肤黑得跟煤炭一样，甚至连眼白都没有，跟魔鬼一模一样，令我们的人民感到恐惧和厌恶——完美的敌人！人们一下子就明白了：既然他们是黑暗族，那我们就是光明族了。我们对它们百般呵护，让它们作为'人类威胁'而存在。可是，不知道打哪儿蹦出一个白痴，忽悠了梅尔尼克那个老笨蛋，用导弹把我们亲选的魔鬼给连窝端了！这事你知道吧？"

"知道。"

"我们本来试图通过波利斯议会施压，向梅尔尼克暗示，黑暗族暂时构不成任何威胁，可他根本不听，到底把我们原来的脚本给扔进了壁炉。所以我们才不得不给他点教训。假如我们是独裁者，我当场就把他的两只手给剁了。走吧。"

阿尔乔姆顿觉五雷轰顶，梦游似的跟在别索洛夫身后。他们走过岗哨，哨兵再次跳起敬礼。他们来到狭窄通道，鞋跟在钢板地面咣咣作响。他们走过饭店所在的转角。玻璃球体的光斑朝他们飞来，射入阿尔乔姆的眼睛。旋转的玻璃球体像极了阿尔乔姆的脑袋：原本是一块完整的镜面，里面容纳了整个世界的映像，而如今镜面被打成无数碎片，粘贴到不知道什么鬼东西上，然后像探照灯一样抽打在他身上，只是为了好玩和好看。

走过转角，继续向前。

阿尔乔姆呆呆地问："你们是怎么驯服梅尔尼克的？还有其他人——莫斯科温？元首？靠收买吗？"

"这个嘛，不可一概而论。投其所好。莫斯科温贪财，毒杀了自己的兄长。至于元首，他老婆给他生了个无指的女儿。他是很感情用事——自己颁布的消灭变种人的法律，自己都没能恪守，所以我们就给他送去几张照片。瞧，叶夫根尼·彼得罗维奇，这是你抱着无指的女儿，妻子就在旁边，铁证如山。所以，只能按规矩玩，叶夫根尼·彼得罗维奇，而且要玩得投入，让你的子民们信任你。不能让任何人对你的帝国的合理性心存疑虑，要让他们心甘情愿为帝国献身。"

"帝国已经不存在了，它把自己也吃进了肚子里，消化掉，变成粪便排出来了。你的元首也潜逃了。"

"我们会把他找回来，让他复位，还会给他建设一个比之前更强大的新帝国。我们已经把他的妻女抓过来了，他一定会找上门来的。"

"为什么？他是个食人魔！"

"因为，你这个榆木疙瘩，我们对他已经习惯了，知道怎么控制他，他的把柄还捏在我们手里呢。放着现成的人选不用，难道要辛辛苦苦地培植新人，还要寻找他的死穴，给他下饵料，钓他上钩？没错，他是搞出了乱子，但处罚他就是了。没了帝国怎么能行呢？"

"帝国全是败类！野兽！除了野兽，就是懦夫！"

"野兽岂止帝国有？全地铁都有。所以才在帝国为它们修建了既漂亮又坚固的兽栏——钢铁军团。全地铁各个角落的野兽们都会主动钻进去，杀戮变种人，借此发泄兽性。倘若没有帝国，它们该怎么办？与其让它们祸害人间，还不如让它们为帝国血战而亡。或者为红线，为游骑兵，随意选择——自由！这就是自由！"

"人们需要的不是这个！"

"就是这个。为了免于无聊，为了有事可做，为了拥有选择。我们的地铁是一个完整的世界！自给自足的真正世界。我们不需要任何其他的地表世界。"

"我需要！"

"也许。但除了你，再没有第二个了。"

"地表也许还有他们的亲人！至少为了这个，他们也应该返回地面！"

"他们所有的亲人如今都在这里了。至于你，老实说，我实在无法理解。你无非在损害自己的身体罢了。我们好不容易才把你救回来，笨蛋。你在上面到底在找什么呢？"

"我们都是在地表出生的，那里才是属于我们的地方。在那里，我感受到了完全不同的呼吸！完全不同的感受！而在这里，没有足够的方向，只有前进和后退。我在这里感到窒息，明白吗？你自己难道感觉不到？！"

"感觉不到。我跟你恰好相反，一到地表我就头晕目眩，恨不得立刻回来，钻进舒适的地堡里，这里有我们的小天地，居住舱。"

他们转了个弯，走进一条漆黑的、截面直径足有十米的庞大隧道。隧道向前延伸，通往未知的地底深处。这样的隧道这里还有多少？

时间似乎已经很晚了，地堡居民从墙壁雪白的小酒馆各自回家，一个个衣衫凌乱，脚步踉跄。阿尔乔姆透过窗户，朝一户建在隧道的住宅内部窥视，然后又看另外一家。的确很舒适，接近于真正的人的生活。

"为什么要给我看这些？告诉我这些？"

"你知道吗，我喜欢这样做——跟人打赌？你不是要改变一切吗？你守在萨莎那儿想干什么，不就是在等我吗？你这个幻想家。你想用自己的左轮手枪打死我？难道你以为，杀了我，你就大功告成了？我算个什么呢，不过是个内务主管而已。杀了我，立刻会有新的脑袋长出来。在花卉站初次见面时，我就试着让你开窍，可惜，看来你的记性实在糟糕。"

"在花卉站？"

"我就说你记性不好吧。但这有什么好惊讶的呢？理应如此。你们的健忘症于我们而言是好事。谁也记不住任何东西，昨天记不住，明天不去想，只活在眼下。"

"哪里有什么明天？你们让他们怎么去计划明天？他们今天才勉强填饱肚子，这还算好的！"

"这就是我们的平衡艺术了。食物必须永远只够今天吃的，而且得是勉强才够。只有饿着肚子，才能想些实在的。如果让他们吃饱喝足，他们就会消化不良，胡思乱想。一旦饲料不加控制，政权——或者说，他们所理解的类似政权的东西——就会岌岌可危。怎么样，为我们的艺术干一杯？"

"不！"

"可惜。你应该多喝点酒。救赎就在酒中，而且还对辐射有好处。"

这让阿尔乔姆想起了什么。

他感到自己血管里流动的——外来的干净血液——像凝胶一样黏稠，发烫，阻碍血液流通。阿尔乔姆宁愿要回自己那稀薄的、被污染的、有毒的血液，只要不欠这帮混蛋任何东西。哪怕再活完属于自己的那一个星期,但燃烧的毕竟是自己的生命,而不是被施舍的。

"你把人说得好像……那你自己呢,你从哪儿来的?"

"是啊……听上去好像我不热爱地铁人民,甚至鄙视他们似的。事实上,恰恰相反,我对人民是全心全意的!我爱他们,你相信吗?我总是走到他们中间,跟他们认识、交流,就像跟你一样。只不过,在热爱人民的同时,需要完全理解他们。而且要真诚,不能被迷惑。没错,我们的同族就是如此。你需要感知自己所管理的人民,要帮助他们。必须有人统治他们,调教他们。"

"统治?谁统治谁?埃洛伊人统治莫洛克人[1]吗?唯独你是贵族?啊?"

"我吗?"别索洛夫笑了,"我哪儿是什么贵族!贵族早就被杀光了!我甚至都不是莫斯科人。我最初只是个电视记者,电视台伙食不好,于是就转行当了政治评论员,后来才逐渐发迹。全是靠我自己打拼出来的。"

阿尔乔姆突然想通了:就让他们的凝胶在自己血管里流动好了,借着这个死缓的机会,他还可以来得及干成某件事。

他四下察看,这里的守卫并不多。当然,这得走完整个地堡才可断言,万一在某条隧道里藏着军事基地呢?不然他们靠什么保障自身安全?

"那边是什么?"

"感兴趣的话,我们可以过去看看。第三隧道是我们的仓库,第四隧道目前还荒废着。那些商人在战前没来得及修复,我们就更没那个工夫了。怎么,你在考虑我们该如何充分利用它们吗?"别索洛夫对阿尔乔姆挤个眼,"我完全可以把你收为助手,只要你开口。"

"我在想,你到现在都还没有解释我为什么要待在这儿。你难道不明白吗?不管好还是赖,总之都是在地下,在地铁里。谁稀罕这些个破烂?

---

[1] 在威尔斯的科幻小说《时间机器》中,八十万年后的世界,人类分化为两种怪物——埃洛伊和莫洛克。前者柔弱娇小,居住在地表颓败的宫殿中,过着幽闲优雅的生活,由于长期不劳而获,体力、智力极度萎缩;后者状如猿猴,粗野怪戾,生活在黑暗的地下世界,在机器工场从事劳动。埃洛伊靠莫洛克供养,反过来,莫洛克又以埃洛伊为食。

地面上有一座座城市！森林！田野！海洋！"

他们走到了尽头，面前是一条空旷的巨大隧道，疙疙瘩瘩，被锈水淹没了，再没法往前走了。一台水泵嗡鸣着，从洞穴里抽出渗水。

"你怎么知道地上有什么呢？也许跟我们这儿没什么两样呢？无非没有顶棚罢了，顶多再加上无线电。难道这就叫天堂了吗？这就是自由了吗？兄弟情谊？笑死人了。大地上的幸存者七零八落，没有政权，没有国家，他们会逐渐变成野人，忘记如何读书、写字。我跟你讲过独特性吧？正是地铁赋予我们独特性！五万人住在同一个地方，只有在这样的密度之下，文化和文明才有可能维系。只能依靠地铁。地面上又如何？他们在新鲜空气中只会加速兽化，更快忘记何为人类！没错，野蛮行径将泛滥成灾！而人类，崇高的、理智的人类，只存在于这里！"

"崇高？人们在吃自己的孩子！"

"唉，鲁滨逊也不是一下子就能让星期五不吃人的嘛。我们只是不想操之过急而已，但或早或晚……"

"为什么不让人们自主选择是去地面，还是留在这里？你们为什么不征求我们的意见？"

"我们征求过，"别索洛夫笑着说，"一直在征求。"

"你根本就没东西给他们吃！蘑菇都生病了！放他们走吧，至少别让他们活活饿死在这里！"

"我们的伟大民族经历过比这严峻得多的考验。他们会挺过去的。你知道他们的生命力有多么顽强吗？简直难以想象。"

"放他们去地上吧！给他们一线生机！"

"去地上？你以为地上就是牛奶河和果酱岸吗？你是知道的。就说巴拉希哈吧，他们在那儿有的吃吗？"

"他们会找到食物的！"

"你真是不可救药！我怎么会在你这个笨蛋身上浪费时间？"

"那你就把我放出去！我又没求你救我！你们这帮人……"

"怎么，你以为只要我把你放了，整个地铁都会追随你到地上吗？你以为你向人们说明真相，就能把他们带离地铁，而地面上将完全是另外一番天地？"

"没错！"

"好，那你去吧。"别索洛夫平静地说，"滚吧。我甚至把你的纳甘枪还给你！外面没有一个人会相信你的，就像你不相信我一样。难道你还不明白，你所能做的，无非是把关于隐形观察者的神话向人们再复述一遍而已？醒醒吧，阿尔乔姆！"

阿尔乔姆点点头，也笑了："咱们走着瞧！"

第二十一章
同伴

蒙在阿尔乔姆头上的布袋被摘了下来。

他看看四周。

其实不用看他也能猜到自己被带到哪儿来了，听声音就知道——花卉站。他当初就是从这儿被带走的。还没出地堡他就被人蒙住了脑袋，以免他记得返回的路。

押运兵给他解开手铐，朝他屁股上踢了一脚，将黑色左轮手枪扔在脚下。

阿尔乔姆立刻抓住枪，是空的。扭头一看，押运兵已经消失在人群中了，像两粒沙子消失在沙漠中。

在与别索洛夫的谈话结束之后，他立即就被踢出了地堡。服务生制服还穿在身上，好心的女医生趁机往他裤袋里塞了些药片。

他坐下来，整理一下头绪。周围的一切一如既往，毕竟生活还要继续。就连阿尔乔姆也要继续活下去，顶着那个不结实的、胶合板粘成的脑袋活下去。那里面装着他所获知的一切，它们拼命挤压着几毫米厚度的脑膜，令阿尔乔姆难以承受。

他无法相信地铁里所发生的一切，全部的地狱、黑暗和荒唐，竟然是有人一手导演的，而且导演者还对此津津乐道。人们被掺进泥土，用来填充隧道，更可怕的是，这是地铁世界成立的必要前提。阿尔乔姆无法理解这样的世界秩序。

他也无法原谅这一切。

他坐在那里，盯着某个起伏的臀部，将它当成了别索洛夫的脸，跟它争辩，对它说出了当时没有想到的话。

"当然了，如果人们听了那么多年的谎言，他们还怎么区分真相呢……他们一直被按着脑袋喝泔水……但这并不意味着他们不会挺直身板，上到地表，或者至少做出一些改变……当然，你们是这么设计的，但这并不代表他们自己不愿意……你说你们征求过他们的意见？可你们又把标准答案塞给他们……"

跟屁股争辩是很轻松的，屁股又不会反驳。

"人们懂什么呢……该被消灭的是你们，该让你们下地狱，把你们的地堡炸掉，不然就没办法挑开这个脓包，什么都改变不了……必须把你们这群硕鼠……勒住你们的脖子，游街示众，让你们当着人们的面再讲一遍，你们是怎么把他们当牲口对待的，到时候再看看……你们这群混蛋，我要把你们全部赶出地堡……就算人们不相信我，看见你们就会相信了……我要逼你们说出一切，如果你们不说，我就用这支枪打爆你们的头！王八蛋……"

他握紧空纳甘枪的枪把。

单枪匹马做不到这些。一个士兵干不过一支军队。

但他有自己的队伍，虽然人数不多——飞鼠，荷马，廖哈。需要把他们召集起来。他们已经知道了一半真相，现在要告诉他们另外一半。征求他们的意见，一起想办法，找到那个老鼠洞，将它们一网打尽。

过去了多长时间了？一周？还是更久？大家也许已经散落到地铁各处了，躲在某个角落里。飞鼠是为了躲避梅尔尼克，廖哈是为了躲避汉萨，荷马呢……帝国已经没了。也许，荷马知道在哪儿可以找到其他人？可是上哪儿去找荷马呢？不知道。

他站起身，大步朝前走去，推开手拿号码牌排队的嫖客，走过惶惶如丧家之犬的帝国士兵，走过肥瘦不一的妓女，走过初尝禁果的忐忑少年，走过病入膏肓、只求过过眼瘾的潜行者，那些被生活打趴却又试图在这里通过女性打趴生活的败类。他走过所有这些人，他们的地下成年期有的才刚刚开启，有的已行将结束。

萨莎的小房间在哪儿？

找到了。

他没敲门，没排队，径直走进去，用纳甘枪抵住一个嫖客的脑袋，把他从萨莎身上拽起来，逼到墙角。这才跟萨莎打了招呼，别过头去，好让她裹住身子。

"荷马在哪儿？"

"你不能来这儿，阿尔乔姆。"她仰脸望着他，"你还回来干吗？"

"老头在哪儿？他不是说不会离开你吗？他走了？去哪儿了？"

"他被带走了。求你了，走吧。"

"被带走了？被谁？！"

"你……他给你治疗了吗？阿列克谢？你看起来好多了，像换了个人。"

"他给我治疗了，是你求他的。谢谢，该死。谢谢你们这些大善人。"

"你不是想知道真相吗，现在你知道了，不是吗？还是说，你宁肯死掉？"

"对不起……我，我不想欠他的，欠他们的。我不需要……之前不需要，可现在……谢谢你。"

"你为什么从那里离开了呢？那里不是……那里是完全不一样的生活，对吗？"

"你难道没去过？他没带你去过？"

"他本来答应要带我去的，但我求他把机会让给你了。"

"也没什么好可惜的，那里跟这儿也没什么两样，无非吃得好些，还有医疗。怎么，你愿意跟他们一起生活？"

"他都跟你说了些什么？"

"他全都跟我说了：隐形观察者、政权、红线、帝国，一切的一切。"

"然后又把你放了？"

"对。"

"你必须离开这儿。你们的人全被抓走了，包括你的那个经纪人，就在你被带走的同一天……他们也许已经死了，我不知道。"

"谁干的？观察者？"

"不是。不是他的人，是你的游骑兵。"

"游骑兵……听着，你……我想不明白，他都跟你说了，对吗？你都知道，关于地上，关于世界。可是……你不是一直梦想着回到地面吗？跟我一样，想重新生活在地上。你不是跟我讲过吗，你亲口讲的！那你为什么还要待在这儿？留在这个污水坑？你为什么不逃出去？"

萨莎站在他面前，瘦削得如同一幅铅笔画，双臂环抱，蹙着眉头看着他："你走吧！真的。"

他抓住她那树枝般纤细的手腕："你问我，为什么我没有留在那里。因为其他所有人……我们，全在这里。人们需要知道真相，所有人，他们必须知道。我要把人们都带出去。你会不会再一次出卖我？会不会告诉他？"

"不会。"

她紧紧咬住嘴唇。阿尔乔姆耐心等着。

"但我不会跟你走。"

"为什么？"

"阿尔乔姆，我爱他。"

"谁？……"

"阿列克谢。"

"他？那个……老混蛋？变态狂？他可是……他简直没有心肝！你没听见他是怎么形容人们的！……你爱他？"

"对。"

阿尔乔姆像被烫到一样丢开她的手，身子往后一缩："为什么？"

"我爱他，"她耸耸裹住的细肩，"他就像一块磁石，而我就像铁屑，就是这样。他是我的主人。他一直对我很好,从一开始就很好。"

"他随意使用你!他把你当物件!他喜欢看你被人……作践!"

"没错,"萨莎点点头,"他喜欢这样,我也喜欢。"

"你喜欢?"

"怎么了?你也接受不了吗?跟荷马一样?那就对不起了。"

"你在等……等他把你从这儿接走?接到他那儿去?"

"他们那里空出了一个名额,他原本已经获得批准了,可我……"

"好吧,我明白了,你把机会让给了我……好,我明白了。好。"

"你该走了。"

"你真的想去那儿?去找他?去他们那个从不打烊的小酒馆?去地堡?不去地面,反而去更深的地底?"

"我去哪儿都无所谓,只要跟他在一起,我爱他。就这样。"

"好吧,我明白了。"

他又站了一会,从脖子上取下十字架,扔给她:"再见。谢谢。"

"再见。"

*　　*　　*　　*

他走出来。世界天翻地覆。

他慢腾腾地走过那些醉生梦死的蜉蝣。他对萨莎说他明白了,但实际上他什么都不明白。她怎么可能爱上别索洛夫?怎么会把自己梦想中的飞艇换成地堡?怎么可能为了主人短暂的临幸,情愿在妓馆守候?别索洛夫从地堡里给她带来残羹剩饭,以及变态的爱欲,而她照单全收,毫不挑剔。她并不娇贵。

阿尔乔姆有什么不理解萨莎的呢?

他为什么要恨萨莎呢?

"喂,服务生!"有人拖长音调冲他喊,"来一升酒!"

"滚!"

他走到码头,水位很深,没过了边沿。

必须摧毁这一切,让它们统统下地狱。

这么说,是梅尔尼克把他的战友们全抓走了——荷马,廖哈,飞鼠。得把他们救出来,如果他们还活着的话。单枪匹马什么都干不成。

梅尔尼克。

如果能把游骑兵争取过来就好了,有这样的奥援,即使对抗观察者也不怕。游骑兵捍卫过地堡,当然也能攻陷地堡。

该怎么说服他们?对他们讲述被出卖的兄弟们?可梅尔尼克到底有没有出卖他们呢?如果有,又卖给了谁呢?连他自己都被人买来卖去,这个老笨蛋;兄弟们全都白白牺牲了,就因为中层管理者的白痴想法。老头子知不知道,他到底为什么没了双腿?

如果把这些都告诉他,向他解释呢?

他,梅尔尼克,关于地铁又知道些什么呢?无非是别索洛夫向他透露的那些,大概他也被告知了一半的真相。他总不会感觉到幸福吧:从一个大英雄变成了坐轮椅的死瘫子,而且并非是因为拯救地铁,而是因为被人隐瞒了另一半真相?

站台另一端的码头停靠着一艘塑料瓶筏子,一个身穿帝国制服的醉鬼正在旁边酣睡。阿尔乔姆看看四周,有了主意。坐船穿过被淹的帝国——那里会不会已经淹到了顶棚?——然后就能抵达波利斯。要求面见梅尔尼克,向他揭示他所不知道的另一半真相。就算争取不到他的支持,至少也得让他放掉自己的人。

朝筏子走去的路上,阿尔乔姆从一家妓馆顺走了一盏猪油灯。虽然比不上手电筒,但总归能在漆黑的隧道里照出点光亮。他走到筏子跟前,用鞋尖踢了踢酣睡的船夫,那人睡得跟死猪一样。

他解开飘飘摇摇的筏子,跳上去,顺着混浊的水流游向隧道。取代船桨的是一根木棍,末端绑着个水瓢。阿尔乔姆左划一下,右划一下,筏子在水里直打转,似乎很不情愿,但还是慢慢悠悠地驶向了黑暗。油灯的光亮只能照到一步开外,连水瓢都照不到。隧道越来越深,水位也越来越高,顶棚越来越低,都快蹭到阿尔乔姆的头皮了。空气能够用吗?

他再不能站着划了,高度不够,只好坐了下来。

一只大耗子迎面游过来,发现能落脚的地方,兴奋不已。

它爬上阿尔乔姆的筏子,安分守己地坐在筏子边沿。阿尔乔姆没有驱赶它。以前他很怕老鼠,但后来就慢慢习惯了。老鼠、猪粪、黑暗,是地下生活避无可避的要素,若非阿尔乔姆知道还有另外的生活,他也会跟其他人一样,将此视为理所当然。

油灯是悬挂式的,不仅努力照向前方,而且也向下窥探,照向透明的水底。

水下面有东西。

他想起了萨莎,想起了跟她道别的情形。为什么萨莎不告诉人们,他们不应该在窝在地下?为什么她自己也甘愿留在地下?为什么她会选择别索洛夫?

油灯散发出猪油烧焦的味道,耗子贪婪地吸着。

筏子底部撞上了一具浮尸,他正瞪着两只灌满泥沙的眼睛,透过塑料瓶的间隙盯着油灯。他怕是很久没见过灯光了,正试着回想起那是什么。他用浮肿的手指钩住筏子底部,拖住它不让它前行,过了好一会儿才放手。

顶棚更低了,阿尔乔姆蹲在筏子上,伸手就能碰到顶棚的焊缝。

耗子犹豫再三,终于跳进水里。它到底还是游回花卉站,去找自己的同伴了。

阿尔乔姆停下筏子,回头看了一眼,那里仍然一片漆黑,甚至比之前更黑了。他的手不由自主地去摸胸口,十字架已经物归原主了。好吧,就这样吧。上帝保佑。

继续向前。

水位开始逐渐降低。

也许刚才经过的是一个凹陷的深坑。现在顶棚不再压迫头顶，拉开了高度，腾出了呼吸的空间。前方有光亮闪烁，安在棚顶的灯泡一眨一眨的。看来，还有一些发电机没有被水淹坏。

等抵达前方车站时，水位已经很浅了，站台上的水只没过膝盖。但逃难的原住居民还没有回来，没来得及跑掉的人绝望地漂在水面。空气中弥漫着一股恶臭，包围了整个口鼻。

地下的大洪水将瓦格纳站洗劫一空，使它重新变回了契诃夫站。之前墙壁上那些吃人的宣传标语、彩绘、领袖肖像画，全变成了脏兮兮的油彩，漂在水面上。

没关系。他们会重整旗鼓，恢复秩序，重建整个野兽帝国。会有迪特里赫取代迪特马尔，一切仍将照旧。元首会重新掌权，毕竟他是自己人，是被选定的。更何况在他的统治下，这里的一切曾经都运转得有条不紊：这边塞进去的是活人，那边就能出来肉馅，就跟巴拉希哈的绞肉机一样，跟地铁各处一样。

至于历史教科书，总会有人帮元首写完的，即使荷马被梅尔尼克干掉了，还有伊利亚呢。教员一定会把一切描写得绘声绘色，在他的书里，钢铁军团在席勒站对红线进行了英勇防御，变种人非但没有守卫站台，反而临阵倒戈。结局自然也会是振奋人心的：帝国由于敌人的阴谋遭遇了洪灾，然而不仅没被摧毁，反而凤凰涅槃，变得更加强大。

知道这一切的萨莎，怎么能睡得着觉？

水瓢拨开了被泡烂的纸片，仔细一看，是些字迹模糊的报纸。有些上面还能辨认出"铁"，有些上面能读到"拳"。这是某人记忆的残片。这里曾经有一个印刷所。迪特马尔没有撒谎，他们确实打算将"历史"刊印一万册。

他划过站台，前方又是隧道了。

* * * *

他设想了种种说辞来应付岗哨，却完全没派上用场：执勤的不是呆头呆脑的普通守卫，而是绝不通融的游骑兵。

为了避免被射杀，阿尔乔姆离老远就冲游骑兵喊话，说自己是阿尔乔姆，要见梅尔尼克。游骑兵狐疑地靠近他，摸遍了他那滑稽制服的所有口袋，似乎认出他来了，但仍然没有摘下面罩。他们扣下了他的纳甘枪，带他走执勤通道，以免惊扰到对一切毫不知情的本地居民。

然而他们并没有带他去见梅尔尼克，而是把他带到了一个焊着铁窗、站着守卫的小房间，推开门，一把将他推了进去。

而房间里却是意外惊喜——大家都还活着！廖哈、飞鼠、荷马，连伊利亚·斯捷潘诺维奇也在。

众人七嘴八舌地欢迎阿尔乔姆，说他竟然活下来了，说他容光焕发，说他衣服穿得真漂亮。大家笑作一团，相互拥抱。

原来，他们还在花卉站就集体落网了，毕竟那里距离波利斯只有两站地。有个游骑兵跑到花卉站，认出了飞鼠和廖哈。荷马和无辜的伊利亚也被一道抓了回来，当时四人正一起吃晚饭，还没来得及分手。

"你呢，去哪儿了？"

阿尔乔姆没有答话，他心存疑虑地望着伊利亚，心里清楚他是谁的食客。但随后他想明白了，此事不能瞒着任何人。秘密是他们的武器，而阿尔乔姆的武器就是将秘密公之于众。

他将实情和盘托出。

地堡，酒馆，沙拉，酒杯，穿着制服、脑满肠肥的醉汉，抗生素，蜡像，取之不尽的电力，外国酒——而在这一切的背后，是被操纵的傀儡，被把控的安全部门，愚蠢的战争，必要的饥饿，必要的吃人，必要的隧道厮杀，必要的、永恒的隐形观察者。

他既是对大家说，也是在对自己说。连他自己都觉得惊讶，所有的一切都严丝合缝。在别索洛夫的秩序中没有任何无意义的东西，没有什么是不可解释的。所有问题都得到了答案，除了一个：为什么？

"就是说，我们在这儿吃大便，而他们在那里吃沙拉？"被仇恨攫住的廖哈嘶哑地嘟囔道，"喝外国酒？吃肉？啊？"

"而且根本吃不完，碟子里全是剩饭剩菜。就连我们在共青团站吃枪子的时候，他们也可能一直在大吃大喝。"

"婊子养的，"廖哈说，"狗杂种。你说还有医疗？"

"你自己也看见了，我自己不就被他们救活了么？嗯，至少暂时死不了了，我也不知道能撑多久，但毕竟……"

"可我们这儿呢？随便看一眼，对你说：自己爬去坟墓吧，反正我们对你的癌症也无能为力了。这就是我们这儿的医疗！你说是不是混蛋？"

荷马一言不发地站着。他对此尚有疑虑，不像廖哈那样一上来就深信不疑。

"他们为什么把我们当狗屎，啊？！"廖哈问，"要是吃大便，就大家一起吃！不能说一些人吃大便，另一些人吃沙拉！那个狗屁地堡在哪儿？咱们去把它给淹了！"

"我回来时，脑袋上被罩了口袋，去的时候人事不知。我也不知道它在哪儿。"

"我去过那个博物馆，"荷马说，"战前的时候去参观过。当时它的全称叫作'塔甘卡秘密指挥所'，从街道上开了一个入口，街道是老莫斯科胡同，就在莫斯科河旁边，那里有一些老别墅，其中有一栋二层别墅，实际上是伪装。解说员说，墙壁后面是一个混凝土盖子，保护电梯井不被轰炸。乘电梯向下二十层就是地堡。跟你所描述的一样，氖气灯、饭店、欧式装修。"

"那他们怎么出入地铁？"

"有出口，甚至不止一个。既可以到塔甘卡地铁站，也可以通过隧道抵达环线。"

"塔甘卡站?那里离共青团站只有两站地。"阿尔乔姆说,"两站地!难道他们就听不见哭喊声?我们在地上都能听得见!"

"隐形观察者……"荷马摇头叹息,"要是翡翠之城也是真的就好了。"

"我们要把他们从那里赶出来!"阿尔乔姆激愤地说,"把他们赶到地铁里来!让人们好好看看这帮混蛋。让他们自己供认,让别索洛夫自己说,他们骗了我们这么多年;让他们告诉人们,地上有一整个世界,而我们在这里只是白白等死;让他们下令拆除干扰器。这件事能办得到!那里警卫很少,只要我们找到怎么进去……"

"他们哪儿来的那么多吃的?"廖哈问。

"国家仓库。此外也可能会从地铁征收,比如汉萨。汉萨就被他们装在口袋里!其他势力都一样。红线驱赶囚犯帮他们建风力发电机,汉萨供养他们,就连游骑兵……也帮他们擦屁股。这些你知道吗,飞鼠?"

"不知道。"飞鼠的目光越过阿尔乔姆,盯在墙上。

"梅尔尼克呢?"

"我想也不知道。"

"必须告诉他!"

"你会有机会说的。"

"他跟你谈话了?你见过他?"

"见过。他将对我们进行庭审,但实际上也就是他宣判,安佐尔签字——逃兵行径,这种罪名应该判我……极刑。廖哈也得治罪,毕竟他也被接纳为游骑兵了。现在你也跑不了了。"

"我妈把我生下来可不是为了这个的,她对我可是寄予厚望的。"廖哈声明。

"那你呢?"阿尔乔姆转向荷马,"他们凭什么抓你?"

"出庭作证。"荷马耸耸肩,"我又没犯事,梅尔尼克甚至都不记得我,也许会放我走的。"

"作证?"阿尔乔姆重复道,"你以为他用得着证人吗?我们必须得说服他,不然他倔脾气一上来,所有人都得完蛋。"

"那伊利亚呢?"

阿尔乔姆扭头看向伊利亚,他正坐在冰凉的地板上,眼睛死死盯住阿尔乔姆。二人目光一交会,他立即问道:"你说的都是真的?关于帝国?关于元首?关于他的女儿?"

"确实有一个装着照片的信封,我亲眼所见。别索洛夫所说的,我想是真的。"

"他潜逃了,元首潜逃了。"

"我知道。他们正在找他,想让他复位,还说会帮他重建新的帝国。"

"我也……生了……一个女儿。"伊利亚用干枯的喉咙咽口唾液,"他们把她带走了,然后……可他,他却把自己的女儿留下了。"

阿尔乔姆点点头。伊利亚将头埋进两腿之间,像蚌钻进了壳里。

"难道他们哪儿也没去?"荷马问,"自始至终?那些统治者?整个地铁都被他们控制着?"

"没错,但突破口也正在这里。一旦我们把他们赶出地堡,逮捕他们,就能把所有人带出地铁!带到地上!我们所有人都能出去,不是吗?"

"也许。"

"我们只要能说服梅尔尼克,告诉他,他自己也被人当猴耍。"

所有人都陷入沉思。每个人都各有心思。

走廊里响起脚步声。人脸大小的小窗子吱嘎开启,铁丝网后面出现一个个子不高的剪影。

"阿尔乔姆!"

阿尔乔姆闻声一颤,急忙走到门口,低声道:"阿妮娅?"

"你回来干什么?他会杀了你的!"

"我得把自己的人弄出去,我还想跟你父亲谈谈,再谈最后一次。他并不知道全部真相。他不会杀我的,他会改变主意,只要让我跟他谈谈。

你能求求他吗？"

"我没办法，他已经不再听我的了。"

"我必须向他解释！你跟他说，是关于'隐形观察者'的！"

"听着，他安排了庭审，就在今天，不是法庭庭审，是同志审判会。"

"同志审判会？"飞鼠身子一颤，"他搞这个干什么？"

"为什么？"阿尔乔姆也问。

"我不知道……"阿妮娅哽咽着说，"也许是因为我。他想让所有人一起对你宣判，对你们所有人，而不是他自己。"

"阿妮娅，没事的。同志审判会也挺好……正好所有人都在，就让他们听听好了。我会把一切都告诉他们，谁输谁赢还不一定呢。你别着急。谢谢你，告诉我这些。"

"没用的。一半以上是汉萨来的，他们会按照自己的意愿投票，就算我们的人都向着你们，票数也不够的。"

"但我们总要试一试，试试看。谢谢你来。我原本还在想，怎么能跟兄弟们说上话，刚好他自己给了我这么个机会。"

"嘿，阿妮娅！"走廊里有人低声催促，"该走了！"

"阿尔乔姆……"窗口被关上了，阿妮娅看不见了，"我……"

阿妮娅被人拽走了。

"听着，我们可以做到的，飞鼠！听见了吗？只要你支持我，肯定能做到。"

"该怎么做？"

"别索洛夫很快就会去花卉站找萨莎，他随身一般只带两个警卫。我们可以把他劫持，逼他带我们去地堡。穿过中国城站，就可以到塔甘卡站，地堡里面基本没什么防御，只要我们能进去……"

"就我们几个人，办不到。"

"我想过了。我是从帝国划船到这儿来的，水已经退了，契诃夫站基本已经干了，水面上到处漂着报纸。荷马，那里是不是有个印刷所？在契诃夫站？"

"是，在办公区域。"

"那里有些地方还有电，我看见了。也许，印刷机也还能用。如果我们印刷一些传单呢？告诉人们，他们被愚弄了。告诉他们关于隐形观察者、干扰器的事。你觉得我们能做到吗，荷马？"

"我在那儿的时候，他们给我展示过印刷机的用法。"

"哪怕印上一两千份，啊？然后在塔甘卡站向人们散发，在路上也可以，让大家看完传阅，还有中国城站，一路发过去……在传单上直接曝光整个地堡！把人们带到地堡入口去！让别索洛夫亲自给我们开门，这个婊子养的！让他当着人们的面说出真相！到那时，我们就不是三两个人了，飞鼠！即便没办法组织强攻……但至少传单会扩散到全地铁！"

"从塔甘卡站把人们放进地堡？"廖哈确认道，"所有人吗？"

"越多越好。让他们亲眼看看，这些混蛋一直以来是怎么大吃大喝的。只要他们看见了，其他事情就都会相信了，是不是，廖哈？我们能做到的，是不是，大爷？"

"理论上……"荷马说，"只要纸张还在……为了防潮，那些纸都是裹在塑料袋里的……所以应该没被淹……"

"怎么样，飞鼠？我们的人怎么说？难道他们已经忘了被红线杀死的兄弟们？"

"怎么可能……"飞鼠叹口气，"这种事怎么会忘？"

"这么说，计划是可行的。虽然有些冒险，但有可能成功。不是吗？"

"有可能。"廖哈承认。

"你觉得他们会允许我们散发这些传单吗？"荷马提出疑问，"如果你说的都是真的……如果国家政权哪儿都没转移……你能想象得到它有多么可怕吗？"

"哪里还顾得上那么多，大爷！不试试怎么知道？我们必须放手一搏！把一切告诉人们！把他们放出去！"

荷马点了点头，随即又提出疑问："可是……到了地面你打算怎么办？该去哪儿，你想好了吗？"

"生活！像从前那样！先上去再说！像人一样生活！这还用问吗？"

"我得问，"荷马叹口气，"我其实想象不出。"

"这有什么分别呢？种蘑菇也好，种粮食也好，我都没意见！但首先……那里有那么辽阔的土地，愿意的话可以把它走遍，找到自己心仪的地方——城市，或者海边。怎么，难道你们就不觉得可恨？有一群吸血蝙蝠替我们做出决定，让我们永远看不见这些东西？！"

"还整天坐着大吃大喝！"廖哈补充说。

"他们这么做一定是有原因的。"飞鼠再次断言。

"是有原因！就因为他们在地上会头晕！至于你，他们把你当牲口一样关在圈里！"

"我们要把他们从地堡里轰出来。"第一门徒廖哈做出了决定，"这个计划可行，只要我们不被绞死。"

"你明白了吗，兄弟？"阿尔乔姆抓住飞鼠宽厚的肩膀，"在地上，你能为人们做更多的事！你当初是怎么宣誓的？你宣誓保护人们！地铁里的所有人！我们得把他们带到地上，到那时我们才会真正被人们需要！在地上！因为我们有经验，我们知道在地上该怎么做，该如何应对各种风险，突变体、地表辐射，什么都行。地表才是我们的地盘！不是这里！我们游骑兵应该做的，不是清除外来幸存者，而是帮助我们的人找到活的土地！对不对，兄弟？"

"对。"飞鼠嘟囔道。

"大爷，你呢？"

"我不知道。"

"我知道，大爷，你害怕到地上去，毕竟你在地下待了这么多年，你已经熟悉了这里的一切。尽管黑暗，尽管拥挤，但毕竟习惯了，是吗？可地面上呢……并不只有你一个人这么想。在共青团站时，我劝人们跟我走,但没有一个人相信我,没有一个人跟我走。这不怪你,也不怪他们。要怪,只能怪地堡那群混蛋,他们欺骗了你,欺骗了我们所有人。他们把我们驯化成鼹鼠,让我们相信自己是蠕虫,但这是一场骗局,精心设计的骗局!如果我们向人们揭穿真相,如果你——你是可以做到的!是不是,伊利亚·斯捷潘诺维奇?荷马是不是有这个才华?如果你不对他们说出真相,关于用小推车运尸体、用钢筋敲碎头颅,关于隧道厮杀,关于野狗尸坑,关于共青团站的屠杀——那谁来告诉他们?没有人!我知道,他们不会相信,就连你们都没有完全相信!这种事的确很难相信……但必须这样做!哪怕他们对我们指指点点,哪怕他们叫我们疯子、傻子,哪怕他们当我们是敌人。必须得有人告诉他们。谁愿意怀疑,就怀疑好了……可万一有人相信呢?万一有人跟我们走呢?这是我们必须为人们做的,哪怕他们起初会反对我们,但终究会明白的。不然,你打算怎么做?难不成继续帮帝国印刷宣传单?!"

伊利亚一直缩在自己的壳里,像死了一样。当世界被撕裂成碎片时,有一片插入了他的心脏。

"不会了,"荷马摇头,"绝对不会再印帝国的传单了。"

"那就说好了?只要有机会,我们就干!你们会帮我吗?"

"算我一个!"第一门徒廖哈响应,"打倒那些大吃大喝的蛆虫!"

* * *

距离同志审判会的时间就像螺旋弹簧一样,越到临近就过得越慢。阿尔乔姆向看守要求面见梅尔尼克,但那些戴着黑色面罩的看守不认识阿尔乔姆,梅尔尼克也不愿意理睬他。

梅尔尼克在忙什么呢?难道在忙着准备绞刑架,因为已经预知了同志审判会的投票结果?因为已经和每一位游骑兵面谈过了,争取到了他们的投票?

但阿尔乔姆仍在准备。

他在牢房里来回踱步，不时踩到其他人的脚，在心里一遍遍演练着该说的话。机会只有一次，要拯救自己、飞鼠和廖哈，烧掉硕鼠的老巢，把人们从硕鼠手中解救出来。

同志审判会是好事，他对自己说，是好事。同伴们不是木头人，不是黏土捏的，也不是花岗岩凿出来的。虽然他们只共同服役了一年，但这一年抵得上别处的七年。他们都是出生入死的兄弟，铁木尔，杜克，山姆。就让梅尔尼克去竖绞刑架好了，宣判自己的兄弟死刑可不是这么简单的。

这时突然来了一帮押运兵，开始逐个提人。

"飞鼠！"

飞鼠微微沉下熊一样的肩膀，任凭自己被戴上了手铐。

他怎么样？

刚才听阿尔乔姆讲的时候，飞鼠似乎被他的仇恨所感染，开始被带入他的思路。可是话一说完，飞鼠立刻恢复了常态。飞鼠属于那种一旦决定就至死不改的人，包括他的毕生信念和对一切事情的看法，而他早就对梅尔尼克铁了心，新的真相根本就伤不到他的钢筋铁骨。

"兹沃纳列夫！"

原来是廖哈。阿尔乔姆认识廖哈这么久都不知道他的姓氏，梅尔尼克是从哪儿知道的？他审问他们了？都问了些什么呢？

廖哈也被铐起来，临走时回头看了一眼阿尔乔姆："乔姆！别尿裤子！"——这是他作为第一门徒的约言。

"乔尔内！"

阿尔乔姆的心跳得厉害，原本以为自己会无所谓，可事到临头仍然很紧张。蠢蛋！你不是一周前还以为自己撑不过这个星期了吗？现在期限果然到了，不是吗？

不，不是的，不可以。现在我还不能死，还不到时候。

他突然问荷马："你之前怎么说的来着，大爷？每个人都有自己的终点站？"

荷马抬起头，挤出一个疲惫而惊讶的笑容："你还记得？"

"忘不掉。"

"把手伸出来！"押解队员大声呵斥。

阿尔乔姆把手伸过去，手腕被铐起来。

"终点站可能有很多个，"荷马纠正他说，"但每个人的目的站只有一个。必须要找到它，找到自己的使命。"

"你觉得审判不是我的目的地？"阿尔乔姆看看荷马，又看看手铐。

"我想这还不是终点站。"荷马说。

铁钳一样的手指掐住阿尔乔姆的后脖子往下按，同时把他的胳膊向后箍，让他更深地弯下腰去。

"回见。"阿尔乔姆对老人说。

他随着押解队员一起奔过走廊，眼睛盯着脚下的花岗岩地板。押解队员替阿尔乔姆看路，而阿尔乔姆则替他们思考。随时随地，皆可布道。

"兄弟们……我不知道你们是自己人，还是汉萨来的……但你们都被骗了，我们所有人都被骗了。你们知道干扰器的事吗？那只是为了让我们窝在地铁里才布置的……"

押解队员停下脚步。

坚硬的骨头抵在阿尔乔姆的颧骨，接着嘶啦一声，阿尔乔姆的嘴被一宽条黑色胶带封住，上面又交叉着封了一道。然后继续向前拖去。

糟了，阿尔乔姆急得浑身冒汗，万一再不给他说话的机会呢？

他被带到了阿尔巴特站的大厅。

整个车站挤满了黑色制服。游骑兵在内部审讯时，闲杂人等谢绝旁观。聚集在这里的游骑兵都没戴面具。"这是要搞实名投票。"阿尔乔姆想，"每个人随后都会为自己的投票负责，万一有人想发善心，那就必须要考虑好后果。"

阿尔乔姆被推到一个圆形空地，廖哈和飞鼠已经在那儿了，二人都被五花大绑，双手捆在背后，鼻青脸肿，显然是来时的路上企图逃跑，被教训了一通。

飞鼠看见阿尔乔姆嘴巴上的黑色十字，眨了眨斜愣眼。阿尔乔姆身子挣扎着，叫他们把胶带扯下来，同时眼睛四处寻找梅尔尼克，想向他讨回公道。

很快，梅尔尼克坐着轮椅，被安佐尔推出来了。

但梅尔尼克一眼都没看阿尔乔姆，一直看着其他方向。阿尔乔姆拼命扭动身子，嘴巴被封着，像煎锅里的一条蠕虫。他使劲咬嘴唇，企图好歹弄出一个缝隙，发出声音来，可胶带很宽，粘得死死的。

审判会尚未开始。

过了半晌，荷马和伊利亚也被带了过来，作为证人，他们没被上手铐。可他们要证明什么呢？阿尔乔姆紧盯着伊利亚。他面如死灰，在牢房里他听到了全部真相，他会怎么做？他有没有被收买？他不由得想到了迪特马尔那简单有效的治人公式，想到了自己为悼念他的亡灵而喝下的泔水。

他一次又一次地试图张开嘴巴，但胶带粘得实在太紧，两片嘴唇像是已经完全长在一起了。

"准备就绪。"安佐尔汇报。

"我们在此公审，三位前游骑兵的逃兵和背叛行径。"梅尔尼克声音嘶哑地说，"飞鼠、阿尔乔姆和新来的、刚被收纳的兹沃纳列夫。三人事先串谋，破坏了两项重要任务。任务的目的，在于终止红线和帝国之间的战争，这是符合游骑兵利益，符合全地铁利益的。他们先是未能将最后通牒送达元首，接着又阻挠了与红线的谈和。主谋是阿尔乔姆·乔尔内，至于飞鼠，在我们看来，只是受他蛊惑。我们建议，判处阿尔乔姆极刑，对飞鼠的量刑可以讨论。至于第三个，是阿尔乔姆的死党、间谍，也应当被处死。"

"你疯了吗？我干什么了？阿尔乔姆又干什么了？"

"让他闭嘴。"

有人从背后踹了廖哈一脚,然后堵住了他的嘴。

"为什么把阿尔乔姆的嘴堵上?"人群中有人嘟哝道,"他这样怎么辩护?"

"我们有足够的理由坚信,他已经神经错乱。"梅尔尼克极不情愿地解释说,"但没关系,等轮到他的时候,我们会让他说话,到时候你们就知道了。我个人已经很确定了,但公事公办,我们会做到公正公开。先是罪犯陈述,然后是证人发言。我们先就飞鼠进行投票,然后是这个傻子,最后是阿尔乔姆。我要特别声明,不要以为这是做戏,大家要严肃对待,是不是我的亲戚不用去管。他背叛了我们,就应该依法惩戒,我特地把他带到同志审判会来,就是为了免去麻烦。明白吗?"

人群爆发出嗡鸣,但这嗡鸣声也像合唱一样,秩序井然。

"好了,飞鼠,开始陈述吧。阿尔乔姆·乔尔内第一次试图拉拢你是在什么时候,他都说了些什么?他是怎么逼迫你交出紧急密件的?他是如何破坏与莫斯科温的谈判的?所有人都有权知道,在游骑兵内部没有秘密。还有,阿尔乔姆·乔尔内是为什么人的利益服务的?"

梅尔尼克脸上毫无表情,像麻痹症患者一样,唯一可以活动的手死死抓着轮椅的轮圈,直抓得手指发白。他盯住飞鼠的那两只眼睛活像青铜浇铸的,而瞳仁仿佛刻刀凿出的两个洞。飞鼠前跨一步,像一头被锁住的熊。他晃晃脑袋,负罪似的斜眼瞟了阿尔乔姆一眼,大声地呼出多余的空气,眼睛盯住花岗岩地面。人群沉默不语,阿尔乔姆没法撑开嘴巴,廖哈也被堵住了嘴。

"我们早就在监视阿尔乔姆了,"飞鼠开口说道,"最近整整一年。我们知道,他每周都要上到地面几次,从展览馆站出来,爬上雅罗斯拉夫尔的三色大楼。我们在大楼对面设了一个观察点,监视着他。他每次都会尝试用无线电联络。"

飞鼠出卖了他。阿尔乔姆听着,用舌尖抵住苦涩的胶带,用鼻腔哞哞叫着。仿佛冰冷锐利的石块,仿佛刚被刨开的湿土,逐渐埋住他的双腿、双手、胸口，一种无力感笼罩全身。

这里有阿尔乔姆的同伴们：山姆、斯杰潘、铁木尔、杜克。似乎还闪过了阿妮娅的身影，被隐藏在男人们的肩膀后面，等他定睛细看，身影又消失不见了。

"你们是知道的……"飞鼠继续说，"与西方的战争还没有结束，敌人就等着我们自己露头呢。我们当然立即对阿尔乔姆起了疑心，以为他在试图联络哪里的敌人，暴露我们，甚至会引导敌人对我们进行导弹射击……毕竟，他是个新人，而且上校也吩咐了，让我们监视他，虽然他是上校的……后来还发生了无线电中心那档子事……你们想必也已经听说了吧。"

人群窃窃私语。

阿妮娅！

阿妮娅出现了。她挣脱了某人的钳制，挤到了头排，目光锁定了阿尔乔姆，从此再没移开过。

"你扯远了。"梅尔尼克严厉地说，"先跟我们讲紧急密件的事。"

"好。嗯，简单说吧，阿尔乔姆的情况基本上已经搞清楚：他可能在为敌人效命，试图搅乱局势，暴露莫斯科，向我们发动打击。至于急件……"

阿尔乔姆扭动身子，竭力挣脱，但被人抓得死死的，嘴里连一个能发出声音的缝隙都没有。他没法对飞鼠说熊猫血的事，再说了，飞鼠早就把血还给他了，而阿尔乔姆本人又向别索洛夫借了血。为了什么呢？就为了上赶着把脑袋伸进绞索？

飞鼠已经不想再看见他了。

他的吐字开始变得清晰而生硬，似乎在播放 CD。

就连人群里屈指可数的几个熟人，也开始眯缝着眼睛看阿尔乔姆，像看一个外人，甚至是一只该被碾死的毒物。

"关于莫斯科温呢？"梅尔尼克问。

"至于莫斯科温……"飞鼠回答说，"莫斯科温是这么回事。阿尔乔姆当时把我救出了地堡，就是我们对抗红线那次。当时好多人都阵亡了，老十、安德罗伊德、乌尔曼、红毛、安东——"

"所有人我都记得。"梅尔尼克打断他说,"不用说了。"

"您记得他们所有人,没错。您有那个阵亡名单,我们都看见了,我自己也差点死在那儿。阿尔乔姆对我说:你知不知道,我们刚刚送了两万发子弹给红线?给莫斯科温?我们遵照梅尔尼克的命令,把子弹送给了那些杀害我们兄弟们的家伙!我明白了,我们出卖了他们。我明白了,他们为了什么而死。什么都不为,全因为政治。"

"飞鼠!"

"政治高于一切。昨天打仗,今天谈和。只可惜,昨天战死的兄弟们都白死了,因为今天就不用打仗了。今天我们给这些混蛋送去两万发子弹,好让他们明天重新开战的时候,用这些子弹把我们剩下的人杀死。"

"够了!"

"后来阿尔乔姆又说,事实上,根本就没有什么红线和帝国,也没有什么游骑兵,只有一个什么机构——隐形观察者,或者鬼知道是什么东西。而我们只不过是这个机构的一部分,红线也是,而且发生的根本就不是真正的战争,守卫地堡根本就是扯淡,全都是演戏。于是我就想,跟我们死去的兄弟们喝酒,难道也是演戏?"

"飞鼠!"

"让他说!"人群里有人喊道,"让他说话!飞鼠是我们的人!自己人!不能堵住他的嘴!"

"把他放开!为什么铐起来?!"

"够了,飞鼠已经说完了!我可是两条腿都丢了——"

"阿尔乔姆还说,汉萨在地堡战役的时候干什么去了?为什么直到战后才给我们派人?而不是我们请求他们支援的时候?这是不是他用双腿换来的?"

"让飞鼠当司令!"有人高喊。

就在这时,突然一声枪响,飞鼠的鲜血染红了身后的雪白墙壁,他身子瘫软，双膝跪倒，脸朝下栽到地板上，他的后脑勺上多了一个血窟窿。

阿尔乔姆的内心也一下子多了一个血窟窿。

"飞鼠！！！"

"飞鼠——！是汉萨的人干的！"

"消灭汉萨！"

有人飞奔上前，掀翻了梅尔尼克的轮椅，他栽倒在黏稠的血汪旁，一只胳膊努力挣扎着，像一只被翻了过儿的蟑螂，想要爬上轮椅。轮椅的轮圈在转动，辐条闪动，而在他身子上方已经厮打起来。人们虽然穿着同样的制服，但个个心知肚明，谁是自己人，谁是外人。

有人抓住阿尔乔姆，把他拽到一旁，撕去他嘴巴上的胶带，让他开口说话，并用身体护住他。廖哈也被人救出来，阿尔乔姆拽出了荷马，他们被自己人护在中间。人们发了狂，赤手空拳厮打在一处——武器是禁止带到审判会的，除了押运队和行刑手。

"机会！机会！"阿尔乔姆对着廖哈的耳朵大喊，一面用从押运队员手里夺过来的钥匙给他打开了手铐，"带人们去花卉站！荷马去帝国印刷所！按计划行事！我们能做到的！"

"是！是！"第一门徒大吼。

交织在一起的两股人潮逐渐分开，向相反方向涌去：一股带上了死掉的飞鼠，另一股抢出了单手挣扎的梅尔尼克和轮圈变形的轮椅。

但阿尔乔姆还不能跟所有人一起跑，他跳出人群，四下张望：她在哪儿？

"喂！喂——！"有人在对面喊。

阿妮娅被人抓住头发，衬衣被撕破了。

"主谋在哪儿？把乔尔内交出来！他老婆在我们手上！"

"阿妮娅！"

"到这边来，废物！不然我们就把她……明白了？快爬过来，该死的！"

"你敢！"

阿妮娅扭动身子咒骂着，一只眼睛上有块淤青，上衣被挑开几个窟窿。

阿尔乔姆抓住荷马的手："传单！关于干扰器，幸存者，观察者！关于我们所有人被骗的事！揭露真相！真相，大爷！"

荷马不住地点头。

"廖哈！你见过他，别索洛夫，萨莎的妍夫！除了你没有别人了！带上人们去花卉站！让那个混蛋把你们——"

"说完了没有，乔尔内！"

"他要是不带你们去，就地干掉他！你们别碰她！狗杂种！"

廖哈眨了一下眼。

"行动！"阿尔乔姆高喊，"好了！我现在就过来！把她放开！听见了吗？！"

他和阿妮娅只相聚了短暂的半秒钟——在两队黑衣人之间——随即被迫分开了。

第二十二章
真相

被赶走的居民陆续由通道返回阿尔巴特站，负责维持审判会现场秩序的警卫队也卷入了大混战。起义的游骑兵从站台向不同方向退却，阿尔乔姆被汉萨游骑兵夹在中间带走了。但他仍然在充耳不闻的黑衣人身后冲所有人高喊："世界还活着！我们不是唯一的幸存者！你们被骗了！你们可以离开地铁！你们上当了！不要相信他们！"

于是他的嘴又被封住了。

继续效忠梅尔尼克的汉萨游骑兵向着阿尔巴特站的司令寓所退却。他们将狼狈不堪的上校抬上微微变形的轮椅，送到了他的合法位置——那间张贴着阵亡名单、祭着酒杯的办公室。

阿尔乔姆和同样被当成暴动分子的伊利亚被关在梅尔尼克接待室的隔间，由陌生的士兵看守着，不时有人走进上校的办公室，询问是否立即处决俘虏，但梅尔尼克迟迟没有下令。

走廊里游荡着寒冷的穿堂风，从门板底部缝隙捎来断断续续的谈话：一些来自站台，一些来自上校的办公室。阿尔巴特站听上去似乎聚满了惶惑的人群，七嘴八舌地议论着游骑兵的变故，此起彼伏地重复着阿尔乔姆方才的呐喊。

好在用自己换回了阿妮娅，阿尔乔姆想。

至少让她跑出去！

伊利亚瞪大眼睛看着黑衣人，双股战栗，裤裆里散发出一股尿骚味，也许是设想到了子弹射穿脑门的情形。但他没有哀号,只是低不可闻地嘟囔着:"当然了,他自己怎么样都行。他女儿没有指头,他把她交出来了吗?没有,他护着。他能看着她长大,陪她玩耍,他妻子也还活着,没有用连裤袜上吊,身子没有在横梁上晃荡,舌头没有吐在外面,发黑的舌头……"

一位看守右腕带着手表。阿尔乔姆盯着倒立的指针,注视着时间的缓慢流逝。他一遍遍揣算,荷马需要多长时间抵达帝国,想象着跟他一起搞定印刷机,找到干燥的纸张,向老人口述文稿。传单并不需要在全地铁散发,只需把它们送到波利斯和花卉站,全地铁就都能传开了。

除了荷马和廖哈,再没有人知道计划。所有的汉萨游骑兵都聚在这里,聚在梅尔尼克身边。他们正在阻拦一群逐渐逼近的好奇者。

从办公室传来梅尔尼克的咆哮:"给别索洛夫打电话!再打一次!我要跟他通话!跟他本人!"

惊慌失措的、从双轮战车跌落的上校,正急切地给自己的主人拨打电话,却一直接不通。这么说,廖哈还有机会在梅尔尼克通风报信之前找到别索洛夫。

阿尔乔姆再次灵魂出窍,跟廖哈一起,在把荷马送到契诃夫站之后,划船来到妓馆。在游骑兵老战友们的掩护下,穿过嘈杂,像隐身人一样封锁住萨莎的小屋,完成上次失败的刺杀任务。不,不是刺杀,而是将其劫为人质,带领战士们进逼地堡。

"再拨!再拨一次!"

倒立的分针不断后退,过去了半小时,四十五分钟,一小时。站台的喧哗声愈发嘈杂,波利斯管理层派来的代表偶尔虚张声势地喊上两声,但人群并不准备散去,他们追问封锁部队到底出了什么事,那个疯子嘴里喊的其他城市的幸存者又是怎么回事。

"而我的女儿呢?只不过长了一条短尾巴而已,完全可以剪掉,在产房里就可以。她那么可爱。纳丽奈说,要是女孩,就让她跟亲爱的奶奶叫同一个名字——马林娜,马林娜·伊利尼奇娜,马林娜·伊利尼奇娜·什库尔金娜……"

阿尔乔姆这才反应过来,伊利亚并非自言自语,而是在对他讲述,尽管没有看他的眼睛。他摇摇头表示同情,继续想自己的事。

"你给我闭嘴!"看守扯着嘶哑的嗓子对伊利亚喊,"我脑袋都快被你嘟囔爆了!闭嘴!不然老子现在就把你毙了!反正你们俩早晚都得死!"

"马林娜·伊利尼奇娜……"伊利亚将音量调到守卫听不见但阿尔乔姆能听得出的程度,"小小的马林娜·伊利尼奇娜,她奶奶肯定会高兴坏了……"

廖哈能成功劫持别索洛夫吗?

他又能否带着人质穿越半个地铁?他可是没有经过专门训练的,他只是一个经纪人,而非战士或杀手。在无线电中心他勉强应付过来了,但当时是置之死地而后生,什么都不用想,唯一的目的就是活下来,可现在……

没事的,他一定能行的。

游骑兵的弟兄们会帮助他的,只要他来得及向他们说明一切。

他肯定能行,毕竟他是第一门徒,跟着阿尔乔姆一路走过来的。他无需劝导,无需证明,自己就能记住一切,感知一切。

"我不管有没有人接!继续打!"

也许廖哈已经抓住了别索洛夫?已经给这个混蛋罩上口袋,拖着他向通往地堡的秘密通道进发了?只要荷马及时地印发传单……不过,即使没有传单……他不是知道一切吗?就算印刷机用不了,他也可以亲口向人们讲述,就像那个真正的荷马一样……

有人在外面挠门。

三个忧心忡忡、愁眉苦脸的人走了进来:一个是身着长袍的婆罗门,一个是头戴双头鹰大沿帽的军官,第三个身着便服。他们敲开梅尔尼克的门,在屋内争先恐后地吵嚷着什么,同样在要求就某些问题给予答复。

站台上似乎有什么东西在发酵、成形、鼓胀,终于酝酿成熟了。这三位使者试图敦促梅尔尼克立即弹压骚动,以免形势失控。

梅尔尼克则不时恶狠狠地骂几句作为回应。

办公室的门微微开启了一条缝。

“我们将召开波利斯议会会议。我们无权保持沉默！让所有人在会上畅所欲言好了，会后再通知居民会议结果。至于游骑兵的分裂……您自己想办法解决！”

“如果整个帝国当真是伪造的，”伊利亚兀自说道，“如果元首本人也是傀儡和叛徒，如果我们那儿的一切都是虚假的，那我算什么呢？为什么那样对我？为什么就因为一条小尾巴就把马林娜杀死？为什么逼纳丽奈上吊？为什么，为什么！他们对我说，写下来，可你叫我怎么写，这些东西该记到哪里，用什么话……”

阿尔乔姆的嘴被破抹布堵着，既没法回答他，也没法请他安静。

久未理发的婆罗门用长袍扫着地上的灰尘，踽踽走到门外，散发着汗臭味道的军官大步跟在身后，不明身份的便衣男子随后也匆匆走出。会见结束了。

“再接着打！”

三位使者的身影逐渐变小，最终穿过走廊尽头仅有火柴盒大小的门洞，走向民众。

“真相！”从外面向敞开的门内爆发出枪炮般的轰鸣。

伊利亚身子贴着墙壁，微微站起身，慢慢朝喊声探过身去。就在整个人都要探过去的时候，他被浑身长毛的看守一拳擂到小肚子上。

门外的人群又爆出一声轰鸣。

看来，人们终于在要求真相了，可阿尔乔姆的嘴又一次被堵住了。但没关系，现在其他人可以替他说了，不仅有人替他说，还有人替他行动。他已经向地铁各个方向派出了信使，即便死也可以瞑目了。

三位使者轮番对醒来的民众哼唱摇篮曲，但民众不吃这套，仍在高声质问。

阿尔乔姆想：谢谢你，飞鼠。

可惜你死了。

不敢相信你死了。

难道说，从今往后你再也不会斜愣着眼瞪我了吗？再不会给我讲笑话了吗？今后你叫我找谁去输血？原谅我，在最后时刻怀疑了你，飞鼠，可是你对我不也是将信将疑吗？

但你仍然说出了那些话，就为了将我救下绞索。

可惜，你听不到站台上的人们在怎样呼唤着真相。

我们正在合力为他们开启气密门，我和你。我们将一起带他们走出地下，重返地面。

其余地方还有我们的人，我们的同志，正在行动。荷马在印发传单，廖哈正用枪抵住别索洛夫的太阳穴，逼他开启地堡。就让梅尔尼克在这儿上蹿下跳、气急败坏吧，这只丧家犬。

他们在波利斯议会上会说些什么？是商量怎么把盖子盖得更紧，还是如何迅速弹压各地的骚乱，将暴动者全部清除，以免关于重生世界的消息在地铁扩散开来？

"继续打！往哪儿打都行！往花卉站打！"

想镇压所有人是不可能的。

"真相！"外面喊声如雷。

"你说的都是真的？"伊利亚一再向阿尔乔姆确认，"你对荷马所说的一切，都是真的？"

阿尔乔姆郑重地对他点点头。这位教员脑袋里有什么东西被熔化了？又被重新熔铸成了什么形状？

手表的主人眼睛滴溜乱转，越来越频繁地看表。地铁正在酝酿一场不可逆转的风暴，这一预感透过门缝，从上校的办公室向接待室前厅传来。

他再次想到了阿妮娅。

他想，她爱得多么倔强。

阿尔乔姆则不然，当他最初感受到阿妮娅的冷淡，就开始以冷淡作为回应。似乎他本身无法散发爱，而只能以自己内心的凹面反射阿妮娅的爱。起初，当他感受到阿妮娅投射到自己身上的漫不经心的爱意时，便将其集中成光束，反射回去。她的爱意愈浓，他的爱情也就愈发炽烈。可一旦阿妮娅的爱开始暗弱，他也就随之冷却，直至最终熄灭，失去信念，直至他们的将来在自己内心完全干裂，化为碎末。

而阿妮娅的心脏似乎是完全相反的，表面看去，似乎她已经不再需要他了——因为他那撞上南墙也不回头的死倔，因为他完全不肯妥协于自己的愚蠢幻想，对她的合理诉求则毫不理会。也许，她的确想过率先放弃阿尔乔姆，灯捻上的油眼看就要枯竭。可是，当他一离开，她立刻又燃烧起来，炽热而决绝，以至于阿尔乔姆的眼睛承受不住这样的炽烈，不自觉地想用手掌去遮挡。但即便如此，他终究还是被焐热了，阿妮娅把爱再次投射到他内心，而且比之前更加清晰，更加明亮。

爱情，真是奇特的燃料。

"还是没人接？"

现在也许已经永远打不通了，我的岳丈。时间已经过去了足够多。如果第一门徒行事顺利，如果一切任务都被不打折扣地完成，地堡也许已经被攻破占领，硕鼠们已经在塔甘卡车站被排成一列，穿着自己愚蠢的制服，像小学生回答教员提问一样，接受人民的审问。

"安佐尔！"

安佐尔应声而入，用敌对的眼光打量了一下阿尔乔姆和伊利亚。他听完梅尔尼克的狂吠，将在歪歪扭扭的轮椅上躁动不安的上校推出门外。

"这两个咋办？"戴手表的人问。

"还没决定，等议会开完再说吧。"梅尔尼克连头也没扭，从牙缝里挤着说。

他到底还是没有打通电话。

"把他们留在这儿？"

"对……不，慢着。带上他们，没准儿会用得上，但要仔细看好他们的嘴。"

被堵住嘴的阿尔乔姆和被吓尿了裤子的伊利亚被夹住两腋，从地板上揪起来，被带到了敞亮的阿尔巴特站站台。一行人呈楔形编队，分开人群，不容侵犯地穿过整个站台。他们被周围人的喊声震聋了耳朵，但听不清喊的是什么。

波利斯议会就坐落于此，梅尔尼克的办公室也正因如此才设在这里。

一行人在议会门口停下。游骑兵站成人墙，荷枪实弹，将入口封锁。梅尔尼克和安佐尔走进去，接着又来了几个迟到的婆罗门，然后大门就关闭了。

"听说，有人收到了什么信号……"周围人在嘀嘀咕咕。

"我们好像不是唯一的幸存者……"

"哪儿还有人？什么人？谁说的？"

"等他们出来就清楚了，正开会呢。"

"这怎么可能……那么多年没有消息……可一下子就……"

"游骑兵获知了消息，他们还起了内讧，要不要公之于众。"

"那两个人是谁？坐在长凳上，被铐起来的那两个？"

"恐怖分子。很快就会宣布了。"

阿尔乔姆看不到犯嘀咕的人们，只能看到密密麻麻的黑色背影和防弹背心的武装肩带，毛茸茸的后脑勺，叉得很开的黑色足球鞋。但他能够感受到那些人，他们的好奇心使得空气在嗡鸣，氧气在燃烧，墙壁在相互靠近。他们足有上百人。且看梅尔尼克怎样让他们老实地等待答案。

人群忽然喧哗起来。

有人灵巧而坚决地从人群中间挤到前排："我要去议会！让路！"

警戒线也骚动起来，警卫起初将彼此抓得更紧，但接着似乎有些波动。

听这声音，难道是铁木尔？飞鼠和阿尔乔姆共同的兄弟，他是站在阿尔乔姆这边的，铁木尔……

他不是已经跟廖哈、荷马还有被救出的阿妮娅一起撤退了吗？为什么会在这儿？他不是应该正在进攻地堡么？还是说地堡已经拿下了？给议会送来了别索洛夫的项上人头？

"让开！我受议会邀请！"

警戒线破了一个洞，放进了铁木尔，后面还跟着杜克和卢卡，两人都是游骑兵老成员。铁木尔看见了长凳上的阿尔乔姆，冲他点点头，但没有帮他说情。他只身走进门内，卢卡和杜克留在门外护卫。

阿尔乔姆想：他们在谈判什么？在交易什么？是在拖延时间？发布最后通牒？央求宽恕？还是在研究盘子里的人头？

门内一片寂静。

难道是全部中毒身亡了？

"让路！让路！去议会！"

这次又会是谁？

人群这次的让路不再那么情愿，不大尊重地抱怨着：凭什么我们就该在这儿戳着？阿尔乔姆伸长脖子，黑色包围圈也没有立即给来人让路，过了好一会儿他才看到来人。

第一个穿过警戒线的，赫然竟是别索洛夫本人。

他还活着！面色苍白，表情凝重，沉默不语。在其身后是第一门徒廖哈。别索洛夫目光阴沉地审视了阿尔乔姆一眼，但没有说话，廖哈则冲他点了点头。两人一同走进门内。第一门徒将他作为人质押过来了？跟他们同来的还有两个游骑兵，留在了外面。

阿尔乔姆从长凳上跳起来，试图隔着破抹布喊出心中的疑问。他的膝盖被人从后面蹬了一脚，一下子跪倒在地，卢卡和杜克向出手的那个人低叱了一声，双双抓住了手枪套。

过了一会儿，手又松开了。

眼下决定一切局势的是门后，而非此地。

空气变得无比沉闷，就像在共青团站的机枪前一样。人们向前拥挤，封锁部队慢慢收拢，但他们无权放弃阵地。青铜枝形吊灯，足有两米长、半吨重，但似乎在迎风摇摆——这么多人在朝着同一方向呼吸。

突然——

一个声音响起，有人在清嗓子。封锁线的战士们顿时紧张起来，人群陷入沉默，所有人都开始向四周环顾。声音从四面八方传来，来自很多个扬声器。原来，这里也有自己的通告系统。

"喂喂，喂喂。"

一个深沉、悦耳的声音传遍了整个站台。

"尊敬的公民，请大家注意，即将发布重要通知，请勿散开。"

"告诉我们真相！说出真相！"人群朝着看不见的讲话者喊。

但那人在清完嗓子之后，就再没了动静。

"重要通知……"

"难道是真的……"

"天哪……"

直至时间完全停滞，大门才终于敞开。一个身穿褐色制服、精明强干的胖子走了出来，他心灵的窗户被装上了玻璃，宽阔而隆起的脑门像拱桥一样伸到后脑。助手帮助他爬上了阿尔乔姆身边的大理石长凳，这样人们就能看见他了。

"是议会主席！……"

随后出现在门口的是梅尔尼克和安佐尔，在他们身后是铁木尔。双方各自走到了长凳两侧。

胖子主席用手帕擤了把鼻涕，接着又用它擦了擦汗渍渍的脑门，然后又用它擦了擦眼镜片，将眼镜架回鼻梁上。

"公民们！今天我们在这里集会，起因是一个非常不愉快的事件。在以保护我们大家为使命且备受尊敬的游骑兵内部，发生了……怎么说好呢，分歧。关于这点我们稍后再讲。"

"别兜圈子了！照直说吧！"

"好，当然，开门见山。事情是这样的，我们已经确定，当然，这的确不可思议，但我们有不容置辩的证据，我们将对其及时公布，请不用怀疑。总之，我们完全确定，莫斯科不是在最后战争中唯一幸存的城市，我们用无线电拦截到了广播信号。"

人群鸦雀无声。只剩下褐色制服的胖子那令人厌烦的带霉味的声音。

阿尔乔姆沉默地自下而上地注视着他，如同仰视着降示的神明、遇刺前的飞鼠、一位圣人。

"我们会放给你们听，但在听之前，先容我说两句。这对于我本人，跟诸位一样，是真正的震惊，因为这段广播来自大西洋彼岸。亲爱的公民，同志们，兄弟姐妹们，你们知道这意味着什么。这意味着，毁灭我们国家的敌人，将我们一亿四千万同胞埋进坟墓的敌人，杀害我们的父母、子女、妻子、丈夫的敌人，还活着。敌人还没死，战争还没结束，我们中间的任何人都再也无法感觉到安全。新的致命打击随时可能出现，只要我们以任何方式暴露自己的存在。"

阿尔乔姆拼命挣扎号叫，从长凳上滑下，摔到冰冷的地板上。

"这么多年来，拯救我们的只有一样东西，那就是我们赖以生存的地铁。因为我们确信，地表并不适宜居住，也正因如此，我们才得以幸存。而如今，这仍是我们继续活下去的唯一机会。我明白，这听起来很奇怪，很难相信。但我请求大家相信，波利斯议会请求大家相信。你们自己听听吧，这是我们今天截取的录音，来自纽约。"

扬声器再次响起，打起了喷嚏。

"咳咳咳……咿咿咿呜……咝咝咝咝……"

接着，响起了歌曲，奇特的异域歌曲，外语歌，伴着鼓点和呜嘿声，伴着军号和喇叭声，一个男声以支离破碎的节奏哭号着，不知是流行乐还是进行曲。女生齐声合唱，与其应和。整首歌曲宣泄着不羁的力量，透露出挑衅、恶魔的欢乐，以及野蛮的生命力。

伴随着这首歌曲可以扭动、跳舞、放荡不羁，随心所欲。

但偌大的白色大理石大厅里，在半吨重的枝形吊灯下，没有一个人能够动弹哪怕一下。

枝形吊灯在摇晃，如同遭遇了地震。人们吸入鼓点的敲击，呼出纯粹的恐惧。

"你们自己看见了，不，听见了，这是怎样野蛮、禽兽的音乐……换言之，当我们在忍饥挨饿的时候，他们仍在恣意放纵。而且，据可靠消息，他们还留存着核弹。这个敌人是百倍危险的，对此我们还没有充分意识到。我们的生活很可能不会再像从前那样了，新的时代开始了。因此……我们有一个通报发布。请过来。"

铁木尔——黑发中夹杂白丝，瘦削细长的身材——走到了褐色制服的主席跟前。他先弯腰拉起阿尔乔姆，帮他在长凳上坐好，然后自己站到了长凳上。

"游骑兵元老不满于前司令梅尔尼克上校的独断独行，我们的同志未经公正审判就被他的奴才残忍杀害。我们为由此引发的骚乱向波利斯公民表示歉意。特此宣布：我们将退出游骑兵编制，拒绝服从梅尔尼克上校的命令。"

铁木尔的话说得断断续续，声音嘶哑，显然是抽烟过多。他是游骑兵团最优秀的侦察兵，飞鼠的老战友和导师。他想干什么？

"斯摩棱斯克站的游骑兵基地由我们接管。我们将公平选举，产生新的司令部。但我们认为，在新的局势之下，不可放任冲突继续。因此，作为新的建制，我们将直接效忠于波利斯议会，我们将誓死捍卫波利斯，抵御任何敌人，无论明暗。"

他转身面向褐色主席，敬礼。

某处响起孤零零的掌声，接着是别的地方，继而，暴雨般的掌声扩散开来，沙沙，咚咚，哗哗。

"好！""万岁！""乌拉！"

"白痴！"阿尔乔姆用被堵住的嘴巴冲铁木尔大喊，"糊涂蛋！根本就没有什么波利斯！也没有什么议会！你只不过是效忠于另一个脑袋而已！

不要相信他们！"

铁木尔朝他看一眼，点点头："我们会把你救出来的。我们还要并肩作战，对付美国佬呢！"

梅尔尼克坐在有些变形的轮椅上，沉痛地说："我不同意对当前局势的处理，但我不会予以追究。我不认为这是哗变，这只不过是暂时的分歧而已。祖国正处于危难，我们无权内讧，我们将依靠谈判解决。我们的游骑兵已经付出了相当高的代价。我同样代表游骑兵宣誓，效忠波利斯议会。我认为内讧的时代已经过去，我们今后绝不应该再自相残杀。红线、帝国、汉萨……但我们首先是俄罗斯人，对此必须牢记。我们面对的威胁来自我们的宿敌，敌人可不会考虑我们的信仰问题。一旦让他们知道我们还活着，他们就会将我们赶尽杀绝，一个不剩！"

人群安静地倾听着，没有一个人敢于反驳，甚至连交头接耳都不敢。阿尔乔姆身子整个前倾，跪倒在地上，挣扎着站起身。紧接着，没等听入了迷的警卫反应过来，他一个箭步冲过去，用脑袋撞在梅尔尼克的太阳穴上，将其连人带车撞倒在地。

"抓住他！抓住他！"

警卫开始拳打脚踢，而阿尔乔姆则拼命用双腿夹住那个老混蛋的脖子，想把他勒死、闷死。阿尔乔姆的一颗牙齿被打掉，破抹布也掉了下来。

"你撒谎！你们都在撒谎！混蛋！"

挤过密密匝匝的人群是不可能的，黑衣人于是将阿尔乔姆拽向门内。梅尔尼克被扶上轮椅，拍掉身上的灰尘。

"狗杂种，神经病！我要把你化成灰，碾成粉！混蛋！你，还有那个忘恩负义的女人！我要把你们两个都绞死！胡说八道，一派胡言！"

铁木尔替梅尔尼克宣布："被逮捕者是破坏分子，有理由怀疑他是间谍，企图暴露我们。我们正在调查。"

上校被扶回了轮椅，而阿尔乔姆被拖进了门内。门后是一条长长的走廊，有很多出口。阿尔乔姆被扔在地上。

他趴在地上竖起耳朵谛听。

"很好,斯维亚托斯拉夫·康斯坦丁诺维奇。"胖子主席摇晃一下沉重的谢顶的脑袋,"您说的话是金玉良言,您深知人命的可贵,对此我深表赞同。我建议,即刻向红线、汉萨和帝国分别派出我们的外交官,将各方召集到谈判桌上,结束这么多年来我们之间的分歧。归根结底,我们并没有本质性差异。如今我们应该精诚团结,勠力同心,共同保卫地铁,我们共同的家园。这是未来数十年间我们唯一的家园,是我们幸存的唯一希望,我们永久的神圣家园!"

"并没有本质性差异,"伊利亚恐惧地重复着他的话,"我们并没有本质性差异,我们和他们……我们首先都是俄罗斯人,团结起来……为什么?为了什么?他们要向帝国派出外交官……我的纳丽奈……"

但人群将他的絮叨吞没。人群起初被突如其来的声明搞得不知所措,现在逐渐缓过神来,开始理解、思索他们所获知的:"美国佬……这么久以来……音乐……吃饱喝足……唱歌跳舞……野蛮……但感觉总是这样……我们在这里吃屎,而他们连屎也要抢走……我们仅剩的东西……我早就知道……他们不会让我们有安生日子过的……没关系,我们会挺过去的,比这还糟的我们都挺过来了……没关系,也许还会和以前一样……"

"你们知道的,眼下时局本来就不太平。"胖子主席盖过所有人的声音,"蘑菇白腐病将我们的食物储备消耗殆尽,我们得勒紧裤腰带了。但是,只要我们团结起来,就一定能够克服困难!我们伟大的祖国!我们不屈的民族!"

人群的喧嚣不断上涨,他不得不随之调高音量。人群终于嚼碎、吞下了他们所期待获知的真相。

阿尔乔姆无可奈何地坐在墙边,专注地咂摸嘴里难吃的温热血液,用舌头舔舐被打掉的牙齿留下的豁口。

走廊某处突然出现了别索洛夫的身影——他是从会议室出来的?——其后跟着第一门徒廖哈。

"杀了他！"阿尔乔姆冲着廖哈嘶喊，"都是他搞的鬼！"

"这是谁？"别索洛夫没有认出阿尔乔姆，"这里还有其他出口吗？我不想再一次挤过人群了。"

"您的大衣忘拿了，"廖哈对他说，"我回去帮您拿。"

"廖哈！廖哈！你……你在干什么……你不是……你应该……"

"跟上！"别索洛夫大步流星，朝相反方向走去。

廖哈用略带抱歉的语气扭头对阿尔乔姆说："听我说……我决定……如果我们把他杀了，我们什么都得不到……秩序要从内部改变！循序渐进。起义不是办法，明白吗？……他让我做他的顾问，做他的助理。我会逐渐地……从内部……从地堡里……"

"你这个吃屎的！"阿尔乔姆气急败坏，"你投靠地堡了？为了那些吃的？你为了食物背叛了我？背叛了我们？背叛了所有人？！"

"什么'我们'？"廖哈翻了脸，"哪儿来的'我们'？根本就没有什么'我们'！没有人需要你的变革，除了你！你马上就要死了，而我还要当官呢！"

"廖哈！"别索洛夫传唤他说，"还要我等多久？这就是你刚开始工作的态度？"

廖哈再没看阿尔乔姆一眼，转过身，跑去追赶别索洛夫了。

门哐当一声被撞开，铁木尔闯了进来："能走路吗？"

"我不想走。"

"快起来！趁他们在演讲，赶紧走！"

铁木尔揪住阿尔乔姆的白色服务生衬衫领口，将他拽起来，把他的胳膊环到自己肩膀上。

"把我也带上吧！"伊利亚低声哀求，"我不想留在这儿！求你们了！"

"这里还有一个出口，我们先去那儿。等老头子回过神来，你就完蛋了，我也救不了你了。"

"要去哪儿？……"

"博罗维茨基站，阿妮娅在那儿等你。从那儿前往林地站，然后再去别的地方。你有地方藏身吗？"

"我可以回家。阿妮娅……她现在还好吗？"

"她在等着你呢！该送你们去哪儿？"

"展览馆站。我不要去林地站，我要去契诃夫站，去帝国。"

"你还去契诃夫站干什么？！"

"荷马在那儿，我要去找荷马。"

"喂！"一个头发蓬乱的婆罗门从会议室探出头来，"你们这是要去哪儿？！"

"铁木尔，你总该明白吧？……隐形观察者，他们把我们关在这里，你们所有人都被骗了。他们在欺骗我们！"

"听着……你别想忽悠我。我不想掺和政治，我只是一名士兵，就这样。我不能把你扔在这儿不管，但你也别想着给我洗脑。我们最好还是做朋友吧。"

该怎么跟他解释？该怎么向所有人解释？

还有一个机会向人们证明：趁他们用自己的狗屁广播散布谎言的工夫，赶到契诃夫站，帮助荷马印发传单。

三人撞开一道道油漆大门，穿过曲折的走廊通道，不时有人迎面走来，看见阿尔乔姆身上的服务生制服和鼻青脸肿的样子都吃惊了一惊。伊利亚像狗皮膏药一样粘在身后，头顶的灯光忽明忽暗，老鼠在脚下吱吱乱窜。终于，一股消毒剂的味道扑面而来，一派温馨之感——博罗维茨基站到了。

"我们先找到阿妮娅，然后去林地站。"

"我不去林地站，我要去契诃夫站，去帝国。"

"你自己跟她商量吧，你先坐这儿等着，千万别被我们的人看见，明白了？"

"明白，我会小心的。谢谢你，铁木尔。"

他在长板木桌前坐下，将伤痕累累的胳膊交叉放在身前，四下环顾。这是全地铁他最心仪的车站。

暗红色砖墙，空气中弥漫着松香般的消毒剂味道，微甜而清香。一个个小单间，布制灯罩，不知从哪里传来悠扬的弦乐，身着滑稽长袍的人们小心翼翼地翻动陈旧破烂的书本，低声谈论着读到的内容。他们活在自己的书本世界，无论对地上世界还是地下世界都漠不关心。

阿尔乔姆曾经向丹尼尔借宿的那个小房间在哪儿呢？丹尼尔，这位一日之交，却是他铭记一辈子的朋友。他的房间如今也许早被别人占了。

"荷马？"

他站起身。

那个身影很眼熟。

"荷马！"

他是从哪儿到这儿来的？怎么来的？为什么？他不是应该在帝国吗？

阿尔乔姆跛着脚走过去……他揉了揉眼睛。老人正全神贯注地查看一处空房间。一位长着滑稽小胡子的年轻婆罗门正在向他展示房间，交代注意事项，并交给他一把钥匙。

难道是认错人了？

"实在是没地方放桌子了，但您可以跟大家一起工作……好在这里有书架……规矩只有一条，不许带宠物，您得跟您的母鸡说再见了。"

"必须这样吗？"

"必须。"

"既然如此——"

"荷马！"

老人转过身。

"大爷……你在这儿干什么……你怎么会在这里……是我们的人把你藏在这儿的？你做到了吗？……印发传单？成功了吗？印刷机还能工作？纸张没泡水？"

荷马像看死人一样看着阿尔乔姆,眼神忧郁而隔膜。

"你为什么不说话?做好了吗?给我看看!"

"阿尔乔姆……"

"你想干吗?"小胡子婆罗门出面干涉。

"传单呢,大爷?你去契诃夫站了吗?"

"需要叫守卫吗?"

"不必。"荷马摇摇头。

"等等,你为什么没去那儿?那些人在阿尔巴特站召开了发布会,对人们撒谎……还是老一套,但所有人都信了……"

"那不是我该干的事,阿尔乔姆。"

"什么?"

"我做不来那些事。"

"哪些事?"

"宣传,印发传单,起义……相对于这些事,我已经太老了。"

"你压根就没去契诃夫站?"

"没去。"

"为什么?"

"我不相信,阿尔乔姆。"

"不相信什么?干扰器?隐形观察者?地上世界?到底是什么?难道你不相信,地铁里的一切都是枉然的?!"

"我不相信人们需要这些。"

"可这才是真相!真相!人们——需要——真相!"

"你别喊。我该向他们讲述哪种真相?"

"一切!你所见到的一切!我所见到的一切!那个脑壳被钢筋敲碎的女人!那个生存空间!"阿尔乔姆使劲摇晃着脑袋,指着一路跟来的伊利亚,"还有他们是怎样朝自己人后背开枪的!怎样因为一条小尾巴就把婴儿杀害的!怎样因为几句话就把人枪毙的!怎样把毫无防护措施的人赶到地面修建风力发电机的！就为了给干扰器供电！还有干扰器！还有野狗吃死人的事！"

"难道这就是真相？"

"不然是什么？！"

"这是胡扯，阿尔乔姆。你以为人们对此一无所知吗？他们就生活在这里，他们只是不愿意想起罢了。难道会有人愿意阅读这种东西？那样的话，食人族是怎么吃人的要不要讲？势力高层——不管是汉萨，还是红线——是怎么猥亵孤儿的要不要讲？"

"跟这个有什么关系？！"

"要知道，这也是真相。人们会喜欢阅读这个吗？他们需要这个吗？他们根本不希望了解这些屁事。他们需要的是英雄，是神话。只有在别人身上发现美，他们才能保住自身的人性。我该对他们说什么呢？难道说，有那么一小撮官僚，一直以来都在统治他们？他们完全没有必要窝在地铁里？待在这里什么都做不了？这只能制造混乱、黑暗，阿尔乔姆，而他们需要的是光明！他们在寻找光明，哪怕是蜡烛的火光，哪怕是微弱的火光。你想对他们说什么呢？说他们都是奴隶？蝼蚁？绵羊？没有一个人会听你的！他们会把你绞死！钉死在十字架上！"

"那你打算告诉他们什么？用什么来替代真相？"

"我？我会告诉他们……一个传说，一个关于阿尔乔姆的传说。他原本也是一个普普通通的小伙子，和其他人没什么两样。他生活在一个名叫展览馆站的边远车站，他的家园跟全地铁一样陷入了可怕的险境。危险来自梦魇般的恶魔，它们居住在地表，企图剥夺龟缩在地底的人类最后的庇护所。这个小伙子穿越了整个地铁，在战斗中得到锻炼，最终从一个愣头青成长为大英雄，拯救了全人类。这样的故事人们才会喜欢，因为这是关于他们的、关于每个人的故事，因为它美好而单纯。"

"你想讲述这个？那现在所发生的一切呢？……"

"这是政治、鼓动宣传，阿尔乔姆，这是权力的游戏，这一切很快就会烟消云散。我不想写抨击文章，它们活不长久。"

"那你想要什么？永恒吗？"

"永恒……这个倒不敢奢望……"

"我不许你写我，不许，明白吗？！"

"这已经不再属于你自己，而是属于全人类了。"

"我不想在你那胡说八道的故事里做一个跳梁小丑！"

"人们会阅读它，知道你的故事。"

"我根本就不在乎人们知不知道我！跟这个有什么关系？"

"你还年轻，阿尔乔姆。"

"跟年轻又他妈有什么关系？！"

"你别这样……跟我讲话。你是英雄，人们会了解你，你将为人们所传诵。你还会有孩子的，也许会有。而我呢？我怎么办？我能留下什么？默默无闻的传单？无人问津的豆腐块？"

"等等……他们给了你……这间房子……是不是？"

"他们为我提供了工作环境。"

"工作环境……你会为了他们写作？为了别索洛夫？写我？他们把你收买了？！"

"究竟是他们收买了我，还是我收买了他们呢？会有书问世的，一本关于你的、真正的巨著，以及可观的印量。我想不通，你还有什么不满意的呢？"

"阿尔乔姆！"——是阿妮娅。

"你可以问问伊利亚，他会告诉你的。谁会拒绝这个呢？真正的巨著，署着我的大名！不是为食人魔编写的教科书，而是神话、传说，它将永世流传。"

"他们把我们踩在泔水里，把我们当牲口，当建筑材料，根本不把我们当人……而你，你在为虎作伥……你……"说到这儿，他像突然被爆炸波击中了一样，一下子被震醒了，再也说不出话，只是翕动着嘴唇，喃喃自语道,"该死。他说的对,他说的全对,那个败类。根本就没有什么'我们'和'他们',有的只是九头蛇怪,我们自己就是,他们就是由我们组成的。贵族阶级其实早就没了,所以地堡那些人又是从哪儿招募来的呢?就是从我们中间。这怪谁呢?谁也不怪,是我们自己对自己这样干的。事到如今,你,廖哈……我怎么可能打败这个九头蛇怪?没有任何人真心打算跟它搏斗,每个人都梦想着向它献上自己的头颅,成为它的一个脑袋,每个人都对它说:来吧,要我,带我走,我想成为你,追随你。屠蛇的勇士一个都没有,而蛇头却排成了长队。这是怎样的政权……不过,这跟政权又有什么关系……上帝啊,我真是蠢蛋……好吧,大爷,你写吧,印吧。祝你长命百岁。上帝啊,该死……"

他爆发出一阵大笑。

他原本害怕自己会号啕大哭,结果笑声却从嘴角汩汩涌出,像抽羊角风的人口吐白沫一样。

"阿尔乔姆!"

他看见了阿妮娅,跪倒在她面前。

"原谅我。"

"阿尔乔姆,你怎么了?"

"你真要去契诃夫站?"铁木尔问,"帝国很快就要返回那里了,不然还是去林地站吧?"

"不。把气密门打开,我要上去,从地面上走。"

"你疯了?!"

"打开气密门,打开!"

"阿尔乔姆,出什么事了?"

"我们从上面走,阿妮娅,从上面!"

第二十三章
自己人

"他们在那儿！快！"

透过楼梯栏杆，他仿佛看见了——不，是确实看见了——黑色足球鞋。

"快跑！"

"把门打开，快打开！"

"你疯了吗？你连防护服都没穿……"

"我没疯！快打开！不然我们都会死在这儿，你这白痴！快啊！"

"他在哪儿？他们在哪儿？！"

"把手给我！别松开！"

"我跟你们去！我不想留在这儿。"

"真是见鬼……你要去哪儿？地上有什么？！"

他们撞倒桌子，跳过长凳，撞翻咯咯尖叫的婆罗门，向站台另一头飞奔。游骑兵从通道里涌出，像猎枪铅弹一样撒满站台。

他们飞奔到气密门旁，一枪托砸在看守脸上，转动螺栓插销，合力将一吨重的铁门推向一侧。铁门不情愿地开启了一条缝隙，众人钻过去，沿着台阶向上飞奔。

阿尔乔姆从哪儿来的力气？从哪儿来的生命力？

追兵在身后穷追不舍，鞋跟在花岗岩地面上咚咚作响，边跑边射击，但全射偏了。月台里像炸开的鸡窝，大门已经停止了响动，只剩下一道通往地表的缝隙。黑衣士兵挤过缝隙，而婆罗门则避而远之，唯恐沾上辐射。

一行人跑到了入口大厅：阿尔乔姆、阿妮娅、铁木尔和伊利亚。利用抢出的一分钟，他们撬开了外门，没穿防护服就钻进了寒冷的莫斯科黑夜。

"你想干什么？！"

"他们把它停在了这儿……等等……在那边！把手给我，走！"

他们微微低下身子，跑过沉默的图书馆——阿尔乔姆曾经抛下恐惧的地方。他们穿过黑黢黢的窗户，穿过象牙般洁白的廊柱，踏过从墙壁脱落的大理石贴面。黑衣人紧跟着从博罗维茨基站的大厅飞奔而出。这个大厅似乎更像是巨大陵寝的入口，他们迟疑不前，不敢不穿防化服走到街上。

"我们现在要辐射过量了！你知道这里有多高吗？"

"就在这儿。是它吗？就是它！"

是萨韦利被拖走的日本车，飞鼠将他们从无线电中心带回来时扔在这儿的。那是多久以前的事？感觉有一百年了。萨韦利已经不在了，他在共青团站被人潮卷走，在他为游骑兵服役的头一天就牺牲了，死不见尸。而他的汽车却留在这里，等待自己的主人。

阿尔乔姆拽开车门，钻进驾驶座，在副驾驶座垫下面找到了一把备用钥匙。这是萨韦利在共青团站告诉他的，当时他就有意把车子留给阿尔乔姆。他插入钥匙，转动，汽车发动了。

黑衣人终于下定决心，从博罗维茨基站追过来。

"快上车！"

"你们要去哪儿？"

"展览馆站！去找自己人！回家，告诉人们！"

"我不去，我到那儿去能干什么？我要留下来，我会跟他们解释清楚的。"

"快上车，笨蛋！"

"他们是自己人！我会跟他们解释。等等，我差点忘了——这个是你的吗？有人给我的。"铁木尔掏出了一把灰黑色的纳甘手枪。

"是我的。"

铁木尔从摇下的车窗把枪递给阿尔乔姆。

"谢谢你，铁木尔。"

"好了！走吧！"

铁木尔举起双手，转过身，向迎面跑来的黑衣魔鬼走去。阿尔乔姆在心里为他画了个十字，踩下油门。

从猎人商行站和特维尔站方向传来一阵巨响，是引擎的咆哮声。

日本车从原地蹿出，呼哨着一个急转弯，车胎蹭出一股白烟。阿妮娅坐在副驾驶，伊利亚这条甩不掉的尾巴坐在后排座位。车窗全部紧闭。

从后视镜中可以看见，双手高举的铁木尔无声地向前摔倒，像块抹布一样瘫倒在了地面。又过了一秒钟，一辆装甲越野车也钻进了后视镜的黑色镜框。

越野车在铁木尔的尸体前停下，关闭车灯。随后逐渐变小，不见了。

日本车沿着沃兹德维任卡大街疾驰，途经的那些地方阿尔乔姆曾经走过上百次，而这次也许是最后一次了。道路两旁，被啃光的尸骨、被腐蚀的建筑和干枯的树木呆呆地注视着疾驰而过的日本车的背影。

被啃噬的月亮将空荡荡的夜空微微点亮，天幕上镶嵌着几点星光，就像阿尔乔姆和叶尼亚偷跑到地面的那晚。那时，他耍小聪明怂恿叶尼亚和维塔利克打开了通往植物园的气密门。

"还记得吗，叶尼亚？"

"够了，阿尔乔姆，别这样。"

"对不起，我以后再不会了，真的。"

骨灰色的国防部大楼一闪而过，阿尔巴特站也迅速掠过。在右手边，一座座二十几层高的大厦笔挺挺地站立着，像被遗忘在胜利阅兵式上的士兵们。左手边是卡列宁斯基大街上笨重的、四敞大开的居民楼，上面悬挂着巨大的广告牌，如今已经被烧得焦黑。士兵们向阿尔乔姆敬礼，广告牌则向他展示着他的过去和未来。

"这里的空气怎么样？"阿尔乔姆问阿妮娅。

"跟地铁里不一样。"

他回想起第一次来到这里的情形，那是两年前。当时完全是另外一幅景象。那时这里还有生命，尽管是扭曲而异类的，但毕竟是活物，而如今……

阿尔乔姆觑一眼后视镜，远处什么地方似乎有一团黑影在追踪他们，是错觉吗？

他一个急转弯，拐进了花园环线，开上了锈迹斑斑的轨道，驶过被焚毁的美国大使馆；驶过红普列斯妮娅站旁边的库德林广场大楼——如今那像是给鬼魂住的，楼顶的尖顶更像是镇邪的橛子；驶过庞大的斯大林式花岗岩建筑；驶过弹坑广场；驶过一条条胡同。

他边看边想：全是死人为死人造的。

"回家吗？"阿妮娅问。

"回家。"阿尔乔姆回答。

右舵的日本车像一颗子弹射入和平大街，不顾地面禁行线，一路向东。他们从三环高架桥下钻了过去，开上了一座横亘在铁路之上的天桥，铁路就在下方的黑暗深处。再往前走，一枚火箭冒出树冠，那是愚蠢的航天博物馆。这说明展览馆站已经不远了。

身后又好像有东西在动，阿尔乔姆扭头看了一秒钟，险些撞上一辆翻倒的卡车，勉强才绕了过去。

阿尔乔姆驾驶日本车在生锈的罐头盒中间穿梭，轻车熟路地驶入了入口处大厅，来到了自己的车站。他把日本车停到原为货币兑换处的铁房子后面，藏了起来。

"我们到得很快，也许并没有受到多少辐射。"阿尔乔姆对阿妮娅说。

"好的。"

他们钻出车，侧耳倾听……远处似乎有引擎在咆哮。

"跑！"

他们跑进车站入口大厅，阿尔乔姆透过沾满灰尘的有机玻璃最后望了一眼：还在追吗？追上了吗？

好像没有。就算追,也追不上了。

上面那道气密门开着,需要沿扶梯向下约五十米。底部伸手不见五指,但阿尔乔姆在一年的时间里已经将每一级台阶烂熟于心。伊利亚脚底绊了一下,眼看就要大头朝下摔断脊柱,多亏阿尔乔姆一把拽住。

台阶终于走完了。他们来到一个不大的平台,尽头是一道铁墙——气密门。阿尔乔姆摸着黑走到左侧,伸手探到了铁皮墙上的一个话筒:"开门!是我,阿尔乔姆!"

话筒里无人应声,好像电话线被切断了似的。好像阿尔乔姆是在往地表那些死屋打电话,而不是往自己的活着的站台。

"能听到吗?我是阿尔乔姆!乔尔内!"

阿尔乔姆的回声在金属薄片中嗡鸣,除此之外,听筒里没有任何声音。

阿尔乔姆摸到阿妮娅的手指,握紧:"没事的,也许在睡觉。"

"嗯。"

"你离开的时候,这里还好吧?"

"一切正常。"

伊利亚艰难地大口呼吸着。

"不要这样深呼吸,"阿尔乔姆建议说,"有辐射。"

他挂上话筒,重新摘下,将嘴唇贴在冰冷的塑料上:"喂,喂!我是阿尔乔姆!开门!"

没有开门的迹象,似乎根本没人。

他走到墙根,一拳擂在铁皮上,但没用,他们听不见。这时,他想起了纳甘枪,抓住枪管,想用枪把敲铁门,但转念一想,万一枪里有子弹呢?他退出弹仓,摸了摸,里面竟然真有两颗子弹,不知道是谁上的。他把子弹抠出,装进口袋。

他开始用纳甘枪把敲铁门,像敲钟一样:咣!咣!咣!

快起床啊,人们!快醒吧!活过来!快啊!

他把耳朵贴到墙上:有人来吗?

接着又敲起来：咣！咣！咣！

"阿尔乔姆……"

"肯定有人！"

他再次抓起话筒："喂！喂！我是阿尔乔姆！苏霍伊！开门！"

听筒里传来某种极不情愿的动静。

"听见了吗？"

有人咳了一声。

"打开气密门！"

终于有人说话了："大半夜的，谁在那儿号丧呢！"

"尼基塔？！快开门，尼基塔！是我，阿尔乔姆！打开！"

"开门开门！开门干吗？吃辐射吗？你他妈的又上外边去干吗？"

"快打开！我们没穿防化服！"

"那是你们活该！"

"小心我告诉我养父，你这该死的……"

听筒那头擤了把鼻涕。

"好好好……"

铁皮墙慵懒而缓慢地向上开启，光亮泄出来。他们走进隔离室，墙上挂着另外一个话筒，还有一个水龙头，地上盘着一根水管。

"把隔离室打开！"

"你们先把自己洗干净！不然把脏东西全带进去了……"

"什么？我们都没穿防化服！"

"叫你洗你就洗！"

阿尔乔姆只好用加了氯化石灰的冷水冲刷自己的、伊利亚的、阿妮娅的身体。然后浑身湿嗒嗒的，哆哆嗦嗦地走进了站台。猪粪臭味登时扑面而来。

"大家都在睡觉呢，苏霍伊也是。看你这身打扮。"

"那我们去哪儿？"

"你的帐篷还空着,"尼基塔见三人像小狗崽儿一样瑟瑟发抖,语气缓和下来,"还给你们留着呢。等一下,我给你们拿条毛巾擦干身子,然后你们去躺下睡会儿,有什么事等天亮再说。"

阿尔乔姆本想争执,但阿妮娅扯住他的胳膊,拽着走了。

也是,他想明白了。大半夜地不穿防化服从地面上闯进来不说,难道还要把整个站台都给吵醒?那样的话不被当成神经病才怪。没关系,还有时间。只要波利斯那边的消息还没有传过来……

"叮嘱守卫,别放任何外人进入站台。"他想起了那团黑影,"地面上来的也不能再放进来。好吗?"

"相信我,"尼基塔咧嘴一笑,"我再也不会爬起来给人开门了!"

"好吧。对了,这位同志也得给他找个地方。"阿尔乔姆指着伊利亚说,"天一亮我就跟养父解释。"

伊利亚被留在尼基塔身边,神情仿佛一条被遗弃的狗。但这怪不着阿尔乔姆,伊利亚不是他豢养的,也不是他遗弃的。

他和阿妮娅的帐篷果然还空着。难道就没人眼红吗?不会的,肯定有人打过主意,只是苏霍伊不肯放手罢了。有个站长父亲就是好,哪怕只是养父。

他们点亮手电筒,放在地板上,以免扰醒邻居,然后找了些干衣服换上,没有去看彼此,感觉害臊和难为情。换好衣服,他们像土耳其人那样盘腿坐在床垫上。

"还有喝的吗?"阿尔乔姆低声问,"我记得你之前有。"

"还有,我后来又买了点。"阿妮娅低声回答。

"来点儿?"

二人对着瓶口,轮流喝酒。私酿酒很粗糙,气味刺鼻,底部还有沉淀,但聊胜于无。酒精将阿尔乔姆拧紧在肩膀上的脑袋松了几环,放松了习惯性绷紧的背部、胳膊与心灵。

"我后来明白了,乔姆,我不能没有你。"

"过来。"

"真的，我试过了。"

阿尔乔姆吞了一大口酒，没咽到喉咙里去，灼烧了嗓子眼，引起一阵咳嗽。

"我们在波利斯见面之后，你老爹派我去了共青团站，给红线送弹药，用来镇压暴乱……那里的饥民暴动了。后来……我阴差阳错地来到了红线站台，我们好几个人。那里大概有数千饥民，红线用机枪对准他们扫射。有个女人，求我抱一会儿他的儿子，大概五六岁的样子。我把他抱在怀里，那个女人被打死了。我当时想：我们得收养这个小男孩。可没过一分钟，他也被打死了。"

阿妮娅接过阿尔乔姆手中的酒瓶，眼睛闪烁着光芒。

"你的手好冷。"

"你的嘴也好冷。"

二人默默地继续轮流喝酒。

"我们今后要在这儿生活吗？"

"我必须告诉所有人，苏霍伊和大家，我们自己人。明天，从从容容地说。我要抢在其他人之前，以免他们被谎言蒙骗。"

"你以为他们会相信你？他们哪儿也不会去的，阿尔乔姆。"

"试试看吧。"

"对不起。"

"不，别这样说，该说对不起的人是我。"

"你连舌头都是冷的。"

"好在我的心是热的，而你整个人都在打哆嗦。"

"把你的心拿过来，我想取取暖。"

* * * *

二人同时醒来，已经很晚了。

阿尔乔姆终于脱掉了恶心的服务生制服，穿上了平常衣服：绒线衫、破了洞的牛仔裤。他把脚塞进胶鞋，等着阿妮娅穿好衣服。

夫妻二人从帐篷里钻出来，脸上洋溢着笑容。邻居大妈嗔怪而艳羡地望着他们。男人们纷纷给阿尔乔姆递烟，阿尔乔姆道着谢接过来。

"苏霍伊在哪儿？"他向偶然碰见的"皮草"达莎打听。

"他正给你准备惊喜呢。你这是怎么了，头发全掉光啦。他们警告过你的吧！"

"他在哪儿？"

"在猪圈呢。"

他跟阿妮娅一起去找养父。

猪圈位于隧道尽头处。他们走到站台尽头，一路上跟所有人打了招呼。人们看着他，像看见了鬼魂；而看阿妮娅的眼神，则像看着巾帼英雄。

"你爸在那边！宰小猪呢！"艾古丽向猪圈另一头一挥手。

阿尔乔姆一时间难以呼吸。

他们走过从钢筋围栏探出来的一个个粉红色猪头。小猪们在食槽边上挤来挤去，公猪们在低吼，肥胖的母猪们躺着哼哼，每一头腹部都嗫着十来头吱吱叫的小猪崽。

苏霍伊穿着胶鞋，在一岁公猪群里来回踱步。养猪队队长彼得·伊里奇站在旁边向他推荐："这头别选，亚历山大·阿列克谢耶维奇，这头害病了，肉是苦的。我建议你选那边那头机灵的——普罗申卡。过来，普罗申卡。你要早打招呼就好了，最好提前饿它们一天。"

"嗯，可是我也没想到哇……"苏霍伊没有看见阿尔乔姆，"儿子回来了。我还以为他死了呢，一点儿消息都没有。没想到他还活着，还把儿媳妇也带回来了，看样子俩人和好了。这可真是大喜事。好吧，把你的普罗申卡给我吧。"

"普罗申卡，来，过来……现在可不好把它骗出来了，这个小滑头。要是饿它一顿，它自己就跑出来吃食来了。可现在……别，别硬拽，猪不喜欢暴力。让我来，我有办法。"

阿尔乔姆站住，没往跟前走。他盯着苏霍伊看。眼睛有些发呛——是因为臭味吗？

苏霍伊退回来，交给专业人士。彼得·伊里奇从钩子上摘下一个空铁皮桶，罩在普罗申卡头上。小猪愣了一会儿，满是疑问地哼哼着，开始朝后退。彼得·伊里奇一把抓住它的尾巴，拽到跟前，将它屁股朝前往猪圈外头赶。

"其他猪可别跑喽。"

"放心，猪是不会跑的。"

头被蒙在桶里的普罗申卡开始任凭摆布。彼得·伊里奇操控着他的尾巴，三下两下就把他赶出了猪圈。彼得·伊里奇摘掉铁桶，用手指去搔小猪的耳朵背，趁它舒服地正龇牙咧嘴时，熟练地将一根绳套丢进小猪嘴里，套到獠牙后面，然后在长鼻子上面捆紧，用绳子拴到猪圈栏的钢筋上。阿尔乔姆没有看这些，他见过上百次，自己也做过，他目不转睛地看着苏霍伊。

苏霍伊终于转过身来。

"呦！醒了！"

他走过来，大家相互拥抱。

"阿妮娅，欢迎回家！"

"你怎么样，萨沙叔叔？"

"还不是老样子，"苏霍伊笑着说，"你们俩可想死我了。"

"你好哇，旅行者！"彼得·伊里奇向阿尔乔姆伸过左手，右手里握着一把细长的杀猪刀，"站长，帮我把猪扶好。"

"我还想用鲜猪肉给你个惊喜呢。"苏霍伊笑着说，"被你给搅和了。"

普罗申卡拼命将绳子绷直，后腿尽量远离猪栏，奈何绳子很短，猪鼻子又被牢牢捆住，哪儿也去不了。但它并没有尖叫，还不知道自己就要被宰了。再加上苏霍伊的安抚，公猪安静下来，好像在想心事。

彼得·伊里奇蹲在旁边，搔着普罗申卡的身体，用手指摸索脉搏，透过皮肉和肋骨，找准了心脏的位置，左手持刀轻轻抵住，连皮肉都没割破。其他公猪好奇地拱着鼻子围了过来，想知道出了什么事。

"再见吧。"彼得·伊里奇将右手高高扬起，像揳钉子一样，猛然一掌拍在刀柄上，整个刀身立刻连根没入。普罗申卡抽搐了一下，但没有倒下去——它还没反应过来。彼得·伊里奇将刀拔出，用一小块破布仔细地堵住伤口。

"好了，往后站。"

普罗申卡继续站着，站着，接着后腿开始发软，一屁股坐到地上，随即爬起来，可不一会又跌倒了。它这才意识到背叛，开始尖叫。它试图站起身，但再也站不起来了。

围观的公猪漠不关心地看着被宰的同伴，有些继续从食槽里吃食，没有任何一头猪接收到普罗申卡的警示。普罗申卡侧身瘫倒在地，四蹄胡乱踢腾。它尖叫着，拉了几坨棕色粪便，死掉了。其他公猪对此毫无反应，似乎完全没有意识到眼皮子底下发生的杀戮。

"搞定！"彼得·伊里奇说，"我把肉剁开，送到厨房去。怎么做？烤还是炖？"

"烤还是炖，乔姆？"苏霍伊问，"反正也被你发现了。"

"烤吧。"

苏霍伊点点头，问道："你怎么样？"

"怎么说呢？我都不知道该从何说起。"

"走吧，别在这儿站着了。你这么长时间都跑哪儿去了？"

"跑哪儿去了呢？"阿尔乔姆扭头看向阿妮娅，"去了波利斯。波利斯还没有人到这儿来过吗？梅尔尼克的人？或者其他人？没有人打听过我吗？"

"没有。怎么了？"

"我们的人呢，有人夜里从汉萨回来吗？没有捎来任何消息？"

苏霍伊疑惑地盯着阿尔乔姆："怎么了？一定是出什么事了，对不对？"

三人从猪圈走到站台。在红色应急照明灯的映射下，感觉杀猪的人

472

是苏霍伊，或者阿尔乔姆。

"我们去抽根烟。"阿尔乔姆提议。

苏霍伊原本不赞成阿尔乔姆吸烟，但这会儿没说什么。他从烟盒里抽出卷好的烟卷，递给阿尔乔姆，阿妮娅也接过一根。他们走到远离住宅区的地方，开始喷云吐雾。

"我找到了其他幸存者。"阿尔乔姆简短地说。

"你？在哪儿？"苏霍伊说着瞟一眼阿妮娅。

阿尔乔姆张嘴刚要继续，突然冒出一个念头：名义上，展览馆站是独立车站，苏霍伊是他的长官，可是地铁里真的有独立车站存在吗？

"他说的是事实。"阿妮娅证实。

"你还不知道？"阿尔乔姆问。

"我？不知道。"苏霍伊说得很小心，唯恐伤害到瘦得更厉害的、头发全掉光了的阿尔乔姆。

"中层管理者，"阿尔乔姆想到，"好吧。"

"什么？"

"萨沙叔叔，说来话长，我只能长话短说。我们不是唯一的幸存者，整个世界都还活着，俄罗斯有很多个城市幸存，西方也是。"

"这也是事实。"阿妮娅再次证实。

"西方？那战争呢？"苏霍伊眉头锁紧，"战争难道还在继续？那为什么无线电是空的呢？为什么这里从来没有人见过其他幸存者呢？"

"有人布置了无线电干扰器，"阿尔乔姆继续解释，"因为假想的战争仍在继续。"

苏霍伊若有所悟："听起来耳熟。"

阿尔乔姆狐疑地皱起眉头："耳熟？"

"我们以前经历过这些事。可是谁干的呢？红线吗？"

"你知道别索洛夫吗？"

"别索洛夫？"苏霍伊重复着这个名字，"是汉萨那个吗？"

"根本就没有什么汉萨，萨沙叔叔，也没有什么红线，很快就什么都没有了。很快所有势力都会团结起来，一道抵御共同的敌人，为了永远不让人们离开地铁，去任何地方。这全都是策划好的。"

苏霍伊将信将疑，又向阿妮娅确认道："还有其他人知道这件事吗？关于其他幸存城市的事？"

阿妮娅回答："昨晚在波利斯已经当众宣布了，这是真的，亚历山大·阿列克谢耶维奇。"

"整个世界都幸存了？那他们过得怎么样？比我们好吗？"

"我不知道，他们在无线电里没说，"阿尔乔姆解释说，"但如果他们过得很糟糕，一定会说的。"

苏霍伊的第一根烟很快就抽完了，对着烟头接上了第二根。

"王八蛋。"骂罢，他盯着头顶的红色灯泡看了一会儿。

"那个别索洛夫，你欠他什么东西吗？"阿尔乔姆问。

"没有。怎么可能呢？我总共就见过他一面，在汉萨。"

"那就好，萨沙叔叔……必须封锁站台，不能让任何外人到我们这儿来，还要让人们做好准备，你得亲口告诉他们，他们信任你。"

"做好什么准备？"

"得把他们带出去，离开地铁，趁着还有机会。至少把我们的人带走。"

"带到哪儿去？"

"地上。"

"具体哪里呢？全站台有两百号人呢，女人，孩子。你想把他们带到哪儿去呢？"

"我们可以先派出侦察兵，找到地表辐射低的地方。有人从穆罗姆来过，那里的人就住在地上。"

苏霍伊续上了第三根烟。

"为什么？"

"什么为什么？"

"我们为什么要去穆罗姆呢?这么多人,为什么要离开地铁,去别的什么地方呢?他们生活在这里,阿尔乔姆。这里有他们的家。他们不会跟你走的。"

"可他们出生在地上!在天空下!在自由世界!"

苏霍伊对阿尔乔姆点点头,丝毫没有挖苦的意味,反倒带有同情,俨然儿童医生对待小患者:"但他们已经不记得那些了,乔姆,他们已经习惯这儿了。"

"他们在这儿就像莫洛克人!像鼹鼠!"

"但至少生活按部就班,一切都简单明了。他们不希望有任何变动。"

"可是,每次他们坐在篝火前,总会没完没了地回忆过去,过去的东西,过去的生活!"

"他们所怀念的那个过去,你是没办法还给他们的。再说他们并不是想回到那个过去,而只是喜欢回忆罢了。你还年轻,总有一天你会明白的。"

"我不明白!"

"所以说。"

"我只求你一件事:封锁站台。既然你不想跟他们说,那我来说。不然那个混蛋就会渗透进来,给所有人洗脑,就跟地铁各地一样……我已经亲眼见证过了……"

"我不能封锁站台,阿尔乔姆。我们跟汉萨有贸易,我们得从他们那儿购买配置猪饲料,还要把猪粪运去里加站。"

"什么配置饲料?不是有蘑菇么?"

"蘑菇全完蛋了,几乎颗粒无收。"

"看见了吗?"阿尔乔姆朝阿妮娅挤出一丝苦笑,"亏你对蘑菇那么上心。事实上,没了蘑菇照样能行,反倒是没了恶心的配置饲料万万不行。"

"你别这样说,阿尔乔姆,我是站长,"苏霍伊大摇其头,"两百张嘴指着我吃饭呢,我得养活他们。"

"你至少给我一次机会,让我自己跟他们说!他们早晚会知道的!"

苏霍伊叹口气道:"你觉得有这个必要?"

"有必要!"

　　　　＊　　＊　　＊　　＊

二人谈妥了：晚饭之后，等猪场换完班，再集合全站人。而在此之前，阿尔乔姆需要保持沉默。阿尔乔姆照做了，尝试着再次回归展览馆站早先的生活——自行车发电机、隧道巡逻、帐篷，但他再也回不去了。

不知所措的伊利亚像跟屁虫一样跟着阿尔乔姆。阿尔乔姆征得苏霍伊同意，将他留在了车站，并向他展示了车站的设施和情况。

尽管历史教员一副穷酸样，但"皮草"达莎却对他一见倾心。站台的人们请他喝了珍贵的蘑菇茶——要知道蘑菇快用完了。他们询问他的经历，他回答得遮遮掩掩，阿尔乔姆也没有戳穿他。

不过，伊利亚倒是个很好的倾听者。阿尔乔姆在向他介绍站台时，自然而然地把自己也稍带进去了。当他们在帐篷间漫步时，记忆会不由自主地浮现出来。比如这里曾经住着叶尼亚，阿尔乔姆儿时的玩伴，俩人经常一起偷偷打开通往植物园站的大门。后来他死了，黑暗族进攻展览馆站时，己方的一位巡逻兵发了疯，打死了他。又比如在这里，阿尔乔姆第一次见到了猎人，一下子就被他彻底征服。当时他们就在深夜空荡荡的大厅里散步，猎人用他的大手钳住了阿尔乔姆的命运，把它打成了结，诸如此类的。猎人还向他讲述了黑暗族，如今再也没有必要对此讳莫如深了，它原本是一生的悲剧，到最后却微不足道。伊利亚不时微微点头，似乎对这一切都很关心。可他内心在想什么，谁知道呢？

终于挨到了傍晚。

这样一顿沙皇般的盛宴，自然不会仅仅局限于自家人，全车站的人都受到了邀请。一排桌子摆放在隧道尽头充当俱乐部的高台上，一条廊道从那里延伸开去。

白班结束了，赴宴者都特意洗了个澡，穿上了最漂亮的衣服。

尽管餐前开胃菜有些不尽人意,但美味无比的普罗申卡却让大家大饱口福。屠宰的时机刚刚好,肥瘦恰到好处,猪肉被烤出了脆皮,鲜嫩无比,入口即化。猪头单独上,普罗申卡的眼睛眯缝着,耳朵焦黄油亮。杯子里倒满了之前储备的蘑菇酒,人们频频举杯,气氛愈加热烈。

"欢迎回家!"

"祝你健康,阿尔乔姆!"

"阿妮娅!为你干杯!"

"赶紧要个宝宝!"

"别说我是拍马屁,敬他们的父亲!敬你——亚历山大·阿列克谢耶维奇!"有人向苏霍伊举杯敬道。

彼得·伊里奇闻言,也不甘示弱地站起身,红褐色头发像花环一样围在秃顶四周:"要这么说,得敬我们的展览馆站。地铁是个波涛汹涌的大海,而我们的站台是一个温馨和睦的小岛!这全仰仗一个人的努力,你们知道我说的是谁!"

阿尔乔姆原本以为自己一口也吃不下去,结果饿了一整天胃口大开,足足吃了两大盘。真是一头好猪,没说的。至于它早晨还活蹦乱跳,则根本不必在意。这些猪每一头都曾经活蹦乱跳过,难道说为这就不吃它们了么?

阿尔乔姆没敢贪杯,而苏霍伊却但求一醉。两人都在用自己的方式准备着跟人们的谈话。

"我一直都想跟你商量,就等着你回来,当然,你愿意跟人们说什么都可以,我说过的话不会收回,我只是想让你明白,你不一定非要种蘑菇、养猪什么的,你还可以干别的,比如当侦察兵……"

"谢谢你,萨沙叔叔。"

小基里尔——那个患肺结核的小孩——蹑手蹑脚地走过来,喊叫着吓唬了阿尔乔姆一下,然后爬上了他的膝头。他是从妈妈身边偷跑出来的,这个时间他本该睡觉了。没过一会儿,他的妈妈娜塔莉亚也跟来了。她数落了儿子几句,但也答应留下来——猪肉还有剩的。

小基里尔高喊:"阿妮娅!给我一块!"

阿妮娅笑着对小基里尔招手:"到我们这儿来,我给你多盛点儿,你正是长身体的时候。"

人们给基里尔拿了个盘子,他在阿尔乔姆和阿妮娅中间坐好,起劲儿地嚼起肉来。

阿尔乔姆正准备吃第三份肉,一位巡逻兵——格鲁吉亚人乌比拉瓦走到苏霍伊跟前,对他耳语了几句。苏霍伊擦擦油亮的嘴唇,没看阿尔乔姆,径自从桌边站起身。阿尔乔姆扭头察看,苏霍伊被叫到南部隧道去了,就是通往阿列克谢站继而通往全地铁的那条隧道。

出什么事了?

看不到。苏霍伊走到圆柱后面,走进隧道。

足足有十分钟没回来。

"你找到极地曙光城了么?"小基里尔嘴里咕哝着说。

"什么?"阿尔乔姆心不在焉地重复问道。

"极地曙光城!你不是说,捕捉到了他们的信号么!你找到他们了吗?你不是出去找他们了吗?"

"是的,找到了。"

"妈!你听见了吗?乔姆哥哥找到极地曙光城了!"

娜塔莉亚咬紧双唇:"这不是真的,基里尔。"

"乔姆哥哥!这是不是真的?"

"够了!"娜塔莉亚警告阿尔乔姆。

"那里怎么样?极地曙光城有什么?细菌能活吗?"

"别着急。"阿尔乔姆说,"我回头再跟你讲,听话。"

苏霍伊跟几个男人站在站台的南部边缘,不时朝宴席看过来,在应急照明灯的深红色灯光中,深红色的脸庞仿佛在打着信号。阿尔乔姆把小基里尔从膝头抱下,绕出桌子,想走过去,苏霍伊看见了,连连朝他摆手,意思是:坐下,我马上就过来了。

阿妮娅低声问:"出了什么事?"

"乔姆哥哥,你告诉妈妈,这是真的!"

"够了!赶紧给我回家睡觉!"

苏霍伊回到宴席,坐回阿尔乔姆身边,勉强咧出一个微笑,仿佛长了口疮,不敢张嘴似的。受了委屈的小基里尔嘟着嘴,用餐叉去挖猪肉。"皮草"达莎给伊利亚盛了一大块肥腻的猪肘子。

阿尔乔姆抓住苏霍伊的胳膊肘,低声问:"怎么了,萨沙叔叔?"

苏霍伊低声回答:"抓你来了。当然,我们让他们吃了闭门羹。"

阿妮娅把餐刀抓在手里,像握紧一把匕首。阿尔乔姆手指探进裤袋,摸到了纳甘枪。

"是游骑兵吗?梅尔尼克派来的?"

"不是,汉萨的人。"

"多少人?特种兵?"

"两个人,文职。"

"就两个人?他们说什么了?"

"他们说给我们时间考虑,直到天亮。他们说,知道你是我儿子,"苏霍伊眼睛盯着盘子,"不想把事情做绝。"

阿尔乔姆没有反驳关于儿子的事。

"天亮之后呢?"

"将全面封锁站台,终止与我们的一切贸易往来,配置饲料等等一切,还要禁止我们出行。他们说,已经跟阿列克谢站达成了共识。"

这时,侦察兵长官安德烈站起身,举起酒杯:"我来说两句!我跟你老爹已经商量过了,阿尔乔姆。同志们,我出现了特殊情况:我恋爱了,我的爱人住在红普列斯妮娅站。我明白,是时候了,我已经三十八了。因此,我将离开自己心爱的展览馆站,迁居到汉萨,去找我的未婚妻。这杯酒祝什么呢?祝愿我们每一个人,都能找到自己的位置。而我的位置现在空出来了,阿尔乔姆,是给你的!"

阿尔乔姆点点头，起身碰了个杯，坐下，又低声问苏霍伊："我们能坚持多久？"

"我不知道。蘑菇，你也看见了……猪肉倒还有一些，只是猪没东西喂了，饲料全部来自汉萨……"

"汉萨什么时候卖起猪饲料来了？他们从哪儿来的？难道蘑菇干腐病没波及他们吗？"

"是配置饲料，不是用蘑菇做的，是用什么东西配置出来的。小猪爱吃得很，一吃起来就停不下嘴，而且上膘贼快。"

"养猪工就没打听一下，是用什么配置的？原料从哪儿来的？没准我们自己也可以……"

"不知道，我们没问过。汉萨好像也是从红线买的，据说是。反正猪爱吃，我们还问那么多干什么，我们——"

"红线？红线从哪儿来的？他们那儿不是闹饥荒了吗？"

"彼得·伊里奇！猪饲料是从哪儿运来的，还记得吗？"

"好像是从共青团站来的，我记得他们说在那附近。头几回很新鲜，最近几次没那么新鲜了。"

"共青团站？！"一股又苦又咸的唾液灌了满嘴，喉咙像被打了结，无法吞咽，无法呼吸，"共青团站？！"

"有什么不对吗？"

"你为什么不问清楚？！……"

"我要养活大家，阿尔乔姆，两百张嘴呢，有东西喂就不错了。等你当上了站长，你自己会明白——"

阿尔乔姆腾地站起身："我可以说两句吗？"

"呦！宴会的主角！说你的祝酒词吧，阿尔乔姆！"

他站到人们面前，好像真的打算为他们祝酒一样。只是，他手里没有握着酒杯，而是攥紧了空气。

"有人来抓我来了，好像是汉萨的人。他们想把我带走，好让我没机会对你们说出一切。如果你们不把我交出去，他们就会实施经济封锁。"

宴会桌上的人们安静下来，已经开始哼唱的《莫斯科郊外的晚上》中途夭折。还有人在咀嚼嘴里没咽下的肉，但尽量不发出声音。

"莫斯科不是唯一幸存的城市，昨天波利斯已经公开宣布，还有其他城市有幸存者。很快你们也会得到消息，就让我先说吧。整个世界都还活着！圣彼得堡、叶卡捷琳堡、符拉迪沃斯托克、美国。我们之所以听不见，是因为有人布置了无线电干扰器。"

周围一片寂静，如同墓地。人们像木头橛子一样听着。

"我们不应该继续在这里待下去了，我们应该收拾东西，离开这里。随时都可以，现在也行，去哪儿都可以。在穆罗姆，距莫斯科仅三百公里，辐射已经正常了，人们生活在地上。唯独莫斯科是一座死城，被辐射污染了，而这是因为核弹在城市正上方被拦截了。我们不应该窝在这里，我建议大家，请求大家，离开这里。"

"为什么？"有人问。

"长途跋涉三百公里，然后呢？"

"你们怎么还在听他胡扯，他早就得了魔怔！"

"为什么？因为人类原本就不属于地下。你们之所以住在隧道里，是有人把你们关在这儿，像蛆虫一样！你们还记得地面的样子吗？我们在这里过的根本不是人的生活，那些愚蠢的战争，自相残杀……我们在这里没有明天，地铁就是坟墓。我们会生病，退化，不会有任何创造，不会成长。这里没有空气，没有空间，拥挤不堪。"

"够我们用的了。"有人说。

"杜尚别幸存下来了吗？"有人鼓起勇气问。

"我不知道。"

"你说我们是蛆虫？"

"如果西方还活着，那就是说战争还在继续？"

"在穆罗姆有一座修道院，雪白的墙壁，天蓝色的圆顶，就坐落在河岸上，周围全是森林。我们可以去那儿。先派出侦察兵，其余人打点行囊。我们会找到交通工具，把它们修好，妇女儿童坐车去。"

"到那儿我们吃什么？"

"你们在这儿吃的是什么？是……该死！地铁已经穷途末路了！灾难就要来了！地铁不是避难所，而是墓穴！我们必须逃离这里！"

"要走你自己走吧，"有人闷声道，"你怎么不一个人走？为什么拖上其他人？你以为你是摩西吗，混蛋！"

"汉萨为什么抓他？他是不是杀了人？"一个女人好奇道。

阿尔乔姆回头看向苏霍伊，后者的目光在桌面来回移动，似乎在那里为阿尔乔姆寻求支持。

阿尔乔姆擦了擦额头："既然如此，好吧。我们可以先去侦察一下，先去东边，看看哪里适合居住，等找到地方，再回来接其他人。谁愿意跟我去？"

没有一个人回答，人们在嚼肉、喝酒、观望，谁也不应声。

阿妮娅把餐刀放下，站起身："我！我跟你去！"

俩人孤零零地站了好一会儿，响起一阵窸窸窣窣的声音，是得了肺痨的小基里尔，他吃力地爬上长凳，好让人们看见他，尖声尖气地叫道："我也去！我跟你们去！离开地铁！去极地曙光城！"

小基里尔站在阿尔乔姆和阿妮娅中间，三人相互对视一眼。

小基里尔的母亲娜塔莉亚从桌边猛蹿过去，好几只酒杯被碰到地上摔碎。

"赶紧给我过来！走，回家睡觉！"

"不嘛，我要去极地曙光城！"

"我们哪儿也不去！这里才是我们的家！"

"你就让他去吧……"

"不行！"

"那可是地上，娜塔莉亚……"阿尔乔姆恳求道，"那里有不一样的空气，新鲜，还没有结核……"

"没有结核,有别的!瘟疫什么的!你没听人们说吗,美国佬在地上呢!你想把我们出卖给美国佬?!"

"你自己不想去,也别拦着他,反正他在这儿也是……你自己说的,他还剩多少时间?"

"你想干吗?!你要抢走我的儿子?!你这个恶棍……我不给!我不许你带他走!大家都听见了吗?!他想把我儿子拐走!交给美国佬!给他们当玩物!他自己当了走狗,还想把我们都卖掉!"

"傻瓜,"阿尔乔姆骂道,"混蛋。"

"你自己滚回你的地上去吧!还管我们叫蛆虫!我不给!你敢!"

"别把孩子给他!他已经疯了,大家都知道!他会把孩子带到哪儿去?!"

"我们不同意!简直无法无天!"

"我想跟你们去!"小基里尔哭起来,"我想亲眼上去看看!"

"把他交给汉萨,让他们去处理。"

"你快滚吧!既然你在这里过不下去!滚吧,叛徒!"

人们纷纷起身,离开宴席。

"那你们就留下吧!吃吧!继续吃彼此的肉吧!继续任人宰割吧!就像绵羊一样!你们想死,就去死吧!你们想掏大粪,就去掏吧!你们想这样浑浑噩噩,随便!可孩子们有什么错?你们凭什么活埋他们?!"

"你才是绵羊!你自己当了走狗!没有人会跟你走!你想把我们带到哪儿去?想让我们自投罗网吗?你得了多少好处?把他交出去!不能因为这个混蛋破坏跟汉萨的关系!"

"够了!"苏霍伊站起身,大喝一声。

"你应该看好你的儿子!他竟然被敌人收买了!你害我们害得还不够吗?我们的蘑菇为什么生病?还不是你这混蛋整天闹着要开气密门!我们的事不用你管!我们自己做主,明白吗?!这里——是——我们的——家!"

"乔姆哥哥,我要和你去,我和你们去,求求你了!"小基里尔带着哭腔说。

483

"滚吧！滚蛋吧！趁我们还没把你交出去！别害我们受你牵连！"

小基里尔摸到阿尔乔姆的食指，小手紧紧攥住不放，但娜塔莉亚使劲一扯，把他拽走了。

阿尔乔姆的眼睛湿润了。

"爸……"他转向苏霍伊，"爸，你呢？"

"我不能走，阿尔乔姆。"苏霍伊用僵死的声音喃喃道，"我不能跟你走，我走了，人们怎么办？"

阿尔乔姆眨了眨眼睛。

他头晕目眩。吃进去的"猪肉"像石子一样堵在嗓子眼。

"你们全都中了地铁的毒！为了你们我情愿去死！可你们连死的机会都不给我！"

他把装着死人猪肉的盘子一股脑儿扫到地上，踢翻了长凳。他转身拂袖而去，阿妮娅大步跟在他身后。伊利亚不知为什么也一瘸一拐地跟在后面。

"怎么，你也想去地面？"阿尔乔姆问他。

"不是，我不去，我要留在这儿。我想……阿尔乔姆……我想把您，还有这一切都写下来，您允许吗？我会写一本书，原原本本地记录……我保证！"

"写吧，该死，你什么都写不出来，就算写出来也不会有人读。那个老混蛋荷马说得对，人们需要的是童话！"

* * * *

西边是殷红的夕照，而东方的天空却像洗净的玻璃瓶一般晶莹剔透。大的云团都被吹散了，只剩下丝丝缕缕，如同一颗颗银色钉子揳进深蓝色的天空。

他们往后备箱里塞满了食物，子弹，枪支，饮水过滤器。柴油还剩下满满三桶，足够绕地球半圈的了。

宽阔的雅罗斯拉夫尔公路从展览馆站出发，一直通往大陆另一端。公路表面塞满了半路抛锚的汽车，在这些被遗留在过去的车辆中间，留着一条狭窄的通道，绵延伸向远方。僵死的楼房被阳光镶上了金边，在临别的一刹那间，阿尔乔姆仿佛看见了温暖而鲜活的莫斯科。

皮肤上的橡胶令人厌恶不堪，恨不得现在就扔掉它们。他迫不及待地渴望驱车疾驰，开着车窗，用摊开的手掌感受迎面而来的气流，尽情地呼吸温暖而新鲜的空气。没事，也许再过上三四个小时，他们就可以彻底摘下这些防毒面罩，把它们远远地丢到车窗外面。

他们到底还是相互拥抱了。

"你们打算去哪儿？"苏霍伊问。

"去哪儿都行。咱们去哪儿，阿妮娅？"

"去符拉迪沃斯托克吧，我想去看海。"

"好，那就去符拉迪沃斯托克。"

阿尔乔姆把萨韦利驾驶座上的毛皮座垫铺在阿妮娅的副驾驶座上：得好好呵护她，她还得生孩子呢。纳甘枪放进了驾驶座前的杂物箱。他发动引擎，关上车门。

苏霍伊朝他探过身，示意他摇下车窗，讷讷地道："阿尔乔姆……别怪大家，不是他们的错。"

"再见了，萨沙叔叔，拜拜！"阿尔乔姆潇洒地朝他做了个飞吻。

苏霍伊点点头，让开路。伊利亚·斯捷潘诺维奇瑟缩着，朝他们挥了挥手。此外再无其他送行者了。

阿尔乔姆把空出来的手放在阿妮娅膝头，阿妮娅用戴着手套的双手盖在他的手套上面。

日本车喷出一股轻烟，轰鸣着蹿出去，驶向远方那个神奇的、不可思议的符拉迪沃斯托克，那个矗立在温暖海岸的城市。他们要穿越一整个辽阔、美丽而又未知的国度，一个居住着真正的、活生生的人类的国度。

而在他们身后，是和煦的微风。

尾声

一柄上好的望远镜,德国造,质量上乘,一公里以外清晰可见。装甲越野车保持着必要的距离,尾随日本车直至莫斯科环城高速,然后停下。

"他出城了,阿列克谢·费利克索维奇!"廖哈向无线电台报告,"还要继续跟吗?"

"还跟他做什么,让他去吧,滚得越远越好!好了,回家吧。"

——伊利亚·什库尔金

·全书完·

微信扫码下载地铁世界导航图
深入了解"地铁宇宙"的秘密

地铁 2035

产品经理 / 白东旭　　装帧设计 / 杨　慧
执行印制 / 梁拥军　　技术编辑 / 丁占旭
产品监制 / 黄圆苑　　出 品 人 / 于　桐

图书在版编目（CIP）数据

地铁2035 / (俄罗斯) 德米特里·格鲁霍夫斯基著；李春雨译. -- 上海：上海文化出版社, 2021.8（2024.9重印）

ISBN 978-7-5535-2358-3

Ⅰ.①地… Ⅱ.①德… ②李… Ⅲ.①幻想小说－俄罗斯－现代 Ⅳ.①I512.45

中国版本图书馆CIP数据核字(2021)第159798号

METPO 2035 by DMITRY GLUKHOVSKY
Copyright © by Dmitry Glukhovsky
Agreement by www.nibbe-literary-agency.com
Cover Illustration © by Diana Stepanova
Simplified Chinese edition copyright:
2021 Guomai Culture & Media Co. Ltd
All rights reserved.

著作权合同登记号：图字 09-2021-0466 号

出 版 人：姜逸青
责任编辑：郑　梅
特约编辑：白东旭
装帧设计：杨　慧

书　　　名：地铁 2035
作　　　者：〔俄罗斯〕德米特里·格鲁霍夫斯基
译　　　者：李春雨
出　　　版：上海世纪出版集团　上海文化出版社
地　　　址：上海市闵行区号景路 159 弄 A 座 2 楼　201101
发　　　行：果麦文化传媒股份有限公司
印　　　刷：河北鹏润印刷有限公司
开　　　本：710mm×960mm　1/16
印　　　张：30.75
插　　　页：4
字　　　数：435 千字
印　　　次：2021 年 8 月第 1 版　2024 年 9 月第 17 次印刷
印　　　数：79,001—84,000
书　　　号：ISBN 978-7-5535-2358-3/I·912
定　　　价：69.80 元

如发现印装质量问题，影响阅读，请联系 021—64386496 调换。